KB077321

메이크 미.

MAKE ME

Korean translation rights arranged with Darley Anderson Literary, TV & Film
Agency, London through Danny Hong Agency, Seoul.
Korean translation copyright ⓒ 2016 by Openhouse for Publishers Co., Ltd.

메이크 미

MAKE ME

잭 리처 컬렉션

리 차일드 지음
정경호 옮김

오픈하우스

1

키버처럼 덩치 큰 사내를 옮기는 건 힘든 일이었다. 킹사이즈 매트리스를 물침대 위에서 들어내는 것과 마찬가지였다. 그래서 그들은 그를 집과 가까운 곳에 묻었다. 어쨌거나 적절한 선택이었다. 수확기까지는 아직 한 달이나 남아 있었다. 들판에 새로 난 자국은 하늘에서 보면 한눈에 드러날 터였다. 키버쯤 되는 인물이라면 공중 수색 작업도 벌어질 게 분명했다. 비행기, 헬리콥터, 심지어 드론까지 총동원될 것이다.

그들은 자정에 작업에 착수했다. 그게 안전하다고 판단했기 때문이다. 400제곱킬로미터에 달하는 들판의 한가운데, 그들의 위치에서부터 지평선에 이르기까지 인간의 손길에 의해 만들어진 것은 오직 철길뿐이었다. 마지막 기차는 저녁 7시, 그리고 첫 기차는 아침 7시에 그 철길을 지나간다. 따라서 한밤중에 그들의 작업을 눈여겨볼 사람은 없었다. 굴착기 지붕에는 네 개의 할로겐 조명이 달린 철제 가로대가 설치되어 있었다. 젊은이들의 픽업트럭 지붕 위에서 종종 눈에 띄는 것과 똑같은 방식이었다. 네 개의 전구가 쏟아내는 할로겐 빛줄기들이 아주 환하고 널찍한 빛의 장막을 이루고 있었다. 따라서 시야에도 아무 문제가 없었다. 그들이 돼지우리에 구덩이를 파기 시작했다. 언제나 어질러져 있는 곳. 90킬로그램은 족히 나가는 돼지들. 돼지는 다리가 네 개인 동물이다. 우리 바닥이 성할 수가 없다. 하늘에서 내려다보아도 이상한 낌새를 알아차릴 수가 없다. 열감지 카메라도 소용이 없다. 그저 희뿌연 영상이 전부일 것이다. 돼지들의 몸뚱이, 그리고 배설물과 음식물 찌꺼기들이 발산하는 열기 때문이다.

충분히 안전했다.

돼지들에게는 땅을 파헤치는 습성이 있다. 따라서 구덩이를 깊게 파야만 했다. 하지만 그것도 문제없었다. 굴착기의 기계팔은 길었다. 그 끝에는 2미터가 넘는 버킷이 장착되어 있었다. 엔진의 신음이 포효로 변했다가 잠잠해지는 과정이 반복될 때마다 유압기가 할로겐 불빛에 번쩍이며 작동을 하고 그 리듬에 맞춘 기계팔의 관절운동에 따라 지붕은 들썩거리고 퍼 올린 흙무더기는 하나씩 늘어갔다.

마침내 구덩이 파는 작업이 끝났다. 그들은 굴착기를 살짝 뒤로 뺐다가 멈춰 세우고 차체를 180도 회전시켰다. 그다음엔 기계팔 끝에 달린 버킷을 이용해서 키버의 시체를 구덩이 쪽으로 몰고 갔다. 온통 먼지 범벅이 된 채 밀리고 구르던 그의 시체가 마침내 할로겐 불빛이 만들어낸 구덩이 그림자 속으로 굴러 떨어졌다.

모든 게 순조로웠다. 단 한 가지 상황만 제외하고는. 그리고 그 상황은 바로 그 순간에 발생했다.

마지막 기차가 지나간 것이다. 다섯 시간의 연착. 다음 날 아침 라디오 뉴스에서는 연착의 이유가 보도되었다. 남쪽으로 160킬로미터 떨어진 지점에서 기관 고장으로 멈춰선 또 다른 기관차. 물론 그들은 그 사실을 모르고 있었다. 멀리 떨어진 건널목에서 서글픈 기적소리가 울렸을 때, 그들이 할 수 있는 건 돌아서서 철로를 지켜보는 일뿐이었다. 이윽고 그들과 지평선의 중간 지점에 놓인 철로를 따라 불 밝힌 객차들이 마치 꿈속의 마차들처럼 지나가기 시작했다. 끝이 없을 것 같은 그 행렬이 마침내 다 지나가고 그 여진에 의해 철로가 1분 남짓 금속성 신음을 낮게 토해내는 동안 한밤중의 어둠은 마지막 객차의 후미등까지 집어삼켰다. 그제야 그들의 작업이 다시 이어졌다.

북쪽으로 32킬로미터를 더 달려 올라간 기차가 점점 속도를 늦추더니 마침내 김빠지는 소리를 토해 내며 멈춰 섰다.

승강구들이 일제히 쩍 소리와 함께 열렸다.

그리고 잭 리처가 콘크리트 플랫폼에 내려섰다.

정면에는 저층 아파트 한 동만 한 크기의 곡물 엘리베이터(곡물을 건조, 저장, 분류, 유통하는 시설)가 버티고 있었다. 그의 왼쪽으로는 그것보다 더 큰 엘리베이터가 네 대 더 늘어서 있었다. 그의 오른쪽으로는 비행기 격납고만 한 크기의 철제 창고가 자리 잡고 있었다.

칠흑 같은 어둠 속, 일정한 간격을 두고 늘어선 가로등의 빛무리들이 노란색 삼각 텐트 대열을 이루고 있었다. 한밤의 대기에는 안개가 감돌고 있었다. 여름의 끝 무렵, 이제 곧 가을이었다.

리처는 한동안 가만히 서 있었다. 그의 등 뒤에서 쇠바퀴들이 다시 덜커덕거리기 시작했다. 그 소음은 이내 규칙적인 장단으로 바뀌었다. 그 장단이 점점 더 빨라졌다. 기차가 출발하면서 일으킨 바람에 리처의 옷자락이 펄럭였다. 하차한 승객은 그 혼자뿐이었다. 그럴 만도 했다. 기차로 통근하는 사람들이 없는 곳이었다. 농경지대. 물론 들판 말고도 일터는 있었다. 엘리베이터들과 거대한 창고, 그리고 그 사이에 끼어 있는 역사. 매표소와 대합실을 겸하고 있을 역사는 양쪽에 우뚝 선 구조물들에 비하면 턱

없이 작고 초라해보였다. 하지만 현관은 앞 벽 상단의 끝에서 끝까지 가로 질러 걸려 있었다. 그 위에 적힌 이름.

마더스 레스트(Mother's Rest)

그게 바로 리처를 그 정거장에서 내리게 만든 이유였다. 여행지도 위에서 우연히 눈에 들어온 이름. 상당히 흥미로운 이야기가 깃들어 있을 것만 같았다. 철도와 옛 시절의 역마차길이 바로 거기서 교차하고 있는 게 아닐까. 아주 오래전에 실제로 일어났던 사건을 전설처럼 품고 있는 동네가 아닐까. 역마차를 타고 서부로 향하던 어느 젊은 임산부가 그 지점에서 산통을 겪게 되었던 건 아닐까. 결국 역마차는 멈춰 서고 그대로 2주, 혹은 한 달가량 머물러 있었던 게 아닐까. 세월이 흐른 뒤 그 임산부와 아기의 후손 가운데 누군가가 그 일을 기념하기 위해 마을의 이름을 마더스 레스트로 지은 게 아닐까. 가문의 뿌리. 동네 어딘가에는 한 칸짜리 박물관도 있지 않을까.

아니, 어쩌면 슬픈 사연이 깃들어 있을지도 모른다. 어느 어머니를 묻기 위해 역마차가 멈췄던 것은 아닐까. 늙은 나이에 여독을 견디지 못했던 여인이 아닐까. 그 경우라면 박물관보다는 추모비가 세워져 있지 않을까.

그래서 리처는 그 박물관이나 추모비를 찾아보고 싶었다. 오라는 곳도 없고 가야할 곳도 없었다. 시간만은 오롯이 그의 것이었다. 잠시 돌아간들 무슨 상관이랴. 그래서 그는 기차에서 내렸다. 하지만 실망이었다. 그래서 그는 한동안 가만히 서 있었다. 기대는 완전히 빗나갔다. 그가 머릿속에 그렸던 것은 허름한 집 두 채와 말 한 마리가 쓸쓸히 지키고 있는 목장 하나가 전부인 풍경이었다. 거기에 보태어 한 칸짜리 박물관이 있는. 집 두 채 중 한 곳에 사는 늙은 영감이 소일거리로 자원봉사를 나와 하루에 몇 시간씩만 개방하는 곳. 만일 박물관이 아니라면 철망에 사각으로 에워싸인 대리석 추모비.

그런데 거대한 농업기지라니. 이건 아니었다. 하지만 리처 자신이 생각하기에도 예상할 수 없었던 건 아니다. 곡식과 철도, 반드시 어울려야 하는 조합이 아니던가. 매년 수십억 개의 곡물 자루와 수백만 톤의 낟알들이 어딘가에서 모아지고 어딘가로 실려 가야 한다. 그가 왼쪽으로 방향을 잡고 걸음을 옮겼다. 건물 사이를 통해 눈에 들어오는 풍경은 어둡기만 했다. 하지만 대충 반원을 그리고 자리 잡은 마을의 존재를 감지할 수는 있었다. 물론 농업기지를 삶의 터전으로 삼고 있는 사람들이 대부분인 마을일 것이다. 가끔씩 불빛도 반짝였다. 그게 모텔이나 식당의 불빛이기를 리처는 바랐다. 모텔과 식당을 겸하는 곳이라면 더할 나위 없겠고.

그가 출구를 향해 다가갔다. 가로등 아래 드리워진 빛은 피해가며 걸었다. 몸에 밴 습관이었다. 하지만 마지막 가로등은 어쩔 수가 없었다. 출구 바로 위에 설치돼 있었기 때문이다. 어차피 그리된 것, 걸음 수라도 줄이기 위해 마지막에서 두 번째 가로등 밑도 직진으로 통과했다. 아니, 통과하지는 못했다. 어떤 여자가 어둠 속에서 불쑥 튀어 나왔기 때문이다. 그를 향해 다가오는 두 걸음에서 충만한 에너지가 느껴졌다. 그의 존재가 너무나 반가운 모양이었다. 그녀의 온몸이 안도의 분위기에 휩싸여 있었다.

하지만 그다음 순간, 분위기가 돌변했다. 이번에는 철저한 실망이었다. 그녀가 돌처럼 굳은 자세로 멈춰 섰다. 그녀의 입에서 탄식이 새어나왔다.

"아……"

동양여자였다. 하지만 아담한 체구가 아니었다. 최소한 175센티미터는 될 것 같았다. 어쩌면 178센티미터일 수도 있었다. 몸집도 다부져 보였다.

여윈 부위는 찾아볼 수 없었다. 호리호리하다거나 말랐다는 표현과는 거리가 아주 먼 여자였다. 나이는 마흔쯤 되어 보였다. 끈으로 여미는 신발에 청바지와 티셔츠, 그리고 그 위에 짧은 면 재킷을 걸친 차림이었다. 검은 머리칼이 길었다.

리처가 말했다. "안녕하시오, 부인."

그녀의 눈길이 그의 어깨 뒤에 꽂혔다.

그가 말했다. "나 혼자뿐이오."

그녀의 눈길이 리처의 눈에 꽂혔다.

그가 말했다. "나 말고는 아무도 내리지 않았소. 내 생각에 당신의 친구는 오지 않은 것 같소."

"내 친구요?" 여자가 말했다. 전혀 어색하지 않은 억양이었다. 그가 어디서나 늘 듣고 사는 평범한 영어 발음.

리처가 말했다. "누군가를 마중 나온 게 아니라면 여기 있을 이유가 없잖소. 자정이 훌쩍 넘은 시간에 풍경을 감상하려는 것도 아닐 테고."

그녀는 대답하지 않았다.

리처가 말했다. "7시부터 기다리고 있었던 건 아니길 바라오."

"기차가 연착될 줄은 몰랐어요." 그녀가 말했다. "여기선 휴대폰 신호가 잡히지 않아요. 역사에는 사정을 설명해줄 직원도 없고요. 그냥 이제나저제나 하며 기다리는 수밖에 없었어요."

"그는 나와 같은 객실에 타고 있지 않았소. 그 뒤쪽 두 칸에도 없었소."

"'그'라면 누굴 얘기하는 거죠?"

"당신 친구."

"당신이 그를 어떻게 알아볼 수 있죠?"

"덩치가 큰 남자 아니오?" 리처가 말했다. "그래서 나를 보자마자 당신이 뛰어 나왔잖소. 당신은 나를 그 사람으로 착각했던 거요. 비록 잠깐 동안이지만. 나와 같은 칸에는 덩치 큰 남자가 없었소. 그다음 두 칸에도 마찬가지고."

"다음 열차 시간이 언제죠?"

"아침 7시."

그녀가 말했다. "당신은 누구죠? 그리고 왜 여기서 내린 거죠?"

"난 그냥 지나가는 길이오."

"그냥 지나간 건 기차예요, 당신이 아니라. 당신은 여기서 내렸잖아요."

"이 마을에 관해서 뭐든 알고 있는 게 있소?"

"아무것도 몰라요."

"여기서 박물관이나 추모비를 본 적이 있소?"

"여기서 내린 이유가 뭐죠?"

"묻는 당신은 누구신지?"

그녀가 잠시 머뭇거린 뒤에 말했다. "아무도 아니에요."

리처가 말했다. "이 마을에 모텔이 있소?"

"난 현재 모텔에 묵고 있어요."

"어떤 곳이오?"

"그냥 모텔이에요."

"그 정도면 충분하오." 리처가 말했다. "빈방이 남아 있소?"

"남아 있지 않다면 내가 먼저 놀라겠죠."

"알겠소. 당신을 따라가면 되겠군. 밤새 여기서 기다릴 생각은 마시오. 난 새벽에 일어나서 떠날 거요. 모텔을 나서기 전에 당신 방문을 두드려주겠소. 당신 친구가 아침기차로 도착하길 바라오."

　여자는 아무 말도 하지 않았다. 그녀는 잠잠해진 철로에 마지막으로 흘깃 눈길을 주고는 뒤돌아서서 출구를 빠져 나갔다.

2

모텔은 리처가 예상했던 것보다 훨씬 규모가 컸다. 삼십 개의 객실과 널찍한 주차장을 갖춘 2층짜리 말굽 구조의 건물이었다. 하지만 손님이 든 객실은 많지 않았다. 절반 이상이 공실이었다. 외양은 평범했다. 회벽돌로 쌓아올린 베이지색 외벽, 갈색으로 칠한 철제 계단과 난간. 특별할 게 없었다. 하지만 깨끗해 보였다. 관리 상태도 양호한 것 같았다. 불이 들어오지 않는 전구는 하나도 없었다. 지금껏 리처가 묵었던 모텔들 가운데 결코 최악은 아니었다.

말굽의 왼쪽 돌기 부분 1층 첫 번째 방이 사무실이었다. 사무실 책상 뒤에 키 작은 영감이 앉아 있었다. 한쪽 눈이 의안이었다. 그가 여자에게 214호실 키를 건넸다. 여자는 아무 말 없이 키를 받아 쥐고 사무실을 나갔다. 리처가 그에게 숙박료를 물었다. 그가 말했다. "60달러."

리처가 말했다. "일주일에?"

"하룻밤에."

"나는 여기저기 떠돌아다니는 사람이오."

"무슨 말씀이신지?"

"지금까지 거쳐 온 모텔들이 수두룩하다는 뜻이오."

"그래서요?"

"이 모텔이 하룻밤에 60달러씩이나 받을 수준은 아니라는 얘기요. 20

13

달러라면 모를까."

"20달러는 턱도 없습니다. 저 객실들은 비싸거든요."

"저 객실들이라면?"

"2층 객실들 말입니다."

"나는 아래층도 괜찮소."

"저 여자의 옆방이 필요한 거 아닙니까?"

"누구의 옆방?"

"여자친구분 말입니다."

"아니. 난 그녀의 옆방이 필요하지 않소."

"아래층은 40달러입니다."

"20달러. 객실들이 절반 이상 비어 있소. 실질적으로는 개점휴업 상태나 마찬가지 아니오? 그냥 비워 두느니 20달러라도 버는 게 나을 텐데."

"30."

"20."

"25."

"좋소." 리처가 말했다. 그가 주머니에서 돈뭉치를 꺼냈다. 거기서 10달러짜리 한 장, 5달러짜리 두 장, 그리고 1달러짜리 다섯 장을 빼냈다. 그가 그것들을 카운터 위에 올려놓았다. 외눈박이 사내가 지폐들을 쓸어 챙긴 뒤 서랍에서 키를 꺼냈다. 나무 손잡이에 표기된 숫자는 106, 사내가 승리의 미소를 머금은 얼굴로 키를 건넸다.

"뒤편 코너." 사내가 말했다. "계단 근처예요."

철제 계단이었다. 사람들이 오르내릴 때마다 금속성 소음이 일어날 터, 쾌적한 입지는 아니었다. 사내의 얼굴에 떠올랐던 미소의 의미를 비로소 알 것 같았다. 쫀쫀한 복수. 하지만 리처는 신경 쓰지 않았다. 자정을 훌쩍 넘긴 시간이었다. 그날 밤은 그가 마지막 투숙객일 게 틀림없었다. 평원의 적막은 밤 시간 내내 계속될 것이고 따라서 그가 바깥의 소음에 부대낄 일은 없었다.

리처가 나가고 나서 30초가 지나자 외눈박이 사내가 책상 위의 전화기를 집어 들었다. 상대방이 응답하자 그가 말했다. "여자가 기차에서 내린 어떤 사내와 만났습니다. 기차는 연착했습니다. 그녀는 다섯 시간을 기다렸습니다. 그러곤 그 사내를 여기로 데려왔습니다. 사내도 방을 잡았습니다."

전화기 반대편에서 플라스틱을 긁어대는 듯한 먹먹한 탁성이 외눈박이 사내에게 뭔가를 물었다. 사내가 말했다. "이번에도 덩치가 큰 사내입니다. 아주 치사한 놈이에요. 숙박료를 마구잡이로 깎아대지 뭡니까. 그자에게 뒤쪽 귀퉁이의 106호를 내주었습니다."

또 한 차례의 탁성, 두 번째 질문, 그에 이어진 대답. "아니요. 난 지금 사무실에 있거든요."

다시 플라스틱 탁성, 하지만 이번엔 소리의 높이와 간격이 전혀 달랐다. 질문이 아니라 지시.

외눈박이 사내가 말했다. "알겠습니다."

그가 전화기를 내려놓았다. 그러고는 용을 쓰며 일어섰다. 그리고 사무실 밖으로 나왔다. 그가 비어 있는 102호실의 현관 의자를 집어서 차도 위에 가져다놓았다. 사무실 문과 106호실이 모두 보이는 위치였다.

'지금 당신은 그자의 객실이 보이는 위치에 있나?' 그게 두 번째 질문이었다.

그리고,

'그자의 객실이 보이는 위치로 당장 이동해서 밤새 그자의 동태를 살펴.' 그게 지시였다.

외눈박이 사내는 지시를 거부한 적이 없었다. 물론 가끔씩은 마지못해 따르는 경우도 있었다. 바로 그날 밤처럼. 불편한 플라스틱 의자, 게다가 밤공기 속에서의 보초. 그로선 달가운 임무가 아니었다.

객실 안에 있던 리처도 아스팔트에 플라스틱이 긁히는 소리를 들었다. 하지만 그는 신경 쓰지 않았다. 밤 시간에 흔히 일어날 수 있는 소음. 위험할 게 없었다. 소총에 장전을 하는 소리도 아니고 칼집에서 단검이 빠져나오는 소리도 아니었다. 본능을 관장하는 뇌 부위에서 적색경보는 울리지 않았다. 다만 이성을 관장하는 부위에서는 진즉부터 기대하고 있던 소리가 있었다. 끈으로 여미는 신발을 신은 두 발이 객실 앞 보도를 걸어오는 소리, 그리고 그에 이은 노크 소리. 기차역의 여인은 궁금한 게 많은 것 같았다. 그 궁금증을 풀고 싶을 것이다.

'당신은 누구죠? 그리고 왜 여기서 내린 거죠?'

하지만 그의 귀에 들린 건 플라스틱이 긁히는 소리일 뿐, 발소리도 노크 소리도 아니었다. 그래서 리처는 신경 쓰지 않았다. 그는 바지를 접어서 매트리스 아래에 평평하게 깔아 넣었다. 이어서 샤워 물줄기로 하루의 먼지를 씻어낸 뒤, 침대 안으로 기어들어갔다. 그의 머릿속 알람시계가 아침 6시에 맞춰졌다. 그가 기지개를 켰다. 그리고 하품을 했다. 그러고 나선 곧장 잠에 떨어졌다.

새벽은 금빛을 두르고 찾아왔다. 핑크나 자줏빛은 전혀 찾아볼 수 없었다. 하늘이 마치 천 번을 세탁한 데님 셔츠처럼 창백한 푸른 낯을 드러냈다. 리처는 다시 한 번 샤워를 하고 옷을 챙겨 입은 다음 새로운 하루 속으로 발을 내디뎠다. 플라스틱 의자가 눈에 들어왔다. 차도에 묘한 각도로 놓여 있는 빈 의자, 하지만 신경 쓰지 않았다. 그가 최대한 발소리를 죽여가며 철제 계단을 올라갔다. 그가 214호실 앞으로 다가가 문을 두드렸다. 고급 호텔의 벨보이처럼 절도 있고 신중하게.

'기상 알람입니다, 부인.'

여자에게는 이제 대략 40분의 여유가 주어졌다. 잠에서 깨어나 정신을 차리는 데 10분, 샤워하는 데 10분, 기차역까지 걸어가는 데 10분, 그러고도 아침기차 시간까지 10분은 남을 것이다.

리처가 다시 고양이 걸음으로 계단을 내려와 큰길로 나섰다. 그 지점은 아주 넓게 트여서 도로라기보다는 광장에 가까웠다. 농장 트럭들의 긴 대열이 화물차량용 계량기와 기지 사무실들, 그리고 엘리베이터들을 향해 덜컹거리며 줄줄이 나아가고 있었다. 철로도 바로 그 아스팔트 위에 깔려 있었다. 엄청난 규모의 농업기지였다. 일대의 농산물이 한데 모아졌다가 다시 나누어지는 곳. 미 대륙의 한가운데라는 지리적 위치를 감안할 때 그 일대는 반경 320킬로미터에 달하는 지역일 수도 있다. 멀리서 기차를 타고 찾아온 농부들은 묵을 곳이 필요하다. 농부들은 연중 특정한 시기, 예를 들어 시카고 같은 대도시에서 선물(장래의 일정한 시기에 현품을 넘겨준다는 조건으로 매매 계약을 하는 것) 시장이 열리는 시기에는 일단 농업기지로 모여들 것이다. 그래서 작은 마을의 모텔 객실이 30개나 되는 것이다.

리처가 올라선 큰길은 남북으로 뻗어 있었다. 오른쪽, 그러니까 동쪽은 농업기지, 왼쪽이자 서쪽은 알량하나마 마을의 번화가였다. 리처가 묵었던 모텔, 그리고 식당 한 곳과 잡화점 하나가 그쪽에 자리 잡고 있었다. 그 뒤편으로는 마을이 서쪽을 향해 반원을 그리며 펼쳐져 있었다. 전형적인 시골 마을이었다. 듬성듬성한 주택들로 미루어 주민 수는 천 명에도 미치지 못할 것 같았다. 리처가 역마차길을 찾기 위해 큰길을 따라 북쪽을 향해 걷기 시작했다. 두 도로는 어디서든 반드시 교차할 것이다. 개척시대의 역마차길은 동쪽에서부터 서쪽으로 뻗어나가는 것이 원칙이다. '젊은이여, 서부로 떠나라!' 흥미진진한 시대. 마지막 엘리베이터를 지나고 나자 50미터 전방에 드디어 교차로가 나타났다. 역마차길은 역시 정확히 동서로 뻗어 있었다. 오른쪽 도로는 아침 햇살 아래 환했고 왼쪽 도로는 긴 그림자들 속에서 어둑했다.

바리케이드는 없었다. 달랑 붉은 신호등 하나만이 교차로를 지키고 있었다. 그가 신호등 아래에 멈춰 서서 지나온 남쪽을 돌아다보았다. 아침 해가 허락하는 가시거리는 대략 1.5킬로미터, 중간에 다른 교차로는 보이지 않았다. 북쪽으로도 1.5킬로미터 이내에는 다른 교차로가 없었다. 마더스 레스트의 동서 간선도로는 역마차길 하나뿐이었다.

폭 넓은 도로였다. 중앙은 약간 불룩했고 양옆에는 도랑이 얕게 패어 있었다. 배수로가 아니라 기초공사를 위해 흙을 떠낸 자국 같았다. 그 위에 두껍게 덮인 아스팔트는 세월에 의해 곳곳이 회색으로 변하고 그 풍파에 의해 여기저기 균열이 간 상태였다. 길가 쪽은 특히 심해서 완전히 떨어져 나간 아스팔트 조각들이 마치 얼어붙은 용암 덩어리 같았다. 도로는 그 상태로 한쪽 지평선에서 맞은편 지평선까지 직선으로 이어져 있었다.

광막한 평원의 한가운데였으니 당연했다. 역마차길은 주변 지형이 허락하는 한 직선으로 뻗어나가는 게 원칙이었다. 뚜렷한 목적의식 아래 서부로 향하던 사람들이 재미삼아 그 길에 굴곡을 주었을 리는 없다. 첫 번째 역마차 대열의 선두에 섰던 사람은 지평선 먼 곳의 한 점을 향해 곧장 말을 달렸을 것이다. 그리고 그 자취를 쫓아간 새로운 대열들에 의해 땅이 다져졌을 것이다. 세월이 흐른 뒤, 누군가가 지도 위에 그 다져진 자국을 그려 넣었을 것이다. 다시 오랜 세월이 흐른 뒤, 주 정부의 고속도로 관리 부서에서 그 자국 위에 아스팔트를 부었을 것이다.

동쪽엔 아무것도 없었다. 한 칸짜리 박물관도, 대리석 추모비도 없었다. 도로 양옆으로 낟알이 거의 영글어가는 밀밭이 끝없이 펼쳐져 있을 뿐이었다. 하지만 서쪽은 달랐다. 거의 마을 한가운데를 관통한 도로 양옆으로 여섯 개쯤 되는 블록이 낮게 형성되어 있었다. 오른쪽 첫 번째 블록의 첫 번째 모퉁이에는 농기구 대리점이 자리 잡고 있었다. 건물 뒤쪽, 그러니까 북쪽을 향해 축구장 너비만큼 조성된 공터에는 각종 트랙터들과 거대한 기계들이 늘어서 있었다. 모두 반짝반짝 빛나는 새것들이었다. 농기구 대리점과 마주 보고 있는 왼쪽 첫 번째 블록의 첫 번째 가게는 축산용품점이었다. 아담한 크기와 외형상의 구조로 미루어 일반 가옥을 개조한 상가였다.

리처가 서쪽을 향해 걸음을 옮겼다. 등에 느껴지는 아침 햇볕이 제법 따뜻했다.

모텔 사무실에서 외눈박이 사내가 전화기를 집어 들었다. 상대방이 응답하자 그가 말했다. "여자가 다시 역으로 갔습니다. 아침기차를 마중나간 겁니다. 그자들이 대체 몇이나 더 보낼 계획인지 모르겠습니다."

전화기 반대편에서 예의 플라스틱 긁어대는 듯한 탁성이 들려왔다. 질문이 아니었다. 지시도 아니었다. 훨씬 부드러운 어조였다. 격려인 것 같았다. 안심시키는 멘트일 수도 있었다. 외눈박이 사내가 말했다. "네, 물론입니다." 그가 전화기를 내려놓았다.

리처는 여섯 개의 블록을 걸어 내려갔다가 다시 여섯 개의 블록을 거슬러 올라왔다. 그사이에 많은 것을 눈에 담았다. 주택들만 자리 잡고 있는 블록도 있었다. 가옥을 개조한 상가가 늘어선 블록도 있었다. 종묘상, 비료 도매점, 대형가축 전문병원, 한 칸짜리 변호사 사무실, 당구장, 맥주와 얼음만 파는 가게, 고무앞치마와 고무장화만을 취급하는 상점, 세탁소, 타이어 대리점, 신발 밑창 수선점포, 그리고 주유소.

하지만 박물관은 보이지 않았다. 추모비도 없었다.

당연했다. 박물관이나 추모비는 길가보다는 한두 블록 안쪽이 제자리일 것이다. 그래야 기리는 의미가 고취될 것이고 그래야 훼손의 위험으로부터 보다 안전할 것이다.

그가 역마차길을 버리고 북쪽 블록들 뒤편의 이면 도로로 접어들었다. 원래는 격자형 구도의 마을이었다. 구도의 변화는 생활의 터전인 농업기지 때문이었다. 마치 인력에 끌리듯 가운데가 엘리베이터들을 향해 불룩해지면서 반원형을 그리게 된 것이다. 주택들의 밀집도가 그 사실을 입증해주고 있었다. 반원형의 중심부에서는 서로 바짝 붙어 있던 집들이 양쪽 꼬리로 갈수록 듬성듬성해졌다. 그 꼬리들 너머는 아예 황무지였다. 이면 도로 건너편에는 원룸 아파트들이 자리 잡고 있었다. 원래는 창고나 차고였을 것 같은 건물들이었다. 그 옆쪽으로는 가판대들이 늘어서 있었다. 채소나 과일 노점상들을 위한 구역인 것 같았다. 유난히 눈길을 끄는 점포도 하나 있었다. 간판과 유리창의 사인들에 따르면 웨스턴유니언, 머니그램(Money Gram, 머니그램 전용 송금망을 이용하는 해외 송금 서비스), 팩스, 복사, 페덱스, UPS(United Parcel Service, 미국에 본사를 둔 세계적 물류 운송업체), DHL 등의 업무를 모두 취급하는 곳이었다. 그 점포 옆은 폐업한 회계사무소였다.

박물관은 없었다. 추모비도 없었다.

리처는 계속 걸음을 옮겼다. 낮은 판잣집들도 지났다. 디젤 엔진 공업사도 지났다. 머리카락 굵기의 잡초들만 무성한 공터들도 지났다. 그러다 보니 어느새 큰길이었다. 한가운데에 철로가 깔린 마더스 레스트의 남북 도로, 결국 마을의 절반을 답사한 셈이었다. 박물관은 없었다. 추모비도 없었다.

아침기차가 정거장을 향해 달려오고 있었다. 신나게 달리다가 멈춰 서는 게 짜증나기라도 하는 듯, 금속성 불평을 토해내며 속도를 줄이는 기차, 하지만 리처로서는 플랫폼에 누가 내려서는지 확인할 수 없었다. 농업기지 건물들이 시야를 가로막고 있었기 때문이다.

허기가 느껴졌다.

그가 광장을 향해 걸음을 옮겼다. 그리고 잡화점 앞을 지나 식당으로 들어갔다.

바로 그 순간 외눈박이 사내의 열두 살 난 손자가 잡화점 안으로 뛰어 들어갔다. 아이가 문 바로 안쪽에 설치된 공중전화에 동전을 넣고 번호를 눌렀다. 상대방이 응답하자 아이가 말했다. "그 사람이 마을을 뒤지고 있어요. 난 계속 쫓아다녔어요. 그 사람은 모든 걸 둘러보며 돌아다니고 있어요. 블록 하나씩, 하나씩, 차례차례."

3

식당 안은 깨끗했다. 그리고 쾌적했다. 실내 장식도 깔끔했다. 하지만 무엇보다도 간이식당의 본분에 충실한 곳이었다. 최대한 빠른 시간 내에 돈과 칼로리를 교환하는 곳.

리처는 오른쪽 구석의 2인용 테이블로 가서 모서리에 등을 대고 앉았다. 실내의 전경이 한눈에 들어오는 위치였다. 테이블은 절반쯤 차 있었다. 손님들 대부분이 하루의 고된 노동을 대비해서 배를 채우려는 사람들이었다. 웨이트리스가 다가왔다. 직업정신이 투철한 여자였다. 바쁜 와중에도 미소를 잃지 않고 있었다. 리처가 주문을 했다. 팬케이크, 계란프라이, 베이컨. 물론 커피는 언제나처럼 제일 먼저였고.

웨이트리스가 커피는 무제한 리필이라고 일러주었다. 리처에겐 더없이 반가운 정보였다. 그가 두 번째 잔을 홀짝거리고 있을 때 기차역의 여인이 식당 안으로 들어왔다. 마음을 정하지 못한 듯, 잠시 입구에 서 있던 그녀가 실내를 한 바퀴 둘러보았다. 그녀의 눈길이 리처에게 꽂혔다. 그녀가 그에게 곧장 다가왔다. 그녀는 리처의 맞은편 의자에 미끄러지듯 엉덩이를 내려놓았다. 밝은 햇빛 아래 가까이에서 보니 지난밤보다 훨씬 괜찮은 얼굴이었다. 생기 도는 검은 눈동자, 지성과 의지가 엿보이는 표정. 하지만 그 표정에는 일말의 걱정도 깃들어 있었다.

그녀가 말했다. "노크 고마웠어요."

리처가 말했다. "별말씀을."

"내 친구는 아침기차도 타지 않았어요."

"내게 그 얘기를 하는 이유는?"

"당신이 뭔가 알고 있기 때문이죠."

"내가?"

"그렇지 않다면 여기서 기차를 내릴 이유가 없으니까요."

"내가 이 동네 사람일 수도 있잖소."

"아뇨."

"농부일 수도 있고."

"아뇨."

"그럴 수도 있소."

"그럴 수가 없어요."

"이유는?"

"기차에서 내릴 때 가방을 들고 있지 않았어요. 여행을 할 때면 반드시
가방을 챙기는 게 농부들의 오랜 습성이에요."

리처가 한 박자 쉬고 나서 말했다. "당신은 대체 누구요?"

"내가 누군지는 중요하지 않아요. 중요한 건 당신의 정체예요."

"나는 그저 지나가는 사람일 뿐이오."

"난 좀 더 구체적으로 알고 싶어요."

"난 내 정체를 묻는 사람의 정체가 알고 싶소."

여자는 대답하지 않았다. 웨이트리스가 그의 아침 쟁반을 들고 다가왔
다. 팬케이크, 계란프라이, 베이컨. 시럽은 테이블 위에 있었다. 웨이트리
스가 그의 잔을 다시 채웠다. 리처가 포크와 나이프를 집어 들었다.

기차역의 여인이 끈적끈적한 테이블 위에 명함을 내려놓았다. 그녀가 그걸 리처 앞으로 밀어 보냈다. 명함 위에는 푸른색과 금색이 뚜렷이 대비되는 관공서 직인이 찍혀 있었다.

연방정보부, 특수요원 미셸 장

리처가 말했다. "당신 명함이오?"

"네." 그녀가 말했다.

"만나서 반갑소."

"나 역시." 그녀가 말했다. "당신이 내게 반가운 사람이길 바라요."

"FBI가 나 같은 사람에게 뭘 알아내고 싶어서 질문을 하시는지?"

"은퇴했어요." 그녀가 말했다.

"누가?"

"내가요. 더 이상 FBI 요원이 아니에요. 현역 시절의 명함이에요. 몇 장 챙겨서 나왔어요."

"위법 아니오?"

"아마도."

"그런데도 내게 이걸 제시한 이유는?"

"당신의 주의를 끌어볼까 해서요. 날 믿어도 된다는 의미이기도 하고요. 현재 내 신분은 사설탐정이에요. 하지만 호텔에서 사진 찍는 일 따위는 하지 않아요. 그 점을 분명히 해두고 싶군요."

"이유는?"

"난 당신이 이곳에 온 이유를 알아야겠어요."

"시간 낭비. 당신의 문젯거리가 뭔지는 몰라도 내가 이곳에 온 건 단지 우연일 뿐이오."

"우연이 아니라 작전 수행 때문이 아닌가요? 어쩌면 우린 같은 편일 수도 있어요. 그렇다면 둘 다 시간 낭비를 하고 있는 거예요."

"난 작전을 수행하려고 여기 온 게 아니오. 그리고 어느 누구의 편도 아니오. 난 그냥 지나가는 길이오."

"확실한가요?"

"100퍼센트."

"내가 그 얘기를 어떻게 믿죠?"

"믿거나 말거나 난 상관없소."

"난 상관있어요."

리처가 말했다. "FBI가 되기 전엔 뭘 했소?"

장이 말했다. "코네티컷 주 경찰관이었어요. 순찰대 소속."

"그거 반가운 얘기요. 나는 헌병이었소. 우연치고는 묘하게 됐군. 아무튼 우린 동료라고도 할 수 있소. 그러니 이제 명예를 존중하는 신사로서 말하겠소. 내가 여기 오게 된 건 단순한 우연일 뿐이오."

"어디 소속이었어요?"

리처가 말했다. "육군 헌병대."

"무슨 일을 했죠?"

"상부의 명령에 따라 온갖 사건을 다뤘소. 사기, 절도, 살인, 그리고 국가반역죄. 범죄자들이 저지를 수 있는 모든 범죄들을 수사했소."

"이름이 뭐죠?"

"잭 리처. 소령으로 예편했소. 마지막 소속은 110특수부대. 지금은 당신처럼 소속이 없는 상태이고."

장이 천천히 고개를 끄덕였다. 긴장을 푼 눈치였다. 하지만 경계까지 푼

건 아니었다. 그녀가 말했다. 한결 부드러워진 목소리였다. "작전 때문에 이곳에 온 게 아니라는 거죠?"

리처가 말했다. "확실하오."

"지금은 무슨 일을 하고 있죠?"

"아무 일도 하지 않소."

"그게 무슨 뜻이죠?"

"말 그대로요. 난 여행 중이오. 이곳저곳 구경다니고 있소. 발길 닿는 대로."

"언제나?"

"그렇소."

"사는 곳은 어디죠?"

"없소, 이 세상에는. 오늘은 이곳이오."

"집이 없다는 얘긴가요?"

"의미 없는 질문이오. 난 집을 가져본 적이 없소."

"마더스 레스트에는 전에도 와본 적이 있나요?"

"이번이 처음이오."

"그럼 왜 왔죠? 작전 수행 중도 아니라면서?"

"난 지나가는 길이었소. 갑자기 여기서 내리고 싶어졌지. 이 마을의 이름 때문에."

장이 잠시 입을 다물었다. 그녀의 얼굴에 쓸쓸한 미소가 피어올랐다. "무슨 얘긴지 알 것 같아요." 그녀가 말했다. "머릿속에 영화의 한 장면이 떠오르네요. 땅 위에 비스듬히 꽂힌 십자가, 모닥불에 달군 쇠꼬챙이로 새긴 묘비명, 그 뒤로는 역마차 한 대가 덜거덕거리며 멀어져가고 곧이어 자막이 올라오는 엔딩 장면."

"어떤 노파가 이 동네에서 최후를 맞이했다는 생각이오?"

"동네 이름을 처음 들었을 때 그런 생각이 들었어요."

"흥미롭군."

"당신 생각은요?"

"잘은 모르겠지만 젊은 여인이 출산을 하느라 이곳에 머물렀던 게 아닐까 하는 생각이오. 한 달쯤 뒤에 다시 길을 떠났을 거요. 그 아기는 자라서 상원의원쯤 됐을 테고."

"흥미롭군요."

리처가 계란 노른자에 구멍을 뚫었다. 이어서 내용물이 뚝뚝 떨어지는 프라이를 포크로 찍어 입으로 가져갔다.

10미터 떨어진 곳에서 식당 카운터를 담당하고 있던 사내가 벽에 걸린 전화기를 들었다. 그가 목소리를 최대한 낮추고 말했다. "여자가 기차역에서 혼자 돌아왔습니다. 식당에 들어와서는 곧장 어젯밤 도착한 사내의 테이블로 갔습니다. 지금 둘이서 진지하게 대화를 나누고 있습니다. 뭔가 모의를 하고 있는 겁니다, 분명히."

4

식당의 부산스러움이 어느 정도 가라앉았다. 대부분 새벽밥을 먹고 일을 나가는 모양이었다. 농사일도 군대만큼이나 못해먹을 노릇이다. 웨이트리스가 다가왔다. 장이 커피와 대니쉬 빵을 주문했다. 리처는 식사를 끝냈다. 그가 말했다. "사설탐정이지만 호텔에서 사진을 찍진 않는다? 그렇다면 주로 어떤 일을 하고 있소?"

장이 말했다. "우린 일련의 특화된 서비스를 제공하고 있어요. 기업 조사라든지 인터넷 보안 확보 등등 메뉴가 다양해요. 물론 개인의 신변 보호도 하고 있죠. 경호 업무 말이에요. 요즘 세상에서는 부자들은 갈수록 부자가 되고 가난뱅이들은 갈수록 가난해지죠. 경호업체들로서는 아주 반가운 현상이에요. 우리는 건물 보안 의뢰도 받아요. 고민 상담도 하고 뒷조사도 하죠. 위협의 수위도 평가하고요. 그 밖에 일반적인 사건 수사도 수임해요."

"여긴 무슨 일로 오게 됐소?"

"이 지역에서 작전 중이에요."

"어떤 작전?"

"대외비예요."

"작전 규모는?"

"이미 남직원 한 명이 작전 중이에요. 최소한 나는 그렇게 알고 있었어요. 난 그의 지원팀으로 파견됐거든요."

"그게 언제였소?"

"어제 이곳에 도착했어요. 난 시애틀 지부 소속이에요. 여기서 가장 가까운 공항에 내린 다음 차를 렌트했어요. 운전하고 오는 동안 지루해서 죽는 줄 알았어요. 끝이 없는 길이라는 게 이런 거구나 싶더군요."

"하지만 당신 동료는 이 마을에 없었다?"

"네." 장이 말했다. "없었어요."

"그래서 그가 잠시 이곳을 떴지만 이내 기차를 타고 돌아올 거라는 판단을 내렸소?"

"지금도 그러길 바라고 있어요."

"그게 아니면 뭐겠소. 이 일대는 더 이상 무법천지의 황야가 아니잖소."

"나도 알아요. 그는 아무 일 없을 거예요. 원래 오클라호마시티 지부 소속이거든요. 뭔가 급한 일 때문에 잠시 다니러 갔을 거예요. 도로가 그 모양이니 기차를 탔을 게 분명해요. 그러니 돌아올 때도 기차를 탈 거예요. 확실해요. 여기선 타고 다닐 차량이 없다고 내게 말했거든요."

"전화 통화는 시도해봤소?"

그녀가 고개를 끄덕였다. "잡화점에 공중전화가 있더군요. 하지만 그의 집 전화는 응답이 없었어요. 휴대폰은 꺼져 있고요."

"꺼진 게 아니라 서비스가 제공되지 않는 지역에 있기 때문일 수도 있소. 그 경우라면 그는 현재 오클라호마시티에 없다는 얘기고."

"설마 그가 황야 깊숙이 들어가 있을까요? 이 일대에서? 차도 없이?"

"그건 당신이 판단할 문제인 것 같소." 리처가 말했다. "내가 아니라 당신네 작전이니까."

장은 대꾸하지 않았다. 웨이트리스가 다가왔다. 리처가 즉시 이른 점심을 주문했다. 복숭아 파이 한 조각과 커피 리필. 웨이트리스의 얼굴에 체념한 빛이 역력했다. 이런 강적을 만나다니. 사장은 당장에 커피 무제한 리필 서비스를 중단할지도 모른다.

장이 말했다. "나는 그에게 브리핑을 받기로 돼 있었어요."

리처가 말했다. "누구에게? 여기 있지도 않은 사람에게?"

"그러게요."

"브리핑이라면 작전 진척 상황에 관한 설명 말이오?"

"단순히 그 정도가 아니에요."

"그렇다면 현재 당신이 모르고 있는 부분이 얼마나 되는 것 같소?"

"그의 이름은 키버예요. 말했듯이 오클라호마시티 지부 소속이고요. 하지만 우리 직원들은 하나의 네트워크를 공유하고 있어요. 그래서 난 그의 활동 상황을 실시간으로 확인할 수 있죠. 그는 현재 두 가지 중요한 작전을 수행하고 있는 중이에요. 하지만 그 두 작전 모두 이곳과는 아무 상관이 없어요. 그의 컴퓨터에 기록된 자료상으로는 그렇다는 얘기예요."

"그렇다면 당신은 어떻게 지원 임무를 맡게 됐소?"

"수행 중인 작전이 없었거든요. 그가 내게 직접 전화해서 부탁했어요."

"여기서 전화를 걸어왔소?"

"물론이에요. 여기까지 오는 길도 그가 일러주었어요. 이 마을이 현재 자신의 거점이라고 얘기하면서."

"전화로 지원을 부탁하는 게 당신들의 정상적인 관행이오?"

"그럼요. 본부의 작전 수칙에도 나와 있어요."

"정해진 절차에 따라 지원까지 요청하면서도 사건 자체나 작전 활동에 관한 기록은 그의 컴퓨터에 없다?"

"네."

"당신은 그걸 어떻게 해석하고 있소?"

"수임료가 얼마 안 되는 사소한 사건인 거죠. 아니면 거의 무료 봉사 수준이라서 상부에는 보고하기가 껄끄러웠을 수도 있고요. 이를테면 친구의 부탁 같은 것 말이에요. 어느 쪽이 됐든 혼자 처리하려고 회사 데이터베이스에 기록을 남기지 않은 거예요. 하지만 막상 뛰어들고 보니 만만한 사건이 아니었던 거죠. 그래서 지원을 요청했던 거고요."

"사소하게 여겼지만 사실은 상당히 중요한 사건이었다? 대체 어떤 사건이기에?"

"나도 모르죠. 아직 키버에게 브리핑을 받지 못했으니까요."

"조금이라도 짚이는 게 없소?"

"지금까지 내 얘기를 흘려들은 건가요? 키버가 사소한 사건을 혼자서 은밀하게 해결하려 했다, 그러다가 내게 지원을 요청했고 내가 합류하면 모든 걸 브리핑 해줄 계획이었다. 자, 어느 부분이 이해가 안 가는 거죠?"

"통화 당시에 그의 목소리는 어땠소?"

"대체적으로 느긋한 분위기였어요. 하지만 이곳을 마음에 들어 하는 것 같지는 않았어요."

"그가 직접 그렇게 말했소?"

"내 느낌이 그랬어요. 이리로 오는 길을 일러줄 때는 목소리가 흔들렸어요. 그 순간 나는 동료를 불길하고 음산한 곳으로 끌어들이는 걸 못내 미안해하는 것 같은 느낌을 받았어요."

리처는 아무 말도 하지 않았다.

장이 말했다. "알아요. 아무 정보도 없는 상태에서 느낌만 가지고 추정을 하면 혼란만 가중될 뿐이죠. 당신도 헌병이었으니까 그렇게 생각하고 있는 거죠?"

리처가 말했다. "그렇지 않소. 나 역시 같은 느낌이오. 일단 고무앞치마만을 파는 가게가 있다는 게 느낌이 좋지 않소. 그리고 오늘 아침 내내 이상한 꼬마가 내 뒤를 졸졸 쫓아다녔소. 열 살 내지 열두 살쯤 되어 보이는 사내아이였소. 낯선 사람의 존재가 신기했던 모양이오. 동작이 굼뜨고 수줍음이 많은 아이였소. 내가 자기 쪽을 향해 눈을 돌릴 때마다 벽 뒤에 몸을 숨기더군."

"이상하기보다는 서글픈 느낌이 드네요."

"이 사건에 관해서 알고 있는 게 정말로 전혀 없소?"

"난 키버의 브리핑을 기다리고 있는 중이에요."

"계속해서 기차를 기다리시겠다는 얘기군."

"하루에 두 번."

"언제쯤 포기할 생각이오?"

"당신 작전이 아니라고 함부로 얘기하진 말아줘요."

"농담이었소. 지금 당신은 경찰로서는 최악의 상황에 처해 있소. 나는 물론이고 당신 역시 순찰대에서 근무하던 시절에 이런 상황을 겪어본 적이 있을 거요. 작전에 함께 투입된 동료와 통신이 두절된 상황. 당신이 보낸 메시지들이 그에게 전달되지 않고 있소. 내 판단은 그렇소. 결론적으로 말하자면 현재 그는 휴대폰 서비스 지역을 벗어나 있소. 내 사건은 아니지만 그곳이 어디일지 궁금하기는 나도 마찬가지요. 요즘 사람들, 특히 당신네 같은 직업을 가진 사람들은 휴대폰 없이는 아무 일도 할 수가 없는데 말이오."

장이 말했다. "하루만 더 기다려볼 생각이에요."

"그때쯤이면 나는 떠나고 없을 거요." 리처가 말했다. "오늘 저녁기차를 탈 생각이오."

장을 혼자 남겨두고 식당 밖으로 나온 뒤 리처는 곧장 역마차길을 향해 걸어갔다. 마을의 나머지 절반을 답사할 생각이었다. 이상한 꼬마는 보이지 않았다. 일단 축산용품 전문점부터 차례로 서쪽 도로의 왼쪽 여섯 개 블록들을 다시 한 번 훑어 내려갔다. 눈길을 끄는 건 없었다. 그는 마지막 블록을 지나치고 나서도 계속해서 걸음을 옮겼다. 100미터, 200미터. 서쪽이었던 마을의 중심이 기차 정거장이 생기고 나서 동쪽으로 옮겨 갔다 해도 박물관이나 추모비는 원래의 자리에 그대로 남겨졌을 것이다. 장의 추측대로 어느 노파가 그곳에 묻혔다면 그 묘비는 멀리서도 눈에 띌 만큼 크거나 화려하지는 않을 것이다. 납작한 석판, 혹은 40~50센티 높이의 철제 표식 정도일 것이다. 그 어느 것이든 끝없이 펼쳐진 밀밭 속에 감춰져 있을 것이다. 하지만 도로변에서부터 오솔길이 하나 나 있어서 그리로 인도해줄 것이다.

그러나 그런 오솔길은 없었다. 석판도 없었고 철제 표식도 없었다. 박물관도 없었다. 흥미로운 역사의 현장을 가리키는 안내판도 없었다. 리처는 돌아서서 다시 걷기 시작했다. 여섯 번째 블록에 이르렀을 때 남쪽으로 방향을 꺾었다. 그러고는 역마차길과 나란히 나 있는 동서 이면 도로의 블록들부터 훑기 시작했다. 북쪽 이면 도로의 블록들과 별반 다를 게 없었다. 헛간이나 차고를 개조한 원룸 아파트들이 좀 더 많았고 채소와 과일 가판

대가 좀 더 적었을 뿐이다. 하지만 추모비는 없었다. 박물관도 없었다. 논리적으로 판단할 때 둘 중 하나는 반드시 있어야 했다. 그런데 없었다. 마더스 레스트에 처음부터 교차로가 있었던 건 아니다. 철로가 놓이기 전에는 광막한 평원을 가르며 동서로 곧게 뻗은 역마차길뿐이었다. 그 길 양옆으로 집들이 하나씩 둘씩 띄엄띄엄 들어서기 시작했을 것이다. 추모비, 혹은 그에 얽힌 전설이 집들을 그 주위로 불러 모았을 것이다. 따라서 추모비든, 철제 표식이든, 아니면 박물관이든 처음 형성됐던 마을의 중심에 있어야 했다. 진주의 근원이 하나의 모래 알갱이인 것처럼.

하지만 아무것도 눈에 띄지 않았다. 추모비도, 박물관도 보이지 않았다. 그것들은 역마차길에서 북쪽이나 남쪽으로 적당한 거리를 둔 지점에 있어야 했다. 여기서 적당한 거리란 소풍이나 순례지 탐방에 나섰다는 느낌이 들 만한 거리를 의미한다. 리처의 판단으로는 한 블록 정도에 해당하는 거리였다. 그런데 없었다. 북쪽에도, 남쪽에도 없었다.

그는 지난번에 훑었던 블록들과 이면 도로들까지 다시 한 번 눈여겨보며 계속해서 걸음을 옮겼다. 똑같은 풍경을 두 번째로 보고 나자 그 마을의 성격을 대충이나마 파악할 수 있었다. 일단 그 마을은 광대한 지역에 띄엄띄엄 떨어져 살아가는 농부들의 교역 중심지였다. 그보다 더 중요한 것은 농장에서 거둬들인 곡물들을 모았다가 외지로 실어 나르는 물류기지로서의 기능이었다. 물론 그 일대에는 농장만이 아니라 목장도 있을 것이다. 축산용품 전문점과 대형가축 전문병원, 그리고 고무앞치마 가게가 그 사실을 입증하고 있었다. 한편 형편이 썩 괜찮은 농부도 있고 그렇지 않은 농부도 있을 것이다. 전자는 농기구 대리점에서 번쩍이는 새 기계들을 구입하고 후자는 디젤 엔진 공업사에서 수리를 해가며 버틸 것이다. 신발 밑창 수선점도 물론 후자들을 위해서일 테고.

그런 사람들이 모여 사는 마을이었다. 그 점에서는 다른 여느 마을과 다를 게 없었다.

여름의 막바지였다. 낮은 여전히 길었지만 햇볕은 따갑다기보다는 따사로웠다. 그래서 그는 산책을 계속했다. 그저 밖에 나와 있다는 사실만으로도 즐거웠다.

마침내 모든 블록과 모든 이면 도로의 두 번째 답사까지 끝났다.

추모비는 없었다. 박물관도 없었다.

이상한 꼬마도 보이지 않았다.

하지만 그를 이상한 눈빛으로 쳐다보는 사내가 하나 있었다.

5

역마차길과 두 블록을 사이에 두고 나란히 뻗은 이면 도로, 마을의 반원형 구도가 허물어지기 시작하는 지점, 양쪽 도로변에는 상가 블록이 각각 다섯 개와 네 개씩 형성돼 있었다. 은행 출장소와 신용조합 같은 사무실도 있었고 칼이나 날 가는 가게, 기어박스 수리점 같은 소규모 점포들도 있었다. 모두 주인 혼자 운영하는 곳들이었다. 그건 회전 형광 막대를 내건 이발소도 마찬가지였다. 리처를 향해 이상한 눈길이 쏟아져 나온 곳은 바로 그 점포들 가운데 하나였다. 관개시설 부품 가게. 상표도 다양했고 가짓수도 많았다. 상품들이 어지럽게 쌓여 있는 가게 안, 주인 사내는 계산대 뒤의 좁은 공간에 갇힌 듯 서 있었다. 덩치가 작은 사내가 아니었다. 가게 앞을 지나가는 리처를 본 순간 사내의 눈에 광채가 번뜩였다. 그가 뒤쪽에 있는 뭔가를 집으려는 듯 어깨 너머로 손을 들어 올렸다. 리처는 그게 뭔지 보지 못했다. 걸음에 가속도가 붙어 곧장 가게 앞을 지나쳤기 때문이다. 그의 두뇌 앞부분은 잠잠했다. 하지만 뒷부분은 돌아가기 시작했다.

'그 사내가 왜 내 모습에 반응을 했을까?'

당연했다. 낯선 얼굴을 보았으니까. 외지인. 따라서 따질 일이 아니다.

'그가 뭘 집으려 했던 걸까? 무기?'

아닐 것이다. 그저 지나가는 사람에게서 즉각적으로 위협을 느낄 수는

없다. 그리고 야구 방망이나 구식 45구경 권총을 보란 듯이 뒷벽에 걸어
놓는 가게 주인은 없다. 그런 것들은 카운터 아래처럼 눈에 띄지 않는 곳
에 보관하는 법이다. 게다가 관개시설 부품 가게가 위험할 게 뭐가 있으
랴. 야구 방망이나 총은 주류 판매점이나 바에서 필요한 것이다. 잡화점에
서도 필요할 수 있겠지만 관개시설 부품 가게에서는 아니다.

'그렇다면 사내가 집으려 했던 건 뭐지?'

전화기. 평균 키 남성의 어깨 높이에 부착된 구형 벽걸이 전화기. 계산
대 뒤의 공간이 너무 비좁아서 사내는 몸은 그대로 두고 팔만 뒤로 뻗어서
집어 들었을 것이다.

'그가 왜 전화를 집었을까? 이 동네에서는 낯선 이의 출현이 서로에게
알려야 할 만큼 대단한 사건이란 말인가?'

불현듯 할 일이 생각났을 수도 있다. 거래처 혹은 택배.

혹은

'눈에 띄는 즉시 보고하라는 지시에 따랐을 수도 있다.'

무엇을?

'낯선 사람을.'

누구의 지시로?

'그 이상한 꼬마도 마찬가지였을 수 있다. 나를 감시하라는 지시를 받
고 쫓아 다녔던 것이다. 수줍었던 게 아니라 미행에 미숙했던 것이다.'

두뇌 뒷부분과 대화를 이어가다 보니 어느새 광장이었다. 리처가 한 바
퀴 몸을 돌려가며 사방을 살폈다.

아무도 없었다.

그때 커피 생각이 간절해졌다. 그래서 식당으로 되돌아갔다. 늦은 오전이었다. 장은 여전히 같은 테이블을 차지하고 있었다. 하지만 자리를 바꿔서 모서리에 등을 기대고 앉아 있었다. 리처가 앉았던 대로. 그는 장에게 다가갔다. 그녀의 옆 테이블에 자리를 잡고, 역시 등에 벽을 지고 앉았다. 습관.

"아침 시간 잘 보내고 있소?" 리처가 물었다.

그녀가 말했다. "대학 1학년 때의 일요일 같은 기분이에요. 휴대폰도 없고 할 일도 없는 아침."

"내 생각엔 당신 동료가 최소한 사무실에는 연락을 취했을 것 같소만."

그녀가 뭔가 말하려다 입을 다물었다. 그녀가 실내를 돌아보았다. 그녀의 눈길이 테이블을 차지하고 앉은 사람들의 면면을 차례로 훑었다. 낯 뜨거운 얘기를 털어 놓기 전에 그 내용을 귀담아 들을 만한 사람들이 몇이나 있는지 확인하려는 것 같았다. 그녀의 눈길이 다시 리처에게 돌아왔다. 그 얼굴에 미소가 번졌다. 여러 가지 의미가 함축된 미소였다. 배짱, 수치, 심지어 깜찍한 음모까지. 그녀가 말했다. "본의는 아니었지만 우리 회사에 관해 약간 부풀려서 얘기한 것 같군요."

리처가 말했다. "어떤 식으로?"

"우리의 오클라호마시티 지부 사무실은 사실 키버네 집 작은방이에요. 시애틀 사무실은 내가 살고 있는 집 작은방이고요. 우리 회사의 웹사이트에는 우리 지부가 미국 전역에 설립되어 있다는 내용이 있어요. 사실이긴 해요. 작은방이 딸린 집은 있지만 생계가 막막한 전직 FBI 요원이 어디 한둘이겠어요? 우린 수직 구조의 조직이 아니에요. 쉽게 설명하자면 업무상의 지휘 체계가 없다는 얘기죠. 그러니 키버에겐 보고할 직계 상사가 없는 거예요."

"하지만 그가 두 가지 중요한 작전을 수행 중이라고 했잖소."

장이 고개를 끄덕였다. "우린 전문가들이에요. 그리고 합법적인 사건들만 수임해요. 하지만 그건 원칙일 뿐이죠. 어차피 우리는 돈을 받고 일을 하는 사람들이에요. 우리 사이트의 사건 의뢰 게시판은 늘 넘쳐나요. 그중에는 불법적인 사건들도 있고 무시해 버릴 만큼 사소한 사건들도 있어요. 돈은 안 되지만 취미 삼아 뛰어 들고 싶은 사건도 있고요. 여기서 눈치 볼 직계 상사가 없다는 사실에 주목해야 해요. 그러면 내 얘기가 무슨 뜻인지 이해가 갈 거예요."

"그가 취미로 수임했다면 어떤 사건일 것 같소?"

"물론 나 역시 그 부분에 관해서 계속 생각 중이에요. 일단 기업에 관련된 일은 아니에요. 그런 일들은 규모가 장난이 아니거든요. 조폐권 취득에 관한 의뢰까지 있을 정도예요. 따라서 곧장 컴퓨터에 기록되죠. 의뢰를 받는다는 것 자체가 큰 영광이니까. 그러니 이번 사건은 개인 차원의 의뢰가 틀림없어요. 보수는 현금이나 자기앞수표로 지불했겠죠. 범죄와 연루된 일은 아닐 수 있지만 찝찝한 구석이 있는 사건인 것만은 분명해요."

"키버는 지원을 요청했소."

"말했듯이 사소하게 여기고 뛰어들었지만 실상은 그렇지 않았던 거죠."

"찝찝한 정도를 넘어선 사건."

"엄청난 사건."

웨이트리스가 다가왔다. 사장의 무제한 리필 원칙이 그날 들어 두 번째로 시험대에 올랐다. 하지만 사장이 그 원칙을 백지화시키지는 않을 것이다. 리처가 계산서 금액의 네 배를 선불로 지불했기 때문이다.

장이 말했다. "당신은 아침 시간을 어떻게 보냈죠?"

그가 말했다. "노파의 무덤은 찾을 수 없었소. 아기에 관한 정보도 얻을 수 없었고."

"그래도 여기서 죽은 노파나 여기서 태어난 아기의 흔적이 어딘가에 보존되어 있을 거라는 생각엔 변함이 없나요?"

"물론이오. 누군가의 무덤 위에 아스팔트를 부을 사람은 없소. 게다가 땅이 넓잖소. 어디든 역사적 장소를 기리는 표지판 하나 세우는 건 문제가 아니오. 그런 표지판은 이 나라 곳곳에 널려 있소. 갈색 동판이 대부분이 지만 어디서 제작하고 관리하는지는 나도 정확히 모르겠소. 아마 내무부 산하의 모 부처 소관일 테지. 아무튼 아직까지는 그걸 발견하지 못했소."

"동네 사람들에게는 물어봤나요?"

"이제부터 그럴 생각이오."

"저 웨이트리스부터 시작하면 되겠네요."

"그녀의 진술은 신빙성이 없소. 직업이 직업이니까. 그럴듯한 사연을 꾸며내면 소문이 퍼져 나갈 테고 조만간 이 식당은 관광객들로 붐비게 되 겠지."

"지금까지는 그 작전이 성공하지 못했나 봐요."

"마을 이름에 관해 묻는 사람이 많았을 거라 생각하오?"

"열 명 중에 다섯 명은 물어봤을 거예요." 그녀가 말했다. "하지만 지난 11년 동안 이 식당을 찾은 외지인이 모두 합해서 열 명이라면? 따라서 이 건 비율은 높고 빈도는 낮은 명제예요. '많다'의 의미를 당신이 어떻게 해 석하고 있는지는 모르겠지만."

바로 그때 웨이트리스가 그들을 향해 다가왔다. 그녀의 손에는 큼지막한 커피 플라스크가 들려 있었다. 두 번째 리필 행진의 서막. 장이 그녀에게 물었다. "이 마을 이름이 왜 마더스 레스트로 불리게 된 거죠?"

웨이트리스가 뒤로 약간 물러섰다. 피곤한 여인네들이 흔히 그러듯 짝다리를 짚은 자세였다. 커피 플라스크가 그녀 허리 높이의 허공에서 찰랑거렸다. 호밀 색깔의 머리칼, 붉은 얼굴, 서른다섯에서 쉰 살쯤? 짐작하기 힘든 나이. 말랐던 사람이 나이 들면서 살이 붙은 건지 아니면 뚱뚱했던 사람이 고된 일상으로 인해서 살이 빠진 건지 판단을 불허하는 몸매. 하지만 장의 질문을 반긴 것만은 분명했다. 두둑한 팁을 건넴으로써 리처는 이미 그녀의 절친이 되었으니까. 게다가 공격적이거나 따분한 질문이 아니었으니까.

그녀가 말했다. "어디 먼 도시에서 살고 있는 어떤 효자가 엄마의 은혜에 보답하기 위해서 이곳에 집을 하나 장만해 드렸을 거예요. 사람이 살다 보니 가게가 생겼고 가게가 생기다 보니 더 많은 사람들이 모여 들었어요. 그래서 마을이 이루어졌겠죠."

리처가 말했다. "그게 이 마을 이름의 공식적인 유래라는 얘기요?"

웨이트리스가 말했다. "멋진 아저씨, 사실 난 잘 몰라요. 난 미시시피 출신이거든요. 어쩌다 보니 여기까지 흘러들어왔을 뿐이에요. 그러니 저 카운터 양반에게 물어보세요. 여기가 고향은 아닐지 몰라도 최소한 이 주에서 태어난 건 맞을 거예요."

그 말을 남기고 그녀가 떠났다. 실제론 빠르지 않지만 빠른 것 같아 보이는 웨이트리스들 특유의 걸음걸이.

장이 물었다. "그 정도면 충분히 그럴듯한 대답이었나요?"

리처가 고개를 끄덕이며 말했다. "창의적인 면에서는 충분했소. 하지만 식당을 대박 나게 만들 만한 대답은 아니었소. 저 여자에겐 식당 웨이트리스보다는 시나리오 작가가 더 어울릴 것 같소. TV에서 웨이트리스 출신의 시나리오 작가를 본 적이 있소. 어느 모텔에서, 한낮에."

"그녀 얘기대로 카운터 양반에게 물어볼까요?"

리처의 눈길이 카운터로 향했다. 사내는 바쁘게 일하고 있었다. 리처가 말했다. "일반 주민들에게 먼저 물어보는 게 순서일 것 같소. 아까 밖에서 걸어다니는 동안 그럴 만한 사람들을 몇 명 눈여겨두었소. 그들과 얘기를 나눈 다음엔 어디든 자리를 잡고 낮잠을 청할 생각이오. 이발소에 들를 마음도 있고. 어쨌든 저녁 7시쯤엔 당신과 다시 만나게 될 거요. 당신 친구 키버는 기차에서 내리고 나는 올라타고."

"그때까지 마을 이름의 유래를 알아내지 못해도 떠날 건가요?"

"그게 그다지 중요한 건 아니오. 그것 때문에 여기 머문다는 건 우습잖소. 난 내 첫 느낌을 그대로 안고 떠날 거요. 당신의 느낌도 믿겠소. 기분이 우울할 때는."

장은 그 말에 아무 대꾸도 하지 않았다. 리처가 잔을 깨끗이 비우고 자리에서 일어섰다. 그리고 실내를 가로질러 식당 밖으로 나왔다. 햇볕은 여전히 따사로웠다. 마을 이름의 유래를 찾아 떠나는 또 다른 여정, 일반 주민들. 첫 번째 대상은 이미 결정해 두었다.

관개시설 부품 가게의 주인 사내.

6

사내는 여전히 계산대 뒤에 갇힌 듯 서 있었다. 공간의 너비는 대략 60 센티. 그에겐 턱없이 비좁아 보였다. 사내의 키와 몸무게는 리처와 거의 비슷했다. 하지만 늘어지고 부풀어 오른 체구였다. 서커스 천막 같은 셔츠, 허리 한참 아래 부분에 버클로 여민 벨트 위로 큰북처럼 불룩 튀어 나온 뚱배, 창백한 낯빛, 색깔 없이 투명한 머리칼.

그의 오른쪽 어깨 뒷벽에 전화기가 매달려 있었다. 다이얼과 나선형 전화선이 필요한 구식 전화기가 아니었다. 벽면에 수직으로 고정된 거치대 위에 송수화기가 얹힌 현대식 무선전화기였다. 팔만 뒤로 뻗으면 쉽게 집어 들 수 있는 편리함. 거치대 상단의 열 칸짜리 플라스틱 메모판. 그 가운데 다섯 칸에 붙어 있는 상호와 전화번호. 부품 제조사와 도매상들. 필요할 때마다 전문가들의 자문을 구할 수 있는 비상연락망.

사내가 말했다. "무슨 일로 오셨습니까?"

리처가 말했다. "우리가 예전에 만난 적이 있었소?"

"그렇진 않을 겁니다. 만났다면 내가 기억할 테니 말입니다."

"몇 시간 전에 내가 이 가게 앞을 지나갈 때 당신은 머리가 천장에 닿도록 펄쩍 뛰었소. 왜 그리 놀랐던 거요?"

"선생님을 알아봤기 때문입니다. 옛날 사진들 속에서."

"옛날 사진들이라니?"

"86년도 펜스테이트(PENNSTATE, 펜실베이니아 주립대학교)."

"난 펜스테이트에 다닐 만큼 똑똑하지 않았는데?"

"미식축구선수 특별 전형 제도. 당신의 포지션은 라인백이었고 모두들 선생님 얘기만 했었지요. 신문 스포츠 란은 선생님 이름으로 도배됐고요. 당시 나는 스포츠라면 사족을 못 썼지요. 사실은 지금도 그렇긴 합니다만. 당연한 말씀이지만 이제 많이 늙으셨군요. 기분 나쁘셨다면 죄송합니다."

"전화했소?"

"언제 말입니까?"

"내가 지나가는 걸 봤을 때."

"내가 왜요?"

"당신 팔이 뒤쪽으로 넘어가는 걸 봤소."

"그랬다면 전화가 왔던 거겠지요. 하루 종일 울려댑니다. 이것저것 찾는 사람들이 워낙에 많아서요."

리처가 고개를 끄덕였다. 벨소리를 그가 들을 수 있었을까? 아닐 것이다. 문은 닫혀 있었다. 게다가 벨소리를 조절할 수 있는 전화기였다. 워낙 비좁은 장소이다 보니 상당히 낮게 울리도록 맞춰져 있었을 것이다. 늘 울려댄다면 더욱 그럴 것이다. 귀 바로 뒤에서 하루 종일 시끄럽게 울려대는 전화기를 참아낼 수 있는 사람은 없다.

리처가 말했다. "이 마을의 이름에 대해 당신만의 견해가 있소?"

"나만의 뭐가 있냐고요?"

"이 마을이 '마더스 레스트'라고 불리게 된 까닭을 물었소."

"솔직히 거기에 대해서는 나도 모릅니다, 선생. 이 나라에 이상한 이름을 가진 동네가 어디 한두 곳입니까. 이곳만이 아닙죠."

"당신을 추궁하려는 게 아니오. 이 마을에 깃든 이야기에 흥미를 느꼈을 뿐이오."

"전혀 아는 바가 없습니다."

리처가 다시 고개를 끄덕이며 말했다. "좋은 하루 보내시오."

"선생님도요. 그리고 재활에 성공하신 거 축하드립니다. 주제넘은 말씀이었다면 죄송하고요."

리처가 옆 몸으로 가게를 빠져나왔다. 그러곤 잠시 햇볕 아래 서 있었다.

그 뒤로 찾아간 가게는 열두 곳. 관개시설 부품상까지 열세 명의 가게 주인들. 웨이트리스까지 합하면 열네 사람의 의견. 하지만 속 시원한 대답은 얻을 수 없었다. 사실 그 가운데 여덟 개는 대답이라고 할 수도 없었다. 들썩거린 어깨들, 멍한 눈빛들, 그리고 하나같이 방어적인 태도들.

'이 나라에 이상한 이름을 가진 동네가 어디 한두 곳입니까.'

하기야 어디 마더스 레스트 뿐이랴. 와이, 와이낫, 액시던트, 퍼큘리어, 산타클로스, 노네임, 보링, 치즈케이크, 트루스오어컨시퀀시스, 몽키스아이브로우스, 오케이, 오디너리, 파이 타운, 토드썩, 스윗립스 등등 이상한 이름을 가진 동네가 많은 건 사실이었다.

나머지 여섯 개의 의견들은 모두 웨이트리스의 대답과 같은 맥락이었다. 하나같이 개인적인 환상에 지나지 않았다. 그 점에서는 리처의 느낌도 마찬가지였다. 장의 느낌도 예외가 될 수 없었다. 누구든 그 마을 이름을 듣고 나면 모종의 느낌을 받게 된다. 그리고 그 느낌을 토대로 각자의 시나리오를 쓰게 된다. 결국 리처는 빈손으로 돌아서야 했다. 추모비나 박물관, 혹은 갈색 동판에 관해서 뭐든 알고 있는 사람은 아무도 없었다. 이름에 얽힌 전설 한 토막조차 읊어주는 사람이 없었다.

남북 대로를 걸어 내려오며 리처는 잠시 고민에 빠졌다.

낮잠이냐, 이발이냐.

가장 먼저 보고한 사람은 관개시설 부품 가게 사내였다. 자기가 무사히 상황을 수습했다고 했다. 미식축구를 들먹이며 눙치는 기술 덕분이라고 했다. 아주 오래전에 배웠던 기술이라고 했다. 어느 특정한 해에 우수한 성적을 올렸던 대학 팀을 거론하며 상대방을 아는 체하는 게 그 기술의 핵심이라고 했다. 백이면 백, 우쭐해진 상대방은 더 이상 의심하지 않는다고 했다. 그 뒤로 한 시간 동안 보고는 세 건 더 이어졌다. 모두 상황을 잘 넘겼다는 내용이었다. 미식축구 얘기는 없었다. 모텔의 외눈박이 사내는 네 건의 보고 내용을 정리했다. 그리고 이번엔 그가 전화를 걸었다. 상대방이 응답하자 그가 말했다. "그자들이 마을 이름을 구실 삼아 탐문 수사를 벌이고 있습니다. 덩치 큰 사내놈이 현재 온 마을을 쑤시고 다니는 중입니다."

예의 플라스틱 긁는 듯한 탁성이 한참 동안 들려왔다. 나직했다. 부드러웠다. 격려의 메시지였다. 안심하라는 멘트였다. 외눈박이 사내가 말했다. "네, 잘 알겠습니다." 하지만 안심한 것처럼 들리지는 않았다. 그가 전화기를 내려놓았다.

의자 두 개짜리 이발소였다. 이발사는 혼자였다. 나이가 상당히 들어보였지만 눈에 띄게 손을 떨어대지는 않았다. 그래서 리처는 일단 뜨거운 타월을 동원한 면도를 부탁했다. 면도에 이어서 이발도 부탁했다. 뒷머리와 옆머리는 이발기로 바짝 치되 윗머리는 조금 길게 남겨 달라고 주문했다. 리처의 머리색은 젊은 시절 그대로였다. 모발이 약간 가늘어지긴 했지만 탈모는 남의 얘기였다.

늙은 이발사의 수고로운 노동이 결실을 맺었다. 리처가 거울에 머리 모양을 비추어 보았다. 깨끗했다. 상쾌했다. 마무리도 깔끔했다. 요금은 11달러, 그만한 가치가 충분했다.

이발소를 나온 뒤 리처는 다시 광장을 가로질러 모텔까지 걸어갔다. 건물 앞 차도에 예의 흰색 플라스틱 의자가 동그마니 놓여 있었다. 그가 의자를 도로변 적당한 자리로 옮겨 놓았다. 담장 근처에 좁게 조성된 잔디밭이었다. 남의 눈에 잘 띄지도 않고 남의 진로에 방해도 되지 않을 위치였다. 리처는 발로 툭툭 쳐서 햇살과 일렬을 이루도록 의자의 각도를 잡았다. 그가 등을 깊숙이 기대고 의자에 앉았다. 그리고 눈을 감았다. 따사로운 햇볕이 그의 온몸을 감쌌다. 어느 순간 리처는 잠에 떨어졌다. 여름날의 야외, 그가 세상에서 두 번째로 좋아하는 잠자리였다.

7

그날 저녁 6시, 리처는 일찌감치 기차역으로 걸어갔다. 한편으로는 해
가 이미 낮은 하늘에 걸려 더 이상 일광욕을 즐길 수 없었기 때문이었고,
다른 한편으로는 약속 시간보다 앞서 나가는 습관 때문이었다. 그래야 현
장의 상황을 살필 수 있었다. 기차를 타는 것처럼 단순한 약속도 예외가
될 수 없었다.

엘리베이터들은 여전히 작동 중지 상태였다. 텅 빈 채 수확철을 기다리
고 있는 게 분명했다. 초대형 창고는 굳게 잠겨 있었다. 철로는 잠잠했다.
이제 곧 찾아올 황혼을 대비해 가로등에는 이미 불이 들어와 있었다. 서녘
에만 황금빛이 감돌고 있을 뿐, 나머지 하늘은 어두컴컴했다. 이제 곧 밤
이 찾아올 것이다.

작은 역사는 열려 있었다. 하지만 사람은 없었다. 리처가 안으로 걸어
들어갔다. 네 벽과 천장 모두 나무막대를 가로로 줄줄이 잇대어 마감한 인
테리어, 그 위에 여러 번 덧칠된 공공건물 특유의 크림색 페인트. 실내는
낮 동안의 뜨거운 햇볕을 참아냈던 나무막대들이 황혼을 만나자 토해내
는 숨결에 의해 후덥지근했다. 매캐하고 답답했다. 그래도 작은 아치형을
이루고 있는 매표구는 친숙한 느낌으로 다가왔다. 하지만 하단에 동그란
구멍이 뚫린 그 유리창 뒤로 가림막이 드리워져 있었다. 조악한 비닐 소재
의 주름 잡힌 갈색 가림막 위에는 꽃잎 문양으로 멋을 부린 금색 글씨가

인쇄돼 있었다.

영업 종료

짧은 실내 복도 끝에 화장실들이 자리 잡고 있었다. 테이블도 하나 있었다. 그 위에는 6일 지난 신문 한 부가 놓여 있었다. 천장에서 늘어뜨려진 전선줄마다 유리 갓을 씌운 잿빛 전구가 하나씩 매달려 있었다. 하지만 전원 스위치는 없었다. 출입구 근처의 벽면에 스위치 판은 하나 있었다. 하지만 그 위에는 스위치 대신 안내 문구가 테이프로 붙어 있었다.

점등은 매표구에 문의하시오

서비스 마인드를 완전히 상실한 공공건물, 다만 벤치들은 예외였다. 족히 백 년은 묵었을 마호가니 원목이었다. 앉은 자리마다 엉덩이 자국이 패어 있었다. 자국마다 닳고 닳아서 반질반질 윤이 났다. 리처가 고민 없이 한 자리를 골라 앉았다. 뜻밖에도 편안했다. 딱딱하기로는 둘째가라면 서러워할 마호가니였다. 하지만 엉덩이로 느껴지는 촉감은 오히려 부드러웠다. 대단한 목수, 아니 어쩌면 대단한 건 나무일 수도 있었다. 인간에 의해 베어진 뒤 껍질이 벗겨지고 몸뚱이가 토막 난 나무. 장시간 혹독한 압축과 스팀 공정을 거치는 동안 나무는 새롭게 주어진 모습으로 인간을 포용하자는 다짐만을 되새겼던 게 아닐까. 할 일은 없고 시간은 오롯이 그의 것이었다. 잠시 공상에 빠진들 어떠랴. 그러다 문득 의문이 하나 떠올랐다. 마호가니처럼 단단한 나무도 그렇게 가공될 수 있는 걸까? 리처로서는 답을 알 수 없었다.

밖은 점점 더 어두워졌다. 따라서 실내도 점점 더 어두워졌다.

점등은 매표구에 문의하시오

리처는 어둠 속에 홀로 앉아 창밖만 지켜보고 있었다. 장도 이미 정거장에 나와 있을 것이다. 어느 그늘 속에서 기차를 기다리고 있을 것이다. 전날 저녁에도 그렇게 기다렸으니까. 그녀를 찾아 나설 수도 있었다. 하지만 왜? 그녀와 장황하게 이야기를 나눌 만한 소재가 없었다. 5분 남짓 잡담을 나누는 게 고작일 것이다. 그런 대화를 통해 달라질 게 없다는 사실을 그는 너무도 잘 알고 있었다. 세상을 떠도는 삶, 만나면 헤어지는 게 공식이다. 리처에겐 너무나 익숙한 공식. 이번에도 마찬가지였다. 다정하게 손을 흔들며 기차에 올라타면 그걸로 끝이었다. 어차피 그녀도 경황이 없을 것이다. 키버와의 대화에 온통 정신이 팔려 있을 테니까.

만일 키버가 저녁기차에서 내려선다면.

리처는 기다렸다.

기차가 도착하기 1분 전, 리처는 철로 밑에 깔린 자갈들이 속삭이듯 달그락거리는 소리를 들었다. 이어서 철로가 나지막한 금속성 리듬을 흥얼거리기 시작했다. 그 노랫소리는 점점 커져가다가 이내 울부짖는 비명이 되어 그의 고막을 두들겨 댔다. 대기의 진동이 온몸으로 느껴졌다. 이어서 아주 밝은 한줄기 헤드라이트 불빛이 눈을 찔렀다. 김빠지는 소리와 덜커덩대는 소리가 뒤이어 들려왔다. 드디어 기차가 정거장에 진입했다. 뜨겁고 야만적이었다. 하지만 정차하는 과정은 너무도 더디게 진행되었다. 금속성의 날카로운 비명을 올리며 제동장치에 저항하던 바퀴들이 회전을 완전히 멈췄을 때, 기관차는 이미 리처의 시야를 벗어나 있었다. 플랫폼에 나란하게 멈춰선 객차들의 승강구들이 쩍 소리와 함께 일제히 열렸다.

왼쪽 그늘 속에서 걸어 나오는 장의 모습이 리처의 눈에 들어왔다. 하지만 다음 순간 다시 그늘 속으로 사라졌다. 카메라 플래시에 환히 드러났다가 순식간에 사라진 피사체처럼.

기차에서 한 사내가 내려섰다. 그때 오른쪽 그늘 속에서 걸어 나오는 또 다른 사내의 모습이 리처의 눈에 들어왔다. 눈에 익은 얼굴과 몸집, 관개시설 부품 가게 사내였다. 빛 속으로 나온 그가 기차를 향해 다시 한 걸음을 내디딘 뒤 멈춰 섰다.

기차에서 내린 사내가 가로등이 만들어낸 빛의 텐트 속으로 들어섰다. 덩치는 크지 않았다. 키버가 아니었다. 평균 신장은 살짝 넘어섰지만 평균 체중에는 한참 못 미치는 쉰 살 남짓의 중년 사내였다. 젊었을 때는 늘씬하다는 칭찬 꽤나 들었을 것이다. 하지만 이제는 동정을 살 만큼 허약해 보였다. 머리색은 짙었다. 하지만 염색을 한 게 분명했다. 타이 없는 와이셔츠에 양복 차림이었다. 손에는 고동색 가죽가방을 들고 있었다. 왕진 가방보다는 크고 더플백보다는 작은 가방이었다.

기차에서 내린 승객은 그 사내 하나뿐이었다.

승강구들은 여전히 열려 있었다.

오른쪽에서 부품 가게 사내가 다시 앞으로 한 걸음 내딛는 모습이 리처의 눈에 들어왔다. 기차에서 내린 사내의 눈길이 그자에게 꽂혔다. 부품 가게 사내가 이름을 밝히며 손을 내밀었다. 정중하고 공손했다. 환영하는 마음이 백분 실려 있었다.

기차에서 내린 사내가 그 손을 맞잡고 가볍게 흔들었다.

승강구들은 여전히 열려 있었다.

하지만 리처는 어두운 대합실에 그대로 머물러 있었다.

부품 가게 사내가 가죽가방을 받아들고 앞길을 인도하며 출구로 향했다. 승강구들이 쩍 소리와 함께 일제히 닫혔다. 객차들이 낮은 신음을 토해내며 몸체를 떨었다. 기차가 떠나기 시작했다. 천천히, 천천히, 한 칸씩, 한 칸씩.

부품 가게 사내와 양복 차림의 사내가 리처의 시야에서 사라졌다. 리처가 플랫폼으로 걸어 나갔다. 그의 눈길이 춤을 추며 멀어져 가는 마지막 객차의 후미등을 잠시 좇았다.

그늘 속에서 장이 말했다. "그들은 모텔 쪽으로 갔어요."

리처가 말했다. "그들이라면?"

"기차에서 내린 남자와 그의 새 친구."

그녀가 그늘 속에서 걸어 나왔다. "당신, 떠나지 않았네요."

리처가 말했다. "그렇소, 떠나지 않았소."

"난 당신이 떠날 거라고 생각했어요."

"나도 그렇게 생각했소."

"난 나 자신이 괜찮은 여자라고 생각해요. 하지만 내가 그 이유가 아니라는 건 나도 알아요."

리처는 아무 말도 하지 않았다.

장이 말했다. "오해를 살 만한 얘기를 해버렸네요. 미안해요. 그런 의미가 아니었는데. 어쨌든 주제넘게 떠들었네요. 내 얘기는 내가 그런 의미의 이유가 될 이유가 아니라는 뜻이에요. 어머, 왜 자꾸 말이 더 꼬이지? 다시 얘기할게요. 당신은 나를 돕기 위해서 여기 남은 게 아니에요, 안 그런가요?"

"좀 전에 그 두 사람이 악수하는 모습을 당신도 보았소?"

"물론이죠."

"그게 나를 남게 만든 이유요."

8

리처가 어둡고 조용한 대합실로 장을 데리고 들어갔다. 두 사람이 벤치에 나란히 앉았다. 리처가 말했다. "그 악수의 성격을 당신은 어떻게 규정하겠소?"

장이 말했다. "어떤 측면에서요?"

"악수의 분위기, 손동작의 의미, 그 속에 깃든 이야기."

"대기업 중간관리자가 중요한 고객을 마중 나온 것 같은 분위기였어요."

"전부터 아는 사이 같아 보였소?"

"그런 것 같진 않았어요."

"내 생각도 그렇소. 아무튼 아주 능란하게 구사된 악수 기술이었소. 시골 사람인데 말이오. 안 그렇소? 공손하긴 했지만 비굴하진 않았소. 친구와의 악수와는 달랐소. 그건 분명하오. 장인과 나누는 악수도 아니었소. 은행 대출 담당자와의 악수도 아니었고. 20년 만에 다시 만난 고등학교 동창과의 악수와도 달랐소."

"그래서요?"

"우리의 시골 양반은 경우에 따라 서로 다른 악수 기술을 능란하게 구사할 수 있는 인물이오. 그건 특수한 능력이고."

"능력이든 뭐든 우리와는 상관없는 일이잖아요."

"난 오늘 아침에 그를 만났소. 그가 운영하는 관개시설 부품 가게에서. 유리창 앞을 지나가는 나를 보고서는 깜짝 놀라더니 전화기를 집으려고 했소."

"왜 그랬을까요?"

"당신이 짐작해 보시오."

"당신, 지금 날 편집증 환자로 훈련시키려는 건가요?"

"추리 능력을 한 차원 높일 수 있는 기회라고 생각하시오."

그녀가 말했다. "키버 때문이었겠죠. 다른 이유는 없을 것 같네요."

"키버?"

"당신은 언뜻 보기에 키버와 닮았어요. 키버가 이 동네에서 정보를 캐묻고 돌아다녔던 게 분명해요. 그래서 키버는 물론 그와 비슷한 외지인들을 조심하라는 지시를 받았을 거예요."

리처가 말했다. "나도 그 부분을 생각해 보았소. 가능성은 희박했소. 하지만 가능할 것 같지 않은 일들이 일어나는 게 현실이오. 그래서 나중에 그 가게로 찾아갔소. 그리고 그 사내에게 대놓고 물었소. 왜 날 보고 깜짝 놀랐는지. 나를 알아보기 때문이라고 대답하더군. 내가 1986년도 대학 미식축구팀에서 뛰었을 때라고 했소. 펜스테이트. 잡지에 실린 내 사진들을 보았다고 했소. 전화에 관해서 묻자 그런 적 없다고 했소. 만일 손이 움직였다면 전화벨이 울렸기 때문일 거라고 하더군. 하루 종일 울려댄다고 하면서."

"처음 그 가게 앞을 지나갈 때 실제로 전화벨이 울렸나요?"

"난 듣지 못했소."

"펜스테이트에서 미식축구 선수로 뛴 건 사실인가요?"

"아니. 난 웨스트포인트로 진학했소. 미식축구 선수로 뛴 적은 있지만 한 시즌뿐이었소. 그리고 스타플레이어도 아니었소. 그러니 스포츠 잡지에 내 기사가 실렸을 리가 없소."

"순전한 착각일 수도 있겠죠. 1986년이라면 까마득한 옛날이에요. 당신의 외모도 당연히 변했을 테고. 그리고 당신은 젊었을 때 펜스테이트 미식축구 선수로 뛰었던 사람처럼 보이는 게 사실이에요."

"나도 그렇게 결론을 내렸소. 그때는."

"하지만 지금은?"

"그가 둘러댔다는 생각이오. 구실을 내세워 위기를 모면한 거요. 그것도 그자가 익힌 기술일 수 있소. 무조건 잡아떼다가 상황을 악화시키는 대신 그럴 듯한 변명으로 상대를 현혹시키는 기술. 그런 변명을 듣고 우쭐해할 사람도 실제로 있으니까. 한때 미식축구장의 스타플레이어를 꿈꾸었던 이들이라면 더욱 그랬을 거요. 누군들 안 그렇겠소? 그런 아첨을 듣는 순간 의심이 눈 녹듯 사라질 수도 있소. 게다가 그는 나를 나이보다 젊게 봐주었소. 1986년이라면 난 이미 군 복무 중이었소. 웨스트포인트를 졸업한 게 1983년도였으니까. 그자의 얘기는 처음부터 끝까지 새빨간 거짓말이었소."

"하지만 착각했을 가능성은 여전히 남아 있어요."

"나는 다짜고짜 우리가 만난 적이 있는지를 물었소. 그자는 만난 적이 없다고 대답했소."

"그럼 사실대로 대답한 거잖아요, 안 그래요?"

"하지만 그런 경우라면, 그러니까 30년 전에 좋아했던 스포츠 스타를 드디어 만나게 된 경우라면 대답이 달라야 했소. '만난 적은 없습니다만 악수라도 한번 하고 싶습니다' 정도의 대답이 나왔어야 했던 거요. 최소한 내가 떠날 때라도 악수를 청해야 했소. 악수를 하는 기술이 상당한 자요. 그건 곧 그자가 악수를 중요하게 여긴다는 얘기요. 그런 사람들은 많소. 대인관계에서 악수가 사진이나 사인보다 훨씬 효과적일 수도 있소. 신체적인 접촉이기에 사적인 느낌을 갖게 되고 그래서 더욱 친밀감을 느끼기 때문이오. 아무튼 그자는 신문이나 TV에서 스타들을 볼 때마다 악수하고 싶은 마음이 일어나는 유형일 게 틀림없소."

"하지만 그는 당신에게 악수를 청하지 않았어요."

"그게 그자의 한계였소. 그는 내가 왕년의 스타플레이어가 아니라는 사실을 알고 있었던 거요. 따라서 나는 당신의 한 차원 높은 추리 능력을 인정하겠소. 다들 수상한 외지인을 경계하라는 지시를 받은 게 분명하오. 오늘 아침 그 이상한 꼬마도 그 지시에 따라 나를 쫓아다녔던 거요. 게다가 키버는 오늘도 돌아오지 않고 있소. 대체 그는 어디 있는 걸까? 그래서 내가 떠나지 않았던 거요. 최소 하루는 더 머물 생각이오. 난 궁금한 걸 참지 못하는 성격이거든."

"양복 차림의 남자는 누굴까요? 기차에서 내린 사람 말이에요."

"낸들 알겠소? 다만 사업차 찾아온 외지인이 아닐까 싶소. 오래 머물 계획은 아닐 거요. 가방이 작으니까. 그리고 부자일 거요. 부자들은 대개 말랐으니까. 우린 이상한 시대에 살고 있소. 가난한 사람들은 뚱뚱하고 부자들은 마른 시대. 옛날에는 그 반대였는데 말이오."

"정당한 사업일까요, 아니면 불법적인 사업일까요? 부품 가게 주인의 거짓말과 두 사람의 만남이 연관이 있을까요? 양복 차림의 남자도 키버의 사건과 관련된 인물일까요?"

"현재로서는 알 수 없는 일이오."

"어쩌면 관개시설 부품 회사 사장일지도 몰라요. 대기업 CEO."

"그렇다면 그가 여기로 찾아올 게 아니라 우리의 시골 양반이 그를 찾아갔어야 하오. 그것도 칵테일파티에서 30초 남짓 대면하는 정도였겠지. 하지만 그 짧은 만남에서도 그는 사장의 손을 잡고 흔들어댔을 거요. 그건 확실하오."

"난 키버가 걱정되기 시작해요."

"당연히 걱정해야 하오. 하지만 크게 걱정하진 마시오. 잘못 되어봐야 얼마나 잘못되겠소? 오해하지 말고 들으시오. 이건 어느 사설탐정이 현금이나 자기앞수표를 받고 수임한 사사로운 사건이오. 의뢰인은 소위 진상일 수도 있소. 그럴 경우 그는 먼저 경찰에 신고했을 거요. 그 전에 이미 백악관을 위시해서 모든 관계기관에 탄원을 넣었을 테고. 하지만 소용이 없었소. 그래서 사설탐정을 고용했던 거요. 백악관, 특히 경찰이 관심을 보이지 않을 정도였다면 그 내용이 어떤 수준일지 충분히 짐작할 수 있소. 그러니 크게 잘못될 일은 없을 거요."

"경찰이 언제나 정당하고 현명한 판단 아래 움직인다고 생각하나요?"

"그들이 상식의 범위 내에서 움직이는 건 사실이오. 만일 저 커다란 창고에 비료폭탄이 가득 차 있다는 신고를 받았다면 그들은 출동했을 거요. 저 엘리베이터들 때문에 치통을 앓고 있다는 불만이 접수됐다면 당연히 무시했을 테고."

"하지만 겉보기와는 전혀 다른 사건이라는 점을 주지해야죠. 지원이 필요할 만큼 중대한 사건으로 불거진 거잖아요. 따라서 이젠 작전도 달라져야 해요."

"그렇다면 키버도 다른 사람들처럼 911에 신고를 하면 될 일이오. 아니면 직접 FBI에 전화를 걸든가. 벌써 그 번호를 잊었을 리는 없을 테니 말이오."

"아무튼 이제 우리는 어떻게 해야 하는 걸까요?"

"일단 모텔로 돌아갑시다. 내겐 무엇보다도 오늘 밤에 묵을 공간이 필요하오."

외눈박이 사내가 사무실을 지키고 있었다. 장이 지난번처럼 214호실 키를 건네받았다. 리처 역시 지난번처럼 흥정에 들어갔다. 60달러, 40, 30, 25. 하지만 106호실은 사절이었다. 이번에도 사내가 승리하도록 내버려둘 수는 없었다. 결국 113호실이 그의 차지가 되었다. 사무실 맞은편 돌기의 한가운데. 철제 계단과는 멀리 떨어진 위치. 장의 객실 바로 아래에서 한 칸 떨어진 객실.

리처가 물었다. "키버 씨는 몇 호에 묵고 있소?"

사내가 말했다. "누구요?"

"키버. 오클라호마시티에서 온 덩치 큰 남자. 이삼일 전에 체크인 했을 거요. 이 마을까지는 기차를 타고 왔소. 승용차가 아니라. 일주일치 숙박료를 선불로 냈을 테고."

"저로선 대답해 드릴 수 없는 질문입니다. 고객의 프라이버시에 관한 문제니까요. 선생님도 이해하실 거라고 믿습니다. 직접 겪으실 경우엔 고마워하실 테고요."

"물론." 리처가 말했다. "충분히 이해할 수 있소."

그가 키를 건네받았다. 그리고 기다리고 있던 장과 함께 사무실을 나섰다. 리처가 말했다. "당신 방으로 함께 올라가야겠소. 하지만 오해는 말아 주시오."

9

두 사람은 말굽 구조의 오른쪽 돌기 끝에 설치된 철제 계단을 타고 2층으로 올라갔다. 첫 번째 객실은 215호, 장의 객실은 두 번째였다. 장이 열쇠로 문을 땄고 두 사람은 함께 안으로 들어갔다. 여느 방과 다를 게 없었다. 하지만 모르고 혼자 들어왔어도 여인이 묵고 있다는 사실을 대번에 알아챌 수 있었을 것이다. 은은한 향기가 감도는 깔끔한 실내. 한쪽에는 소형 바퀴 가방이 반듯하게 놓여 있었다. 열린 지퍼 사이로 보이는 옷가지들까지도 가지런했다.

리처가 말했다. "키버는 수사일지를 어떤 식으로 기록했소?"

"좋은 질문이에요." 장이 말했다. "우리는 언제나 노트북과 스마트폰을 가지고 다녀요. 자판으로 모든 기록을 하고 있다는 얘기죠. 당장엔 수고스럽지만 결국엔 파일로 남겨야 하니까 오히려 일을 더는 셈이에요. 하지만 개인적으로 움직일 때는 당연히 컴퓨터상에 기록을 남기지 않아요. 이번 사건의 경우 키버는 분명히 수첩 같은 곳에 기록을 남겼을 거예요."

"수첩 같은 걸 어디에 보관했을 것 같소?"

"주머니 안이겠죠."

"객실일 수도 있소. 큼지막한 수첩이라면 말이오. 그러니 그가 묵었던 방을 수색해야 하오."

"그가 어느 방에 묵었는지도 모르는데 무슨 수로요? 설사 안다 해도 열

61

쇠가 없잖아요. 열쇠를 손에 넣을 방법도 없고요. 방금 전에 모텔 주인도
프라이버시를 들먹였잖아요."

"212호나 213호 아니면 215호일 거요."

"근거는?"

"키버가 당신의 객실을 예약했소. 데스크 직원에게 동료가 온다는 걸
알리면서 말이오. 직원으로서는 당연히 키버의 객실과 붙어 있는 방을 잡
아주었을 거요. 지금 이 방은 214호, 따라서 키버의 객실은 213호나 215호
일 게 거의 분명하오. 확률은 희박하지만 212호일 가능성도 있고."

"그걸 이미 알고 있으면서 그 사람에게 물어본 까닭이 뭐죠?"

"힌트라도 얻을까 해서였소. 하지만 그보다 더 큰 이유가 있었소. 그자
들 앞에서 키버의 이름을 언급할 필요를 느꼈기 때문이오. 내가 키버의 동
료라는 사실을 분명히 드러내 보이고 싶었소. 물론 그자들은 이미 그렇게
알고 있겠지만."

"왜죠?"

"싸우기 전에 반드시 경고를 하는 게 내 원칙이오. 그래야 공정하니까."
리처가 말했다.

리처와 장은 212호실 앞으로 다가갔다. 드리워진 커튼, 웅얼거리는 TV
소리, 키버의 객실이 아니었다. 213호와 215호는 둘 다 비어 있었다. 두 방
모두 커튼이 젖혀져 있는 상태, 하지만 실내는 칠흑같이 어두웠다. 아침에
치워진 뒤 아무도 들지 않은 게 분명했다. 투숙율을 쉽게 50퍼센트라고 어
림하면 하나는 공실이고 다른 하나는 키버의 객실이었다. 공실은 말끔히
치워진 상태일 것이다. 반면에 키버의 객실엔 반드시 흔적이 있을 것이다.

베개 밑으로 비어져 나온 잠옷 자락, 침실용 탁자 위에 놓인 책, 혹은 의자에 가려진 채 귀퉁이만 보이는 서류가방, 그 밖에 무엇이든 사람이 묵고 있는 흔적이 있을 것이다.

하지만 너무 어두워서 아무것도 구분할 수가 없었다.

리처가 말했다. "동전을 던져서 결정하는 게 낫겠소, 아니면 날이 밝을 때까지 기다리는 게 낫겠소?"

장이 말했다. "동전을 던져서 결정한 다음엔 어쩌려고요? 발로 차서 문짝을 부수고 들어갈 건가요? 모텔 사무실에서 훤히 보일 텐데?"

리처가 아래쪽을 한 차례 흘깃거렸다. 외눈박이 사내가 의자를 옮기고 있었다. 리처가 담장 옆의 잔디밭에 끌어다 놓고 낮잠을 잤던 의자. 외눈박이 사내는 자기 사무실 창문 아래를 지나는 보도 위에 위치를 잡았다. 그가 의자에 앉았다. 널찍한 현관에 앉아 마을을 지켜보고 있는 보안관 같았다. 그의 눈길이 정확히 214호에 꽂혀 있지는 않았다. 거기서 오른쪽으로 약간 낮은 지점, 따라서 정확히 113호도 아니었다.

두 객실을 동시에 지켜보고 있는 것이다.

흥미로웠다.

그날 아침 차도 위에 그 의자가 놓여 있던 게 생각났다. 리처가 맞은편 106호를 눈여겨보면서 각도를 가늠했다.

흥미로웠다.

그가 양 팔꿈치를 난간에 괴고 상체를 기댔다.

리처가 말했다. "당신이 상황이 심각하다고 판단한다면 우린 문을 차고 들어가야 하오."

그의 옆에서 장이 말했다. "언제가 심각한 시점인지 판단하기는 아주 어려워요."

"하지만 가끔은 정확한 판단을 내릴 수도 있지, 안 그렇소?"

"그렇겠죠."

"그렇다면 현 시점은?"

"당신 생각은 어때요?"

"이건 당신 동료의 안전에 관한 문제요. 따라서 내 생각이 당신의 판단에 영향을 끼치게 할 수는 없소."

그녀가 말했다. "어쨌든 당신 의견을 말해줘요."

"심각한 시점은 사건마다 다른 법이오."

"천만에요. 사건이 전개되는 양상은 항상 똑같아요. 당신도 잘 알고 있잖아요."

"항상 똑같은 건 아니오. 이번과 같은 사건들은 크게 두 경우로 분류할 수 있소." 리처가 말했다. "첫째, 일주일쯤 지난 뒤 당신의 동료가 상처 하나 없이 말짱하게 돌아오는 경우. 둘째, 당신이 사태의 심각성을 알아채기도 전에 당신의 동료가 살해되는 경우. 그 중간쯤 되는 경우는 흔하지 않소. 그래프로 그리면 아래로 깊숙한 포물선이 나타날 거요. 비웃는 것처럼."

"그렇다면 기다려야 한다는 계산이 나오는 거네요. 이미 상황이 심각해졌든 아니면 아직 시간적인 여유가 있든."

리처가 고개를 끄덕였다. "계산상으로는 그렇소."

"그럼 실전상으로는?"

"지금 당장 행동에 돌입하는 건 무모한 짓이오. 상대가 누군지, 그리고 그들의 전력이 어느 정도인지 전혀 모르는 상태니까. 악수하는 기술이 능란한 다섯 명일 수도 있고 기관총으로 무장한 오백 명일 수도 있소. 우리로서는 상상하지도 못할 무언가를 지키려고 하는 자들."

"그 무언가가 뭘까요? 이번엔 당신이 한 차원 높은 상상력을 발휘해 보시죠."

"창고에 쌓아놓은 비료폭탄보다는 치통을 유발하는 엘리베이터 쪽에 가까운 게 아닐까 싶소. 처음 접할 때는 사소하거나 비상식적인 것, 하지만 실제로는 아주 치명적인 것."

장이 멀찍이 떨어져 흰 플라스틱 의자에 앉아 있는 외눈박이 사내를 고갯짓으로 가리키고 나서 말했다. "키버의 이름을 제대로 흘린 것 같군요. 저자도 이 사건에 연루돼 있는 게 분명해요."

리처가 고개를 끄덕였다. "어떤 작전에서든 모텔 직원들은 유용한 법이오. 저자는 말단조직원에 불과하오. 야간보초나 서고 있으니 말이오. 속으론 불만이 많을 거요. 하지만 어쩌겠소? 상부에서 인정해주지 않으니."

"우리는 그 상부를 찾아내야 해요."

"지금 우리라고 했소?"

"습관적으로 그렇게 말한 것뿐이에요. 조직생활을 하면서 몸에 밴 습관. 그때는 늘 팀으로 움직였으니까요."

리처는 아무 말도 하지 않았다.

장이 말했다. "당신은 스스로의 선택으로 여기 남은 거예요. 누구도 강요한 사람이 없다는 사실을 분명히 해두고 싶군요."

"키버의 일을 당신이 얼마나 심각하게 여기고 있든 그건 내가 떠나지 않은 이유와는 아무런 상관이 없소. 이건 당신이 판단할 문제요."

"난 아침까지 기다릴 거예요."

"판단이 섰다는 얘기요?"

"계산이 그렇게 나왔잖아요."

"저자가 지켜보고 있는 상황에서 제대로 잠이 올 것 같소?"

"다른 방법이 없잖아요."

"저자를 사무실로 들어가게 만드는 방법은 어떻소?"

"그건 당장에 행동에 돌입하는 것과 마찬가지예요."

"저자가 어떻게 나오느냐에 따라 다르겠지."

"난 푹 잘 수 있어요. 하지만 잠금장치를 죄다 잠글 거예요. 무슨 일이
벌어질지 알 수 없으니까요."

"그렇소." 리처가 말했다. "우리로선 알 수가 없지."

"그나저나 머리 참 잘 깎았네요."

"고맙소."

"이유가 뭐죠?"

"머리를 이렇게 깎은 이유?"

"떠나지 않은 이유."

그가 말했다. "일단은 호기심이라고 해둡시다."

"뭐에 관한 호기심이죠?"

"1986년도 펜스테이트 거짓말에 관한 호기심. 정말로 그럴 듯한 각본
이었소. 연기도 일품이었고, 여러 번 써먹었던 기술이 틀림없소. 허술한 부
분을 보완해가면서 혼자서도 연습해 왔던 게 분명하오. 그래서 그자는 그
효과를 확신하고 있었소. 그건 악수하는 기술도 마찬가지일 거요. 하지만
나에겐 악수를 청하지 않았소. 왜 그랬을까?"

"깜빡했던 거겠죠."

"아니. 나와 악수를 나누고 싶지 않았던 거요. 내가 받은 느낌은 그랬소. 각본상, 악수로 정점을 찍어야 할 클라이맥스에 이르렀을 때조차 그는 손을 내밀지 않았소. 나를 위협적인 존재로 인식했기 때문이오. 위협적인 존재와 신체적인 접촉을 피하고 싶은 건 본능이오. 난 분명히 그렇게 느꼈소. 그래서 떠나지 않은 거요. 지키고 싶은 게 대체 뭐기에 그자가 거짓말을 늘어놓으면서도 습관이 된 악수를 청하지 않았을까. 난 궁금한 걸 참지 못하는 사람이거든."

"그 얘기를 듣고 나니 오늘 밤 푹 자기는 틀린 것 같네요."

"그들은 나를 먼저 덮칠 거요." 리처가 말했다. "내 방이 아래층이니까. 만일 불청객들이 들이닥치면 최대한 시끄럽게 맞아주겠소. 당신이 준비할 수 있도록."

10

리처는 그의 객실 의자에 앉아 있었다. 창문에서 2미터 떨어진 위치였다. 실내엔 불도 켜지 않았으니 밖에서 보일 리가 없었다. 15분이 흐르도록 그는 창밖만 지켜보았다. 외눈박이 사내는 30미터 떨어진 어둠 속에서 희끄무레한 덩어리가 되어 플라스틱 의자에 앉아 있었다. 어느 정도 익숙해진 야간보초 임무, 사내는 등받이에 상체를 약간 파묻은 자세로 자고 있었다. 하지만 깊은 잠은 아니었다. 약간의 소음이나 움직임이 감지되면 언제라도 깨어날 터였다. 지금까지 리처가 보았던 보초들 가운데 최고는 아니었다. 하지만 최악도 아니었다.

외눈박이 사내의 머리 위 오른쪽, 2층 가운데 객실의 커튼 쳐진 창문이 빛으로 테두리를 두르고 있었다. 203호실. 기차에서 내린 사내의 방일 것이다. 도착한 시간을 감안할 때 짐을 정리하고 있을 것이다. 욕실 선반에 진열해야 할 물건들도 있고 옷장에 걸어야 할 옷가지들도 있을 것이다. 서랍 속에 포개 넣어야 할 속옷 등속도 있을 것이다. 짐 가방이 작으니 시간은 오래 걸리지 않을 것이다. 기차역에서 리처가 눈여겨보았던 가방. 명품 같았다. 꽤 오랫동안 들고 다닌 것 같았다. 하지만 해지거나 망가진 부분은 없었다. 공들여 무두질한 가죽, 차분한 고동색, 고급스러운 황동 부속품들, 기본 골격과 요소요소의 경첩들에 의해 멋지게 각이 잡힌 외형. 하지만 크기는 작았다. 사내는 최소한 24시간은 머물 터였다. 어쩌면 그 이상일 수도 있을 것이다. 그런데 그 가방은 여벌 양복이나 구두까지 꾸려 넣기에는 턱없이 작았다.

리처가 생각하기에 이례적이었다. 대부분의 현대인들은 여행가방 속에 여벌 옷가지들을 챙긴다. 뭔가를 엎지를 수도 있고, 날씨 때문에 갈아입어야 할 수도 있다. 혹은 예정에 없던 파티에 초대받을 수도 있다.

10분 뒤, 빛의 테두리가 사라졌다. 이제 203호실도 완전히 어둠에 묻혔다. 외눈박이 사내는 여전히 상체를 약간 파묻은 자세로 의자 위에 앉아 있었다. 눈을 뜨고 있는지 감았는지는 확인할 수 없었다. 리처 역시 제자리를 지키고 앉아 있었다. 눈은 창밖을 향해 치켜뜨고 있었다. 그렇게 다시 15분이 흘렀다. 더·이상 아무 일도 일어나지 않을 거라는 확신이 들었다. 그가 의자에서 일어나서 옷을 벗었다. 그가 바지를 매트리스 아래에 평평하게 깔아 넣었다. 이어서 간단히 샤워를 끝낸 뒤 침대로 올라갔다. 커튼은 열어젖혀진 채로 내버려두었다. 머릿속 알람시계가 아침 6시에 깨워줄 것이다. 그 전에라도 소음이나 움직임이 감지되면 언제든 깨어날 것이다.

새벽은 아주 옅은 금빛 휘장을 두르고 조용히 찾아왔다. 흐릿한 엘리베이터 그림자들이 모텔 위까지 드리워졌다. 리처는 침대 위에 앉아서 창밖을 지켜보았다. 플라스틱 의자는 여전히 30미터 전방, 사무실 창문 아래를 지나는 보도 위에 놓여 있었다. 하지만 외눈박이 사내는 사라지고 없었다. 아마 새벽 4시쯤에 철수했을 것이다. 그 이상은 버틸 수 없었을 것이다. 지금은 사무실 뒷방 카우치 위에서 꿈속을 헤매고 있을 것이다.

203호실 창문엔 여전히 커튼이 드리워져 있었다. 기차에서 내린 사내.

그 역시 잠들어 있을 것이다. 리처가 침대에서 내려와 욕실로 들어갔다. 잠시 후, 허리에 수건 한 장을 두르고 나와 창문을 열었다. 환기를 위해서. 그리고 소리를 듣기 위해서. 큰길을 지나가는 차량들의 엔진소음이 들려왔다. V8 휘발유 엔진들. 아스팔트 위에 깔린 철로와 두꺼운 타이어들의 마찰음도 들려왔다. 픽업트럭들인 것 같았다. 식당으로 향하는 길일 것이다. 해와 함께 하루를 시작하는 사람들.

리처는 의자에 앉았다. 눈길은 여전히 창밖을 향하고 있었다. 커피는 없었다. 그의 머릿속에 기분 좋은 상상이 펼쳐졌다. 식당에 전화를 한다, 이제 절친이 된 웨이트리스에게 커피 한 플라스크를 주문한다, 1분 만에 그녀가 방문을 두드린다. 상상은 거기서 끝났다. 식당 전화번호를 몰랐다. 알고 있다고 해도 주문은 불가능했다. 그 방엔 전화가 없었으니까. 게다가 그는 벌거벗고 있었다. 모텔 사무실에는 불이 밝혀져 있었지만 누군가 들고 나는 움직임은 없었다. 새벽이 갓 지난 시각, 3분의 2는 텅 빈 채 그림자 속에 잠겨 있는 낡은 모텔.

리처는 계속해서 창밖을 지켜보았다. 내심 인내가 보상받게 될 순간을 기대하고 있었다. 그리고 마침내 그의 기대가 이루어졌다. 한 시간이 다 되어갈 무렵 외눈박이 사내가 사무실 밖으로 나왔다. 그가 문 앞에 서서 다들 그러듯 대기의 냄새를 킁킁거렸다. 이어서 그가 자신의 작은 왕국을 눈길로 시찰하기 시작했다. 주차 공간들, 1층 객실들 앞을 지나는 보도, 2층 객실들을 연결하는 복도. 일상의 의무이긴 했지만 구역마다 느긋하게 살피는 그 눈빛엔 일말의 자부심도 깃들어 있었다. 다음 순간 사내의 머릿속에 깜빡 잊을 뻔했던 구역 하나가 떠올랐다. 바로 그의 등 뒤에 자리 잡은 구역이었다. 사내가 돌아섰다. 그리고 대열을 이탈한 플라스틱 의자를 보았다. 그가 의자를 102호실 앞으로 끌고 갔다. 1층 객실들 앞에 놓인 의자들은 정확히 일렬을 이루고 있었다. 그 하나하나가 2층 복도에 일렬로 놓인 의자들과 정확히 수직 구도를 이루고 있었다. 외눈박이 사내가 끌고 간 의자를 수평과 수직선에 맞춰 세워 놓았다.

그 행동엔 자기 영역에 대한 자부심이 깃들어 있지 않았다. 오직 의무감뿐이었다. 그 전날 아침엔 귀찮아서 그냥 내버려뒀던 의자였다. 낡은 모텔이었다. 의자 하나 제자리를 벗어났다고 달라질 건 없었다. 어차피 모자를 거는 곳이 내 집 아니던가. 하지만 그날 아침엔 달랐다. 의자를 가져다 놓는 외눈박이 사내의 행동에는 별짜리의 순시를 앞두고 있는 하급부대 지휘관의 초조함이 배어 있었다.

리처는 기다렸다.

203호실 창문 커튼이 양쪽으로 걷혔다. 위치적으로 햇빛이 비껴드는 창문이었다. 게다가 그 마을의 다른 모든 것들처럼 표면에 곡식 먼지가 잔뜩 덮여 있었다. 하지만 리처는 커튼을 젖힌 사람의 모습을 분명히 확인할 수 있었다. 기차에서 내린 사내. 예의 양복 차림에 양팔을 넓게 벌린 자세였다. 그 양손이 젖혀진 커튼 자락을 하나씩 움켜쥐고 있었다. 사내는 새 아침을 지켜보고 있었다. 아주 경이로운 듯, 태양이 다시 떠올랐다는 사실이 믿기지 않는 듯 그의 두 눈엔 놀라운 빛이 가득했다. 사내는 그 자세와 그 눈빛으로 족히 1분간을 서 있다가 돌아섰다. 그리고 리처의 시야에서 사라졌다.

그때 흰색 세단이 모텔 주차장으로 진입했다. 구형 캐딜락이었다. 그것도 한 세대 전의 모델이었다. 차체가 길고 지붕이 낮았다. 리무진처럼 평탄한 도로 주행에만 적합한 중형 승용차. 더구나 흰색이었다. 모든 면에서 농촌 마을과는 전혀 어울리지 않았다. 실제로 리처가 그 일대 500킬로미터 이내에서 처음으로 목격한 세단이었다. 차체는 깨끗했다. 세차장까지는 몰라도 공들여 닦은 것만은 분명했다. 운전자는 확인할 수 없었다. 차창들이 짙게 틴팅되어 있었기 때문이다.

차는 오른쪽으로 크게 반원을 그리다가 왼쪽으로 꺾어져 후진한 뒤 주차 공간에 꽁무니부터 들이대고 멈춰 섰다. 203호 객실 바로 아래였다. 앞 범퍼의 번호판 자리는 텅 비어 있었다. 운전자는 내리지 않았다. 차 위쪽에서 203호실 문이 열렸다. 양복 차림의 사내가 복도로 걸어 나왔다. 손에는 고동색 가죽가방을 들고 있었다. 그가 1분 남짓 문 앞 복도에 서서 대기의 냄새를 킁킁거렸다. 경이로운 듯. 사내가 계단을 향해 걸음을 옮겼다. 비쩍 마른 몸매였지만 걸음걸이는 사뭇 안정적이고 가벼웠다. 스타카토로 끊어지는 게 아니라 매끄럽게 이어지는 품새가 운동선수보다는 무용수나 연극배우 쪽에 가까웠다. 캐딜락 운전자가 계단을 내려오는 사내를 맞이하기 위해 차에서 내렸다.

리처에겐 전혀 낯선 얼굴이었다. 마흔쯤 되어 보이는 사내였다. 큰 키에 장대한 골격, 비만까지는 아니었지만 살집이 두둑한 몸매, 숱 많은 머리, 주름 없는 얼굴. 대기업의 중간관리자 이미지였다. 악수를 나눈 뒤 양복 차림의 사내가 뒷좌석에 올라탔다. 운전자는 고동색 가죽가방을 받아 들고 트렁크 앞으로 걸어갔다. 이어서 의식을 거행하듯, 조심스럽게 가방을 집어넣었다. 그가 운전석에 올라탔다. 차가 직진으로 모텔을 빠져나갔다.

뒤 범퍼의 번호판 자리도 비어 있었다.

리처가 샤워를 하기 위해 다시 욕실로 들어갔다.

장은 이미 식당에 나와 앉아 있었다. 예의 구석자리 2인용 테이블이었다. 그녀는 옆 테이블도 맡아 놓고 있었다. 의자에 재킷을 걸쳐서. 리처가 재킷을 거둬 그녀에게 건네준 뒤 의자에 앉았다. 두 사람 모두 벽에 등을 기댄 자세. 전략적으로는 옳았다. 하지만 모양새는 그리 좋지 않았다. 식당 주인의 입장을 비롯해서 다른 모든 측면에서도 마찬가지였다. 티셔츠 차림의 장은 좋아보였다. 아직 물기가 남아 있는 검은 머리칼이 말 그대로 먹물 같았다. 근육이 살짝 도드라진 두 팔은 길쭉해서 시원했고 피부엔 건강한 윤기가 감돌고 있었다.

그녀가 말했다. "양복 차림의 남자는 이미 떠났어요. 가방을 들고 있더군요. 그러니 돌아오지 않을 거예요. 이런 곳에서 금세 떠날 수 있다니 운이 좋은 사람이에요."

"나도 보았소." 리처가 말했다. "내 방에 앉아서."

"난 역에서 돌아오는 길에 보았어요. 키버는 오늘 아침기차도 타지 않았어요."

"유감이오."

"이제 때가 됐어요. 난 더 이상 그를 기다리지 않을 거예요. 지금부터는 그를 찾아 나설 거예요. 그의 객실은 215호예요. 내가 창문 틈으로 확인했어요. 옷장 문에 큼지막한 셔츠가 걸려 있더군요. 213호는 비어 있었고요."

"알겠소. 우린 어떤 방법으로든 그 방에 들어가게 될 거요."

"지금 우리라고 했나요?"

"말하다 보니 그렇게 나온 것뿐이오." 리처가 말했다. "오늘 특별히 할 일이 없기도 하고."

"그럼 우리가 지금 당장 결행할 건가요?"

"일단 밥부터 먹읍시다. 불문율, 먹을 수 있을 때 먹어라."

"시간적으로 따지면 지금이 좋은 기회일 수도 있어요."

"그럴 수도 있소. 하지만 시간적으로는 조금 뒤가 더 낫소. 구체적으로 말하자면 청소부가 일을 시작한 직후. 그녀가 우리를 위해 방문을 열어줄 수도 있으니까."

웨이트리스가 커피 플라스크를 들고 다가왔다.

11

아침식사를 끝내고 나오니 청소부가 이미 일을 시작하고 있었다. 하지만 키버의 방 근처는 아니었다. 말굽 모양의 반대편 돌기, 양복 차림의 사내가 묵었던 203호를 열심히 치우는 중이었다. 그 문 앞 복도에 청소도구와 비품이 가득한 수레가 있었다. 열어젖혀 고정시킨 문 안쪽에서 침대보를 벗기고 있는 그녀의 모습이 보였다.

그녀의 허리춤, 혹은 주머니 속에 관리용 열쇠가 들어 있을 것이다. 아니면 수레에 체인으로 매달려 있든지.

리처가 말했다. "저리로 가서 청소부와 인사를 나눠야겠소."

그는 211호 앞에서 왼쪽으로 방향을 틀어 206호까지 간 다음, 다시 왼쪽으로 꺾어 수레 옆에 멈춰 섰다. 그가 방 안을 들여다보았다.

청소부는 울고 있었다.

울면서 일하고 있었다. 철로처럼 비쩍 마른 중년의 백인 여자가 화장실에서 훌쩍거리며 수건 뭉치를 치우고 있는 중이었다. 두 눈에서는 눈물이 줄줄 흐르고 있었다.

문밖에서 리처가 말했다. "괜찮으십니까?"

수건 뭉치가 바닥으로 떨어졌다. 그녀가 허리를 곧게 폈다. 이어서 몇 차례 목을 가다듬더니 크게 숨을 들이마셨다. 리처를 향한 그녀의 두 눈은 텅 비어 있었다. 그녀가 여전히 멍한 눈길로 거울에 자신의 얼굴을 비춰보왔다. 매무새를 가다듬지 않은 채 그녀가 다시 리처를 향해 돌아섰다. 거울에 비친 자신의 모습에 이상이 없다는 걸 확인한 모양이었다.

그녀가 미소를 지으며 말했다. "전 아주 행복해요."

"그렇다고 칩시다."

"아뇨, 정말이에요. 지금 막 떠나신 손님이 제게 팁을 남겨주셨거든요."

"처음 받아본 팁도 아닐 텐데?"

그녀가 말했다. "처음이에요. 이렇게 많은 팁은."

그녀의 작업복 아랫부분에는 큼지막한 주머니가 달려 있었다. 그녀가 두 손을 사용하여 그 속에서 조심스럽게 봉투 하나를 꺼냈다. 일반 편지 봉투보다 크기가 작았다. 청첩장 봉투 크기였다. 그 위에 만년필로 '감사합니다'라고 적혀 있었다.

그녀가 엄지손가락으로 봉투 덮개를 열고 지폐 한 장을 꺼냈다. 율리시스 S. 그랜트의 얼굴이 드러났다.

"50달러예요." 그녀가 말했다. "지금까지 최고 많이 받아본 게 2달러였어요."

"대단하군요." 리처가 말했다.

"이 돈으로 인해 내 인생에는 큰 변화가 일어날 거예요. 손님께서는 상상하기 힘드시겠지만요."

"당신에게 좋은 일이 생겨서 내 마음도 기쁘군요." 리처가 말했다.

"고마워요. 가끔씩은 기적이라는 게 일어나나 봐요."

"혹시 이 마을이 마더스 레스트라고 불리게 된 이유를 알고 있소?"

여자가 잠시 머뭇거렸다.

그녀가 말했다. "몰라서 물으시는 건가요, 아니면 제게 그 유래를 말씀해 주시려는 건가요?"

"몰라서 묻는 거요."

"저도 몰라요."

"어떤 얘기도 들은 적이 없소?"

"뭐에 대해서요?"

"'어머니의 휴식'이라는 의미에 관해서." 리처가 말했다. "문자 그대로든, 다른 의미가 있든."

"아뇨." 그녀가 말했다. "어떤 얘기도 들은 적이 없어요."

"215호실 문을 열어 줄 수 있소?"

여자가 잠시 머뭇거렸다. "113호에 묵고 계시는 손님이죠? 그제 밤에는 106호에 묵으셨고요."

"그렇소."

"어느 방이든 숙박계에 적힌 이름의 손님에게만 문을 열어드릴 수 있습니다. 죄송해요."

"우린 회사 업무차 이곳에 묵고 있소. 모두 같은 회사 직원들이오. 따라서 필요한 경우에는 서로의 객실을 왕래해야 하오."

"사장님께 말씀드려볼까요?"

"아니," 리처가 말했다. "내가 직접 얘기해보리다."

하지만 외눈박이 사내는 사무실에 없었다. 돌발 상황으로 인한 부재, 그건 확실했다. 일을 하던 도중에 잠시 자리를 비운 흔적이 역력했다. 책상 위에 파일과 장부들이 열어젖혀진 채 널려 있었다. 역시 펼쳐진 공책들 위에는 펜들도 아무렇게나 놓여 있었다. 게다가 커피가 담긴 종이컵에서 온기가 느껴졌다.

하지만 사내는 책상 뒤에 없었다.

뒷벽에 문이 하나 나 있었다. 그 안쪽은 사적인 공간일 것이다. 카우치는 당연하겠고 어쩌면 간단한 주방 시설도 갖춰져 있을 것이다. 그리고 간이 화장실도 마련돼 있을 것이다. 사내는 거기에 들어 앉아 있을 수도 있었다. 자리를 비우지 않고는 견딜 수 없는 돌발 상황.

리처가 귀를 바짝 기울였다. 하지만 아무 소리도 들리지 않았다.

그가 책상 뒤로 돌아 들어갔다. 그리고 장부들을 훑어보았다. 파일들도 살펴보았다. 공책들까지 모두. 일상적인 모텔 업무 기록들이었다. 회계, 주문, 관리 점검이 필요한 사항들, 그리고 객실 점유율.

리처가 다시 귀를 기울였다. 아무 소리도 들리지 않았다.

그가 서랍을 열었다. 사내가 객실 키들을 보관해 두는 곳. 리처가 113호실 키를 집어넣고 215호실 키를 집어 들었다. 그러곤 서랍을 닫고 책상 뒤에서 돌아 나왔다.

그가 숨을 내쉬었다.

외눈박이 사내는 아직 나오지 않았다. 만성 소화불량. 변비. 리처가 돌아서서 사무실을 나왔다. 안마당 겸 주차장을 곧장 가로질러 장의 객실로 올라갔다.

그가 열쇠를 보여주자 장이 물었다. "이걸 제자리에 갖다 놓기까지 시간이 얼마나 남아 있죠?"

리처가 말했다. "키버가 숙박료를 지불한 날짜만큼. 어쩌면 일주일 동안일 수도 있소. 내가 그의 방을 쓰는 거요. 모텔에서는 이의를 제기할 수 없소. 이미 숙박료를 받았으니까. 키버에게 의사를 물을 수는 있겠지만 그는 여기에 없으니."

"정말 괜찮을까요?"

"아무 일 없을 거요. 패거리들이 몰려올 수는 있겠지만."

"그럴 경우엔 경찰에 신고해야 해요. 키버가 그래야 했던 것처럼."

"양복 입은 사내가 청소부에게 팁을 50달러나 남겨놓았소."

"상당한 액수네요. 일주일 동안의 크루즈 여행 끝에 주는 팁도 아니고."

"그녀가 아주 행복해하더군."

"왜 아니겠어요? 시급으로 치면 일주일 치는 될 텐데."

"그래서 지금 내 기분이 씁쓸하오. 난 지금까지 5달러가 최고였소."

"그 사람은 부자예요. 당신이 그렇게 얘기했잖아요."

리처는 아무 말도 하지 않았다. 그가 키버의 방문 앞으로 걸어갔다. 그러고는 키를 꽂았다. 문이 열리자 그가 한 걸음 물러서며 말했다. "당신 먼저."

장이 안으로 들어갔다. 리처도 그 뒤를 따랐다. 키버의 흔적은 실내 곳곳에 남아 있었다. 문손잡이에 걸린 셔츠, 화장실 선반에 가지런히 놓인 여행용 세면도구, 옷장 속의 재킷, 한쪽 벽에 기대어 세워진 낡은 여행가방, 그 속에 가득한 옷가지. 실내는 깔끔했다. 청소부의 손길 덕분이었다.

서류 가방은 없었다. 컴퓨터 가방도 없었다. 두툼한 노트도 없었다. 뭔가 적혀 있는 종이쪽도 없었다.

한눈에 띄지는 않았다.

리처가 돌아서서 문을 닫았다. 우여곡절로 점철된 기나긴 군 생활 동안 그가 수색했던 모텔 객실이 백 개는 될 것이다. 그에겐 온갖 장소에서 온갖 것들을 찾아낸 경험이 있었다.

그가 말했다. "키버가 FBI에서 일하기 전엔 뭘 했소?"

장이 말했다. "형사였어요. 야간대학에서 법학을 전공했고요."

그렇다면 키버 역시 모텔 객실들을 수색한 경험이 많을 것이다. 그런 사람이 한눈에 띄는 곳에 중요한 물건을 놓아둘 리가 없다. 보물찾기 전문가. 하지만 그 객실은 보물찾기에 적합한 장소가 아니었다. 일단 구조적으로 지극히 단순했다.

장이 말했다. "헛수고일 뿐이에요. 모텔 사장이 벌써 여러 번 살펴보았을 거예요. 그의 패거리들도 들여보냈을 테고요. 여긴 이미 철저히 수색이 끝났다고 봐야 돼요."

리처가 고개를 끄덕였다. "하지만 얼마나 철저했을까? 우린 한 가지 사실만은 확실히 알고 있소. 키버가 어느 시점에선가 이 공간에 머물렀고 다시 어느 시점에선가 떠났다는 사실. 그가 떠날 때의 상황은 세 가지로 가정할 수 있소. 첫째, 나중엔 심각해졌지만 그 시점에서는 사소하게 여겼던 볼일이 생겼다. 둘째, 낯선 자들에 의해 발버둥질 치며 끌려갔다. 셋째, 이 침대 위에 앉아서 생각을 정리하던 중에 불현듯 뭔가를 깨닫고서 벌떡 일어났다, 그러곤 911에 신고하기 위해 서둘러 잡화점으로 갔다, 하지만 이후의 행적은 묘연하다, 결국 그는 당하고 만 것이다."

"당하다니, 지금 무슨 말을 하고 있는 거죠?"

"그가 실종됐다는 의미로 한 얘기였소. 그가 현재 어디에 있는지, 그리고 왜 그곳에 있는지만 알 수 있다면 굳이 세 가지 가정을 내세울 필요도 없소."

"그 세 가지 가정이 이 방에서 뭔가를 찾아내는 일에 어떤 도움이 될까요? 다른 사람들이 여러 번 뒤졌어도 찾지 못한 뭔가가 과연 있을까요?"

"아니. 세 번째 경우였다면 얘기가 달라질 수 있소. 그의 입장에서 생각해 보시오. 침대에 앉아서 사건을 곱씹다가 갑자기 모종의 사실을 깨닫는다, 동시에 자신이 위험에 처해 있다는 사실 또한 깨닫는다, 혼자 힘으로는 감당할 수 없는 엄청나게 위험한 일이라 신고를 해야 한다, 하지만 휴대폰도 터지지 않고 객실에 전화도 없다, 따라서 밖으로 나가야 한다, 잡화점까지 가는 길에는 어떤 위험이 도사리고 있을지 모른다, 따라서 일단이 공간에 흔적을 남겨두어야 한다, 그래서 메모를 작성한다, 그걸 어딘가에 숨겨 놓는다, 그리고 전화를 하러 나간다."

"하지만 당하고 만다?"

"계산적으로 그렇잖소."

"그리고 그 메모는 누구도 찾아낼 수 없도록 깊숙이 숨겨져 있다. 하지만 당신과 나는 찾아낼 수 있다? 당신의 몇 차원 높은 추리 능력은 인정해요. 하지만 아직 난 판단이 서질 않네요."

"논리적으로도 그렇잖소." 리처가 말했다. "키버에겐 깨달음의 기회가 두 번 찾아왔소. 첫 번째는 그저께였소. 하지만 그때까지만 해도 큰 위협은 느끼지 못했소. 지원을 요청하는 정도로 충분하다고 판단했고 그래서 당신에게 전화를 했소. 하지만 두 번째는 달랐소. 당신들 힘만으로는 감당할 수 없는 엄청난 사실을 깨달았던 거요. 그래서 경찰에 신고하기 위해 이 방을 떠났소."

"메모를 남겨 두고."

"내 추리는 여기까지요. 판단은 당신의 몫이고."

집기들보다는 먼저 공간 자체를 수색하는 게 리처의 원칙이다. 숨기려는 자, 그리고 찾으려는 자들은 공간을 무시하는 경향이 있다. 하지만 공간에는 보물이 담겨 있을 가능성이 높다. 특히 그 보물이 메모지 한 장일 경우에는. 일단 창문 밑에 설치된 HVAC(Heating, Ventilation, Air Conditioning, 냉난방 및 환기 장치) 박스. 그 덮개는 쉽게 열린다. 십중팔구 그 안쪽에는 플라스틱 보관함이 장착되어 있다. HVAC 매뉴얼이나 점검 일지를 꽂기 위한 용도이다. 용의주도한 사람이라면 그 사이에 기밀을 적은 쪽지 한두 장쯤은 얼마든지 숨겨둘 수 있다.

중앙냉난방 장치의 경우도 마찬가지다. 통풍구의 철망 덮개는 손쉽게 풀어낼 수 있다. 미닫이문들도 종이쪽을 숨기기에 안성맞춤이다. 보수점검 작업의 편의를 위해 판넬로 이은 천장도 그렇다. 붙박이장 문을 열었을 때 좁은 각도로 생겨나는 공간도 유력한 후보다.

리처와 장은 그 모든 공간들을 철저히 수색했다. 하지만 수첩이나 메모는 나오지 않았다.

이제 집기 차례. 그 객실의 경우 침대 하나, 침실용 탁자 두 개, 천을 씌운 의자 하나, 책상과 거기 딸린 의자, 그리고 서랍장 하나가 대상이었다.

두 사람은 그 모든 집기들을 철저히 뒤졌다. 하지만 수첩이나 메모는 없었다.

장이 말했다. "충분히 시도해볼 만한 일이었어요. 난 아무것도 찾아내지 못해서 오히려 안심이에요. 심각한 상황이 아니라는 반증일 수도 있으니까요. 난 키버가 무사하기를 바라고 있어요."

리처가 말했다. "난 그가 라스베이거스에서 열아홉 살짜리 아가씨와 시간을 보내고 있기를 바라는 마음이오. 하지만 거기서 엽서가 날아오기 전까지는 안심할 수 없소. 경계를 늦춰서도 안 되오."

"그는 경찰이었고 FBI 요원이었던 사람이에요. 여기서부터 잡화점까지는 금방이면 걸어갈 수 있는 거리예요. 그 짧은 동안에 무슨 일이 일어났겠어요?"

"대략 70미터 거리요. 도중에 식당도 지나가야 하오. 많은 일이 일어날 수 있소."

장은 대답하지 않았다. 리처는 지저분해진 손을 씻기 위해 화장실로 들어갔다. 그가 수도꼭지를 올려서 물을 틀었다. 비누는 새것이었다. 잔주름이 잡힌 얇은 포장지가 금장 라벨에 의해 고정되어 있었다. 리처가 그때껏 묵었던 모텔들 가운데 최악은 아니었다. 그가 포장지를 벗긴 뒤, 그걸 손안에서 동그런 뭉치로 말았다. 휴지통은 세면대 아래에 놓여 있었다. 깊이가 상당한 세면대였다. 따라서 스트라이크로 뭉치를 넣기 위해서는 언더핸드스로와 체인지업을 동시에 구사해야 했다. 그것도 왼손으로. 리처는 스트라이크를 기대하지 않은 채 뭉쳐진 포장지를 던졌다. 이어서 손을 씻기 시작했다. 처음엔 딱딱했던 비누가 점차 부드러워졌다. 그가 새 수건에 손을 닦았다. 그때 갑자기 기분이 찝찝해졌다. 뭉치가 제대로 들어갔는지 확인하고 싶었다. 그가 상체를 수그리고 세면대 아래를 살펴보았다.

역시 볼이었다.

짧은 실린더 같은 원형 쓰레기통이었다. 각이 진 왼쪽 귀퉁이에 바짝 붙여 놓여 있었으니 벽과의 사이에 공간이 뜰 수밖에 없었다. 청소부의 대걸레질이 여간해서는 미치지 않을 공간이었다. 최소한 2달러의 팁으로는 기대할 수 없는 수고였다. 결국 그 공간이 쓰레기들의 공동묘지로 변한 건 거의 필연이었다.

그 묘지의 주인은 모두 셋이었다.

하나는 리처의 포장지 뭉치. 남아 있는 물기로 미루어 그건 확실했다. 또 하나는 해묵은 포장지 뭉치. 표면이 바짝 말라 있었다.

그리고 마지막 하나.

주머니 속에 구겨져 들어 있는 휴지 조각처럼 부푸러기가 잔뜩 일어난 종이 뭉치.

12

한 변의 길이가 9센티가량 되는 정사각형이었다. 한쪽 면의 끄트머리에는 접착제가 길게 발라져 있었다. 포스트잇 뭉치에서 떼어낸 낱장의 메모지. 종이는 네 번 접혀 있었다. 최소한 한 달 이상 주머니 속에 들어 있었던 게 분명했다. 접힌 자국은 완전히 자리를 잡았고 네 귀퉁이는 모두 닳았으며 표면은 마모된 상태였다. 카드를 튕길 때처럼 두 손가락으로 날렸을 것이다. 하지만 쓰레기통을 지나쳐 묘지로 떨어진 것이다.

리처가 접힌 종이를 펴서 고르게 매만졌다. 바깥 면이라고 할 수 있는 곳은 비어 있었다. 끈적끈적한 이물질들과 청바지 뒷주머니에서 묻었을 희미한 검정 얼룩이 전부였다.

그가 종이를 뒤집었다. 안쪽 면이라고 할 수 있는 곳에는 뭔가가 적혀 있었다. 볼펜으로 서둘러 갈겨 쓴 듯했다.

전화번호 하나, 그리고 '사망자 200'이라는 메모.

리처가 물었다. "키버의 필체가 맞소?"

장이 말했다. "잘 모르겠어요. 키버의 필체를 본 적이 없어서. 게다가 또 박또박하게 쓴 것도 아니잖아요. 그러니 이게 키버의 메모인지 확신할 수는 없어요. 이럴 땐 피고 측 변호인의 입장에서 생각해야 해요. 모든 가능성을 열어두어야 한다는 거죠. 어느 누구든 이런 메모를 남길 수 있어요. 그리고 어느 때든."

"맞소." 리처가 말했다. "하지만 일단 이게 키버가 남긴 메모라고 가정해 봅시다. 이게 뭐일 것 같소?"

"뭐냐고요? 메모잖아요. 전화 통화를 하면서 끄적거린 메모. 그의 사무실에서, 아니 그의 집 작은방에서. 상대방과 첫 번째 통화를 하면서 작성했겠죠. 사망자가 200명이라니 엄청난 사건이네요. 전화번호는 의뢰인이나 정보원의 것일 테고요. 어쩌면 내가 모르는 동료의 번호일 수도 있겠고."

"그가 왜 이걸 버렸을 것 같소?"

"나중에 다른 곳에 제대로 옮겨 적었겠죠. 더 이상 필요는 없어졌지만 한동안 그냥 지니고 다녔던 거예요. 그러다 어느 날, 다들 그러듯이 거울 앞에 서서 소지품을 정리했겠죠. 묵은 화장지를 버리고 새것을 넣다가 그걸 찾아냈을 수도 있고 주머니들을 뒤지다가 그랬을 수도 있겠죠. 아주 오랜만에 그 바지를 입었을 수도 있고요."

지역번호는 323이었다. 리처가 말했다. "LA, 맞소?"

장이 고개를 끄덕이며 말했다. "LA 지역번호는 휴대폰과 유선 전화 모두 323이에요."

"사망자 200명이라. 재난에 해당하는 엄청난 사건이오."

"이 메모가 키버의 것이고 또한 이번 사건과 관계된 내용이라면 그렇겠죠. 하지만 이건 다른 사람의 것일 수도 있고 다른 사건일 수도 있어요."

"200명의 사망자와 관계된 사건을 의뢰받고 이 마을에 올 사람이 또 누가 있겠소?"

"이 마을에서 그런 참사가 일어났다고 누가 그러던가요? 설사 이게 키버의 메모라고 해도 오래전 사건일 수도 있어요. 오래되지 않았다고 해도

이 마을과는 전혀 상관이 없는 사건이에요. 어떻게 이곳에서 200명씩이나 죽을 수 있겠어요? 200명은 이 마을 전체 인구의 20퍼센트에 해당하는 숫자예요. 그랬다면 세상에 널리 알려졌을 거라고요. 사설탐정에게 의뢰할 만한 차원이 아닌 거죠."

"일단 이 번호로 전화를 걸어 봅시다." 리처가 말했다. "누구의 번호인지 확인부터 해야겠소."

리처가 방문을 잠궜다. 두 사람이 철제 계단을 내려왔다. 30미터 떨어진 모텔 사무실에서 외눈박이 사내가 허겁지겁 뛰쳐나왔다. 그가 두 사람을 향해 연신 손짓을 해대며 잰걸음으로 다가왔다. 마침내 그들 앞에 이르자 그가 말했다. "손님, 죄송합니다만 215호는 숙박계상으로 손님 객실이 아닙니다."

리처가 말했다. "그렇다면 당신네 숙박계를 다시 쓰면 되겠군. 저 객실의 투숙료를 지불한 사람은 우리의 동료요. 그래서 난 그가 돌아올 때까지 저 방을 사용할 생각이오."

"그러실 순 없습니다."

"그 얘기는 못 들은 걸로 치겠소."

"객실 키는 어떻게 구하셨습니까?"

"덤불 아래에 떨어져 있더군. 그냥 운이 좋았던 것 같소."

"이건 불법입니다."

"그럼 경찰을 부르든가." 리처가 말했다.

사내는 아무 말도 하지 않았다. 그저 잠시 씩씩거리다가 획 돌아서서 가버렸다. 끝내 한마디도 없었다.

장이 말했다. "저 사람이 경찰에 신고할까요?"

"절대 그럴 일은 없을 거요." 리처가 말했다. "신고할 마음이 있었다면 그 자리에서 대답했겠지. 그리고 경찰은 최소한 80킬로는 떨어져 있소. 어쩌면 160킬로일 수도 있고. 무슨 사고가 난 것도 아니고 이미 숙박료가 지불된 객실 문제 때문에 그들이 이 먼 거리를 달려올 리는 없소. 게다가 이자들이 뭔가 세상으로부터 감추고 있는 게 있다면 다른 짓은 다 해도 경찰만은 부르지 않을 거요."

"그 다른 짓이 뭘까요?"

"곧 알게 될 거요. 그건 틀림없소."

두 사람은 큰길로 걸어 나갔다. 그들의 발길이 식당 앞을 지나쳐 잡화점에 이르렀다. 태양은 중천에 떴고 그 하늘 아래 마을은 고요했다. 지나다니는 차는 없었다. 행인은 뜸했다. 50미터 전방에서 픽업트럭 한 대가 샛길로 꺾어져 들어가고 있었다. 사내아이가 벽에 던진 테니스공을 작대기로 받아치는 놀이를 반복하고 있었다. 배팅 연습. 상당한 솜씨였다. 훗날, 잡지에 사진이 실리게 될 야구 영재일 수도 있었다. 페덱스 트럭 한 대가 앞머리를 마을로 향한 채 철로와 역마차길의 교차로를 건너는 중이었다.

잡화점은 전형적인 시골 상가 건물이었다. 평평한 지붕에 도로에 바짝 붙은 외양이 밋밋했다. 다만 전면만은 박공을 뚫고 붉은 페인트를 칠한 판자를 덧대어서 제법 호사스럽게 꾸며져 있었다.

간판에는 흘림체에 금박으로 상호가 적혀 있었다.

마더스 레스트 종합상회

출입구는 외짝 문 하나였다. 진열창도 하나였다. 크기가 작은 것이 진열창보다는 채광창에 더 가까웠다. 그래도 유리는 실크프린팅으로 가득 덮

여 있었다. 리처에게는 생소한 단어들이었지만 그 지역 필수 품목들의 상
표명인 듯했다.

외짝 문 안쪽은 좁은 로비였다. 그 한쪽 벽에 공중전화가 걸려 있었다.
덮개도 없이 철제 몸통과 전화선을 고스란히 드러낸 상태였다. 장이 동전
을 넣고 번호를 눌렀다. 잠시 귀를 기울이고 난 그녀가 한마디도 하지 않
고 전화를 끊었다.

그녀가 말했다. "음성 메일로 넘어가요. 전화회사의 안내 방송. 육성이
아니었어요. 이름도 없었고요. 다만 휴대폰인 것 같았어요."

리처가 말했다. "메시지를 남겨두지 그랬소?"

"헛수고예요. 여기선 전화를 받을 수 없으니까요."

"혹시 모르니 키버에게 전화해 보시오."

"싫어요. 여전히 응답이 없는 걸 확인하고 싶지 않아요."

"그는 현재 무사하거나 무사하지 못하거나 둘 중 하나인 상태요. 그에
게 전화를 하고 안 하고는 그의 상태에 어떤 영향도 끼칠 수 없소."

그녀가 자신의 휴대폰을 켜고 키버의 번호를 확인했다. 물론 휴대폰의
용도는 거기까지였다. 그녀가 공중전화에 다시 동전을 넣고 번호를 눌렀
다. 잠시 귀를 기울이던 그녀가 이번에도 역시 말 한마디 없이 전화를 끊
었다. 그녀가 두 번째 번호로 통화를 시도했다.

같은 결과였다.

그녀가 고개를 가로저으며 말했다. "대답이 없네요."

리처가 말했다. "오클라호마시티로 갑시다."

13

기차를 이용하는 편이 훨씬 빠르긴 했다. 하지만 출발하기까지는 아직 여덟 시간이나 남아 있었다. 결국 선택은 장의 렌터카였다. 초록색 소형 포드 SUV, 특색 없이 무난한 실내에는 세차 샴푸 냄새가 짙게 배어 있었다. 채 1분도 지나지 않아 차는 마을을 벗어나 역마차길로 들어섰다. 거기서 남쪽과 서쪽, 그리고 다시 남쪽으로 한 차례씩 꺾어가며 체스판 무늬의 광막한 벌판을 누비다가 마침내 지방도로에 올라탔다. 그 초입의 표지판은 320킬로미터 전방의 고속도로 진입로를 약속하고 있었다.

장이 운전을 했다. 티셔츠 차림이었다. 리처는 뒤로 끝까지 밀어낸 조수석에 앉아 그녀를 지켜보았다. 그녀의 한 손은 핸들 아랫부분에, 나머지 한 손은 한쪽 무릎 위에 각각 얹혀 있었다. 그녀의 두 눈은 잠시도 쉬지 않고 움직였다. 전방, 사이드미러, 룸미러, 다시 전방. 그녀의 얼굴엔 옅은 미소가 잠깐씩 피어났다 사라졌다. 가끔씩 미간을 찌푸리기도 했다. 많은 생각이 머릿속을 스쳐가는 모양이었다. 윗등이 살짝 굽어보일 정도로 양어깨를 약간 내민 자세였다. 리처가 생각하기에는 좀 더 작아 보이고 싶은 마음이 만들어낸 자세 같았다. 그럴 필요 없으니 어깨를 활짝 펴라고 말해주고 싶었다. 리처에게 어울리는 사이즈. 강인해 보이는 팔다리가 길쭉길쭉했다. 하지만 길어서는 안 될 부분들은 길지 않은 체격이었다.

'난 나 자신이 괜찮은 여자라고 생각해요. 하지만 내가 그 이유가 아니

라는 건 나도 알아요.'

그는 아무 말도 하지 않았다.

장이 또 한 차례 사이드미러에 눈길을 던졌다.

그녀가 말했다. "우리 뒤에 픽업트럭이 따라오고 있어요."

리처가 말했다. "현재 우리와의 거리는?"

"대략 90미터."

"뒤따라온 거리는?"

"15 내지 16킬로미터."

"여긴 공공도로잖소."

"처음엔 아주 빠른 속도로 쫓아왔어요. 하지만 지금은 우리와 같은 속
도를 유지하고 있어요. 서둘러 쫓아와서 우리를 발견하고 나서는 미행을
하고 있는 거예요."

"한 대뿐이오?"

"내 눈에 보이는 건 한 대예요."

"떼로 몰려든 건 아니군."

"두 사람인 것 같아요. 운전석과 조수석에 한 명씩."

리처는 그들에게 얼굴을 보이고 싶지 않았다. 트럭의 사내들이 미행이
들켰다는 사실을 늦게 알아차릴수록 그와 장에게는 유리했다. 그래서 상
체를 약간 움츠리고 왼쪽으로 살짝 기울여서 운전석 옆 사이드미러를 곁
눈으로 훔쳐보았다. 장의 말대로 90미터 후방에서 포드 픽업트럭이 간격
을 유지하며 따라오고 있었다. 마더스 레스트 잡화점의 전면 벽처럼 칙칙
한 붉은색 트럭 안에는 두 사내가 나란히 앉아 있었다. 하지만 둘 사이의
간격이 상당히 넓었다. 차체가 워낙 컸기 때문이다.

리처가 다시 자세를 바로 하고 전방을 살폈다. 오른쪽은 밀밭, 왼쪽도 밀밭. 전방은 지평선까지 이어지는 직선 도로. 양쪽 도로변에는 배수를 위해 자갈이 깔려 있었지만 정작 도랑은 없었다. 옆으로 빠지는 길도 없었다. 밀밭은 최소한 고속도로 진입로까지는 펼쳐져 있을 것 같았다. 320킬로미터. 충분히 그럴 수 있었다.

다른 차는 눈에 띄지 않았다.

그가 말했다. "콴티코(FBI 요원 훈련기지)에서 운전 중에 미행을 따돌리는 훈련을 받았소?"

그녀가 말했다. "네, 어느 정도는. 하지만 오래전 일이에요. 그리고 대부분 도심에서 훈련받았어요. 신호등, 사거리, 일방통행로. 하지만 지금은 그런 지형지물을 이용할 수 없는 상황이에요. 당신도 같은 훈련을 받았나요?"

"아니. 난 운전에는 소질이 없소."

"저들이 먼저 움직일 때까지 기다릴까요?"

"일단 저들이 어떤 지시를 받았는지 알아내야 하오. 만일 단순한 감시 임무라면 저들을 오클라호마시티까지 달고 갔다가 거기서 떼어버리면 그만이오. 진정한 승리는 싸우지 않고 이기는 거니까."

"만일 단순한 감시 임무가 아니라면?"

"그렇다면 이제 곧 영화 속 한 장면이 펼쳐질 거요. 뒤차가 앞차의 뒤 범퍼를 박는 장면."

"단순히 겁주기 위해서? 아니면 우리를 죽이기 위해서?"

"그러기엔 저들로서도 큰 모험이 아닐 수 없소."

"사고로 위장할 거예요. 자동차로 여행 중이던 여자가 직선으로 뻗은 도로 위에서 졸음운전을 하다가 추돌을 유발한 사고. 그런 일은 늘 일어나잖아요."

리처는 아무 말도 하지 않았다.

"우린 저들을 따돌릴 수 없어요." 장이 말했다. "이 차로는 불가능해요."

"저들이 가까이 다가오게 내버려둔 다음 차선을 바꾸고 브레이크를 밟으시오. 우리를 앞질러가게 만드는 거요."

"언제요?"

"내게 묻지 마시오." 리처가 말했다. "난 방어운전 훈련에서 낙제했소. 단 하루도 못 가서. 조교들이 그냥 포기해 버렸소. 다른 과목들이나 열심히 하라면서. 그래도 굳이 내 의견을 말하라면 저 차의 모습이 룸미러에 가득 들어온 순간이 좋을 것 같소."

장은 계속해서 같은 속도를 유지하며 차를 몰았다. 어느새 두 손으로 핸들을 잡고 있었다. 1분, 2분. 그녀가 말했다. "이대로는 안 되겠어요. 저들이 행동을 취하도록 유도해야 해요."

"정말로 그럴 생각이오?"

"저들은 홈팀이에요. 우리가 먼저 흔들어야죠."

"좋소. 속도를 올립시다."

그녀가 액셀을 밟았다. 리처가 자신의 얼굴이 보이도록 뒤를 향해 몸을 돌렸다. 그가 말했다. "더 빨리."

소형 녹색 포드가 200미터가량을 쏜살같이 달려 나갔다. 픽업이 반응을 보였다. 룸미러에 비친 라디에이터 그릴의 고도가 점점 높아졌다. 거리가 좁혀지고 있었다. 장이 말했다. "실제 거리를 말해줘요. 거울로는 정확히 가늠할 수가 없어요."

"현재 거리 70미터." 리처가 말했다. "8초의 여유가 있소."

"그 정도 여유는 없어요. 속도를 줄여야 하니까요. 이대로 달리다간 곧 뒤집어질 거예요."

"55미터."

"좋아요. 전방에 다른 차량은 없어요."

"후방도 저자들 말고는 없소. 도로 위에 우리와 저들뿐이오. 35미터."

"속도를 좀 더 줄여야겠어요. 시속 100킬로 이상은 무리예요."

"18미터."

"9미터에서 작전 개시."

"좋소. 지금, 지금이오."

그녀가 핸들을 왼쪽으로 꺾으며 브레이크를 힘껏 밟았다. 픽업이 그녀 차의 꽁무니 오른쪽 끝을 간발의 차로 스쳐 지나갔다. 그 차에 제동이 걸린 건 그러고서도 한참 뒤였다. 소형 녹색 포드는 좌우로 심하게 흔들리다가 마침내 완전히 정지했다. 차선은 벗어나지 않았다. 픽업트럭은 30미터 전방에 멈춰 섰다. 단 몇 초 만에 완전히 바뀌어 버린 쫓는 자와 쫓기는 자의 위치.

장이 말했다. "이제 질문은 하나뿐이네요. 어쩔까요? 우리가 차를 돌리면 저자들도 차를 돌려서 다시 추격전이 시작되는 건가요?"

"저들에게 곧장 달려가시오." 리처가 말했다.

"그러고 나선 박아버려요?"

"필요하다면 당연히."

하지만 그들이 먼저 움직였다. 픽업이 유턴을 해서 그들을 향해 천천히 다가왔다. 기어오듯 천천히. 리처는 그걸 일종의 메시지로 받아들였다. 백기를 흔드는 메시지.

"우리와 대화를 하고 싶은 모양이오." 그가 말했다. "차가 아니라 몸으로 문제를 해결하려고."

9미터를 남겨 두고 트럭이 멈춰 섰다. 양쪽 문이 열렸다. 두 사내가 도로 위로 내려섰다. 둘 다 30대 중반, 둘 다 183센티에 90킬로그램 정도의 다부진 체격, 둘 다 미러 선글라스에 티셔츠 위로 얇은 면 재킷을 걸친 차림, 둘 다 신중하면서도 자신에 찬 분위기. 홈팀의 선수들.

장이 말했다. "무기를 지니고 있을 거예요. 그러지 않고는 저렇게 나서지 못할 테니까요."

"그럴 수도 있겠지." 리처가 말했다.

사내들이 두 차 사이의 중립 공간에 자리를 잡고 섰다. 한 명은 중앙선 왼쪽, 다른 한 명은 오른쪽. 둘 다 양팔을 늘어뜨리고 편한 자세를 취한 채 그들을 기다리고 있었다.

리처가 말했다. "그냥 갈아버립시다."

"그럴 순 없어요."

"좋소. 내가 나가서 저들이 원하는 게 뭔지 알아보겠소. 문제가 발생하면 나는 신경 쓰지 말고 곧장 오클라호마시티를 향해 출발하시오. 자, 그럼 행운을 빌겠소."

"안 돼요, 나가지 말아요. 너무 위험해요."

"누가 위험하다는 거요? 내가? 아니면 저 친구들이? 내 눈엔 시골 녀석 둘 말고는 안 보이는데?"

"저자들은 총을 갖고 있을 거예요."

"잠시 후엔 그 총과 이별할 테고."

"당신, 정말 꼴통이군요."

"그럴지도 모르지." 리처가 말했다. "하지만 날 이렇게 만든 게 바로 엉클 샘(Uncle Sam, '미국 정부'를 뜻함)이라는 사실을 잊지 마시오. 난 다른 모든 과정을 통과했소. 운전만 빼고."

그가 차문을 열었다. 그리고 도로 위에 내려섰다.

14

소형 녹색 포드의 조수석 문짝 역시 여느 자동차 문짝과 다를 게 없었다. 직각을 기준으로 3분의 2까지 열리고 나면 부하가 걸리게 돼 있다. 따라서 그 문을 통해 밖으로 나오기 위해서는 뒤로 물러서며 발을 내딛는 동작이 필요하다. 덕분에 리처의 전략적 위치도 유리해졌다. 차체의 앞부분과 문짝이 방패가 되어주기 때문이다. 두 사내가 즉시 총을 뽑고 사격을 가해 온다고 해도 상체만 바짝 수그리면 일단은 안전할 것이다. 물론 그들에게 총이 있을 때의 얘기다. 아직은 알 수 없었다. 설사 있다고 해도 그들이 다짜고짜 총을 쏠 리는 없었다. 차체와 앞 유리에 총알구멍이 뻥뻥 뚫릴 테니까. 교통사고로 가장하고 싶다면 그럴 수 없을 것이었다. 자동차 여행 중인 여자가 잠깐 졸다가 일으킨 사고인데 앞 유리창에 총알구멍이라니. 벌집이 된 동승자의 시체 또한 설명할 길이 없다. 게다가 조수석으로 시체를 옮기는 것도 문제다. 결코 쉬운 일이 아니다. 리처는 무거우니까.

리처가 결론을 내렸다.

사내들은 총을 쏘지 않을 것이다. 총을 지니고 있다고 해도.

그가 말했다. "자네들에게 30초를 주겠네. 어서 용건을 말해보게."

오른쪽에 선 사내가 양팔을 가슴 높이 겹쳐서 팔짱을 꼈다. 나이트클럽 기도 같은 자세. 리처는 그 자세를 보조 역을 자청하는 표현으로 받아들였다. 그렇다면 입을 열 자는 왼쪽에 선 사내.

그 사내가 말했다. "모텔에 관한 일입니다."

여전히 두 팔을 내려뜨린 자세였다.

리처가 말했다. "무슨 일?"

"내 삼촌이 운영하는 모텔입니다. 나이 드신 데다가 장애까지 있는 불쌍한 양반이죠. 그런데 당신이 그분을 곤란하게 만들었습니다. 당신은 법이란 법은 모조리 위반했어요."

사내는 여전히 두 팔을 내려뜨린 자세였다. 리처가 문짝 뒤에서 걸어 나왔다. 그가 포드의 오른쪽 헤드라이트 옆에 사선으로 멈춰 섰다. 엔진의 열기가 느껴졌다. 그가 말했다. "내가 무슨 법을 위반했나?"

"다른 손님의 객실에 묵고 있잖습니까."

"그 손님은 현재 그 방을 사용하지 않고 있는데?"

"그건 상관없는 문젭니다."

사내의 두 팔은 여전히 내려뜨려져 있었다. 리처가 한 발을 내디뎠다. 그리고 또 한 발. 그와 두 사내가 중립지대에서 삼각 구도를 이뤘다. 그들과의 거리는 3미터.

왼쪽에 선 사내가 말했다. "그래서 우린 그 객실 키를 찾으러 왔습니다."

리처가 또 한 발을 내디뎠다. 이제 거리는 2미터. 한 덩어리에 가까운 삼각 구도.

밀대들이 천천히 물결치고 있었다. 광막한 금빛 바다 한가운데 뚫린 직선 도로 위에 다른 차는 한 대도 보이지 않았다.

리처가 말했다. "키는 체크아웃 할 때 돌려주겠네."

왼쪽에 선 사내가 말했다. "당신은 이미 체크아웃 된 상탭니다. 지금 이 시간부로. 다시 모텔로 돌아간다고 해도 방을 얻을 수 없을 겁니다. 그 모텔 역시 손님을 거부할 권리는 있으니까."

리처는 아무 말도 하지 않았다.

왼쪽에 선 사내가 말했다. "그리고 마더스 레스트에서는 다른 어느 곳에서도 묵을 수 없을 겁니다. 내 삼촌의 모텔이 마을의 유일한 숙박시설이니까. 내 말 알아듣겠습니까?"

리처가 말했다. "자네 마을이 마더스 레스트라고 불리게 된 연유를 알고 있나?"

"모릅니다."

"내게 메시지를 전하는 이유가 뭔가? 순전히 자네 삼촌을 위해선가, 아니면 다른 사정이 있는 건가?"

"다른 사정이라면?"

"나도 들은 게 있거든."

"다른 사정은 없습니다."

"잘 알았네." 리처가 말했다. "자네 삼촌에게 전하게. 난 어떤 법도 위반하지 않았다고. 방값은 이미 받지 않았느냐고 말하게. 내가 나중에 찾아가겠다는 얘기도 함께 전해주고."

오른쪽에 선 사내가 팔짱을 풀었다.

왼쪽에 선 사내가 말했다. "진짜로 문제를 일으키고 싶은 겁니까?"

"진즉부터 난 자네들의 문제덩어리 아니었나?" 리처가 말했다. "자, 이 문제덩어리를 어떻게 처리할 생각이지?"

무덥고 적막한 벌판, 일순 모든 게 정지했다. 다음 순간 두 사내가 리처의 질문에 행동으로 대답했다. 오른손 두 개가 각자의 재킷 끝단을 뒤로 쓸어 넘겼다. 그들의 벨트가 드러났다. 벨트에는 총 지갑이 부착되어 있었다. 그리고 그 지갑에는 검정색 반자동 권총이 꽂혀 있었다.

그건 실수였다. 리처는 그들에게 강의를 통해 그 이유를 설명해줄 수도 있었다. 강의 주제는 성급하게 벌인 전투의 치명적인 결과. 보너스로는 상대의 성급함을 이용해서 전투를 단박에 끝내버리는 싸움 기술.

총을 보여주는 건 엄청난 위협이다. 그리고 그런 위협은 응분의 대가를 치러야 한다. 두 녀석은 곤죽이 되어서 돌아가야 한다. 그래야 마더스 레스트 패거리들이 겁을 집어먹을 테니까. 그리고 총은 압수다. 그래야 리처가 마을로 돌아갔을 때 그 패거리들이 섣부르게 행동하지 못할 것이다.

리처는 두 사내에게 그들의 실수를 지적해주고 싶었다. 그로 인해 초래될 비극적 결과를 설명해 주고 싶었다.

하지만 그는 두 사내에게 아무 말도 하지 않았다. 대신, 그는 한 손을 자신의 재킷 자락 아래로 쑤셔 넣었다. 그 속에서 그가 움켜쥔 것은 한 줌 공기뿐, 아무것도 없었다. 하지만 두 사내는 그 사실을 알 턱이 없었다. 그들의 손이 허리춤을 더듬었다. 동시에 안정적인 사격을 위해 둘 모두 두 발의 간격을 1미터 정도로 벌리며 자세를 잡았다. 바로 그 순간 리처가 앞으로 한 걸음 나아가며 왼쪽 사내의 배를 내질렀다. 그자의 총은 지갑에서 채 절반도 빠져나오지 않은 상태였다. 그동안에 오른쪽 사내는 총을 완전히 빼들었다. 하지만 아무 소용이 없었다. 백핸드로 젖혀졌던 리처의 팔꿈치가 낫질하듯 허공을 가르고 날아와 광대뼈에 꽂혔기 때문이다. 그 가공할 충격에 그의 광대뼈는 으스러지고 주변의 모든 것은 암전되었다.

리처가 뒤로 물러섰다. 그가 첫 번째 사내를 살폈다. 사내는 고통에 겨위 몸부림치고 있었다. 리처의 발길질에 복부를 가격당했던 사내들 대부분이 겪었던 것과 똑같은 증상. 두 사내의 권총은 둘 다 값비싼 스미스앤드웨슨 시그마 40구경이었다. 두 자루 모두 탄창과 약실이 꽉 차 있었다. 리처가 두 사내의 바지 뒷주머니에서 지갑을 빼냈다. 각각 100달러 남짓의 현금이 들어 있었다. 리처의 전리품. 운전면허에 나와 있는 성씨는 둘다 '모이나한'이었다. 친형제 아니면 사촌일 터, 삼촌도 같을 것은 당연했다. 세례를 받은 듯, 이름은 존과 스티븐이었다.

리처가 소형 녹색 포드로 권총들을 가지고 돌아왔다. 운전석 창문은 내려져 있었다. 그가 권총 한 자루를 주머니에 찔러 넣은 뒤 남은 한 자루를 장에게 건넸다. 그녀가 머뭇거리며 총을 받았다. 그가 물었다. "저 친구들이 하는 얘기를 들었소?"

장이 말했다. "전부 다."

"결론은?"

"저 사람들의 얘기가 모두 사실일지도 몰라요. 단지 모텔 문제 때문에 우리를 쫓아왔을 수도 있어요."

"내 생각엔 그렇지 않소." 리처가 말했다. "방값은 이미 지불됐소. 반드시 다른 이유가 있을 거요."

"당신은 죽을 뻔했어요."

리처가 고개를 끄덕였다.

"여러 번." 그가 말했다. "하지만 그 모두 오래전 일들이오. 오늘이 아니라. 최소한 저 친구들한테는 아니었소."

"당신은 못 말리는 꼴통이에요."

"뛰어난 능력자거나."

"자, 이제 뭘 해야 하죠?"

리처가 뒤를 흘깃 돌아보았다. 오른쪽 사내는 의식을 되찾았다. 하지만 심각한 뇌진탕 증세로 인해 일어서는 것조차 불가능했다. 왼쪽 사내는 바닥에 누워 양 무릎을 가슴에 바짝 올려붙이고 두 손으로 배를 움켜쥔 채 쉴 새 없이 신음을 토해 내고 있었다.

리처가 말했다. "수상쩍게 움직이면 즉시 쏴 버리시오."

리처는 9미터 떨어진 사내들의 트럭으로 걸어갔다. 그가 운전석에 올라탔다. 문짝 보관함에 꽂힌 차량등록증과 보험증서의 명의는 스티븐 모이나한이었다. 그 밖에 흥미를 끄는 물건은 없었다. 리처가 자세를 바로 하고 기어를 넣었다. 그가 곧장 핸들을 꺾고 노변을 향해 차를 몰았다. 잠시 후, 오른쪽 바퀴들은 밀밭에 처박히고 왼쪽 바퀴들은 자갈들에 묻힌 상태로 픽업이 다시 멈춰 섰다. 앞머리는 다시 마을을 향하고 있었다. 리처가 키를 빼들고 차에서 내렸다.

그가 사내들을 하나씩 끌어다가 앞 범퍼에 기대 앉혀 놓았다. 둘 다 정신만은 온전히 돌아온 상태였다. 리처가 말했다. "잘 봐둬." 사내들의 눈길을 모은 다음 그가 열쇠를 밀밭을 향해 언더핸드로 던졌다. 열쇠는 13 내지 15미터를 날아간 뒤 종적을 감췄다. 아무리 빨라도 한 시간은 걸려야 찾을 수 있을 것이다. 그것도 두 사내의 신체 기능이 완전히 회복된 뒤의 얘기였다. 그 회복 과정 역시 아무리 빨라도 한 시간은 걸릴 것이다.

리처가 포드로 돌아와 조수석에 올라탔다. 차가 출발했다. 리처는 가끔씩 몸을 돌리고 뒤쪽을 살폈다. 점점 작아져가던 픽업트럭이 마침내 북쪽 지평선 너머로 사라졌다.

고속도로까지는 거의 세 시간을 더 달려야 했다. 고속도로에 올라타고 나서 처음 만난 표지판은 오클라호마시티까지 두 시간의 여행을 장담하고 있었다. 한동안은 적막하고 무료한 여행이었다. 하지만 90분을 달리고 나자 상황이 돌변했다. 장의 주머니 속에서 온갖 종류의 벨소리가 울려대기 시작한 것이다. 음성 메일, 문자 메시지, 그리고 이메일. 그녀의 휴대폰에 그동안 차곡차곡 쌓여왔던 것들이 한꺼번에 다운로드 되었기 때문이다.

　휴대폰 통화가 가능한 지역이었다.

15

장이 한손으로만 운전을 하면서 다른 손으로는 휴대폰을 더듬어댔다. 리처가 말했다. "다음에 나오는 휴게소로 빠집시다. 진짜로 교통사고가 나기 전에. 일단 커피도 마셔야겠고."

장이 말했다. "그 많은 커피가 다 어디로 들어가는지 모르겠네요."

"중력의 법칙." 리처가 말했다. "잔을 기울이면 커피가 쏟아지게 돼 있소. 마실 수밖에 없지."

"당신 심장은 늘 쿵쾅거리고 있을 거예요."

"오히려 그 반대라고 할 수 있소."

1.6킬로미터를 더 달리고 나자 휴게소가 나타났다. 주유소, 화장실, 그리고 프랜차이즈 식당이 나란히 들어서 있었다. 식당은 연방 양식(로마시대의 신전 메종 카레를 본 딴 복고풍의 미국 관공서 건물들을 뜻함)의 석재건물이었다. 하지만 화려한 네온 간판들 탓에 소박한 건축미를 제대로 드러내지 못하고 있었다. 두 사람은 주차를 하고 내려서서 잠시 몸을 풀었다. 해가 한참 남아 있어서 대기는 따뜻했다. 두 사람 모두 화장실에 다녀온 뒤 식당 한편의 커피숍에서 다시 만났다. 리처와 장은 각각 중간 사이즈의 뜨거운 블랙커피와 아이스 밀크커피를 주문했다. 구석자리에 앉은 뒤 장이 테이블 위에 휴대폰을 내려놓았다. 문고판 크기의 얇은 터치스크린 기종이었다. 그녀의 손가락들이 스크린 위를 분주히 오갔다. 처음엔 옵

션들, 다음엔 문자 메시지, 그리고 이메일.

그녀가 말했다. "키버에게서 온 건 없어요."

"그에게 다시 한 번 전화해 보시오."

"아무 응답이 없을 텐데."

"뜻밖의 일들은 늘 일어나는 법이오. 예전에 난 경찰서 세 곳과 국토방위군에게까지 공조를 요청해서 어떤 사내를 찾으려 했던 적이 있었소. 그런데 그가 스스로 나타났소. 해외에서 휴가를 즐기고 돌아왔다더군."

"키버는 휴가를 간 게 아니에요."

"어쨌든 시도해 보시오."

그녀는 꽤 오랫동안 머뭇거리다가 전화를 걸었다. 처음엔 그의 집, 다음엔 그의 휴대폰.

양쪽 모두 아무 응답이 없었다.

리처가 말했다. "LA로 다시 한 번 연락해 보시오. 사망자 200명이라는 글귀와 함께 적혀 있던 전화번호."

장이 이번에는 고개까지 끄덕이면서 즉시 번호를 누르고 휴대폰을 귀에 가져다 댔다.

응답이 있었다.

그녀가 살짝 놀란 가슴을 진정시키면서 말했다. "안녕하세요, 선생님. 누구신지 여쭤봐도 될까요?"

상대방이 이쪽의 신원을 되물은 게 분명했다. '묻는 분은 누구신지?'

그녀가 말했다. "저는 미셸 장이라고 합니다. 시애틀의 사설탐정이에요. 예전엔 FBI 요원이었고요. 현재 함께 일하는 동료 중에 키버라는 사람이 있습니다. 제 생각엔 그가 선생님께 전화를 드렸을 것 같은데요. 그가 묵었던 모텔 객실에서 선생님의 전화번호를 발견했거든요."

상대방이 다시 질문을 던진 모양이었다. 리처로서는 머나먼 LA에서 던져오는 질문의 내용을 알 길이 없었다. 하지만 이내 궁금증은 풀렸다. 키버의 이름 철자.

장이 말했다. "K-e-e-v-e-r."

다시 대답이 돌아오기까지 상당한 시간이 걸렸다. 부정적인 대답인 게거의 확실했다. 장이 어두운 표정으로 되물었기 때문이다. "확실한가요?"

그 뒤로 긴 대화가 이어졌다. 하지만 LA 사내가 주도하는 일방적인 대화였다. 직접 들을 수 없는 리처로서는 무슨 내용인지 알 길이 없었다. 이번엔 장의 표정을 통해 유추할 수도 없었다. 그녀의 표정이 시시각각으로 변하고 있었기 때문이다. 상대방 사내가 여러 가지 사안들을 하나하나 열심히 설명하고 있는 모양이었다. 그가 영화배우일 수도 있다는 생각이 들었다. 혹은 연예계 관계자거나. 하지만 소모적인 추측일 뿐이었다. 결국 리처는 혼자 궁금증을 해소하려는 노력을 포기하고 조용히 기다렸다.

마침내 장이 작별인사를 건넨 뒤 통화를 끝냈다. 그녀가 숨을 한 차례 깊이 들이마셨다. 아이스커피도 한 모금 홀짝였다. 그리고 말했다. "웨스트우드라는 이름의 남성이에요. 『LA 타임스』 기자, 직함은 과학부 편집장. 본인 얘기로는 그리 큰 부서가 아니라더군요. 일요일에 간행되는 잡지에 심도 있는 과학 기사들을 싣는 게 주된 업무라고도 했어요. 키버에게 전화를 받은 적은 없다더군요. 전화 통화를 할 때마다 그 내용을 간략하게 정리해서 데이터베이스에 입력시킨대요. 그게 자신의 습관이며 요즘 기자들은 다들 그렇게 한다는군요. 신문사가 피소당하거나 자신들이 신문사를 고소할 때를 대비해서. 그런데 키버의 이름은 그들의 데이터베이스에 없대요. 키버가 전화를 하지 않은 거죠."

"이 웨스트우드라는 사람은 키버의 의뢰인이 아니오. 맞소?"

장이 고개를 저었다. "그랬다면 그가 얘기했겠죠. 내가 키버의 동료라는 사실을 밝혔으니까."

"우리가 그 전화번호를 발견했을 때 당신은 그게 키버의 의뢰인이거나 다른 동료, 혹은 정보 제공자의 번호일 거라고 말했소. 그 말이 맞다면 웨스트우드는 키버의 동료이거나 정보 제공자일 거요. 키버는 당신과 통화를 한 뒤 이 번호로 연락을 취하려는 생각이었겠지. 어쩌면 그 통화는 당신의 몫으로 남겨두었을 수도 있고. 웨스트우드와의 공조. 그 목적이 뭔지는 알 수 없지만 말이오."

"이 번호가 키버와는 아무 상관이 없을 가능성도 배제할 수 없어요. 수개월간 그 객실에 버려져 있던 메모일 수도 있으니까."

"혹시 웨스트우드가 현재 자신이 취재하고 있는 기사에 관해서도 언급했소?"

"밀의 기원에 관한 기사라고 했어요. 재래종 밀이 이종교배를 통해 오늘날의 개량종으로 변화하게 된 과정을 추적하는 방대하고 심도 깊은 프로젝트라더군요. 내겐 흥미롭게 들렸어요. 이미 유전학적으로 변종을 만들었으니 연구에 박차를 가해서 밀농사에 또 다른 신기원을 이루자는 메시지가 담겨 있는 것 같아서."

"결국 밀을 더 많이 생산하자는 얘긴데 그게 흥미롭다는 거요? 지금까지 끝없이 펼쳐진 밀밭 사이를 달려온 당신이?"

"하긴 평생 보게 될 밀을 한 번에 다 본 것 같아요. 어쨌든 나는 다시 한번 피고 측 변호인의 입장에 서야겠어요. 그 메모는 1년, 아니 어쩌면 2년 동안 그 객실 안에 처박혀 있었던 건지도 몰라요. 그동안 묵었던 오십 명, 아니 어쩌면 백 명의 투숙객들 가운데 한 명이 흘렸을 수도 있고요."

리처가 말했다. "웨스트우드의 전화번호를 알아내려면 어느 정도의 노력이 필요할 것 같소?"

"그거야 그 사람이 전화번호를 바꾼 시기에 따라 달라지겠죠. 만일 오래된 번호라면 쉽게 입수할 수 있어요. 특히 기자들의 전화번호는 인터넷에 떠돌아다니니까요. 기자들은 일반인들이 인터넷에서 자기들 번호를 캐내는 걸 반가워해요. 네트워크를 구축할 수 있으니까."

리처가 커피 잔을 비웠다. 아무 말 없이.

장이 말했다. "뭐죠, 이 침묵은?"

"이번 사건에서는 피고 측 변호인이 승소할 거라는 생각을 하고 있었소. 하지만 배심원 가운데 최소한 일부는 그 결과에 승복하지 않을 거요. 그들은 나와 같은 생각이니까. 자, 다시 한 번 정리해 봅시다. 어떤 의뢰인이 키버에게 현금이든 자기앞수표든 들고 와서 사건을 의뢰한다, 밀 혹은 다른 무언가 때문에 200명이 죽는다는 내용이다, 말도 안 되는 얘기지만 의뢰인은 집요하게 수사를 요구한다, 전화번호 하나를 일러주면서 자기 말을 못 믿겠으면 그리로 전화해서 확인하라고 한다, 사실을 입증해줄 수 있는 어느 기자의 번호라고 하면서. 이 대목에서 우리는 그 의뢰인을 조금은 파악할 수 있소. 인터넷을 샅샅이 뒤져서 기자의 번호를 찾아낼 만큼 열의가 대단한 인물이오. 키버로서는 그 열의만은 존중할 수밖에 없었소. 그래서 사건을 맡을 결심을 하게 된 거요. 일단 마더스 레스트를 다녀온 뒤 웨스트우드와 통화할 생각이었던 게 분명하오. 난 그 메모가 키버의 것이고 또한 이번 사건과 연관이 있다는 생각이오. 전체적인 흐름이 일관성을 유지하고 있기 때문이지. 허무맹랑하게만 들렸던 어떤 할 일 없는 사내의 주장이 갑자기 엄청난 사건으로 비화되면서 키버에게 위험이 닥쳤던 거요."

장이 말했다. "일단 오클라호마시티 상황부터 확인해야 해요."

16

소형 녹색 포드의 계기판 위에 장착된 내비게이션 덕분에 키버의 집을 어렵지 않게 찾아갈 수 있었다. 오클라호마시티 북쪽 변두리의 주택가였다. 막다른 골목에 자리 잡은 단층 농가. 물이 부족해서 시들시들한 어린 나무 한 그루가 앞마당을 지키고 있었다. 오른쪽으로 난 진입로는 한 칸짜리 차고로 이어져 있었다. 갈색 아스팔트 기와를 얹은 본채 지붕, 노란색 비닐로 마감한 외벽. 건축미가 빼어난 건물은 아니었지만 늦은 오후의 햇빛을 받고 나름 근사한 자태를 자랑하고 있었다. 아무튼 집이라는 명칭에 어울리는 건물이었다. 리처의 머릿속에 한 편의 동영상이 스쳐지나갔다. 덩치 큰 사내가 현관문을 통해 집 안으로 들어간다, 발을 털고 신발을 벗는다, 낡은 팔걸이의자에 몸을 던진다. TV를 켜고 야구경기를 시청한다.

장이 진입로 위에 차를 세웠다. 두 사람은 차에서 내려 현관문 앞으로 걸어갔다. 초인종도 있었고 황동 문고리도 있었다. 두 사람은 그 두 가지 수단을 모두 시도해 보았다. 하지만 아무 응답이 없었다. 문은 잠겨 있었다. 손잡이는 꿈쩍도 하지 않았다. 창문을 통해 들여다보이는 실내는 어둡기만 했다.

리처가 물었다. "그가 가족과 함께 살고 있소?"

"이혼했어요." 장이 말했다. "다른 많은 사람들처럼."

"키버가 화분 밑에 현관 열쇠를 감춰놓고 다니는 타입은 아닐 것 같은

데."

"경보장치도 설치해 놓았을 거예요."

"우린 먼 길을 왔소."

"그러게요." 장이 말했다. "집 뒤로 돌아가서 한번 살펴보죠. 이런 날씨라면 혹시 창문 하나쯤은 열어두었을 수도 있어요. 작은 틈이라도 있을 거예요."

골목 안은 조용했다. 양쪽에 각각 세 채씩, 그리고 막다른 곳에 집 한 채, 모두 일곱 채가 고만고만한 모습으로 들어서 있는 골목이었다. 지나다니는 차는 없었다. 걸어 다니는 사람도 없었다. 지켜보는 눈도 없었다. 관심을 보이는 눈초리도 없었다. 이웃의 삶에 관심 없는 사람들이 모여 사는 동네. 뿌리를 제대로 내리지 못한 나무와도 같은 분위기였다. 어쩌면 일곱 채의 주인들 모두 이혼남일지도 몰랐다. 그들 모두 새로운 삶에 적응하기 위해 오직 제 자신만 채찍질하며 살아가고 있는 건 아닐까.

키버의 뒷마당은 어른 머리 높이의 나무 담장으로 둘러싸여 있었다. 널판들은 세월의 풍파로 인해 회색으로 빛바랜 상태였다. 잔디 마당은 좁았지만 깔끔했다. 파티오(patio, 보통 집 뒤쪽에 만드는 테라스) 위엔 등나무 의자가 하나 놓여 있었다. 뒷벽 역시 앞 벽과 마찬가지로 노란색 비닐로 마감되어 있었다. 벽에는 창문 네 개와 문 하나가 나 있었다. 창문들은 모두 굳게 닫혀 있었다. 농가의 뒷문들이 흔히 그렇듯, 문짝 상단에는 아홉 개의 작은 유리창이 나 있었다. 그 안쪽은 주방으로 이어지는 좁은 머드룸(mud room, 흙 묻은 레인코트나 장화 등을 벗는 곳)이었다.

대지는 평평했다. 집들의 층고는 낮았다. 그리고 키버의 집 담장은 높았다. 따라서 남의 눈에 띌 리는 없었다.

장이 말했다. "이런 동네에서 사건, 사고가 발생하면 경찰이 출동할 때까지 얼마나 시간이 걸리는지 궁금하네요. 이 집에 정말로 경보장치가 설치돼 있다면 한번 시험해 보고 싶어요."

리처가 말했다. "빨라야 20분일 거요. 아예 나타나지 않을 수도 있겠고."

"그럼 최소한 10분의 여유는 있겠군요. 안 그래요? 잽싸게 들어갔다 나오면 돼요. 따지고 보면 범죄를 저지르는 것도 아니에요. 나는 집주인의 직장 동료니까. 키버가 설마 나를 고소하겠어요? 특히 이런 상황에서는 절대로 그럴 리가 없어요."

"우린 뭘 찾아야 하는지도 모르고 있소."

"종이쪽, 수첩, 공책, 메모첩, 그 밖에 뭐든 그 위에 뭔가를 적을 수 있는 것들. 일단 눈에 띄는 대로 모두 집어 들고 나오는 거예요. 내용은 나중에 확인하고."

"좋소." 리처가 말했다. "창을 깹시다."

"어느 창?"

"난 이 문이 마음에 드오. 조지안 양식의 유리창들이 멋지군. 왼쪽 맨 아래 걸 깨야겠소. 그럼 들어갈 수 있소."

"어서 깨요." 장이 말했다.

아홉 개 가운데 문손잡이에서 가장 가까운 유리창이었다. 높이는 리처의 팔꿈치보다 낮았지만 그건 문제가 아니었다. 몸을 움츠리고 팔꿈치에 스냅을 주어 가격한다, 테두리에 붙어 있는 조각들을 제거한다, 한쪽 팔을 어깨까지 집어넣는다, 그쪽 팔꿈치를 굽히고 손목을 몸통을 향해 꺾은 뒤 안쪽 손잡이를 돌린다.

리처가 일단 바깥쪽 손잡이를 잡고 비틀어보았다. 어느 정도의 힘이 필요한지를 가늠하기 위해서였다. 하지만 가늠할 필요가 없었다.

문이 부드럽게 안으로 열렸다. 잠겨 있지 않았다.

문턱 바로 앞바닥에는 현관 매트가 깔려 있었다. 문설주에는 과연 경보 장치가 부착되어 있었다. 작은 흰색 상자, 그리고 같은 색으로 칠해진 전선. 리처가 귀를 기울였다. 장치가 작동했다면 경보음은 30초간 지속될 것이다. 그사이에 작동을 해제하지 않으면 그다음은 사이렌이다.

아무 소리도 들리지 않았다.

경보음은 없었다.

장이 말했다. "뭔가 잘못됐어요."

리처가 주머니 속에 손을 찔러 넣고 스미스앤드웨슨을 감싸 쥐었다. 공이를 젖힐 필요가 없는 반자동권총. 언제든 격발할 수 있는 무기. 조준한 뒤 방아쇠만 당기면 그만이다. 그가 머드룸을 지나 주방으로 들어갔다. 텅 비어 있었다. 하지만 정리 상태는 완벽했다. 침입자의 흔적은 없었다. 그가 중앙 통로로 걸어 나갔다. 현관문이 정면으로 보였다. 해는 이미 한참 더 기울어져 있었다. 저녁 햇살이 집 안 곳곳에서 금빛 잔치를 벌이고 있었다.

흐름이 없는 공기 그리고 적막.

리처는 자신의 등 뒤에서 장이 왼쪽으로 움직이는 기척을 느꼈다. 그래서 그는 오른쪽으로 꺾어 복도로 들어갔다. 네 개의 문이 나 있었다. 안방, 화장실, 침대가 들여진 게스트룸, 그리고 사무실로 개조된 작은 방. 모두 비어 있었다. 정리 상태는 완벽했다. 침입자의 흔적은 없었다.

두 사람이 통로에서 다시 합류했다. 현관문에 가까운 지점이었다. 그녀가 고개를 저으며 말했다. "꼭 뒷문을 열어 놓고 피자를 사러 간 것 같은 분위기네요."

알람 제어 장치는 벽에 붙어 있었다. 최근에 설치한 것 같았다. 중앙의 스크린에서는 시간이 깜빡이고 상단에는 녹색 불이 들어와 있었다.

해제된 상태.

리처가 말했다. "우리가 찾으려 했던 것들을 찾읍시다."

두 사람은 작은 방부터 수색하기 시작했다. 선반, 캐비닛, 서랍장, 그리고 금색 단풍나무 재질의 책상이 구도를 맞춰 들여져 있었다. 책상 위에는 컴퓨터, 전화기, 팩스기, 그리고 프린터가 가지런하게 놓여 있었다.

깔끔하게 정리된 공간.

오클라호마시티 지부.

키버네 집 작은 방.

사설탐정에게 필요한 모든 집기가 갖춰진 사무실.

단 한 가지만 없었다.

종이.

편지지 묶음, 공책, 메모첩, 낙서장, 포스트잇. 아무것도 없었다. 낱장으로 떨어져 나온 종이 한 장 없었다.

리처는 가만히 서 있었다.

그가 말했다. "경찰이었고 또 연방요원이었던 사람이오. 둘 다 매일같이 전화기를 붙들고 책상에 앉아 몇 시간씩 보내야 하는 직업이지. 신호가 가는 동안, 교환원을 거치는 동안, 그리고 본격적으로 통화하는 동안 그 지루한 시간을 어떻게 보내겠소? 당연히 낙서나 메모가 고칠 수 없는 습관으로 몸에 배게 되는 거요. 그런 직업에 종사하는 사람은 누구나 마찬가지요."

"무슨 얘기를 하고 싶은 거죠?"

"지금 이 상황이 말이 안 된다는 얘기를 하고 싶은 거요." 그가 선반 아래 놓인 캐비닛 앞으로 다가갔다. 첫 번째 서랍에는 프린터용 토너 카트리지가 들어 있었다. 두 번째 서랍에는 팩스기용 여벌의 토너 카트리지가 있었다.

세 번째 서랍은 종이들로 가득 차 있었다.

쓰지 않은 편지지 뭉치, 함께 랩으로 포장된 공책 다섯 권, 그리고 역시 비닐 포장된 포스트잇 뭉치. 한 변의 길이 9센티미터.

"유감이오." 리처가 말했다.

"뭐가요?"

"생각했던 것보다 훨씬 심각한 상황이오. 키버는 종이를 아주 많이 쓰는 사람이오. 돈을 절약하려고 이렇게 대량으로 구입할 만큼. 이 책상 위엔 종이들이 뒤덮여 있었을 게 틀림없소. 그것들만 있었다면 우린 이 사건의 전모를 정확히 파악할 수 있었을 거요. 하지만 우리보다 앞서 다녀간 자가 있었소. 우리와 똑같은 목적으로 이 집을 찾아왔던 자. 그래서 책상 위가 이렇게 깨끗한 거요."

"그게 누굴까요?"

"키버를 납치한 자들. 그는 현재 어딘가에 붙잡혀 있소. 그렇지 않고는 이 상황을 설명할 수 없소. 그자들은 키버의 재킷 주머니에서 종이쪽들을 찾아냈소. 포스트잇 뭉치에서 뜯어낸 종이쪽들. 그다음엔 바지 주머니를 뒤져서 그의 지갑을 꺼냈소. 그의 운전면허증에서 주소를 확인했겠지. 나머지 메모들이 있는 키버의 집. 현관 열쇠는 또 다른 주머니에서 찾아냈을 테고, 그 열쇠고리에는 알람 해제 버튼도 달려 있었소. 원격 조종. 키버를 위해서는 다행스러운 일이오. 최소한 알람 비밀번호 때문에 고문을 당하진 않았을 테니까."

장이 말했다. "상상이 지나치군요."

"다른 식으로는 설명이 되지 않소."

"그렇다 해도 그자들이 누군지 우린 모르잖아요."

"마더스 레스트." 리처가 말했다. "키버의 행적이 마지막으로 밝혀진 곳."

두 사람은 나머지 공간들도 차례로 수색했다. 먼저 다녀간 자들이 못 보고 지나친 뭔가를 기대하면서. 머드룸에는 관심을 끌 만한 게 없었다. 주방도 마찬가지였다. 키버가 밥을 자주 해 먹지 않은 건 분명했다. 짝이 맞지 않는 식기들, 따지 않은 통조림들. 숨겨진 물건은 없었다. 숨길 만한 곳도 없었다. 기름때와 얼룩으로 지저분한 벽면에는 비밀 벽장의 흔적도 없었다. 거실과 식당도 마찬가지였다. 전혀 수고롭지 않은 수색이었다. 키버가 단출하게 새 삶을 시작한 게 분명했다. 그리고 혼자 생활한 이후로 살림을 불리지 않은 것도 분명했다. 침대들이 들여진 게스트룸은 처음부터 아이들을 위해 꾸며놓은 공간인 것 같았다. 이혼남과 전처소생의 자식들, 변호사들 간의 합의 내용에 따라 다르긴 해도 2주에 한 번씩은 아이들을 만날 권리를 보장 받는 게 보통이다. 하지만 그 방은 누가 와서 자고 간 흔적이 없었다. 리처의 느낌이 그랬다.

안방에는 쉰내가 살짝 배어 있었다. 침대 하나, 그 옆에 침실용 탁자 하나, 서랍장 하나, 그리고 작은 나무 옷장 하나가 가구의 전부였다. 옷장 속은 일류 호텔의 수납장처럼 재킷을 걸 수 있는 공간과 시계나 동전, 혹은 지갑 등속을 올려놓는 받침대로 구분되어 있었다. 습기가 느껴지는 화장실에는 수건들이 어지럽게 널려 있었다.

침실용 탁자 위에는 책 한 권과 그 밑에 눌린 잡지 몇 권이 낮은 무더기를 이루고 있었다. 그 옆을 지나면서 리쳐는 그것들에 눈길을 주었다. 순전히 호기심 때문이었다.

그 호기심 덕분에 그는 세 가지 사실을 확인할 수 있었다.

첫째, 맨 위의 잡지는 『LA 타임스』 일요판이었다.

둘째, 키버는 그 잡지를 끝까지 읽지 않았다. 0.5센티 폭의 북마크가 중간에 꽂혀 있었다.

셋째, 잡지 더미 위에 놓인 책도 채 다 읽지 않았다. 그 갈피에도 북마크가 꽂혀 있었다.

두 개 모두 오래된 메모지를 길게 한 번 접은 북마크들이었다. 리쳐가 그 집에서 처음으로 발견한 물건.

낱장으로 떨어진 종이쪽.

17

책에 꽂힌 종이쪽에는 달랑 '4'자 하나만 흘림체로 적혀 있었다. 4는 한 가지 사실에서는 아주 흥미로운 숫자이다. 무한대의 숫자들 가운데에서 영어 단어의 철자 수와 일치하는 유일한 숫자. four. 네 개의 철자. 하지만 그 사실을 제외하고는 평범할 뿐이다. 어쨌든 많은 이야기를 들려줄 수 있는 숫자가 아니다.

장이 말했다. "난 다시 한 번 피고 측 변호인의 입장에 서겠어요. 이 숫자에는 특별한 의미가 없어요."

리처가 고개를 끄덕였다. 하지만 두 번째 종이쪽은 달랐다. 전혀 차원이 달랐다. 일단 그게 꽂혀 있던 페이지의 정보적 가치가 상대적으로 엄청났다. 『LA 타임스』 일요판, 과학부 편집장 애슐리 웨스트우드의 장문 기사였다. 트라우마에 의한 뇌 손상 치료법의 발전으로 인해 두뇌 자체에 대한 이해도가 제고되었다는 내용이었다.

발행된 지 채 2주가 지나지 않은 잡지였다.

장이 말했다. "피고 측 변호인이라면 『LA 타임스』 정기구독 부수부터 짚고 넘어갈 거예요."

리처가 말했다. "그 숫자가 얼마나 되는지 알고 있소?"

"거의 백만 부에 가까워요."

"그렇다면 이게 우연이 아닐 확률은 백만 분의 일이라는 얘기가 되겠군."

"피고 측 변호인이라면 그렇게 주장하겠죠."

"FBI 요원이라면?"

"우린 앞질러 생각하는 훈련을 받았어요. 따라서 같은 내용을 피고 측 변호인보다 먼저 주장하겠죠."

리처가 북마크를 펼쳤다. 한쪽 면은 비어 있었다.

반대쪽은 비어 있지 않았다.

상단에는 숫자가 적혀 있었다. 323으로 시작하는 번호. 캘리포니아, LA, 웨스트우드의 전화번호.

하단에는 글자가 적혀 있었다.

마더스 레스트-말로니

리처가 물었다. "이제 FBI 요원이라면 어떤 주장을 하게 될 것 같소?"

장이 말했다. "피고 측 변호인들의 주장을 단번에 꺾어버리겠죠. 협조나 정보를 구하기 위해서 키버는 웨스트우드에게 전화를 할 생각이었어요. 반나절 전까지 우리가 머물러 있었던 그 마을과 연관된 문제로 말이죠. 그건 확실해요. 게다가 이제 우리는 이름까지 확보했어요. 그 마을에는 '말로니'라는 성을 가진 사람들이 살고 있을 거예요. 우린 '모이나한'이라는 성을 가진 사람들도 만났어요. 그러니 말로니는 왜 없겠어요?"

"북마크가 기사 첫 페이지에 꽂혀 있는 이유는?"

"아직 읽지 않은 거죠."

"그래서 키버가 아직 웨스트우드에게 전화 연락을 하지 않았던 거요. 이제 문제의 의뢰인에 관한 편견을 떨쳐버려야 하오. 일단 그를 대단한 열정의 소유자라고 가정합시다. 그런 사람이라면 늘 전화기에 매달려 있을 거요. 누구든 귀를 기울여주는 사람에겐 똑같은 얘기를 반복할 테고. '마더스 레스트, 사망자 200'. 키버는 직업상 그의 얘기에 귀를 기울였고 번번이 같은 얘기를 들어야 했소. '내 말을 못 믿겠으면 이 번호로 웨스트우드라는 『LA 타임스』 기자에게 전화해 보시오.' 키버는 의뢰인과 통화할 때마다 습관적으로 메모를 했소. 그래서 웨스트우드의 전화번호가 적힌 키버의 메모지를 우리가 두 번씩이나 발견하게 된 거요. 거의 힘들이지 않고 말이지. 아무튼 키버도 처음에는 그 의뢰인을 귀찮은 존재로 생각했을 게 틀림없소. 당신도 그런 경험이 있을 거요."

"가끔씩은."

"하지만 그 의뢰인의 얘기 가운데 키버를 고민하게 만든 부분이 있었던 거요. 그래도 그는 여전히 회의적이었소. 그래서 시험을 해보기로 마음먹었소. 여긴 오클라호마시티요. 기차역이 아니면 다른 도시의 정기간행물들을 구하기가 쉽지 않을 거요. 지지난 일요일, 그는 헛수고하는 셈치고 기차역에 나갔다 왔소. 『LA 타임스』 일요판. 문제의 고객이 언급한 기자가 과연 신빙성 있는 전문가인지를 확인하고 싶었던 거요. 그래야 수임할 만한 사건인지 결정할 수 있을 테니까. 그나저나 밀이 언제 처음 작물로 재배되었는지 알고 있소?"

"지역에 따라 다르겠지만," 장이 말했다. "수천 년 전일 거예요."

"웨스트우드는 과학부 기자로서 충분한 자질을 지닌 인물이오. 그는 수천 년 전부터 현재에 이르기까지 밀의 유래와 역사를 심층 취재했소. 이 잡지에 실린 기사에도 그의 전문가적인 역량이 고스란히 드러나 있을 거요. 하지만 키버는 그 사실을 모르고 있소. 이 기사를 읽지 않았으니까. 그 의뢰인의 얘기 가운데 흥미를 끄는 부분이 있었지만 시급을 다투는 일이라고 판단하지는 않았던 거요. 그래서 당장 사건에 뛰어들지도 않았던 거 고."

"지금은 시급을 다퉈야 할 일인 것 같아요."

"맞소. 사소하던 일이 시급을 다퉈야 할 일로 변하게 된 원인을 찾아야 하오."

지켜보는 눈길은 없었다. 하지만 딱히 할 일도 없으면서 그 집에 머물러 있을 수는 없었다. 두 사람은 머드룸을 통해 집밖으로 나왔다. 문을 닫고 건물을 돌아 진입로까지 걸어갔다.

차에 타고 나서 리처가 말했다. "웨스트우드와 다시 이야기를 나눠봐야 겠소."

"키버는 아직 그에게 연락하지 않았어요." 장이 말했다. "그러니 우리에게 해줄 얘기도 없을 거예요."

"누군가 다른 사람이 그에게 연락해왔을 수도 있소. 그랬다면 우리에게 해줄 얘기가 있을 거요."

"다른 사람이라면 누구 말이죠?"

"아직은 알 수 없소."

장은 대꾸하지 않았다. 그녀가 휴대폰을 꺼내들고 번호를 눌렀다. 마지막으로 번호가 아닌 버튼 하나를 누른 뒤 휴대폰을 앞좌석들 사이에 내려놓았다.

"스피커예요." 그녀가 말했다.

신호 가는 소리가 차 안에 울려 퍼졌다.

이어서 누군가 전화를 받았다.

"여보세요?" 웨스트우드였다.

리처가 말했다. "안녕하십니까, 선생님. 나는 잭 리처라고 합니다. 몇 시간 전에 통화하셨던 미셸 장의 직장 동료입니다."

"기억하고 있습니다. 또 다른 동료분이 내게 전화 건 사실이 없다는 걸 확인하셨던 여자 탐정. 그 동료분의 이름이 키버 아니었습니까? 그걸로 용무는 끝난 걸로 알고 있습니다만."

"네, 모두 맞습니다. 하지만 아주 중요한 단서를 입수했습니다. 당장에, 혹은 조만간 키버가 당신에게 전화를 할 계획이었음을 말해주는 단서입니다."

웨스트우드가 잠시 머뭇거린 뒤 말했다. "키버 씨는 어디 있습니까?"

리처가 말했다. "실종 상태입니다."

"어쩌다가요? 지금 어디 있는데요?"

리처는 아무 말도 하지 않았다.

웨스트우드가 말했다. "이런, 내가 멍청한 질문들을 한 것 같군요."

"어쩌다가는 아주 중요한 질문입니다. 그리고 지금 어디 있느냐는 질문은 멍청한 게 맞습니다. 그가 어디 있는지 우리가 알고 있다면 실종된 게 아니니까요."

"실종된 사람이 당장이든, 조만간이든 하게 될 전화는 의미가 없다고 생각하는데요. 그보다는 키버 씨의 기존 통화 내역을 확인하는 게 중요하지 않을까요?"

"우리의 정보는 제한되어 있습니다."

"구체적으로 말씀해 주시겠습니까?"

"웨스트우드 씨, 우리는 역순으로 이번 사건을 파헤치고 있습니다. 키버는 당신에게서 전문가적 자문을 구할 생각이었던 것 같습니다. 당신이 전문가로서 그에게 어떤 도움을 줄 수 있을지 알고 싶습니다."

"난 일개 기자일 뿐입니다. 어떤 분야에서든 전문가로서는 부족한 사람이지요."

"하지만 정보는 많이 알고 있잖습니까."

"누구든 내 기사를 읽기만 하면 나와 똑같은 수준의 정보를 공유하게 됩니다."

"대부분의 독자들은 삭제된 부분을 의식하면서 기사를 읽습니다. 그러다 보니 기자들은 활자화된 정보보다 더 많은 걸 알고 있다고 생각하게 됩니다. 실제로 당신도 법적인 제약 때문에 기사를 올리지 못한 경험이 있을 겁니다. 당신이 그런 기사에 미련을 갖고 있다고 생각하는 독자들이 충분히 있을 수 있습니다. 그들이 그 부분에서 당신에게 접근할 가능성도 얼마든지 있습니다. 게다가 과학부 편집장이라는 당신의 직함도 한몫 거들게 됩니다."

"가능한 얘깁니다." 웨스트우드가 말했다. "하지만 지금 우리는 미래의 전화 통화, 다시 말해서 존재하지도 않았던 대화에 관해 얘기하고 있는 겁니다."

"그렇지 않습니다. 우린 지금 키버의 의뢰인에 관해 얘기하고 있는 겁니다. 다른 건 몰라도 열의만은 대단한 사람인 것 같습니다. 그가 계속해서 키버에게 전화를 걸어온 사실을 입증할 증거도 있습니다. 최소한 그 사람으로선 너무도 중요한 문젯거리가 있는 게 분명합니다. 그 문제를 가지고 백악관 이하 각계각층에 탄원을 넣었을 것도 분명합니다. 그의 전화를 받은 사람이 수백 명일 겁니다. 당신도 그 가운데 한 사람이고. 왜 아니겠습니까? 당신은 거대 신문사의 과학부 편집장이니 말입니다. 어쩌면 당신이 지금까지 기고한 내용 가운데 그의 문젯거리와 연관된 부분이 있을 수도 있습니다. 그가 인터넷을 뒤져서 당신의 휴대폰 번호를 알아낸 건 키버에게 전해주기 위해서가 아니라 당신과 직접 통화하기를 원했기 때문일지도 모릅니다. 그의 문젯거리가 기묘한 과학적 현상이라면 충분히 그럴 수 있습니다. 당신이라면 그 문젯거리를 이해할 거라고 판단했을 겁니다. 그래서 나는 그가 당신에게 이미 연락을 취했을 거라고 생각합니다. 당신은 이미 그와 대화를 나눴을 겁니다."

수천 킬로미터를 사이에 두고 전화기 반대편에서 잠시 침묵이 흘렀다. 그 침묵은 다시 웨스트우드의 목소리에 의해 부서졌다. 웃음을 참고 있는 듯, 조여진 성대에서 나오는 목소리였다. 그가 말했다. "나는 『LA 타임스』 기자입니다. LA는 캘리포니아 주에 있습니다. 그리고 내 전화번호는 인터넷을 통해 얼마든지 찾아낼 수 있습니다. 거기까지는 지극히 상식적입니다. 그리고 상식은 좋은 겁니다. 다만 문제는 내게 늘 이상한 전화들이 걸려온다는 데 있습니다. 밤낮을 가리지 않고 말이죠. 기묘한 과학적 현상에 관한 제보가 대부분입니다. 외계인, UFO, 출산, 자살, 방사능, 그리고 마인드 컨트롤. 이번 달에 내게 직접 들어온 제보들의 주제들만 해도 그 정도입니다."

"그런 제보들이 모두 데이터베이스에 저장됩니까?"

"신문사의 데이터베이스 대부분이 그런 제보들로 채워져 있습니다. 아무 기자나 붙들고 물어보십시오."

"당신네 데이터베이스는 주제별 검색이 가능합니까?"

"가능하긴 합니다만 자주 사용하는 방법은 아닙니다. 솔직히 그럴 필요도 없고요. 제보보다는 제보자 유형으로 검색하는 게 보통입니다. 그러면 허튼 제보로 피곤하게만 만드는 제보자들을 효과적으로 분류할 수 있지요. 너무 지나치다 싶어질 땐 그들의 전화를 차단합니다. 우리도 잠은 자야 하니까요."

"마더스 레스트를 검색해 보십시오."

"그게 뭐죠?"

"어떤 마을의 이름입니다. 두 단어. 안락의자에 앉아 있는 당신 어머니를 연상하면 될 겁니다. 각 단어의 첫 철자는 대문자로 입력하십시오."

"그 이름의 유래가 뭐죠?"

"나도 모릅니다." 리처가 말했다.

키보드를 두드리는 소리가 스피커를 통해 제법 크게 울려나왔다. 주제별 검색.

다시 웨스트우드의 목소리가 들려왔다. "없는데요."

"확실합니까?"

"있다면 안 나올 리가 없습니다. 아주 특이한 이름이니까요."

리처는 아무 말도 하지 않았다.

웨스트우드가 말했다. "이것 보십시오. 나는 지금 그쪽 동료의 의뢰인이 내게 전화한 적이 없다고 주장하는 게 아닙니다. 아마 했을 겁니다. 우리 모두 그런 유형의 사람들을 잘 알고 있잖습니까. 내가 말하고 싶은 건 그가 누군지 나로선 알 길이 없다는 겁니다."

그들이 키버의 집 막다른 골목에서 차를 몰고 빠져 나왔다. 이어서 주택단지를 벗어나고 아웃렛 몰을 지나 고속도로 입구에 이르렀다. 거기서 오른쪽으로 꺾어서 다섯 시간을 달리면 마더스 레스트였다. 왼쪽으로 꺾어서 10분을 달리면 오클라호마시티 시내였다. 스테이크하우스와 바비큐 전문점, 그리고 고급 호텔들이 즐비한 곳.

하지만 장이 말했다. "우린 돌아가야 해요."

18

스테이크하우스나 바비큐 전문점 대신 그들은 서늘한 형광등이 밝혀진 패스트푸드점에서 요기를 했다. 전국 체인이긴 하지만 삼류에 불과한 식당 안은 한산했다. 리처는 치즈버거와 커피를 주문했다. 그의 음식은 각각 종이포장과 스티로폼 컵에 싸이고 담겨져 나왔다. 장이 주문한 샐러드는 투명한 뚜껑이 달린 흰색 용기였다. 크기가 농구공만 했다. 장은 스트레스에 시달리고 있었다. 장시간의 운전으로 인해 피로도 겹쳤을 것이다. 하지만 그런 상태에서도 훌륭한 식사 동무였다. 그녀가 머리채를 어깨 너머로 넘긴 뒤 샐러드 공략에 들어갔다. 그녀의 두 눈이 커졌다. 얼굴엔 대여섯 가지 서로 다른 의미의 미소가 떠올랐다. 처음 것들은 후회나 자책, 혹은 그 비슷한 범주의 미소들이었다. '내가 왜 여기서 먹자고 우겼던가.'

하지만 마지막 미소에는, 그러니까 리처가 버거를 한 입 베어 물려는 순간에 떠오른 미소에는 앙큼한 기대감이 배어 있었다.

'당신도 한번 당해보시지.'

장이 말했다. "지금까지 도와준 것, 많이 감사해요."

리처가 말했다. "별말씀을."

"이제 현실적인 계획을 세워야 할 때가 된 것 같아요."

"그렇게 생각하오?"

"지금부터 본격적인 수사에 들어갈 거예요. 하지만 당신과 한 팀이 되어 움직일 수는 없어요. 어차피 나 혼자 끝내야 할 일이에요."

"911에 신고하시오."

"단순 실종 신고로 접수할 거예요. 지금 시점에서는 그게 전부예요. 신체적으로나 정신적으로나 아무 이상이 없는 성인 남성, 그것도 업무상 시도 때도 없이 출장을 다니는 사람이 달랑 이틀 동안 연락이 두절된 거예요. 경찰에서는 어떤 조치도 취하지 않을 거예요. 우린 그들을 수사에 착수하게 만들 어떤 증거도 없어요."

"그의 집 뒷문."

"잠기지 않은 문은 집주인의 부주의를 입증하는 증거일 뿐, 범죄와는 직접적인 연관이 없어요."

"그럼 나를 고용하고 싶은 마음이 있소? 비용이 그리 많이 들 것 같진 않소만."

"난 당신의 진심을 알고 싶을 뿐이에요."

리처는 아무 말도 하지 않았다.

그녀가 말했다. "오클라호마시티로 돌아가셔도 돼요. 난 괜찮아요."

"난 시카고로 가는 길이었소. 날씨가 추워지기 전에."

"그래도 답은 마찬가지예요. 일단 히치하이킹을 해서 오클라호마시티로 갔다가 거기서 시카고 행 기차를 타세요. 그 기차는 절대로 연착되지 않을 거예요."

그는 아무 말도 하지 않았다. 그는 그녀의 끈 달린 신발이 좋아졌다. 실용적이면서 맵시도 있었다. 낡아서 부들부들한 그녀의 청바지는 벨트라인이 엉덩이까지 내려와 있었다. 그녀의 티셔츠는 검정색이었다. 끼지도 않고 헐렁하지도 않았다. 그녀의 두 눈이 그의 두 눈에 정면으로 꽂혀 있었다.

그가 말했다. "난 당신과 함께하겠소. 물론 당신이 원할 경우에만. 이건 당신의 사건이니까."

"너무 염치없는 부탁이라서."

"당신이 부탁하는 게 아니라 내가 제안하는 거요."

"난 당신에게 임금을 지불할 능력이 없어요."

"난 내게 필요한 건 이미 모두 갖고 있는 사람이오."

"필요한 거라면 구체적으로?"

"주머니 속엔 몇 달러가 있고 사방엔 갈 곳이 널려 있소."

"이유가 뭔지 궁금했기 때문에 물었던 거예요."

"무슨 이유?"

"나를 도와주는 이유."

"사람이란 서로 도우면서 살아야 한다고 알고 있소만."

"이건 일상적이고 사소한 도움이 아니잖아요."

"당신이나 나나 더 험한 상황을 경험한 적이 있잖소."

그녀가 잠시 머뭇거렸다.

"마지막 기회예요." 장이 말했다.

"같이 합시다."

두 사람이 고속도로에서 빠져나올 무렵 날은 이미 어두워져 있었다. 지방도로는 들판을 가로질러 곧게 뻗어 있었다. 보이는 거라곤 멀리 떨어진 헤드라이트 불빛 몇 점뿐이었다. 소형 포드는 허술한 아스팔트 위를 이따금씩 덜컹거리면서도 충실하게 달려 나갔다. 양옆으로는 키 높은 밀대들이 불빛에 창백한 모습을 차례로 드러내며 끝없이 지나쳐갔다. 하늘엔 열은 구름 사이로 초승달이 모습을 드러냈고 먼 허공엔 별들이 총총했다.

모이나한 형제를 폐기한 지점을 언제 지나쳤는지는 알 수 없었다. 1킬로, 1킬로가 전혀 변함없이 똑같았다. 하지만 칙칙한 적색 픽업은 눈에 띄지 않았다. 지방도로를 달리는 동안에도, 그리고 벌판에서 오른쪽, 왼쪽, 오른쪽, 그리고 다시 왼쪽으로 꺾어 마더스 레스트로 다가가는 동안에도 그 큰 차체는 보이지 않았다. 마침내 1.6킬로미터 전방에 엘리베이터들이 모습을 드러냈다. 우뚝 솟아오른 희미한 형체들이 마치 유령과도 같았다. 차가 역마차길로 들어섰다. 이어서 여섯 개의 낮은 상가 블록들이 늘어선 중심가를 지나 광장에 이른 뒤 곧장 꺾어져 모텔로 들어갔다. 사무실 창에 불이 환했다.

장이 말했다. "이제 신나게 놀아볼까요?"

그녀가 자기 객실 아래에 차를 세우고 시동을 껐다. 갑자기 찾아온 적막 속에서 두 사람은 잠시 앉아 있었다. 이윽고 두 사람 모두 한 손을 호주머니 속에 찔러 넣은 채 차에서 내렸다. 노획한 권총이 들어 있는 호주머니. 객실 문 위에 장착된 전등의 노란 불빛에 차 옆에 선 두 사람의 모습이 고스란히 드러났다.

움직임은 없었다. 소리도 없었다.

모이나한들은 없었다. 다른 패거리도 없었다.

아무것도 없었다.

그때 30미터 떨어진 사무실 문을 열고 외눈박이 사내가 나왔다.

그가 두 사람을 향해 서둘러 다가왔다. 손을 흔들어 대며 부산을 떠는 모습이 지난번과 똑같았다. 그가 반쪽짜리 시선을 바닥에 꽂은 채 깊게 숨을 들이마셨다.

"사과드리겠습니다." 그가 말했다. "사소한 실수가 오해로 불거진 겁니다. 215호실은 얼마든지 사용하셔도 좋습니다. 동료분이 돌아오실 때까지."

장은 아무 말도 하지 않았다.

리처가 말했다. "알겠소."

외눈박이 사내가 대충 고개를 끄덕이고 나서 돌아섰다. 그의 뒷모습을 지켜보면서 장이 나직하게 말했다. "함정이나 매복일 수도 있어요."

"그럴 수도 있소." 리처가 말했다. "하지만 난 그렇게 생각하지 않소. 저자는 객실 안에서 싸움이 벌어지는 걸 원치 않는 것뿐이오. 가구가 부서지고 벽에 총알구멍이 패면 모두 자기 손해니까."

"그럼 저자들이 항복했다는 생각인가요?"

"작전상 후퇴일 뿐이오."

"다음 작전은 뭘까요?"

"모르겠소."

"언제가 될까요?"

"내일이지 싶소." 리처가 말했다. 그가 주위를 둘러보았다. 본체, 오른쪽 돌기, 왼쪽 돌기, 아래층, 위층.

커튼이 쳐진 203호실 창문이 빛으로 테두리를 두르고 있었다. 양복 차림의 사내가 묵었던 객실. 새로운 손님이 든 것이다.

"그자들은 새벽이 되기 전까지는 움직이지 않을 거요." 그가 말했다. "내 생각엔 그렇소."

"푹 잘 수 있겠어요?"

"그러길 바랄 뿐이오. 당신은?"

"잠이 오지 않으면 벽을 두드릴게요."

두 사람은 함께 철제 계단을 올라갔다. 그리고 각자의 방문을 열쇠로 열었다. 나란히. 하지만 6미터 거리를 두고. 동시에 일터에서 돌아온 이웃 같은 모습이었다.

30미터 떨어진 지점에서는 외눈박이 사내가 102호실 앞에서 플라스틱 의자를 들어 옮기고 있었다. 그가 의자를 내려놓은 곳은 예의 그 자리, 사무실 창문 아래를 지나는 보도 위였다.

그가 의자에 몸을 파묻었다. 그날 저녁 하달된 두 번째 지시 사항을 수행하기 위해서였다. '밤새 그들의 객실을 지켜볼 것.'

첫 번째 지시 사항은 이미 완벽하게 수행했다.

'그들이 다시 돌아오면 절대, 무슨 일이 있어도, 오늘 밤은 조용히 넘길 것.'

지난밤처럼 리처는 모든 불을 끄고 거실 안쪽에 앉아 창밖을 지켜보고 있었다. 이번에는 2층인 것만이 달랐다. 15분, 20분, 30분, 그의 주의는 흐트러지지 않았다. 외눈박이 사내는 30미터 떨어진 위치에서 다시 하나의 희끄무레한 덩어리로 앉아 있었다. 203호 창문의 테두리는 여전히 빛을 발하고 있었다. 움직이는 것은 없었다. 자동차도, 사람도 없었다. 어둠 속에서 벌겋게 명멸하는 담뱃불도 없었다.

아무 일도 없었다.

40분. 203호실의 불이 꺼졌다. 외눈박이 사내는 여전히 제자리를 지키고 있었다. 리처는 10분을 더 지켜보고 나서 잠자리에 들었다.

아침이 밝았다. 전날 아침처럼 옅은 금빛과 긴 그림자들이 대지를 감쌌다. 세상의 첫 번째 아침도 아마 그랬을 것이다. 리처는 허리에 수건만을 두른 채 침대에 걸터앉아 밖을 지켜보았다. 커피도 없이. 사무실 창 아래에 놓인 플라스틱 의자는 다시 비어 있었다. 203호실 창문 커튼은 닫혀 있었다. 움직이는 사람은 아무도 없었다. 눈으로는 볼 수 없었지만 큰길을 지나는 차량들의 소리가 들려왔다. 트럭 한 대, 그 뒤를 이어 두 대 더.

그다음은 정적이었다.

그는 기다렸다.

어제와 똑같은 일들이 반복되었다.

태양의 고도가 높아지면서 그림자가 점점 짧아져갔다. 7시 열차가 역으로 들어왔다가 잠시 후 다시 떠났다. 그리고 203호실의 커튼이 걷혔다.

여자였다. 햇살이 유리창에 비스듬히 꽂혀 있었기에 뚜렷이 볼 수는 없었다. 하지만 흰옷을 입은 백인 여성이라는 건 충분히 알 수 있었다. 전날 아침, 양복 차림의 사내가 그랬던 것처럼 양쪽으로 걷어낸 커튼 자락을 양손으로 붙잡고 있는 모습도 분명했다. 여자는 새로운 아침을 열심히 지켜보고 있었다. 리처처럼.

그때 예의 흰색 캐딜락이 모텔로 진입했다. 차는 곧장 오른쪽으로 돌고 왼쪽으로 후진해서 어제 섰던 자리에 다시 멈춰 섰다. 앞 번호판 자리는 여전히 비어 있었다. 이번엔 운전자가 차에서 내렸다. 그의 머리 위쪽에서 객실 문이 열리고 여자가 밖으로 나왔다. 몸에 꼭 맞는 무릎길이의 흰색 드레스를 입고 있었다. 신발 역시 흰색이었다. 젊은 나이는 아니었다. 하지만 몸매관리에 열심인 듯 체형은 늘씬했다. 단발의 잿빛 머리가 인상적이었다.

짐은 양복 사내의 것보다 많은 모양이었다. 손잡이와 바퀴가 달린 고급 가방. 사내의 가죽가방보다는 컸다. 하지만 대형은 아니었다. 여행가방 치고는 오히려 앙증맞다는 표현이 어울렸다. 여자가 계단을 향해 걸음을 옮겼다. 캐딜락 운전기사가 그녀에게 기다리라는 의미의 손짓을 보냈다. 그가 곧장 계단을 뛰어 올라갔다. 그가 여자의 손에서 가방 손잡이를 낚아챈 뒤 앞서서 다시 계단을 내려왔다. 그가 가방을 트렁크에 넣자 그녀가 뒷좌석에 올라탔다. 그가 다시 운전석에 앉았고 차는 곧장 떠났다.

뒤 번호판이 있어야 할 자리도 여전히 비어 있었다.

리처는 샤워를 했다. 벽 하나를 사이에 둔 옆방 화장실에서 장이 움직이는 소리가 들렸다. 역에 나가지 않은 것이다. 현명한 결정이었다. 더 이상은 헛걸음일 뿐이었다. 그렇다면 아침 시간을 리처와 똑같이 보냈을지도 모른다. 두 사람이 나란히 앉아 창밖을 지켜보았을 수도 있다. 벽 하나를 사이에 두고 똑같이 타월만 두른 채. 아니, 그녀는 잠옷 차림이었을 수도 있다. 혹은 나이트가운일 수도 있고. 아무튼 두꺼운 소재는 아닐 것이다. 따뜻한 날씨. 게다가 장은 작아 보이고 싶어 하는 여자가 아니던가.

리처가 그녀보다 먼저 모텔을 나섰다. 그의 발길은 곧장 식당으로 향했다. 맨 구석 자리, 2인용 테이블이 두 개 다 비어 있기를 바랐다. 그 바람은 이루어졌다. 그가 재킷을 벗어서 장이 앉을 의자 등받이에 걸었다. 재킷이 균형을 잃고 한쪽으로 축 늘어졌다. 그쪽 주머니에 들어 있는 스미스 때문이었다. 리처가 커피를 주문했다. 5분 뒤 장이 식당 문을 열고 들어섰다. 청바지는 똑같았다. 하지만 티셔츠는 새것이었다. 머리엔 아직 물기가 남아 있었다. 그녀의 재킷 역시 균형을 잃고 한쪽으로 늘어져 있었다. 그녀의 스미스. 그녀의 눈길이 일곱 번 내지 여덟 번, 순간적으로 정지해가며 식당 안을 샅샅이 훑었다. 그녀가 리처에게로 다가왔다. 에너지가 넘치는 분위기였다. 또 하룻밤을 무사히 넘겼다는 안도감도 가미되어 있었다. 그녀가 그의 옆 테이블에 미끄러지듯 들어와 앉았다.

리처가 말했다. "잠은 잘 잤소?"

장이 말했다. "푹 잤어요. 못 잘 줄 알았는데."

"아침에 역으로 나가지 않았더군."

"그는 붙잡혀 있어요. 당신이 그랬잖아요. 현재로선 그게 최선의 시나리오예요."

"단지 추측일 뿐이오."

"충분히 가능한 추측이에요."

"203호에 투숙한 여자를 봤소?"

"직업이 뭔지 어림하기가 어려운 여자더군요. 검은색 정장 차림이었다면 투자자나 펀드 매니저일 수도 있겠는데 말이에요. 아니면 상당한 예우를 받을 만한 대기업 중견 간부든가. 얼굴과 머리 매무새만 보면 딱 그쪽이에요. 그리고 회사 체육관에서 규칙적으로 운동을 하고 있을 거예요. 그건 분명해요. 그런데 몸에 달라붙는 흰 드레스라니. 몬테카를로의 가든파티에 초대받은 사람 같더군요. 아침 7시에 누가 그렇게 차려 입겠어요?"

"혹시 디자이너의 작품은 아니오? 올 여름에 유행할 첨단 패션?"

"제발 그것만은 아니길 바라네요."

"그녀가 누굴 것 같소?"

"다섯 번째 혼인신고를 하기 위해 시청에 가려는 사람 같았어요."

웨이트리스가 다가왔다. 장이 그녀에게 물었다. "혹시 이 마을에 말로니라는 성을 가진 남자가 살고 있나요?"

"아뇨." 웨이트리스가 말했다. "하지만 모이나한이라는 성을 가진 두 남자는 살고 있어요."

그녀가 윙크를 남기고 떠났다.

장이 말했다. "당신과 정말 잘 어울리는 절친이네요. 그녀도 모이나한 형제들을 좋아하는 것 같지는 않으니 말이에요."

리처가 말했다. "그자들을 좋아할 사람은 아무도 없을 거요."

"분명히 있어요. 그들에게도 절친이 있을 거예요. 그자들의 반격에 대비해야 해요."

"아직은 움직이지 않을 거요. 둘 다 한 방씩 제대로 먹었으니까. 며칠 동안은 독감에 걸린 것처럼 끙끙 앓겠지. TV 쇼처럼 광고가 나가는 동안 수습할 수 있는 상황은 절대 아니오."

"하지만 결국엔 몸을 추스르겠죠. 그러고 나면 절친과 공범들을 잔뜩 몰고 나타날 거예요."

"당신은 전직 경찰이오. 그러니 사람을 쏴본 적이 있을 거요, 안 그렇소?"

"난 총을 뽑아본 적도 없어요. 내내 코네티컷의 작은 마을에서만 근무 했거든요."

"FBI에서는?"

"재무 분석 담당이었어요. 사무실 근무만 했죠."

"하지만 사격테스트는 통과했잖소, 안 그렇소? 사격장에서."

"그거야 필수죠."

"솜씨는?"

"난 그자들이 먼저 쏘기 전에는 절대 쏘지 않을 거예요."

"그러니까 내가 한 방 맞고 나야 쏘겠다는 얘기시군."

"이건 소모적인 대화일 뿐이에요. 여긴 역마을이에요. OK목장이 아니 라."

"무슨 소리. 옛날엔 모든 마을이 역마을이었소. 악당도, 새로 부임하는 보안관도 모두 기차에서 내렸소."

"당신이 보기엔 지금 상황이 그렇게 심각한가요?"

"다른 모든 경우와 마찬가지로 지금 상황도 저울에 올라 있소. 한쪽 끝 에는 열아홉 살짜리와 함께 라스베이거스에서 휴가를 즐기는 키버, 다른

쪽 끝에는 이미 사망한 키버. 현재 저울의 중심은 정 가운데에서부터 사망한 키버 쪽으로 절반쯤 옮겨간 위치에 있다는 게 내 생각이오. 유감이지만 그 위치는 끝을 향해 점점 다가가고 있소. 그자들이 키버를 살해했다면 그건 우연한 사고였을 거요. 한발 양보해서 미필적 고의, 혹은 판단 미숙으로 인한 살인일 수는 있소. 하지만 철저한 계획에 따른 범행은 아니었을 거요. 따라서 그자들도 뭘 어떻게 해야 할지 전전긍긍하고 있을 게 분명하오."

"우린 뭘 어떻게 해야 할지 확실히 알고 있는 건가요?"

"현재 우리에겐 해야 할 일이 세 가지 있소. 아침을 먹는다, 커피를 마신다, 그리고 말로니를 찾는다."

"쉽지 않을 거예요."

"몇 번째가?"

"말로니."

"화물 접수처부터 시작합시다. 엘리베이터들 옆에 있는 사무실. 거기선 삼사백 킬로미터 이내에 거주하는 농부들의 이름을 죄다 알고 있을 거요. 우린 그곳에서 일석이조의 효과를 노릴 수 있소. 만일 밀과 관련해서 문제가 있다면 사무실 분위기에서 약간이라도 감지할 수 있을 테니까."

장이 고개를 끄덕이고 나서 말했다. "잠은 잘 잤나요?"

"처음엔 영 거북했소. 방 안에 널린 키버의 물건들 때문에. 벽 앞에 세워진 그의 여행가방을 보면서 내가 다른 사람이 된 듯한 기분이 들었소. 보통사람의 삶을 살고 있는 것 같은 착각. 하지만 조금 지나니 괜찮아졌소."

화물 접수 사무실은 거대한 차량 저울과 나란히 서 있었다. 오직 실용성에만 중점을 둔 목조 건물이었다. 양식이나 건축미는 전혀 고려하지 않은 구조였다. 그럴 필요가 없었다. 독점 사업이었으니까. 농부들의 선택은 그곳을 이용하느냐, 아니면 굶느냐 둘 중 하나였다.

실내에는 테이블이 여러 개 놓여 있었다. 바닥은 오랜 세월 무수한 발길들에 의해 반질반질하게 닳아 있었다. 프런트 뒤에는 헐렁한 오버올(overalls, 막일을 할 때 입는, 아래위가 한데 붙은 작업복) 차림의 백발 사내가 서 있었다. 귓등에 몽당연필을 꽂은 사내는 서류들을 정리하느라 여념이 없었다. 수확철을 앞두고 준비해야 할 게 많은 모양이었다. 하지만 그는 자기만의 세계 속에서 아주 행복해보였다.

그가 말했다. "무슨 일이쇼?"

리처가 말했다. "말로니라는 남자를 찾고 있소만."

"난 아니오."

"이 부근에 말로니라는 사람이 살고는 있소?"

"묻는 댁은 누구쇼?"

"우린 뉴욕에서 온 사설탐정들이오. 어떤 사내가 죽으면서 전 재산을 다른 사내에게 상속했소. 그런데 알고 보니 그 상속인도 이미 사망한 뒤였소. 결국 고인의 유산은 남은 친척 모두에게 골고루 돌아가게 됐소. 우린 그 친척들을 찾아다니고 있소. 그들 중 한 사람에게서 또 다른 사촌이 여기에 살고 있다는 얘기를 들었소. 하지만 우리가 가진 정보는 말로니라는 그 사람의 성 하나뿐이오."

"난 아니오." 사내가 다시 말했다. "상속액이 얼마요?"

"그건 비밀이오."

"많소?"

"적지는 않소."

"그럼 내가 어떻게 도와드릴까?"

"당신이라면 사람들을 많이 알고 있을 거라는 생각에서 찾아왔소. 지역 주민들 대부분이 이런저런 일로 이 사무실을 드나들 테니 말이오."

사내가 고개를 끄덕였다. 내키진 않지만 어쩔 수 없다는 의미로 해석할 수 있는 고갯짓이었다. 그가 키보드의 스페이스바를 쳤다. 스크린이 환해졌다. 그가 마우스를 몇 차례 조작했다. 화면 위에 길고 빽빽한 리스트가 떴다. 이름들. 그가 말했다. "저울 이용 허가를 미리 받은 사람들의 명단이오. 바쁠 때는 이렇게 예약을 해야 하지. 아무튼 이 일대에서 곡물 운송 사업으로 먹고사는 사람들의 이름은 모두 이 리스트 안에 있을 거요. 화물주들부터 임금 노동자들까지 모두. 남자들은 물론 여자와 아이들까지 있소. 아주 바쁠 때에는 작은 힘도 보탬이 되니 말이오."

장이 말했다. "그 가운데 말로니라는 성도 있나요? 그 이름과 주소를 알려주시면 정말 고맙겠습니다."

사내가 다시 마우스를 꼼지락거렸다. 알파벳 순으로 정렬된 명단이 위로 줄줄이 올라가기 시작했다. 그가 중간쯤에서 손을 멈추고 말했다. "마호니라는 성이 있소. 하지만 이 사람은 사망했소. 내 기억이 맞다면 2년인가, 3년 전일 거요. 암으로 죽은 걸로 알고 있소. 어떤 암이었는지는 아무도 모르지만."

장이 말했다. "말로니라는 성을 가진 사람은 없나요?"

"이 명단엔 없소."

"그가 농사나 곡물 운송 사업과 관계없는 사람일 수도 있어요. 혹시 기억에 떠오르는 사람이 없나요?"

"사업과 관계없이 알고 지내는 사람들이 꽤 있소만 말로니라는 성은 기억에 없소."

"알고 있을 만한 사람은 없을까요?"

"웨스턴유니언 사무실에 한번 가보시오. 페덱스 지사도 겸하고 있는 곳이오. 거긴 우리에게 일종의 우체국 같은 곳이지."

"알겠소." 리처가 말했다. "고맙소."

사내는 고개를 끄덕이고 나선 눈길을 돌려버렸다. 더 이상 아무 얘기도 없었다. 일상의 리듬이 잠시나마 방해를 받고 흐트러졌던 게 내심 화가 났던 모양이었다. 혹은 적대적인 태도를 보이라는 지시를 받았거나.

리처는 웨스턴유니언 사무실의 위치를 기억하고 있었다. 마을을 답사할 때 이미 두 번이나 눈에 담았기 때문이다. 유리창에 네온사인들이 다닥다닥 붙어 있는 작은 사무실들. 웨스턴유니언, 머니그램, 팩스, 복사, 페덱스, UPS, 그리고 DHL. 두 사람이 안으로 들어갔다. 카운터 뒤에 서 있던 사내가 눈길을 들어 그들을 바라보았다. 마흔쯤 되어 보이는 사내였다. 큰키에 장대한 골격, 비만까지는 아니었지만 살집이 두둑한 몸매, 숱 많은 머리, 주름 없는 얼굴.

캐딜락 운전기사였다.

20

    화물 접수처와 마찬가지로 인테리어랄 게 없는 공간이었다. 페인트칠조차 하지 않은 실내는 먼지투성이였다. 낡아빠진 베이지색 팩스기기와 복사기 몇 대가 아무렇게나 자리를 잡고 있었다. 어디론가 보내져야 하고 누군가가 찾아가야 할 소포 꾸러미들도 여기저기 무질서하게 무더기를 이루고 있었다. 제 몸에 붙은 주소 라벨만 한 것들에서부터 복사기보다 더 큰 것들까지 크기가 다양했다. 그중에서 두 개가 리처의 눈길을 끌었다. 두 개 모두 외국에서 부쳐온 것들이었다. 하나는 독일제였다. 포장 박스에 적힌 독일어를 리처가 정확히 번역했다면 멸균 스테인리스 의료장비일 것이다. 다른 하나는 일제 고화질 비디오카메라. 포장지에 쌓인 복사지 뭉치들이 선반 위에 아무렇게나 쌓여 있었고 볼펜들은 곳곳에 끈에 매달린 채 늘어져 있었다. 벽에 걸린 게시판에는 전단지들이 빽빽하게 붙어 있었다. 기타 강습, 야드 세일(yard sale, 사용하던 물건을 개인주택의 마당에서 파는 것), 월세 방.

    캐딜락 운전기사가 말했다. "무슨 일로 오셨습니까?"

    사내는 합판 카운터 뒤에서 1달러짜리 지폐를 세고 있던 중이었다.

    리처가 말했다. "얼굴이 눈에 익은 것 같소만."

    사내가 말했다. "그러십니까?"

    "대학에서 미식축구선수로 뛰지 않았소? 마이애미주립대학교, 1992년.

아니오?"

"그런 적 없는데요."

"그럼 USC(University of Southern California, 서던캘리포니아대학교)?"

"사람 잘못 보셨습니다."

장이 말했다. "그렇다면 택시기사군요. 우린 당신을 모텔에서 봤어요. 오늘 아침에."

사내는 대답하지 않았다.

"그리고 어제 아침에도." 장이 말했다.

무응답.

카운터 위에는 철사로 짠 명함 통이 놓여 있었다. 그 안에는 명함 크기의 머니그램 전단지가 가득 들어 있었다. 수수료가 짭짤할 터였다. 리처가 전단지 한 장을 집어 들고 훑어보았다. 사내의 이름은 말로니가 아니었다. 리처가 그에게 물었다. "이 지역 전화번호부 좀 빌립시다."

"그건 왜요?"

"그걸 머리에 얹고 맵시 있게 걷는 연습을 하고 싶어서."

"뭐라고요?"

"번호 하나를 찾고 싶소. 전화번호부는 그러라고 있는 것 아니오?"

사내가 한참 동안 머뭇거렸다. 리처의 부탁을 거절할 핑계를 찾는 게 분명했다. 하지만 결국 생각해내지 못한 모양이었다. 그가 책상 아래로 손을 집어넣어 얇은 책자 한 권을 꺼냈다. 그가 책자를 180도 돌린 뒤 카운터 위로 밀어 보냈다.

리처가 말했다. "고맙소." 그가 엄지로 책장을 뒤적여서 L이 M으로 바뀌는 페이지를 펼쳤다.

장이 함께 들여다보기 위해 몸을 기대왔다.

말로니는 없었다.

리처가 말했다. "이 마을 이름이 마더스 레스트가 된 연유를 혹시 알고 있소?"

카운터 뒤의 사내가 말했다. "난 몰라요."

장이 말했다. "당신 캐딜락은 몇 연식이죠?"

"몇 연식이든 그게 당신들과 무슨 상관입니까?"

"그건 그러네요. 우린 DMV(Department of Motor Vehicles, 차량관리부)에서 나온 사람들이 아니니까. 번호판이 있건 없건 우리가 상관할 일은 아니죠. 다만 궁금해서 묻는 거예요. 상당히 좋은 차 같던데."

"할 일은 제대로 해주고 있어요."

"그게 무슨 일이죠?"

사내가 잠시 뜸을 들였다.

"택시." 그가 말했다. "당신들도 짐작했겠지만."

리처가 말했다. "말로니라는 사람을 혹시 알고 있소?"

"내가 알고 있어야 할 이름인가요?"

"그럴 수도 있고."

"난 모르는 이름입니다." 확신에 찬 목소리. 정말로 모르는 이름인 것 같았다. 두 사람의 기대를 무너뜨린 게 사뭇 신이 난 듯, 사내가 한마디 덧붙였다. "이 동네에 말로니라는 성을 쓰는 사람은 없어요."

리처와 장이 다시 큰길로 나섰다. 두 사람은 잠시 햇볕 아래 서 있었다. 장이 말했다. "캐딜락에 관한 얘기는 거짓말이에요. 그 차는 택시가 아니에요. 이런 동네에서 택시가 무슨 필요가 있겠어요?"

리처가 말했다. "택시가 아니면 뭐라고 생각하오?"

"클럽 전용차인 것 같아요. 골프장 카트처럼 리조트 내에서만 돌아다니는 차. 로비에서부터 방갈로, 혹은 객실 앞에서부터 사우나. 어디가 됐든 클럽 고객들의 편의를 위해서만 운행하는 차예요. 번호판이 없는 게 그 증거고요."

"하지만 여긴 골프장이 아니잖소. 그냥 광막한 밀밭일 뿐이오."

"아무튼 운행거리는 멀지 않아요. 우리가 샤워를 하고 나서 아침을 먹는 동안에 다녀왔으니까요. 아마 한 시간쯤? 가는 데 30분, 돌아오는 데 30분. 도로 사정을 감안할 때 기껏해야 32킬로미터 반경 이내예요."

"반경 32킬로미터면 3000제곱킬로미터가 넘는 면적이오." 리처가 말했다. "반경의 제곱 곱하기 파이. 좀 더 정확히 계산하자면 3200제곱킬로미터 이상. 그 캐딜락이 키버의 사건과 연관이 있다고 생각하오?"

"있어요. 분명히. 모텔에서 보였던 저 운전기사의 태도를 생각해 봐요. 역에서 부품 가게 사내가 그랬던 것처럼 하인같이 굴었어요. 그리고 부품 가게 사내는 당신을 보자마자 어딘가로 보고를 했어요. 키버와 닮았다는 이유로 말이죠. 그러니 연관이 있는 거예요."

리처가 말했다. "3200제곱킬로미터를 수색하려면 헬리콥터를 동원해야 하오."

"말로니라는 사람도 없고." 장이 말했다. 그녀가 뒷주머니를 뒤져서 '마더스 레스트-말로니'라고 적힌 키버의 북마크를 꺼냈다. "말로니를 모른다는 얘기도 거짓말일 수 있어요. 지역 주민들의 이름이 모두 전화번호부에 등록돼 있는 건 아니잖아요. 누락되었거나 새로 이사 왔을 수도 있어요."

"웨이트리스의 얘기도 거짓일 것 같소?"

"잡화점에 가서 확인해 보죠. 말로니라는 사람이 여기 살고는 있다, 하지만 식당에는 가지 않는다, 그렇다면 잡화점에서 먹을거리를 살 거예요. 먹어야 살 수 있으니까."

두 사람이 남쪽을 향해 걸음을 옮겼다.

그동안 캐딜락 운전기사는 전화기에 매달려 있었다. 그가 말했다. "그 자들은 헛다리를 짚었어요."

모텔 사무실에서 외눈박이 사내가 말했다. "그걸 자네가 어떻게 알아?"

"말로니라는 사람을 알고 있어요?"

"아니."

"그자들은 바로 그 성을 가진 남자를 찾고 있어요."

"말로니라는 성의 남자?"

"네. 그들이 전화번호부를 뒤졌어요."

"말로니라는 성을 가진 남자는 우리 동네에 없는데."

"바로 그거예요." 캐딜락 운전기사가 말했다. "그자들은 헛다리를 짚은 거예요."

그 잡화점에서 지난 50년 동안 바뀐 건 오직 상표와 가격뿐일 것 같았다. 좁은 로비 안쪽은 어둡고 칙칙했다. 실내 공기에는 젖은 걸레 냄새가 배어 있었다. 매장은 다섯 개의 좁은 통로로 구역이 지어져 있었다. 각 구역의 선반에는 물건들이 높이 쌓여 있었다. 목공 도구, 포장 과자류, 양초,

작은 단지들, 화장지, 전구 등등 상품의 종류는 제법 다양했다. 그중에서 작업복들을 걸어놓은 행거가 리처의 눈길을 끌었다. 그는 이미 나흘째 같은 옷을 입고 있었다. 장과 붙어 다니는 동안 내내 신경이 쓰였다. 웨스턴 유니언 사무실에서 그녀가 전화번호부를 들여다보기 위해 몸을 기울여 왔을 때 그의 코끝에 그녀의 냄새가 풍겨왔다. 비누, 옅은 향수, 그리고 풋풋한 살 내음. 그녀는 그에게서 어떤 냄새를 맡았을까. 그가 행거에서 바지와 셔츠를 한 벌씩 걸러냈다. 맞은편 선반 위에 있던 각각 1달러짜리 양말과 속옷도 집어 들었다. 옷가지는 두 벌 합쳐서 40달러도 되지 않았다. 충분히 가치 있는 투자였다. 리처의 판단이 그랬다. 그가 안쪽 구석의 카운터 위에 물건들을 내려놓았다.

주인이 말했다. "난 당신에게 물건을 팔지 않겠어. 당신 같은 손님은 싫으니까."

리처는 아무 말도 하지 않았다. 예순쯤 된 듯한 지저분한 사내였다. 움푹 들어간 양 볼, 그 위를 덮은 흰 수염, 길게 기른 숱 적고 떡이 진 흰머리, 귓불까지 흘러나와 있는 귀지, 목에 덮인 털, 그리고 티셔츠 두 개를 겹쳐 입은 차림. 사내가 말했다. "그러니 그만 나가주시지. 여긴 엄연한 사유지라고."

리처가 말했다. "건강보험 있소?"

장이 그의 팔에 손을 얹었다. 첫 번째 육체적 접촉. 뜬금없었다. 리처가 받아들이기에는 그랬다.

사내가 말했다. "지금 나를 협박하는 거야?"

리처가 말했다. "제대로 알아들으셨군."

"이 나라는 자유국가야. 팔고 안 팔고는 내 마음이라고. 법에도 그렇게 나와 있어."

"성이 뭐요?"

"그건 알아서 뭐하게?"

"혹시 말로니 아니오?"

"아니야."

"1달러어치 동전 좀 바꿔주겠소?"

"그건 왜?"

"전화하려고."

"전화기 고장 났어."

"당신 전화기는 없소?"

사내가 말했다. "당신한텐 빌려줄 수 없어. 여기선 당신들을 환영하지 않아."

"좋소." 리처가 말했다. "무슨 얘긴지 충분히 알아들었소." 그가 카운터 위에 놓인 물건들의 가격표를 훑었다. 양말 1달러, 속옷 1달러, 반팔 내의 1달러, 바지 19달러 99센트, 셔츠 17달러 99센트, 합계 40달러 98센트. 판매세를 7퍼센트로 치면 총액 43달러 85센트. 그가 돈다발에서 20달러짜리 두 장과 5달러짜리 한 장을 뽑아낸 뒤 세 장의 지폐를 가지런히 추렸다. 그가 45달러를 카운터 위에 올려놓았다.

그가 말했다. "선택은 두 가지일세, 친구. 가게가 완전히 박살났다고 경찰에 신고하든가, 아니면 내 돈을 받든가. 원한다면 잔돈은 넣어두게. 면도하고 이발하는 데 보태."

사내는 대답하지 않았다.

리처가 옷가지들을 둘둘 말아서 한쪽 겨드랑이에 끼웠다. 가게를 나오는 길에 두 사람은 좁은 로비에서 멈춰 섰다. 리처가 공중전화의 수화기를 들었다. 아무런 소리도 들리지 않았다. 숨 가쁜 정적뿐이었다. 외계와의 직통신호, 혹은 그의 머릿속에서 끓어오르는 핏줄기와의 교감.

장이 말했다. "우연일까요?"

리처가 말했다. "아니. 저자가 선을 끊어버렸을 거요. 이자들은 우리를 고립시키려 하고 있소."

"누구한테 전화하려고 했죠?"

"LA의 웨스트우드. 두 가지 짚이는 게 있소. 하지만 일단은 모텔로 갑시다."

"모텔 주인도 우리에게 전화를 빌려주지 않을 거예요."

"빌려줄 리가 없겠지." 리처가 말했다. "그건 확실하오."

모텔은 말굽형 구조였고 두 사람은 남쪽에서부터 다가가고 있었다. 따라서 그들의 눈에 처음 들어온 것은 사무실이 자리 잡은 한쪽 돌기였다. 사무실 창문 아래를 지나는 보도 위에서 그들은 세 가지를 보았다.

하나, 플라스틱 의자. 비어 있었다.

둘, 키버의 낡은 여행가방. 분명히 215호실에 두고 나왔던 그 가방이 의자 옆에 놓여 있었다. 빵빵하도록 속이 채워져 있었다.

셋, 장의 여행가방. 그녀의 객실에 있어야 할 그 가방이 키버의 가방 옆에 놓여 있었다. 역시 속이 가득 채워진 채로. 손잡이까지 길게 뽑혀 있었다.

21

장이 반사적으로 멈춰 섰다. 리처도 걸음을 멈췄다. 그가 말했다. "오늘 밤엔 저기서 묵을 수 없을 것 같군."

그녀가 말했다. "그자들의 다음 작전이에요."

그들이 다시 걷기 시작했다. 모텔과의 거리가 가까워지면서 말굽형 건물에 에워싸인 안쪽 공간이 눈에 들어왔다. 차선이며 주차장이며 할 것 없이 떼로 모여 있는 사내들, 모두 합해서 삼십 명쯤 되는 것 같았다. 그 가운데에는 리처의 발길질에 배를 채였던 모이나한도 있었다. 낯빛은 약간 창백했지만 몸에는 별 이상이 없어보였다. 또 다른 모이나한은 없었다. 진통제를 씹어가며 침대에 누워 있을 것이다.

리처가 말했다. "내 방으로 곧장 올라갑시다."

장이 말했다. "지금 제정신이에요? 우리 차까지만 갈 수 있어도 천만다행일 거예요."

"난 새 옷을 샀소. 갈아입어야 하오."

"그냥 가지고 있다가 나중에 갈아입으면 되잖아요."

"가게에서 갈아입지 않은 것만 해도 이미 난 원칙을 어겼소. 난 옷가지를 들고 다니는 게 싫소."

"삼십 명하고 싸울 수는 없어요."

그들이 올라가야 할 계단에서 7미터 떨어진 지점에 멈춰 섰다. 계단 옆에는 세 사내가 버티고 서 있었다. 그들의 시선은 모두 사무실 쪽을 향하고 있었다. 외눈박이 사내가 손을 휘저으며 달려오고 있었다. 리처와 장 앞에 이르러 그가 말했다. "키버 씨의 투숙 기간이 만료됐습니다. 동료분들의 기간도 끝이 났습니다. 그리고 계약을 연장할 수는 없을 것 같습니다. 매년 이맘때가 되면 하루나 이틀 동안 투숙객들을 받지 않거든요. 수확철을 대비해서 보수점검을 해야 하니까요."

리처는 아무 말도 하지 않았다. '삼십 명하고 싸울 수는 없어요.' 장은 그렇게 말했다. 리처의 본능이 반발했다. '무슨 말씀, 싸움은 붙어봐야 아는 것.' DNA에 박혀버린 싸움꾼의 본능, 그게 자신의 가장 큰 장점이자 가장 큰 단점이라는 사실을 그도 잘 알고 있었다. 하지만 어느새 그의 머릿속에서는 삼십 명과의 전투가 그려지고 있었다. 호흡과 마찬가지로 자율신경계의 작용인 것을 그 자신도 어쩔 수 없었다.

처음 열둘은 쉬울 것이다. 스미스에 들어 있는 열다섯 발 가운데 세 발 이상은 빗나가지 않을 테니까. 그리고 장도 총을 뽑는다면 여섯 정도는 보탤 것이다. 사무실 근무만 했다지만 사거리가 짧고 타깃이 수두룩하니 그 정도는 문제없을 것이다. 두 자루의 탄창이 모두 빈 다음에는 열둘 정도가 남게 된다. 리처는 지금껏 맨손으로 열둘을 상대해본 적은 없었다. 하지만 승산은 충분했다. 쇼크, 그것이 유리한 변수다. 총성, 화염, 밝은 아침 햇살 속으로 포물선을 그리며 날아가는 탄피들. 그자들은 엄청난 쇼크 상태에 빠질 것이다. 결국 넋이 달아난 채 차례로 꺼꾸러질 것이다.

충분히 승산이 있었다.

하지만 아니었다. 지금은 아니었다. 그럴 상황이 아니었다. 정보가 너무나 부족했다. 따라서 명분이 없었다. 삼십 명 모두가 죽어 마땅한 자들은 아닐 테니까.

리처가 말했다. "체크아웃이 언제요?"

외눈박이 사내가 말했다. "11시입니다." 그가 갑자기 입을 꼭 다물었다. 하지만 내뱉은 말을 다시 주워 담을 수는 없었다.

리처가 말했다. "지금은 몇 시요?"

외눈박이 사내는 대답하지 않았다.

"9시 3분 전이오." 리처가 말했다. "우린 11시 훨씬 전에 떠날 거요. 내 약속하리다. 그러니 다들 긴장 푸시오. 여기선 아무 일도 일어나지 않을 테니."

외눈박이 사내는 잠시 가만히 서 있었다. 마침내 그가 고개를 끄덕였다. 계단 근처에 버티고 서 있던 세 사내가 뒤로 물러섰다. 고작 반걸음. 길은 터주겠지만 계속해서 계단 옆을 지키고 있겠다는 의미.

리처가 장을 앞세우고 계단을 올라가 자기 방문을 따고 안으로 들어갔다. 장이 따라 들어오며 말했다. "정말 떠날 건가요? 11시에?"

"11시가 되기 전에 떠날 거요." 리처가 말했다. "지금부터 10분쯤 뒤에. 여기에 머무르는 건 더 이상 아무 의미가 없소. 우리에겐 더 많은 정보가 필요하오."

"이대로 키버를 포기할 순 없어요."

"최소한 전화 통화라도 가능한 곳으로 가야 하오." 그가 새로 산 옷가지들을 침대에 내려놓았다. 가격표들을 잡아떼면서 그가 말했다. "샤워를 할까 생각 중이오."

"두 시간 전에 했잖아요. 당신이 샤워하는 소리를 벽을 통해 들었어요."

"그랬소?"

"깔끔해 보이니까 그냥 옷만 갈아입어요."

"정말이오?"

장이 고개를 끄덕이고 나서 문 앞으로 다가갔다. 그녀가 문을 잠그고 체인 빗장까지 걸었다. 리처는 옷가지들을 들고 욕실로 들어갔다. 새 옷으로 갈아입은 뒤 스미스와 칫솔을 각기 다른 주머니 속에 챙겨 넣었다. 현금과 ATM카드, 그리고 여권은 또 다른 주머니 속에 집어넣었다. 벗어낸 옷가지들은 둘둘 말아서 휴지통 속에 던졌다. 그가 거울을 흘깃 보았다. 손가락들을 빗 삼아 머리를 다듬었다. 출발 준비 끝.

화장실 문밖에서 장이 소리쳤다. "리처, 그자들이 계단을 올라오고 있어요!"

그가 소리쳤다. "몇이나?"

"열 명쯤 돼요. 무슨 대표단처럼."

뒤로 물러서는 그녀의 발걸음 소리가 들렸다. 이어서 문을 두드리는 소리도 들렸다. 성이 난 듯, 거칠게 두드리는 소리. 그가 욕실에서 나왔다. 잠금장치가 덜거덕거리고 체인 빗장이 절그럭거렸다. 창문에는 사람의 형체들이 어른거렸다. 상당수의 사내들이 문밖에 몰려 있었다. 창문에 붙어 서서 안을 들여다보는 자들도 있었다.

장이 말했다. "어떻게 하죠?"

리처가 말했다. "계획했던 대로 떠나면 그만이오."

그가 문 앞으로 다가가 체인 빗장을 푼 뒤 손잡이를 쥐었다.

"준비됐소?" 그가 말했다.

장이 말했다. "준비야 늘 돼 있죠."

그가 문을 열었다. 사내들 무리의 무게중심이 앞으로 쏠렸다. 맨 앞에서 있던 사내가 한두 걸음 비척거리며 밀려나왔다. 리처가 활짝 편 손바닥을 그 사내의 가슴에 대고 뒤로 밀었다. 부드러운 동작은 아니었다.

리처가 말했다. "무슨 용무신가?"

다시 중심을 잡은 사내가 말했다. "체크아웃 시간이 변경됐소."

"언제로?"

"지금으로."

처음 본 사내였다. 큰 손, 떡 벌어진 어깨, 험상궂은 얼굴, 지저분한 복장. 이를테면 돌격대장인 셈이었다. 대변인 역할도 겸하는 중간 보스. 그 동네에서는 제법 악명을 날리고 있는 자가 분명했다.

리처가 말했다. "이름이 뭔가?"

사내는 대답하지 않았다.

리처가 말했다. "어려운 질문이 아니잖나."

무응답.

"말로니?"

"아니오." 사내가 말했다. 살짝 비웃는 듯한 어조가 사내의 속내를 드러내주고 있었다. '웃기고 있네.'

리처가 말했다. "이 마을이 마더스 레스트로 불리게 된 연유를 알고 있나?"

"모르오."

"아래로 내려가게. 우린 준비 되는 대로 떠날 거니까."

사내가 말했다. "우린 여기서 기다릴 거요."

"아래층." 리처가 다시 말했다. "자네들이 내려가는 또 다른 방법은 저 난간 너머로 대가리부터 떨어지는 거다. 선택은 자네들이 하도록. 난 어느 쪽이든 환영이니까."

아래에서 외눈박이 사내가 그들을 올려다보고 있었다. 두 개의 가방은 소형 포드의 트렁크 바로 앞으로 옮겨져 있었다. 큰 손에 지저분한 옷차림의 사내가 인상을 찌푸렸다. 그가 어깨를 가볍게 으쓱거린 뒤 코웃음을 슬쩍 날렸다. 이어서 고개를 아래위로 한 번 까딱거린 뒤 말했다. "좋소. 5분 더 주겠소."

"10분." 리처가 말했다. "준비를 마치려면 그 정도 시간은 필요해. 이제 됐나? 다시는 이 계단을 올라오지 말게."

사내의 눈빛이 번뜩였다. 침묵의 도전.

리처가 말했다. "자네 직업이 뭔가?"

사내가 말했다. "돼지를 치고 있수다."

"평생 그 일만 해온 건가?"

"어릴 때부터 쭉."

"한 곳에서만?"

"그런 셈이오."

"군대는?"

"안 갔다 왔소."

"그럴 줄 알았네." 리처가 말했다. "자네들은 우리에게 고지를 내주었어. 그건 멍청한 실수야. 계단으로는 한 번에 고작 둘씩만 올라올 수 있으니 삼십 명인들 무슨 소용이 있겠나. 우리에게 총이 있다는 건 자네들도 알고 있을 거야. 우린 다람쥐 사냥하듯 자네들을 꺼꾸러뜨릴 수 있어. 게다가 우린 단단한 벽돌 벽 뒤에 몸을 숨기고 있어. 이걸 무너뜨리려면 유탄발사기가 있어야 할 거야. 하지만 자네들에겐 그것도 없어. 그러니 다시

155

는 이 위로 올라올 생각하지 마. 특히 앞장을 서선 안 돼."

사내는 아무 말도 하지 않았다. 리처가 뒷걸음쳐서 다시 객실 안으로 들어온 뒤 사내의 면전에 대고 문을 닫았다. 장이 말했다. "여기서 살아서 빠져나가는 게 우리의 목적이라면 저자들을 약 올리는 건 바보짓이에요."

"내 생각은 그렇지 않소." 리처가 말했다. "우리가 떠나자마자 저자들은 자신들에게 한 가지 질문을 던질 것이오. '그 두 사람이 돌아올까?' 그 질문을 놓고 서로 한참 얘기가 오갈 거요. 그래서 내가 강하게 나갔던 거요. 만일 저자세를 취했다면 그들은 우리에게 다른 꿍꿍이가 있다고 판단했을 거요. 현재로선 자만하게 내버려두는 편이 유리하오. 자기네 보안 작전이 제대로 먹혔다고 말이지."

"그들의 작전은 성공했어요. 당신이 얘기했듯이 우린 아무것도 알아내지 못했으니까요."

"우린 뭔가를 알게 됐소. 그리고 난 좀 더 많은 정보가 필요하다고 말했을 뿐이오."

"우리가 뭘 알게 된 거죠?"

"외눈박이 사내가 위쪽에 상황보고를 했소. 우리가 11시에 모텔을 떠날 거라고 말이지. 하지만 그자의 보스는 그걸로 부족했소. 타협은 절대 없다는 원칙을 내세운 거요. 그는 우리가 즉시 떠나기를 원했소. 그래서 열 명의 사내가 그 메시지를 전하러 올라온 거요. 어제는 그런 메시지가 하달되지 않았소. 우린 오히려 환영을 받았소. 자, 그런 변화를 일으킨 원인이 뭘까?"

장이 말했다. "흰 드레스를 입은 여자."

"맞았소. 저들의 보스는 지금 우리를 당장 내쫓으라고 지시했소. 하지만 그 여자가 이 모텔에 묵고 있었을 때는 오히려 우리를 반갑게 맞으라고 지시했소. 이제 그 여자가 떠나고 없으니 다시 본색을 드러낸 거요."

"그 여자는 누굴까요? 그리고 어디로 갔을까요?"

"우리로선 알 수 없는 일이오. 우린 그 양복 차림의 사내에 관해서도 모르고 있소. 다만 두 사람 모두 어떤 식으로든 중요한 인물인 것만은 분명하오. 그래서 그들이 여기 머물고 있을 때는 행동을 삼가라는 지시가 떨어진 거요. 양복 차림의 사내를 태울 차가 도착하기 전에 모텔 주인이 주변을 치우는 걸 보았소. 의자들을 가지런히 정리하더군. 그 사내가 어질러진 모습을 보기 전에 말이오."

"투자자들은 아니에요. 투자 가능성을 타진하러 온 사람들도 아니에요. 분위기가 달랐어요. 난 그런 사람들을 많이 대해봐서 알아요."

"그렇다면 그들은 누굴까?"

"모르겠어요. 누군가의 중요한 손님, 아니면 누군가의 최우수 고객. 그쯤 되지 않을까요? 우리가 어떻게 알겠어요? 어쩌면 죄를 짓고 도망치는 중인 사람들일 수도 있어요. 어쩌면 이 마을은 범법자들이 탈출에 이용하는 중간 통로일지도 몰라요. 상당한 거물들만 이용할 수 있는 곳. 마치 멤버십클럽처럼 말이에요. 안전이 완벽히 보장된 피난처에서 하룻밤 푹 쉬고 나서는 캐딜락을 이용해서 빠져나가는 거죠. 화이트칼라 범죄자들인 것 같아요."

"법망을 피해 도망치는 여자가 그렇게 입었을까?"

"그건 아니죠."

리처가 말했다. "여기가 중간 통로라는 당신의 얘기는 나도 공감이 가오. 기차를 타고 와서 모텔에서 하룻밤을 보낸 뒤 다음 날 아침 특별히 마련된 차편으로 이동을 한다. 앞뒤가 제대로 들어맞는 시나리오잖소. 그리고 내 생각엔 일방통행이오. 먼 길을 떠나기 직전에 잠시 스쳐갈 뿐 다시는 돌아오지 않는다는 얘기요."

"어디서 어디로?"

리처는 대답하지 않았다.

장이 말했다. "그럼 이제 우린 어떻게 해야 되죠?"

"일단 서쪽으로 달리다가 당신 휴대폰이 터지면 그때부터 알아봅시다. 그들이 어디서 와서 어디로 갔는지."

정확히 10분 뒤, 그들은 문을 열고 복도로 나섰다. 삼십 명의 사내들은 여전히 발아래에 버티고 있었다. 삼삼오오 작은 무리들이 전체적으로 반원을 그리며 소형 녹색 포드를 멀찍이 에워싸고 있었다. 가장 가까운 사내와 차의 거리는 3미터, 그리고 그자는 바로 돼지치기였다. 그 옆에는 모이나한이었다. 둘 다 바짝 긴장한 표정이었다. 리처가 주머니 속에 손을 찔러 넣었다. 손바닥과 세 손가락으로 스미스를 감싸 쥔 채 그가 계단을 내려가기 시작했다. 장이 곧장 그의 뒤를 따랐다. 바닥에 내려서자 장이 원격조정장치의 버튼을 눌렀다. 차문이 열렸다. 주위가 워낙에 조용했던 터라 잠금장치가 풀리는 소음이 상당히 크게 울렸다.

리처가 포드의 앞머리를 돌아 조수석 문 옆에 멈춰 섰다.

그가 돼지치기를 보며 말했다. "자네들이 우리 가방을 트렁크에 넣어주는 대로 곧장 떠날 거야."

돼지치기가 말했다. "직접 하시지."

리처가 차체에 등을 기댔다. 양손은 주머니에 찔러 넣고 두 발목은 겹친 자세였다. 이 세상의 시간을 모두 가진 사내의 배짱. 언제까지고 기다리겠다는 표현이었다. 그가 말했다. "저 가방들을 꾸려서 여기까지 끌어다 놓을 때엔 다들 신났을 거야. 남의 재산에 함부로 손을 대면서도 양심에 거리낌이 없었겠지. 법적인 처벌도 아랑곳하지 않았을 테고. 오히려 칭찬을 기대했을 거야. 자, 그럼 마저 끝내야겠지? 가방들을 트렁크에 집어넣어. 그럼 우린 떠날 거야. 그게 자네들이 바라는 거 아닌가, 안 그래?"

사내는 아무 말도 하지 않았다.

리처는 기다렸다. 정적이 더욱 깊어졌다. 90미터 떨어진 밀밭에서 밀대들이 바람에 일렁이는 소리까지 들을 수 있을 만큼. 움직이는 사람은 아무도 없었다. 어느 순간 한 사내가 바로 옆 사내를 바라보았다. 그 사내도 동료를 마주 쳐다보았다. 이내 모든 사내들이 서로의 얼굴을 흘깃거렸다. 자존심을 살릴 것인가, 임무를 완수할 것인가. 눈빛만을 이용한 토론이 한동안 격렬하게 이어졌다.

'가방들을 트렁크에 집어넣어. 그럼 우린 떠날 거야. 그게 자네들이 바라는 거 아닌가, 안 그래?'

'직접 하시지.'

결국 돼지치기 뒤에 서 있던 한 사내가 앞으로 나섰다. 현실적으로 머리를 굴릴 줄 아는 자. 그가 트렁크 앞으로 다가와서 문짝을 열고 가방들을 집어넣었다. 하나씩, 하나씩. 키버의 가방, 그다음엔 장의 가방.

사내가 문짝을 닫고 뒤로 물러섰다.

"고맙네." 리처가 말했다. "자네들 모두 좋은 하루 보내길 바라네."

그가 조수석 문을 열고 올라탔다. 장도 운전석에 앉았다. 두 사람이 동시에 문을 닫았다. 장이 시동을 걸었다. 차는 후진으로 주차구역을 빠져나와 방향을 꺾고서는 앞으로 달려 나갔다. 광장으로 나선 다음에는 북쪽으로 방향을 잡고 식당과 잡화점을 차례로 지났다. 역마차길에 이르자 왼쪽으로 방향을 꺾었다. 밀의 바다를 뚫고 그들 앞에 곧게 그리고 끝이 없을 것처럼 뻗어 있는 도로, 아주 먼 지평선에 피어오른 금빛 아지랑이 속으로 바늘구멍처럼 좁아지며 사라질 때까지.

그녀가 말했다. "우리, 다시 돌아올 건가요?"

리처가 총에서 손을 뗐다. 객실 문을 나선 이후로 처음이었다.

그가 말했다. "반드시 돌아오게 될 거요."

22

세 시간을 달린 뒤, 그들은 휘발유와 음식을 위해 휴게소에 차를 세웠다. 아직도 휴대폰 신호는 잡히지 않았다. 콜로라도의 25번 주간고속도로 근처에 이르기 전까지는 내내 불통 상태일 것이다. 거기까지 가려면 대략 네 시간을 더 달려야 한다. 그렇다면 차라리 콜로라도스프링스로 직행하는 게 나을 것 같았다. 어차피 들러야 할 곳이었다. 장이 거기서 포드를 렌트했기 때문이다. 그리고 LA 직항 편이 정기적으로 운항되는 곳이었다. 두 사람은 내친 김에 LA를 다음 목적지로 잡았다. 그자들과 싸우기 위해 필요한 건 휴대폰만이 아니었다. 하지만 비행기를 타려면 총을 포기해야 한다. 그들은 각자의 스미스를 분해한 뒤 휴게소에 널린 휴지통 속에 한 조각씩 던져 넣었다. 쉽게 얻은 것은 쉽게 잃는 법이다.

휴게소에서부터 한동안은 리처가 차를 몰았다. 면허가 없으니 불법이었다. 하지만 리처가 핸들을 잡은 두 시간 동안 그들의 눈에 띈 차량은 고작 두 대뿐이었다. 그리고 그 두 대 모두 경찰차는 아니었다. 이후로는 장이 다시 운전석에 앉았다. 얼마나 더 달렸을까. 금빛으로 아른거리던 지평선이 잿빛으로 칙칙해지기 시작했다. 밀밭은 거기서 끝났다. 이제 다시 문명 세계였다. 두 사람은 키버의 가방을 처리할 방법에 대해 의논했다. 현실적인 소유 개념이 없는 리처는 가방을 버리자고 주장했다. 하지만 장은 그 가방을 일종의 부적으로 간주하고 있었다. 희망의 상징. 따라서 그녀는 가방을 가지고 다녀야 한다고 주장했다. 결국 타협이 이루어졌다. 콜로라도스프링스 시계를 넘어서자마자 나타난 쇼핑몰, 거기엔 페덱스도 입점해 있었다. 그들은 거기서 키버의 가방을 부쳤다. 받을 곳은 오클라호마시티 북쪽 변두리의 오래된 주택가, 어느 막다른 골목에 자리 잡은 노란 집. 주소를 기입한 사람은 장이었다. 마지막으로 한참 동안 망설인 끝에 그녀는 '수취인 서명 필요 없음' 란에 체크를 했다.

그날 오후, 마더스 레스트 잡화점의 카운터 주위에서 여덟 사내가 만났다. 떡이 진 머리에 셔츠 두 개를 걸쳐 입은 차림으로 자리를 지키고 있던 주인을 제외하고 가장 먼저 도착한 사람은 부품 가게 사내였다. 그의 뒤를 이어 캐딜락 운전기사, 외눈박이 모텔 주인, 돼지치기, 식당 카운터 사내, 그리고 리처에게 배를 채이고 총을 뺏긴 모이나한까지 줄줄이 등장했다.

여덟 번째 사내는 5분 뒤에 나타났다. 붉은 얼굴에 다부진 체격, 갓 샤워한 듯 말끔한 용모에 다림질한 청바지와 와이셔츠 차림이었다. 모이나한, 부품 가게 사내, 그리고 캐딜락 운전기사보다는 연상이면서 모텔 주인과 잡화점 주인보다는 연하, 그리고 돼지치기와 식당 카운터 사내와는 동년배로 보였다. 뉴스 앵커처럼 드라이기로 다듬은 머리 매무새가 특이했다. 그가 걸어 들어오자 다른 일곱 사내들의 자세가 경직되었다. 모두 입을 꾹 다문 채 여덟 번째 사내의 입이 떨어지기를 기다렸다.

사내는 곧장 본론으로 들어갔다.

그가 말했다. "그자들이 돌아올 것 같나?"

대답하는 사람은 없었다. 멍 때리는 일곱 개의 얼굴들.

여덟 번째 사내가 말했다. "그 문제에 관해서 각자의 생각을 말해봐."

당혹감 속에서 모두 침묵을 지켰다. 다들 눈치를 살피는 가운데 가장 먼저 입을 연 사람은 부품 가게 사내였다. "그들은 돌아오지 않을 겁니다. 우리가 일처리를 제대로 했으니까요. 그들은 여기서 아무것도 얻지 못했습니다. 증거도, 증인도 확보하지 못했습니다. 아무것도 얻을 게 없는 곳을 그들이 다시 찾을 리가 있겠습니까?"

캐딜락 운전기사가 말했다. "그들은 돌아올 겁니다. 여기가 키버의 마지막 행적이 남아 있는 곳이기 때문입니다. 그들은 몇 번이고 다시 찾아올 겁니다. 첫 단추를 끼울 수 있는 곳은 어쨌든 여기뿐이니까요."

여덟 번째 사내가 말했다. "그자들이 여기서 아무것도 얻지 못했다는 얘기는 확실한 건가?"

카운터 사내가 말했다. "그자들과 아무도 말을 섞지 않았습니다. 단 한마디도요."

잡화점 주인이 말했다. "그자들이 공중전화를 사용한 것도 단 한 번뿐입니다. 세 군데 전화를 했지만 어느 번호도 응답이 없었습니다. 그러고 나선 우리 마을을 떠났습니다. 만일 결정적인 정보를 입수했다면 그냥 떠날 리가 없잖습니까."

"그렇다면 그자들이 아무것도 알아내지 못했다는 게 당신들이 공유하는 의견인가?"

"공…… 무슨 의견이요?"

"당신들이 다 같이 그렇게 생각하는지를 물었어."

캐딜락 운전기사가 말했다. "우리 모두는 그자들이 아무것도, 정말 아무것도 알아내지 못했다고 생각합니다. 상황은 이미 내 가게에서 끝이 났습니다. 이 동네에 살고 있지도 않은 남자를 찾더군요. 말로니라는 성을 가진 남자. 결국 그들은 아무것도 얻은 게 없습니다. 하지만 그들은 다시 돌아올 겁니다. 키버가 여기 있었다는 걸 알고 있으니까요."

"그렇다면 그들이 뭔가는 알고 있다는 얘기잖나."

가게 안이 조용해졌다.

외눈박이 사내가 말했다. "맞는 말씀입니다. 하지만 우린 키버가 현재 여기 아닌 다른 곳에 있다는 판단을 유도하기 위해 노력했습니다. 그리고 실제로 그자들은 그렇게 판단을 내렸습니다. 그자들이 우리에게 직접 묻진 않았지만 만일 그랬다면 우리는 키버가 이곳에 머물렀던 사실까지는 인정하려 했습니다."

여덟 번째 사내가 말했다. "그자들이 여길 떠날 때의 분위기는 어땠나?"

돼지치기가 말했다. "그 자식이 온갖 폼은 다 잡더라고요. 일종의 자기 위안이었겠지요. 기분이라도 좀 나아지려고. 자기가 졌다는 걸 알았으니 센 척이라도 하고 싶었던 겁니다. 곁에 있던 여자는 그래서 더욱 불안해했고요."

"그자들이 다시 돌아올 거라고 생각하나?"

"난 아니라고 생각합니다."

"돌아올 거라고 생각하는 사람은?"

캐딜락 운전기사 혼자만 손을 들었다.

여덟 번째 사내가 말했다. "6대 1, 이 정도면 만장일치나 다름없군. 난 당신들이 자랑스러워. 그자들은 여길 찾아왔지만 우리가 허락한 것 말고는 아무 정보도 얻지 못한 채 떠났어. 그들이 돌아올 확률은 아주 희박하고." 이번엔 뿌듯함 속에서 모두 침묵을 지켰다. 일곱 개의 가슴이 불룩 솟아울랐다. 억누르려는 의지에도 불구하고 자꾸 비어져 나오는 웃음 탓에 입 주변은 씰룩거렸다.

여덟 번째 사내가 말했다. "하지만 희박한 확률이 세상을 뒤집기도 하는 법이지."

일곱 사내들의 입 주변이 다시 경직되었다. 진리의 말씀에 공감한 일곱 개의 고개가 경건하게 끄덕였다.

여덟 번째 사내가 물었다. "그들은 어디로 갔지?"

한 차례씩 들썩이는 일곱 개의 어깨, 일곱 개의 멍한 표정.

여덟 번째 사내가 말했다. "그자들의 다음 목적지가 LA라면 문제가 아닐 수 없어. 그 기자가 우리의 유일한 약점이기 때문이지. 그자들로서는 유일한 실마리고. 물론 우리가 키버에게서 알아낸 정보에 따르자면 그렇다는 얘기야."

"확률은 백만분의 1에 불과합니다." 모이나한이 말했다. "자기들이 찾는 게 뭔지 그자들이 어떻게 알 수 있겠습니까? 그리고 자기가 뭘 갖고 있는지 그 기자가 어떻게 알 수 있겠습니까?"

"백만분의 1의 확률이 세상을 뒤집을 수도 있어."

"우린 꼬리가 잡혀서는 안 됩니다." 모텔 주인이 말했다. "안 그렇습니까? 그래서 우리가 대가를 지불하고 있는 것 아닙니까?"

"대가는 당신들이 아니라 내가 지불하는 거지."

가게 안이 다시 조용해졌다. 그 침묵을 다시 깬 사람은 이번에도 부품 가게 사내였다. 그가 말했다. "알겠습니다. 아무튼 그래서 사장님이 대가를 지불하고 있는 것 아닙니까?"

"그렇지. 그리고 그뿐만이 아니야. 나는 필요할 때를 대비해서 지원팀에 경비를 대고 있어. 차량보험을 들듯이. 그것도 종합보험으로."

돼지치기가 말했다. "다른 사람들의 힘을 빌리는 건 위험합니다."

"맞는 말이야." 여덟 번째 사내가 다시 말했다. "상당히 부정적인 측면이 있는 건 사실이야. 하지만 긍정적인 측면도 있어. 우린 그 부분에 관해 좀 더 대화를 나눠야 해."

모이나한이 말했다. "어떤 지원을 말씀하시는 겁니까?"

"메뉴가 있어. 단계별로 제공되는 다양한 서비스 메뉴. 가격을 지불하고 필요한 단계를 선택하는 방식이지."

잡화점 주인이 말했다. "일단은 그자들을 감시하는 서비스를 선택해야 합니다. 웨스트우드라는 기자에게 그들이 접근할 경우 그 즉시 우리가 알아야 하니까요. 그래야 다음을 대비할 수 있습니다. 백만분의 1의 확률이 이 세상을 우리와 반대쪽으로 뒤집을 경우에 말입니다."

다른 여섯 사내는 여덟 번째 사내의 얼굴을 지켜보았다. 그 표정에 부정의 기미가 없다는 걸 알아채자 모두들 고개를 아래위로 끄덕여댔다. 이번엔 명실공히 만장일치였다.

여덟 번째 사내가 말했다. "자, 거수로 결정하지. 다들 감시하자는 의견에 찬성하나?"

모이나한이 물었다. "감시가 그 메뉴에서 가장 아래 단계입니까?"

여덟 번째 사내가 고개를 끄덕였다. "전화, 인터넷, 그리고 정보원을 통한 감시 서비스."

"그 메뉴의 가장 위 단계는 뭡니까?"

"그쪽 세계의 표현에 따르자면 영원한 해결."

"그건 우리가 직접 할 수도 있는 일인데요."

"당신 동생은 좀 어떤가?"

"제 얘기는, 그러니까 다음번엔 만전을 기하겠다는 의미였습니다."

"왜 갑자기 말을 바꾸는 거지? 다음번이라는 게 존재한다고 생각하나?"

가게 안에 다시 내려앉은 정적.

여덟 번째 사내가 말했다. "감시에 찬성하는 사람?"

일곱 개의 손이 올라갔다.

"다들 찬성해줘서 고맙군." 여덟 번째 사내가 말했다. "고맙다고 한 건 내가 이미 전화를 넣어 두었기 때문이야. 그래서 한 시간 전에 감시 체계가 작동하기 시작했어. 그쪽에서 해켓이라는 사내를 보냈네. 그들 얘기로는 최고의 전문가라더군. 여러 방면에서 실력이 검증된 전문가."

23

렌터카 회사에서는 차량 반납처에서부터 공항 터미널까지 셔틀버스를 운행하고 있었다. 편리하긴 했지만 시간이 많이 걸렸다. 가뜩이나 긴 여정이 30분 더 늘어났다. 리처와 장이 티켓 창구 앞에 섰을 때는 이미 초저녁이었다. LA행 항공편이 하나 더 남아 있긴 했지만 매진이었다. 좌석은 전혀 없었고 대기자 명단도 길었다. 낮 시간 동안 정비 불량으로 인해 두 편이 결항한 탓이었다.

다음 비행기는 다음 날 아침 8시, 선택의 여지가 없었다. 리처가 티켓을 예매했다. 장은 출장을 올 때 왕복 자유여행권을 끊었기에 좌석만 예약했다. 창구 직원은 출발 40분 전, 그러니까 대략 7시 20분경에 탑승 절차가 시작된다고 말했다. 버스로 5분 거리에 호텔이 있다는 사실도 일러주었다.

그들은 걸어가기로 했다. 리처가 장의 가방을 맡았다. 콘크리트 보도가 울퉁불퉁해 아예 번쩍 들어 날랐다. 프랜차이즈 호텔이었다. 흰색 외벽이 산뜻했다. 베이지 톤이 두드러지는 실내는 따뜻했다. 호텔 이름과 부대시설들을 안내하는 네온 표지판의 녹색 불빛이 은은했다. 로비에 사람은 많지 않았다. 모두 아홉 명 정도. 프런트 앞에 줄을 선 것은 아니었다. 휴대폰으로 통화 중인 사람들도 있었고 난처한 표정으로 그저 서 있는 사람들도 있었다. 난처한 표정으로 통화 중인 사람들도 있었고.

두 차례의 결항.

리처는 비행기를 자주 이용하는 편은 아니었다. 하지만 사태는 충분히 파악할 수 있었다.

프런트의 여직원이 두 사람을 손짓으로 불렀다. 꼭 맞는 재킷과 스카프 차림의 젊은 여성이었다. 은밀하면서도 다급한 손짓이었다.

그녀가 말했다. "선생님, 그리고 사모님, 객실이 하나밖에 남지 않았습니다. 묵으실 예정이라면 지금 당장 잡으셔야 합니다."

장이 말했다. "딱 하나뿐이라고요?"

"네, 사모님. 오늘 항공기 운항에 문제가 발생했기 때문입니다."

"다른 호텔은 없나요?"

"공항 내에는 여기 한 곳뿐입니다."

리처가 말했다. "그 방을 주시오."

장이 그를 쳐다보았다.

리처가 말했다. "내게 생각이 있소."

그가 객실료를 지불하고 카드키를 건네받았다. 5층, 501호. 엘리베이터는 왼쪽, 룸서비스는 11시까지, 조식은 별도 부담, 와이파이는 무료. 그들이 여직원의 설명을 듣고 있는 동안 남녀 두 쌍이 대기 라인에 붙어 섰다. 곧 낙담하게 될 것도 모른 채. 리처와 장이 5층까지 엘리베이터를 타고 올라가 방을 찾아 들어갔다. 베이지와 민트그린 톤의 인테리어가 돋보이는 실내는 모든 점에서 만족스러웠다. 하지만 장은 어떤 표현도 하지 않았다.

리처가 말했다. "당신이 여길 쓰시오."

그녀가 말했다. "당신은 어쩌게요?"

"방법을 찾을 수 있을 거요." 그가 그녀의 가방을 침대 옆에 부려놓았다. 이어서 카드키를 건네며 말했다. "일단 저녁을 먹읍시다. 그러려면 서

둘러야 하오. 종업원들이 테이블을 죄다 걷기 전에."

"난 샤워부터 해야겠어요. 식당에서 다시 만나요, 우리."

"그럽시다."

"당신은 샤워하고 싶지 않나요? 원한다면 먼저 욕실을 이용해도 좋아요."

리처가 거울에 자기 모습을 슬쩍 비춰보았다. 하루 전에 이발한 머리, 하루 전에 면도한 얼굴, 아침에 한 샤워, 그리고 새 옷. 그가 말했다. "이 정도면 그다지 모양이 빠지지 않는 것 같소만."

식당은 1층이었다. 프런트와는 엘리베이터 로비를 사이에 두고 떨어져 있었다. 커튼과 카펫, 그리고 금빛 목재가 멋들어지게 조화를 이룬 쾌적한 공간이었다. 벽이며 바닥이며 모든 표면을 얼룩과 흠집 방지를 위해 비닐 코팅으로 마감한 것이 인상적이었다. 상당히 넓은 공간이 사람들로 가득했다. 리처는 대기 라인에서 잠시 기다리다가 직원의 안내로 자리를 잡았다. 창가에 놓인 2인용 테이블이었다. 전망은 별로였다. 노란 불빛들, 그리고 여름이었기에 움직일 일이 없는 제설차들이 가득 세워진 주차장이 전부였다.

8분 뒤, 장이 합류했다. 말갛게 세수한 얼굴과 단정히 빗질된 머리에 새 티셔츠 차림. 그녀가 리처의 맞은편에 앉았다. 쏟아지는 물줄기로부터 기운을 얻은 듯, 활기 넘치는 모습이 좋아보였다. 하지만 다음 순간, 그녀의 표정이 변했다. 갑자기 걱정에 사로잡힌 것처럼.

그가 말했다. "걱정 마시오."

그녀가 말했다. "어디서 잘 거죠?"

"바로 여기서도 잘 수는 있소."

"식당 의자에 앉아서?"

"난 13년간 군 생활을 했소. 어디서든 눈만 감으면 잘 수 있소."

그녀가 한 박자 쉬고 나서 말했다. "군 생활은 어땠나요?"

"전체적으로 보자면 상당히 만족스러웠소. 행복한 추억들이 많소. 딱히 후회스러운 기억은 없고. 조직생활에 당연히 따라다니는 불편함 말고는."

"어떤 불편을 말하는 거죠?"

"당신도 분명히 겪었을 거요. 할 일 없는 상관들이 끝없이 쏟아내는 쓸데 없는 지시들 말이오."

그녀가 미소를 지었다. "조직생활이 그렇긴 하죠."

"그게 당신이 조직을 떠난 이유였소?"

그녀의 얼굴에서 미소가 사라졌다.

그녀가 말했다. "아뇨, 그런 이유는 아니었어요."

그가 말했다. "당신이 얘기하면 나도 내 얘기를 들려주겠소."

"글쎄요. 이 자리에서 그 얘기가 어울릴지 모르겠네요."

"과거 얘기 좀 한다고 무슨 일이 일어나겠소."

그녀가 잠시 뜸을 들였다. 그녀가 숨을 한 차례 들이마셨다가 길게 내뿜었다. 그녀가 말했다. "당신 얘기부터 들려줘요."

"군의 규모를 줄이던 시점이라 솎아내는 작업이 한창이었소. 내 인사고과는 공과가 반반씩이었다고 말할 수 있소. 그런데 어떤 위인이 인사위원회에 내 과실만 집어서 올렸소. 결과는 명예퇴직 권고였소."

"어떤 위인이 누구였어요?"

"뒤룩뒤룩 살찐 어떤 중령. 책상귀신이었소. 미시시피 군부대의 대민 업무 담당관. 난 심각한 사건을 수사하기 위해 그리로 파견되었다가 그자와 마찰을 빚게 됐소. 아주 사소한 일에 그자가 과민반응을 보였소. 나도 약간 발끈해서 그의 면전에 대고 몇 마디 해주었소. 그자는 앙심을 품었고 결국 내게 복수를 했소. 타이밍이 제대로 맞아떨어졌기 때문이었소. 그때까지 군 생활을 하는 동안 훨씬 더 심각한 위기에 봉착했던 적이 여러 번 있었지만 번번이 빠져나올 수 있었소. 인력 감축 시기만 아니었다면 군복을 벗을 일은 없었을 거요."

"부당함을 들어서 항의할 수는 없었나요?"

"연줄을 동원해서 싸워볼 여지는 있었소. 하지만 이긴다 해도 이기는 게 아니었소. 제로섬 게임이었기 때문이오. 만일 내가 이긴다면 그 중령은 패배하는 것이고 그는 물론 그의 동기들도 그 결과가 못마땅했을 거요. 이후로는 아무도 나와 엮이려 하지 않았겠지. 난 아마 알래스카 최북단의 작은 레이더 기지에서 군 생활을 끝내야 했을 거요. 한겨울에. 이겨도 지는 게임이었소. 게다가 다른 고위 장교들도 내 존재를 거북해했소. 나를 원하는 사람은 더 이상 없었소. 그걸 깨달았기에 난 싸우지 않았소. 명예퇴직 권고를 받아들이고 내 발로 걸어 나왔소."

"그게 언제였나요?"

"오래전 일이오."

"그렇게 아픈 과거를 품고도 지금까지 꿋꿋하게 살아왔네요."

"그건 너무 심오한 평가 같소."

"그렇게 생각해요?"

"사실 난 얄팍한 인간이거든."

그녀는 대꾸하지 않았다. 웨이트리스가 다가왔다. 두 사람이 주문을 했다. 웨이트리스가 물러가자 리처가 말했다. "당신 차례."

"내 차례요?" 장이 말했다.

"당신 얘기."

그녀가 잠시 머뭇거리다 입을 열었다.

"어떤 면에서 보자면 당신과 비슷한 경우예요." 그녀가 말했다. "이겨도 지는 게임. 하지만 내가 자초한 결과였죠. 내가 스스로를 궁지에 몰아넣었어요. 난 상황이 그렇게 전개될 줄 몰랐거든요."

"어떻게?"

"누군가가 내 집에 침입했어요. 아무것도 가져가지 않았고 아무 데도 뒤지지 않았어요. 깨뜨린 것도 없었어요. 어떤 흔적도 남기지 않았어요. 그땐 그 상황을 이해할 수 없었어요. 당시 난 돈세탁과 연관된 사건을 추적하고 있었어요. 자금의 경로도 복잡했고 액수도 엄청났어요. 하지만 난 주범을 알게 됐어요. 그런데 결정적인 증거가 없었어요. 사실 증거를 입수하기는 불가능에 가까웠죠. 결국 그 사건을 포기하려고 했어요. 패소할 걸 알면서 기소를 하는 건 의미가 없으니까요. 그런데 그때 범인이 날 찾아왔어요. 난 그에게 수사를 그만 접겠다는 결심을 얘기하려 했어요. 하지만 그걸 알 리 없었던 그가 선수를 쳤어요. 수사를 중단하지 않으면 뇌물수수죄로 엮어 넣겠다고 협박을 하더군요. 수사 초기에 자기에게 돈을 받아 놓고서는 결국 배신했다고 신고하겠다는 거예요. 신고가 들어가고 나면 기소 자체가 불가능할 테니 알아서 하라더군요."

"단순 허위신고에 무고잖소. 그자가 무슨 수로 그걸 입증할 수 있소?"

"그자가 카리브에 내 명의로 은행 계좌를 개설했어요. 그리고 그 계좌로 돈을 송금했어요. 상당한 액수였죠. 증거로서 충분했어요."

173

"하지만 계좌를 개설한 건 당신이 아니라 그자잖소. 기록이 남아 있었을 텐데?"

"내 집에 침입한 사람은 여자였어요. 그녀는 아무것도 가져가지 않았어요. 집 안을 뒤지지도 않았어요. 아무것도 부수지 않았고 어떤 흔적도 남기지 않았죠. 다만 내 전화를 한 차례 사용했어요. 바로 내 집에서 내 전화로 은행 계좌를 개설한 거예요. 전화요금 고지서에 그대로 기록되어 있어요. 나로선 어찌할 수 없는 상황에 처하게 된 거죠. 통화를 한 사람이 내가 아니라는 사실을 내가 무슨 수로 증명할 수 있겠어요? 은행이나 국가안전국 시스템에는 그때의 통화 내용이 녹취되어 있었을 거예요. 하지만 장거리 전화 통화예요. 두 여자의 목소리가 쉽게 구분되겠어요? 더구나 그녀는 내 목소리를 흉내 냈을 게 분명해요. 범인은 아주 치밀한 자예요. 그자는 내 사회보장번호와 내 어머니의 처녀 때 성까지 알고 있었어요. 계좌를 개설하기 전에 은행에서 그 두 가지를 물었을 테니까요."

"그래서 당신은 어떻게 했소?"

"그의 요구에 따랐어요. 수사를 접었죠, 즉시. 하지만 어떻게든 다시 시작하리라고 결심했어요."

"그자는 지금 어디 있소?"

"사업가로서 여전히 잘나가고 있어요."

"은행 계좌의 돈은 어떻게 됐소?"

"그 은행 계좌에서는 사라졌어요. 내가 추적해 봤어요. 그자도 물론 예상하고 있었을 거예요. 결국 네덜란드령 안틸 제도의 어느 유령회사에서 다시 찾아냈어요. 모종의 금융 상품에 장기투자 형식으로 예치되어 있더군요. 나도 모르는 사이에 나는 그 회사의 소주주가 돼 있었던 거예요. 그자는 대주주였고, 표면적으로는 그와 내가 동업자 관계인 거죠."

"그래서?"

"내 상관에게 모든 걸 털어놓았어요. 그는 내 말을 믿고 싶어 했어요. 하지만 FBI는 인간 대 인간의 신뢰로 움직이는 기관이 아니에요. 그 시점 이후로 나는 일선 요원으로서의 자격을 상실했어요. 상사들은 수년이 흘러도 내 수사 보고서를 액면 그대로 믿지 않을 게 분명했어요. 변호사도 소용없었을 거예요. 그들은 오히려 내게 이렇게 사정했겠죠. '요원님, 당신이 받지 않았다는 사실을 스스로 입증할 수 없는 그 뇌물에 관해서 우리에게만이라도 속 시원하게 털어놓을 수 없겠습니까?' 결국 나도 알래스카 북단의 레이더 기지에서 요원 생활을 끝내게 됐을 거예요. 한겨울에. 이겨도 지는 게임이었어요. 그래서 사직했어요."

"씁쓸하군."

"반반의 승패, 그게 인생이죠."

"아니. 당신은 대부분 이겨왔소. 패배는 단 한 번뿐이고, 그건 확실하오."

"난 지금 하고 있는 일에 만족해요."

"하지만?"

"얼마나 더 이 일을 계속할 수 있을지 확신이 서지 않아요. 최소한 죽을 때까지 할 수 있는 일은 아니에요."

"키버의 경우에는 그럴 수도 있소."

"끔찍한 소리 말아요."

"그는 어떤 사람이었소?"

"어떤 사람이'었'냐고요?"

"아, 아니, 어떤 사람이오?"

"세 번째 인사청문회 직전에 FBI를 떠났다고 들었어요. FBI는 아주 신중하게 움직이는 조직이에요. 하지만 그는 무조건 돌진하는 타입이었어요. 결과도, 지원도 고려하지 않고 말이죠. 사람들 얘기로는 키버 때문에 엉망이 된 작전들이 많았대요. 자신은 물론 동료들까지 위험에 빠뜨린 적이 여러 번 있었나 봐요. 세 번째 청문회가 끝나면 그 역시 알래스카로 발령이 났을 거예요. 좁은 레이더 기지가 붐빌 뻔했네요. 아무튼 그래서 그는 청문회 직전에 사표를 냈어요. 자신의 명예를 유지하기 위한 마지막 선택이었을 거예요. 당신이 말하기 전에 내가 말할게요. 맞아요. 마더스 레스트에서도 FBI 시절의 기질을 그대로 발휘했을 거예요. 무조건 돌진. 지원팀조차도 기다리지 않고."

웨이트리스가 주문한 음료와 음식을 들고 다가왔다. 그녀가 물러가고 나자 리처가 말했다. "하지만 키버는 여느 때와는 달리 지원을 요청했소. 그건 우리가 분명히 알고 있는 사실이오. 그런데 그는 당신을 기다리지 않았소. 그 이유가 뭐라고 생각하오?"

장이 말했다. "인내심이 부족해서? 아니면 상황이 너무 다급해서?"

"그자들이 먼저 덮쳤을 가능성도 있소. 그가 당신을 기다리고 있는 동안. 어쩌면 키버는 이번만큼은 무조건 돌진하지 않았을 거요."

"성미 급한 이들을 위한 위로의 메시지처럼 들리는군요."

"정확히 무슨 일이 일어났는지 우린 모르고 있소."

"난 그가 가만히 앉아서 당했다는 생각은 하기 싫어요. 차라리 이번에도 무조건 돌진했기를 바라는 마음이에요."

"사실 돌진이라는 건 언제나 먹히는 방법이오."

"당신은 무모하게 돌진했던 적이 없었을 것 같아요. 키버와는 정반대 타입."

"천만에. 난 항상 돌진해 왔소. 그 덕분에 내가 지금 이 자리에서 당신과 함께 저녁을 먹고 있는 거요. 혼란스러운 세상에선 다윈의 적자생존법칙이 통하니까."

그녀가 잠시 뜸을 들이고 나서 말했다. "뭐 하나 물어봐도 돼요?"

그가 말했다. "얼마든지."

"우리가 지금 저녁을 먹고 있는 게 맞나요?"

"우린 저녁식사 메뉴에서 이 음식들을 골랐소. 점심식사 메뉴의 음식들은 사뭇 다르고, 시간상 아침식사는 분명히 아니니까 우린 저녁식사를 하고 있는 중인 게 맞소."

"아뇨, 난 거리에서 사 먹는 게 아니라, 격식을 갖춘 식사 자리인지를 물었던 거예요."

"촛불이 밝혀지고 피아노 선율이 흐르는?"

"꼭 그런 건 아니지만."

"바이올린 주자와 장미를 팔러 돌아다니는 남자들?"

"필요하다면."

"이를테면 데이트?"

그녀가 말했다. "그럴 수도 있고요."

그가 말했다. "솔직한 대답을 원하오?"

"그럼요."

"우리가 어제 키버를 찾아냈다면, 기차에서 내리거나 발목을 다쳐서 밀밭 어딘가에 넘어져 있는 그를 발견했다면, 그래서 그가 비록 피곤하고 배고프고 목은 말라도 무사하다는 걸 확인했다면, 나는 분명히 당신을 오늘 저녁식사에 초대했을 거요. 그리고 만일 당신이 내 초대에 응했다면 우린 지금쯤 그 식사 자리에 마주 앉아 있을 거요. 따라서 지금 이 자리는 절반쯤은 데이트에 해당된다고 볼 수 있소."

"겨우 절반만?"

"우린 여전히 키버를 찾아다니고 있는 중이오. 따라서 나머지 절반은 길거리에서의 식사라고 할 수 있소."

"하지만 키버를 찾았다면 당신은 나를 분명히 오늘 저녁식사에 초대했겠죠?"

"물론이오."

"이유는?"

"당신은 내가 저녁식사를 함께하고 싶은 타입이니까."

그녀가 상당히 오랫동안 침묵을 유지했다. 5초, 6초, 침묵이 불편하게 느껴질 무렵 그녀가 다시 입을 열었다. "난 그 초대에 응했을 거예요. 당신과 같은 이유로."

"이거 신나는군."

"그러니 당신 가슴에 잘 새겨둬요. 우린 저녁식사를 함께하고 있는 거예요. 단지 길거리에서 허기만 때우고 있는 게 아니라. 이건 의문의 여지가 없는 사실이에요."

"그런데 그건 왜 물었소?"

"확인하고 싶었어요."

그날 밤 리처에겐 식당 의자가 필요 없었다. 식사를 끝낸 뒤 두 사람은 디저트를 먹고 커피를 마셨다. 천천히, 느긋하게, 전혀 서두르지 않고. 둘 다 그다음의 필연적인 코스를 다짐하고 있었으니까. 장이 계산서에 서명을 한 뒤 일어서자 리처도 뒤따라 일어섰다. 그녀가 그의 팔짱을 꼈다. 마치 오래된 커플 같은 모습으로 둘은 식당을 나섰다. 천천히, 느긋하게, 전혀 서두르지 않고. 둘은 엘리베이터를 타고 5층으로 올라갔다. 그리고 함께 객실로 들어갔다.

그다음 상황은 천천히 전개되었다고는 말하기 힘들다. 느긋했다고도 말하기 힘들다. 서두르지 않았다고 말하기도 힘들다. 장은 따뜻했다. 향기로웠다. 부드러웠다. 그리고 팔다리가 길었다. 젊지만 어린 건 아니었다. 리처에게 맞설 만큼 충분히 격정적이었다. 그리고 염려하지 않아도 될 만큼 충분히 강건했다. 리처는 그녀에게 흠씬 빠져들었다. 그녀도 리처에게 완전히 빠져들었다.

그러고 난 후, 두 사람은 잠시 대화를 나누었다. 이윽고 그녀가 잠이 들었다. 이어서 리처도 잠이 들었다. 아주 달콤한 잠.

24

7시 20분, 예정대로 탑승이 시작됐다. 가방을 끌고 있는 장을 앞세우고 리처도 탑승교를 건넜다. 전체 3분의 2를 차지하는 일반석 구역, 장이 가방을 머리 위 짐칸에 넣고 창가에 앉았다. 리처는 복도 쪽. 그가 말했다. "LA 지리는 잘 알고 있소?"

그녀가 말했다. "그 신문사를 찾아갈 수 있을 만큼은 알아요."

"웨스트우드가 재택근무를 하고 있다면?"

"그렇다고 우리를 집으로 부르진 않겠죠. 전화번호는 그렇다 쳐도 집 주소만은 비밀일 테니까요. 근처 커피숍이면 또 몰라도."

"그거 반가운 소리군. 하지만 근처라니? LA를 구석구석 잘 알고 있소?"

"LA에서 차를 렌트하면 돼요. 렌터카엔 내비게이션이 장착돼 있으니까."

"그가 신문사에서 우릴 만나기 꺼려하는 경우라면 그래야겠지. 물론 택시를 이용할 수도 있고."

"우린 LA 시간으로 이른 아침에 도착할 거예요. 그는 아직 출근 전일 테고요."

"맞소. 그러니 LA 공항에 내리자마자 그의 휴대폰으로 전화를 합시다. 그리고 그의 결정에 맡깁시다. 커피숍이든 사무실이든, 렌터카든 택시든."

"모두 그가 우리를 만나줄 때의 얘기죠."

"사망자 200명. 기자라면 당연히 구미가 당길 거요."

"당신 말대로 그는 이미 그 제보를 받았어요. 키버의 의뢰인에게서. 하지만 전혀 기억하지도 못할 만큼 관심을 갖지 않았어요."

"듣는 것과 귀를 기울이는 것 사이에는 큰 차이가 있소. 바로 그게 보통 사람들의 문제요. 내가 볼 때 웨스트우드는 그 제보의 중요성을 간과한 것 같소. 그 의뢰인의 얘기에 귀를 기울이지 않았던 거지. 그러다 보니 기록을 했으면서도 그 내용에 전혀 의미를 두지 않았던 거요. 결국 그 의뢰인은 스파게티 가락으로 자물쇠를 따려 했던 꼴이 되고 말았소."

"우리도 같은 꼴을 당하면 어쩌죠?"

"절대로 그럴 리는 없소."

"당신, 오늘 아침엔 아주 낙관적이네요."

"당연한 거 아니겠소? 아주 즐거운 밤을 보냈으니까."

"그건 나도 마찬가지예요."

"듣던 중 반가운 소리군."

"당신 친구들은 당신을 어떻게 불러요?"

"리처."

"잭이 아니고?"

그가 고개를 저었다. "내 어머니조차도 나를 리처라고 부르셨소."

"형제자매는 있어요?"

"형이 하나 있었소. 조 형."

"지금은 어디 있죠?"

"아무 데도 없소. 죽었으니까."

"미안해요."

"당신 잘못이 아니오."

"당신 어머니께선 형을 어떻게 부르셨죠?"

"조."

"그런데 당신은 리처라고 부르셨나요?"

"잭도, 리처도 다 내 이름이오. 당신 친구들은 당신을 장이라고 부르지 않소?"

"난 장 경관이었다가 특수요원 장이 되었어요. 하지만 근무 중에만 그렇게 불렸죠."

"친구들은?"

"미셸." 그녀가 말했다. "가끔씩은 줄여서 셸이라고도 부르고요. 난 그렇게 불리는 게 좋아요. 예쁘잖아요. 하지만 그 뒤에 내 성이 따라 붙으면 이상해져버려요. 셸 장. 동양 포르노 여배우 이름 같지 않나요? 혹은 남중국해 석유 발굴 회사 이름 같기도 하고. 금고 속에 동전 떨어지는 소리처럼 들리기도 해요."

"알겠소." 리처가 말했다. "미셸, 혹은 장으로 부르겠소."

비행기가 이륙했다. 이내 산맥을 넘은 기체는 새벽을 좇아 서쪽으로 곧장 날아갔다.

거기서부터 차로 일곱 시간 거리에 위치한 마더스 레스트에는 새벽이 진즉에 찾아왔다가 떠났다. 아침기차도 도착했다가 떠났다. 식당의 부산했던 아침도 한 고비를 넘겼다. 셔츠 두 개를 겹쳐 입은 사내는 이미 잡화점 문을 열었다. 부품 가게에도 '영업 시작' 사인이 내걸려 있었다. 주인 사내는 카운터 뒤에 박혀 서서 주문서들을 정리하는 중이었다. 캐딜락 운전기사는 일곱 가지 서로 다른 사업체의 영수증들을 분류하느라 눈코 뜰 새 없이 바빴다. 웨스턴유니온, 머니그램, 팩스, 복사, 페덱스, UPS, DHL. 리처에게 배를 걷어차이고 총까지 뺏겼던 모이나한은 집에서 형제를 돌보고 있었다. 리처의 팔꿈치에 광대뼈가 박살나고 총까지 빼앗긴 모이나한이 여전히 어지럼증을 호소하고 있었기 때문이다.

그리고 외눈박이 모텔 사내가 사무실에서 나왔다. 그가 문 앞에 멈춰서서 대기의 냄새를 맡기 위해 킁킁거렸다. 그는 자부심이 깃든 느긋한 눈길로 자신의 왕국을 시찰하기 시작했다. 주차 공간, 1층 객실 앞을 지나는 보도, 2층 객실 앞을 지나는 복도, 모두 완벽했다. 전구들도 모두 이상이 없었다. 의자들도 수평수직으로 정연한 대오를 갖추고 있었다. 모든 것이 제자리에 있었다. 조용했다. 엄숙했다. 214호실은 비어 있었다. 215호실도 비어 있었다. 그의 생각에 그자들은 돌아올 리 없었다.

모든 것이 제자리를 찾았다. 외눈박이 사내의 생각이 그랬다.

LAX(LA 국제공항의 코드명)의 도착 터미널은 북새통을 이루고 있었다. 리처와 장은 사람들의 물결에 한참을 부대끼고 나서야 밖으로 나올 수 있었다. 장이 어느 기둥 뒤에 몸을 감추고 번호를 눌렀다. 그녀의 전화가 웨스트우드를 깨웠다. 아침형 인간은 아닌 모양이었다. 처음엔 약간 당황해하던 그녀가 이내 평정을 되찾고 곧장 본론으로 들어갔다. 다시 한 번 짧게 자기소개를 한 뒤 이어진 내용은 대충 다음과 같았다. '당신을 만나야 한다. 처음엔 우리 모두 사소하게 여겼지만 실상은 아주 심각한 사안 때문이다. 200명이라는 사망자 수치에 신빙성이 있는 것 같다. 전직 FBI 요원으로서 나는 이 상황을 심각하게 받아들이고 있다. 예비역 장교인 내 동료도 심각하다는 점에서 의견을 같이하고 있다. 그리고 당신의 독점 취재권

은 여전히 유효하다.'

그녀가 잠시 상대방의 얘기에 귀를 기울인 뒤 통화를 끝냈다. 접선 장소와 주소.

"커피숍이에요." 그녀가 말했다. "잉글우드에 있는."

리처가 말했다. "바로 근처로군. 시간은?"

"30분 뒤."

"택시를 타야겠소. 렌터카 사무실에 들를 시간은 없으니까."

마더스 레스트에서부터 남쪽으로 32킬로미터 떨어진 곳, 다림질한 청바지와 드라이한 머리 매무새의 사내가 유선으로 걸려온 전화를 받았다. 상대방은 종합보험서비스 제공자였다. 아직은 종합이라고 할 수 없지만. 용건은 감시 전문가 해킷의 첫 번째 보고 내용 전달. '웨스트우드와 여자 사이에 이루어졌던 6분간의 휴대폰 통화. LA 시간으로 미루어 웨스트우드의 소재는 자택, 주변의 소음으로 미루어 장이라는 여자의 소재는 공항. 여자의 얘기에 따르면 군 출신 동료와 동행. 통화 중에 여자가 사망자 수 언급. 잉글우드의 커피숍에서 만날 약속을 정한 후 통화 종료.'

택시 승차장의 대기 라인은 길었다. 하지만 금세 그들의 차례가 왔다. 잉글우드는 LAX에서 405고속도로만 가로지르면 금방이다. 두 사람은 약속 시간까지 상당한 여유를 두고 커피숍에 도착했다. 도로를 따라 형성된 상가 단지에 자리 잡은 가게였다. 대부분의 가게들이 자기 가게 앞 인도에 야외 테이블을 여러 개씩 놓고 장사를 하고 있었다. 이탈리아어로 메뉴를 적은 칠판들도 간간이 눈에 띄었다. 하지만 웨스트우드가 고른 커피숍은 달랐다. 가게 앞이 텅 비어 있었다. 마감재로 사용한 고풍스러운 비닐과 리놀륨이 최소한 이삼십년은 지난 듯 칙칙한 카키색으로 바랜 외벽이 궁상맞았다. 가게 안은 4분의 1쯤 손님이 차 있었다. 모두 남자들이었다. 신문을 보거나 허공을 응시하고 있는 모습이 과학부 편집장처럼 보이는 사람은 없었다.

"우리가 너무 일찍 왔어요." 장이 말했다. "그는 좀 더 있어야 올 거예요."

두 사람이 라미네이팅 처리된 테이블을 차지하고 나란히 앉았다. 벤치에 씌워진 두툼한 비닐 커버는 원래는 반짝이는 붉은색이었겠지만 지금은 가게 안팎의 다른 모든 표면들처럼 칙칙한 카키색으로 바래 있었다. 두 사람 모두 커피를 주문했다. 리처는 뜨거운 걸로, 장은 아이스로. 그리고 기다렸다. 실내는 조용했다. 신문 넘기는 소리, 그리고 철광석 재질의 찻잔이 같은 재질의 잔 받침에 부딪히는 소리만이 간간이 들릴 뿐이었다.

5분.

마침내 웨스트우드가 도착했다. 리처가 예상했던 것과는 전혀 다른 외모의 소유자였다. 그는 과학실험실의 샌님이라기보다는 활동가 스타일이었다. 몸집도 꽤 단단해보였다. 자연보호운동가 혹은 탐험가라면 어울릴 것 같았다. 헝클어진 짧은 머리엔 서리가 제법 내려앉아 있었다. 짧고 희기는 수염도 마찬가지였다. 햇볕에 붉게 그을린 얼굴. 그 눈가엔 잔주름이 여러 가닥 잡혀 있었다. 나이는 마흔다섯쯤 되어보였다. 신소재 천에 지퍼가 수두룩하게 부착된 옷은 낡은 데다가 구김이 많았다. 신발은 축소된 등반용 로프 같은 끈으로 여민 등산화였다. 어깨에 걸쳐 맨 천 가방은 집배원의 우편 배낭만큼이나 큼지막했다.

웨스트우드가 문 바로 안쪽에 멈춰 섰다. 그는 이내 장을 알아보았다. 가게 안에 여자 손님이라고는 그녀 하나뿐이었으니까. 그가 두 사람의 맞은편 벤치로 미끄러지듯 들어와 앉은 뒤, 가방을 끌어 자기 옆에 놓았다. 두 팔뚝을 테이블 위에 내려놓으면서 그가 말했다. "또 다른 동료분은 아직 실종 상태인 것 같군요. 키버 씨라고 했던가요?"

장이 고개를 끄덕이고 나서 말했다. "그 문제에 관한 한 우린 막다른 골목에 이르렀어요. 지금까지 그의 행방을 추적해 왔지만 더 이상은 방법이 없네요."

"경찰에 신고는 했습니까?"

"아뇨."

"그렇다면 내 첫 번째 질문은 왜 신고를 하지 않았는지가 될 것 같군요."

"경찰에서는 단순 실종사건으로 접수할 거예요. 지금 상황에서는 그게 전부겠죠. 성인인 데다가 실종된 지 고작 사흘째예요. 일단 신고는 받아주겠지만 수사에 착수할 리가 없어요. 접수 용지는 서랍 깊숙한 곳에 파묻혀버릴 거예요."

"사망자 200명이라는 부분에 관심을 갖지 않을까요?"

"우린 어떤 증거도 확보하지 못했어요. 범인, 범행 동기, 시간, 장소, 범행 방법, 그 어느 것도 우린 모르고 있어요."

"당신들이 실종 신고도 하지 않은 실종자, 그리고 당신들이 그들에 관해 아무것도 모르고 있는 200명의 사망자, 그 사람들 때문에 내가 당신들에게 아첨을 사야 한다는 얘기군요."

"당신이 독점 취재권을 갖게 되었기 때문에 우리에게 아첨을 사야 하는 거예요. 어쩌면 앞으로 평생 동안 매일같이 우리에게 아침을 사게 될 수도 있어요."

"하지만 오늘 아침식사 비용이 그 독점 취재권보다 비싸다면? 내 생각 엔 거기에다가 50센트를 보태야 커피 한 잔 가격일 것 같군요."

리처가 말했다. "당신은 과학자잖소. 이 상황을 과학적으로 생각해 보시오."

"무슨 말씀입니까?"

"아니면 통계학적으로, 그리고 언어학적으로. 사회학적 분석 기법도 가미해서. 인간 본성에 대한 심오한 통찰력도 필요할 거요. 200이라는 숫자에 관해 생각해 보시오. 얼핏 듣기에는 상당히 무난한 숫자인 것 같지만 실제로는 그렇지 않소. 생각나는 대로 떠드는 와중에서 200이라는 숫자를 들이대는 사람은 없소. 백이나 천이라는 숫자를 제시하는 게 일반적이지. 아니면 수백, 혹은 수천이라고 말하든가. 내 귀엔 사망자 200이 그냥 지어낸 소리로는 들리지 않소. 백구십 몇을 반올림해서 200으로 얘기했을 수는 있겠지만 뭔가 구체적인 근거가 있는 숫자인 게 확실하오. 아무튼 나는 충분히 관심을 갖게 되었소. 수사관의 입장에서 말이오."

웨스트우드는 아무 말도 하지 않았다.

리처가 말했다. "게다가 우리 생각에는 경찰도 이미 제보를 받았을 거요. 하지만 허위라는 판단 아래 무시해 버린 게 분명하오."

웨스트우드가 고개를 끄덕였다. "키버 씨의 의뢰인이 백악관에서부터 쭉 훑어 내려오며 제보를 했다는 게 당신들 판단이고 그 판단이 옳다면 당연히 경찰도 그 내용을 알고 있겠지요. 그 의뢰인은 내게도 제보를 취했으니까요."

"그 의뢰인이 바로 우리 수사의 시발점이오. 우린 그 사람을 찾아내야 하오. 그래서 사건 내용을 처음부터 다시 한 번 들어야 하오. 키버가 그랬던 것처럼. 그러고 나면 다음에 일어날 일을 예상할 수도 있소."

"이미 말씀드렸듯이 난 수백 통의 제보 전화를 받습니다."

"수백 통이라. 200통은 아니고?"

"내가 무슨 얘길 하는지 잘 알면서 왜 이러십니까."

"그리고 당신은 매번 제보 내용을 기록하고 있소. 당신 입으로 그렇게 말했소."

"세세한 부분까지 기록하지는 않습니다."

"기본적인 정보만 있으면 추적이 가능하오."

"당신들에겐 일단 이름이 필요하잖습니까."

"이름은 이미 입수한 것 같소."

장이 리처를 흘깃 바라보았다.

"어쩌면." 리처가 그녀를 바라보며 말했다. 그의 눈길이 다시 웨스트우드를 향했다. 그가 말했다. "아마 실명은 아닐 거요. 하지만 그 가명이 실마리가 될 수도 있소. 당신은 허위 제보자들로부터 반복적으로 걸려오는 전화들을 수신 차단한다고 말했소. 그럴 경우, 제보자들이 다른 번호로 당신에게 전화를 걸 수도 있지 않겠소? 가명을 사용해서 말이오."

"그럴 수도 있겠지요." 웨스트우드가 말했다.

리처가 고개를 돌려 장을 바라보면서 말했다. "이 양반에게 키버의 북마크를 보여드리시오."

장이 주머니를 뒤져서 문제의 메모지를 꺼냈다. 그녀가 그걸 테이블 위에 놓고 골고루 문질러 폈다. 323으로 시작되는 전화번호, 그리고 '마더스 레스트-말로니'.

웨스트우드가 말했다. "이건 내 전화번호입니다. 그건 확실하네요."

리처가 말했다. "처음에 이 메모를 보고서 우리는 마더스 레스트에 말로니라는 성을 가진 사내가 살고 있다고 생각했소. 이번 사건에 어떤 식으로든 관련이 있는 사내. 하지만 그곳에 말로니라는 사람은 없소. 그건 분명하오. 우리는 사방에 물어보았소. 대답은 한결같았소. 다들 단정적이었고 심지어 어리둥절해 하는 사람도 있었소. 그 의뢰인의 본명이 뭐든 당신이 그 사람에게 질려서 더 이상의 통화를 거부했다면? 그래서 그 사람이 다른 이름으로 접근하기로 마음먹었다면? 그 이름이 말로니라면? 그가 키버에게 전화를 해서 당신에게 연락을 취하라고 거듭 재촉하면서 다만 이번에는 자신의 본명을 들먹이지 말라고 얘기했다면? 대신 말로니라는 이름을 대라고 일러줬다면? 나는 이 메모에서 그와 같은 의문들을 추론할 수 있었소."

"가능한 추론이긴 합니다만."

"당신이라면 이 메모를 토대로 다른 시나리오를 구상할 수 있겠소?"

"한번 확인은 해보겠습니다." 웨스트우드가 말했다.

"그래 주면 고맙겠소. 우리가 이 미궁에서 빠져나갈 수 있는 길은 오직 그것뿐이오."

"그건 너무 부담스럽군요. 이 메모도 내 것들만큼이나 불완전하니 말입니다."

"지금 우리가 가진 건 그것뿐이오."

"그렇다고 해도 실종된 남성 한 명과 사망자 200명이라는 루머가 전부인 상황입니다. 그러니 최소한 경찰에 신고라도 해야 하지 않겠습니까?"

"나도 한때는 경찰이었소." 리처가 말했다. "그래서 난 수많은 경찰들을 알고 있소. 증거가 불충분한 사건에 자발적으로, 그리고 능동적으로 덤벼드는 경찰은 없소. 따라서 신고한들 그들은 거들떠보지도 않을 거요. 최소한 현시점에서는 아니오. 그건 내가 확신할 수 있소. 당신이 관심을 갖지 않았던 것처럼 말이오."

"한번 확인은 해보겠습니다." 웨스트우드가 다시 말했다. "하지만 가명하나가 어떤 도움이 될지 나로선 회의적입니다."

"그 가명이 본명을 밝혀줄 수 있소."

"어떻게 그럴 수 있죠? 본명을 감추기 위한 게 가명인데 말입니다."

"말로니라는 이름의 제보자가 전화를 걸어오기 직전에 당신이 누구를 차단했는지 확인해 보시오. 그 사람이 바로 문제의 제보자가 틀림없을 거요."

"후보자는 여럿입니다. 내가 한 사람만 차단한 게 아니니까요."

"그 문제는 충분히 해결할 수 있소. 지리적 조건들이 실마리가 될 거요. 그가 오클라호마시티에서 활동하는 사설탐정에게 사건을 의뢰했다는 건 이미 우리가 알고 있는 사실이오. 그리고 그가 『LA 타임스』 구독자라는 사실도 알고 있소. 그 정도면 후보자의 범위를 상당히 좁힐 수 있을 거요."

웨스트우드가 고개를 가로저었다. "이제야 하는 말이지만 내 전화번호는 그리 쉽게 입수할 수 없습니다. 난 그걸 시작 페이지 중앙에 게재해 달라고 구글에 돈을 지불하지 않았습니다. 따라서 그 의뢰인은 찾기 힘든 내 번호를 인터넷을 뒤져서 찾아낼 만큼 컴퓨터에 익숙한 사람입니다. 그런 사람이라면 『LA 타임스』도 온라인으로 구독하고 있을 겁니다. 그건 분명합니다. 인터넷에 톡톡히 맛을 들인 사람이 왜 종이신문을 구독하겠습니까. 따라서 지리적 조건을 토대로 그 의뢰인을 찾아낸다는 건 불가능한 일입니다."

"잘 알겠소." 리처가 말했다.

"한 시간 뒤에 다시 만나기로 하죠. 『LA 타임스』 사옥, 내 사무실에서."

장이 고개를 끄덕이고 나서 말했다. "거기 위치는 나도 알아요."

그때 웨이트리스가 다가왔다. 웨스트우드가 아침을 주문했다. 리처와 장은 그를 혼자 식사하게 내버려두고 커피숍을 나섰다.

10분이 채 지나지 않은 시점, 마더스 레스트에서부터 남쪽으로 32킬로미터 떨어진 곳에서 다림질한 청바지와 드라이한 머리 매무새의 사내가 역시 유선으로 두 번째 전화를 받았다. 상대방은 해킷을 통해 입수한 정보를 그에게 보고했다. '해킷이 목격한 잉글우드 커피숍에서의 회동. 가까이 접근하는 건 위험했기에 대화 내용을 똑똑히 듣지는 못했지만 키버의 이름이 오르내린 건 확실했다. 키버의 실종에 관한 한 자신들이 막다른 골목에 이르렀다는 얘기는 장의 입 모양을 읽어서 확인했다. 대화 막바지에 다시 만날 약속을 하는 기미는 알아챘지만 장소까지는 듣지 못했다. 다만 장이 그 위치를 안다고 말하는 것은 들을 수 있었다. 하지만 문제는 없다. 웨스트우드만 지켜보고 있으면 그가 직접 두 번째 회동 장소로 안내해줄 테니까.'

25

로스앤젤레스 웨스트 1번가와 스프링 가 코너에 자리 잡은 『LA 타임스』 사옥은 역사와 건축미를 자랑하는 건물이다. 그리고 여느 정부 청사 못지않은 보안 시스템을 갖추고 있다. 엑스레이 검색대와 금속 탐지 장치들까지 동원한 철통 보안 시스템이다. 리처로서는 이해가 가지 않았다. 존재감을 부각시키려는 목적일 수는 있었다. 하지만 리처가 생각하기에 『LA 타임스』가 불순분자들의 표적 리스트 첫 페이지에 올라 있진 않을 것 같았다. 어쩌면 네 번째, 다섯 번째 페이지에서도 찾을 수 없지 않을까. 하지만 그가 따질 수 있는 일이 아니었다. 리처는 동전들을 접시 위에 털어 놓고 검색대를 통과했다. 장은 시간이 좀 더 걸렸다. 가방과 코트 때문이었다.

검색대를 통과하고 나자 데스크 직원이 출입증을 건네주었다. 엘리베이터를 내려서 찾아간 웨스트우드의 사무실은 정사각형 공간이었다. 크림색 벽면에 선반과 책장마다 신문과 책들이 한가득이었다. 창문 아래의 고풍스러운 책상 위에는 스크린 두 개짜리 컴퓨터가 놓여 있었다. 웨스트우드는 책상 앞에 앉아서 이메일들을 확인하고 있었다. 큼지막한 천 가방은 아가리를 벌린 채 바닥에 놓여 있었다. 여러 권의 책들과 신문뭉치, 그리고 금속 외장의 노트북이 그 속에 들어 있었다. 사무실 문밖의 홀은 바쁘게 돌아가는 신문사 특유의 소음으로 시끌벅적했다. 창문 밖에는 남부 캘리포니아의 변함없는 햇살을 듬뿍 머금은 하늘이 파랬다.

웨스트우드가 말했다. "곧 끝납니다. 잠시만 앉아 계십시오."

심상치 않은 목소리였다.

자리를 잡고 앉는 데에는 약간의 수고가 필요했다. 두 개의 여벌 의자 위에 신문과 잡지들이 수북이 쌓여 있었기 때문이다. 웨스트우드가 이메일 페이지를 닫고 의자를 돌려 앉았다.

그가 말했다. "우리 법무팀에서 이의를 제기했습니다. 회사 기밀 유지를 위한 조항들을 들고 나왔어요. 구체적으로 얘기하자면 우리의 데이터베이스는 외부에 절대 공개할 수 없다는 조항들 말입니다."

장이 말했다. "어떤 부분에서 신문사에 피해가 갈 거라고 하던가요?"

"특정한 부분을 지적하진 않았습니다. 변호사들이잖습니까. 모든 면에서 피해를 입을 수도 있다는 거죠."

"이건 중요한 취재예요."

"영장이나 소환장도 떨어지지 않은 사건인데 무슨 취재냐는 게 그들의 주장입니다. 실종 신고조차 접수되지 않았다는 사실을 지적하면서 말이지요."

리처가 말했다. "당신네 변호사들에게 이 상황을 얘기한 이유가 뭐요?"

웨스트우드가 말했다. "사규를 따른 것뿐입니다."

"편집국장에게도 보고했소?"

"그는 검토도 하지 않고 일단 키버 씨의 이력부터 조사하라는 지시를 내렸습니다. 그리고 우린 그가 현재 어딘가에서 마약에 취해 있을 거라는 결론을 내렸습니다. 이런 말씀을 드리게 돼서 유감입니다만 그는 늙고 쓸모 없는 사설탐정일 뿐입니다."

장은 아무 말도 하지 않았다.

리처가 말했다. "나는 키버를 직접 만난 적은 없소. 하지만 그와 비슷한 사람들은 여럿 만나봤소. 내가 판단할 때 그는 모든 면에서 비범한 인물이오. 단지 충동을 자제하지 못해서 문제를 일으켰을 뿐이오. 그리고 그 충동도 따지고 보면 정의감의 발로라고 할 수 있소. 그가 설사 한물간 탐정이라고 할지라도 마더스 레스트 패거리들에 비하자면 제임스 본드나 다름없소. 그런데도 그자들에게 잡혀 있소."

"그건 모르는 일이잖습니까."

"난 가정을 전제로 얘기하고 있는 중이오. 키버가 그들에게 붙잡혀 있고 200명을 사망에 이르게 만든 모종의 끔찍한 일이 그 동네에서 벌어지고 있다는 가정. 그 정도면 취재거리로 충분하지 않소? 『LA 타임스』의 독점 취재. 몇 주에 걸쳐 보도할 만한 사건일 수도 있소. 당신에게 퓰리처상을 안겨줄 수도 있소. TV는 물론이고 출판계와 영화계에서 러브콜을 받게될 수도 있고."

"뭐든 확실한 증거를 확보한 뒤에 나를 다시 찾아오십시오."

"실제로 그런 일이 벌어지고 있을 확률이 얼마나 된다고 보시오?"

"100분의 1."

"200분의 1이 아니고?"

"200이 구체적인 숫자라는 당신의 이론은 어떤 증거도 될 수 없습니다."

"그럼 또 다른 이론을 들려주겠소. 우리가 100분의 1의 대박 가능성을 남겨두고 이 사무실을 나간다면? 그 순간 『LA 타임스』의 독점 취재는 물 건너가는 거요. 그리고 나서 100분의 1의 확률이 맞아 떨어진다면? 모든 신문사가 이리떼처럼 달려들 거요. 따라서 당신이 현명한 편집장이라면 사소하나마 지금까지 입수한 정보를 토대로 그 100분의 1의 확률이 맞아 떨어질 때를 대비할 거요. 결국 우리가 이 사무실을 나가서 엘리베이터에 올라탈 때쯤엔 당신은 컴퓨터 스크린을 들여다보고 있을 거요. 당신네 데이터베이스에서 말로니라는 이름을 찾기 위해서 말이오. 100분의 1의 확률이 결국 물거품이 될지라도 그래야 마음이 편할 테니까."

웨스트우드는 아무 말도 하지 않았다.

리처가 말했다. "어차피 데이터베이스를 확인할 텐데 우리가 곁에 있든 없든 상관없지 않겠소?"

오랫동안의 침묵. 어느 순간 웨스트우드가 다시 컴퓨터 쪽으로 의자를 돌려 앉았다. 그가 마우스를 한 차례 클릭하고 나서 두 개의 박스 안에 글자를 입력했다. 아이디와 패스워드. 리처는 그렇게 짐작하면서 그것이 데이터베이스에 접속하려는 시도이기를 바랐다. 장이 상체를 앞으로 기울였다. 모니터 화면에 검색 페이지가 떴다. 『LA 타임스』 전용 데이터베이스. 대외비. 직원들만 활용할 수 있는 정보 창고. 하지만 디자인은 볼품없었다. 웨스트우드가 마우스를 여러 차례 조작해서 검색 범위를 좁혔다. 연관 없는 검색 결과들을 차단하기 위해서였다. 뉴스거리가 될 만한 말로니들은 LA에만도 100명은 될 것이다. 아니, 200명일 수도 있을 것이다. 스포츠 스타, 사업가, 배우, 음악가, 정치가, 고위 공무원.

웨스트우드가 말했다. "모든 이론은 검증되어야 합니다. 그것이 과학적 방법의 요체입니다."

그가 '말로니'를 입력했다.

그가 마우스를 클릭했다.

화면에 세 건의 검색 결과가 떴다.

말로니라는 이름의 제보자가 시차를 두고 세 차례에 걸쳐 연락을 취해 왔던 사실을 데이터베이스는 기억하고 있었다. 가장 최근 것은 한 달이 채 안 된 시점이었다. 두 번째는 거기서 다시 3주 전, 가장 오래된 건 두 번째 시점에서 다시 2주 전이었다. 말로니가 4주 전까지 그 이전 5주에 걸쳐서 세 차례 전화를 걸어왔던 것이다. 세 번 다 발신번호가 똑같았다. 첫 세 자리는 501. 세 사람 모두 모르는 지역번호였다.

웨스트우드는 세 번의 전화 통화 내용을 기록해 두지 않았다. 제목조차도 붙여 놓지 않았다. 단지 이름과 전화번호, 그리고 날짜와 시간만을 어느 폴더에 저장해 놓았을 뿐이었다. 그 폴더의 이름은 C.

"C의 의미는?" 리처가 물었다.

"Conspiracy." 웨스트우드가 말했다.

"음모라면?"

"수많은 제보들이 음모의 범주에 속합니다."

"예를 들어 주겠소?"

"일반 가정집에 의무적으로 설치해야 하는 화재경보기 안에 무선카메라와 마이크가 장착되어 있고 녹화 또는 녹취된 내용은 곧장 사찰기관으로 전송된다, 정부의 입장에 반하는 발언이나 행동을 하는 사람은 독가스 캡슐로 감쪽같이 제거된다."

"그 정도 수준이었다면 키버는 절대 사건을 맡지 않았을 거요."

"기억은 나지 않습니다만 만일 어느 정도 신빙성 있는 내용이었다면 나도 상당히 구체적으로 정리해 놓았을 겁니다."

"제보 자체가 구체적이 아니었을 수도 있잖소."

"아마 그랬을 겁니다."

"말로니라는 사내에 대해 정말로 어떤 기억도 없소?"

웨스트우드는 대답 대신 마우스를 잡았다. 폴더로 분류하지 않은 전체 수신 전화 목록. 그의 컴퓨터 스크린은 두 개였고 두 개 모두 상당한 크기였다. 하지만 날짜를 입력하는 작은 공간을 제외하고는 숫자와 글씨들로 빽빽하게 채워져 있었다.

리처가 말했다. "이 속에 우리 두 사람도 있는 거요?"

웨스트우드가 고개를 끄덕였다. "오늘 아침부터."

"우린 어떤 폴더로 분류됐소?"

"아직 결정하지 못했습니다."

장이 휴대폰을 꺼내 들고 말로니의 번호를 눌렀다. 지역번호 501, 그리고 일곱 개의 숫자. 그녀가 스피커를 켰다. 치직 소리와 그에 이은 정적 끝에 신호가 울렸다.

울리고 또 울렸다.

응답은 없었다. 음성 메일로 넘어가지도 않았다.

1분 뒤 장이 전화를 끊었다. 사무실이 조용해졌다.

리처가 말했다. "501이 어디 지역번호인지부터 확인해야 하오."

웨스트우드가 데이터베이스를 닫고 웹 브라우저를 열었다. 그가 문 쪽을 흘깃 바라보고 나서 말했다. "정말 이래도 되는 건지 모르겠습니다."

"아무도 모를 거요." 리처가 말했다. "영화가 개봉되기 전까지는."

컴퓨터는 즉시 그들의 궁금증을 풀어주었다. 501은 아칸소(미국 중부의 주)의 휴대폰들에 부여되는 세 개의 지역번호 가운데 하나였다. 장이 말했다. "당신이 9주 전쯤에 차단한 아칸소 지역의 유선번호가 있었나요? 키버의 의뢰인은 유선이 차단되자 휴대폰으로 바꿔서 통화를 시도한 거예요. 간단하네요."

웨스트우드가 다시 데이터베이스를 띄웠다. 빽빽한 수신 전화 목록. 그가 마우스를 조작해서 9주 전의 기록으로 거슬러 올라갔다. 그가 말했다. "기간은 얼마나 여유를 줘야 할까요? 그러니까 유선이 차단된 뒤 그가 이름과 번호를 바꿀 생각을 해내기까지 시간이 얼마나 걸렸을까요?"

"생각은 곧바로 했을 거요." 리처가 말했다. "뇌수술처럼 어려운 게 아니니까. 하지만 그 생각을 실행에 옮기기까지는 어느 정도 시간이 필요했을 거요. 당신에게 차단당한 게 서운하고 분했을 테니까. 상처 난 자존심을 달래기 위해 일주일은 필요하지 않았을까 싶소. 그 다음에야 다시 통화를 시도할 수 있었겠지. 가명과 휴대폰으로."

웨스트우드가 날짜를 좀 더 거슬러 올라갔다. 이제 10주 전. 그가 두 번째 스크린에 지역번호 리스트를 띄웠다. 이어서 두 개의 화면을 번갈아 쳐다보며 비교 작업에 들어갔다. 작업을 마친 뒤 그가 말했다. "10주 전에 내가 수신을 차단한 번호는 모두 네 개입니다. 하지만 그 가운데 아칸소 번호는 없습니다."

리처가 말했다. "그 전주 목록을 확인해 보시오. 우리가 생각했던 것보다 훨씬 더 자존심이 강한 사람일 수도 있으니까."

웨스트우드가 단번에 그 1주 전으로 거슬러 올라갔다가 하루씩 다시 내려오며 두 개의 화면을 비교했다. 마침내 그가 말했다. "그 전주에는 두 개의 번호를 차단했습니다. 따라서 14일 동안 차단된 번호는 모두 여섯 개입니다. 하지만 아칸소 번호는 없는데요."

리처가 말했다. "어쨌든 상당한 진전이 있는 건 사실이오. 말로니는 9주 전부터 전화를 걸어왔다. 말로니는 그 이전 2주에 걸쳐서 차단을 당했던 여섯 명의 제보자들 가운데 한 사람의 가명이다.' 자, 앞으로 30초 뒤엔 어쩌면 그와 직접 얘기를 나누게 될 수도 있소. 501 번호 말고 처음 연락을 취해왔던 번호를 통해서 말이오. 당신이 차단하기 전의 여섯 개 번호가 이 데이터베이스에 고스란히 남아 있으니까."

26

웨스트우드가 여섯 개의 이름과 전화번호를 복사한 뒤 새로 창을 띄워 붙였다. 모두 다 흔한 미국 이름들이었다. 메이저리그 야구팀, 전당포 앞, 응급실, 혹은 공항 일등석 라운지, 그 밖에 어느 곳이든 떼로 모여 있는 미국인들 가운데 여섯 명은 틀림없이 갖고 있을 이름들이었다. 처음 세 번호는 리처조차 감을 잡을 수 없는 지역번호를 앞세우고 있었다. 따라서 유선전화는 절대 아니었다. 모두 휴대폰들이었다. 하지만 나머지 세 번호는 달랐다. 하나는 773, 그렇다면 시카고. 또 하나는 505, 그렇다면 뉴멕시코. 마지막 하나는 901, 아마도 테네시 주의 멤피스.

웨스트우드가 책상 위의 거치대에서 전화기를 집어 들고 첫 번째 전화번호를 눌렀다. 빕, 붐, 밥, 거치대의 스피커를 통해 전자기기의 박동이 흘러 나왔다. 이어서 치직거리는 소리, 그다음엔 녹음된 음성이 들려왔다. 꾸중과 동정의 중간쯤 되는 어조의 기계음.

더 이상 존재하지 않는 번호라고 했다.

웨스트우드가 전화를 끊고 나서 스크린에 떠오른 지역번호를 확인했다. 그가 말했다. "휴대폰입니다. 루이지애나 북부 지역, 쉬레브포트나 그 인근인 것 같습니다. 약정 기간이 만료됐거나 해지됐을 겁니다. 흔히 있는 일이지요. 조만간 다른 계약자에게 이 번호가 배정될 겁니다."

그가 두 번째 번호를 눌렀다.

마찬가지였다. 전자기기의 박동, 치직 소리, 이어서 녹음된 음성. 사과성 문구였지만 그 어조는 이미 없어진 번호에 통화를 시도한 어리석음을 조롱하는 듯 느껴졌다.

"휴대폰이네요. 미시시피." 웨스트우드가 말했다. "북부, 아마 옥스퍼드인 것 같습니다. 거긴 대학가입니다. 가족 할인 요금 제도로 휴대폰을 사용하던 대학생일 수도 있겠네요."

"아니면 임시폰." 리처가 말했다. "마켓에서 판매하는 요금선납 휴대폰 말이오. 시간을 다 썼거나 아니면 몇 번 통화하고 나서 그냥 버렸을 수도 있소."

"그럴 수도 있겠지요." 웨스트우드가 말했다. "범죄자들은 예전부터 그런 휴대폰을 애용해왔습니다. 불리한 증거를 남기지 않으려고. 요즘은 일반 시민들 중에서도 그런 사람들이 있습니다. 특히 거대한 음모에 관한 결정적 제보를 해오는 사람들. 물론 거의 대부분, 혼자만의 주장이지만 말입니다."

그가 세 번째 번호를 눌렀다. 역시 휴대폰이었다. 스크린이 일러주는 지역은 아이다호.

이번엔 응답이 있었다.

남자 목소리가 스피커에서 흘러나왔다. 발음이 뚜렷하고 우렁찼다. 목소리가 말했다. "여보세요?"

웨스트우드가 벌떡 일어섰다. 그가 스크린에 대고 말했다. "안녕하십니까, 선생님. 저는 『LA 타임스』의 애슐리 웨스트우드라고 합니다. 지난번에 전화 주셨는데 이제야 답신 드리게 됐습니다."

"그러십니까?"

"답신이 늦어서 죄송합니다. 몇 가지 사전 절차가 필요해서였습니다. 하지만 이제 선생님의 제보 내용이 사실에 근거한다는 걸 확인했습니다. 이제 곧 본격적인 취재가 개시될 겁니다. 그래서 몇 가지 여쭤볼 게 있습니다."

"네, 뭐든 물어보십시오. 정말 잘됐습니다."

긴장한 듯, 약간 빨라진 목소리가 가늘게 떨리고 있었다. 하지만 목청은 더욱 낮게 깔렸다. 리처의 판단으로는 늘 가늘게 떨어대는 마른 체구의 사내. 나이는 서른다섯 혹은 그 이하, 많아 봐야 서른여섯에서 일곱 정도. 발음으로 미루어 아이다호 토박이는 아니었다.

웨스트우드가 말했다. "그렇다면 상호간의 신뢰부터 쌓는 것이 우선이 겠지요. 그래서 여쭤보는 건데 선생님께서 고용하신 사설탐정의 이름이 어떻게 됩니까?"

목소리가 말했다. "누구의 이름요?"

"사설탐정 말입니다."

"무슨 말씀이신지?"

"사설탐정을 고용하셨습니까?"

"내가 왜요?"

"그 일을 멈춰야 하니까요."

"무슨 일이요?"

"선생님이 제게 제보하셨던 일이요."

"사설탐정이 해결할 수 있는 일이 아닙니다. 다른 모든 사람들처럼 결국 그들에게 당하고 말 거예요. 그자들에게 발견되는 순간. 정말입니다. 내가 얘기했잖아요. 그냥 눈길을 보내듯 간단한 조작입니다. 하지만 누구도 피할 수 없는 눈길입니다. 당신은 모릅니다. 우리 힘으로 어떻게 해볼 수 있는 빔이 아니라고요."

"그래서 사설탐정을 고용하지 않았다는 말씀인가요?"

"난 그런 적 없습니다."

"지역번호 501번의 휴대폰으로 통화를 한 적이 있으십니까?"

"아뇨, 그런 적 없습니다."

웨스트우드는 아무 말 없이 전화를 끊었다. 그가 말했다. "누군지 알 것 같군요. 인간들의 마음이 빔에 의해 조종되고 있다는 제보를 해온 사람."

리처가 말했다. "어떤 빔?"

"마음을 조종하는 빔이요. 민간항공기 바닥에서 발사된답니다. 미연방 항공청의 지시로. 화물칸에 짐 싣는 비용을 탑승객들에게 부담시킨 것도 그래서라더군요. 돈을 아끼려는 승객들이 짐을 줄여서 기내에 싣고 가면 화물칸에는 그만큼 빈 공간이 생기게 되고 그 공간에 빔 발사 장치와 사격수를 싣는다는 거죠. 그 사격수가 옛날 폭격기의 척탄수처럼 지상의 사람들을 조준해서 빔을 발사한다는군요. 그래서 자기는 흐린 날에만 집밖으로 나온답니다. 그의 얘기로는 민간 항로 아래에 위치한 지역들이 특히 더 위험하답니다. 엘리트주의자들의 수많은 음모들 가운데 하나라면서요."

"하지만 미국 내에서 항공 통행량이 가장 많은 곳은 아이다호나 거기에 이웃한 주들의 상공이 아닌데?"

"그럼 어딥니까?"

"펜실베이니아."

"그렇습니까?"

장이 말했다. "네, 그래요. 동부 연안을 잇는 정기편들이 아주 많아요.

게다가 D.C.와 뉴욕, 혹은 보스턴을 왕복하는 셔틀까지. 자, 이제 하던 일을 계속할까요?"

웨스트우드가 네 번째 번호를 눌렀다. 지역번호 901, 멤피스였다. 첫 번째 유선전화 번호. 이내 스피커에서 흘러나온 벨소리가 실내를 가득 메웠다.

응답이 있었다.

묵직한 송수화기가 들리는 둔탁한 소음에 이어 남자의 목소리가 들렸다. "여보세요?"

웨스트우드가 앉은 채로 자세를 꼿꼿이 바로잡았다. 이어서 예의 소개 멘트를 읊었다. 이름, 신분, 답신, 그리고 답신이 늦은 데 대한 사과.

목소리가 말했다. "선생님, 전 무슨 영문인지 모르겠습니다."

리처의 판단으로는 노인이었다. 느린 어조에 공손한 말씨였다. 멤피스 토박이가 거의 확실했다. 설사 멤피스는 아니라고 해도 그 인근 출신인 것만은 분명했다.

웨스트우드가 말했다. "이삼개월 전에 『LA 타임스』로 제게 전화를 하셨잖습니까? 선생님이 알고 계시는 사실을 제보하기 위해서."

노인이 말했다. "선생님, 제가 전화를 드렸는지는 몰라도 저는 전혀 기억이 나질 않습니다. 기분 나쁘셨다면, 제가 백배사죄하겠습니다."

"아닙니다. 전 전혀 기분 상하지 않았습니다, 선생님. 그러니 사과하실 필요 없습니다. 전 다만 선생님이 걱정하고 계시는 상황에 대해 좀 더 알고 싶을 뿐입니다. 그게 전붑니다."

"오, 저는 걱정이 별로 없는 사람입니다. 복 받은 삶이지요."

"그렇다면 제게 전화하셨던 이유는 뭐였죠?"

"솔직히 그 질문에는 뭐라고 대답해야 할지 모르겠습니다. 전화를 드렸는지조차 제대로 기억나지 않으니 말입니다."

웨스트우드가 장을 한 차례 흘깃거린 다음 눈길을 다시 컴퓨터 화면에 고정시켰다. 그가 숨을 한 차례 들이마셨다. 그가 다시 말을 건네려는 순간 스피커에서 먹먹한 소음이 흘러나왔다. 송수화기가 퉁퉁거리는 소리도 들렸다. 송수화기 쟁탈전. 그 전투의 승자는 노인이 아니었다. 잠시 후 여자의 목소리가 들려왔기 때문이다. "어디신가요?"

웨스트우드가 말했다. "저는 애슐리 웨스트우드라고 합니다, 부인. 『LA 타임스』 기자입니다. 지난번 주셨던 전화에 대한 답신으로 연락드렸습니다."

"전화가 갔던 게 최근 일인가요?"

"두세 달 전이었습니다."

"그럼 제 남편이었겠군요."

"남편분과 통화가 가능할까요?"

"방금 통화하셨잖아요."

"아, 그렇군요. 그분은 전화 주셨던 사실을 기억하지 못하시더군요."

"그럴 거예요. 두세 달이면 긴 시간이니까요."

"혹시 남편분의 제보 내용을 알고 계십니까?"

"기자님은 모르세요?"

웨스트우드는 대답하지 않았다.

여자가 말했다. "기자님을 나무란 건 아니에요. 저 양반을 살살 구슬리면 아마 내용을 알아낼 수 있을 거예요. 그나저나 정치 쪽이신가요, 과학 쪽이신가요?"

웨스트우드가 말했다. "과학부 기자입니다."

"그렇다면 짐작이 가네요. 화강암 널판일 거예요. 거기서 방사능이 방출된다는 얘기. 금년에 그 문제로 시끌벅적했잖아요. 결국 사실로 확인됐고요. 하지만 인체에 얼마나 유해한지는 아직 밝혀지지 않았어요. 남편은 기자님이 그 부분에 관해 취재해주기를 바라서 전화를 드린 걸 거예요. 다른 기자님들에게도."

"남편분이 연락하신 기자들이 몇 명쯤 될까요?"

"미국 인구에 비하면 얼마 안 되는 숫자지만 노인이 전화기를 붙들고 보낼 수 있는 시간에 비하면 많은 숫자예요."

웨스트우드가 말했다. "남편분이 사설탐정을 고용했을 가능성이 있다고 보십니까, 부인?"

여자가 말했다. "뭘 고용했다고요?"

"화강암 사건 조사에 도움이 될 만한 사람 말입니다."

"아뇨, 그럴 가능성은 없어요."

"정말로 그렇게 생각하십니까?"

"생각할 것도 없는 사실이에요. 일단 조사할 명분이 없는 일이고, 게다가 이 양반은 빈털터리거든요. 누굴 고용할 수 있는 처지가 아니란 얘기죠."

"따로 모아 둔 현금도 없을까요?"

"그런 건 없어요. 물어보지 마세요. 그리고, 늙지도 말고."

"남편분이 휴대폰을 갖고 계십니까?"

"아뇨."

"혹시 마켓에서 요금선납 휴대폰을 구입하셨을 가능성이 있을까요?"

"아뇨. 아예 문밖을 나서질 않는 양반이에요."

"화강암에서 방출된 방사선 때문에 사망한 사람이 있습니까?"

"남편 얘기로는 그렇다네요."

"정확히 몇 명이나?"

"오, 수천 명이래요."

"알겠습니다." 웨스트우드가 말했다. "감사합니다. 폐를 끼쳐 죄송하고요."

"천만에요." 여자가 말했다. "이제 누구든 정상적인 사람과 얘기를 나누면서 기분 전환 좀 하세요."

잠시 정적이 흐른 뒤, 둔탁한 소리가 울렸다. 큼지막하고 낡은 송수화기가 제자리에 놓이는 소리.

웨스트우드가 말했다. "다시 현실로 돌아오니 좋군요."

장이 말했다. "저 아내분은 얼마나 힘들까요."

웨스트우드가 다섯 번째 번호를 눌렀다. 지역번호 773, 시카고. 신호음이 계속해서 울렸다. 자동응답으로 넘어가야 할 시점을 넘겨가며 울렸다. 그러다 갑자기 여자의 목소리가 들려왔다. 숨이 턱에 찬 목소리였다. "링컨파크 시립도서관 자원봉사자 휴게실입니다." 아주 젊고 아주 발랄하고 아주 바쁜 여자.

웨스트우드가 자신을 소개한 뒤 상대방이 누군지 물었다. 어린 여자는 전혀 망설이지 않고 자기 이름을 밝혔다. 하지만 자기는 『LA 타임스』에 전화한 적도 없고 사설탐정을 고용한 일도 없다고 했다. 웨스트우드가 다른 사람들도 그녀가 받고 있는 전화를 이용하는지 물었다. 그렇다는 대답이 돌아왔다. 자원봉사자들 모두가 이용한다고 했다. 자신도 자원봉사자라고 했다. 자원봉사자 휴게실은 그들이 외투를 벗어 놓는 곳이며 잠깐씩 휴식을 취하는 공간이라고 했다. 쉬는 동안 얼마든지 전화를 사용할 수 있다고 했다. 링컨파크 도서관은 시카고 시내에서 북쪽으로 멀찍이 떨어져 있으며 수십 명의 자원봉사자들이 근무한다고 했다. 남녀노소를 막론하고 다양한 봉사자들은 자주 얼굴이 바뀌지만 하나같이 좋은 사람들이라고 했다. 하지만 그들 가운데 누구도 과학에 관한 모종의 문제에 집착하고 있는 것 같지는 않다고 했다. 최소한 편집적으로 그런 성향을 보이는 사람은 없다고 했다. 먼 외지의 신문사에 전화를 걸 만큼 집착을 보이는 사람은 절대 없다고 했다.

웨스트우드가 통화를 하면서 신문사 데이터베이스에 올라 있는 773번호의 주인공 이름을 확인했다. 그가 말했다. "혹시 맥캔이라는 이름을 가진 자원봉사자를 알고 있습니까? 남성분인지 여성분인지 저로선 전혀 모릅니다만."

"아뇨." 어린 여자가 말했다. "그런 이름은 들어본 적이 없어요."

웨스트우드가 물었다. "거기서 자원봉사자로 일한 지는 얼마나 됐죠?"

"일주일이요." 어린 여자가 말했다. 웨스트우드가 그녀에게 감사의 말을 건넸다. 그녀는 괜찮다고 말했다. 그가 이만 통화를 끝내자고 말했다. 그녀는 자기도 해야 할 일이 있으니 그러자고 했다. 웨스트우드가 전화를 끊었다.

그가 마지막 번호를 눌렀다. 지역번호 505, 뉴멕시코.

27

신호가 네 번 울리고 나자 낮게 깔리는 남자의 목소리가 응답을 했다. 웨스트우드가 자신의 이름을 밝히고 나서 예의 소개 멘트를 날렸다. 이름, 신분, 답신, 답신이 늦은 데 대한 사과, 제보 내용을 기사화하려는 의도. 상당히 오랜 침묵 끝에 전화선 반대편의 남자가 말했다. "그건 그 당시의 상황에 대한 제보였습니다. 지금은 얘기가 달라졌어요."

웨스트우드가 말했다. "어떻게 달라졌습니까?"

"난 내가 무엇을 봤는지 알고 있습니다. 처음엔 아무도 내 말에 귀를 기울이지 않았습니다. 당신도 그랬고요. 그러던 어느 날 형사 한 사람이 날 찾아왔습니다. 평상복 차림의 젊은이였지만 꽤 유능해보였습니다. 특수 팀 소속이라고 하더군요. 내 진술을 받고 나서는 더 이상 어떤 행동도 취하지 말라고 했습니다. 그 사실을 절대 발설하지 말라는 주의도 주었고요. 일주일 뒤, 난 경찰복 차림의 그를 보게 되었습니다. 교통 위반 딱지를 떼고 있더군요. 교통경찰이었던 겁니다. 형사가 아니라. 경찰 측에서 날 기만한 겁니다. 내 입을 다물게 하려고. 그것도 신출내기 교통경찰을 보내서 말입니다."

웨스트우드가 말했다. "당신이 목격한 내용을 다시 한 번 정확히 말씀해주십시오."

"사막에서 우주선을 보았습니다. 착륙하더니 승객 여섯 명이 내리더군요. 생김새는 우리와 비슷했지만 인간이 아니었습니다. 보다 중요한 건 그 우주선에 이륙 장치가 없었다는 사실입니다. 착륙만이 목적인 캡슐이었습니다. 그것은 곧 그 생명체들이 지구에 자리를 잡으려는 의도라는 걸 의미합니다. 그 순간 내 머릿속엔 의문이 떠올랐습니다. 그것들이 첫 번째일까? 아니라면 그 전에 지구에 자리를 잡은 외계생명체는 얼마나 될까? 그것들이 이미 경찰 시스템을 장악했을까? 그것들이 이미 우리 사회의 모든 시스템을 장악한 건 아닐까?"

웨스트우드는 아무 말도 하지 않았다.

사내가 예의 나지막한 목소리로 말을 이었다. "따라서 이제 그 문제는 과학적이라기보다는 정신적인 것으로 변했습니다. 뭔가를 알고 있는데 모른 척하라니 사람이 어떻게 미치지 않고 살 수 있겠습니까?"

웨스트우드가 물었다. "혹시 사설탐정을 고용했습니까?"

"그러려고 했습니다. 세 곳에 연락을 취해 보았지만 모두 외계에 관한 수사는 맡지 않는다고 하더군요. 그때 나는 깨달았습니다. 그냥 입 닫고 살아가는 게 안전하다는 사실을 말이죠. 난 기자님이 이런 상황을 기사화해주기를 바라고 있습니다. 엄청난 스트레스. 나와 같은 처지에 있는 사람들이 적지 않을 겁니다. 우리 모두 그 사실을 알고는 있지만 각자 혼자라고 느낄 수밖에 없습니다. 서로 마음을 터놓고 대화를 나눌 수 없으니까요. 그 부분을 기사로 밝혀주실 수 없겠습니까? 군중 속의 고독."

"그 우주선은 어떻게 됐습니까?"

"다시는 보지 못했습니다. 어딘가에 끌어다 감춰두었겠지요."

"그 사건으로 인해 사망자가 발생했습니까?"

"잘 모르겠습니다만, 그럴 가능성은 충분합니다."

"몇 명쯤 될까요?"

"내 생각엔 한 명이나 두 명? 우주선이 착륙할 때는 엄청난 에너지가 발산됩니다. 역추진 로켓의 화염을 포함해서요. 따라서 착륙 지점 주변은 상당히 위험합니다. 그때 사망자가 발생했을 수도 있겠고, 또 누가 압니까? 우리들 속으로 파고 들어온 그 생명체들이 무슨 짓을 했을지?"

"휴대폰을 갖고 있습니까?"

"아뇨, 휴대폰 전자파는 아주 위험합니다. 뇌암을 유발할 수도 있거든요."

"키버라는 이름에 관해서 뭐든 기억나는 게 있습니까? 혹시 친구들 중에 그런 이름을 가진 사람이 있나요?"

"아뇨, 처음 듣는 이름입니다."

"감사합니다." 웨스트우드가 말했다. "다시 연락드리겠습니다."

그가 전화를 끊었다.

장이 말했다. "말하지 않아도 돼요. 다시 현실로 돌아온 걸 환영합니다."

웨스트우드가 말했다. "난 아직 뉴멕시코에 있는 기분인데요."

그가 새로 만든 리스트에서 세 번째와 네 번째, 그리고 여섯 번째 전화번호를 삭제했다. 그가 말했다. "빔 제보자와 화강암 제보자, 그리고 외계인 목격자는 제외입니다. 안 그렇습니까? 그럼 이제 세 개만 남았군요. 루이지애나와 미시시피의 응답 없는 휴대폰 두 개, 그리고 시카고의 자원봉사자 휴게실 유선전화 하나. 최소한 확률은 두 배가 됐군요."

그가 마우스를 조작해서 남은 번호 세 개를 가지런히 정렬했다. 맨 위는 루이지애나 번호, 데이터베이스에 따르면 10주 전에 헤들리라는 이름의 제보자가 걸어온 전화. 그다음은 미시시피 번호, 라미레즈라는 이름의 제보자. 그리고 맨 아래는 시카고 번호, 데이터베이스에 따르면 미스터 맥캔, 혹은 미시즈 맥캔의 전화이지만 숨을 헐떡이던 어린 여자는 그런 이름을 들어본 적이 없다고 했다.

웨스트우드가 그 페이지를 출력한 뒤 장에게 건넸다.

그녀가 말했다. "말로니의 번호로 다시 한 번 시도해 보세요."

웨스트우드가 번호를 눌렀다. 빕붑밥, 신호가 울렸다. 계속해서 울렸다. 하지만 응답은 없었다. 음성메시지도 없었다.

그가 1분 동안 전화기를 붙들고 있다가 내려놓았다.

리처가 말했다. "지난 6개월간 당신이 기고했던 모든 기사가 필요하오."

웨스트우드가 말했다. "왜죠?"

"당신의 기사가 아니라면 문제의 제보자가 전화를 걸어왔을 리가 없었을 테니까. 그는 당신의 기사 내용에서 뭔가를 본 거요. 우린 그게 뭔지 확인해야 하오."

"그런다고 그를 찾을 수 있을까요?"

"당신 말이 맞소. 하지만 그가 어떤 사람인지 알아둘 필요는 있소. 그의 문제가 뭔지."

"내가 기고한 글들은 모두 웹사이트에 저장돼 있습니다. 여러 해 묵은 것들까지 모두."

"알겠소." 리처가 말했다. "도와줘서 정말 고맙소."

"이제 어쩌실 겁니까?"

"우린 뭐든 알아내게 될 거요. 당신 말대로 확률이 두 배로 늘어났으니까. 이 세 개의 번호를 추적하는 작업이 출발점이오."

"또 다른 이론을 얘기해 볼까요?" 웨스트우드가 말했다. "난 키버 씨의 웹페이지를 확인했습니다. 장 씨의 웹페이지도 살펴봤고요. 상당한 분량인 데다가 일목요연하게 정리돼 있더군요. 따라서 당신들의 데이터베이스와 전화번호부, 그리고 가능하다면 전화회사의 통화 기록까지 자세히 검토하면 충분한 정보를 확보할 수 있을 겁니다. 그러므로 당신들에겐 더 이상 내가 필요 없다는 게 나의 새 이론입니다. 이제 당신들이 날 따돌릴 거라는 얘기죠."

"아뇨." 장이 말했다. "우린 당신과 계속 함께할 거예요."

"왜죠?"

"우린 이 이야기의 독점 취재권이 필요 없으니까요."

"왜죠?"

"난 너무 바빠요. 그리고 이 사람은 글쓰기와는 담을 쌓았고요."

리처는 아무 말도 하지 않았다.

웨스트우드가 말했다. "그럼 나도 한 팀인 겁니까?"

장이 말했다. "우린 한 배를 탄 동지예요."

"약속할 수 있습니까?"

"맹세하죠."

"하지만 이야기다운 이야기여야 합니다. 빔이나 화강암, 혹은 우주선에 관한 이야기는 절대 사양하겠습니다."

리처와 장은 웨스트우드를 사무실에 남겨 두고 다시 거리로 나왔다. 장의 가방 속에는 노트북이 들어 있었다. 이제 와이파이가 연결되는 조용한 장소를 찾아야 했다. 호텔. 그렇다면 택시를 잡아야 했다. 마침 도로 건너편에 빈 택시가 한 대 서 있었다. 리처가 휘파람을 불며 손을 흔들었다. 하지만 택시는 아랑곳하지 않고 곧장 떠나버렸다. 이상할 건 없었다. 회사 규칙상 예약하지 않은 승객을 태울 수 없는 택시도 있으니까. 두 사람은 북쪽으로 방향을 잡고 걷기 시작했다. 어린이박물관 앞에 이르자 승객을 기다리는 택시들이 줄지어 서 있었다. LA에서 리처가 알고 있는 장소들 가운데 조용한 분위기를 제공해 주는 곳은 없었다. 와이파이가 터질지도 의문이었다. 결국 선택은 장의 몫이었다. 그녀가 택시기사에게 웨스트할리우드로 가줄 것을 부탁했다. 차는 혼잡한 차량의 흐름 속으로 곧장 섞여 들어갔다.

10분 뒤, 마더스 레스트에서부터 남쪽으로 32킬로미터 떨어진 곳에서 다림질한 청바지에 드라이한 머리 매무새의 사내가 유선으로 세 번째 전화를 받았다. 이번엔 상대방 사내가 말이 많았다. 그가 말했다. "운이 좋았습니다. 그들은 『LA 타임스』 건물, 웨스트우드의 사무실에서 한 시간 가까이 만남을 가졌습니다. 오래된 건물입니다. 벽도 두껍고요. 하지만 해켓에게 행운이 따랐습니다. 대부분의 대화가 전화기를 사용해가며 진행됐으니까요. 웨스트우드가 전화기를 책상 위 거치대에 올려놓은 채 통화한 모양입니다. 그리고 그의 책상은 창문 바로 아래에 있습니다. 스피커에서 흘러나오는 소리가 유리창을 통해 곧장 해켓의 스캐너로 입력됐습니다. 어찌나 크게 울리는지 스캐너가 터지는 줄 알았답니다. 전화 통화는 모두 일곱 번이었습니다. 계약 해지된 휴대폰 두 번, 응답하지 않는 휴대폰 한 번, 시카고의 유선전화 한 번, 나머지 세 번은 전혀 쓸 데 없는 것으로 판명이 나서 그들도 즉시 포기했습니다. 키버의 이름이 언급된 횟수는 한 번, 사설 탐정이라는 단어는 모두 네 번입니다. 그중에 한 번은 시카고 쪽과 통화할 때였습니다. 그 통화에서 웨스트우드가 상대방에게 맥캔이라는 이름에 관해서도 물었습니다."

마더스 레스트 남쪽 사내는 아주 오랫동안 침묵을 지켰다.

어느 순간 그가 말했다. "결국 이렇다 할 진전은 없는 셈이군."

"글쎄요. 이제 당신이 결정을 내려야 합니다. 그자들은 세 사람의 후보자를 확보했습니다. 그중에 하나가 키버의 의뢰인일 게 분명합니다. 당신은 그게 누군지 분명히 알고 있을 겁니다. 그들은 입수한 통화 자료를 추적할 겁니다. 점점 가까이 다가오고 있는 거지요."

"그들이 전화회사에 연락을 취하는 즉시 내게 알려주시오. 그게 우리에겐 일종의 경보장치 구실을 하게 될 거요. 그리고 그 통화 내용도 알려주시오."

"그렇다면 돈을 좀 더 쓰셔야 할 것 같은데요. 전화회사 직원들은 워낙에 입이 무거우니 말입니다."

"그렇게 하시오."

"알겠습니다."

"『LA 타임스』 사무실 회동 이후의 상황은?"

"약간 우스운 상황이 벌어졌습니다."

"우습다면?"

"웨스트우드는 자기 사무실에 남고 리처와 장만 밖으로 나왔습니다."

"그들의 목적지는?"

"제가 우스운 상황이라고 말한 게 바로 그 부분입니다. 해켓이 그들을 놓쳤습니다. 그는 택시기사로 변장하고 있었습니다. 대도시에서는 제대로 먹히는 방법이지요. 하지만 리처가 그의 택시를 불렀습니다. 그래서 곧장 내뺐답니다."

"좋지 않은 소식이군."

"그는 장의 휴대폰 번호를 알고 있습니다. 그녀가 그걸 사용하는 즉시 그들의 위치를 알아낼 수 있습니다."

28

장이 선택한 웨스트할리우드의 주소는 모텔이었다. 마더스 레스트의 모텔만큼이나 허름한 곳이었다. 다만 대도시의 번화가라는 위치 탓에 쓸쓸하고 처량하다기보다는 암울하고 냉소적인 분위기를 발산하고 있었다. 리처가 현금으로 투숙료를 지불했다. 책상 하나, 의자 하나에 인터넷 서비스.

하지만 무엇보다 마음에 드는 건 널찍하고, 평평하고, 단단한 킹사이즈 침대였다. 그들은 침대를 보았다. 그리고 키스를 했다. 둘 다 같은 마음이었다. 하지만 금세 냉정을 찾았다. 둘 다 일이 먼저인 사람들이었으니까. 장이 자리를 잡고 앉아 노트북을 연결했다. 그녀가 웨스트우드에게서 건네받은 종이를 펼쳤다. 세 개의 이름, 세 개의 전화번호. 그녀가 말했다. "어디, 찍기 솜씨 좀 볼까요? 어느 게 그 제보자의 번호일 것 같아요?"

리처가 말했다. "루이지애나는 아칸소 바로 밑에 자리 잡고 있소. 따라서 루이지애나의 제보자가 2개 주의 지역번호로 전화를 걸어왔을 가능성이 다분하오. 그렇게 보자면 미시시피의 제보자도 마찬가지요. 미시시피는 아칸소 바로 옆에 붙어 있으니까. 반면에 시카고는 그렇지 않소. 하지만 맥캔이라는 이름을 가진 사내가 말로니라는 가명을 사용했을 가능성은 여전히 남아 있소. 어쩌면 그의 어머니의 성일 수도 있고. 따라서 현재로서는 세 번호 모두 유력한 후보로 간주해야 하오."

"그럼 어느 번호부터 시작할까요?"

"응답은 없어도 신호가 가는 501. 최근에 개설한 것일 수도 있소. 그렇다면 실명을 사용했을 가능성도 크고."

"임시폰이 아닐 경우라면 그럴 수도 있겠죠."

그녀의 스크린에 검색 페이지가 펼쳐졌다. 웨스트우드의 데이터베이스만큼이나 볼품이 없었다. 그녀가 지역번호 501과 일곱 개의 숫자를 입력했다.

스크린에 글자가 떠올랐다.

Refer

리처가 말했다. "조회라니, 어쩌라는 뜻이오?"

그녀가 말했다. "이 데이터베이스에는 정보가 없지만 따로 입수할 수는 있다는 의미예요. 전화회사의 통화 기록에서. 물론 돈을 주고 사야 해요."

"얼마나?"

"100달러쯤?"

"그만한 여유가 있소?"

"이 사건과 관련이 있는 번호라면 『LA 타임스』에 청구하면 돼요."

"그럼 다른 번호들을 먼저 시도해 보시오. 그 번호들에 관한 정보도 돈을 주고 사야 한다면 다량 구매에 따른 할인을 받을 수도 있을 테니까."

결과는 그의 예상대로였다. 시카고 번호는 이미 알고 있던 대로 링컨파크 시립도서관의 열두 개 번호 가운데 하나였다. 하지만 루이지애나 휴대폰과 미시시피 휴대폰은 'Refer'였다.

정보 구매.

리처가 말했다. "정확히 어떤 경로로 정보를 구입하는 거요?"

장이 말했다. "옛날에는 이메일을 통해서 구입했어요. 하지만 요즘은 아니에요. 노출될 위험이 너무 크니까. 팩스를 이용하는 것보다 더 위험해요. 그래서 요즘은 전화로 구입하죠."

그녀가 휴대폰을 들고 번호를 눌렀다. 상대방은 즉시 전화를 받았다. 인사는 없었다. 장은 당장 본론으로 들어갔다. 그녀가 이름과 원하는 정보를 말한 뒤 세 개의 전화번호를 불러주었다. 천천히, 또박또박. 그러고 나서 번호를 반복하는 상대방의 목소리에 귀를 기울였다. 그녀가 말했다. "맞아요." 그녀가 전화를 끊었다.

"200달러." 그녀가 말했다. "나중에 연락 준대요."

리처가 말했다. "나중이라면?"

"몇 시간 뒤겠죠."

그때까지 시간을 보내는 방법은 단 하나뿐이었다.

10분 뒤, 마더스 레스트에서 32킬로미터 떨어진 곳, 다림질한 청바지와 드라이한 머리 매무새의 사내가 유선으로 네 번째 전화를 받았다. 상대방이 말했다. "해킷의 보고입니다. 장이 방금 전에 통화를 했답니다. 두 사람은 현재 웨스트할리우드의 어느 모텔에 묵고 있습니다."

"그녀의 통화 상대방은?"

"전화회사입니다. 그녀가 세 개의 전화번호에 대한 정보를 신청했습니다. 그 대가로 200달러를 지불했고요."

"그래서 그녀가 얻어낸 정보는?"

"아직 입수하지 못했습니다. 상대방이 나중에 연락을 준다고 했습니다."

"나중이라면?"

"몇 시간 뒤가 되겠지요."

"당신이 먼저 입수할 수는 없소?"

"그런 데까지 돈을 쓰실 필요는 없습니다. 해켓이 도청 중입니다. 그녀가 정보를 입수하자마자 알려드리겠습니다."

"해켓은 얼마나 떨어져 있소?"

"현재 웨스트할리우드로 가고 있는 중입니다. 상대방이 연락해 올 때쯤에는 이미 자리를 잡고 있을 겁니다."

모텔 침대는 정말 넓고 평평하고 단단했다. 리처는 땀에 젖은 채 벌렁 드러누워 있었다. 에어컨 바람은 시원하지 않았고 천장의 선풍기는 고장 난 상태였다. 장은 그의 옆에 누워 거칠게 숨을 몰아쉬고 있었다. 두 번째 섹스가 단연 최고라는 게 리처의 지론이었다. 첫 번째의 수줍음이나 망설임 혹은 서두름도 없다. 그러면서도 여전히 신선하고 여전히 흥분된다. 하지만 그의 지론은 산산이 깨져버렸다. '모든 이론은 검증되어야 한다.' 웨스트우드는 그렇게 말했었다. '그것이 과학적 방법의 요체이다.'

리처의 지론 역시 그들 두 사람에 의해 시험대에 올랐다. 두 번째 섹스는 정말 황홀했다. 하지만 한 시간 뒤에 가진 세 번째 섹스는 더욱 황홀했다. 훨씬 더. 리처는 모든 것을 비워낸 채 누워 있었다. 온몸의 뼈란 뼈는 죄다 흐물흐물해졌다. 지금의 휴식에 비하면 이전까지 취했었던 휴식은 오히려 노동이었다.

장이 몸을 굴려 한쪽 팔꿈치로 머리를 받치고 누웠다. 다른 손은 리처의 가슴 위로 올라왔다. 그녀의 손가락들이 그의 가슴에서 목으로, 그리고 얼굴까지 건반 치듯 올라갔다가 다시 아래로 내려왔다. 마치 그를 탐구하려는 것처럼, 마치 그의 육체의 모든 굴곡을 외워두려는 것처럼.

리처는 리처대로 만족감에 잠겨 있었다. 그의 한 손은 그녀의 허벅지 안쪽에 얹혀 있었다. 촉촉하면서도 벨벳처럼 부드러운 그녀의 살갗이 발산하는 뜨거운 전율, 그리고 그 살갗 아래 자리 잡은 근육들의 미세한 꿈틀거림이 손바닥을 통해 고스란히 전해져 왔다.

그녀가 말했다. "리처."

그가 말했다. "응."

"아무것도 아니에요. 그냥 한번 불러보고 싶었어요."

올 굵고 숱 많은 그녀의 머리칼들이 그의 한쪽 어깨를 덮고 있었다. 그녀의 두 젖가슴은 그의 팔 아래 눌려 있었다. 심장의 박동이 느껴졌다.

그녀가 말했다. "결혼한 적 있어요?"

"아니." 그가 말했다. "당신은?"

"한 번요. 하지만 오래가진 않았어요."

"다른 많은 사람들처럼."

그녀가 말했다. "여자와 가장 오래 사귄 기간이 얼마나 돼요?"

"6개월쯤." 그가 말했다. "전출이 잦았기 때문에 한 여자와 오래 사귀기가 어려웠소. 사실 여자친구를 사귄다는 것 자체가 로또나 마찬가지였소. 상대가 여군일 경우에는 당첨이 두 배로 어려워지는 로또. 대부분 한밤중에 지나가는 배와 같은 연애였소."

그녀의 전화기가 울렸다.

그녀가 그를 밀쳐내고 침대에서 내려섰다. 그러곤 벌거벗은 채로 종종거리며 책상 앞으로 다가갔다. 그녀가 발신번호를 확인한 뒤 전화를 받았다. 인사는 없었다. 곧장 본론이었다. 전화회사인 게 분명했다. 그녀가 펜을 찾아 쥐고 다시 종종거리며 침실용 스탠드 앞으로 돌아왔다. 그 위엔 오래돼서 누렇게 변한 메모첩이 있었다. 그녀가 그걸 집어 들고 다시 책상 앞으로 갔다. 그녀가 상체를 수그리고 메모를 하기 시작했다. 한 페이지, 두 페이지, 세 페이지. 어느 순간 그녀가 그를 향해 돌아서서는 상체를 굽히며 윙크를 했다.

그가 돌아누워서 양 팔꿈치로 상체를 받쳤다.

장이 말했다. "감사합니다." 그녀가 전화를 끊었다.

리처가 말했다. "어떻게 됐소?"

"기다려 봐요."

그녀가 컴퓨터를 켰다. 그녀의 얼굴이 서늘한 회색빛으로 물들었다. 그녀의 손가락들이 터치패드 위에서 춤을 추기 시작했다.

이번에는 그녀의 얼굴이 미소로 물들었다.

그가 말했다. "어떻게 됐소?"

그녀가 말했다. "세 번호 모두 임시폰들이에요. 잡화점에서 판매하는 요금선납 휴대폰들. 루이지애나 휴대폰은 최근에 구입한 거예요. 쉬레브포트의 어느 잡화점에서. 그런 휴대폰들은 사용하기 전에 등록을 해야만 해요. 요즘엔 그래요. 휴대폰을 구입한 뒤 800 번호로 전화를 해서 지역번호와 사용 가능한 전화번호를 등록하는 거죠. 그 휴대폰은 그 절차를 모두 밟은 뒤 열한 번 통화를 하고 나서 시간을 모두 소비했어요. 다시 시간을 보충하지 않았기 때문에 그 번호는 현재 소멸 상태예요. 6개월이 경과한 뒤에 다시 발급될 거예요."

"통화 상대방은?"

"웨스트우드. 열한 번 모두."

"발신지는?"

"쉬레브포트. 열한 번 모두 같은 통신탑을 통해 통화가 연결됐어요."

리처는 아무 말도 하지 않았다.

장이 말했다. "미시시피 휴대폰도 마찬가지예요. 좀 더 오래됐다는 사실만 빼고요. 1년 전에 옥스퍼드의 어느 잡화점에서 구입했어요. 네 차례 더 시간을 보충했지만 결국은 소멸됐어요. 발신지는 모두 옥스퍼드. 모든 통화가 그 지역의 통신탑 두 개를 통해 연결됐어요. 수십 통의 통화 상대는 웨스트우드예요. 그의 예상이 맞았어요. 교정이나 기숙사에서 걸어온 전화들인 것 같대요. 그의 말대로 대학생이었겠죠."

"잘 알겠소." 리처가 말했다. "하지만 윙크와 미소를 만들어 내기엔 부족한 정보요. 그러니 아칸소 번호에 관해서 말해 주시오. 내 생각엔 그게 바로 우리가 찾던 휴대폰인 것 같군."

장이 다시 미소를 지었다. 여전히 벌거벗은 채, 여전히 행복에 취한 채, 느긋하고, 만족스럽고, 흥분된 표정으로. 그녀가 말했다. "아칸소 번호는 달라요. 다른 두 휴대폰처럼 임시폰이긴 하지만 여전히 사용 중이에요. 아주, 아주 오래된 폰이에요. 수년 전 월마트에서 다량으로 주문했던 기종이래요. 그 당시에는 요금선납 휴대폰들이 이미 등록된 상태에서 판매됐어요. 그래서 지역번호가 아칸소예요. 월마트 본사가 그곳에 있으니까요. 하지만 아칸소에서 판매된 건 아니에요. 사실상 어느 곳에서도 판매되지 않았어요. 최소한 월마트 매장에서는 아니에요. 진즉에 신형 모델로 대체되어 창고에 쌓여 있다가 올해 초에 재고량이 모두 경매에 붙여졌어요. 낙찰가는 대당 1달러 10센트. 백 대쯤 남아 있었대요."

"구매한 사람은?"

"뉴저지의 중간상. 그런 물건들만 전문적으로 취급하는 브로커래요."

"그가 그 물건들을 다시 팔았소?"

"중간상들이 하는 일이 그거잖아요."

"언제?"

"12주 전에."

"누구에게?"

장의 미소가 더욱 환해졌다.

그녀가 말했다. "모두 시카고의 작은 드럭스토어에 넘겼대요."

그가 말했다. "시카고 어디?"

그녀가 스크린이 리처 쪽을 향하도록 노트북을 돌려놓았다. 그가 목을
길게 뺐다. 회색빛 직선들. 구글 맵, 혹은 구글 어스. 뭐가 됐든 도시의 거
리들을 위성사진으로 보여주는 서비스.

장이 말했다. "시내에서 북쪽으로 한참 떨어진 곳. 링컨파크 시립도서
관 바로 옆에 있는 가게예요."

여전히 벌거벗은 채, 여전히 만면에 미소를 띠고 장이 번호를 눌렀다.
지역번호 501, 이어서 일곱 개의 숫자. 먼젓번처럼 신호가 울리고 또 울렸
다. 하지만 역시 아무 응답이 없었다. 자동응답으로 넘어가지도 않았다. 그
녀가 1분을 더 버티다가 전화를 끊었다. 이어서 스피커를 켜고 웨스트우
드에게 전화를 걸었다. 그는 자기 사무실에 있었다. 그녀가 말했다. "501
번호는 임시폰이에요. 시카고 링컨파크 시립도서관 바로 옆 가게에서 판
매됐어요. 따라서 말로니는 맥캔이에요. 도서관 자원봉사자. 그래서 773
번호의 전화를 자유롭게 이용할 수 있었던 거예요. 당신이 그 번호를 차단

하자 옆 가게로 가서 임시폰을 구입했을 거예요. 우린 그의 배경을 알아내야 해요. 일단은 그가 당신에게 전화하기 시작한 시점을 알아야 하고요."

웨스트우드가 말했다. "바로 확인할 수 있습니다."

자판을 두드리는 소리와 마우스를 클릭하고 스크롤하는 소리가 숨소리와 함께 들려왔다. 리처의 머릿속에 두 개의 스크린과 책상 위의 전화기 거치대가 떠올랐다. 잠시 후 웨스트우드의 목소리가 다시 들려왔다. "맥캔이 처음 전화를 걸어왔던 시점은 지금으로부터 4개월하고 며칠 전입니다. 이후로 열다섯 통이 더 걸려왔고 나는 그 번호를 차단했습니다. 그러자 그는 말로니라는 가명으로 세 번 전화했습니다. 그건 당신들도 알고 있는 사실입니다만."

"열여섯 번 걸려왔던 통화 내용에 관해 메모를 해두셨나요?"

"아뇨. 미안합니다."

"미안해하실 것 없어요. 우리가 알아낼 테니까."

"자주 연락 주십시오."

"그럴게요."

그녀가 전화를 끊었다.

리처가 말했다. "그 도서관의 대표전화번호를 알아야 하오. 자원봉사자들에 대한 정보를 얻어낼 수 있을 거요. 어쩌면 집 주소까지도."

그녀가 말했다. "샤워부터 해야 해요. 옷도 입어야 하고요. 벌거벗은 채일을 하려니 기분이 이상해요."

리처는 아무 말도 하지 않았다.

다림질한 청바지와 드라이한 머리 매무새의 사내가 유선으로 다섯 번째 전화를 받았다. 상대방이 말했다. "전화회사에서 지금 막 그녀에게 전화를 걸었습니다. 통화가 끝나자 그녀는 즉시 『LA 타임스』로 전화를 걸었습니다. 그녀는 신이 나서 시카고의 맥캔이라는 사내에 관해 떠들어댔습니다."

길고 긴 침묵이 흘렀다.

사내가 침묵을 깨고 질문을 던졌다. "그녀가 그와 이야기를 나눴소?"

"맥캔과 말입니까? 아뇨." 상대방이 말했다.

"하지만 그녀는 그의 전화번호를 입수했소."

"그녀가 입수한 번호는 두 개입니다. 그중 하나는 시립도서관의 전화번호인 것 같습니다. 맥캔이 그곳에서 자원봉사자로 일하고 있는 모양입니다."

"그가 어디서 일하고 있는지 그녀가 이미 알고 있다는 얘기요?"

"자원봉사와 직장 일은 다른 겁니다."

"그녀가 그와 통화하지 않은 이유는?"

"않은 게 아니라 못한 겁니다. 그의 휴대폰으로 전화를 걸었지만 그가 받지 않았습니다."

"그가 왜 받지 않았을까?"

"내가 어떻게 알겠습니까?"

"내가 당신에게 묻고 있소. 당신은 전문가니까. 난 분석된 자료를 원하오. 그래서 당신에게 돈을 지불하는 거요. 울리는 휴대폰을 받지 않는 이유가 뭐라고 생각하오?"

"휴대폰 주인이 갑자기 죽어버렸든지, 버스 좌석 아래 혹은 그 비슷한 곳에서 휴대폰을 분실했든지, 망연자실한 상태에서 발신자 이름을 알아보지 못한다든지, 전화 통화가 용인되지 않는 장소나 환경에 있다든지, 이유야 수백 가지겠지요."

"그녀의 다음 행동은?"

"계속해서 그 번호로 통화를 시도할 겁니다. 그러는 한편 도서관 대표 전화로 전화를 걸 겁니다. 자원봉사자들에 관한 정보를 얻기 위해서."

"이를테면 집 주소라든지?"

"그건 쉽지 않을 겁니다. 사생활 보호라는 문제가 있으니까요."

"그다음엔?"

"시카고로 갈 겁니다. 반드시. 맥캔이 키버의 의뢰인이라면 그를 만나야 할 테니까요. 맥캔이 그녀 쪽으로 올 리는 없고요."

"리처도 그녀와 함께 시카고로 갈 것 같소?"

"그렇겠지요."

"그 둘이 시카고로 가도록 내버려 둘 수는 없소. 지금만으로도 그들은 너무 가깝게 다가와 있소."

"어떤 방법으로 그들을 저지하기를 원하십니까?"

"해킷이 바로 그들 근처에 있잖소."

"해킷은 오직 감시 임무만을 위해 투입됐습니다."

"임무의 단계는 얼마든지 변경될 수 있는 걸로 아는데? 메뉴에 관해 이야기한 사람은 바로 당신이었소."

"신중하게 고려하셔야 합니다. 단지 비용 때문만이 아닙니다. 전혀 다른 차원의 문제입니다."

"난 그들이 시카고로 가도록 내버려둘 수 없소."

"확신이 서야 합니다. 이런 결정은 절대적인 확신 아래 내려져야 합니다."

"우리에게 기회가 왔을 때 우리가 직접 그들을 저지해야 하오."

"공식적으로 주문해 주십시오."

청바지에 드라이한 머리의 사내가 말했다. "해켓에게 지금 당장 그들을 저지하라고 지시하시오. 영원히."

29

샤워 덕분에 두 사람은 했던 일과 해야 할 일 사이의 시간적 공백을 느긋하게, 평온하게, 그리고 아주 만족스럽게 메울 수 있었다. 욕조는 좁았다. 하지만 커튼은 바깥쪽으로 불룩한 반원을 그리며 둘러쳐져 있었다. 물줄기는 넓게 퍼지며 쏟아져 내렸다. 그리고 따뜻했다. 게다가 두 사람은 서로에게서 단 1센티도 떨어지고 싶은 마음이 없었다. 따라서 그 공간이 결코 비좁게 느껴지지 않았다. 그들은 서로의 몸을 씻어주었다. 머리부터 발끝까지 열심히, 천천히, 그리고 소중하게, 비누와 샴푸로, 어느 굴곡 하나 소홀히 넘어가지 않았다. 지나치다 싶을 만큼 손길이 오래 머문 굴곡은 있었지만. 둘만의 시간이었다. 단지 목욕만을 위한 시간은 분명 아니었다. 수증기가 피어올랐다. 욕실 안이 희뿌연 김으로 가득 찼다. 거울은 더 이상 아무것도 비추지 못했다.

마침내 두 사람이 욕조에서 일어나 커튼을 걷었다. 얇은 수건으로 몸을 닦은 뒤 거울에 서린 김을 동그라미를 그리며 훔쳐냈다. 한 사람은 위쪽, 다른 사람은 아래쪽. 이어서 거울을 보며 머리 매무새를 다듬었다. 리처는 손가락으로, 장은 가방에서 꺼내온 거북 등껍질 머리빗으로. 그들이 아무렇게나 널려 있는 옷가지들을 챙기기 시작했다. 바닥, 의자, 그리고 침대. 그리고 아직 물기가 남아 있는 맨 몸뚱이 위에 그것들을 걸쳤다.

이제 다시 일해야 할 시간이었다. 리처가 커튼을 젖혔다. 밝은 태양과 푸른 하늘뿐, 창밖엔 아무것도 없었다. 기막힌 날씨였다. 늦여름의 남부 캘리포니아. 지표 위에 낮게 깔린 스모그조차 금빛으로 반짝이고 있었다. 장이 501 번호를 다시 눌렀다. 먼젓번처럼 신호가 계속해서 울렸다. 하지만 여전히 응답이 없었다. 그녀는 끈질기게 기다렸다. 스피커를 통해 고양이 코골이 같은 신호음이 계속해서 흘러나왔다. 리처가 말했다. "이런 경우는 처음이군. 누군가가 전화를 받든지, 자동응답기로 넘어가든지 둘 중 하나가 정상인 거 아니오?"

"구형 임시폰들은 음성 메일 기능이 없을 수도 있어요. 아니면 그 남자가 그 기능을 설치하지 않았을 수도 있고, 그것도 아니면 그 기능을 삭제했든지."

"당신도 음성 메일 기능을 삭제할 수 있소?"

"글쎄요."

"그가 왜 이토록 전화를 받지 않는 걸까? 음성 메일을 사용하거나 빌어먹을 전화를 받거나 둘 중 하나는 해야 할 것 아니냔 말이지."

"포기한 거예요. 아무도 자기 얘기에 귀를 기울이지 않으니까. 그래서 그 휴대폰을 더 이상 사용하지 않는 거예요. 아마 어느 서랍 속에서 혼자 울리고 있을 거예요."

리처는 궁금한 걸 참지 못하는 사람이다. 특히 신기술과 관련된 문제는 더욱 그렇다. 그는 팩스와 텔렉스, 그리고 군용 무전기의 기능과 원리를 이해하고 있었다. 미연방 우편 시스템이 어떻게 돌아가는지도 알고 있었다. 하지만 개인용 휴대폰에 관해서는 궁금해한 적이 없었다. 그는 자기 명의의 휴대폰을 가져본 적이 없다. 그럴 필요가 없었다. 누가 그에게 전화를 할 것인가? 그가 누구에게 전화를 걸 것인가? 그 기계에 대해 조금이나마 알고 있는 건 일상에서 늘 눈에 띄기 때문이다. 리처는 머릿속에 그 휴대폰을 그려보았다. 울리고, 또 울리고, 아마 몸체도 떨고 있을 것이다. 강력하게, 활기 넘치게 울리면서 떨어대는 휴대폰. 그가 말했다. "배터리는 수시로 충전되고 있을 거요. 배터리가 완전히 소모되면 당연히 전원이 꺼지고 그 사실은 네트워크를 통해 드러날 수밖에 없소. 따라서 그는 필요할 때마다 휴대폰을 충전시키고 있는 게 틀림없소."

"그렇다면 휴대폰을 집에 두고 외출한 걸까요?"

리처는 창밖에 눈길을 던진 채 아무 말이 없었다.

전화기는 계속해서 울렸다.

장이 말했다. "뭐죠, 이 침묵은?"

"아무것도 아니오." 하지만 그의 머릿속에는 서글픈 광경이 펼쳐져 있었다. 바닥에 떨어져 있는 휴대폰. 살아 있는 듯, 살짝살짝 튀어 오르며 조금씩 자리를 옮긴다. 마치 충직한 스파니엘이 죽어 누워 있는 주인을 향해 발짓을 하는 것처럼. 상황을 전혀 이해하지 못한 채, 오직 주인의 관심을 끌기 위해서. 잡초 무성한 황야일 수도 있다. 자기 집 거실일 수도 있다. 심장마비일 수도 있다. 신경발작일 수도 있다. 스파니엘을 키우며 살아가는 독신남들이 죽음을 맞게 되는 이유는 여러 가지일 것이다.

리처는 궁금한 걸 참지 못하는 사람이다. 하지만 그와 동시에 검증된 정보에만 의존하는 사람이다. 그래서 그는 다만 이렇게 말했을 뿐이다. "그만 끊고 도서관 대표전화로 연락해 보시오."

장이 전화를 끊었다. 방 안이 조용해졌다. 그녀가 다시 컴퓨터를 깨우고 시카고 도서관 웹사이트로 찾아들어갔다.

링컨파크 시립도서관의 대표전화. 지역번호 773, 그 뒤의 일곱 개 숫자는 두 사람이 이미 알고 있는 자원봉사자 휴게실 번호와 끝자리 한두 개만 다를 뿐이었다. 그녀가 번호를 눌렀다. 메뉴 멘트가 흘러나왔다. 일단 영어와 스페인어 둘 중 하나 선택, 용무에 따른 번호 선택. 마지막으로 안내원과의 연결은 9번.

그녀가 9번을 눌렀다. 신호가 갔다. 이어서 여자의 목소리가 응답했다. "무엇을 도와드릴까요?"

장이 웨스트우드와의 첫 번째 통화에서 했던 것과 똑같이 자기소개를 했다. 이름, 시애틀에서 활동하는 사설탐정이라는 신분, 그에 덧붙여 전직 FBI 요원이었다는 사실. 그 마지막 사실이 도움이 된 것 같았다. 시카고 안내원의 분위기가 사뭇 호의적으로 변했다.

장이 말했다. "귀 도서관에서 자원봉사자들의 도움을 받고 있다고 들었습니다."

"맞습니다." 여자가 말했다.

"혹시 맥캔이라는 이름의 자원봉사자도 있습니까?"

"한때 도움을 주셨던 분입니다."

"지금은 아니라는 말씀이신가요?"

"삼사주 전부터 나오지 않으셨습니다."

"그만둔 건가요?"

"꼭 그렇다고 말씀드릴 수는 없습니다. 자원봉사자들은 스케줄에 크게 얽매이질 않으니까요."

"그에 관해서 아는 대로 말씀해 주시겠습니까?"

"무슨 일이시죠? 그분에게 문제가 생긴 건가요?"

"우리 회사의 의뢰인입니다. 하지만 현재 연락이 닿질 않고 있습니다.

그래서 다시 연락할 방법을 찾고 있는 중입니다. 그가 여전히 우리의 도움을 필요로 하는지 확인하기 위해서요."

"연세가 지긋한 분이에요. 말수가 아주 적어서 다른 사람과는 거의 교류가 없었지요. 하지만 봉사활동에는 아주 열심이셨어요. 저희도 그분과 다시 연락이 닿기를 바라고 있습니다."

"그가 특별히 관심을 보였던 일이 있었나요? 집착을 가졌던 대상이라든가?"

"잘 모르겠네요. 속내를 드러내지 않는 분이라서."

"그 동네 사람인가요? 혹시 그의 집 주소를 알고 계신가요?"

시카고에서 무거운 적막이 전해져왔다. 여자가 말했다. "죄송합니다. 그런 정보는 발설할 수 없는 원칙 때문에…… 저희는 자원봉사자들의 사생활을 지켜드려야 합니다."

"그의 전화번호는 알고 계신가요? 집 전화번호 말이에요. 그에게 전화를 걸어서 우리에게 연락을 달라는 말씀을 전해주실 수 없을까요?"

시카고에서 적막이 전해져왔다. 하지만 이번에는 무거운 느낌은 없었다. 나지막한 플라스틱 마찰음. 상당히 긴 리스트의 데이터베이스, 한참을 스크롤해야 하는 작업. 맥캔의 첫 철자 M은 그 리스트의 중간쯤이니까.

드디어 여자의 목소리가 다시 들려왔다. "그분의 전화번호는 기록에 없습니다."

통화를 끝내고 나서 두 사람은 장의 데이터베이스를 검색했다. 시카고에 거주하는 맥캔이라는 이름의 남성. 하지만 그들의 시도는 실패로 돌아갔다. 그런 남성이 수백 명이었기 때문이다. 민족학상의 작명법과 이민의 역사를 고려할 때 리처로서는 예상했던 결과였다. 그들이 찾는 맥캔은 분명히 그들 가운데 하나였다. 하지만 그게 누군지 알아낼 방법이 없었다. 해변의 모래알 같은 존재.

두 사람은 항공편을 알아보기 시작했다. 선택의 폭은 넓었다. LAX-ORD(시카고 오헤어 국제공항) 노선은 소위 황금노선이다. 오후에는 시간마다 여러 편씩 항공편이 편성되어 있다. 지극히 타당한 조치이다. 사람들은 습관이 된 잠잘 시간 전에 집으로 돌아가고 싶어 한다. 비행기 여행객들도 예외가 아니다. LA와 시카고의 시차는 두 시간이다. LA 공항에서 오후 시간을 놓치고 저녁에 비행기를 탄다면 오헤어 공항에는 한밤중에 도착하게 된다.

대형 항공사의 항공편들은 가격이 똑같았다. 센트 단위까지 똑같았다. 그래서 장은 아메리칸 항공을 선택했다. 그녀가 골드 멤버십을 갖고 있는 항공사이기도 했다. 그녀가 골드 회원 자격으로 티켓을 예약했다. 그녀의 얘기로는 빈 좌석이 없을 경우 대기 순위도 빠르고 좌석 배정도 유리하다고 했다.

리처가 칫솔을 주머니 속에 넣었다. 그녀는 자기 짐을 챙겼다. 머리빗, 노트북과 충전기, 그리고 휴대폰 충전기.

장이 가방 지퍼를 채웠다.

그녀가 말했다. "준비됐나요?"

리처가 고개를 끄덕이고 나서 말했다. "택시를 잡읍시다."

30

객실 밖으로 나선 두 사람이 밝은 햇살에 부신 눈을 깜빡거렸다. 거리로 나서기 전, 키를 반납하기 위해 모텔 사무실에 들렀다. 직원은 투숙객의 이른 퇴실에 적잖이 당황한 듯했다. 시설이나 서비스에 대한 불만 때문이라고 생각했던 게 분명했다. 하지만 리처가 아니라고 하자 이번엔 그의 얼굴에 불쾌한 표정이 역력히 떠올랐다. 자기네 모텔이 불륜 행각에 적당한 장소로 취급받았다고 생각한 게 분명했다. 리처가 설명했다. 급한 일이 생겨서 계획을 변경한 것이다, 그게 전부다, 사업상의 문제다, 다른 이유는 없다. 하지만 사내의 표정은 풀리지 않았다. 축축하게 젖어 있는 두 사람의 머리칼, 그리고 핵폭발 후의 방사능처럼 걷잡을 수 없는 파장으로 뿜어져 나오는 격렬한 정사의 여운. 사내의 오해를 푸는 건 불가능했다.

건너편 길가에 택시 한 대가 서 있었다. 리처가 휘파람을 불며 손을 흔들었다. 지난번과 마찬가지였다. 하지만 결과는 정반대였다. 택시가 큰 포물선을 그리며 천천히 유턴을 했다. 뒷문 손잡이가 정확히 리처의 엉덩이와 평행을 이루는 위치에 오자 택시가 멈춰 섰다. 트렁크가 열렸고 기사가 차에서 내렸다. 반팔 셔츠 차림의 거한이었다. 팔뚝에 솟은 근육들이 마치 밧줄을 감아 놓은 것 같았다. 코는 휘었고 양 눈썹 부위는 상처에 덧난 살집 때문에 두툼했다. 젊은 시절 한때는 권투선수로 지냈던 사내였다. 아니면 불운한 탓에 상처 입을 일이 많았거나. 리처의 생각이 그랬다. 사내가 장의 가방을 들어서 트렁크 안에 넣었다. 마치 새털을 나르듯 가뿐하게.
장은 차에 탄 뒤 비닐 커버 위를 엉덩이로 미끄러져서 운전석 뒤에 자리를
잡았다. 리처도 그녀 옆에 앉았다. 기사가 운전석에 올라탔다. 그가 룸미러
를 통해 리처와 눈을 맞췄다.

"LAX." 리처가 말했다. "아메리칸 항공 국내선 터미널."

택시는 건물들 사이로 윙크하듯 쏟아지는 햇살 속을 천천히, 하지만 꾸
준한 속도로 달렸다. 왼쪽, 오른쪽으로 몇 차례 꺾고 나면 산타모니카 블
루바드, 그 길을 타고 남서쪽으로 내려가면 405고속도로를 만나게 된다.

이번엔 청바지에 드라이한 머리의 사내가 전화벨이 울릴 때까지 기다
리지 않았다. 그가 먼저 상대방의 번호를 눌렀다. 그가 말했다. "끝났소?"

상대방이 말했다. "걱정 마십시오. 곧 끝날 겁니다."

"그럼 아직 끝내지 않았단 말이오?"

"아직은."

"하지만 해킷이 바로 거기에 있었잖소."

"그쪽 일은 전문가인 우리들에게 일임해 주십시오. 아시겠습니까? 웨
스트할리우드의 어느 모텔에서 발견된 두 구의 변사체, 자칫하면 모두가
걸려 들어갈 수도 있습니다. 신속하게, 그리고 대대적으로 수사가 진행될
겁니다. 1분 만에 경찰차가 열 대는 모여들 테고 강력계 형사들이 너댓 명
은 달라붙을 겁니다. 저녁 뉴스에도 뜰 게 분명하고요. 해킷을 그런 위험
에 노출시킬 수는 없습니다. 앞으로도 써먹을 데가 많은 친구니까요."

"그럼 언제?"

"날 믿으십시오. 그들이 비행기에 탑승하는 일은 결코 없을 겁니다."

405고속도로는 언제나처럼 혼잡했다. 하지만 완전한 정체 상태는 아니었다. 편도 3차선을 메운 차량들이 느리게나마 꾸준한 흐름을 유지하고 있었다. 밝은 색깔의 페인트에 공들인 왁스 작업으로 환하게 빛나는 차체들, 특히 더 눈부시게 번쩍이는 크롬 장식들. 하늘엔 강렬한 태양, 뒤쪽엔 황갈색 언덕들. 기분 좋은 드라이브였다. 장이 유리창을 완전히 내렸다. 산들바람이 따뜻하게 불어 들어왔다. 그녀의 머리카락이 하늘하늘 나부꼈다. 바람 때문에 드러난 티셔츠의 어깨 부분이 축축하게 젖어 있었다. 기사의 운전 솜씨는 깔끔했다. 갈팡질팡하는 법이 없었다. 맨 오른쪽 차선을 유지하며 차량의 흐름을 따라 나아가고 있었다. 일단 올라타면 원하는 곳에 반드시 데려다주는 LA 고속도로의 차선들.

리처는 좌석에 등을 깊숙이 기댄 자세로 앉아 있었다. 핵폭발의 파장이 그의 온몸을 여전히 감싸고 있었다. 뼈란 뼈는 모두 흐물흐물했다. 그 옆에 앉은 장도 마찬가지 상태였다. 그녀가 말했다. "도서관 자원봉사자들은 인근 지역 주민들일 거예요. 자원봉사라는 게 근본적으로는 지역사회를 위한 일이니까요. 따라서 시카고 시내 전역을 뒤질 필요는 없을 거예요."

리처가 말했다. "일단은 4개월 전에 웨스트우드가 지면에 올렸던 기사를 확인해야 하오. 맥캔을 만나기 전에 그가 집착하고 있는 대상이 무엇인지를 알아둘 필요가 있소. 웨스트우드에게 첫 번째 전화를 걸게 된 동기."

장이 자기 휴대폰을 꺼냈다. 그녀가 엄지손가락들을 동원해서 『LA 타임스』 웹사이트를 찾는 작업에 돌입했다. 휴대폰 네트워크는 와이파이보다 느렸다. 하지만 결국 연결이 되었다. 그녀가 말했다. "정확히 4개월 전 기사만 찾는 걸로 충분할까요? 맥캔이 좀 더 오래된 기사를 읽고 연락해왔을 가능성도 있잖아요."

"좋은 지적이오." 리처가 말했다. "맥캔이 인터넷을 늘 이용하는 사람이라면 오래 묵은 기사도 얼마든지 탐독했을 거요. 하지만 웨스트우드가 지금까지 취재한 모든 기사를 검토하는 건 의미가 없을 것 같소. 일단 석 달 동안의 기사들만 검색합시다. 4개월 전, 그리고 5개월과 6개월 전의 기사들."

장이 검색창에 웨스트우드를 입력했다. 정보의 홍수, LA 인근만 해도 웨스트우드라는 인명과 지명이 엄청나게 많았다. 그녀가 애슐리를 첨가했다. 곧장 효과가 나타났다. 오른쪽 상단, 사이드바 섹션에 첫 번째 애슐리 웨스트우드의 사진과 약력이 떠올랐다. 『LA 타임스』 편집장, 애슐리 웨스트우드. 여러 해 전, 날씨 좋은 날 찍은 사진 같았다. 조금 젊어 보이는 웨스트우드의 수염과 머리는 좀 더 단정했고 색깔도 짙었다. 약력을 확인하니 분자 생물학과 언론학 석사 출신이었다. 스크린 왼쪽은 그가 취재한 기사들의 리스트였다. 장의 눈길이 헤드라인과 요약된 내용들을 훑어 내려갔다. 첫 번째는 밀의 유래에 대한 기사의 예고편이었다. 돌아오는 일요일, 『LA 타임스』 잡지에 실릴 예정이라고 했다. 두 번째는 정신적 외상에 의한 뇌 손상에 관한 기사였다. 두 사람이 오클라호마시티, 키버의 침실에서 대충 훑었던 기사.

장이 스크린에 대고 손가락을 놀렸다. 리스트들이 쭉쭉 올라오기 시작했다. 그녀의 손가락이 멈췄다. 4개월 전에 작성된 여덟 번째 기사. 웨스트우드의 기사는 대략 2주 간격으로 실리는 모양이었다. 모두 장문의 기사였다. 취재의 폭과 깊이도 상당했다. 그런 글을 쓰는 게 석탄을 캐는 광부나 응급실 의사의 노동만큼 힘든 건 아니다. 하지만 절대로 쉬운 일은 아니다. 리처의 생각이 그랬다. 물론 그가 글에 대해서 뭘 알고 하는 생각은 아니었다. 지금껏 그가 글이라고 써본 건 보고서 정도가 전부였다. 간단명료한 요약, 길게 늘어져선 절대 안 되는 글, 취재나 연구가 필요 없는 글, 창의성은 오히려 철저하게 배제해야 하는 글.

장의 손가락이 멈췄다. 4개월 전에 작성된 두 개의 기사. 첫 번째 것은 신기술 유기농법을 다루고 있었다. 기술집약적인 유기농법의 도입으로 이윤이 극대화되어 농업 부문에 전무후무한 지각변동이 일어난다는 내용이었다. 그 아래 기사, 그러니까 웨스트우드가 그 2주 전에 올린 기사의 헤드라인은 게르빌루스 쥐(흔히 애완용으로 기르는 쥐)였다. 중세 유럽을 휩쓸었던 흑사병의 원인이 일반에 알려진 대로 시궁쥐벼룩이 아니라 아시아에서 유입된 게르빌루스 쥐벼룩이라고 했다. 그 부분에 관한 최근의 연구 결과도 그 근거로서 첨부되어 있었다.

오른쪽 차선의 흐름이 현저하게 느려졌다. 가운데와 왼쪽 차선의 차량들이 연이어 그들을 추월했다. 하지만 기사는 차선을 바꾸려 하지 않았다.

장이 다시 손가락을 놀려 리스트를 끌어 올렸다. 게르빌루스 쥐 다음 기사, 그러니까 웨스트우드가 5개월 전에 올린 두 개의 기사 가운데 첫 번째 것은 기후 변화에 관한 내용이었다. 헤드라인은 해수면 상승이었다. 맛보기 기사는 프랙털 기하학(임의의 한 부분이 전체의 형태와 닮은 도형을 뜻하는 '프랙털'의 성질을 연구하는 수학 분야의 하나로 과학, 공학, 컴퓨터 예술에 적용되기도 한다)에 대한 고찰로서, 미 대륙 동부 해안의 파도 피해를 막으려면 인류가 지금까지 사용했던 것보다 훨씬 더 많은 콘크리트를 퍼부어야 한다는 주장을 다루고 있었다.

장이 말했다. "기후 변화에 대해서는 누구나 한 줄씩 쓰고 있어요. 따라서 그 문제라면 맥캔이 굳이 웨스트우드를 점찍었을 리가 없어요. 안 그래요?"

리처가 말했다. "동감이오."

두 번째 것은 디프 웹에 관한 기사였다. 디프 웹? 리처에겐 생소한 단어였다. 일반 검색엔진으로 찾을 수 없는 사이트 집단이라고 했다. 아무려나 리처로선 흥미를 느낄 수 없는 내용이었다.

이어서 6개월 전의 두 번째 기사. 이번에는 벌이 주제였다. 전 세계에 걸쳐 급감하고 있는 벌들의 숫자, 벌들이 사라지면 농작물의 수정이 불가능해지며 따라서 전 인류가 굶주림에 허덕이게 될 가능성을 개진한 내용. 그런 상황에서의 사망자는 단지 200명만이 아닐 것이다. 그 시점에서 리처가 창밖으로 보이는 사람들의 숫자를 세었다면 200명은 거뜬했을 것이다. 차량의 흐름이 더욱 느려졌기 때문이다. 택시기사는 여전히 오른쪽 차선을 고수하고 있었다. 가운데와 왼쪽 차선은 여전히 흐름의 속도가 좀 더 빨랐다. 검정색 타운카(town car, 유리문으로 앞뒤 자리를 칸막이한 4 도어 중형 세단) 한 대가 장의 창문 쪽으로 붙더니 잠시 동안 택시와 같은 속도를 유지했다. 타운카와 그 앞차 사이의 공간이 점점 넓어졌다. 어느 순간 타운카의 뒤쪽 창문이 내려갔다. 그 안쪽에 앉아 있는 사내의 모습이 부분적으로 리처의 눈에 들어왔다. 사내가 그들을 향해 고개를 돌렸다. 뭔가 할 말이 있는 것 같았다. 리처의 느낌이 그랬다. 하지만 그때 필연이라고 할 수 있을 만한 상황이 벌어졌다. 타운카는 흐름이 보다 빠른 가운데 차선에서 오른쪽 차선과 같은 속도로 달리고 있었다. 하지만 뒤에 따라오던 빨간색 소형 쿠페는 속도를 줄이지 않았다. 전방 주시 의무 태만. 결국 쿠페의 앞 범퍼가 타운카의 뒤 범퍼를 들이받았다. 추돌하는 순간의 속도는 결코 빠르지 않았다. 고작해야 시속 8킬로 내지 16킬로? 하지만 그 충격에 의해 타운카는 앞으로 쭉 밀려나갔다. 뒷좌석 승객의 머리가 쿠션에 세게 부딪힌 뒤 다시 앞으로 튀어나갔다. 뉴턴의 운동 법칙. 관성, 작용과 반작용.. 리처는 물리 법칙의 힘을 실제로 목격하고 사뭇 놀랐다. 그런 법칙들이 작용하기에 사소한 충격에도 목뼈가 부러질 수 있는 것이다. 타운카가 앞 차와의 사이에 생겨난 공간을 빠르게 달려 나갔다. 빨간색 쿠페도 그 뒤를 쫓아갔다. 두 대 모두 멈춰 서지 않았다. 속도를 줄이지도 않았다. 앞차의 뒤 범퍼도 뒷차의 앞 범퍼도 아무 이상이 없었다. 연방 품질공인제도는 괜히 제정된 것이 아니다.

시비는 붙지 않았다. 시끄럽게 울리는 경적도, 허공에 흔들어대는 주먹도 없었다. 치켜져 올라가는 가운데 손가락도 없었다. LA의 도로에서 늘 일어나는 사소한 접촉사고. 다들 바쁜 도시인들이었다. 시비를 가릴 필요도, 그럴 시간도 없었다.

오른쪽 차선의 흐름이 더욱 느려졌다. 타운카와 빨간색 쿠페가 단 몇 초 만에 아스라이 멀어지더니 이내 시야에서 완전히 사라졌다. 왼쪽 차선의 흐름은 더욱 빨랐다. 리처가 앞으로 상체를 수그리고 물었다. "차선을 바꾸는 게 어떻겠소?"

기사가 룸미러를 흘깃거리며 말했다. "다른 차선들도 곧 꽉 막힐 겁니다."

"내 말이. 그러기 전에 조금이라도 더 나가자는 얘기요."

"토끼와 거북이의 경주 같은 겁니다, 손님."

장이 리처의 팔에 손을 얹고 그를 뒤로 끌어당겼다. 그녀가 말했다. "기사님이 알아서 하겠죠. 당신은 운전 과목에서 낙제한 사람이에요. 벌써 잊었어요?"

그녀가 다시 전화기 스크린으로 신경을 모았다. 6개월 전의 첫 번째 기사는 해저 통로에 관한 것이었다. 캘리포니아에서부터 오리건에 이르기까지 미 대륙 서부 해안과 평행선을 그리고 있는 그 통로를 따라 백상아리들이 계절 이동을 한다고 했다. 많은 사람이 그저 훑고 지나갔을 만한 기사였다. 하지만 최소한 한 사람만은 아니었다. 일본에서부터 미 대륙까지 태평양을 헤엄쳐서 건너겠다는 어느 프랑스 사내, 그가 도중에 그 통로 위를 가로지르겠다는 계획을 발표한 것이다. 지원팀의 보트에서 잠을 자면서 하루 여덟 시간씩 수영을 해야 하는 강행군. 상어 떼는 부차적인 문제였다. 가장 큰 난관은 해류가 소용돌이치며 1600킬로미터를 천천히 흐르고 있는 곳, 플라스틱과 유독성 폐기물들을 비롯해서 온갖 쓰레기들이 부유하고 있는 태평양 환류대였다.

장이 말했다. "프랑스 사람들은 제정신들이 아니에요."

리처가 말했다. "내 어머니도 프랑스 분이셨소."

"당신 어머니도 기발한 분이셨나요?"

"상당히."

차량의 흐름이 다시 느려졌다. 왼쪽 차선은 조금 전까지의 중간 차선 속도로, 중간 차선은 다시 조금 전까지 오른쪽 차선 속도로 줄었다. 오른쪽 차선은 아예 주차장이 되어버렸다. 하지만 한 뼘만큼 나아가다 멈춰 서기를 반복하면서도 기사는 여전히 차선을 바꾸려 하지 않았다.

어느 순간 두 사람은 그 이유를 알아챌 수 있었다.

LAX가 가까워온 지점에서 컬버시티를 막 지나고 잉글우드와의 경계로 진입하기 직전, 기사가 오른쪽으로 핸들을 꺾었다. 표지판도 없는 출구는 좁은 아스팔트 도로로 이어졌다. 느낌상 폐업한 정비공장 진입로 같았다.

도로 양쪽으로는 잔뜩 녹슨 철제 창고들이 늘어서 있었다. 도로 위에 널린 온갖 쓰레기들을 밟고 튕기며 달리던 기사가 갑자기 핸들을 꺾고 깨진 콘크리트 분리대를 넘어섰다. 그 앞은 세 갈림길이었다. 정면에는 다 쓰러져가는 창고가 버티고 서 있었다. 창고의 정문은 망가진 상태로 활짝 열린 채 문틀에 간신히 매달려 있었다.

기사가 창고 안으로 곧장 차를 몰고 들어갔다. 어둠 속으로.

31

녹슨 철골들이 천장을 받치고 있는 창고 안, 벽에 뚫린 수많은 구멍들을 통해 새어 들어오는 빛줄기들만이 유일한 조명이었다. 넓었다. 옆벽의 길이가 거의 90미터는 될 것 같았다. 하지만 황량했다. 여기저기 반질반질하게 닳아 있고 군데군데 기름때가 달라붙어 있는 콘크리트 바닥 위엔 녹슨 쇳조각들과 비둘기 깃털들이 어지럽게 널려 있었다. 크고 작은 금속 파편들과 용도 모를 기계 장비들이 드문드문 쌓여 있는 무더기 말고는 아무것도 없었다. 장이 앉은 쪽 유리창은 여전히 열려 있었다. 엔진과 머플러의 소음, 그리고 차바퀴 소리가 한층 요란하게 고막을 때렸다.

사람은 보이지 않았다. 리처의 두뇌 뒷부분이 작동하기 시작했다. 사내의 관자놀이에 한 방만 먹이면 문제는 해결된다. 오른 주먹으로 낫질하듯 사선으로 낮게 돌려 치면 그만이다. 기습공격. 예고 없는 선제공격. 사내는 경추에 심각한 부상을 입게 될 것이다. 복수는 당하고 난 다음에만 하는 게 아니다. 리처의 오른손 손가락들이 손바닥 안으로 말리면서 주먹으로 뭉쳤다. 준비 완료.

하지만 그 주먹은 금세 풀렸다. 사내는 계속해서 차를 몰았다. 천천히, 꾸준히, 그리고 자신 있게. 익숙한 길이 아니면 그렇게 운전할 수가 없었다. 사내가 말했다. "토끼와 거북이의 경주 같은 겁니다, 손님. 이 길로 가면 20분은 절약됩니다."

맞은편 벽에 뚫린 출구에도 망가진 문짝이 역시 활짝 열린 채 간신히 매달려 있었다. 사내가 곧장 밖으로 빠져나갔다. 햇빛이 차 안으로 쏟아져 들어왔다. 그쪽 문 앞에도 여기저기 깨지고 금이 간 콘크리트 포장도로가 조성되어 있었다. 양옆에 녹슨 철제 창고들이 늘어서 있는 것도 똑같았다. 콘크리트 포장도로의 끝은 허술한 출입구였다. 그 출입구를 통과하자 LAX의 철조망을 싸고도는 북쪽 외곽도로였다. 푸른 하늘을 이고 우뚝 솟은 관제탑, 광활한 활주로, 거기서부터 뻗어 나온 유도로, 그 끝에 조성된 주기장, 그곳에 세워져 있는 비행기들, 뙤약볕 속에 개미떼처럼 분주히 돌아다니는 소형 트럭들. 공항의 전경이 한눈에 들어왔다.

기사가 말했다. "엄밀히 따지자면 무단 침입인 셈이죠. 하지만 나도 한때는 공항 직원이었습니다. 그러니 이 길을 이용할 자격이 있다고 생각합니다. 고속도로에서 일반 도로로 빠져나왔다면 지금쯤 옴짝달싹 못 하고 있을 겁니다. 오후에는 늘 그렇습니다. 당장에는 요금이 덜 나와서 손해입니다만 다른 손님을 더 빨리 태울 수 있으니 결국 훨씬 더 이익입니다. 그게 내가 돈을 버는 비결이죠. 택시로 밥 먹고 살려면 동네 지리를 잘 알고 있어야 합니다."

그가 핸들을 오른쪽으로 꺾고 화물차 전용도로에 올라탔다. 철조망 바깥 테두리를 따라 10초를 달린 뒤 그들은 다시 터미널로 향하는 엄청난 차량의 물결 속에 합류했다. 1분 뒤, 택시가 아메리칸 항공 터미널 앞에 멈춰 섰다. 다시 1분 뒤, 요금에 팁을 얹어 받은 기사가 두 사람과 핸들이 뽑힌 가방을 인도에 내려놓고 떠났다.

장이 기계에서 빳빳한 탑승권을 뽑았다. 이어서 두 사람은 검색대를 향해 걸어갔다. 하지만 중간에 걸음을 멈춰야 했다. 어떤 사내가 그들을 가로막았기 때문이다. 짧은 금발에 다부진 체격의 사십대 백인 사내였다. 카키색 바지와 파란색 폴로셔츠, 그리고 그 위에 파란 재킷을 걸친 차림이었다. 정부 기관의 유니폼인 것 같았다. 목에는 신분증을 걸고 있었다. 줄이 꼬여서 뒷면이 밖을 향하고 있었다. 그가 말했다. "숙녀분, 그리고 선생님. 저는 두 분이 안으로 들어오시기 전부터 지켜보고 있었습니다."

리처가 말했다. "그랬소?"

"카트도 빼지 않으셨고, 짐 없는 승객 전용기계에서 탑승권을 발급받으시더군요."

"그랬소?"

"특히 선생님은 가방이 아예 없으시군요. 짐 가방과 기내 가방은 물론 심지어 손가방조차도 들고 계시지 않습니다."

"그게 뭐 잘못됐소?"

"솔직히 말하자면, 그렇습니다, 선생님. 짐 없이 여행하는 건 이례적인 일이니까요. 우리의 요주의 리스트에 올라 있는 항목입니다."

"우리라면?"

사내가 리처를 쏘아보았다. 하지만 잠시 후, 그 눈빛이 흔들리더니 고개가 아래로 떨어졌다. 사내의 목에서 분노인지, 실망인지 그 의미가 모호한 소리가 울려나왔다. 그가 뒤집혀 있던 신분증을 바로잡았다. 엄지손톱 크기의 사진이 신분증 오른쪽에 박혀 있었다. 왼쪽에는 LAPD(LA 시 경찰청)가 파란색으로 새겨져 있었다. 나머지 글자들은 너무 작고 희미해서 읽을 수 없었다.

사내가 말했다. "대테러팀입니다."

리처가 말했다. "통계적으로 가방 없이 여행하는 사람들이 극소수라는 사실은 나도 인정하겠소. 하지만 그렇다고 경찰의 제지를 받는다는 건 이해할 수 없소."

"전 법을 만드는 사람이 아닙니다. 죄송합니다만 잠깐 함께 가주셔야겠습니다. 두 분 다."

장이 말했다. "어디로 가자는 말씀이죠?"

"제 상관을 만나셔야겠습니다."

"그 사람이 어디 있는데요?"

"밖에 주차된 밴에 타고 있습니다."

미닫이로 열리는 자동 출입문 밖, 일시 정차 가능 차선에 군청색 패널 밴(panel van, 운전석과 화물 적재함이 일체가 되어 있는 상자형 화물차)이 서 있었다. 거리는 대략 30미터. 그다지 깨끗하진 않았다. 그다지 반짝이지도 않았다.

"감시 차량입니다." 사내가 말했다. "대테러팀 소속도 아니고 따라서 내 직속상관도 아니지만 그가 감시팀 책임자입니다. 의례적인 확인 절차만 거치시면 됩니다. 금방 끝날 겁니다. 간단합니다."

리처가 말했다. "싫소."

"그건 이 상황에 적절한 대답이 아닙니다, 선생님. 이건 국가 안보에 관한 문제니까요."

"천만에. 여긴 공항이오. 사람들이 비행기를 타는 곳. 우리도 비행기를 타기 위해 여기에 온 거요. 두 사람이 가방 하나를 들고. 그러니 둘 중 하나를 선택하시오. 우리를 체포하든지, 비켜서든지."

"지금 선생께서 보이는 반응도 우리의 요주의 리스트에 올라 있습니다."

"짐 없는 여행자 항목보다 순위가 높소?"

"이건 선생께 도움이 되지 않습니다."

"내가 지금 왜 날 도와야 하는데?"

사내의 몸이 긴장으로 경직되었다. 그때 LAPD 유니폼 차림의 두 사내가 멀지 않은 곳에서 모습을 나타냈다. 둘 다 빵빵한 엉덩이 부근에 온갖 장비를 매달고 있었다. 사내의 입에서 한숨이 새어나왔다. 동시에 분노인지 실망인지 그 의미가 모호한 소리가 다시 한 번 울려나왔다. 그가 말했다. "알겠습니다. 그럼 편안한 여행되시기를."

사내가 걸음을 옮겼다. 사선 방향이었다. 다가오고 있는 경찰관들과 일정한 거리가 유지되도록.

장의 골드 멤버십은 아주 유용했다. 일단 검색대 대기 라인부터 달랐다. 신발은 벗지 않아도 됐다. 리처는 동전을 접시에 털어 넣은 뒤 두 손을 든 채로 검색대를 통과해서 앞서 통과한 장과 다시 합류했다. 게이트 근처의 골드카드 멤버 전용 라운지에는 천 의자들이 놓여 있었다. 마더스 레스트 기차역의 낡은 마호가니 벤치들처럼 보기보다는 훨씬 편안했다. 그건 아주 다행스러운 일이었다. 탑승 시간까지 한참을 기다려야 했기 때문이다. 아메리칸 항공. 골드카드의 혜택을 누리는 대신 치러야 할 대가.

마침내 탑승을 하고 난 뒤 리처는 골드카드의 위력을 다시 한 번 확인할 수 있었다. 날개 위로 나가는 비상구와 나란한 열의 두 좌석이 그들 차지였기 때문이다. 당연히 발을 쭉 뻗어도 충분할 만큼 공간이 여유로웠다. 리처로서는 무척 고마운 일이었다. 하지만 동시에 답답한 생각이 일었다.

왜 일반석의 다른 열들도 널찍하게 배치하지 않는 걸까? 다른 사람들은 쉽게 답을 생각해낼지도 모르겠지만 리처에게는 풀 길 없는 수수께끼였다.

장이 말했다. "좋네요."

리처가 말했다. "그렇군."

"공항의 그 경찰관이 마음에 들지 않았죠? 이유가 뭐예요?"

"난 그가 마음에 들었소. 난 모든 사람을 좋아하오. 난 행복하고 유쾌하며 남들과 어울리기를 좋아하는 사람이오."

"아뇨, 당신은 그런 사람이 아니에요."

"난 그가 마음에 들었소." 리처가 다시 한 번 말했다.

"당신은 그를 함부로 대했어요."

"내가?"

"그에게 싫다고 말했잖아요. 그러고 나선 그를 몰아붙였어요. 자칫했으면 체포될 뻔했다고요."

"한 가지 의문이 들었소."

"어떤 의문?"

"그의 얘기는 충분히 납득할 수 있었소. 특히 당신이나 나처럼 조직생활을 했던 사람들은 전적으로 공감할 수 있는 얘기였소. 상관들이 책상 앞에서만 앉아 작성한 리스트, 근거와 명분이 불분명한 요주의 항목들. 특히 가방이 없는 여행객들은 10분의 9가 불순분자라는 항목. 하지만 내 생각으로는 그 확률은 백만 분의 1에 불과할 거요. 그자 역시 나와 같은 생각이었다고 믿소. 하지만 그는 리스트를 고수했소. 그게 의무니까."

"그렇다면 어떤 의문이 들었던 거죠?"

"최근에 사진이 박힌 LAPD 신분증을 본 적이 있소?"

"기억에 없네요."

"나도 없소."

"그가 가짜였다는 얘긴가요?"

"그게 좀 헷갈린다는 말이지. 그가 진짜였다면 내 반발에 좀 더 강력한 반응을 보였어야 했소. 하지만 만일 그가 리스트 자체를 엿같이 생각하고 있다면 얘기가 또 달라지지 않겠소? 자기와 같은 생각을 하는 사람을 만났으니 내심 반가웠을 거라는 얘기요."

"만일 가짜라면 그자의 정체는 뭘까요?"

"모이나한 사촌 가운데 한 명일 수도 있소."

"LA까지? 모이나한의 사촌들이 그렇게 많을까요? 난 믿을 수 없어요."

"그가 왜 중간에 포기하고 떠났을 것 같소?"

"당신이 그렇게 만들었잖아요. 그로선 더 이상 어쩔 수가 없었던 거예요. 우리가 문제를 일으킨 게 아니니까. 그래서 처음부터 임의 동행을 요구했던 거예요. 그 리스트 자체가 법적 효력이 약할 수도 있고요."

"아니. 경찰들이 다가왔기 때문에 포기했던 거요."

"같은 편인데?"

"그렇지 않을 수도 있소. 우리를 밴까지 유인하는 게 그자의 임무였을 지도 모르오. 일종의 바람잡이. 아무튼 그건 중요한 게 아니오. 그자가 가짜라고 해도 프로인 것만은 분명하오. 따라서 어떤 식으로든 다시 접근해올 게 틀림없소. 이번엔 내가 어떻게 나올지 알 수 없어서 포기했을 거요. 만일 내가 소란을 피운다면 감당할 수 없을 테니까. 게다가 마침 경찰들이 다가왔소. 수상한 움직임을 찾아 두리번거리면서. 간단히 정리하자면 그자는 경찰로 위장해서 우리를 유인하려다가 진짜 경찰들을 보자 잽싸게 도망간 거요."

비행기가 활주로를 향해 기수를 돌렸다. 창밖의 대기가 옅은 갈색으로
물들며 요란하게 진동했다. 구르는 속도가 점점 빨라졌다. 아주 평온한 질
주였다. 다음에 이어질 비행의 신비가 이미 오래전에 낱낱이 파헤쳐졌다
는 사실을 비행기도 알고 있는 것처럼. 이내 가뿐히 이륙한 비행기가 동체
를 옆으로 살짝 누인 자세로 반원을 그리며 상승하기 시작했다. 잠시 후
동체가 다시 수평을 이루었다. 리처로서는 알 수 없는 방법으로 앞서 날아
간 동료들의 자취를 찾아낸 것이다. 완전히 연소되지 않은 항공 연료의 자
취, 우아하게 북동쪽을 향해 그어진 검은 항로.

10분 뒤, 마더스 레스트로부터 남쪽으로 32킬로미터 떨어진 지점에서
다림질한 청바지와 드라이한 머리 매무새의 사내가 유선으로 전화를 받
았다. 상대방이 말했다. "곧 제대로 처리할 겁니다."

"뭘 제대로 처리한단 말이오?"

"운이 아주 나빴습니다."

"대체 무슨 얘길 하고 있는 거요?"

"문제가 있었습니다."

"그자들이 비행기에 탑승했소?"

그 질문을 받은 상대방이 다시 말이 많아졌다. 하지만 지난번처럼 신이
났기 때문은 아니었다. 침통한 분위기로 그가 변명을 주절거리기 시작했
다. "해켓의 준비는 완벽했습니다. 여자가 휴대폰으로 티켓을 예약했기에
모든 정보를 입수할 수 있었습니다. 타이밍도 완벽했습니다. 단 1초도 어
긋나지 않았습니다. 그자들은 택시를 타고 호텔을 떠났습니다. 해켓은 타

운카 뒷좌석에서 그 장면을 지켜보고 있었습니다. 그는 즉시 운전석의 똘마니에게 추격을 지시했습니다. 잠시 후 절호의 기회가 왔습니다. 405고속도로에서 해켓의 타운카가 그들의 택시 옆에 바짝 붙었습니다. 고맙게도 여자가 창문까지 완전히 내렸습니다. 해켓의 차선은 차가 잘 빠지고 있었기 때문에 일을 치른 뒤 빠져나가는 것도 문제가 없었습니다. 게다가 LAX로 향하는 검정색 타운카가 어디 한두 대겠습니까. 아무튼 이제 제로 사거리에서 엽총만 들어 올리면 상황이 종료될 순간이었습니다. 하지만 그때 어떤 페라리가 해켓의 뒤 범퍼를 박아버렸습니다. 해켓의 표현에 따르자면 다음 주로 내동댕이쳐진 것 같았답니다. 그 추돌 사고 때문에 그자들을 완전히 놓쳐버렸습니다. 고속도로에서 후진을 할 수는 없으니까요."

"그래서 그들이 비행기에 탑승했다는 얘기요?"

"첫 번째 항공편은 아니었습니다. 여자의 골드카드 때문입니다. 해켓의 비행기가 정확히 34분 먼저 떠났습니다. 처음에 얘기했듯이 곧 제대로 처리할 겁니다."

"시카고에서?"

"추가 요금은 받지 않겠습니다. 페라리는 물론 우리 실수가 아닙니다. 그래도 이건 우리의 평판에 관련된 문제입니다."

"그들이 맥캔과 이야기를 나누는 일은 절대 없어야 하오."

"알고 있습니다. 우리 생각도 바로 그렇습니다."

비행시간은 길었다. 동서 연안을 잇는 건 아니지만 엄연한 횡단항로였다. 미 대륙의 동쪽 끝부분만 남겨 놓은 칼질이라고 표현하면 적당할 것이다. 장은 등받이를 약간 뒤로 젖히고 끈으로 여미는 그녀의 신발이 앞좌석 밑으로 들어갈 만큼 두 발을 쭉 뻗은 자세로 앉아 있었다. 그녀는 생각 중이었다. 그녀가 생각에 빠져 있는 모습을 전에도 본 적이 있었기에 리처는 알 수 있었다. 소형 포드를 몰고 지방도로를 달릴 때였다. 미소와 찌푸린 표정이 번갈아서 떠오르는 얼굴. 긍정과 부정. 용기와 두려움. 낙관과 비관. 이번엔 운전에 집중할 필요가 없는 상황이었다. 그래서 그녀의 눈도 머릿속 생각을 드러내고 있었다. 가늘어졌다가 커지고, 치켜떴다가 내리깔리고.

리처는 생각을 하지 않으려고 노력 중이었다. 그의 머릿속에서는 기억들이 막연하게 피어오르고 있었다. 의식과 무의식의 경계 지역에 머물고 있는 기억들. 하지만 그는 집착하지 않았다. 지들끼리 꼬리를 물고 떠올랐다 사라지도록 그저 내버려 두고 있었다.

그가 말했다. "우리가 도착할 때쯤엔 도서관 문이 닫혀 있을 거요."

그녀가 말했다. "내일 아침에 곧장 찾아가면 돼요. 잠은 호텔에서 자고."

"이번엔 근사한 데서 묵읍시다. 시카고 최고급 호텔. 계산서는 신문사로 보내고. 널찍한 스위트룸에서 룸서비스도 마음껏 시켜 먹읍시다. 신문사에서도 흔쾌히 비용을 지불할 거요. 뭔가 굵직한 게 곧 드러날 테니까. 분명히 느낌이 오고 있소."

"뭔가가 정확히 뭘까요?"

"나도 모르겠소. 다만 전혀 예상할 수 없으면서도 심각한 상황이라는 것만은 분명하오."

"전혀 예상할 수 없는데 어떻게 심각하다는 걸 알 수 있죠?"

"느낌이 그렇소."

"시카고 최고급 호텔의 청구서는 일단 내 앞으로 날아올 거예요. 그래서 물어보는 거예요. 자칫하면 파산할 수도 있으니까."

"신문사에서는 흔쾌히 비용을 지불할 거요." 리처가 다시 말했다.

"포시즌? 아니면 페닌슐라?"

"둘 다 좋소."

"오헤어 공항에 내리면 곧장 알아보죠. 둘 중 더 싼 곳을 잡기로 해요."

리처는 아무 말도 하지 않았다.

장이 말했다. "느낌상 심각한 상황이 분명하다고 했는데 구체적인 느낌은 없어요?"

"그건 스스로 드러날 거요. 그 즉시 우린 위험에 처하게 될 테고."

"어떤 상황일까요?"

"느낌이 그렇다 뿐이지 어떤 상황일지는 모르겠소. 지금 내 머릿속에서는 짝 맞추기 게임이 벌어지고 있소. 뭔가 일치하고 있는 두 가지가 있고 그 한 쌍을 찾아내면 우리에게 닥칠 상황을 미리 알 수 있을 것 같소. 하지만 그 두 가지가 뭔지 헷갈리는 게 문제요. 서로 앞뒤가 맞는 두 가지 얘기일 수도 있고, 팩트일 수도 있소. 장소일 수도 있고."

"장소는 아니에요. LA는 마더스 레스트와 절대로 짝이 될 수 없어요. 비슷한 부분이 단 한 군데도 없으니까요."

"맞소."

"그건 시카고도 마찬가지예요. 마더스 레스트의 농부들이 농사일과 관련해서 들락거릴 수는 있겠지만. 안 그래요?"

"맞소."

"서둘러서 짝을 맞춰야 해요. 조금 있으면 도착이니까."

리처가 대충 고개를 끄덕여 보였다. 머릿속에서 다른 생각이 피어나고 있었기 때문이다. '조금 있으면 도착.' 착륙 과정에 관한 생각이었다. 그는 어떤 생각이든 일어나면 그 속에 철저히 빠져 들어가는 타입이다. 비록 사소하지만 비행기의 착륙에 대한 생각도 예외가 아니다. 도마뱀 뇌(생존과 번식을 도모하는 본능적인 기능을 맡은 뇌 영역)의 작용이기에 그 자신으로서도 어쩔 수가 없는 일이다.

비행기는 활주로에 내린 다음 유도로를 천천히 굴러가서 주기장에 멈춰 설 것이다. 기내의 안전벨트 등이 꺼지고 승객들이 일어설 것이다. 다들 머리 위의 사물함과 좌석 밑에서 짐을 챙기느라 한동안 부산스러울 것이다. 이어서 한 덩어리가 되어 복도를 걸어 나가 한 사람씩 승강구를 나설 것이다. 그다음엔 탑승교, 그리고 그다음은 넓고 긴 복도, 그 복도는 고급 부티크 앞을 지날 것이다. 푸드 코트 앞도 지날 것이다. 합판 테이블들, 혼자 식사하는 손님들.

바로 그 대목이었다.

혼자 식사하는 손님.

짝이 맞춰졌다.

리처가 말했다. "두 가지 이야기가 아니었소. 팩트도, 장소도 아니고."

그녀가 말했다. "그럼 뭐죠?"

"얼굴." 그가 말했다. "405고속도로의 타운카를 기억하고 있소?"

"405고속도로를 달리는 타운카가 백만 대는 될 거예요."

"택시 옆에 붙어서 잠깐 동안 같은 속도로 달리던 타운카, 빨간 쿠페가 뒤에서 그 차를 박았잖소."

"아, 그 차."

"그 잠깐 동안 그 차의 뒷좌석 유리창이 내려갔소. 그래서 그 안에 타고 있는 사내의 모습을 볼 수 있었소."

"확실하게?"

"아니, 부분적으로만. 그것도 순간적으로."

"그런데요?"

"전에도 우리가 본 적이 있는 얼굴이었소."

"어디서요?"

"잉글우드의 칙칙한 식당. 커피숍도 겸하는 곳. 오늘 아침, 웨스트우드를 처음으로 만났던 장소. 타운카의 사내도 그 식당 안에 있었소. 테이블 위에 두 팔꿈치를 괸 자세로 신문을 읽고 있던 남자."

이번엔 장이 입을 꼭 다물었다.

"동일 인물이오."

"난 피고 측 변호인의 입장에서 생각하도록 훈련받은 사람이에요."

"당신이 어떤 주장을 펼치든 내 머리 앞부분은 그 주장에 100퍼센트 찬성할 거요. 시속 65킬로미터로 달리는 차 안에서 내려진 창문 두 개를 건너 얼핏 눈에 들어온 모습일 뿐이오. 그런 상황이 아니더라도 목격자의 진술은 그 자체만으로는 증거로서의 가치가 없소."

"하지만?"

"내 머리 뒷부분은 그 두 사람이 동일 인물이라는 걸 알고 있소."

"어떻게요?"

"무선 파장이 전해져 왔소."

"무선 파장? 그 남자가 무선 통신 중이었다는 얘긴가요? 그리고 당신이 그 내용을 들었고?"

"난 주위에서 전해져 오는 파장들에 언제나 신경을 모으고 있소. 인류가 야생 짐승처럼 살아온 세월이 700만년이오. 그동안 우리의 DNA에는 많은 능력이 축적되었소. 우린 그런 능력을 계발해야 하오."

"그 무선 파장을 당신은 어떻게 해석했죠?"

"일부는 곧 닥쳐올 분명한 위기."

"나머지 부분은?"

"그게 확실하지 않소. 도 아니면 모. 내가 완전히 헛짚었든지, 아니면 그자가 처음부터 우리 뒤에 따라 붙었든지 둘 중 하나일 거요. 만일 후자라면 그자는 당신의 휴대폰을 통해 우리를 추적해 왔을 거요. 그 경우, 그자가 지금까지 전개된 모든 상황을 알고 있다고 봐야 할 거요. 따라서 오혜어에 내려서 포시즌이든 페닌슐라든 전화를 걸 때는 휴대폰 말고 공중전화를 이용해야 하오. 더 이상 우리의 행적을 드러내선 안 되오. 그랬다간 치명적인 위험에 빠질 수도 있소. 그자의 행동이 시시각각으로 수위를 높여가고 있기 때문이오. 오늘 아침, 식당 안에서는 그저 우리를 지켜보기만 했소. 입술을 읽어서 정보도 어느 정도 알아냈을 거요. 하지만 이젠 우리를 죽이려 하고 있소."

"자동차 유리를 내렸을 뿐인데?"

"그는 나를 바라보았소. 처음엔 그가 나와 얘길 하고 싶은 거라고 생각했소. 하지만 그의 눈빛을 보고 그게 아니라는 걸 깨달았소. 상대방에게 동의를 구하려는 눈빛이 아니었던 거요. 그건 사냥감의 위치를 재차 확인하려는 사냥꾼의 눈빛이었소. 그는 우리를 사냥하려 했던 거요. 그자는 아마 개머리판을 잘라낸 엽총을 지니고 있었을 거요. 공대공 미사일처럼 지나가면서 갈기려고. 제로 사거리였으니 단 두 발이면 끝나는 상황이었소. 그자의 타운카는 혼비백산한 운전자들이 일으킨 연쇄 추돌 사고 현장을 뒤로 하고 흐름이 원활한 차선을 따라 내뺐을 거요. 그다음엔 당신 얘기대로 그저 백만 대의 타운카들 가운데 한 대가 되는 거고."

"상상이 너무 지나치군요."

"말했듯이 도 아니면 모인 상황이오. 자기 차를 우리 택시 옆에 바짝 붙이고 같은 속도로 달린 이유가 그게 아니면 뭐겠소? 우리를 죽이라는 청부를 받은 거요. 상당히 비싼 값에 고용된 살인 청부업자. 그자를 통해서 마더스 레스트에서 벌어지고 있는 상황이 조금이나마 윤곽을 드러냈소. 그자들은 뭔가를 공급해서 큰돈을 벌어들이고 있는 게 분명하오. 자기네 사업에 위협적인 존재들을 제거하기 위해 프로 청부업자를 고용할 만큼 큰돈을."

"하지만 당신이 얘기한 대로 시속 65킬로미터로 달리는 차 안에서 두 개의 내려진 창문 건너로 얼핏 들어온 모습일 뿐이에요. 목격자의 진술은 증거로서의 가치도 없고."

"희망은 최선을 기대하며 품는 것이고 계획은 최악을 대비해서 세우는 거요."

"희망이나 계획이 영장을 발부해 주진 않아요."

"영장은 혐의를 입증할 수 있는 증거가 전제돼야 하오. 하지만 인지하는 과정은 증거가 필요 없소."

"그래서 당신이 알고 있다는 건가요?"

"이건 본능의 영역이오. 인류가 700만년이나 버텨온 건 바로 그 본능 덕분이고. 다윈의 적자생존."

그녀가 말했다. "그자의 행동 수위가 왜 갑자기 높아졌을까요? 우리가 아침부터 지금까지 했던 행동들 중에 하나가 그 원인일까요?"

"바로 그거요." 그가 말했다. "우리가 맥캔을 찾아냈기 때문이오."

"그렇다면 맥캔이 그자들에겐 큰 위협이 되는 존재겠군요. 반대로 우리에겐 큰 도움이 되는 존재일 테고."

"그리고 우리가 도착할 때쯤엔 도서관 문이 닫혀 있을 테고."

그녀가 말했다. "그자가 동일 인물이라고 쳐요. 그래도 당신의 판단이 틀렸을 가능성은 다분해요."

"하지만 우린 내 판단이 옳다는 전제 아래 움직여야 하오. 만약의 경우를 대비해서."

"파스칼의 내기(프랑스의 종교 사상가 블레즈 파스칼의 논리. 진짜 신이 있다는 가정 하에, 신을 믿는 경우 살면서 약간의 손해를 볼 수 있으나 사후 천국에 간다는 엄청난 이득을 보게 되지만, 신을 믿지 않는 경우 살면서 어떤 손해나 이익은 없지만 사후 지옥에 떨어지는 엄청난 손해를 보게 된다는 것. 총합의 크기로 따졌을 때 신을 믿는 것이 유리하다는 주장)처럼? 잃을 건 미미하고 반면에 얻을 건 많으니까?"

"우리의 판단이 틀렸다고 해도 우린 잃을 게 없소. 하지만 우리의 판단이 옳다면 우린 죽을 위기에서 빠져나올 수 있게 되는 거요."

"어쨌든 우린 그자를 따돌렸어요. 그는 현재 LA에 있으니까."

"장담할 수는 없소. 우린 이 비행기에 타기 전까지 오랜 시간을 기다렸소."

장은 아무 말도 하지 않았다. 대신 휴대폰을 꺼내 들었다. 그녀가 버튼 하나를 꾹 눌렀다. 휴대폰의 상태가 비행기 탑승 모드에서 완전 꺼짐으로 바뀌었다.

　도시와 호수 위를 천천히 맴돌던 비행기가 동쪽에서부터 하강했다. 여름의 황혼이 밤으로 바뀌어 가는 시각이지만 아직 완전히 어두워진 건 아니었다. 전등이 줄을 이어 밝혀진 활주로에 내려앉은 비행기가 유도로를 천천히 굴러가서 주기장에 멈춰 섰다. 기내의 안전벨트 표시등이 꺼졌다. 승객들이 모두 일어서서 다들 머리 위 사물함과 좌석 아래에서 짐을 챙긴 뒤 복도로 나서서 한 덩어리가 되었다. 리처와 장도 그들 속에 섞여 들어갔다.

32

리처와 장이 옆으로 한 걸음씩 떼며 통로를 통과해서 탑승구 앞에 이르렀다. 이어서 탑승교를 지나 대합실로 들어섰다. 터미널 구조상 대합실 아래는 그냥 허공이었기에 아직 공중에 머물고 있는 셈이었다. 천 명은 될 것 같은 사람들이 북적대고 있었다. 앉아서 혹은 서서, 뭔가를 혹은 누군가를 기다리는 사람들도 있었다. 마음에 둔 곳을 향해 잰걸음을 옮기는 사람들도 있었다. 그 사내의 얼굴은 마치 현상 수배 포스터처럼 리처의 가슴 속 게시판 맨 위에 꽂혀 있었다. 리처는 계속해서 곁눈으로 사람들을 훑었다. 물론 그자가 대합실 안에 있다면 보지 않아도 직감으로 알아챌 수 있을 것이다.

하지만 그자는 없었다. 앉아 있지도, 서 있지도 않았다. 뭔가를, 혹은 누군가를 기다리고 있지도 않았다. 어딘가를 향해 바쁘게 걸어가고 있지도 않았다. 두 사람이 대합실의 긴 복도를 통과했다. 화장실 앞에서 기다리는 사람들, 커피 매장 앞에 줄지어 선 사람들, 신문 판매 부스, 고급 부티크, 그리고 혼자인 여행객들이 합판 테이블 위로 잔뜩 어깨를 구부리고 앉아 있는 패스트푸드점. 신문을 펼쳐 쥔 손, 탁자 위에 받친 팔꿈치, 구부정한 어깨가 그려내는 곡선. 리처는 그 모든 것들을 곁눈으로 살피며 익숙한 느낌이 뇌리에 파고들기를 기다렸다. 하지만 그런 느낌은 오지 않았다. 그 건물 안에 그자는 없었다.

두 사람이 대합실 출입구를 통과해서 드디어 진짜 땅에 발을 디뎠다. 화물 찾는 곳을 지나 공항 터미널 출입구를 향해 걸어가는 동안 그들은 한쪽 벽에 쭉 붙어 있는 공중전화들을 보았다. 줄을 선 사람은 물론 전화를 하고 있는 사람조차 없었다. 두 사람 역시 공중전화를 이용할 필요가 없었다. 안내 데스크를 발견했기 때문이다. 공항에 내린 여행객들에게 모든 종류의 편의를 제공하는 곳. 호텔 예약도 가능했다. 유니폼 재킷 차림의 여자는 아주 쾌활한 목소리로 페닌슐라 호텔을 추천했다. 직접 전화를 해서 스위트룸도 예약해주었다. 택시 승차장의 위치를 일러준 건 물론이었다.

따뜻한 저녁이었다. 바깥 공기는 습기와 배기가스, 그리고 담배 연기로 인해 눅눅하고 매캐했다. 5분을 기다린 끝에 그들이 잡아 탄 택시는 지칠 대로 지친 것 같은 크라운 빅토리아였다. 역시 피로에 절은 모습의 기사는 도심을 향해 속도를 내서 달려갔다. 리처는 더 이상 아무도 보이지 않을 때까지 창밖을 지켜보았다. 하지만 익숙한 얼굴은 없었다.

고속도로를 타고 난 다음부터는 주변의 차량들을 살펴보았다. 하지만 바짝 따라붙는 차도 없었고 택시와 속도를 맞추는 차도 없었다. 다들 자신만의 세계에 불을 밝힌 채 저녁 어스름을 뚫고 각자 가야 할 길을 달릴 뿐이었다.

장이 말했다. "임시폰을 한 대 사야 해요."

리처가 말했다. "웨스트우드에게도 한 대 사라고 하시오. 그자들은 웨스트우드의 전화기를 도청하고 있었소. 그런 상황에서 우린 오늘 아침 그를 찾아갔소. 그자들이 쳐놓은 거미줄에 스스로 들러붙은 셈이지."

"그건 곧 웨스트우드가 그자들의 우려 대상이라는 사실을 의미해요. 그건 다시 웨스트우드의 기사들 가운데 하나가 이 사건과 밀접한 연관이 있다는 사실을 의미하고."

"상어와 프랑스 사내는 아닐 거요."

"게르빌루스쥐나 기후 변화도 아니고요."

"이제 알겠소? 우린 이미 범위를 좁혀가고 있소."

택시가 L자 트랙과 평행한 위치에 이르렀다. 눈앞이 탁 트이면서 대도시가 그 모습을 드러냈다. 크고 높으면서도 견고한 모습, 백만 개는 될 것 같은 불 밝혀진 유리창이 이미 칠흑처럼 어두워진 밤하늘과 기막힌 대비를 이루고 있었다. 페닌슐라 호텔은 예약한 손님을 맞을 채비를 완벽히 갖추고 있었다. 스위트룸은 어린 시절 리처가 살았던 해병대 관사보다 두 배는 컸고 천 배는 고급스러웠다. 가죽 케이스의 룸서비스 메뉴판은 전화번호부만큼 컸다. 계산은 『LA 타임스』의 몫이다. 그들은 원하는 걸 모두 주문했다. 누구의 방해도 없을 긴 밤을 앞에 두고 그들은 느긋하게 만찬을 즐겼다. 서두를 필요는 없었다. 식사를 끝낸 뒤에는 또 다른 만찬이 기다리고 있었다. 그 흐뭇하고 짜릿한 상상이 조미료가 되어 음식이 더욱 맛있었다. 전채, 메인 요리, 디저트, 그리고 커피.

시간대의 차이가 있었지만 다음 날 아침, 두 사람은 일찍 눈을 떴다. 해야 할 일이 많았다. 하지만 그보다는 아침 햇살 때문이었다. 지난밤, 커튼을 칠 여유가 없었다. 그리고 창문은 동쪽을 향하고 있었다. 리처의 지론은 다시 한 번 시련에 부딪혔다. 세 번째보다 네 번째 섹스가 더 황홀하다니. 믿기 어려웠지만 사실이었다. 달콤했다. 그러면서도 씁쓸했다. 언젠가는 신기록의 행진이 멈출 테니까. 그것도 조만간. 매번 황홀함을 더해 가는 섹스란 없다.

아니, 아직은 모를 일이다.

희망은 최선을 기대하며 품는 것이고 계획은 최악을 대비해서 세우는 것이다.

장의 신경은 온통 링컨파크에 쏠려 있는 모양이었다. 곰곰이 생각에 잠겨 있던 그녀가 말했다. "거기까지 어떻게 가야 할지 걱정이었어요. 여기서 아주 가까워요. 그러니 차를 렌트하는 건 좋은 방법이 아니에요. 주차할 만한 장소가 없을 수도 있어요. 택시도 마찬가지예요. 게다가 쉽게 잡을 수 없을 거예요. 그래서 생각해봤는데 호텔 타운카를 하루 동안 대여하는 게 좋을 것 같아요. 검정색으로."

"호텔 타운카라." 리처가 말했다. "그렇다면 여기서 하루를 더 묵자는 얘긴데."

"9시에 예약을 하는 거예요. 그러면 도서관이 문을 열고 나서 10분 뒤에 도착할 수 있어요."

"좋소."

진짜로 좋았다. 일찍 일어났으니 시간적 여유가 있어서 좋았다. 룸서비스로 주문한 아침을 느긋하게 즐길 수 있어서 좋았다. 오랫동안 샤워 물줄기를 즐길 수 있어서 좋았다. 아침에 할 수 있는 다른 모든 일들도 느긋하게 해결할 수 있어서 좋았다. 리처의 지론을 다시 한 번 시험할 시간을 아주 오랫동안 즐길 수 있어서 더욱 좋았다.

호텔 타운카는 복고풍의 세단이었다. 장의 요구대로 검정색. 공들인 왁스 작업 덕분에 새 차처럼 반짝였다. 작은 체구의 기사는 회색 정장 차림이었다. 붐비는 차도를 달릴 때나 도로변에 정차하고 있을 때나 변함없이 밝은 모습이었다. 그로서는 막힌다고, 혹은 멈춰 서 있다고 얼굴을 찌푸릴 필요가 없었다. 어쨌거나 하루치의 보수는 보장되어 있으니까. 링컨파크까지는 정확히 10분이 걸렸다. 도서관은 새 아침을 시작하는 활기로 가득했다. 그 분위기 속으로 들어선 두 사람은 일단 지난번에 통화했던 여직원을 찾았다. 바쁜 와중에서도 기꺼이 도움을 주려는 직원들 몇 사람을 거쳐 두 사람이 찾아간 곳은 한쪽 벽감에 들여지듯 놓인 데스크였다. 하지만 '안내' 팻말이 붙은 그 데스크는 비어 있었다. 데스크 깊숙이 밀어 넣어진 의자, 비어 있는 컴퓨터 스크린. 오늘은 지각인 모양이었다.

그렇다고 두 사람의 볼일까지 지연된 건 아니었다. 벽감 안쪽 벽에 문이 나 있었고 그 문을 통해 말소리가 새어나왔기 때문이다. 문에 걸린 팻말은 '자원봉사자 휴게실'. 맥캔이 웨스트우드의 인내심이 바닥날 때까지 열여섯 차례나 전화를 해댔던 공간.

리처가 노크를 했다. 말소리가 뚝 그쳤다. 그가 문을 열었다. 키 낮은 천의자들과 무난한 색조의 페인트가 오히려 돋보이는 도회적 분위기의 휴게실. 의자에 앉은 사람들은 남자 둘, 여자 셋. 연령대와 생김새는 각양각색이었다. 문제의 전화기는 의자 두 개 사이의 키 낮은 탁자 위에 놓여 있었다.

"실례하겠습니다." 리처가 말했다. "방해해서 미안합니다만 맥캔 씨를 찾고 있는 중입니다."

나이 든 사내가 말했다. "그 사람은 여기 없소." 맥캔을 잘 알고 있는 사내였다. 그렇지 않고서야 그렇게 대뜸, 그렇게 자신 있게, 마치 대변인처럼 답변이 튀어나올 수가 없었다. 비쩍 마른 몸매에 성성한 백발, 다림질하지 않은 앞 주름 카키색 바지와 단추를 다 채운 격자무늬 셔츠, 은퇴한 노년의 표본 같은 사내였다. 현역 시절엔 상당한 지위를 누렸을 것이다. 그리고 여전히 자신의 존재감이 부각되기를, 혹은 자신의 필요성을 다시 한 번 인정받기를 원하고 있었다. 리처의 판단이 그랬다.

리처가 그에게 물었다. "맥캔 씨를 마지막으로 만난 게 언제입니까?"

"삼사주 전인 것 같소."

"그가 거의 한 달 동안 모습을 보이지 않은 게 이상하진 않으십니까?"

"나왔다 안 나왔다 하는 사람이오. 자원봉사라는 게 그런 거지. 그 사람은 이 일 말고도 하는 게 많을 거요."

"그가 어디 사는지 아십니까?"

나이 든 사내가 말했다. "그 사람 개인 신상에 관한 것들을 자꾸 물으시는데, 실례지만 댁은 누구신지?"

"얼마 전에 맥캔 씨가 어떤 사건을 의뢰했습니다. 우린 흥신소 직원들입니다. 사설탐정이지요. 그래서 찾아왔습니다."

"그렇다면 그 사람의 집 주소쯤은 알고 있어야 하는 거 아니오?"

리처가 나직하게 말했다. "따로 말씀을 나눌 수 있을까요, 선생님?"

그 사내의 자부심을 겨냥한 한 수였다. 그리고 그 한 수는 제대로 먹혀들었다. 사내가 늘 바라던 대로 여럿 가운데서 그 존재감이 부상한 것이다. 밀담을 제안받으면 한구석으로 끌려가도 오히려 한가운데에 우뚝 선 기분을 느끼는 법이다.

사내가 다른 자원봉사자들에게 말했다. "자리들 좀 비켜 주시겠소? 어쨌든 개장 시간이오. 어서들 나가봐요."

사내보다 어린 남자와 여자 셋이 몰려 나갔다. 장이 문을 닫았다. 사내는 제자리에 그대로 앉아 있었다. 장과 리처는 그와 삼각 구도를 이루며 빈자리에 앉았다.

장이 말했다. "맥캔 씨의 사건을 담당했던 직원이 실종된 것 같습니다. 이런 경우에 우리는 가장 먼저 의뢰인의 안전을 확인해야 합니다. 그게 우리 회사의 원칙입니다. 하지만 우리들 힘만으로는 맥캔 씨를 찾을 수 없다는 게 문젭니다."

늙은 사내가 말했다. "맥캔 씨가 어떤 의뢰를 했던 거요?"

"우리도 정확히는 모릅니다. 어쩌면 그 부분에서도 선생님의 도움이 필요할 것 같습니다. 맥캔 씨는 오랫동안 어떤 문제에 집착하고 있었습니다. 따라서 주위 분들에게 그 문제에 관해 얘기했을 가능성이 다분합니다."

"그가 즐겁게 사는 사람이 아니라는 건 나도 알고 있소."

"그 이유를 아십니까?"

"그다지 가까운 사이는 아니오. 그나 나나 마음속까지 내비친 적은 한 번도 없소. 함께 일하는 동료, 그 이상도 이하도 아니라고 보면 될 거요. 물론 이 도서관에 관해서는 자주, 그리고 가끔씩은 길게 대화를 나눴소. 서로 의견도 잘 맞았고. 하지만 사적인 대화를 나눴던 기억은 거의 없소. 다만 가정적으로 문제가 있는 것 같았소. 그게 내가 얘기해줄 수 있는 전부요. 아내는 오래전에 세상을 떠났고 하나뿐인 아들은 어른이 됐는데도 속을 썩이는 모양이오. 우리들 표현대로 하자면 적적한 노후에 신경 쓸 거리라고나 할까."

"그분 댁이 어딘지 아십니까?"

"그에게서 들은 적이 없소."

리처가 말했다. "그건 좀 이상하지 않습니까? 동료들에게는 어떤 식으로든 자기 동네 얘기를 하는 게 당연한데 말입니다. 동네 가게들, 혹은 가장 가까운 커피숍까지의 거리, 뭐 그런 얘기들 말입니다."

나이 든 사내가 말했다. "내가 느끼기에 그는 자기가 사는 동네를 부끄럽게 여기는 것 같았소."

두 사람은 나이 든 사내를 남겨 두고 자원봉사자 휴게실을 나섰다. 어느새 안내 데스크의 주인이 자리 잡고 있었다. 지각이 아니었다. 장이 지난번 통화한 인연을 강조한 뒤 왕년의 FBI 명함을 제시했다. 이후로 모든 게 순조롭게 진행됐다. 하지만 여직원은 맥캔의 주소에 관해서만은 요지부동이었다. 사생활 보호에 관해서 확고한 원칙을 지니고 있는 여자였다. 그나마 사무장에게 부탁해보라는 귀띔은 해주었다. 하지만 리처의 생각으로는 사무장 역시 자원봉사자들의 신상 정보를 알려줄 것 같지는 않았다. 사생활 보호에 대한 원칙을 고수하기 위해서라기보다는 책임자로서 법적인 분쟁의 소지를 당연히 의식해야 할 테니까. 따라서 헛수고일 게 확실했다.

그가 말했다. "알겠소. 내게 주소를 가르쳐주지 않아도 좋소. 하지만 맥캔 씨가 주소를 갖고 있는지는 알려 주시오."

여자가 말했다. "물론 갖고 있죠."

"당신이 그 주소를 알고 있는 것도 맞소?"

"네, 알고 있어요. 하지만 말씀드릴 수는 없어요."

"이 동네 어디요?"

"그분의 주소를 가르쳐드릴 수 없습니다."

"나도 그의 주소를 원하는 건 아니오. 더 이상 그 주소에는 관심이 없소. 당신이 말해준다고 해도 귀담아 듣지 않을 거요. 다만 그가 이 동네에 살고 있는지만 알고 싶을 뿐이오. 그게 전부요. 그걸 말해준다고 해서 사생활 보호의 원칙을 위반하는 건 아니잖소. 한동네 주민은 보통 수천 명씩 되니 말이오."

"네, 이 지역에 살고 계세요."

"이 지역이라면? 그가 도서관까지 걸어 다녔소?"

"그건 집 주소를 가르쳐 달라는 얘기나 마찬가지잖아요."

"아니, 그렇지 않소. 난 그의 집 주소를 원하는 게 아니오. 이젠 당신이 말해주려고 해도 내가 막을 거요. 귀에다 손가락을 찔러 박고 랄랄라 노래를 부를 생각이오. 다만 걸어 다닐 수 있는 거리인지만 알고 싶을 뿐이오. 이건 지리에 관한 질문이오. 혹은 생리적인 질문일 수도 있겠고. 당신 생각엔 맥캔 씨가 몇 살쯤 되어보였소?"

"네?"

"그의 나이. 그건 주소와는 전혀 차원이 다른 질문이잖소. 그러니 편하게 얘기해 주시오. 그에게서 어떤 인상을 받았소?"

"만으로 예순이에요. 작년에 예순 살이 되셨죠."

"풍채가 좋소?"

"아뇨, 형편없어요."

"그거 유감이군. 그런데 형편이 없다면 어떤 면에서?"

"너무 말랐어요. 자기 건강을 챙기지 않는 분이에요. 전혀."

"활력이 없소?"

"네, 그렇다고 할 수 있어요. 늘 처져 있어요."

"그런 사람이라면 오래 걷는 걸 좋아하지 않겠군. 안 그렇소? 기껏해야 세 블록이 한계일 거요. 어떻소, 대충 그렇지 않소?"

"말씀드릴 수 없어요."

"반경이 세 블록이면 전체의 너비는 서른여섯 개 블록이오. 밀워키보다 넓은 면적. 당신이 그렇다고 말해도 절대 그의 주소를 발설하는 게 아니잖소."

"알겠어요. 맞아요. 그분은 걸어서 출퇴근해요. 그리고 짧은 거리라는 것도 맞아요. 하지만 거기까지예요. 다른 건 말씀드릴 수 없어요."

"그의 이름이 뭐요? 그건 말해줄 수 있겠소?"

"피터. 피터 맥캔이에요."

"아내는? 맥캔이 혼자된 지 얼마나 됐소?"

"아주 오래전이었나 봐요."

"아들의 이름은?"

"마이클이라고 들었던 것 같아요. 마이클 맥캔."

"마이클에게 문제가 있소?"

"그런 얘기는 듣지 못했어요."

"하지만 뭐든 느낌은 있었을 텐데?"

"다른 사람의 비밀을 누설할 수는 없어요."

"천만에. 그에게서 직접 들은 게 아니니까 문제될 게 없소. 당신의 느낌을 남에게 전하는 것뿐이오. 그게 전부요. 절대 사적인 비밀을 누설하는 게 아니오."

"맥캔 씨의 아들, 마이클의 행실이 불량한가 봐요. 정확히는 모르겠지만 자랑스러워할 만한 일이 아닌 건 분명해요. 그게 제 느낌이에요."

리처가 불쌍한 표정까지 지어보이면서 한 번 더 부탁했지만 그녀는 여전히 요지부동이었다. 결국 맥캔의 주소를 입수하지 못한 채 두 사람은 안내 데스크 앞을 떠나야 했다. 나오는 길에 자료실 앞에서 시카고 전화번호부를 확인했다. P.맥캔도, M.맥캔도 너무나 많았다. 성과라고 해봐야 두 사람의 느낌과 추측뿐, 실질적으로는 아무 소득 없이 그들은 다시 인도로 나섰다.

33

두 사람이 왼쪽으로 방향을 꺾었다. 도서관 바로 옆, 마땅히 있어야 할 자리에 작은 약국이 실제로 있었다. 전면이 좁은 가게였다. 차양을 얹고 있는 출입문과 작은 진열창 하나만으로도 꽉 찬 느낌이었다. 약국 진열창은 일반 상점들과는 달리 장사에 큰 도움이 되는 게 아니다. 탄력붕대, 전기방석, 거동이 불편한 사람들을 위한 변기 시트와 같은 물건들이 소비자들을 앞다투어 끌어들일 일은 없지 않은가. 리처의 생각이 그랬다. 하지만 그 약국의 진열창에는 그의 눈길을 단박에 잡아끄는 물건이 하나 있었다. 수직으로 세운 진열판 위, 작은 나무못에 걸려 있는 투명 플라스틱 포장의 임시폰. 얼핏 보기에도 구형이었다. 플라스틱 포장에는 먼지가 잔뜩 덮여 있었다. 가격은 놀랄 만큼 저렴했다.

두 사람이 가게 안으로 들어갔다. 밖에서는 보이지 않던 또 다른 진열창에 똑같은 임시폰들이 여섯 개 더 매달려 있었다. 2달러짜리 케이스와 충전기, 그리고 차량용 어댑터와 대부분이 흰색인 여러 용도의 연결선들도 함께 진열돼 있었다. 100분의 통화량이 미리 적립되어 있는 전화기, 가격은 12달러 99센트.

리처가 말했다. "저걸 하나 삽시다."

장이 말했다. "저렇게 구식일 줄은 몰랐어요."

"신형일 필요가 뭐 있소? 작동만 하면 되는 거지."

"인터넷 접속이 안 될 거예요."

"나에겐 의미가 없는 사양이오. 인터넷을 늘 이용하는 사람들에게나 필요한 거지. 그리고 이 휴대폰은 정신적으로 큰 의미가 있소. 맥캔의 휴대폰과 똑같은 모델이니 말이오. 우리에게 행운을 가져다줄지도 모르오."

"그에겐 행운을 가져다주지 않았어요." 장이 말했다. 그러면서도 전화기 한 대를 집었다. 그녀가 카운터로 다가갔다. 계산기 뒤에 선 사람은 쪽진 흰 머리에 20세기 시골 아낙들의 나들이 차림을 한 노부인이었다. 안쪽 깊숙한 곳에서는 영감님이 처방전을 들여다보며 약을 조제하고 있었다. 노부인과 제대로 어울리는 나이와 스타일, 타이까지 맨 정장 위에 흰 가운을 걸치고 있었다. 쪽진 것만 빼고는 머리색도 똑같았다. 부부인 게 확실했다. 다른 직원은 없었다.

리처가 노부인에게 물었다. "이 휴대폰에 음성 메일 기능이 있습니까?"

그녀가 그의 질문을 큰 목소리로 반복했다. 하지만 리처에게 물은 건 아니었다. 안쪽의 남편이 큰 소리로 대답했다. "없어!"

그녀가 말했다. "없어요."

리처가 말했다. "우리가 알고 있는 어떤 사람이 여기서 이것과 똑같은 휴대폰을 샀습니다. 피터 맥캔. 혹시 그를 알고 계십니까?"

노부인이 큰 소리로 그의 질문을 반복했다. "피터 맥캔이 우리가 아는 사람이우?"

남편이 큰 소리로 대답했다. "아니!"

"아니요." 그녀가 말했다.

"그의 아들, 마이클은 알고 계십니까?"

"그의 아들, 마이클은 우리가 아는 사람이우?"

"아니!"

"아니요."

"알겠습니다." 리처가 말했다. 그가 10달러짜리와 5달러짜리 지폐 한 장씩을 꺼내서 값을 치렀다. 동전을 거슬러주는 노파의 손동작이 아주 능숙했다.

두 사람은 인도에 서서 플라스틱 포장을 뜯기 시작했다.

쉽지 않았다. 결국 리처는 깔끔하게 포장을 벗겨낼 생각을 포기했다. 대신 가운데에서부터 찢어버렸다. 그가 충전기를 호주머니 속에 챙긴 다음 휴대폰을 장에게 건넸다. 그녀가 기계를 잠시 살펴보고 나서 전원을 켰다. 초기 화면이 떴다. 작고 흐릿한 흑백 화면이었다. 그 위에 휴대폰 번호도 떴다. 지역번호 501, 그리고 일곱 개의 숫자. 배터리 충전 상태를 나타내는 아이콘도 있었다. 직사각형 공간이 절반 정도 채워져 있었다. 공장에서 미리 절반을 충전시켜서 출시하는 게 원칙이었던 모양이다. 리처가 말했다. "맥캔에게 다시 한 번 전화해 보시오. 이번엔 받을 수도 있소. 어쩌면 그의 전화기가 제 형제의 울음소리를 알아들을 수도 있고."

스피커 기능은 없었다. 13달러짜리에겐 지나친 바람이었다. 장이 번호를 눌렀다. 장은 오른쪽 귀, 리처는 왼쪽 귀, 두 사람이 빰을 밀착시킨 채 나란히 서서 귀를 기울였다. 신호가 갔다. 계속해서 벨이 울렸다. 끝없이 울렸다. 지난번과 마찬가지였다. 맥캔의 응답은 없었다. 자동응답으로 넘어가지도 않았다.

상황을 이해하지 못하는 충직한 스패니얼.

장이 전화를 끊었다.

그녀가 말했다. "이제 어쩌죠? 밀워키보다 넓은 면적을 샅샅이 뒤져야 하나요?"

"극적인 효과를 위해서 거짓말을 했던 거요. 밀워키는 고작 서른여섯 블록 정도가 아니오. 훨씬 더 넓소. 그리고 아주 멋진 곳이오."

거기서 리처가 말을 끊었다.

그녀가 말했다. "뭐죠?"

그가 말했다. "아무것도 아니오."

아무것도 아닌 건 아니었다. '언제 한번 밀워키에 함께 갑시다.' 그 말이 입 안에서 맴돌았기 때문이다.

그녀가 말했다. "알았어요. 우리가 수색해야 할 지역은 밀워키보다는 좁아요. 하지만 그래도 엄청 넓은 건 사실이에요."

"두 블록 정도면 충분할 수도 있소. 방향만 제대로 잡는다면. 스스로를 돌보지 않아서 건강 상태가 형편없는 사람이오. 제대로 먹지도, 자지도 않는 게 분명하오. 병원을 찾지 않을 테니 처방전도 받지 못할 테고. 싸고 좋은 비타민을 찾아서 약국 진열대들을 기웃거릴 사람도 아니오. 단골 약국은 물론 없고 일반 약국들도 그의 관심 대상이 아니오. 따라서 그가 이 약국에서 휴대폰을 구입할 특별한 이유는 없었소. 그렇다면 왜 여기서 그걸 샀을까? 이 앞을 하루에 두 번씩 지나치기 때문이오. 도서관으로 출근할 때 한 번, 집으로 퇴근할 때 또 한 번. 포장에 먼지가 가득 덮인 걸로 미루어 약국 진열창 속의 휴대폰은 아주 오래전부터 그 자리에 있었던 게 분명하오. 맥캔은 그걸 보면서 이 앞을 지나다니다가 필요하게 되자 약국 안으로 들어간 거요. 따라서 이 휴대폰이 우리에게 방향을 가르쳐준 셈이오. 도서관 정문을 나와서 왼쪽으로 꺾은 다음 이 약국 앞을 지나는 노선."

"이 약국을 지난 다음에는 어디로 가야 하는 거죠?"

"여긴 상당한 부촌이오. 집값이 만만치 않을 게 틀림없소. 하지만 맥캔은 자기 집을 부끄러워하고 있소. 그게 무슨 의미겠소? 당신이 한번 둘러보시오. 그 안에서 사는 게 부끄러울 만한 집이 있소?"

"난 맥캔이 아니에요."

"바로 그거요. 모든 건 상대적이오. 자원봉사자실의 그 노인네는 은퇴한 CEO 같아 보였소. 그리고 이 동네 사람인 게 틀림없소. 단독주택에 거주하는 것도 틀림없고. 그렇지 않다면 그런 셔츠를 입고 다닐 수가 없소. 집과 옷은 불가분의 관계에 있소. 그건 내가 너무나 잘 알고 있는 사실이오. 그런 셔츠를 입는 사람은 단독주택에 살고, 단독주택에 사는 사람은 그런 셔츠를 입는 거요. 아마 조경이 그럴듯한 조용한 동네의 저택에 살고 있을 거요. 따라서 모든 게 상대적이라는 걸 감안할 때 맥캔은 단독주택에 살고 있지 않은 게 거의 확실하오. 그렇다고 아파트는 아니오. 아파트와 단독주택은 양자택일의 문제일 뿐이오. 몇 가지 측면에서는 아파트가 단독주택보다 더 나을 수도 있소. 그러니 결코 창피해할 일은 아닌 거지. 따라서 맥캔은 단독주택보다 못한 주거 환경에 살고 있지만 그게 아파트는 아니라는 결론을 내릴 수 있소."

"다세대 주택." 장이 말했다. "조경도 별로고 조용하지도 않은 동네의 허름한 다세대 주택. 여러 세대가 칸칸이 나뉜 방을 하나둘씩 차지하고 사는 곳. 가스버너에 밥을 해 먹어야 하는 처지에 비해 그다지 나을 게 없는 생활. 남자가 그런 생활환경을 다른 남자에게 드러내 보이기는 힘든 일이겠죠. 특히 상대방이 자신이 세 들어 사는 다세대 주택과 비슷한 규모의 저택을 독차지하고 살고 있는 경우에는. 똑같은 건설업자, 똑같은 도시 계획, 하지만 자기 동네만 슬럼화 되어 버렸다면 남성 호르몬이 감당하기 힘든 현실인 거죠."

"나도 같은 생각이오." 리처가 말했다. "남성 호르몬 얘기는 아닌 것 같지만. 아무튼 이 길을 따라 두세 블록을 걷다 보면 허름한 집들이 늘어선 거리를 두 개쯤은 만나게 될 거요. 집집마다 현관문에는 벨들이 열 몇 개씩 붙어 있고 벨 옆에는 명패도 부착돼 있을 거요. 빈 것도 있겠고 이사 간 사람들 것도 있겠지만 대부분은 현재 세입자의 이름을 그대로 박아 놓은 명패들일 거요. 운만 따라준다면 그 가운데 하나가 맥캔일 수도 있소."

이름들이 많았다. 이름들이 많은 건 명패들이 많았기 때문이다. 명패들이 많은 건 벨들이 많았기 때문이다. 그리고 벨들이 많은 건 그런 거리가 두 개가 아니라 네 개였기 때문이다. 도서관에서 큰길을 따라 두 블록 내려간 지점에서 각각 왼쪽과 오른쪽으로 길게 가지를 뻗은 첫 번째와 두 번째 거리, 거기서 다시 한 블록 더 내려간 지점에서 역시 좌우로 길게 뻗어나간 세 번째와 네 번째 거리. 그 거리들을 따라 늘어선 집들은 주변의 키 높은 건물들 탓에 상대적인 저지대를 형성하고 있었다. 지역이 개발된 시점에 들어선 집들이었다. 고개가 내둘러지거나 눈살이 찌푸려질 만한 동네는 아니었다. 리처의 판단이 그랬다. 실제로도 하수구 주변에 아무렇게나 어질러진 쓰레기는 없었다. 깨진 채 나뒹구는 마약 주사기도 없었다. 페인트 낙서도 없었다. 썩어가거나 무너져가는 귀퉁이도 없었다. 거부감을 일으킬 만한 건 아무것도 없었다. 하지만 부동산 전문가들의 미스터리하고도 자비 없는 계산법에 의해 평가 절하된 동네였다. 개발 당시엔 시원한 그늘을 드리워주었던 나무들이 나중에 모두 베어졌기 때문일 수도 있다. 지하실마다 물이 차 있기 때문일 수도 있다. 창문형 에어컨들이 너무 많기 때문일 수도 있다. 그리고 어쩌면 아주 오래전, 살길이 막막했던 어느 과부가 남편과 함께 살던 집을 다세대 주택으로 개조해서 세를 주기 시작했기 때문일 수도 있다. 그 수익을 부러워한 이웃들도 집을 개조했고 그러다 보니 가난한 이들이 몰려들기 시작했을 것이다.

타운카 기사가 리처와 장의 요구대로 사각형을 그리며 동네를 천천히 한 바퀴 돌았다. 그렇게 수색 범위를 눈에 익힌 뒤 두 사람이 차에서 내려 걷기 시작했다. 따갑도록 눈부신 햇살, 정오까지는 두 시간이나 남아 있었지만 벌써부터 찌기 시작했다.

장이 양지쪽을, 리처는 건너편 그늘쪽을 맡았다. 두 사람이 첫 번째 거리에 늘어선 건물들을 반으로 나눠서 수색하기 시작했다. 한 채씩 한 채씩, 계단을 오르내리며 마치 음식점 배달원처럼, 혹은 개종할 어린 양을 찾아 나선 전도사처럼.

벨 옆에는 대부분 명패가 부착되어 있었다. 손으로 적은 것도 있었다. 타이프, 혹은 프린트 된 것도 있었다. 직사각형 테이프에 양각으로 글자를 새긴 뒤 이전 세입자의 명패 위에 그대로 갖다 붙인 것도 있었다.

폴란드, 아프리카, 남아메리카, 아일랜드 등등 이름들도 UN 총회를 방불케 할 만큼 다국적이었다. 하지만 첫 번째 거리에는 맥캔이라는 이름은 없었다.

마더스 레스트에서 남쪽으로 32킬로미터 떨어진 지점, 다림질한 청바지에 드라이한 머리 매무새의 사내가 유선으로 또 한 차례 전화를 받았다. 상대방이 말했다. "여자가 이젠 자기 휴대폰을 사용하지 않고 있습니다."

"이유는?"

"정확히는 모르겠습니다만 조심하느라 그러는 것 같습니다. 그녀는 전직 FBI이고 그는 예비역 군인이니 말입니다. 숲에서 길을 잃은 소년소녀가 아니라는 얘기지요."

"그러니까 지금 해켓이 그들의 행방을 놓쳤다는 얘기요?"

"천만에 말씀. 해켓은 그들을 찾아냈습니다. 그것도 아주 쉽게요. 도서관을 지켜보고 있었답니다. 그들은 제시간에 나타났고요. 들어간 지 30분 만에 다시 나왔고 도서관 옆 약국에서 임시폰을 샀다는군요."

"그렇다면 그가 뭘 기다리고 있는 거요?"

"기회."

"그들이 맥캔과 이야기를 나누는 일은 결코 있어서는 안 되오."

"걱정 마십시오. 그런 일은 절대 없을 겁니다. 그건 약속할 수 있습니다."

두 사람이 큰길을 건너서 두 번째 거리로 들어섰다. 계단을 오르내리며 집집을 확인하는 작업이 다시 시작됐다. 대부분이 3층 건물이었고 층마다 최대 네 가구까지 거주하는 구조였다. 이름들의 다채로운 행진은 계속됐다. 하비에르, 히로토, 지오반니, 베이커, 프리드리히, 이시구로, 아크와미, 잉글맨, 크룹케, 댓슬러, 레오니다스, 그리고 캘러한. 순서만 정렬시키면 A부터 L까지 알파벳 순서대로 열두 개의 첫 철자, 그 가운데 최소한 캘러한은 아일랜드 이름이었다. 하지만 그래도 맥캔은 아니었다.

건물들의 외양에는 지어질 당시의 호사스러웠던 흔적이 아직 배어 있었다. 군데군데 남아 있는 스테인드글라스와 빅토리안 타일. 하지만 거기까지였다. 페인트를 수없이 덧칠한 탓에 온통 들뜬 출입문들은 대부분 작은 불투명한 유리창을 달고 있었다. 덕분에 흐릿하게나마 문 안쪽의 풍경을 엿볼 수 있었다. 그 풍경 속엔 형체로 판단할 때 자전거와 유모차 같은 것들이 널려 있었다. 리처는 그렇게 건물마다 확인해나갔다. 하지만 거리가 거의 끝나도록 맥캔이라는 이름은 그의 눈에 띄지 않았다.

하지만 장은 그렇지 않았다.

그녀가 길 건너편, 어느 건물의 출입문 앞에서 리처를 향해 손을 흔들었다. 그가 이유를 묻기 위해 활짝 편 양손바닥을 하늘을 향해 치켜들었다. 장이 마치 긴 퍼팅을 성공시킨 골퍼처럼 주먹 쥔 손을 야단스럽지 않은 피스톤 운동으로 흔들어보였다. 리처가 건너가서 그녀와 합류했다. 그녀의 손이 벨 박스 위로 다가갔다. 이어서 우아하게 다듬은 손톱 끝이 흰 종이 명패를 짚었다. 거기엔 이름 하나가 깔끔하게 프린트로 찍혀 있었다.

피터 J. 맥캔.

34

맥캔의 집은 32호였다. 3층 두 번째 세대. 다세대 주택은 왼쪽에서부터 시계 반대방향으로 순서를 정해나가는 것이 일반적이다. 따라서 허름한 건물의 맨 위층, 안쪽 세대. 볼품없는 거리일 망정 그 전망조차도 확보되지 않은 공간. 맥캔은 그래서 자기 집을 부끄러워했던 것이다.

견고해 보이는 건물 출입문은 단단히 잠겨 있었다.

장이 32호의 벨을 눌렀다. 안에서 울려 나오는 벨소리는 없었다. 3층 안쪽 세대, 거실에서 울리는 벨소리가 현관으로 새어나오기에는 거리가 너무 멀었다. 하지만 스피커마저 침묵이었다. 아무 반응이 없었다. 활기 없고 무더운 아침, 그저 모든 게 조용하기만 했다.

리처가 말했다. "그에게 다시 전화해 보시오."

임시폰에는 재발신 기능이 있었다. 13달러짜리 치고는 나쁘지 않았다. 장이 재발신 버튼을 눌렀다. 두 사람의 뺨이 다시 포개졌다.

신호가 갔다. 벨이 울리고 또 울렸다.

무응답.

그녀가 전화를 끊었다.

그녀가 말했다. "이제 어쩌죠?"

"피자 배달에는 너무 이른 시간이고." 리처가 말했다. "UPS 택배가 좋겠소."

그가 초인종 아홉 개를 하나씩 눌러가기 시작했다. 첫 번째 응답을 듣자마자 그가 말했다. "택배 왔습니다, 사모님."

잠시 후, 잠금장치가 지지직거리더니 철컥 소리와 함께 풀렸다.

문 안쪽의 현관에는 자전거와 유모차들이 세워져 있고 타이식당 전단지와 열쇠가게 명함이 널려 있었다. 두 사람은 푹푹 찌는 현관을 지나 1층 복도로 들어섰다. 원래는 널찍하고 호사스러운 거실이었을 것이다. 벽지와 몰딩에서 그 사실을 확인할 수 있었다. 하지만 온통 색 바랜 고급 벽지는 곳곳이 찢기고 말렸으며 깔끔했을 몰딩은 새로 설치한 칸막이 널판들에 의해서 곳곳이 허물어져 있었다. 문짝에 새겨진 장식들은 투박한 잠금장치와 문구멍, 그리고 삐뚤게 부착된 황동 숫자들에 의해 빛을 잃은 지 오래였다. 복도 왼쪽으로 첫 번째 문이 11호, 두 번째 문이 12호였다.

개조 공사의 만행을 모면한 카펫 계단은 화려했다. 하지만 가팔랐다. 층계참에 오를 때마다 켜지는 센서등 빛을 받아가며 마침내 3층. 두 사람 다 숨을 몰아쉬었다. 더웠다. 뒤쪽으로 올라오는 구조였기에 32호가 첫 번째였다. 왼쪽 안쪽 세대.

리처가 문을 두드렸다.

무응답.

하지만 노크의 진동에 문이 덜거덕거리는 것이 수상쩍었다.

리처가 손잡이를 돌려보았다.

문은 잠겨 있지 않았다.

문 안쪽은 바로 거실이었다. 한눈에 들어올 만큼 좁았지만 아파트의 구색은 갖춘 공간이었다. 실내 공기는 후덥지근하고 텁텁했다. 한쪽 벽에는 정돈되지 않은 트윈 사이즈 침대가 바짝 붙여져 놓여 있었고, 그 맞은편에는 RV(Recreational Vehicle, 레저용 차량)에 맞을 만한 크기의 창 없는 간이 주방과 역시 RV에 맞을 만한 크기의 창 없는 욕실이 나란히 들여져 있었다. 조명은 거실의 돌출형 창문을 통해 들어오는 빛줄기뿐이었다. 검게 더께가 앉은 창문에 커튼이 반쯤 드리워져 있었던 탓에 실내는 어두컴컴했다. 한때는 흰색이었겠지만 이젠 회색으로 빛바랜 벽들은 텅 비어 있었다. 석유 드럼통보다 클까 말까 한 식탁과 스툴 하나, 낡아서 번질거리는 것 말고는 전혀 매치가 안 되는 안락의자와 오토만(ottoman, 윗부분은 의자로 쓰고 아래 내부에 물건을 저장할 수 있는 상자 같은 가구), 가구라고 부를 수 있는 건 그게 전부였다. 하지만 사무용 탁자는 다섯 개나 있었다.

길이 1.8미터에 폭 90센티, 보통 문짝만 한 크기의 검은 목제 탁자들, 그것들이 두 개씩은 T자 모양, 전체적으로는 척추 모양을 그려내며 거실 한복판에 잇대어 놓여 있었다.

그 위에는 컴퓨터가 열다섯 대씩이나 놓여 있었다. 일곱 대는 데스크톱, 여덟 대는 노트북이었다. 그것들 주위에는 정체가 모호한 검정색 박스와 외장 하드드라이버, 모뎀, USB 박스, 냉각팬, 그리고 플러그소켓 들이 어지럽게 널려 있었다. 무엇보다도 많은 건 전선과 케이블이었다. 눈길 닿는 곳마다 얽히고, 설키고, 뒤틀리고, 꼬인 전선과 케이블들. 마치 들쥐가 버리고 떠난 둥지 같았다. 책들도 군데군데 위태로운 무더기를 이루고 쌓여 있었다. 모두 다 코딩이나 하이퍼텍스트 프로토콜, 혹은 도메인 네임에 관한 컴퓨터 전문 서적들이었다.

장이 바깥 복도를 살핀 뒤, 문을 닫았다.

리처가 말했다. "그에게 전화해 보시오."

그녀가 재발신 버튼을 눌렀다. 높낮이가 서로 다른 열 개의 작고 맑은 소리가 간격 좁은 스타카토로 이어지며 리처의 귀에까지 들려왔다. 잠시 후 벨소리가 울리기 시작했다. 아주 크게, 그리고 고집스럽게 울리고 또 울렸다. 플라스틱이 나무에 연속적으로 부딪히는 소리도 함께 들려왔다. 바로 그 거실 안에서. 맥캔의 휴대폰은 탁자 위 뒤엉킨 전선들 밑에서 몸을 떨어가며 울어대고 있었다. 컴퓨터 한 대에 꽂힌 충전기에 연결되어 있었기에 작은 스크린이 파랗게 빛나고 있었다.

장이 전화를 끊었다.

그녀가 말했다. "맥캔이 왜 이걸 갖고 나가지 않았을까요? 휴대폰이 있을 곳은 호주머니 속인데 말이에요."

리처가 말했다. "그에게 이건 휴대폰이 아니오. 오직 웨스트우드와의 연락 수단이었을 뿐, 그 밖에는 어떤 곳에도 필요하지 않은 물건이오. 그리고 이 물건은 제 임무를 완수했소. 성과가 없었던 건 이 녀석의 책임이 아니오. 당신의 추측이 맞았소. 맥캔은 이 물건을 용도 폐기하고 서랍 속에 던져두었던 거요. 서랍이 아니라 책상 위라는 것만 다를 뿐이오."

"충전 중인데요?"

"습관일 거요."

"그럼 그는 지금 어디에 있을까요?"

리처가 말했다. "그가 어디에 있는지는 나도 모르겠소."

"키버의 집 뒷문도 잠겨 있지 않았어요."

"나도 기억하고 있소."

"잠깐 동안 둘러보고 나서 신속하게 빠져나가야 해요."

"잠깐이라면?"

"2분."

길지 않은 시간이었다. 하지만 충분했다. 둘러볼 게 많지 않았기 때문이다. 주방은 작았다. 작은 찬장 안에는 달랑 싸구려 시리얼 한 박스뿐이었다. 역시 작은 냉장고 속에는 싸구려 우유 한 통과 초코바 두 개가 전부였다. 욕실 찬장에는 합법적인 진통제와 처방 없이 살 수 있는 감기약뿐이었다. 서랍장 속에는 낡아서 보풀이 잔뜩 일어난 옷들이 가득했다. 모두 검정색이라는 게 특이했지만 사건과는 관계없는 사항이었다. 침대는 그나마 특이한 점조차 없었다. 그건 컴퓨터 장비들도 마찬가지였다. 스크린들은 모두 켜져 있었지만 패스워드를 모르니 들여다볼 필요도 없었다.

사진은 없었다. 개인적인 기호품도, 가벼운 읽을거리도, 심지어 우편물조차 없었다.

장이 문을 빼꼼 열고 복도를 확인했다.

그녀가 말했다. "이제 그만 나가야 해요."

그녀가 문을 반 넘게 열었다.

어떤 사내가 문 앞에 서 있었다.

목격자의 진술은 그 자체로는 신빙성이 없다고 간주되는 게 원칙이다. 전제 조건, 인지적 편견, 그리고 자의적, 타의적 암시가 작용하기 때문이다. 쉽게 풀어서 얘기하자면 인간은 자신이 기대하는 모습을 눈에 담으려 하기 때문이다. 리처 역시 예외가 아니다. 그도 인간이니까. 비록 찰나의 순간이지만 그의 두뇌 앞부분은 문 앞에 선 사내의 모습을 맥캔과 일치하는 이미지로 왜곡하기 위해 바쁘게 작동했다. 결코 쉽지 않은 작업이었다. 수집한 정보에 따르면 맥캔은 예순의 수척한 몸매를 가진 남자, 반면에 문 앞 사내는 최소한 스무 살은 더 어리고 체격도 건장했다. 하지만 리처의

285

두뇌 앞부분은 계속해서 우겨댔다. 맥캔의 도시, 맥캔의 건물에서 맥캔의 집 문 앞에 서 있는 사내가 맥캔이 아니면 누구란 말인가?

그렇게 0.5초를 허비하고 난 뒤, 비로소 리처의 두뇌 뒷부분이 나섰다. 맥캔일 리가 없었다. 절대로 그럴 리는 없었다. 그가 아는 얼굴이었다. 얼핏 스쳤지만 두 번씩이나 눈에 담았던 얼굴. 한 번은 식당, 또 한 번은 고속도로의 타운카. 이제 그 얼굴과 세 번째로 맞닥뜨리게 된 것이다. 엘리베이터 없는 건물 꼭대기 3층, 어둑한 복도에서, 정면으로.

35

마흔 전후의 사내였다. 성마른 청년도 아니고 지나치게 신중한 노인도
아닌 인생 여정의 중반, 열심히 닦아 놓은 기반 위에서 경험을 통해 축적
한 자신감과 능력을 십분 발휘할 수 있는 황금기. 키는 거의 183센티미터,
몸무게는 대충 90킬로그램쯤 나갈 것 같았다. 투박한 질감에 허리 라인이
배꼽 어림까지 올라오는 청바지, 흰색 오픈넥 셔츠에 파란색 새틴 야구 재
킷을 걸친 차림이었다. 짧게 쳐서 단정하게 빗질한 금발머리, 길쭉한 핑크
빛 얼굴, 작고 파란 두 눈, 그 얼굴과 눈에 떠올라 있는 뭔가 묻는 듯한 표
정. 전기나 보수 공사의 견적을 떼러 온 기술자 같은 모습이었다.

손에 총만 쥐고 있지 않았다면.

구형 9밀리 루거 P-85인 것 같았다. 약 22센티 길이의 소음기도 장착돼
있었다. 그 총구가 바닥을 향하고 있었다. 허벅지 중간에서부터 종아리 중
간까지 사내의 다리와 나란하게 늘어뜨려진 길고 날렵한 권총. 리처의 두
뇌 뒷부분이 다시 작동했다. LA에서 허겁지겁 쫓아온 자. 총기를 지니고
비행기를 탈 수는 없는 노릇, 따라서 시카고에 지원팀이 반드시 있을 것이
다. 그것도 상당한 규모의 조직이 틀림없다. 일리노이 주에서는 불법으로
규정돼 있는 소음기까지 공급할 수 있는 조직.

리처의 두뇌 앞부분이 말했다. '앞으로 걸어 나가.'

그가 앞으로 한 걸음 내디뎠다.

총구가 들어 올려졌다. 사내가 말했다. "움직이지마."

리처는 계속 걸음을 옮겼다. 이제 거의 문 앞이었다.

사내가 말했다. "쏘겠다."

'넌 못 쏴. 문 앞이 아니라 거실 깊숙한 곳에서 쏘고 싶기 때문이지. 나는 들어 옮기기에는 너무 무거워. 그리고 영화 속의 소음기와 실제 소음기는 다르잖아. 피식 바람 빠지는 소리가 아니야. 소음기 없는 총소리보다 살짝 작을 뿐, 이 건물 전체에 울려 퍼질 만큼 큰 소리가 난다고. 그건 너도 잘 알고 있을 거야. 복도에서 방아쇠를 당긴다면 말이야.'

'그러니 넌 못 쏴.'

'아직은 못 쏴.'

사내가 말했다. "그 자리에 멈춰 서."

리처의 두뇌 뒷부분이 말했다. '시카고에 저자를 돕는 조직이 있다면 지원팀이 함께 왔을 가능성이 다분하다. 소음기를 구할 수 있는 자들이다. 덩치 좋은 똘마니들 몇 명쯤은 얼마든지 딸려 보냈을 수도 있다.'

복도를 확인해야 했다. 리처는 사내의 위협을 무시하고 문 앞까지 바짝 다가갔다. 하지만 사내의 어깨 뒤, 어둑한 복도는 텅 비어 있었다. 사람의 형체는 없었다. 말소리도, 자세를 바로잡는 소리도 없었다. 숨소리조차 없었다.

사내는 혼자였다.

리처는 가만히 서 있었다.

사내가 말했다. "안으로 들어가."

안쪽으로 물러서 있던 장이 말했다. "원하는 게 뭐죠?"

'우리를 죽이러 왔다는 말은 꺼내지 않을 것이다. 사적인 감정은 없고 다만 청부업자로서 할 일을 하는 것뿐이라는 얘기도 덧붙이지 않을 것이다. 왜? 우리가 마지막 발악을 하게 되면 아무래도 성가시니까.'

사내가 말했다. "얘기를 나누고 싶군."

"뭐에 관해서?"

"마더스 레스트에서 일어난 일들에 관해서. 당신들에게 내가 도움이 될 거야."

'차라리 브룩클린 다리가 내 건데 살 생각 없냐고 묻지 그래. 누굴 속이려 드는 거야, 지금.'

리처는 옆으로 살짝 돌아선 자세로 문을 꽉 막고 선 채 꿈쩍도 하지 않았다. 그의 한쪽 엄지발가락이 복도와 방의 경계선에 걸쳐 있었다. 그의 1미터 앞에는 사내, 사내의 1미터 뒤는 난간이었다. 리처의 2미터 뒤에는 장, 장의 2미터 뒤는 안쪽 벽이었다.

그녀가 말했다. "우리를 도우러 왔다면서 총은 왜 들고 있는 거죠?"

사내는 대답하지 않았다.

리처는 운전 과목에서는 낙제를 했다. 하지만 그 밖에 모든 과목은 합격했다. 육박전도 그 가운데 하나였다. 일반인들 가운데에는 육박전을 전투의 백미로 여기는 사람들이 적지 않다. 하지만 사실은 그렇지 않다. 아군의 피해는 최대한 줄이면서 효과적인 살상 무기로 적을 물리치는 것이 전술의 알파요, 오메가다. 이를테면 장거리에서 라이플로 적을 저격하는 것이 최선이다. 차선은 근거리의 적들을 권총으로 사살하는 것이다. 육박전은 그다음이다. 육박전이 전개되는 상황은 결코 바람직하지 않다. 그것은 곧 화기를 사용한 전술의 실패를 의미한다. 끔찍한 건 육박전의 요령을 제대로 알고 있는 고급 장교가 없다는 사실이다. 더욱 끔찍한 건 그런 책상귀신들이 육박전 교본의 저자라는 사실이다. 즉, 실전에서 활용할 수 있는 육박전 교과서가 없는 것이다. 육박전, 하면 무술이 연상되는 게 사실이다. 하지만 무술은 실전에서 그다지 도움이 되지 않는다. 매트와 도복, 그리고 심판 없이는 유도와 가라테는 아무 소용이 없다. 육박전에는 룰이 없기 때문이다. 육박전은 막싸움이다. 그래서 술집에서의 난투극처럼 가능한 모든 수단을 동원해야 한다.

장이 말했다. "총을 내려놔요. 그리고 대화를 해요, 우리."

'저자는 총을 내려놓지 않을 것이다. 자신의 유일한 기득권을 포기할 수 없기 때문이다. 거인과 맨손으로 맞붙는 건 그가 결코 원하지 않는 상황이다. 더구나 그 거인이 정신병자 같은 눈빛으로 자신을 노려보고 있지 않은가.'

광기 어린 눈빛으로 상대를 노려보는 것도 막싸움의 수단 가운데 하나다.

총을 켠 사내의 자세에는 변화가 없었다.

리처가 상체를 앞으로 약간 기울였다.

'저자는 방 안에서 나를 쏘고 싶어 한다. 문 앞에서는 아니다. 나는 끌어 옮기기에는 너무나 몸집이 크다.'

사내가 말했다. "뒤로 물러서시오, 당장."

리처는 아무 말도 하지 않았다.

'나는 끌어 옮기기에는 너무나 몸집이 크다.'

다음 순간 총을 든 사내가 통제할 수 없는 상황이 전개되었다. 그가 뒤로 밀리기 시작했다. 2센티씩, 3센티씩. 쉼 없이 전해져 오는 압박감 때문이었다. 실제로 물러선 건 아니었다. 그의 두 다리와 루거 P-85의 총구는 전혀 움직이지 않았다. 하지만 그는 주도권과 운이 상대방에게 넘어간 것 같은 기분에 사로잡혔다. 미친 거인의 눈에서 쏘아져 나오는 죽음의 광선에 의해 온몸이 타들어 가는 것만 같았다.

리처가 말했다. "걱정 말게."

'막싸움도 다른 모든 싸움처럼 제1단계는 심리전이다. 몸을 제압하기 전에 마음을 먼저 뺏어야 한다.'

리처가 말했다. "우리 일단은 얘기를 나누세. 자네가 이 빌어먹을 상황에서 빠져나갈 수 있는 방법을 찾아보자고."

리처가 약간 옆으로 돌아선 자세를 취한 데에는 이유가 있었다. 오른손잡이가 오른손에 총을 든 상대방과 대치할 때 가장 효과적인 자세. 경험을 통해 체득한 교훈. 하지만 말을 마친 즉시 리처의 자세가 돌변했다. 마치 격렬한 춤 동작처럼 그가 상체를 들이밀며 동시에 허리를 시계 반대방향으로 급격하게 뒤틀었다. 그의 오른쪽 팔꿈치가 채찍질하듯 돌아갔고 다시 허리가 풀리면서 그 추진력을 받은 오른손이 활짝 펴진 상태로 사내의 오른 손목 안쪽을 강타했다. 정면을 향하고 있던 총구가 사선으로 어긋났다. 리처의 오른손이 오므라들며 수갑처럼 사내의 오른 손목을 단단히 죄었다. 그와 동시에 왼손은 총을 쥔 사내의 손바닥과 맞부딪혔다. 춤 동작처럼, 혹은 총을 뺏으려는 것처럼. 하지만 아니었다. 당장은 총을 뺏으려는 게 아니었다. 오른손은 앞으로 힘껏 당기고 왼손은 계속해서 뒤로 밀어서 일단 사내의 손목을 꺾어버리려는 의도였다.

'소음기 덕분에 일이 쉬워졌다. 저자의 근육이 익숙하게 기억하고 있는 총의 길이보다 두 배나 길지 않은가. 따라서 손목은 쉽게 꺾일 것이다. 어서 해치워 버리자.'

리처의 머릿속에서 순간적으로 내려진 판단이 그랬다. 그가 허리를 짧게, 하지만 강력하게 틀면서 그와 동시에 조이고 있던 사내의 손목을 풀어주고 그 대신 소음기를 꽉 움켜쥐며 앞으로 힘껏 잡아 당겼다. 거의 자동적으로 이루어진 동작이었다. 실전에서 수없이 구사했던 기술이기 때문이다. 그 기술이 제대로 들어가면 백에 아흔아홉 번은 성공한다. 그리고 이번에도 그 기술은 제대로 들어갔다. 하지만 사내는 백 번째 경우였다. 그는 리처의 기술에 대응하는 방법을 알고 있었다. 총을 계속해서 쥐고 있으면 상대방이 당기는 힘에 휘둘려 결국 중심을 잃게 된다. 휘청거리다가 바닥에 패대기쳐지면 그걸로 게임은 끝나게 된다. 사내가 즉시 총을 놓아버렸다. 총을 포기하는 대신 손목의 자유를 얻은 것이다. 그게 바로 백 번째 방법이었다. 리처의 기술에 효과적으로 대응하는 유일한 방법.

이젠 리처의 위기였다. 총을 뺏긴 뺏었다. 하지만 오른손으로 소음기를 잡고 잡아당겼기에 방향이 거꾸로였다. 게다가 허리는 계속해서 뒤로 돌아가고 있었다. 따라서 일단은 그 운동 에너지를 차단해야 했다. 동시에 왼손으로 총을 넘겼다가 방향을 180도 돌린 뒤 다시 오른손으로 옮겨 쥐어야 했다. 시간을 요하는 동작이었다. 조준하는 데도 시간은 필요했다. 소음기 탓에 채찍을 추스르듯 들어 올려야 하기 때문이다. 그렇다면 시간은 모두 얼마나 걸릴 것인가? 1.5초? 2초?

'저자는 내 기술에 적절히 대응할 만큼 현명하다. 따라서 내가 자세를 바로잡고 조준을 하려는 사이에 내 관자놀이에 주먹을 날릴 게 분명하다. 그것도 한 방이 아닐 것이다. 펀치백 좀 때려봤다면 2초 동안 네 방은 날릴 수 있을 것이다. 그러니 나 역시 권총을 놓아야 한다. 일단은 공격에 대비해야 한다. 그리고 나서 다시 권총을 집어야 한다.'

리처가 루거의 소음기를 쥐고 있던 오른 손가락들을 풀었다. 그 즉시 머리를 숙이면서 오른쪽으로 틀었던 허리를 풀었다. 동시에 뒤로 젖혀진 오른쪽 팔꿈치를 거꾸로 세우고 사내를 향해 낫질하듯 올려쳤다. 그 순간 사내의 오른 펀치가 그의 정수리를 스치며 지나갔다. 적시에 머리를 숙인 덕분이었다. 하지만 그다음에 날아온 사내의 왼손 혹은 정확히 리처의 관자놀이에 꽂혔다. 엄청난 충격이 전해져왔다. 마치 쇠몽둥이로 가격당한 것 같았다. 반면에 백핸드로 날린 리처의 팔꿈치는 빗나가고 말았다. 사내의 다음번 오른 펀치와 충돌해서 서로 밀려났기 때문이다. 리처는 밀려나는 운동 에너지를 추진력 삼아 곧장 왼손 혹을 날렸다. 하지만 이미 실패가 예정된 공격이었다. 추진력을 얻기 위해 허리를 왼쪽으로 틀었다가 푸는 순간 관자놀이를 정통으로 맞았기 때문이다. 그래서 중심이 흔들렸다. 제대로 들어갔으면 사내를 난간 너머로 날려 보냈을 혹이었다. 하지만 실제로는 사내를 가볍게 건드린 정도에 지나지 않았다. 그나마도 사내는 상체를 뒤로 젖히며 충격을 완화시켰다.

사내는 계속해서 놀라운 싸움 기술을 발휘했다. 리처는 당연히 사내가 젖혔던 상체를 바로 세우며 다시 다가올 거라고 예상했다. 그래서 한 발을 내딛으며 한 방에 보내버릴 태세를 갖췄다. 하지만 사내는 왼쪽으로 사이드 스텝을 밟으며 90도 각도로 몸을 돌려 세웠다. 체조 선수처럼 유연한 몸놀림이었다. 그 덩치로 그런 동작을 구사하다니 놀라웠다. 전략적으로도 훌륭했다. 치명적인 일격을 피하는 동시에 절호의 기회를 잡은 것이다. 리처의 무게중심은 오른쪽 다리에 실려 있었고 오른손 주먹은 이제는 허공이 되어버린 목표를 향해 날아가고 있었다. 사내가 그 틈을 놓치지 않고 한 걸음 다가들면서 무방비 상태가 된 리처의 오른쪽 옆구리에 왼 주먹을 끊어치기로 꽂았다. 맞는 순간, 엄청 멍이 들겠다는 생각이 머릿속에 떠오를 정도로 어마어마한 충격이 전해져 왔다.

사내가 다시 뒤로 한 걸음 물러났다. 중립 코너로 빠지는 권투선수처럼. 하지만 더 이상은 공격해오지 않았다. 경계 태세만 갖춘 채 그 자리에 가만히 서 있었다. 자신감이 넘쳐흐르는 모습이었다. 루거는 카펫 깔린 복도 위에 놓여 있었다. 리처의 발과 사내의 발 사이의 얼추 중간 지점이었다. 총구는 두 사람 누구도 아닌 중립 코너를 향하고 있었다. 위로 치켜세워지지도 않고 아래로 꺾어지지도 않은 황제의 엄지손가락처럼, 아직은 결정을 내리지 않았다는 듯.

정확히 말하자면 한가운데는 아니었다.

리처에게서 약간은 가까웠다.

그걸 집어 드는 데 시간이 얼마나 걸릴까?

'얼마가 걸리든 그 사이에 저자에게 머리를 걷어 채일 것이다.'

아니면 그자의 총알에 심장이 뚫릴 수도 있었다. 리처는 사내의 옷차림을 유심히 살펴보았다. 새틴 재킷은 얇았다. 어느 주머니도 불룩하지 않았다. 무게 때문에 한쪽 자락이 처지지도 않았다. 앞섶은 완전히 열린 상태였다. 그 속에 감춘 건 없었다. 청바지 앞주머니들은 두 개 모두 불룩했다. 하지만 무게감은 전혀 느껴지지 않았다. 공기와 휴지뿐일 것이다. 사내는 전문 킬러다. 시카고의 지원팀으로부터 권총을 한 자루만 보급 받았을 리는 없다. 그렇다면 두 번째 권총은? 등허리, 벨트에 장착한 총 지갑에 꽂혀 있을 것이다. 따라서 권총을 뽑는 데는 시간이 걸릴 것이다. 하지만 장신의 사내가 허리를 굽히고 20여 센티짜리 소음기까지 장착한 권총을 집어 드는 시간보다는 훨씬 짧을 것이다.

그래서였다. 자신감이 넘쳐흐르는 사내의 모습. 맨주먹의 혈투를 준비하고 있었다면 절대로 그런 모습을 보일 수가 없었다. 지금껏 리처와 맨주먹으로 맞섰던 어떤 사내도 그런 모습을 보인 적이 없었다. 다만 그 자신감 뒤에는 일말의 불안도 있을 것이다. '리처가 루거를 집지 않으면 어쩐다?' 리처는 그렇게 판단했다. 역시 싸움을 아는 사내였다. 사실 리처는 루거를 집어 들고 싶은 마음이 전혀 없었다. 무모한 모험이었다. 사내의 발길질, 혹은 총알. 그 시점에서의 최선은 발끝으로 권총을 짚은 다음 뒷발길질로 장에게 밀어 보내는 것이다.

그럴 수만 있다면 역전이다.

하지만 쉽지 않은 일이었다. 시간도 꽤 소요될 것이다. 부자연스럽고 익숙하지 않은 동작이기 때문이다. 게다가 장이 권총을 집어 들고 조준한 뒤 발사하기까지는 또 시간이 걸릴 것이다.

그건 거의 확실했다.

그래서 사내의 불안은 일말에 불과한 것이다.

'그렇다면 다시 심리전이다.'

리처가 한 걸음 크게 뒤로 물러섰다. 이제 구도가 변했다. 루거의 위치가 사내에게 더 가까워진 것이다. 사내가 앞으로 한 걸음 다가섰다. 루거가 더욱 가까워졌다. 인간의 본능. 물리치기는 어렵고 빠져들기는 쉬운 유혹. 사내가 제자리를 지키고만 있었다면 리처는 역전의 기회를 잡지 못했을 것이다. 하지만 사내는 앞으로 한 걸음 다가왔다. 사내가 저지른 첫 번째 실수. 본능의 유혹에 빠질 수밖에 없는 인간의 약점. 하지만 그는 자신의 실수를 알아채지 못했다. 자신이 유리한 상황에서 위치는 어디든 상관없다고 생각했을 것이다. 오히려 한 걸음 나섬으로써 더욱 유리해졌다고 판단했을 것이다. 이제 루거를 바로 자기 발 앞에 확보했으니까. 원하기만 하면 언제든 그걸 집어들 수 있다는 착각에 빠졌을 것이다. 그렇게 되면 자신은 두 자루의 권총을 갖게 된다. 리처는 빈손이고.

훨씬 더 유리해진 상황.

본능의 유혹, 촉박한 시간.

두 자루의 권총은 말 그대로 손만 뻗으면 잡을 수 있었다. 하지만 실제로 손에 쥔 건 아니었다. 너무나 가까웠다. 동시에 너무나 멀었다. 사내는 앞으로 벌어질 상황에 대한 낙관적인 상상에 빠져 있었다. 손으로는 묵직한 손잡이와 딱딱한 방아쇠를 이미 느끼고 있었다. 절대적인 승산. 승리. 임무 완수.

성공적인 결말이 코앞에 다가와 있었다. 잽싸게 허리를 굽혔다 펴면서 루거만 집어 들면 끝이다. 혹은, 새틴 재킷 자락을 젖히고 손을 뒤로 돌려 두 번째 총만 뽑아들면 끝이다. 조준, 그리고 발사.

그걸로 끝.

성공적인 결말이 코앞에 다가와 있었다.

본능의 유혹, 촉박한 시간.

사내는 망설이고 있었다. 둘 중 어느 방법을 택하든 시간이 걸릴 것이다. 1초 남짓. 게다가 둘 다 목적이 분명한 동작들이다. 따라서 개시하자마자 그 의도를 스스로 드러낼 것이다. 눈앞에 버티고 서 있는 거인이 그걸 놓칠 리가 없었다. 덩치는 산만 하지만 민첩하다. 사실 민첩할 필요도 없다. 허리를 굽히는 순간 거인의 오른발이 날아올 것이다. 공을 세워 놓고 차는 것처럼 쉬운 동작이다. 정확한 목표, 정확한 위치, 정확한 거리. 따라서 루거를 집으려는 시도는 얼굴을 발길로 질러 달라는 부탁과 마찬가지다.

권총을 뽑으려는 시도도 마찬가지다. 얼굴이 아니라 불알이라는 것만 다를 뿐이다. 한쪽 팔꿈치를 묘한 각도로 꺾어서 등 뒤로 돌리고 남은 한 팔로만 맞서야 하는 상황이다. 사타구니를 질러오는 거인의 발길질을 무슨 수로 막겠는가.

현재 손은 비어 있다. 그 손을 뻗으면 어느 총이든 잡을 수 있다.

유혹,

시간,

망설임.

리처가 사내를 향해 반걸음 다가갔다. 거리를 좁히기 위해, 각도를 줄이기 위해, 공격의 초점을 가다듬기 위해, 그리고 사내의 압박감을 고조시키기 위해. 1.5미터를 사이에 둔 대치 상태. 사내는 표면적으로는 여전히 평정을 유지하고 있었다. 하지만 속으로는 흔들리고 있었다. 리처는 그렇게 판단했다. 그리고 그 판단은 정확했다. 사내는 허리를 굽히고 싶었다. 손을 등 뒤로 돌리고 싶었다. 둘 중 하나는 하고 싶었다. 아니, 둘 다 하고 싶었다. 치솟는 갈망. 그걸 억제하기 위해 안간힘을 쓰는 이성. 사내의 손이 뻗었다가 거둬들여지기를 반복하고 있었다. 눈으로는 보이지 않는 동작이었다. 하지만 리처는 분명히 느낄 수 있었다. 사내는 흔들리고 있었다. 떨고 있었다. 사내의 두 눈이 말해주고 있었다. 위, 아래, 위, 아래, 쉴 새 없이 움직이고 있는 두 개의 눈동자. 너무나 가까웠다. 동시에 너무나 멀었다.

리처가 말했다. "자네 이름이 뭐지?"

사내가 말했다. "알아서 뭐하게?"

"낯이 익은 것 같아서 물어본 걸세. 이제 정식으로 인사를 나눠야 할 것 같아서."

"인사를 나눠서 뭐하게?"

"자네 입장에선 득이 될 수도 있어. 인사를 나누고 나면 내가 자네를 인간으로 여기게 될 수도 있거든. 단순히 해치워야 할 대상이 아니라. 그러면 나도 자네를 심하게 다룰 순 없을 거야. 이건 요즘 세상에서 반드시 기억해야 할 교훈 가운데 하나야. 피해자는 자신이 인간이라는 사실을 가해자에게 인식시켜서 마음이 약해지게 만들어야 해."

흔들리고 있었다. 떨고 있었다. 아래위로 쉴 새 없이 움직이는 두 개의 눈동자.

너무나 가까웠다. 동시에 너무나 멀었다.

사내가 말했다. "난 피해자가 아니야."

리처가 말했다. "아직은 아니지."

안쪽에서 장이 말했다. "이 상황이 비극으로 끝날 필요는 없어요. 물러서서 두 손을 들어요. 그리고 우리 대화를 나누기로 해요. 그러면 모든 걸 해결할 수 있어요. 당신은 아직까지 큰 잘못을 저지르진 않았으니까."

사내는 대꾸하지 않았다. 두 개의 눈동자는 계속해서 흔들리고 있었다. 그는 루거를 집고 싶었다. 리처의 판단이 그랬다. 당연했다. 일단은 그가 처음부터 뽑아들었던 무기였다. 나름의 이유가 있었을 것이다. 게다가 소음기가 장착돼 있었다. 전술적인 측면에서 뒤 허리춤의 권총에 비해 탁월한 선택이었다. 그건 사내도 충분히 알고 있을 것이다. 감정적인 측면에서도 탁월한 선택이었다. 그건 사내가 아직 모르고 있을 것 같았다. 최소한 그의 두뇌 앞부분은 그 사실을 인지하지 못하고 있을 것이다. 대신 그 부분은 사내에게 계속해서 얘기를 건네고 있었다.

'루거를 집어 들어. 그럼 다시 처음으로 돌아가는 거야. 그래서 다시 시작하는 거지. 아무 일도 없었던 것처럼. 루거를 집어 들어. 그러면 이번 임무를 성공적으로 완수할 수 있어.'

리처가 말했다. "이름이 뭔가?"

사내가 말했다. "케이스 해킷."

"난 잭 리처라고 하네. 만나서 반갑네."

사내는 대꾸하지 않았다.

리처가 말했다. "물론 자네는 우리 이름을 이미 알고 있을 테지."

묵묵부답.

"우린 서로 이름을 말하며 인사를 나눴네. 그러니 내 동료가 말했듯이 이 상황이 비극으로 끝나서는 안 되네. 난 이제 마음이 약해져서 자네를 그 비극의 주인공으로 만들고 싶지 않아. 자넨 한 사람의 이름만 말해주면 돼. 우리의 이름을 자네에게 일러준 사람. 자네에게 이 일을 맡긴 사람. 자네가 매일 저녁 전화로 보고를 올리는 사람. 그 이름만 말해주게. 그러면 털끝 하나 건드리지 않고 보내주겠네."

묵묵부답.

"해킷 선생, 간단한 논리 아닌가. 이름을 말하면 무사히 빠져나갈 수 있다는 건 이름을 말하지 않으면 무사히 빠져나가지 못한다는 의미일세. 아니, 빠져나가지 못하는 게 아니라 빠져나갈 수 없게 될 거야. 정확히 어느 정도일지는 모르겠지만 최소한 걷지 못할 정도의 부상은 입게 될 테니까."

묵묵부답.

"아직도 이해가 가지 않는다면 옛날식 횡단보도 신호등을 떠올려 보게." 리처가 말했다. "한때는 신호등에 글씨가 떴잖나. 바로 그걸세. 걷거나 걷지 못하거나 둘 중 하나."

　사내가 잠시 뜸을 들였다. 다음 순간, 처음으로 흔들림이 멎었다. 망설임의 시간은 끝났다. 사내는 즉시 루거를 집는 동작을 개시했다. 그가 잽싸게 허리를 굽혔다. 중력의 법칙에 따라 낙하하는 속도보다 빠르게. 동시에 그의 손이 발밑을 향해 뻗어나갔다. 눈길은 목표에 고정되어 있었다. 곁눈이었다. 고개를 외로 꼬고 있었기 때문이다. 얼굴을 향해 날아올 거인의 발길질을 예상하고 있었으니까. 그 전에 총을 집어 들고 상체를 일으킬 수 있기를 바라면서.

　하지만 이루어질 수 없는 바람이었다. 사내의 얼굴은 뒤를 향해 최대한 돌아간 상태에서 높게 들려 있었다. 그래서 리처의 부츠 끝이 그의 턱 밑에 꽂혔다. 헤비급 권투선수의 어퍼컷. 그것도 글러브 속에 말편자를 심어놓고 올려친 핵펀치. 가공할 위력이었다. 사내는 등짝부터 바닥에 나가떨어졌다. 하지만 완전히 뻗은 건 아니었다. 그대로 누워 있다가는 2차 공격에 속수무책으로 당할 게 분명하기에 사내가 얼른 몸을 뒤채서 네 발로 바닥을 짚은 자세를 취했다. 사내가 그 자세로 발발 기어서 리처와의 거리를 벌린 뒤 허공을 할퀴어 대며 일어섰다. 얼굴이 엉망이었다. 턱은 부서졌고 이빨들은 달아났다. 심각한 부상이었다. 하지만 경기를 중단시킬 심판은 없었다. 설사 있었다고 해도 중단시킬 수 없었을 것이다. 사내가 아직 경기를 포기하지 않고 있었기 때문이다.

　리처는 사내의 오른손을 지켜보았다. 예상 가능한 동작은 세 가지였다. 첫 번째, 가장 현명한 동작, 항복의 표시로 하늘로 들어올린다. 두 번째, 가장 어리석은 동작, 다시 주먹을 날린다. 세 번째, 현명한 동시에 어리석은 동작, 등 뒤로 돌아간다.

사내는 마지막을 선택했다. 그의 오른손이 등 뒤로 돌아갔다.

하지만 목표 지점에 이르지는 못했다.

사내가 손바닥을 활짝 편 상태로 오른팔을 뒤로 꺾었다. 균형을 유지하기 위해서 왼팔은 어정쩡하게 옆으로 뻗었다. 이제 사내의 두 어깨 사이는 무방비 상태, 따라서 종이 표적이나 다름없었다. 모의 전투 훈련에서 벽에 붙여 놓는 종이 표적. 어디든 가격할 수 있었다. 리처가 짧은 스텝으로 다가가서 사내의 얼굴을 머리로 받아버렸다. 1미터의 도약 거리, 어두침침한 복도의 대기 속에 반원의 궤적을 그리며 날아간 머리통, 그 자체로도 엄청난 위력, 거기에 보태진 가공할 가속도, 어마어마한 파괴력. 충돌이 일어난 즉시 사내는 뒤로 꼿꼿이 넘어갔다. 그러고 나서도 아직 넘치도록 남아 있는 추진력에 제동을 걸기 위해 리처는 온몸의 근육을 총동원해야 했다. 그러지 않았다면 바닥에 이마를 찧었을 것이다.

바로 그 순간, 계단통 건너편 방문이 30센티 정도 열렸다. 그 틈으로 백발이 성성한 머리 하나가 삐죽 내밀어졌다. 노부인이었다. 그쪽 복도의 센서등이 켜졌다.

그녀가 물었다. "댁들은 누구시죠?"

36

나이와 지혜를 함께 축적해온 모습이었다. 비쩍 마른 얼굴이 쇠약해보였다. 하지만 원기만은 왕성한 것 같았다. 그 세대의 사람들이 대개 그렇듯이 예의를 중시할 것이다. 의심을 드러내는 건 예의에 어긋나는 일이다. 리처의 판단이 그랬다.

리처가 말했다. "맥캔 씨가 주문하신 새 컴퓨터를 들여놓고 있는 중입니다. 하지만 이 복도가 너무 더워서 이 친구가 기절을 했습니다."

"내가 구급차를 불러 드릴까요?"

"폐를 끼치고 싶지 않습니다. 그리고 곧 깨어날 겁니다."

"전화 한 통화만 하면 되는 일인데요, 뭘."

"사실은 보험 문제 때문에 그렇습니다, 부인. 정직원이 아니라 임시직으로 일하는 친구거든요. 아시겠지만 병원비 부담이 엄청납니다. 그러니 병원 침대에서 깨어나면 우리를 원망할 겁니다."

"그럼 다른 거라도 내가 도울 일이 없나요?"

"전혀 없습니다, 부인."

리처가 해킷의 양쪽 겨드랑이에 손을 집어넣고 그를 맥캔의 방 쪽으로 끌고 가기 시작했다. 장은 어기적거리며 방을 향해 걸어갔다. 발끝으로 루거를 몰면서 걸음을 옮겼기 때문이다. 노부인이 눈치 채지 못하게 슬쩍슬쩍, 한 번에 몇 센티씩. 백발 머리가 안쪽으로 사라졌다. 열린 틈이 조금씩

302

좁아져갔다. 그대로 닫히나 싶었던 방문이 다시 열렸다. 30센티. 노부인이 말했다. "피터는 컴퓨터를 늘 혼자 힘으로 설치하는 것 같던데."

이번엔 방문이 완전히 닫혔다. 복도가 다시 조용해졌다.

장이 루거를 집어 들고 안으로 들어갔다. 리처는 해켓을 안에다 부려놓았다. 장이 문을 닫았다. 해켓의 몰골은 끔찍했다. 상악은 완전히 부서진 게 분명했다. 나머지 얼굴뼈들도 무사하진 못했다. 정형외과 교본에 극단적 사례로 기록되고도 남을 정도였다. 하지만 호흡에는 전혀 지장이 없는 것 같았다. 최소한 그 시점에서는 이상이 없었다. 하지만 살과 근육이 부어오르고 핏덩이가 굳기 시작하면 얘기가 달라질 것이다. 호흡장애로 인해 목숨이 위태로울 수도 있었다.

장이 말했다. "언제쯤이면 정신이 돌아올까요?"

리처가 말했다. "글쎄, 두 시간쯤? 아니면 영영 깨어나지 않을 수도 있겠고."

"당신이 너무 세게 받았어요."

"그가 나를 먼저 쳤소. 머리 두 번, 옆구리 한 번."

"당신 괜찮아요?"

그가 고개를 끄덕였다. 괜찮은 건 사실이었다. 하지만 썩 괜찮은 건 아니었다. 오른쪽 콩팥 부근이 많이 아팠다. 몸을 움직일 때마다 통증이 전해져 왔다. 머리의 상태는 훨씬 심각했다. 관자놀이에 찌르는 듯한 통증이 느껴졌다. 엄청난 위력의 일격이었다. 그렇게 세게 맞아본 건 처음인 것 같았다.

그런 상황에서 박치기는 현명한 선택이 아니었다.

"여기서 두 시간을 기다릴 수는 없어요." 장이 말했다. "그동안에 무슨 일이든 또 벌어질 거예요."

"우린 맥캔을 만나러 왔소. 여기서 기다리는 게 가장 확실한 방법이오."

"당신 지금 제대로 생각을 못하고 있는 것 같아요." 그녀가 말했다. "혹시 두통을 느끼고 있나요?"

"아직은 괜찮소. 하지만 이제 곧 느끼겠지. 그런데 생각을 못한다니 그게 무슨 뜻이오?"

"그자들이 우리가 여기 있다는 걸 어떻게 알았을까요?"

"이 친구가 우리를 미행했던 거요. 도서관 앞에서부터 계속."

"하지만 우린 도서관에서부터 여기까지 타운카를 타고 왔어요. 지리를 익히기 위해 거리마다 들락날락하면서. 우리 뒤를 쫓아오는 차는 없었어요. 우리 눈에 띄지 않고 미행을 하는 건 불가능했으니까요."

"그럼 그자들이 어떻게 알아냈을 것 같소?"

"맥캔에 관해서 우리보다 더 많은 정보를 갖고 있는 거예요. 최소한 이집 주소는 알고 있었던 게 분명해요. 그래서 문이 열려 있었던 거죠. 키버네 집 뒷문처럼. 어쩌면 해켓이 이미 오늘 아침에 여길 다녀갔을 수도 있어요."

심각한 목소리였다.

리처가 루거를 집어 들었다. 그가 약실을 확인한 뒤, 탄창을 빼냈다. 그를 향해 윙크를 보내듯 반짝이는 황동색 9밀리 실탄들. 하지만 숫자가 모자랐다.

탄창엔 한 발이 비어 있었다.

그가 약실에 코를 들이댔다. 이어서 총구의 냄새도 확인했다.

총알이 발사된 총.

장이 말했다. "그자들은 우리와 맥캔이 대화를 나누는 걸 원치 않았어요. 그 대화를 막는 데에는 두 가지 방법이 있어요. 그자들은 그 두 가지를 모두 선택한 거예요."

리처가 해켓의 목에 손가락을 가져다 댔다. 맥박이 뛰고 있었다. 하지만 박동은 느렸다. 깊은 무의식상태, 혹은 혼수상태. 서로 차이가 있는 표현인가?

장이 말했다. "이자의 지원군들이 곧 들이닥칠 수도 있어요."

리처가 말했다. "이자의 입을 통해서 많은 걸 알 수 있소."

"시간이 없어요."

"그럼 챙길 수 있는 것만이라도 챙깁시다."

호주머니에서는 장의 휴대폰처럼 몸체가 얇은 최신형 핸드폰, 렌터카 키, 호텔 카드키, 85센트, 그리고 지갑이 나왔다. 뒤 허리춤 총 지갑에 꽂힌 권총은 헤클러앤드코흐 P7이었다. 숨겨서 소지하기에 알맞은 소형이지만 위력은 만만치 않은 모델. 실탄은 루거와 마찬가지로 파라블럼 9밀리. 호환성을 감안하면 당연했다. 지갑 속의 현금은 100달러가 넘었다. 그 밖에 캘리포니아 운전면허증과 신용카드 여러 장. 장은 통화 내역 확인을 위해 휴대폰을 챙겼고, 리처는 현금을 챙겼다. 요긴하게 쓰려고. P7도 그가 챙겼다. 이유는 많았다. 루거를 비롯해서 나머지 물건들은 지문을 깨끗이 닦아냈다. 그 방 안에서 그들의 손이 닿았던 곳들도 모두 닦았다. 그들이 전리품을 주머니 속에 넣었다.

장이 말했다. "다른 건 필요한 게 없을까요?"

리처가 마지막으로 실내를 둘러보았다.

그가 말했다. "한 가지가 더 있는 것 같소."

"그게 뭐죠?"

"유기농 농산물과 꿀벌은 이제 잊어버려도 될 것 같소. 이곳을 한번 둘러보시오. 음식이라고는 설탕덩어리나 마찬가지인 시리얼과 공장에서 처리된 우유, 그리고 초코바 두 개가 전부요. 또 바지는 전부 폴리에스터 소재요. 따라서 맥캔은 환경운동가도 아니오. 결국 『LA 타임스』의 기사들 가운데 맥캔의 관심을 불러 일으켰던 건 바로 디프 웹이었소. 변종 인터넷. 그렇지 않고는 이 많은 컴퓨터들의 존재를 설명할 수가 없소."

"챙겨갈 마지막 한 가지가 바로 컴퓨터인가요?"

"아까 그 노부인이 하는 얘기를 들었소? 문을 닫기 전에 말이오."

"피터가 컴퓨터를 늘 혼자 힘으로 설치한다고 말했어요."

"그녀는 적절한 단어를 사용했소. 컴퓨터는 설치하는 게 맞소. 안 그렇소? 그리고 그를 피터라고 불렀소. 노부인이면 이웃 사람을 맥캔 씨라고 부르는 게 정상일 텐데 말이오. 두 사람은 상당한 친분관계인 게 틀림없소. 이웃사촌. 그런 관계라면 개인적인 얘기들도 종종 주고받았을 거요. 그리고 그녀는 설치라는 단어를 사용할 만큼 컴퓨터에 관한 지식이 있는 사람이오. 맥캔의 문젯거리는 컴퓨터에 관한 게 확실하오. 그가 자신의 문젯거리를 그녀에게 털어놓았을 가능성이 다분하오. 자기 얘기를 이해할 수 있는 사람이니까."

"그녀에게 물어볼 시간은 없어요. 지금 당장이라도 이자의 패거리들이 들이닥칠 수 있어요. 경찰도 마찬가지고."

"나도 알고 있소." 리처가 말했다. "그녀에게 물어볼 시간은 없소. 최소한 이 집에서는 안 될 일이오. 내가 챙겨 나가고 싶은 나머지 한 가지가 바로 그녀요. 커피 한 잔 사겠다며 모시고 나갑시다. 궁금한 건 어디든 자리를 잡은 뒤에 차분히 물어보면 될 테니."

　마지막 한 가지를 챙겨 나가는 과정은 쉽지 않았다. 커피 한 잔 하자는 제안은 의심과 거부 반응에 부딪혔다. 서둘러야 했다. 결국 장이 마지막 카드를 제시했다. FBI 명함. 그러고 나서도 곧장 빠져나오지는 못했다. 바깥 날씨가 따뜻하다는 두 사람의 애기에도 불구하고 여인이 한사코 코트를 찾아 입으려 했기 때문이다. 바깥나들이에서의 코트는 기본 예의라고 했다. 그래도 자신은 다른 늙은이들처럼 철저한 구닥다리는 아니라고 했다. 실제로 장갑과 모자까지 챙기려 하진 않았다.

　밖으로 나오는 데도 적지 않은 시간이 소요됐다. 노부인의 다리는 약했고 3층짜리 계단은 가팔랐기 때문이다. 그때까지도 그녀의 가슴속엔 일말의 거부감이 남아 있었다. 하지만 현관문을 나서자마자 그 감정은 눈 녹듯 사라졌다. 길가에 대기하고 있는 타운카. 반짝이는 검정색 차체와 회색 유니폼의 운전기사. 노부인은 대번에 알아볼 수 있었다. 관용차. 그녀가 저녁 뉴스에서 그런 차를 본 게 어디 한두 번이었겠는가.

　이제 리처가 적당한 장소를 물색하는 일만 남았다. 여기저기 기웃거린 끝에 그가 선택한 곳은 전형적인 시카고풍의 커피숍이었다. 할아버지의 유업을 이은 착한 손자가 절실하게 필요한 곳만을 손봐가며 지켜온 가게인 것 같았다. 리처의 느낌이 그랬다. 분위기는 아주 쾌적했다. 그 밖에 여러 좋은 조건들을 갖추고 있었다. 가까운 주차장, 실내 테이블, 그리고 벽걸이 TV.

　맥캔의 이웃사촌도 마음에 들어 하는 것 같았다. 옛날에 자주 다니던 곳과 비슷한 분위기였던 모양이다. 그녀가 여윈 몸을 접어서 부스 안쪽에 자리를 잡았다. 장이 그녀 옆에 앉았고, 리처는 장의 맞은편에 앉았다. 노부인이 압박감을 덜 느끼게 하기 위해서였다.

일단 정식으로 각자 자기소개를 했다. 노부인의 이름은 일리노어 홉킨스였다. 과부, 전직 대학연구소 연구원. 집필과 교정이 주 업무였다고 했다. 문학 작품만이 아니라 신기술에 관련된 글들도 다뤘다고 했다. 그녀가 직접 알고 있던 사람들, 이름만 알고 있던 사람들, 그리고 다른 직업을 택했다면 알게 됐을 사람들의 작품과 교본들을 수없이 다뤘다고 했다. 그렇다고 문학계나 과학계에 이렇다 할 기여를 한 건 아니라고 했다. 다만 자신이 재직하는 동안 신기술이 눈부시게 발전했고 그래서 큰 보람을 느낀다고 했다.

그리고 그 다세대 주택은 자신의 소유라고 했다.

본론의 주제는 당연히 피터 맥캔이었다. 그가 오랫동안 세 들어 살고 있다고 했다. 그러다 보니 가까워졌다고 했다. 겉으로는 살가워 보이지 않지만 속으로는 필요할 때마다 서로의 버팀목이 되어 주는 사이라고 했다. 그를 마지막으로 본 건 삼사주 전이라고 했다. 걱정은 하지 않았다고 했다. 자신은 여간해선 집 밖으로 나오지 않고, 어쩌다 외출할 경우에도 복도에서 그를 우연히 마주칠 확률이 얼마나 되겠느냐고 반문했다. 게다가 그가 며칠씩 집을 비우는 일이 잦다고 했다. 어디를 다녀오는지는 모른다고 했다. 직접 물어본 적이 없다고 했다. 자신은 그의 이웃이지 여동생이 아니라면서. 그가 우울하게 지냈느냐는 질문에는 그렇다고 했다. 그에겐 안 좋은 일이 왜 그리 자주 일어나는지 모르겠다고 했다.

벽걸이 TV는 지역 뉴스 방송국에 채널이 맞춰져 있었다. 노부인에게 질문을 하고 그 대답을 들어가면서 리처는 곁눈으로 화면을 지켜보고 있었다. 홉킨스 부인이 커피와 케이크 한 조각을 주문했다. 장이 그녀에게 물었다. 맥캔 씨에게 다른 사람은 모르는 큰 문젯거리가 있었는지, 있다면 그녀는 알고 있는지.

모른다는 대답이 돌아왔다.

리처가 물었다. "뭔가에 지나치게 집착하고 있는 듯한 기미는 없었습니까?"

홉킨스 부인이 되물었다. "언제요?"

"최근에요."

"네, 그런 것 같았어요."

"얼마나 계속됐죠?"

"지난 6개월 동안 쭉 그랬던 것 같은데."

멀리서 사이렌 소리가 들려왔다. 헬리콥터 날개의 둔탁한 소음도 먹먹하게 들려왔다. 거리는 대략 1.5킬로미터.

리처가 물었다. "맥캔 씨가 집착하고 있는 대상이 뭔지 혹시 알고 계십니까?"

"아뇨, 난 몰라요. 개인적인 일에 관해서는 얘기를 나눈 적이 거의 없으니까."

"그의 아들과 관련된 문제였을까요?"

"그럴 수도 있겠죠. 하지만 자식 문제라면 좋았다 나빴다 하는 게 정상 아닌가요? 피터는 내가 볼 때마다 심각한 표정이었어요."

TV 화면에 헬리콥터에서 실시간으로 촬영하고 있는 동영상이 떴다. 녹색으로 펼쳐진 잔디밭, 그리고 나무들. 공원이었다.

리처가 물었다. "그가 사설탐정을 고용한 사실을 알고 계십니까?"

"그건 모르지만 어떤 경로로든 확실한 정보들을 얻으려는 생각이었던 건 알고 있어요."

"뭐에 관한 정보였습니까?"

"그건 모르겠어요."

"신기술에 관해서도 그와 얘기를 나눈 적이 있습니까? 부인의 경력과 맥캔 씨의 관심을 감안할 때 충분히 그랬을 거라는 생각입니다만."

"네, 자주 얘기를 나눴어요. 때로는 이렇게 커피와 케이크를 사이에 두고. 대화라기보다는 공동 연구라는 표현이 더 어울릴 것 같네요. 우리 두 사람 모두 그런 시간들을 즐겼어요. 난 그가 신기술에 관해 기본 지식을 갖출 수 있도록 도와주었고, 그는 실생활에서의 신기술 활용 사례들을 내게 일러주었어요."

"그의 문젯거리가 신기술에 관한 것이었습니까?"

"글쎄요. 딱히 그렇다고는 할 수 없지만 컴퓨터에 관해서 많은 걸 궁금해했던 건 사실이에요."

"인터넷과 관련된 문제들이었습니까?"

녹색으로 흔들리고 있는 TV 화면 하단에 자막이 떠올랐다.

공원에서 발견된 총기 사건 희생자

노부인이 화면을 올려다보면서 말했다. "개를 산책시키러 나온 사람이 범행을 저질렀을 거예요. 공원에서 일어나는 사건들은 대부분 그런 사람들 짓이니까."

리처가 말했다. "맥캔은 인터넷의 어떤 부분에 관심을 갖고 있었습니까?"

"그가 알고 싶어 했던 게 몇 가지 있었어요. 대부분의 초보자들이 그렇

듯이 그 역시 물리적인 개념으로 인터넷을 이해하려고 했어요. 테니스공
이 꽉 차 있는 수영장 같은 곳이라고 생각했던 모양이에요. 테니스공 하
나하나가 웹사이트라고 상상한 거죠. 물론 잘못된 개념이에요. 웹사이트
는 물리적인 공간이 아니니까요. 인터넷에는 물리적 실재란 존재할 수 없
어요. 물리적 차원도 없고 범위도 존재하지 않아요. 쉽게 말해서 위도, 아
래도, 가까운 것도, 먼 것도 없는 공간이죠. 다만 질량이 존재한다고 우길
만한 여지는 있어요. 디지털 정보는 1과 0으로만 이루어져 있어요. 메모리
셀이 충전돼 있으면 1이고 그렇지 않으면 0인 거죠. 충전은 곧 에너지를
의미해요. 아이슈타인의 질량–에너지 등가원리 알고 있죠? $E=mc^2$. 물체
의 에너지는 물체의 질량과 속도의 제곱에 비례한다. E는 에너지, m은 질
량, c는 빛의 속도. 만일 그 등식이 참이라면 $m=E \div c^2$ 역시 참이어야 해
요. 그 등식을 통해 에너지가 측정 가능한 질량을 갖고 있다는 사실을 추
론할 수 있어요. 휴대폰에 음악이나 사진 같은 것들을 더 많이 저장할수록
더 무거워진다는 얘기가 되는 거죠. 물론 1그램을 수십, 수백, 수천억으로
나누고 그걸 다시 수십, 수백, 수천조로 나눈 정도에 불과하지만 어쨌든
무게는 무게니까요."

항공 촬영한 키 낮은 덤불숲이 TV 화면을 가득 채웠다. 정복 차림의 경
관들이 그 주위를 둘러서 있었다. 노란 테이프도 둘러쳐져 있었다. 그리고
무성한 잎사귀들 아래로 남자의 하반신이 드러나 있었다. 검은 구두, 검은
바지. 화면 하단의 뉴스 자막은 그대로였다.

공원에서 발견된 총기 사건 희생자

리처가 물었다. "인터넷에 관해 맥캔이 궁금해했던 부분을 구체적으로
말씀해 주시겠습니까?"

노부인이 말했다. "그는 어떤 웹사이트들은 왜 찾아낼 수 없는지 그 이유를 알고 싶어 했어요. 근본적으로는 검색엔진에 관한 질문인 거죠. 좀 전에도 얘기했듯이 그는 인터넷 세계를 하나의 커다란 수영장으로 인식하고 있었어요. 수백만 개의 테니스공들이 어떤 것들은 물 위에 둥둥 떠 있고, 어떤 것들은 다른 공들의 무게에 눌려 수면 아래에 갇혀 있는 수영장. 덕분에 나도 쉽게 설명할 수 있었죠. '아주 두툼하게 감겨 있는 비단 두루마리가 있다고 가정하자. 그 두루마리가 풀리면서 비단 천이 엄청난 속도로 수면 위아래로 뻗어나간다. 그러면서 테니스공들을 하나씩 하나씩 모두 스치고 지나간다. 표면이 북슬북슬한 대신 날카로운 돌기가 돋아 있는 테니스공들이 있다고 가정하자. 그런가 하면 마치 당구공처럼 표면이 매끄러운 테니스공들도 있다고 가정하자. 그렇다면 스쳐 지나가던 비단 천은 어떤 공에 걸릴까? 물론 돌기가 돋아 있는 공이다. 매끄러운 공들은 그냥 미끄러지며 지나갈 뿐이다.' 난 피터에게 검색엔진에 대한 개념을 심어주려고 그렇게 설명했어요. 공은 웹사이트고 비단 천은 검색엔진이에요. 왕복 이차선도로나 마찬가지죠. 웹사이트는 유저들이 찾아와주기를 바라는 게 정상이에요. 그래서 스쳐 지나가는 비단 천을 효과적으로 낚아챌 수 있는 돌기를 개발하려고 노력하죠. 전문 용어로는 그걸 검색엔진 최적화라고 불러요. 여기서 한 가지 중요한 사실을 유추할 수 있어요. 당구공처럼 표면을 매끈거리게 만드는 작업도 똑같이 어렵다는 사실이에요. 비단 천을 미끄러지게 만드는 작업, 즉 비밀리에 웹사이트를 운영하는 것도 쉽지 않다는 얘기죠."

장이 말했다. "비밀스러운 웹사이트는 불법을 의미하죠."

"맞아요." 노부인이 말했다. "혹은 비도덕적이거나. 아니면 두 가지 모두일 수도 있겠고요. 난 그런 쪽은 잘 몰라요. 하지만 아주 저질스러운 포르노물이나 코카인 밀매 사이트 같은 거겠죠. 그걸 디프 웹이라고 불러요. 매끄러운 당구공들만 모여 있는 곳. 돌기도 없고 낚시 바늘도 없는 공들. 비단 천, 그러니까 검색엔진을 미끄러뜨려 따돌리고 내부적으로만 비밀리에 운영되는 웹사이트들의 세계. 디프 웹의 규모는 표면 웹(일반 검색엔진으로 검색이 가능한 웹사이트)의 열 배가 될 수도 있어요. 어쩌면 백 배 이상일 수도 있고. 그건 아무도 몰라요. 어떻게 알겠어요? 그리고 디프 웹과 다크 웹을 혼동해서는 안 돼요. 다크 웹은 이제 링크가 붕괴된 구시대의 유물로 전락했어요. 고장 난 채 영원히 우주를 떠도는 인공위성처럼 말이죠. 디프 웹은 다크 웹보다 표면 웹과의 거리가 더 멀다고 할 수 있어요. 더욱 더 은밀하다는 얘기예요. 두 분도 물론 알고 있겠지만 실제로 어둡거나 깊은 것도 아니고 거리가 벌어져 있는 것도 아니에요. 인터넷은 물리적인 공간이 아니니까요. 그 공간에서는 물리적인 실체나 개념은 존재할 수 없어요."

TV 화면에서 앰뷸런스 한 대가 등장했다. 위에서 촬영한 영상이었다. 앰뷸런스는 경광등을 요란하게 번쩍이며 풀밭 위를 천천히 달려왔다. 그 뒤에는 검시소 트럭처럼 보이는 차량이 쫓아오고 있었다. 두 대의 차량이 멈춰 섰다. 사람들이 내려서 경찰들 무리에 합류했다.

장이 말했다. "사이트 회원이 아닌 사람이 은밀한 웹사이트를 찾으려면 어떻게 해야 하나요?"

"그건 불가능해요." 노부인이 말했다. "외부에선 도저히 찾아 들어갈 수가 없어요. 그런 사이트들은 표면이 매끈거려서 비단 천이 그냥 미끄러지고 마니까요. 정확한 주소를 모르고선 찾을 수가 없어요. 그런 주소는 절대 단순하지 않아요. 예를 들자면 coffeeshop.com이 아니라 coffeeshop123xyz처럼 복잡한 주소예요. 물론 실제로는 이것보다 훨씬 복잡하죠. 게다가 아주 난해한 패스워드까지 알아야 해요. 그런 주소와 패스워드는 특정 커뮤니티의 멤버들 사이에서 입에서 입으로만 전해지는 게 일반적이죠."

TV 화면에서는 군청색 크라운 빅토리아가 풀밭 위를 덜컹거리며 달려와서 멈춰 섰다. 양복 차림의 사내 둘이 땅에 내려섰다. 형사들인 게 분명했다. 하단의 뉴스 자막이 '링컨파크 살인사건'으로 바뀌었다. 리처의 귀에 다시 헬리콥터 날개의 둔탁한 소음이 들려왔다. 역시 1.5킬로미터 떨어진 하늘에서. 이번엔 여러 대였다. 다른 방송국들의 헬기. 취재 파티의 지각생들.

그가 물었다. "맥캔이 부인께 자신이 찾고 있는 웹사이트에 관해서 얘기한 적이 있었습니까?"

노부인이 말했다. "아뇨."

화면에서는 덤불 속에 누운 검은 형체 주위에 사내들 여럿이 쪼그리고 앉아 있었다. 형사들과 검시관.

리처에겐 익숙한 장면이었다. 누워 있는 형체 곁에 쪼그리고 앉았던 적이 몇 번이었던가. 그중에는 아직 숨이 붙어 있는 사람들도 있었다. 하지만 화면 속의 형체는 아니란 걸 그는 알 수 있었다. 긴박한 분위기가 아니었다. 서두르는 기미도 없었다. 외쳐대는 목소리도 없었다. 들것도 없었다. 정맥 주사도 없었다. 산소호흡기도 없었다. 심폐소생술도 없었다.

링컨파크 살인사건

노부인이 말했다. "피터예요, 맞죠? 그렇지 않다면 댁들이 지금 내게 왜

314

그에 대해서 묻고 있겠어요? 저 사람이 피터가 아니면 FBI가 왜 나 같은 늙은이에게 관심을 갖겠어요?"

장은 어느 질문에도 대답하지 않았다. 리처는 그저 입을 다물고 있었다. 노부인이 얘기하는 동안 TV 화면이 바뀌었다. 이번엔 주택이었다. 적갈색 사암으로 그저 그렇게 지어 올린 집, 그저 그런 도로, 피터 맥캔의 집. 그리고 노부인의 보금자리. 조금 전까지 리처와 장이 머물러 있었던 곳. 눈에 익었다. 충분히 알아볼 수 있었다. 전면 벽이 수많은 경광등 불빛으로 인해 온통 붉게 물들어 있었다. 경찰들이 입구 계단을 뛰어올라갔다.

물론 연관된 사건들이었다. 하지만 시간상으로나 정황상으로 경찰이 그 연관성을 알아내기에는 너무 일렀다. 공원의 경찰들은 아직 맥캔의 주머니들조차 수색하지 않았다. 지갑을 꺼내서 운전면허증을 확인하기도 전이었다. 그의 이름도, 주소도 아직 입수하지 못한 상태였다. 그들은 검시관의 사망 판정이 떨어질 때를 기다리고 있는 중이었다. 쭈그리고 앉아 그런 판정을 기다렸던 경험을 리처가 어디 한두 번 겪었던가. 사망이 정식으로 선포된 뒤에야 시신이 증거로서 다뤄지는 것이다.

따라서 경찰은 두 사건의 연관성을 아직 모르고 있을 터였다. 독립된 사건으로 각각 초동 수사를 개시한 것뿐이었다. 화면 하단의 제목이 바뀌었다.

대테러 기동경찰대, 시카고의 어느 가옥을 덮치다

리처가 눈길을 노부인에게로 옮기며 물었다. "부인이 911에 신고하셨습니까?"

노부인이 말했다. "그래요, 내가 했어요."

"언제요?"

"방문을 닫자마자."

"왜 그러셨죠?"

"난 당신들 인상이 마음에 들지 않았어요."

"우리 두 사람 모두 말입니까?"

"특히 당신. 당신은 FBI처럼 생기지 않았어요. TV에 나오는 FBI들과는 전혀 딴판이에요."

"난 위장근무 중이었습니다. 잠시 악당 역할을 했던 것뿐이라고요."

"그렇다면 연기가 정말 일품이었네요."

"그래서 911에 신고하셨군요."

"즉시."

"뭐라고 말씀하셨습니까?"

"우리 집에 무장한 테러리스트들이 있다고 말했어요."

"왜 그런 얘기를 꾸며내셨던 거죠?"

"여긴 시카고예요. 네 시간 이내에 경찰을 출동하게 만들려면 오직 그 방법뿐인 걸 어쩌겠어요?"

장이 말했다. "이제 그만 일어나야 할 것 같네요."

리처가 말했다. "조금만 더 앉았다 갑시다. 5분 정도야 괜찮지 않겠소?"

그들이 커피 리필을 부탁했다. 노부인은 케이크를 좀 더 먹고 싶어 했다. 리처와 장은 그녀가 무안하지 않도록 자기들 것까지 주문했다. TV 화면이 둘로 나뉘었다. 왼쪽은 공원, 오른쪽은 다세대 주택. 하단의 뉴스 자막은 각각 '링컨파크 살인사건'과 '테러 경보'. 그 아래에 전체 제목처럼 적힌 자막은 '경찰들의 분주한 하루'.

리필한 커피도 처음 주문한 커피만큼 맛이 좋았다. 케이크도 마찬가지였다. 왼쪽 화면에는 운구용 부대가 등장했다. 오른쪽 화면에서는 구급차가 도착했다. 운구용 부대는 지퍼가 채워진 뒤 검시소 트럭에 실렸다. 앰뷸런스에서는 구급요원들이 내리더니 들것을 들고 입구 계단을 달려 올라가 집 안으로 들어갔다. 잠시 후, 그들이 들것에 어떤 사내를 싣고 다시 밖으로 나왔다. 해켓일 것이다. 하지만 확실하지는 않았다. 마치 이집트 미라처럼 목에서부터 시작해서 얼굴 전체가 붕대로 칭칭 감겨 있었기 때문이다. 목 아래로는 담요가 덮여 있어서 옷차림을 구분할 수 없었다.

이어서 두 개의 화면에 영화 속에서 종종 등장하는 시각 효과 기법이 연출됐다. 왼쪽 화면에서 경찰 차량들이 공원을 떠났다. 4분 뒤 오른쪽 화면에 그 차량들이 다세대 주택 앞에 도착했다. 실제로는 돌아서 온 길이지만 대부분의 시청자들은 왼쪽에서 오른쪽으로 차가 이동한 것 같은 착각을 일으켰을 것이다. 형사들이 차에서 내리더니 입구 계단을 뛰어올라가서 집 안으로 들어갔다. 1분 뒤, 그들이 다시 밖으로 나왔다. 모두들 휴대폰을 귀에 대고 통화를 하고 있었다. 표정들이 심각했다.

이내 뉴스 자막이 바뀌었다.

관계자의 얘기에 따르면 서로 관련된 사건

리처가 말했다. "절친한 이웃을 잃으셨으니 많이 힘드시겠습니다, 부인. 우리로선 정말 유감입니다. 그리고 앞으로 겪으실 일들에 대해서도 미리 사과드리겠습니다. 시카고 경찰들이 부인께 많은 걸 물어볼 겁니다. 하지만 TV 연속극 같은 상황은 일어나지 않을 겁니다. FBI가 경찰들에게서 사건을 인계받는 일은 없다는 말씀이지요. 우린 경찰 측에 이 사건을 일임할 겁니다. 따라서 우리와 나눈 대화 내용을 그들에게 말씀하지 말아주시면 고맙겠습니다. 감정적으로 아주 복잡하고 예민한 문제거든요. 우리에 관해서는 아예 아무 말씀도 말아 주십시오. 우리가 그들보다 먼저 저 집에 들렀던 사실도 말씀하시면 안 됩니다. 우리보다 뒤처졌다는 걸 그들에게 굳이 알릴 필요는 없지 않겠습니까."

"지금 그 사람들에게 거짓말을 하라는 말씀인가요?"

"저라면 거짓말을 할 겁니다. 테러리스트가 침입했다고 신고한 사람이 누구며 그 사람이 왜 허위신고를 했는지 그들이 제게 묻는다면 말이지요."

"이제 알겠네요. 까짓것 거짓말 한번 하죠, 뭐." 노부인이 말했다.

"정말로 맥캔의 문젯거리에 관해서 짚이는 게 전혀 없으십니까?"

"내가 말했잖아요. 난 그 사람의 이웃이지 여동생이 아니라고. 그녀에게 물어보지 그래요?"

"누구에게요?"

"그의 여동생."

"그에게 여동생이 있습니까?"

"내가 계속 얘기했잖아요."

"그냥 비유적으로 하시는 말씀인 줄 알았습니다."

"아뇨, 진짜로 있어요. 우애가 아주 깊은 남매예요. 이 세상에서 그가 비밀을 나누는 사람이 있다면 그건 바로 그 여동생일 거예요."

37

홉킨스 부인을 타운카에 태우면서 그들은 기사에게 그녀를 집으로 모셔가는 게 그날의 마지막 임무라고 일러주었다. 그다음에는 집이든 호텔이든 그 밖에 어디를 가든 자유라고 덧붙였다. 기사는 그 얘기를 반갑게 받아들였다. 하지만 그가 마지막 임무를 수행할 수 있을 것 같지는 않았다. 리처의 판단이 그랬다. 집 근처까지는 가능할 것이다. 하지만 집 앞까지는 아니었다. 도로가 봉쇄됐을 테니까. 노부인이 자신의 이름과 주소를 밝힌다면 경찰은 길을 열어줄 것이다. 하지만 기사는 거기서 그녀를 내려주고 돌아와야 할 것이다. 만일 증인으로서 그녀의 가치를 그들이 즉시 알아챘다면 그녀는 진짜 관용차를 타게 될 수도 있을 것이다. 설사 걸어간다고 해도 결과는 바람직할 것이다. 물과 커피를 계속해서 권하는 여경들에 둘러싸여 존재감을 만끽할 수 있을 테니까.

최소한 그녀의 안전은 더 이상 걱정할 필요가 없었다.

장이 자신의 휴대폰 전원을 켰다. 역시 충분히 안전했다. 해킷의 추적 사업이 기약 없는 개점휴업 상태에 들어갔으니까. 두 사람에겐 지도와 위성 영상, 그리고 항공편 스케줄과 검색엔진이 필요했다. 홉킨스 부인은 피터 맥캔의 여동생의 이름이 리디아 레이어라고 했다. 나이 차가 많은 여동생이라고 했다. 의사와 결혼한 뒤 애리조나 주로 이주했다고 했다. 현재는 피닉스 교외의 부촌에서 살고 있다고 했다. 하지만 부자 여동생에게 맥캔이 바라는 것은 오직 그녀의 귀와 시간뿐이라고 했다. 홉킨스 부인은 그녀의 주소도 일러주었다. 그녀의 지갑 속에는 직접 작성한 명단이 들어 있었다. 크리스마스카드를 보낼 사람들의 이름과 주소. 하지만 전화번호는 없었다. 장이 인터넷을 뒤져서 레이어 박사의 병원 전화번호를 알아냈다. 하지만 안내 데스크에서는 원장 자택 전화번호를 끝내 가르쳐주지 않았다. 전화회사에서는 그들의 데이터베이스에 그런 번호는 없다고 했다. 장의 회사 데이터베이스에도 그들 부부에 관한 정보는 없었다. 다만 구글을 뒤진 끝에 사진 한 장을 찾아낼 수 있었다. 어느 신장 재단의 자선 무도회에 참석한 에반 레이어 내외. 남편은 검은 타이, 아내는 이브닝드레스 차림이었다. 그녀의 건강 상태는 좋아보였다. 흰 치아가 여기저기 걸친 다이아몬드 장신구들만큼이나 빛나고 있었다.

이제 다각적인 시간 싸움이었다. 첫째, 피닉스까지 가는 데 시간이 얼마나 걸릴까. 장의 골드카드를 사용하게 되면 얼마를 기다려야 할지 모른다. 둘째, 경찰의 수사 초점이 맥캔의 여동생에게 맞춰지기까지 얼마나 걸릴까. 물론 그녀가 가장 가까운 가족은 아니다. 아들이 우선이다. 경찰은 일단 아들에게 초점을 모을 것이다. 그와 먼저 얘기를 나누고 싶을 것이다. 충분히 얘기를 나눈 다음, 리디아 레이어에게 통보하라고 권할 것이다. 고모에게 아버지의 죽음을 알리는 건 조카의 책임이다. 마이클에겐 문제가 있다고 했다. 어떤 문제냐에 따라 그가 경찰의 권유를 받아들일 수도 있고 그렇지 않을 수도 있다. 셋째, 마이클이 전화를 한다면 그 시점은 리처와 장이 피닉스에 도착하기 전일까, 후일까. 그 연락 자체는 그다지 중요하지 않다. 나쁜 소식은 나쁜 소식이다. 언제 듣게 되든 나쁜 소식이니까. 중요한 건 그녀가 준비를 갖추기 전에 두 사람이 먼저 도착해야 한다는 사실이다. 범죄 피해자 지원팀이나 사려 깊은 지인들이 그녀에게 현실적인 충고를 하기 전에 그녀와 만나야 한다. 시카고로 날아가서 담당 경찰을 만나기 전까지는 누구에게도 오빠에 관한 얘기를 해선 안 된다는 충고. 그 전에 만나야 한다.

결국 두 사람은 골드카드의 혜택을 포기하고 첫 비행기를 선택했다. 다행히 페닌슐라에 들러서 P7을 버리고 장의 가방을 챙겨올 만한 시간적 여유가 있었다. 그리고 한 가지 반드시 해야 했던 일도 할 수 있었다. 해킷에 게서 노획한 휴대폰. 두 사람이 전원을 켜고 통화 기록을 확인했다. 수없이 많은 통화 내역. 하지만 발신 번호는 하나뿐이었다. 지역번호 480.

장이 다시 컴퓨터를 뒤졌다.

그녀가 말했다. "애리조나 피닉스의 지역번호예요. 우리의 목적지."

전화회사에 급행료까지 치르고 조회한 결과 애리조나 피닉스의 월마트 지점에서 그 일주일 전에 판매된 임시폰으로 확인됐다. 그 월마트 주차장에서 즉시 개통됐다는 사실도 알아냈다. 어떤 사내가 현금으로 한 번에 구입한 여섯 대 가운데 하나. 따라서 추적은 불가능했다.

리처가 말했다. "그자는 그 휴대폰을 곧 폐기할 거요. 그러고 나선 다음 작전에 돌입하겠지."

장이 고개를 끄덕였다. "약속한 시간에 해킷으로부터 연락이 오지 않으면 즉시 폐기하겠죠. 혹은 CNN에서 이 사건에 관한 뉴스를 보는 즉시."

"그러니 아직 통화가 가능할 때 우리가 먼저 전화를 하는 게 좋을 것 같소."

"전화해서 뭐라고 하죠?"

"무슨 얘기든 우리에게 도움이 될 거요. 최소한 그자의 마음을 어지럽히는 효과는 노릴 수 있소. 도움이 된다면 뭐든 시도해야 하오."

"그자의 속을 뒤집어 놓으려는 생각이군요."

"그자의 머릿속이 혼란스러워지면 질수록 우리에겐 이익이오."

"좋아요. 어서 전화해요."

그가 해켓의 휴대폰 스크린에 다이얼 화면을 띄우고 녹색 버튼을 눌렀다. 번호들이 연달아 허공으로 쏘아져 나가는 소리, 그다음엔 잡음이 지배하는 침묵, 그에 이은 벨소리.

그리고 목소리가 들렸다. "여보세요?"

남자의 목소리였다. 넓은 가슴, 두꺼운 목에서 나오는 소리. 하지만 침을 삼키듯, 혹은 짧은 숨을 내뱉듯, 공명은 길지 않았다. 서둘렀기 때문이었다. 반가웠기 때문이었다. 그리고 기대했기 때문이었다. 그자의 눈길은 스크린에 떠오른 발신자 표시에 꽂혀 있을 것이다. 그자는 해켓으로부터의 소식을 기다리고 있었다. 간절히 기다리고 있었다. 아침부터 그때까지 기다리고 있었다. 그건 분명했다. 그래서 축배를 들 순간을 고대하고 있었다. 그건 그자의 생각이고.

리처가 말했다. "난 해켓이 아니야."

목소리가 한 박자 쉬고 나서 말했다. "알겠다."

"난 잭 리처라고 한다."

묵묵부답.

"해켓이 맥캔을 살해했다. 하지만 우린 어쩌지 못했어. 사실 우리가 그를 처리했지. 솜씨가 제법이더군. 하지만 충분하진 못했어."

목소리가 말했다. "해켓은 지금 어디 있나?"

특색 없이 단조로운 억양이었다. 동유럽 출신인 것 같았다. 덩치가 큰 사내인 것만은 분명했다. 살집이 두둑한 백인. 호흡에 문제가 있을 것이다.

리처가 말했다. "해킷은 병원에 있어. 하지만 침대에 수갑으로 묶여 있지. 의사보다 경찰이 먼저 그를 발견했기 때문이야. 너도 이 전화를 받았으니 짐작했겠지만 그의 휴대폰은 내가 챙겼다. 하지만 그가 여기서 보급받은 루거, 맥캔을 쏘아 죽인 그 총은 해킷 옆에 잘 모셔두었지. 경찰은 테러리스트의 거점으로 추정되는 장소에서 권총을 옆에 둔 채 의식을 잃고 쓰러져 있는 그를 발견했어. 알아, 뭐가 궁금한지. 그러니 묻지 말고 내 얘기를 들어. 잘못된 정보야. 하지만 경찰은 그 정보에 따라 수사를 진행할 거야. 틀림없이 해킷을 쥐어짜겠지. 관타나모(쿠바 관타나모 만에 설치된 미 해군 기지 내 수용소)에서 썩게 될 거라고 으르댈 걸? 아니면 아주 끔찍하고 징그러운 범죄자들이 우글대는 교도소에 처넣겠다고 위협하거나. 해킷은 정상을 참작받기 위해서 즉시 네 이름을 불거야. 이미 정부 손에 넘어간 자신을 네가 어쩌지 못한다는 건 그도 잘 알고 있으니까. 넌 그 상황을 걱정해야 해. 그리고 네가 걱정해야 할 게 또 하나 있어. 바로 우리 두 사람이야. 이건 네가 시작한 전쟁이다. 멍청한 짓을 한 거지. 왜? 네가 질 수밖에 없는 전쟁이니까. 저도 아주 처참하게 지는 전쟁. 우린 널 박살낼 거야. 앞으로 태어날 네 아이들은 어지럼증 장애를 갖게 될 거다."

"그건 네 생각이고."

"우린 이미 해킷을 박살냈어. 아주 쉽더군. 네 부하들 중에 그가 베스트였나? 난 아니기를 바란다. 순전히 너를 위해서 하는 말이야. 만일 그렇다면 다음 차례는 곧장 네가 될 테니까. 우린 네 이름을 알고 있어. 어디 사는지도 알고. 그래서 지금 그리로 가는 중이야. 지금부터는 뒤만 쳐다보며 살아야 할 거야."

길게 숨을 들이마시는 소리가 들려왔다. 이야기, 그것도 상당히 긴 이야기가 쏟아질 것을 알리는 전조였다. 하지만 단 한 마디도 흘러나오지 않았다. 대신 전화가 끊겼다. 리처의 귀에는 더 이상 아무 소리도 들리지 않았다. 리처의 머릿속에 그림이 그려졌다. 뭉툭한 엄지손가락에 의해서 둘로 쪼개진 뒤 휴지통 속으로 들어가는 휴대폰 칩.

장이 물었다. "누구였어요?"

리처가 말했다. "그자가 많은 얘기를 하지는 않았소. 단 몇 마디뿐이었지. 하지만 덩치가 크고 러시아 출신이라는 건 분명하오. 머리도 잘 돌아가고 말재주도 좋은 사내인 것 같소."

"러시아 출신이라고요?"

"러시아어를 사용하는 국가 출신이라는 얘기였소. 조지아나 우크라이나와 같은 동유럽 신생독립국."

"말재주는 또 뭐죠? 고작 몇 마디뿐이었다면서요."

"내가 해켓이 아니라고 하자 그자는 알겠다고 대꾸했소. 신중하고 침착한 사내라는 증거지. 아니면 신중하고 침착하게 보이고 싶어 하는 사내든가. 아무튼 아와 어가 다르다는 걸 정확히 알고 있는 사내였소."

"우리가 정말로 그자의 이름과 사는 곳을 알고 있는 건가요?"

"우리가 유리하다는 걸 과시하고 싶은 마음이 들었던 것 같소. 극적인 효과를 노린 과장법이라고 할까? 실제로 알아내기 전까지는 이미 알고 있는 척하자, 뭐 그런 생각이었다고 해둡시다. 어쨌든 조만간 알게 될 건 사실이니까. 어떤 식으로든 말이오. 일단 전화회사 직원에게 그자의 위치를 확인해 달라고 부탁합시다. 그 번호를 사용한 기간은 고작 일주일 남짓이니까 범위를 상당히 좁힐 수 있을 거요. 집에서 멀리 떨어지지 않은 장소들일 게 틀림없소."

"정확한 주소를 알아내면 그자에게 신체적으로 위해를 가할 건가요?"

"그게 주소를 알아내려는 목적이오."

"그렇다면 전화회사 직원은 협조하지 않을 거예요. 처음부터 그런 조건을 내세웠으니까요."

"그 직원에게 우리의 계획을 알릴 생각이오?"

"사건이 터지고 나면 그 직원도 자연히 알게 될 거예요. 그러면 나와 거래를 끊을 거고요. 나로선 업무상 치명적인 타격을 입게 되는 거죠. 그러니 그에게 부탁할 수 없어요."

"키버를 위한 일이라고 해도?"

"키버도 이해할 거예요. 그러니 그 부분은 포기해요. 당신도 한때는 원칙에 따라 행동했던 사람이잖아요. 거래는 거래예요."

"알겠소." 리처가 말했다. "내키진 않지만 어쩌겠소. 아무튼 맥캔의 여동생과 이야기를 나누고 나면 다른 방법이 생길 거요. 모쪼록 그녀가 많은 걸 알고 있기를 바라야지. 이 사건과 관련이 있는 정보들을 말이오."

"현재로선 그녀의 얘기를 듣는 것 말고는 다른 방법이 없어요. 이건 더이상 밀밭에서 벌어진 사소한 사건이 아니에요. 해켓은 캘리포니아에서 우리를 쫓아왔어요. 그의 보스는 애리조나에 있고. 전국적인 조직이에요. 그들은 피닉스 공항도 지키고 있을 거예요. 당신이 그자에게 우리가 가고 있다고 말했으니까."

"그렇지 않고는 그자들을 찾을 방법이 없으니까."

"이건 모험이에요."

"모든 게 모험이오. 당장 비행기로 여행하는 것부터가 모험 아니겠소? 승객들 모두 휴대폰을 소지하고 있소. 수백 개의 시끄러운 벨소리와 요란한 배경화면들, 승무원들이 제대로 정신이나 차리겠소? 비행기가 떨어지지 않는 게 이상할 정도지."

고맙게도 기장과 승무원들은 탑승객 수와 거의 똑같은 휴대폰들의 도전을 거뜬히 물리쳐 주었다. 그들의 비행기는 그날, 미국의 가장 번잡한 공항에서 다른 모든 비행기들처럼 깔끔하게 활주로를 달리다가 이륙한 뒤 창공의 점이 되었다. 그 비행기 안에서만큼은 추적자를 걱정할 필요가 없었다. 하지만 공항에서는 아니었다. 그들의 실명이 항공사 컴퓨터에 기록되었다. 도착 시간은 누구나 확인할 수 있었다. 희망은 최선을 기대하며 품는 것이고 계획은 최악을 대비해서 세우는 것이다.

두 사람은 창 바로 아래에 앞날개가 보이는 열에 나란히 앉았다. 창가와 중간 좌석. 비상구 열은 아니었다. 리처가 창가에 앉았다. 장이 중간 좌석을 원했기 때문이다. 통로 쪽에 앉은 여자는 이어폰을 끼고 있었다. 리처가 말했다. "난 모이나한 사촌들에 관해 생각하고 있었소."

장이 말했다. "그런데요?"

"그들은 둘이었소. 하지만 혼자 찾아온 해킷보다 상대하기가 백 배는 더 쉬웠소."

"그래서 어떤 느낌이 드나요?"

"세 방을 얻어맞은 느낌이지 뭐겠소? 그 부분이 중요하오. 모이나한들에게는 한 대도 맞지 않았으니까. 해킷은 캘리포니아, 총과 소음기를 제공한 패거리들은 일리노이, 그리고 두목은 애리조나, 따라서 전국적인 조직이라는 당신의 분석에는 나도 공감할 수 있소. 하지만 마더스 레스트는 그 조직에 포함되지 않는 것 같소. 거기 친구들은 자질이 떨어져도 너무 떨어지니 말이오. 따라서 그 조직의 지부는 아닐 거요. 만에 하나 그렇다면 조직의 골칫거리일 테고."

"그럼 그들은 뭐죠?"

"조직의 고객일 가능성이 높소." 리처가 말했다. "맥캔은 키버를 고용했소. 마더스 레스트도 누군가를 고용했다고 봐야 하오. 그래서 지금과 같은 상황이 벌어지고 있는 거요. 이 사건의 주모자들이 전국구 암흑조직에게 청부를 한 거요. 어깨들과 무기를 비롯해서 모든 서비스를 의뢰한 거지. 암흑가는 서비스 산업 분야에 속하니까."

장이 말했다. "그렇다면 맥캔의 여동생이 위험할 수도 있겠네요. 이론상 그렇잖아요. 조직은 조직답게 행동하니까요. 일을 맡을 때는 세세한 브리핑을 요구하는 게 그들의 원칙이에요. 마더스 레스트 패거리들이 맥캔과 여동생이 늘 대화를 나눠왔다는 사실을 알고 있었을까요? 만일 그렇다면 여동생도 브리핑에 포함됐을 거예요. 그들에게 그녀는 찝찝한 존재예요. 우리 두 사람만큼이나. 그들은 처음부터 우리와 그녀가 만날 가능성을 염두에 두고 있었을 거예요. 조직들은 찝찝한 존재들이 서로 만나는 걸 결코 원치 않는 법이에요. 의뢰를 받아서 일을 하는 거지만 일단 조직의 안전이 최우선이니까요."

리처는 아무 말이 없었다.

장이 말했다. "뭐죠?"

"맥캔의 여동생은 절대 안전하다는 얘기를 하고 싶었소. 정황상, 그녀는 안전할 수밖에 없소. 키버가 마더스 레스트에 머물렀던 기간은 고작 이

틀이었소. 우리는 방금 전에야 그녀의 주소를 수소문하기 시작했소. 그자들이 그녀의 중요성을 이미 알아차렸을 가능성은 아주 희박하오. 장담할 수 있소."

"그런데요?"

"비행기에 타고 있으면 무력감에 빠지게 되는 법이오. 생각은 많은데 당장에 행동에 옮길 수는 없으니 말이오."

피닉스 공항은 스카이 하버(sky harbor)라고 불린다. 아주 적절한 별칭이다. 리처가 느끼기에 최소한 하늘 쪽에서는 아주 안전한 항구였다. 금속 탐지기들 덕분이다. 하지만 육지 쪽은 얘기가 달랐다. 비행기에서 내린 리처와 장은 멀리 떨어진 게이트들을 향해 걸음을 옮겼다. 곧장 밖으로 나갈 계획은 아니었다. 대신 그들은 커피숍에 들어가 키 높은 스툴에 앉아 기다렸다. 같은 비행기에서 내린 마지막 승객의 모습이 호텔 버스 속으로 사라질 때까지, 마중객들이 마지막 한 사람마저 사라질 때까지.

그러고 나서야 두 사람은 커피숍 밖으로 나왔다. 아이쇼핑을 하는 척, 느릿느릿 걸음을 옮기면서 곁눈으로 사방을 훑었다. 하지만 수상쩍은 기미는 없었다. 공항은 넓고 한산했다. 사람들은 모두 느긋해보였다. 시카고에 비하면 완전히 일요일 같은 분위기였다. 그들은 출구 가까이에서 멈춰 섰다. 그리고 다음 항공편이 도착할 때까지 신발과 스웨터, 장신구 등을 구경하며 기다렸다. 드디어 또 다른 여행객들이 삼삼오오 무리를 지어 몰려왔다. 미네소타에서 날아온 백 명가량의 탑승객들, 그리고 백 개의 가방들. 리처와 장은 마지막 무리 바로 앞으로 슬쩍 끼어 들어갔다. 두 사람은 그렇게 무리의 일부가 되어 수하물 찾는 곳을 지났다. 잠시 후엔 마지막

냉방 장치가 뿜어내는 시원한 바람 속을 통과한 뒤 택시 승차장으로 나왔다. 푹푹 찌는 사막의 열기가 그들을 맞았다. 다행히 기다리는 시간은 잠깐이었다. 그들에게 주의를 기울이는 사람은 없었다. 수상한 사람은 없었다. 그들을 지켜보는 사람도, 짐짓 시선을 외면하는 사람도 없었다.

그들은 택시를 타고 렌터카 사무실로 갔다. 미행은 없었다. 리처는 운전 면허증이 없었다. 그래서 장이 나서야 했다. 차는 중형 쉐보레였다. 눈에 띄지 않는 흰색에 평범한 모델. 물론 내비게이션은 장착돼 있었다. 출발하기 전에 다시 한 번 주위를 살폈다. 미심쩍게 멈춰 서 있는 차량은 없었다. 걸어 다니는 사람도 없었다. 그러기엔 너무나 뜨거운 날씨였다.

처음엔 내키는 대로 핸들을 꺾어가며 이리저리 돌아다녔다. 그렇게 10분을 보내고 나서 맥캔의 여동생 부부가 살고 있다는 부자 동네의 이름을 내비게이션에 입력했다. 라디오도 뉴스 채널에 맞췄다. 하지만 시카고에 관한 소식은 없었다. 다른 도시에 할애할 시간이 없을 것이다. 피닉스 자체에서도 사건이 넘쳐날 테니까. 내비게이션의 지시에 따라 한동안 북쪽으로 올라가다 스코츠데일을 향해 동쪽으로 꺾었다. 이어서 외곽도로를 몇 번 바꿔 타고 나니 목적지였다.

입구에 경비실이 서 있는 고급 주택 단지였다.

지붕까지 공을 들인 경비실에는 선인장 정원도 딸려 있었다. 빨간 줄무늬의 바리케이드가 건물 양옆으로 하나씩 삐죽이 나와 있었다. 앙상한 날개를 펼친 뚱뚱한 새 같았다.

부자들. 납세자들. 정치 헌금 기부자들. 단축번호로 마리코파 카운티 경찰서와 직통으로 연결되는 부촌.

그들은 경비실에서 100미터가량 떨어진 도로변에 차를 세우고 기다렸다.

오후 3시, 시카고는 5시.

창문을 통해 경비원의 모습이 보였다.

리처가 말했다. "경비실은 미처 생각 못했군."

장이 말했다. "그녀가 오빠의 소식을 이미 들었다면 우린 저 안으로 들어갈 수 없을 거예요. 저 사람이 먼저 그녀에게 전화로 확인할 테니까요."

리처가 말했다. "당신에겐 FBI 명함이 있잖소."

"FBI 배지가 아니잖아요. 저 사람도 그 차이를 알 걸요."

"경찰이 아니라 경비원이오."

"맥박이 뛰고 있는 인간이에요. 인간이라면 누구라도 알아챌 수 있는 차이고요."

"홉킨스 부인은 명함만으로도 충분했잖소."

"저 사람은 경비원이잖아요. 정부 기관을 대하는 자세가 다를 거예요."

리처는 아무 말도 하지 않았다.

장이 말했다. "당신, 괜찮아요?"

"머리가 아프군."

"이제 어떻게 할 거예요?"

"한번 시도나 해봅시다."

"좋아요. 하지만 문제가 생기면 조용히 물러나야 해요. 다음을 기약하면서. 맥캔의 여동생은 절대 불태워서는 안 될 다리 같은 존재예요."

장이 경비실까지 차를 몰고 가서는 핸들을 꺾고 바리케이드 앞에 멈춰 섰다. 그녀가 차창을 내렸다. 왼쪽 얼굴을 덮은 머리칼들을 귀 뒤로 넘기고 미닫이 유리창을 향해 미소를 지어보이며 그녀가 말했다. "닥터 에반 레이어 부부 댁을 찾아왔어요."

경비원은 회색 폴리에스터 제복 차림의 나이 든 백인이었다. 반소매 아래로 드러난 앙상한 맨 팔뚝 위에 반점이 수두룩했다.

그가 빨간 버튼을 누르며 말했다. "즐거운 오후 보내십시오."

바리케이드가 올라갔다.

장이 단지 안으로 차를 몰고 들어갔다. 그녀가 차창을 다시 올리고 나서 말했다. "나라면 저런 경비원을 돈 주고 고용하진 않을 거예요."

리처가 말했다. "조경이 아주 멋있군."

사실이었다. 잔디밭은 없었다. 물이 필요한 식물은 아예 없었다. 조경석들, 그 사이로 칼날 같은 이파리들을 내민 선인장들, 그 몸통 위에 무수히 덮인 작고 붉은 꽃들, 그리고 바짝 마른 대기 덕분에 녹스는 게 뭔지 모르는 철제 조형물들. 평지에 조성된 단지였다. 필지들은 모두 넓었다. 주택들은 서로 다른 각도로 들어서 있었다. 모르는 이들이 우연히 모여든 것처럼.

리처가 말했다. "400미터쯤 더 가면 왼쪽에 있을 거요."

400미터를 더 간 지점에는 차들이 잔뜩 주차돼 있었다. 서로 다른 브랜드, 서로 다른 모델, 하지만 대부분 비싼 차들. 진입로 위에는 가로로 세 대, 세로로 세 대 모두 여섯 대가 서로 바짝 붙어 서 있었다. 그 앞 도로에는 차량들이 범퍼와 범퍼를 맞대고 서 있었다. 그 무리의 전방은 텅 비어 있었다. 후방도 텅 비어 있었다. 그 집이 마치 차량들을 끌어당기는 자석 같아 보였다.

모두 서른 대 가량이었다.

아무 질문도 없이 바리케이드가 올라간 이유가 거기에 있었다.

경비실에 이미 통보가 돼 있었던 것이다.

하우스 파티.

혹은 칵테일파티. 혹은 수영장 파티. 뭐가 됐든 무더운 오후 3시에 차량들을 서른 대씩이나 끌어모을 수 있는 파티.

진입로 초입에 세워진 우편함에는 '레이어 가족의 은둔지'라고 적혀 있었다.

장이 노변에 주차된 차량 무리의 선두에 바짝 붙여서 차를 댔다. 두 사람이 뜨거운 대기 속으로 내려서서 뒤를 돌아보았다. 아름다운 집이었다. 폭이 넓고 견고해보였다. 절반은 점토로 회벽을 만들고, 나머지 절반은 거친 벽돌로 쌓아 올린 단층 주택. 결코 과시적이지 않으면서도 주인의 부와 취향을 넌지시 드러내주는 건물. 행사가 벌어지고 있는 장소는 뒷마당인 게 확실했다. 하지만 밖에서는 뒷마당이 보이지 않았다. 머리 높이의 담장이 대지 전체를 에워싸고 있었다. 그 자체로도 아름다웠고 건물과도 조화를 이루는 담장. 자재도, 색깔도 똑같았다. 앞마당은 완전히 개방되어 있었다. 하지만 뒷마당은 꼭꼭 숨겨져 있었다. 사적인 공간. 밖에서는 전혀 보이지 않는 곳. 하지만 리처는 귀로 수영장을 느낄 수 있었다. 첨벙이는 소리, 물을 머금어 먹먹하게 울리는 목소리, 헐떡이는 소리, 찬물에 입수하며 들이마시는 숨소리. 당연했다. 피닉스의 여름, 오후 3시, 38도를 훌쩍 넘는 더위였다. 사람들이 왜 모여들었겠는가? 수영장, 파티오, 주방과 거실을 드나드는 발길들, 아이스박스에 채워진 맥주 캔들.

장이 말했다. "FBI에서 진행했던 어떤 연구 조사가 생각나네요. 나도 거기 참여했었죠. 홉킨스 부인의 업무와 비슷했어요. 그 대상이 자동차라는 점만 달랐죠. 구체적으로 말하자면 건물 밖에 주차된 차량들의 가격과 건물 내에서 오가는 돈의 비율을 산정하는 연구였어요."

"지금 저 집 안에서 돈이 오가고 있다는 생각인 거요?"

"아뇨. 그 연구 덕분에 난 자동차에 대한 안목이 생겼어요. 저 차들 가운데에는 대단한 부자가 아니면 엄두도 못 낼 만한 것들이 있어요. 하지만 그렇지 않은 것들도 있어요. 차 주인들이 다양한 계층이에요. 젊은 여성, 부부, 그리고 청년 직장인 등등. 연령대와 환경이 가지각색인 사람들이 초대된 파티예요."

그들이 집 앞으로 가까이 다가갔다.

차고 옆쪽 담장에 문이 하나 나 있었다. 잔디 깎기 차량이 드나드는 데 전혀 문제없을 만큼 큼지막한 문이었다. 건축가가 뒷마당의 잔디밭이 주택의 필수조건이라는 신념 아래 담장을 쌓아올린 모양이었다. 하지만 현재는 뒷마당 출입구로 사용되고 있었다. 문은 약 30센티가량 열려 있었다. 그 사이로 수영복을 비롯해서 간편하게 차려입은 사람들의 모습이 언뜻거렸다.

그때 한 여자가 문을 열고 나왔다.

자기 차로 가방을 가져가는 중이었다. 걸음걸이가 경쾌했다. 내딛는 발길이 전혀 거리낌이 없었다. 공무를 수행하는 사람처럼. 하지만 맥캔의 여동생은 아니었다. 친구, 혹은 이웃, 아니면 파티의 공동 주최자. 리처의 짐작이 그랬다.

앞마당 초입과 문을 이어주는 보도는 제법 길었다. 앞마당이 넓었으니까.

하지만 여자는 그들 앞으로 순식간에 다가왔다.

여자가 잠깐 멈춰 서서 미소를 지어보였다.

여자가 말했다. "안녕하세요. 어서 오세요. 참석해주셔서 고맙습니다. 어서 들어가 보세요."

여자가 다시 차를 향해 경쾌하고 거리낌 없이 걸어갔다.

38

선인장 정원 한가운데로 나 있는 보도였다. 양쪽에는 태양광 전지 등이 도열해 있었다. 문 안쪽에는 넓디넓은 공간이 직사각형으로 펼쳐져 있었다. 사막지대의 저택과 조화롭게 어울리는 공간이었다. 나무 정자들과 그 지붕까지 타고 올라간 덩굴, 곳곳에 놓인 질항아리들과 일부러 넘어뜨린 단지들에는 꽃들이 흐드러지게 피어 있었다. 자갈을 덮은 화단에는 사와로 선인장들이 큰 키를 자랑하며 우뚝 솟아 있었다. 수영장은 마치 자연 상태의 연못처럼 조성돼 있었다. 바위들로 테두리를 둘렀고 여기저기 설치된 인공폭포에서는 물줄기들이 끊임없이 흘러내리고 있었다. 파라솔과 테이블은 물론, 티크 재질에 오일을 잔뜩 먹인 온갖 야외용 가구들이 수영장 주변과 나머지 공간에 적절하게 배치되어 있었다.

눈에 띄는 사람들만 마흔 명쯤 되어 보였다. 젊은이들도 있었지만 대부분이 중년 이상이었다. 애리조나 특유의 요란한 차림도 있었고 수영복 차림도 있었다. 제대로 갖춘 차림도 있었고 반쯤 벌거벗은 차림도 있었다. 젖은 몸을 말리고 있는 사람들도 있었고 물속에서 놀이와 수영을 즐기는 사람들도 있었다. 음식과 술을 먹고 마시는 사람들도 있었다. 외톨이는 없었다. 다들 삼삼오오 무리를 지어서 웃고 떠들고 있었다. 덩굴 그늘 아래 놓인 테이블 가의 한 여자가 유독 리처의 눈길을 끌었다. 서른쯤 되었을까, 비키니 위에 얇은 셔츠를 걸친 차림이었다. 늘씬한 몸매에 금빛으로 그을린 팔다리, 여유로운 분위기에 그윽한 미소를 짓고 있는 모습이 그 자체로 빛을 발하고 있었다. 파티의 주인공. 리처의 느낌이 그랬다. 그녀 뒤에는 남자 한 명이 서 있었다. 백발이지만 숱 많은 머리, 카키색 반바지와 요란한 무늬의 하와이언 셔츠 차림이었다. 남자 옆에는 여자가 한 명 서 있었다. 검은 머리에 반짝이는 두 눈, 얼굴에 활짝 피어난 미소, 얇은 린넨 소재의 시프트(shift, 치마폭이 넓지 않은 단순한 원피스) 끝단이 발목 어림에서 살랑거렸다. 부부와 그들의 딸. 리처의 느낌이 그랬다. 그리고 구글이 장의 휴대폰에 띄워준 사진이 틀림없다면 부부는 에반 레이어 박사 내외가 분명했다.

리처가 그들 쪽을 은밀하게 가리키며 말했다. "확인해 봅시다."

저택 뒷벽과 가까운 지점에 긴 테이블이 놓여 있었다. 흰색과 은색 리본으로 단장하고 그 위에 수북이 쌓여 있는 선물꾸러미들.

장이 말했다. "결혼식이었군요."

"그런 것 같소." 리처가 말했다. "레이어 내외의 딸 결혼식. 탁자 곁에 서 있는 젊은 여자가 주인공일 테고. 그녀가 맥캔의 조카딸이겠군."

그때 맥캔의 여동생이 환한 얼굴로 딸의 어깨를 한 차례 따뜻하게 감싸 안은 다음 걸음을 옮기기 시작했다. 손님들과 인사를 나누기 위해서였다. 이야기를 나누고, 물을 튀기고, 웃다가 상대의 가슴에 어깨를 기대고, 볼 키스를 나누고, 행복한 순례가 이어졌다.

장이 말했다. "아직 시카고 소식을 듣지 못했나 봐요. 하긴 그럴 시간이 없었겠네요."

리처는 아무 말도 하지 않았다.

그녀의 순례는 계속됐다. 쟁반에서 잔을 들고, 상대의 팔에 손을 얹고,

또 다른 쟁반 위에 잔을 내려놓고. 마침내 그녀의 눈길이 리처와 장에게 이르렀다. 질적으로는 미달이고 양적으로는 너무 과한 차림의 두 사람, 출입구 근처에서 쭈뼛거리고 서 있는 낯선 존재들. 그녀가 두 사람을 향해 발길을 돌렸다. 환한 미소와 반짝이는 눈동자, 행복에 겨운 안주인의 진심 어린 환영이 온 얼굴에 가득했다.

장이 말했다. "그녀에게 시카고 소식을 전해서는 안 돼요. 지금은 때가 아니에요."

여인이 가까이 다가와 늘씬한 손을 내밀었다. 매니큐어가 고왔다. 그녀가 말했다. "전에 만나뵌 적이 있었던가요? 전 리디아 레이어라고 해요."

자선 무도회에서 찍은 사진 그대로의 모습이었다. 다이아몬드처럼 빛나는 치아. 장이 그녀의 손을 맞잡고 가볍게 흔들며 이름을 밝혔다. 그다음엔 리처. 여인이 말했다. "오늘 오후 내내 다른 손님들에게 물었던 질문을 두 분께도 드려야겠네요. 우리 딸과 어떻게 아는 사이신가요? 학교에서? 아니면 직장? 물론 어디서 아셨든 전혀 중요하진 않아요. 다들 축하하는 마음으로 찾아주셨으니까요. 형식적으로 묻는 것뿐이죠."

리처가 말했다. "부인, 우리는 전혀 다른 목적으로 찾아왔습니다. 나중에 다시 찾아오는 게 좋을 것 같군요. 결혼식을 망치고 싶은 마음은 전혀 없습니다. 자칫하면 7년 동안의 불행을 불러올 수도 있으니까요."

여인이 미소를 머금었다.

"그건 거울을 깨뜨렸을 때 하는 얘기잖아요." 그녀가 말했다. "그리고 결혼식이 아니에요. 아직은 말이죠. 굳이 표현하자면 신부 측에서만 단독으로 주최하는 결혼 전, 전, 전의 파티라고나 할까요? 앞으로 일주일 동안 이런저런 행사가 많을 거예요. 그래서 하객들이 서로 얼굴을 익히게 하자는 취지로 만든 자리예요. 그래야 결혼식 당일, 더욱 활기차고 축복받는 자리가 될 테니까요. 딸아이 말로는 요즘은 다들 이렇게 한다더군요. 하지만 그거 아시죠? 요즘엔 결혼식 행사 기간이 결혼생활 자체보다 더 길어졌다는 거."

그녀가 웃음을 터뜨렸다. 진심으로 즐거워하는 웃음이었다. 자신이 던진 농담이 그녀 자신에게는 해당되지 않으며 나아가 딸의 결혼생활이 영원히 행복하게 지속될 거라는 확신이 그 웃음 속에 배어 있었다.

장이 물었다. "얘기를 나누기에 저녁때쯤이 더 편하실까요?"

"무슨 일인지 물어도 될까요?"

"부인의 오빠, 피터 씨에 관한 일입니다."

"어머나, 정말 미안하게 됐군요. 여기까지 오신 게 헛걸음이 되셨네요. 오빠는 여기 없거든요. 참석하질 않았어요. 우린 정말로 와주기를 바랐지만 너무 거리가 멀어서요. 그런데 오빠와는 어떻게 아는 사이신가요?"

"그 말씀은 저녁때 드려야 할 것 같군요. 부인이 그때 시간을 내주신다면 말이죠. 지금은 우리가 부인을 놔드려야겠어요. 이미 부인의 시간을 너무 많이 뺏었어요. 이제 손님들에게로 돌려보내드리는 게 옳을 것 같아요."

맥캔의 여동생이 감사한 미소를 지어 보이며 몸을 돌렸다. 아니, 돌리려고 했다. 하지만 그 순간 갑자기 심경에 변화가 생긴 모양이었다. 그녀가 다시 자세를 바로잡은 뒤 말했다. "오빠에게 문제가 생긴 건가요? 혹시 경찰에서 나오셨나요?"

장은 오랫동안 원칙에 따라 행동했던 여자답게 대응했다. 그녀는 그 두 가지 질문을 완전히 무시한 채 해야 할 이야기만 했다. "우리는 사설탐정들입니다."

"키버 씨가 두 분을 보낸 건가요?"

"부인, 사실 우리는 부인과 당장에 얘기를 나눠야 해요. 하지만 이 중요한 행사에서 부인을 떼어 놓을 수가 없군요."

"오빠에게 문제가 생긴 건가요?"

장이 다시 대답을 회피한 채 말했다. "우리는 얘기를 듣기 위해 찾아 왔어요. 피터 씨에 관한 얘기."

맥캔의 여동생이 말했다. "따라오세요."

두 사람이 맥캔의 여동생을 따라 집 안으로 들어갔다. 그녀는 그들을 서재로 안내했다. 어두운 색깔의 나무 판으로 벽을 둘러서 자연광을 완전히 차단한 공간이었다. 강자갈로 쌓아올린 벽난로를 중심으로 클럽 의자들이 좁은 간격을 두고 배치되어 있었다. 세 사람이 의자를 하나씩 차지하고 앉았다. 두 여자의 무릎이 맞닿을 만큼 가까웠다. 리처는 상체를 뒤로 한껏 젖혀야 했다. 맥캔의 여동생이 물었다. "어디서부터 시작할까요?"

리처가 말했다. "키버에 관해서 아시는 대로 얘기해 주십시오."

"난 그를 만나본 적이 없어요. 하지만 모든 상황을 오빠에게 소상히 듣고 있어요. 사건을 맡길 사설탐정을 선발하는 문제도 마찬가지였죠. 그러다 보니 후보자들 모두와 어느 정도 친숙해진 느낌이 들어요."

"후보자들이 모두 몇이나 됐습니까?"

"처음엔 여덟 명이었어요."

"선발 과정이 길었습니까?"

"거의 6주가 걸렸어요."

"정말 철두철미하군요."

"오빠는 그런 사람이에요."

"두 분은 얼마나 자주 얘기를 나누십니까?"

"거의 매일 통화를 해요."

"통화 시간은?"

"한 시간이 넘을 때도 있어요."

"정말 오래 하시네요."

"오빠니까요. 오빤 외로운 사람이에요."

"사설탐정이 필요했던 이유가 뭐였죠?"

"마이클 때문이었어요. 오빠의 아들, 내 조카."

"마이클에게 문제가 있다고 들었습니다만."

"문제라는 단어는 적절하지 않아요. 어려움이 더 정확한 표현이에요. 사실은 어려움이라는 단어로도 부족해요. 마이클은 그런 단어로는 표현할 수 없는 아이예요."

"그렇다면 적절한 표현은 뭐죠?"

"인간을 완성시키는 공정이 있다고 가정할 때 마이클은 그 공정의 마무리 단계까지 이르지 못한 아이예요. 몇 가지 부품이 볼트와 너트로 단단히 조여지지 못했다고나 할까요? 난 그 아이의 엄마를 탓하고 싶은 마음을 억누르고 살아왔어요. 그녀도 정상이 아니었거든요. 마이클이 열 살도 되기 전에 세상을 떠났고요."

"어떤 결함이 있는지 얘기해 주실 수 있나요?"

"리처 씨, 당신은 행복한 사람인가요?"

"지금까지 살아온 삶이 그다지 불만스럽지는 않았습니다. 현재 시점에서는 지극히 만족스럽고요. 물론 지금 우리가 거론하고 있는 내용과는 관계없는 얘기니 오해는 마십시오."

"1부터 10까지 점수로 따진다면 당신이 가장 불행하다고 느꼈을 때가 몇 점이었나요?"

"글쎄요, 4점?"

"가장 행복했던 때는?"

"역시 1부터 10까지인가요?"

"네."

"그럼 9점입니다."

"알겠어요. 최하가 4점, 최고가 9점. 미스 장은 어떠신가요?"

장은 잠시 뜸을 들인 뒤에 말했다. "가장 불행하다고 느꼈을 때의 점수는 3점 정도예요. 그리고 가장 행복했다고 느꼈을 때는, 음, 얼마 전이었다면 8점이라고 대답했을 거예요. 하지만 지금은 9점을 주고 싶네요."

얘기 도중에 그녀의 눈길이 잠시 리처에게 쏠렸다. 그 눈빛이 심상치 않았다. 맥캔의 여동생은 그 눈길과 눈빛의 의미를 간파했다. 그녀가 말했다. "두 분, 잠자리를 같이 했나요?"

묵묵부답.

"이봐요, 만일 잠자리의 즐거움을 나누고 있는 중이라면 당연히 9점이어야 해요. 그게 안전하니까요. 더 높은 점수는 안 돼요. 10점은 수행 불안 증상을 유발하거든요. 자, 이제 두 분의 최저점은 3과 4, 최고점은 똑같이 9점이에요. 한 분의 실제 점수는 8점이지만 그건 무시하기로 하죠. 평가 결과는 두 분 다 지극히 정상이에요. 기분이 2점에서 7점 사이를 오르내린다고 해도 정상이죠. 다만 남들의 눈에는 침울하고 내성적인 사람으로 비쳐질 거예요. 이해가 되시나요?"

장이 고개를 끄덕였다.

"이제 행복저울의 바늘이 0에서 꼼짝도 하지 않는 경우를 생각해 보세요. 최저도 0, 최고도 0. 바로 마이클의 경우예요. 그 아이는 불행한 사람으로 태어났어요. 행복할 능력이 없이 태어났죠. 행복에 대한 개념이 전혀 없어요. 그래서 행복한 상태를 느끼질 못해요."

장이 말했다. "그런 상태를 지칭하는 전문용어가 있나요?"

"요즘은 모든 증상에 전문용어가 따라 붙죠. 오빠와 나는 그 부분에 관해 수없이 얘기를 나눴어요. 하지만 마이클의 상태를 적절하게 표현할 만한 용어는 없더군요. 차라리 일반 단어들 가운데 하나가 더 어울리지 않나 싶어요. 우울감. 하지만 어감이 약하고 수동적이에요. 마이클의 감정에는 깊이도 있어요. 단지 범위만 있는 게 아니라요. 두 분처럼 그 아이도 기쁨과 열정을 느낄 수 있어요. 그것도 아주 강렬하게. 하지만 그게 행복감으로 연결이 되지 않는 거예요. 행복저울의 바늘이 언제나 0에 머물러 있는 거죠. 그렇다고 정신지체는 아니에요. 그 아이는 자신에게 일어나는 일을 정확히 인식하고 있어요. 그러니 본인으로서는 얼마나 힘들겠어요?"

"마이클이 몇 살이죠?"

"서른다섯이에요."

"외부로 드러나는 표징이 있습니까? 다른 사람과 문제를 일으키곤 하나요?"

"정반대예요. 옆에 있다는 것조차 거의 느껴지지 않는 아이거든요. 아주 조용해요. 하지만 시키는 일은 뭐든 해요. 말은 거의 하지 않고요. 며칠이든 꼼짝 않고 앉아만 있곤 해요. 입술을 잘근잘근 씹어가며 사방을 두리번거리면서. 그러지 않을 때엔 컴퓨터에 매달리거나 휴대폰만 만지작거려 요. 공격성은 전혀 없어요. 화를 내는 법도 없고요. 그건 감정의 기복이 없 다는 얘기일 수도 있겠죠."

"일은 할 수 있나요?"

"그 부분도 문제예요. 그 아이도 일을 해야만 해요. 언제라도 자기 가정 을 꾸리려면 말이죠. 그건 가장의 의무 가운데 하나니까요. 그리고 마이클 은 일할 능력이 있어요. 실제로 그가 잘할 수 있는 일들도 있고. 하지만 사 람들은 그의 능력을 인정하지 않아요. 애초에 그의 존재가 싫은 거겠죠. 회사나 집단의 입장에서는 마이클이 전체의 생산성을 저하시키는 요인이 라고 생각할 테니까요. 그래서 번번이 쫓겨나곤 해요. 자기 의지와는 상관 없이 실직 상태가 거듭되는 거죠."

"마이클은 현재 어디서 살고 있습니까?"

"현재로선 어디에서도 살고 있지 않아요. 실종됐으니까요."

그때 예비신부가 엄마를 찾아 서재로 들어왔다. 비키니에 얇은 셔츠. 피 터 맥캔의 조카딸. 마이클 맥캔의 사촌동생. 가까이에서도 여전히 아름다 웠다. 자체 발광, 완벽에 가까운 인생. 극진하게 보살핌 받은 수태기, 축복 속에 이루어진 세상과의 첫 만남, 영아기, 유아기, 그리고 소아기. 섭생, 교 육, 치아 교정, 휴가, 대학, 대학원, 약혼자, 완성된 삶. 마무리까지 깔끔한 인간 공정. 아메리칸 드림의 멋들어진 완결판. 그녀는 행복해 보였다. 호들 갑스럽지도, 으스대지도 않았다. 그저 마음 깊숙한 곳에 흔들리지 않는 평 온과 행복이 자리 잡고 있는 모습이었다. 그러면서도 절정의 즐거움을 추 구할 공간은 남겨두고 있었다. 행복지수는 6점에서 10점을 오르내릴 것이다. 사촌오빠에게는 주어지지 않은 모든 게 그녀의 것이었다.

맥캔의 여동생이 최대한 빨리 돌아오겠다는 약속을 남기고 딸과 함께 뒷마당으로 나갔다. 리처와 장은 어둑한 서재에 조용히 앉아 기다렸다. 파티의 소음이 벽들과의 거리 탓에 먹먹하게 들려왔다. 물 튀는 소리, 물 머금은 소리, 잔 부딪히는 소리, 그리고 목소리들. 장이 말했다. "웨스트우드에게 전화해야겠어요. 그에게 새로운 정보를 알려야 해요. 약속은 약속이니까요. 게다가 우리에겐 오늘 밤 묵을 호텔 방도 필요하고요."

리처가 말했다. "디프 웹에 관해 그가 갖고 있는 모든 정보를 달라고 하시오. 그의 기사 전문을 포함해서. 그리고 여기로 날아와서 직접 설명해달라고 부탁해 보시오. 그의 기사 내용을 우리가 이해하지 못할 수도 있으니까. 그 정도 부탁은 들어줄 수도 있을 거요. 독점 취재권이 한 걸음 더 가까워졌으니."

장이 스피커 버튼을 누른 뒤 전화를 걸었다. 그녀가 웨스트우드에게 웨스트할리우드 모텔에서의 마지막 통화 이후에 벌어진 일들을 상세하게 설명했다. 시카고, 도서관, 늙은 부부의 약국, 맥캔이 사는 동네, 맥캔의 집, 해킷, 이웃집 할머니, 링컨파크 살인사건, 피닉스로의 비행, 그리고 맥캔의 여동생. 마지막은 맥캔의 아들이었다. 오랫동안 최저 0, 최고 0에서 움직이지 않는 그의 바늘, 그리고 현재의 실종 상태.

웨스트우드가 말했다. "전문용어로 무쾌감증이라고 합니다. 즐거움을 느끼지 못하는 증후군이지요."

"맥캔 씨 여동생의 얘기로는 그것보다 더 심각한 증상인 것 같던데요?"

"아무튼 그를 찾아서 집으로 데려오는 게 키버 씨의 임무였습니까?"

"그런 것 같긴 한데 아직 확실히 듣지는 못했어요. 중간에 사정이 생겨서요."

"디프 웹이나 200명의 사망자가 아들의 실종과 무슨 연관이 있는지 모르겠군요. 이건 과학부가 아니라 사회범죄부에서 다뤄야 할 사건인 것 같습니다. 아니면 임시 부서를 편성해서 비극적 인생 특집을 꾸미거나."

"세 부서 모두 나서야 할 수도 있어요. 아직은 모르는 일이니까요."

"숙소는 정했습니까?"

"아직요."

"알겠습니다. 공항에 내려서 전화 드리죠."

전화가 끊겼다.

리처가 말했다. "마이클은 컴퓨터 앞에서, 혹은 휴대폰을 만지작거리면서 많은 시간을 보냈다고 했소. 어쩌면 디프 웹에 빠져 지내는 게 맥캔의 눈에 그렇게 비쳐진 것일 수도 있소. 어느 기괴한 사이트의 채팅방에서 온 시간을 보냈는지도 모르오. 다른 어느 누구도 모르는 자기만의 세계에 빠져 지낸 거지."

"그는 침울한 청년일 뿐이에요. 기괴한 게 아니라."

"침울하다는 단어 자체를 생각해보시오. 정상적인 수준 아래로 가라앉은 상태라는 해석이 가능하잖소. 따라서 그건 감정의 범위가 있을 때 가능한 표현이오. 하지만 마이클은 감정의 범위가 없소. 그런 상태는 기괴한 거요. 공손하게 표현하자면 이례적이라고 해야 하나? 아무튼 그는 지적 능력이 있는 사람이오. 레이어 부인이 그렇게 말했잖소. 어쩌면 그런 사람들을 지원해주는 웹사이트일 수도 있소. 그가 직접 사이트를 만들었을 수도 있고."

"그런 사이트라면 감출 필요가 없지 않을까요?"

"검색엔진 때문이 아닐까 싶소. 고용주들은 늘 온라인을 확인한다고 들었소. 아니, 들은 게 아니라 신문에서 읽었소. 실제로는 고용주들만이 아니라 모든 사람이 그럴 거요. 친척들, 의사들. 더 이상 프라이버시를 보장받을 수가 없소. 솔직히 털어 놓은 고민이 약점과 조롱거리가 되어 버리는 세상이오. 만일 마이클이 일반 웹사이트에 자신의 삶을 포스팅한다면 남편이나 아버지가 되려는 소박한 꿈마저 접어야만 할 수도 있소. 넋 빠진 인간들의 악성 댓글들이 무더기로 달릴 거요. 특수기관에 격리되어 요양 치료를 받아야 한다는 둥, 남의 일이라고 엿 같은 개소리들을 나불댈 거란 말이지."

그때 서재 문이 열리고 리디아 레이어가 들어왔다. 피터 맥캔의 여동생, 마이클 맥캔의 고모, 그리고 예비신부의 어머니. 그녀가 다시 제 의자를 찾아 앉았다. 리처가 물었다. "마이클은 어쩌다 실종된 겁니까?"

그녀가 말했다. "얘기가 길어요."

마더스 레스트에서 남쪽으로 32킬로미터 떨어진 지점, 다림질한 청바지에 드라이한 머리 매무새의 사내가 전화를 받았다. 이번에도 역시 유선전화. 상대방이 말했다. "이젠 당신이 바빠지게 생겼습니다."

"어떤 식으로?"

"당신이 모르고 있는 일들이 있습니다."

"무슨 일?"

"난 그들이 맥캔과 대화를 못하게 막겠다고 약속했습니다. 그리고 그 약속을 지켰습니다. 죽은 자와는 대화를 할 수 없으니까요. 하지만 대가를 치러야 했습니다. 해킷을 잃었지요."

"어떻게?"

"리처가 그를 처치했습니다. 여자도 합세했을 수도 있고요. 어쨌든 일어나지 말아야 할 일이 일어났습니다. 상식적으로는 불가능한 일이었는데도 말이지요."

"그가 죽은 거요?"

"입원 중입니다."

"그 두 사람을 이대로 내버려둘 생각이오?"

"아니, 그럴 생각 없습니다. 본때를 보여줄 겁니다. 우린 이미지로 먹고 사는 사람들입니다. 경쟁이 아주 치열한 분야지요. 브랜드 이미지가 알파요, 오메가입니다. 그래서 당신과 50대 50으로 나누기로 결정했습니다."

"뭘 나눈다는 얘기요?"

"그자들을 이대로 내버려두지 않기 위해 소요되는 비용."

다림질한 청바지와 드라이한 머리의 사내가 잠시 뜸을 들인 뒤에 말했다. "당신은 그자들과 맥캔의 만남을 막아주었소. 그 점은 대단히 감사하게 생각하오. 제대로 처리해줘서 고맙소. 하지만 그걸로 우리의 거래는 끝났소. 기분 나쁘게 생각하지 마시오. 리처나 장에 대해 당신이 어떤 마음을 품었든 그건 당신의 개인적인 감정일 뿐, 나와는 더 이상 상관없는 일이오. 난 그 점을 확실히 해두고 싶소."

"해킷은 병원 침대에 수갑으로 묶여 있습니다. 경찰의 수중에 있다는 얘기지요."

"그가 얼마나 알고 있소?"

"이런저런 것들. 하지만 그가 알고 있는 것만으로는 어떤 혐의도 입증할 수 없습니다. 경찰은 해킷에게서 어떤 물증도 찾아낼 수 없습니다. 휴대폰은 리처가 훔쳐갔습니다. 컴퓨터는 차 안에 있고요. 시카고 친구들이 제공해준 기사 딸린 차. 따라서 경찰로부터 안전합니다. 우리는 휴대폰 추적 작업을 다시 개시했습니다. 장이 다시 자기 휴대폰을 사용하기 시작했습니다. 방금 전에는 그 『LA 타임스』 기자와 통화를 했습니다. 바로 여기 피닉스 교외에서."

"그들이 왜 거기에 가 있는 거요? 당신 때문에? 그들이 당신을 치러 간 거요?"

"리처가 해킷의 휴대폰으로 전화를 걸어 와서는 그렇게 말하긴 했습니다. 그게 아니더라도 충분히 예상할 수 있는 일입니다. 하지만 그건 장과 그 기자의 통화 내용을 듣지 못했을 때의 얘깁니다. 그들은 전혀 다른 목적으로 피닉스까지 찾아온 겁니다."

"어떤 목적?"

"당신이 모르는 사실들이 있습니다."

"어떤 사실들?"

"당신이 듣고 나면 기꺼이 비용의 절반을 부담할 만한 사실들."

"말해보시오."

"피터 맥캔에게 여동생이 하나 있습니다. 리디아 맥캔. 이건 처녀 때 성이고 지금은 리디아 레이어입니다. 여기 피닉스에서 살고 있습니다. 어느 교외의 주택 단지에서. 그들 남매는 늘 대화를 나눴습니다. 맥캔은 여동생에게 모든 걸 얘기했습니다. 장이 방금 전에 웨스트우드와 통화했던 내용에 따르면 맥캔의 여동생과 대화를 하는 건 맥캔과 대화를 하는 것과 마찬가집니다."

"우린 그렇게 되도록 내버려둬서는 안 되오."

"우리?"

"알겠소. 50대 50으로 갑시다. 당연히 그래야지."

"우리의 마음이 똑같다는 걸 확인하고 나니 기분이 아주 좋군요."

"하지만 한 가지 알고 싶은 게 있소."

"뭐죠?"

"맥캔은 어떻게 죽었소?"

"해켓이 사살했습니다."

"좀 더 자세하게."

"해켓이 아침 일찍 그의 집으로 찾아갔습니다. 그리고 총으로 위협해서 건물 밖으로 데리고 나왔습니다. 그다음엔 공원으로 끌고 갔습니다. 주위에 사람이 없는 걸 확인하고는 소음기를 장착한 9밀리 권총을 뒤통수에 대고 방아쇠를 당겼습니다."

"현장이 엄청나게 지저분했소?"

"난 그 현장에 없었습니다."

"총알이 얼굴을 뚫고 나왔을 거요. 하지만 그때는 이미 뇌사 상태였겠지. 심장 박동도 멈췄고, 혈압도 0으로 떨어졌을 거요. 효과적이긴 하지만 그리 보기 좋은 모양새는 아니지. 리처와 장도 똑같은 방법으로 처리할 생각이오?"

"그들을 처리하기 위해 모든 수단을 동원할 겁니다. 50대 50입니다. 절반이라도 비용이 만만치 않을 겁니다. 일단 신속하게 해결해야 하니까요. 지금쯤 그들이 서로 얘기를 나누고 있을 수도 있습니다."

39

마이클 맥캔의 실종에 얽힌 긴 이야기는 오클라호마를 여행하고 싶었던 그의 갈망에서부터 시작됐다. 어느 날 마이클은 그 갈망을 아버지에게 얘기했다. 떠듬떠듬, 천천히, 그리고 숫기 없게. 피터 맥캔은 그다지 걱정하지 않았다. 처음 들었을 때는 아니었다. 그저 말뿐이려니 했다. 마이클을 혼자 키워오는 동안 한두 번 겪은 일이 아니었기 때문이다. 하지만 얼마 지나지 않아 마이클이 다시 그 얘기를 꺼냈다. 이번엔 훨씬 구체적이었다. 오클라호마의 주택자금융자제도까지 알아봤다고 했다. 일리노이와는 달리 시급 노동자도 융자를 신청할 수 있다고 했다. 자기도 시간제 일자리는 어렵지 않게 구할 수 있을 거라고도 했다.

피터 맥캔의 마음은 둘로 나누어졌다. 첫 번째는 불안이었다. 마이클이 익숙지 않은 환경에서 혼자 살아간다는 게 마음이 놓이지 않았다. 두 번째는 희망이었다. 컴퓨터 앞에만 앉아 있던 아들이었다. 그런데 다른 주의 주택융자제도까지 알아봤다지 않는가. 그 시간들의 일부나마 유익하게 활용하기 시작했다는 증거였다. 게다가 시간제 일자리는 어렵지 않게 구할 수 있다고 말했다.

그건 계획이었다. 자발적인 계획. 오래전, 마이클을 진단한 정신과 의사는 자발적 동기 부여가 병세 호전의 첫 번째 징표라고 했다.

피터 맥캔은 불안과 희망 사이에서 한동안 망설였다.

맥캔의 여동생이 말했다. "그러던 어느 날 마이클이 오클라호마에 친구가 있다고 말했어요. 그건 대단한 뉴스였어요. 그때까지 단 한 번도 친구를 사귀어 본 적이 없는 아이였으니까요. 친구라는 단어조차 입 밖에 꺼내본 적이 없었어요. 우린 인터넷 채팅을 통해 알게 된 친구라고 짐작했어요. 오빠는 그 부분을 걱정했던 것 같아요. 하지만 마이클은 서른다섯 살이에요. 아이큐는 지적 장애 수준을 훨씬 웃돌아요. 자기가 뭘 하고 있는지 충분히 인지할 수 있다는 얘기죠. 다만 슬픔에 잠겨 있는 것뿐이에요. 그게 전부예요. 오빠는 몇 가지 물어야 할 것들만 묻고는 더 이상 간섭하지 않기로 마음을 굳혔어요."

리처가 말했다. "그래서 그다음에는 어떻게 됐습니까?"

"마이클이 오클라호마로 갔어요. 툴사에서 멀지 않은 작은 동네였어요. 처음엔 자주 문자를 보냈어요. 그러다가 점점 빈도가 줄어들었죠. 하지만 우리가 알고 있는 한 잘 지내고 있었어요. 그러던 어느 날, 그 아이에게서 다시 문자가 왔어요. 곧 집으로 돌아오겠다는 내용이었어요. 정확한 날짜는 없었어요. 이유도 말하지 않았고요. 그 뒤로 완전히 연락이 끊겼어요."

"피터 씨가 경찰에 신고한 건 언제였습니까?"

"마이클이 한동안 연락이 없자 곧바로 신고했어요. 이어서 모든 사람들에게 알렸어요."

"백악관도 포함해서요?"

"난 그러지 말라고 말렸지만 막무가내였어요. 하지만 그 어느 곳에서도, 그 누구도 오빠의 얘기를 귀 담아 들어주지 않았어요. 당연하죠. 미국엔 정신적으로 문제가 있는 홈리스 남성이 50만 명이나 있어요. 그 사람들 가운데 한 명을 찾아낸다는 건 불가능에 가까운 일이죠. 무슨 수로 찾아내겠어요? 그리고 왜 찾아내려고 하겠어요? 마이클은 공격적이지 않아요. 그리고 치료 중인 상태도 아니에요. 절대 위험하지 않은 인물인 거죠."

"최소한 마이클의 친구라는 인물에 관해서는 조사해야 했던 거 아닌가요?"

"탐정들이시니까 그 상황을 충분히 이해하실 거예요. 마이클 맥캔이라는 이름 하나와 반쪽밖에 기억에 없는 다른 주의 주소 하나가 단서의 전부였어요."

"그래서 그 친구의 신원이 밝혀지지 않았다는 말씀인가요?"

"남자인지 여자인지조차 몰라요."

"공공 지원 주택은요?"

"그런 건 애초에 없었어요. 마이클은 그 친구라는 사람과 함께 지냈던 게 분명해요. 일은 하지 않았던 것 같아요. 시간제 일자리조차 얻지 않았고요."

"그다음엔 어떻게 됐습니까?"

"오빠는 포기할 생각이 없었어요. 그래서 직접 나섰죠. 일단 전화회사에 협조를 구했어요. 그들이 전해준 정보는 실제로 큰 도움이 됐어요. 그들은 마이클의 휴대폰을 추적했어요. 마지막 날, 발신지가 남서쪽으로 이동했어요. 툴사 근처의 통신탑과 오클라호마시티의 통신탑에 차례로 잡혔으니까요. 이동 속도는 대략 시속 80킬로미터였고요. 오빠는 버스였다고 믿고 있어요. 툴사에서 오클라호마시티로 가는 시외버스."

"마이클이 왜 오클라호마시티로 갔을까요?"

"시카고 행 기차를 타기 위해서요."

리처가 고개를 끄덕였다. 기차.

역시나.

장이 말했다. "오클라호마시티 역에는 다른 도시로 가는 기차 편들도 많잖아요."

맥캔의 여동생이 말했다. "오빠는 마이클이 집으로 돌아오는 도중에 실종됐다고 확신하고 있어요. 충분히 근거가 있어요. 처음 한동안은 휴대폰이 북쪽으로, 그러니까 시카고 쪽으로 이동했어요. 이동 속도도 기차의 속도와 같았고요. 하지만 갑자기 신호가 죽어버렸어요."

"북쪽으로 한 시간 반 이상 올라왔기 때문이겠죠. 우리도 같은 일을 겪었어요. 오클라호마시티에서 북쪽으로 약 90분 거리에 마지막 통신탑이 있어요. 그 너머로는 통신 두절 지역이에요."

"마이클의 휴대폰은 다시는 켜지지 않았어요."

"피터 씨가 경찰에게 그 얘기도 했나요?"

"물론이죠."

"그들이 뭐라던가요?"

"기계가 신호를 너무 열심히 찾다 보니 배터리가 다 닳았을 거라더군요. 전원이 다시 켜지지 않았던 건 마이클이 충전을 시키지 않았기 때문이고, 그건 휴대폰을 도둑맞았기 때문이라는 게 그들의 주장이었어요. 그 아이가 제 아빠를 찾아오지 않은 것이 시카고에 돌아오지 않았다는 증거는 될 수 없다고도 했어요. 그들은 또 다른 가설도 제시했어요. 마이클이 툴사나 오클라호마시티에서 휴대폰을 도둑맞았고 그 도둑이 그걸 지닌 채 버스와 기차를 탔다는 거예요. 하지만 비밀번호를 몰라서 그냥 버렸을 거라더군요. 마이클은 여전히 오클라호마에 머물러 있거나 전혀 다른 지역, 어쩌면 샌프란시스코로 옮겨갔을 거라는 게 그 가설의 결론이었어요."

리처가 말했다. "그들이 특별히 샌프란시스코를 언급했던 이유가 있습니까?"

맥캔의 여동생이 말했다. "샌프란시스코에는 홈리스들이 아주 많아요. 경찰들의 얘기로는 그래서 자석 효과가 일어난다더군요. 홈리스가 홈리스를 불러들인다는 얘기죠. 지금이 1967년도 아니고 시대착오적인 발상이지 뭐예요."

"피터 씨는 그 가능성을 어떻게 받아들였습니까?"

"그냥 그럴 수도 있겠다는 정도였어요. 그 이상도 이하도 아니었죠."

"그래서 그가 키버를 고용했나요?"

"혼자만의 싸움을 시작했죠."

"온라인을 뒤졌습니까?"

"처음에는요."

리처가 말했다. "인터넷에 관해 그가 어떤 관심을 가지고 있었는지 말해 주십시오."

그 순간 예비신부가 다시 들어왔다. 손님들이 떠나려 한다고 했다. 모녀가 손님들을 배웅하기 위해 밖으로 나갔다. 잠시 후, 사람들이 떠나는 소리가 먹먹하게 들려왔다. 긴 작별인사, 차문이 닫히고 시동이 걸리는 소리. 5분 뒤 집 안은 완전한 정적에 잠겼다.

셔터를 내린 서재로 돌아오는 사람은 없었다. 리처와 장은 어둑한 실내에서 기다렸다. 5분이 또 흘렀다. 여전히 정적만 감돌뿐 어떤 변화도 없었다. 두 사람은 문을 열고 바깥의 동정을 살폈다. 호화롭게 장식된 복도는 텅 비어 있었다. 그 벽에 걸린 사진들은 한 가족의 역사를 보여주고 있었다. 시간에 따라 진행된 변화의 기록. 부부, 부부와 아기, 부부와 어린이, 부부와 십대 소녀. 세 사람 모두 액자를 하나씩 옮겨가면서 나이 들어가고 있었다.

아무 소리도 들리지 않았다.

말소리도, 발소리도 없었다.

두 사람은 복도로 나갔다. 무단 침입이라는 생각은 없었다. 오히려 집 안을 자유롭게 구경 다녀도 좋다는 허락을 받은 것 같은 느낌이었다. 최소한 주변을 경계할 필요는 없었다. 손님들은 모두 떠났다. 의식할 눈초리는 없었다. 두 사람은 집의 한가운데라고 생각되는 지점을 향해 조용히 걸음을 옮겼다. 은색 액자에 끼워진 사진들의 행렬이 다시 시작되었다. 장소도 달랐고 배열도 달랐지만 가족 역사의 기록인 것만큼은 똑같았다. 부부와 대학 신입생, 부부와 진흙투성이 축구 유니폼에 우승컵을 들고 있는 대학생, 부부와 졸업식 복장의 대학생.

말소리는 없었다. 발소리도 없었다.

그들은 계속 걸음을 옮겼다. 방 하나를 지났다. 방음 처리된 벽, 초대형 스크린, 수직으로 우뚝 선 수많은 스피커들, 등받이 조절 장치에 자체 컵홀더가 장착된 안락의자 세 개. 홈 시어터. 리처로선 말로만 들었지 눈으로 보기는 처음이었다.

아무 소리도 들리지 않았다.

복도 끝은 거실 바로 앞에 아치형으로 조성된 곁방이었다. 그때까지는 점토였던 외장재가 벽돌로 바뀌었다. 판자들을 얼기설기 덧대 이은 천장은 뒤집어진 형태의 폭 넓은 V자를 그리고 있었다. 그 한가운데에 촛불 모양의 전등들을 매단 철제 샹들리에가 늘어뜨려져 있었다. 바닥에는 두꺼운 갈색의 널찍한 소파들이 있어야 할 자리에 제대로 놓여 있었다. 그 등받이에 단정히 걸쳐 놓은 격자무늬 담요들의 색감이 조화로웠다.

그때 진입로를 올라오는 차 소리가 들렸다.

연이은 금속성 울림들, 차문이 열리고 닫히는 소리.

석재 포장도로 위를 걸어오는 발소리.

현관문이 열렸다.

복도에서 울리는 발소리.

에반 레이어 박사가 거실로 들어왔다. 그가 리처와 장을 보고는 멈춰 섰다. 그가 말했다. "안녕하십니까, 두 분." 환영과 의문이 섞인 인사. 100퍼센트의 호의, 0퍼센트의 거부감. 하지만 부담감은 약간 가미되어 있었다. '손님들은 모두 떠난 줄 알고 있었는데.'

그때 그의 딸이 들어왔다. 여전히 비키니에 얇은 셔츠 차림이었다. 그녀가 부친의 등에 손을 가져다 대면서 말했다. "마이클 오빠와 관련된 일로 찾아오신 분들이에요. 엄마와 대화를 나누던 중이셨고요."

그녀가 부친의 등 뒤에서 돌아 나와 두 사람 가까이로 다가왔다. 그녀가 한 손을 내밀며 말했다. "안녕하세요, 전 에밀리예요." 두 사람은 그녀와 차례로 악수를 나누며 이름을 밝혔다. 축하 인사와 함께.

이어서 맥캔의 여동생이 들어왔다. 그녀가 손을 부드럽게 털면서 말했다. "미안해요. 경비 아저씨에게 차와 케이크 한 조각 갖다드리고 오느라 늦었어요. 별건 아니지만 인사치레는 해야죠. 우리 때문에 오늘 오후 내내 바빴으니까요."

리처가 말했다. "그에게 손님 명단을 미리 건네주셨나요?"

"그게 규칙인 걸요."

"그렇다면 케이크는 반 조각만 갖다 주셔야 했습니다. 그가 우리를 확인 절차 없이 들여보냈으니까요."

에반이 말했다. "마이클은 아직 실종 상태입니까?"

에밀리가 말했다. "아빠도 알고 계시잖아요."

"그럼 피터가 마침내 직접 나선 겁니까? 그래서 두 분이 여기 계신 거고?"

"피터 삼촌은 그 전부터 오빠를 찾아다녔어요." 에밀리가 말했다.

"그나저나 피터는 여기 없습니다. 그들 부자 둘 다 없어요."

리처가 말했다. "사전에 양해도 구하지 않고 방문한 점 사과드립니다."

"앉으세요." 에밀리가 말했다. "어서요."

다섯 명이 마주 놓인 소파에 나눠 앉았다. 리처와 창은 한쪽 소파의 바깥쪽 자리를 하나씩 차지하고 앉았다. 팔걸이 옆마다 배치된 옛적 증기선 몸통 모양의 커피 테이블 위에 컵받침과 아이스티 컵이 놓여졌다. 맞은편 소파에는 레이어 가족들이 나란히 앉았다. 금빛으로 태닝한 팔다리가 길쭉길쭉해서 시원해 보이는 에밀리가 가운데, 그녀의 부모는 양옆.

리처가 말했다. "피터 씨가 전화회사 직원을 제대로 구슬린 것 같습니다. 쉽게 얻어낼 수 없는 정보였으니 말입니다."

맥캔의 여동생이 말했다. "시카고에서였어요. 오빠 친구의 지인이 마침 그 회사 노조원이었거든요."

"그리고 피터 씨는 철두철미한 성격입니다. 그렇기에 휴대폰이 도난당했다는 가설을 절대로 흘려 넘길 수 없었을 겁니다. 툴사에서든 오클라호마시티에서든, 아니면 시카고에서든 어디서 일이 벌어졌든 항상 그 가능성을 염두에 두고 있었겠지요. 하지만 기차를 타고 오는 동안 다른 상황이 발생했을 가능성에도 똑같은 비중을 두고 있었을 겁니다." 리처가 말했다.

"기차 안에서요?" 에밀리가 말했다.

"아닐 수도 있고요. 우리는 그 기차에 대해 어느 정도 알고 있습니다. 시카고에 도착하기 전에 멈춰 서는 정거장은 단 한 곳뿐입니다. 마더스 레스트라는 이름의 작은 시골 마을이지요."

맥캔의 여동생은 아무 반응도 보이지 않았다.

리처가 말했다. "마더스 레스트는 황야 한가운데에 고립돼 있는 마을입니다. 키버의 마지막 행적이 남아 있는 곳이기도 하지요. 피터 씨는 마이클이 그곳에서 하차했다는 결론을 내렸던 것 같습니다. 그의 휴대폰이 통화 불가능 지역으로 들어갔지만 다시 나오지 않았다는 전제 아래 말입니다. 그래서 키버를 그곳으로 보낸 겁니다."

"자, 그럼 모두 해결된 셈이군요, 안 그렇습니까?" 에반이 말했다. "마이클이 그곳에 있다면 키버 씨가 그를 찾아낼 테니까요."

리처는 아무 말도 하지 않았다.

맥캔의 여동생이 말했다. "아직까진 키버 씨에게 운이 따르지 않고 있어요. 벌써 사흘 동안 오빠에게 상황을 보고하지 않았어요. 아무 성과가 없는 거죠. 그게 아니라면 오빠가 지금쯤 좋은 소식을 전해왔을 거예요."

그 얘기를 하는 동안 그녀가 문득 시간의 흐름에 생각이 미친 모양이었다. 그녀가 빈 팔뚝을 가볍게 몇 번 두들겼다. 이어서 멀리 떨어진 주방으로 눈길을 돌리고 전자레인지의 타이머를 살폈다.

그녀가 말했다. "시카고에서는 저녁시간이 지났네요."

그녀가 리처의 근처를 가리키며 말했다. "리처 씨, 전화기 좀 건네주시겠어요?"

전화기는 증기선 몸통 같은 탁자 위, 그의 아이스티 컵 옆에 놓여 있었다. 일반 전화기에 비해 크고 무거웠다. 고급 플라스틱 재질에 굴곡진 모양새가 멋있었다. 무선이긴 했지만 1세대 제품인 것 같았다. 망가지면 고칠 생각을 않는 게 나을 성싶었다. 리처의 생각이 그랬다. 몸통에는 단축번호들을 위한 비닐 창이 부착되어 있었다. 그 상단에는 그 집 전화번호가 우아한 연필 글씨로 적혀 있었다. 지역번호 480, 그리고 일곱 개의 숫자. 리처가 맥캔의 여동생에게 전화기를 건넸다. 그녀가 단축번호 하나를 누르고 전화기를 귀에 가져다 댔다. 그녀가 말했다. "통화 중이네요."

에반이 물었다. "마더스 레스트는 규모가 큰 마을입니까?"

리처가 말했다. "아주 작습니다."

"마을 이름이 왜 그렇게 불리게 됐답니까?"

"아무도 모르더군요."

"아주 작은 마을 하나를 수색하는 데 사흘씩이나 걸릴 수가 있는 건가요?"

"얼마나 철저하게 수색하느냐에 달려 있겠지요. 사건 현장은 물론 사건과 관련된 지역의 돌멩이들까지 하나하나 들춰보려면 3주로도 부족할 수 있습니다. 마이클을 찾는 작업도 지금까지 그렇게 진행되고 있습니다. 마이클의 동선을 추적하기 위해 노조에 있는 지인을 통해서 전화회사에 협조를 요청했습니다. 마이클이 그 마을에서 내렸는지 아니면 그냥 지나쳤는지 확인하기 위해 기차 시간표도 철저히 검토했습니다. 경찰에 신고했고 백악관에까지 민원을 넣었습니다. 그 방법이 통하지 않자 사설탐정을 고용했습니다. 그 탐정이 지금 그 마을을 뒤지고 있는 겁니다. 디지털 시대와는 어울리지 않는 아날로그 방식인 거죠. 옛날 경찰들의 수사 방식처럼 말입니다."

"가끔씩은 그런 방법이 효과적일 수도 있다고 생각합니다만."

"하지만 우린 피터 씨가 인터넷에 집착하고 있었다는 얘기를 들었습니다. 그 부분에 관해서 얘기를 나누기 위해 LA의 어느 기자에게 열아홉 번씩이나 전화를 걸었더군요. 인터넷이 아들의 실종과 관련돼 있다는 확신이 있었으니 그 정도로 집착을 보였던 게 아니겠습니까? 휴대폰조차 터지지 않는 작은 마을에 인터넷은 어울리지 않는 얘기니까요."

맥캔의 여동생이 말했다. "마이클의 실종과 별개의 집착이 아니었어요. 발로 뛰는 수색 작업과 병행해서 오빠가 인터넷을 뒤진 거예요. 그게 마이클을 찾을 수 있는 단서라고 여겼으니까요. 마이클이 어떤 비밀 사이트의 게시판을 통해 자기와 비슷한 처지의 사람들과 얘기를 나눴고 따라서 그 사람들은 마이클의 행방을 알고 있을 수도 있다는 게 오빠의 생각이었어요. 뭔가 특별한 이유 때문에 어딘가로 떠나야 했을 것이다, 그 부분에 관해서 사이트 회원들과 얘기를 나눴을 것이다, 그렇게 정리가 된 거죠. 우리는 한동안 웨스트우드 씨에게 큰 기대를 품고 있었어요. 그가 열쇠를 쥐고 있을 수도 있다는 기대. 그렇지만 아니었어요. 처음 통화할 때부터 오빠의 얘기를 귀담아 들으려 하지 않았다더군요. 그에게도 합리적인 이유가 있었겠죠. 그런데도 오빠는 포기하지 않고 고집을 부렸죠. 고집이란 건 그 결과가 부정적으로 나타날 수도 있어요. 당신이 얘기했듯이 결국 열아홉 통이나 전화를 걸어댄 거예요. 난 오빠를 말리려고 노력했어요."

"어쨌든 그가 문제의 사이트를 찾아내긴 했습니까?"

맥캔의 여동생이 말했다. "차를 좀 더 내와야겠네요."

그녀가 소파에서 일어섰다. 그녀가 아이스티 주전자를 집어 들다가 그 옆에 내려놓았던 전화기를 건드렸다. 가죽 표면 위에서 플라스틱 전화기가 관성의 굴레를 벗어던진 채 맴돌기 시작했다. 리처는 한 줄로 적힌 연필 글씨가 천천히 돌아가는 걸 지켜보았다. 정지하기 위해 회전 속도를 늦춰가는 자전거 바퀴살 같았다. 지역번호 480, 그리고 일곱 개의 숫자들.

'애리조나 피닉스, 우리의 목적지.'

'이제부터는 뒤만 쳐다보면서 살아가야 할 거다.'

'케이크 한 조각은 과분하니 반 조각만 줬어야 할 경비원.'

리처가 말했다. "에반 씨, 개인적인 질문 하나 해도 되겠습니까?"

그런 질문을 받게 되면 대부분의 사내들은 의문 어린 표정으로 잠시 머뭇거린다. 이어서 짐짓 태연을 가장하며 어깨를 한 차례 으쓱거린 뒤 이렇게 말한다. '그럼요.'

닥터 레이어가 보인 반응도 그랬다.

"집 안에 총이 있습니까?"

"중요한 문제라서 물으시는 건가요?"

"그냥 호기심에서 묻는 겁니다."

"사실대로 말하자면 그렇습니다."

"한번 볼 수 있을까요?"

"뜬금없는 요구네요."

그의 딸, 에밀리는 다리를 꼰 자세로 몸을 반쯤 틀고 앉아서 대화의 당사자들을 지켜보고 있었다. 그녀의 눈길이 마치 테니스공을 좇는 것처럼 두 개의 얼굴 사이를 부지런히 왕복하고 있었다.

장의 눈길도 마찬가지였다.

리처가 말했다. "안방 침실에 있습니까?"

레이어가 말했다. "사실대로 말하자면 그렇습니다."

"복도 어딘가로 옮겨 두시는 게 좋을 것 같습니다. 한밤중에 일어나는 가택 침입 사건은 드뭅니다. 게다가 막 잠에서 깨어난 상태로는 총기를 효과적으로 다루기가 어렵습니다. 혹시 오른손잡이십니까?"

"그렇습니다."

"그렇다면 현관문에서 2미터 이내이면서 오른쪽에 자리 잡고 있는 서랍장이나 캐비닛에 넣어 두는 게 가장 좋겠군요. 손잡이가 위로 오도록 테이블 장식 화병에 거꾸로 꽂아 두는 것도 괜찮고요."

"보안 컨설팅도 겸업하시나 봅니다."

"우리는 다각적인 서비스를 제공하려고 노력합니다."

에밀리가 말했다. "리처 씨 말씀이 맞아요, 아빠. 침실에 총을 놔두는 건 의미가 없어요."

장이 말했다. "가능하다면 집 안 요처마다 한 자루씩 보관하는 게 가장 좋습니다. 침실, 주방, 거실, 현관 로비, 차고, 이층집이라면 이층, 지하실이 있다면 지하실."

에밀리가 말했다. "단 한 자루뿐이라면 어디가 가장 좋은 자리인가요?"

'단 한 자루.' 리처가 새겨들었다.

"잠깐만 생각해보면 금세 답이 떠오를 거예요." 장이 말했다. "문젯거리들은 대부분 현관문을 통해서 들어오는 법이죠."

"정말 그렇습니까?" 레이어가 말했다. "내가 권총을 보관하는 장소를 옮겨야 하는 건가요?"

"엄마한테 물어보고 결정하기로 해요." 에밀리가 말했다.

바로 그때 맥캔의 여동생이 새로 탄 아이스티 주전자와 케이크 한 접시를 들고 돌아왔다. 그녀가 말했다. "나한테 뭘 물어볼 건데?"

"아빠가 복도에다가 총을 옮겨 놓는 문제."

"아빠가 대체 왜 그런 생각을 하신다니?"

"논리 정연한 딸내미와 보안 전문가 두 사람이 충고했거든요."

"그런 문제가 왜 대화거리로 떠오른 거지? 그 문제가 그렇게 중요한 거니?"

'그녀에게 시카고 소식을 전해서는 안 돼요. 지금은 때가 아니에요.'

리처가 말했다. "아뇨. 그냥 직업적인 관심 때문이었습니다. 그게 전붑니다."

1분 뒤, 그 문제는 비눗방울처럼 증발했다. 다들 총에 관해서는 까맣게 잊어버렸다. 리처와 또 한 사람만 빼고. 장이 그를 똑바로 쳐다보며 눈빛으로 물었다. '대체 무슨 일인 거죠?'

리처가 무심결을 가장하고 한 손을 들어 검지손가락으로 코를 긁었다. 그 손가락을 제외한 나머지 부분으로는 입을 가렸다. 그가 소리 내지 않고 입 모양으로만 장을 향해 말했다.

'휴대폰을 끄시오.'

맥캔의 여동생이 말했다. "어디 불편하신가요?"

리처가 말했다. "마이클이 드나들었다는 웹사이트에 관해서 말씀해 주십시오."

40

피터 맥캔은 아들의 컴퓨터를 뒤지기 시작하자마자 두 가지 사실을 깨달았다. 첫째, 그 소프트웨어에 자동 삭제 코드가 걸려 있어서 인터넷 사용 내역을 확인하는 작업이 곧 그 내역을 날려버리는 작업이 된다는 사실이었다. 물론 올바른 절차대로 접근하면 문제가 없었다. 맥캔은 그 절차를 알 턱이 없었고 결국 그 내역은 영원히 사라지고 말았다. 하지만 수많은 다운로드 프로그램들이 그렇듯, 그 프로그램 역시 완벽하지는 않았다. 완전히 날아가기 전에 약 0.5초 동안 첫 번째 스크린이 떴다가 사라진 것이다.

둘째, 0.5초가 아주 짧으면서도 긴 시간이라는 역설적 사실이었다. 10미터 거리를 두고 강속구로 던진 야구공이 벽에 튕겨서 글러브로 돌아오기에 충분한 시간이다. 또한 0.5초 동안 두뇌가 기억 속에 저장할 수 있는 정보의 양은 엄청나다. 물론 사고 작용에 의해서가 아니라 시각적으로 받아들이는 정보가 그렇다는 얘기다. 기억과 망막과 잔상. 이미 오래전에 입증된 사실이다. 그리고 피터 맥캔 역시 그 사실을 직접 확인할 수 있었다.

하지만 그가 시각으로 받아들인 정보는 아무 의미가 없었다. 숫자들만 길게 나열되어 있을 뿐이었다. 그것도 마치 키보드 상단의 숫자 열에 대고 공이라도 튀겨댄 듯, 기준도 질서도 없는 숫자들의 나열.

맥캔의 여동생이 말했다. "오빠의 고집스러운 성격이 이번엔 긍정적인 결과를 낳았어요. 0.5초 동안의 기억을 토대로 결국엔 자신이 보았던 숫자들의 실체를 파악했어요. 바로 디프 웹이었던 거예요. 모르고 살아가는 게 훨씬 유익한 또 하나의 웹 세계. 오빠의 얘기에 따르면 못되고 추악한 사이트들은 모두 거기에 몰려 있더군요. 처음엔 우리가 주도권을 잡았다고 생각했어요. 물론 비유적인 표현이에요. 하지만 아니었어요. 우리로선 감당할 수 없는 비밀의 세계였던 거예요. 실제 세상보다 열 배는 더 큰 세계. 사람들은 그 속에서 서로 은밀한 얘기를 나누죠. 우리로선 이해할 수 없는 괴상한 일들도 벌이고요. 공상과학 영화 속의 어떤 세계에서처럼."

리처가 말했다. "웨스트우드에게 연락을 취한 이유는 뭐였죠? 전문가적 도움이 필요했던 한 가지 특별한 문제 때문이었습니까? 아니면 일반적인 궁금증 때문이었습니까?"

"아주 특별한 문제 때문이었어요. 디프 웹 유저들이라면 대개 공감하는 의견이 있어요. 정부 차원에서 그런 웹사이트들을 찾아 들어갈 수 있는 검색엔진을 개발해야 한다는 거죠. 웨스트우드의 기사에서 그런 검색엔진이 이미 존재하고 있다는 내용을 확인하고 우린 쾌재를 불렀어요. 오빠는 웨스트우드에게 그게 사실인지 묻고 싶어 했어요. 그리고 사실이라면 그걸 이용하는 방법을 가르쳐달라고 부탁할 생각이었어요."

"그럴 가능성이 있긴 있었습니까?"

"내 생각엔 전혀 없어요. 하지만 지푸라기라도 잡아야 할 상황이잖아요. 오빠의 아들, 내 조카가 실종 상태니까요."

"두 분이 늘 대화를 나누긴 하셨지만 피터 씨가 부인께 하지 않은 얘기들도 있다는 생각은 해보지 않았습니까? 그리고 그의 얘기들은 철저하게 일관적이었습니까?"

"무슨 말씀이신지?"

"예를 들자면 피터 씨가 부인과 대화 중에 마더스 레스트에 관해 뭐든 언급한 적이 있습니까?"

"아뇨."

"그가 200명의 사망자에 관해서 어떤 얘기든 한 적이 있습니까?"

에밀리가 말했다. "200명의 뭐라고요?"

맥캔의 여동생이 말했다. "아뇨."

리처가 말했다. "피터 씨는 키버에게 그 두 가지를 모두 말했습니다. 그래서 키버가 마더스 레스트로 갔던 겁니다. 그곳이 마이클의 실종과 연관되어 있다는 증거인 셈이죠. 그런데 피터 씨는 그곳에 관해서는 부인께 얘기하질 않았습니다."

"거기서 무슨 일이 벌어지고 있는 거죠?"

"우리도 모릅니다."

"오빠와 나는 나이 차이가 많이 나요. 오빠 틈날 때마다 그 사실을 내게 강조해요. 권위를 내세우고 싶어서가 아니라 꼬마 여동생을 지키고 보살피려고 그러는 거예요. 뭐든 내게 비밀로 했다면 그건 내가 알아서 좋을 게 없다고 판단했기 때문이에요."

아무도 입을 열지 않았다.

장이 일어섰다.

그녀가 말했다. "화장실 좀 다녀와야겠어요." 에밀리가 손가락으로 방향을 가리켰다. 장이 그쪽으로 걸어갔다.

리처가 말했다. "저녁식사는 어떻게 하실 겁니까?"

맥캔의 여동생이 말했다. "아직은 아무 계획이 없는데요."

"외식은 어떠십니까?"

"누구와 말씀인가요?"

"우리 모두 함께."

"어디서요?"

"세 분이 원하시는 곳으로요. 지금 당장. 제가 내겠습니다. 저녁을 대접하고 싶어서요."

"왜죠?"

"하루 종일 힘드셨을 것 같아서."

장이 거실 입구에 다시 모습을 드러냈다. 그녀가 리처의 눈길을 기다렸다가 말했다. "남자화장실은 바로 여기 있어요. 필요하다면 사용하세요."

그가 말했다. "알겠소."

"괜찮다면 내가 안내할게요."

"필요하게 되면 내가 알아서 찾아가겠소."

에밀리가 말했다. "그녀는 당신과 단 둘이 얘기를 나누고 싶은 거예요."

리처가 일어나서 장과 함께 복도로 나갔다. 그녀가 목소리를 한껏 낮춰가며 말했다. "해켓의 친구들이 찾아올까요?"

"당신 휴대폰을 사용하지 말았어야 했소. 그자들이 전국적인 레이더망을 갖추고 있을 수도 있소. 그렇다면 우린 맥캔의 여동생을 노출시킨 거요. 웨스트우드에게 모든 정황을 소상히 설명했으니 말이오. 따라서 저 사람들만 놔두고 떠날 수는 없소. 이 집은 위험하오. 지금 당장 놈들이 들이닥칠 수도 있소. 그들을 데리고 나가야 하오. 아니면 밤새 여기 머물면서 지켜주거나. 어느 쪽이든 바짝 붙어서 경호해야 하오."

"데리고 나가는 게 좋겠어요."

"이미 외식을 제안했소."

"그 경비원은 허수아비나 마찬가지예요."

"부부 침실은 어느 쪽에 있소?"

"여기서 반대편이에요. 거실 기준으로."

"당신이 밖에서 먹자고 얘기해 보시오. 내가 권하니까 이상하게 생각하는 것 같았소."

"내가 권해도 마찬가지예요. 우린 낯선 사람들이에요. 게다가 저 사람들은 결혼식 준비에 한창이고요. 이방인 둘이 밖에서 치킨으로 저녁을 때우자는데 좋다고 따라나서겠어요?"

"난 어디든 원하는 곳으로 가자고 했소. KFC가 아니라."

"어디든 마찬가지예요."

그때 진입로를 올라오는 차 소리가 들렸다.

둔탁한 금속성 마찰음, 차문이 열렸다 닫혔다.

그리고 자갈이 밟히는 소리.

요즘 자동차 업계에서는 4인승 디자인이 대세다. 5인승 중형 세단도 있고 7인승 픽업트럭도 있기는 하다. 하지만 특히 암흑가의 인간들은 변속기 탓에 불쑥 튀어 올라온 가운데 좌석에 앉으려 하지 않는 법이다. 모양 빠지니까. 미니 밴의 뒷좌석도 마찬가지다. 따라서 방문객은 많으면 넷, 적으면 하나, 결국 둘이나 셋일 확률이 높았다. 리처는 즉시 몸을 돌리고 거실로 나가 반대편에 있다는 침실을 향해 돌진했다. 테이블 모서리, 의자 팔걸이 등등 장애물이 많았다. 시계 반대방향으로 돌아야 하는 활강 경기처럼 난코스였다. 레이어 일가는 여전히 모두 소파 위에 앉아 있었다. 그들로선 영문을 알 수 없어 그냥 지켜보고만 있었다. 리디아, 에밀리, 에반.

린넨 원피스, 비키니와 셔츠, 그리고 반바지와 요란한 무늬의 하와이언 셔츠. 공기를 가르고 거실을 가로지르면서 리처는 그들에게 그 자리에 꼼짝 말고 있으라고 일렀다. 거실을 빠져나가자 짧은 복도가 나왔다. 그 벽에도 역시 은색 액자들이 수두룩하게 걸려 있었다. 하지만 모두 낯선 얼굴들이었다. 친지들. 그 가운데에는 비쩍 마른 사내와 침울한 표정의 소년이 함께 찍은 사진도 있었다. 피터 맥캔, 그리고 마이클. 리처가 마침내 부부침실 앞에 이르렀다. 그의 두뇌 뒷부분이 말했다. '여자들은 대개 화장실에서 더 가까운 쪽을 택한다.' 그가 베개가 쌓여 있는 킹사이즈 침대를 옆걸음으로 돌아 알람시계와 책 몇 권이 놓여 있는 침실용 스탠드 앞으로 다가갔다.

현관문을 발로 차는 소리가 들렸다.

리처가 스탠드 서랍을 우악스럽게 당겨 열었다. 돋보기, 두통약, 크리넥스 박스. 그리고 15센티 총신의 콜트 파이돈. 음각으로 격자무늬가 새겨진 호두나무 손잡이는 래커 칠을 해서 둔중하게 번쩍였고, 회전식 탄창에는 브라우니 357구경 매그넘 탄환이 들어 있었다. 어떤 침입자든 한 방에 보내버릴 수 있지만 호신용으로 집 안에 두기에는 적합하지 않은 무기. 무게가 1.3킬로그램이나 나가기 때문이다. 잠이 덜 깬 상태에서 꺼내 들기엔 너무나 무겁다. 게다가 반동이 엄청나서 팔 근육이 온전히 기능하지 않는 상태에서는 발사하고 난 뒤, 침대 헤드보드에 손등을 찧기 십상이다.

리처가 그걸 집어 들고 나서 회전 탄창을 확인했다. 여섯 개의 구멍이 모두 채워져 있었다.

복도를 내딛는 구둣발 소리가 들렸다.

현관문 안쪽, 오른쪽으로 60센티미터. 두 사람이었다. 셋이 왔다면 나머지 하나는 뒷마당으로 돌아 들어올 것이다. 양쪽으로 태양광 조명등의 호위를 받으며 선인장 정원 가운데로 난 보도를 걸어 올라와 게이트를 통과했을 것이다.

'어서 들어가 보세요.'

서랍 속에 여분의 총탄은 없었다.

여섯 발.

리처가 침실 문까지 돌아 나왔다. 거실 반대편 복도에서 쿵쾅거리는 발소리. 리처가 짧은 복도를 따라 걸음을 옮겼다. 이번엔 은색 액자들이 걸린 한쪽 벽에 바짝 붙었다. 파이돈을 쥔 팔을 수평으로 쭉 뻗은 자세였다. 눈길은 총구가 가리키는 정면에 모았다. 또렷하게. 그 밖에 모든 건 흐릿했다. 햇빛을 단단히 차단한 주택, 실내는 침침한 그림자들의 세상이었다.

그가 거실 입구에서 걸음을 멈췄다. 왼쪽 전방에는 레이어 일가족이 여전히 소파에 나란히 앉아 있었다. 하지만 아까와는 분위기가 달랐다. 충격이 가신 대신 공포가 지배하고 있었다. 에밀리는 그 공포에 분노로 대응하고 있었다. 금방이라도 앞으로 뛰쳐나갈 듯이 상체를 잔뜩 내민 자세였다. 정반대로 그녀의 부모는 둘 다 등받이를 파고 들어갈 듯한 자세였다. 리처의 오른쪽 전방에는 그와 장이 앉았던 소파가 놓여 있었다. 그 너머로 부분적으로만 보이는 현관문, 그 앞쪽에서 어깨 하나가 움직이고 있었다. 빛의 조화로 인해 윤곽으로만 어른거리는 어깨. 하지만 부피감이 상당했다. 그리고 역동적이었다.

그의 왼쪽, 미닫이문 너머 뒷마당에도 사내 하나가 모습을 나타냈다. 선물꾸러미를 쌓아 놓은 테이블 뒤에서 환한 햇살 아래 서 있는 사내. 검정색 티셔츠에 검정색 바지 차림, 그리고 소음기를 장착한 루거 P-85. 총을 잡은 손을 허리 아래로 내려뜨리고 있어서 총구가 부츠를 향하고 있었다. 그 부츠 또한 검정색이었다. 유니폼이었다. 그건 분명했다.

'장은 어디 있는가?'

그녀가 어디 있는지 모르는 상태에서 총을 쏠 수는 없었다. 실탄이 매 그넘이니 더더욱 안 될 일이었다. 그녀의 위치를 대충이라도 파악하지 않고서는 절대 그럴 수 없었다. 어두웠다. 어른거리는 그림자들이 너무나 많았다. 끔찍한 결과가 빚어질 확률이 너무나 높았다. 뼈에 부딪혀 탄도가 바뀐 총알이 벽을 뚫고 집 밖으로 빠져 나가 도로 건너편 집의 창문을 깨고 날아 들어갈 수도 있었다. 세 사내의 탄창과 리처의 여섯 발, 그 가운데 몇 발쯤은 충분히 그럴 수 있었다.

'장은 어디 있는가?'

에밀리는 숨을 한껏 들이마시고 있었다. 곧이어 그녀의 입에서 비명과 고함소리가 터져 나올 것이다. 당연하고 원초적인 반응이었다. 가족과 영역을 보호하려는 본능. 거기에다가 정당한 분노까지 보태질 것이다. 그녀의 인생에서 다시는 돌아오지 않을 일주일, 그 소중한 시간을 망치려는 자들에게 분노가 치미는 건 당연했다. 에반은 과학과 이성을 중시하는 분위기 속에서 교육을 받은 사람이다. 그리고 재난 상황에서도 침착함을 유지해야 하는 의사다. 하지만 그의 명석한 두뇌는 급박하게 돌아가고 있었다. 그렇지만 적절하게 대처할 방법이 아직 떠오르지 않고 있었다. 그래서 그는 가만히 앉아만 있었다. 아내이자 엄마, 여동생이자 고모인 리디아는 어느새 맥캔이던 시절로 돌아가 있었다. 레이어로 살아온 세월보다는 짧았지만 그 시절의 기억들은 머릿속 훨씬 더 깊숙한 곳에 각인되어 있을 것이다. 지금보다 훨씬 열악한 환경이었을 것이다. 쿵쾅거리는 문짝과 둔중한 발소리는 곧 벌어질 끔찍한 상황의 전조라는 것을 그녀의 머릿속 깊숙한 부분은 기억하고 있을 것이다. 그래서 그녀는 소파 한쪽 귀퉁이에서 등받이에 온몸을 파묻은 자세로 앉아 있었다. 세 사람을 지켜본 리처의 판단이 그랬다.

다음 순간 마당에 있던 사내가 미닫이문을 열고 거실로 들어왔다. 리처의 머리 뒷부분에서 체스 게임이 벌어졌다. 리처의 행마는 경험의 창고에서 쏟아져 나온 빛의 화살이 가리키는 대로 따라가는 듯, 한 수 한 수가 정석이었다. 먼저 왼 다리에 무게중심을 싣고 마당에서 들어온 사내의 가슴에 매그넘을 한 발 먹인다. 머리를 쏘면 그대로 관통할 확률이 높다. 사내의 뒤쪽은 나무 담장 하나뿐, 총알이 이웃집 창문을 뚫고 들어갈 수도 있다. 따라서 살집 두둑한 가슴이 정석이다. 다만 레이어 가족이 뒤에서부터 쏟아져 내리는 핏물을 뒤집어쓰게 된다. 그 끔찍한 기억은 평생을 쫓아다닐 것이다. 더구나 지금은 그들에게 더할 나위 없이 소중한 시기이다. 하지만 목숨을 부지하게 해준 기억이다. 곧 그들 발치에 널브러질 마당 사내와 운명이 바뀔 수도 있으니 그 기억쯤은 참고 살아가야 한다.

리처의 다음 한 수는 오른발로 무게중심을 옮기며 두툼한 어깨가 어른거렸던 지점을 향하여 두 발을 쏘는 것이다. 그 두 발 모두 명중일 수도 있고 헛방일 수도 있다. 하지만 헛방이더라도 다음 행마에 도움이 되는 헛방이다. 두 사내는 대략 1초 동안은 몸을 움츠릴 것이다. 그동안에 레이어 가족의 소파로 달려가서 쓰러진 사내의 루거를 집어 드는 게 다음 행마이기 때문이다. 세 발을 날리고 열다섯 발을 얻는 것이다.

하지만 리처는 그 모든 정석의 행마를 포기하고 체스판을 접었다. 장의 모습을 드디어 찾아냈기 때문이다. 현관 쪽에서부터 등을 떼밀려서 거실로 비틀비틀 걸어오는 모습. 두 사내에게 제압당한 상태였다. 두 팔은 뒤로 꺾였고 입은 우악스러운 손바닥에 덮여 있었다. 그리고 머리에 겨눠진 권총, 이번에도 소음기를 장착한 루거. 길이 때문에 불안정해 보였지만 제로 사거리의 오차범위가 얼마나 되겠는가.

리처가 소리 나지 않도록 조심스럽게 파이돈을 발꿈치 뒤에 내려놓았다. 침실에서부터 따지면 마지막 은색 액자 아래, 바닥과 벽을 잇는 몰딩의 그림자가 드리워진 지점이었다.

그가 거실로 걸어 나갔다.

41

마당에서 들어온 한 명과 문을 통해 들어온 두 명이 반원 대형으로 서로 멀찍이 버티고 섰다. 사내들에 의해 내동댕이쳐진 장이 허우적거리며 레이어 일가 앞까지 밀려왔다. 그녀가 몸을 뒤채어 자세를 바로잡은 뒤 소파에 엉덩이를 살짝 걸치고 앉았다. 리처는 앉고 싶은 자리, 아니 앉아야만 할 자리가 있었다. 서 있는 인질은 앉으라는 지시를 받게 된다. 대개는 자리까지 배정된다. 반면에 앉아 있는 인질은 웬만해서는 자리를 바꾸라는 지시를 받지 않는 법이다. 그래서 리처는 사내들의 지시가 떨어지기 전에 그 자리에 앉았다. 소파 팔걸이. 사내들을 도발하지 않기 위해 천천히, 그리고 자연스럽게. 그의 옆에는 에반, 에반 옆에는 등받이에 상체를 깊숙이 파묻은 에밀리, 에밀리 옆에는 쪼그린 채 가쁜 숨을 몰아쉬고 있는 장, 장 옆에는 딸과 같은 자세의 리디아. 셋이서 여유 있게 앉았던 소파가 비좁아졌다. 한 덩어리가 된 다섯 개의 표적. 반원 선상의 세 지점에서 세 자루의 루거가 그들을 겨누고 있었다. 옛 시절, 보병 야전훈련에서 귀 따갑도록 강조했던 집중소사 대형.

세 자루의 루거, 세 명의 사내. 검은 유니폼, 윗부분만 남겨두고 빡빡 민 헤어스타일, 흰 피부, 큰 키, 건장하면서도 강퍅한 느낌의 체격. 동유럽 출신들, 지난 천 년 동안 이웃과 이웃이 원수가 되어 싸워왔던 지역, 고난의 세월 탓에 어느새 DNA에 박혀버린 독종 기질.

세 사내가 버티고 서서 잠시 호흡을 가다듬었다. 세 쌍의 눈이 거실 안을 샅샅이 훑고 지나갔다. 총을 뽑아 들고 남의 집에 침입한 자들은 그다음에 해야 할 행동을 명확히 알고 있기 마련이다. 하지만 그자들은 아니었다. 100퍼센트는 아니었다. 리처의 판단이 그랬다. 그자들은 열심히 머리를 굴리고 있었다. 예상하지 못했던 상황에 처한 것이다. 임기응변, 목적지 없이 걷다가 만나게 된 삼거리. 왼쪽으로 화살표, 오른쪽으로도 화살표. 옵션. 선택의 자유에는 언제나 잘못 선택할 위험이 뒤따르는 법이다.

그들은 움직이지 않았다. 입을 열지도 않았다. 얼굴에는 미소로 간주할 수도 있는 표정이 잠깐씩 일었다가 사라지기를 반복할 뿐이었다. 그 미묘한 침묵을 깬 것은 가운데 사내였다. 그가 말했다. "우린 어떤 여자와 얘기를 나누고 있는 남녀 한 쌍을 찾아내라는 지시를 받았어."

유창한 영어. 거의 완벽한 미국식 억양. 하지만 살짝 배어 나오는 슬라브 식 퉁명스러운 발성. 역시 동유럽 출신이었다. 고난으로 점철된 삶. 감정의 기복이 심할 것이다. 리처의 판단이 그랬다.

아무도 대답하지 않았다.

사내가 말했다. "하지만 지금 우리 눈앞에 있는 건 남자 둘과 여자 셋이야. 여자 가운데 하나는 중국인이고. 정말 헛갈려. 그러니 누가 그 남녀고 누가 그 두 사람과 얘기를 나누고 있던 여자였는지 말해."

장이 말했다. "난 중국인이 아니고 미국 시민이에요. 그리고 우린 함께 얘기를 나누던 중이었어요. 서로서로, 모두 다 같이, 빙 둘러서. 이제 당신들이 대답할 차례예요. 도대체 당신들은 누구며 도대체 여기서 뭘 하고 있는 거죠?"

사내가 말했다. "당신들 가운데 한 명이 누군가의 여동생이지?"

묵묵부답.

사내가 말했다. "그 누군가가 중국인일 수도 있겠지. 그걸 말해주면 우리에게 큰 도움이 될 거야."

묵묵부답.

"누군가의 여동생이 누구지?"

"난 아니야." 리처가 말했다.

"어이 똑똑한 친구, 당신한테 여동생이 있나? 그 계집애가 어디 사는지 말해줘."

"내게 여동생이 있다면 얼마든지 말해줄 텐데 없어서 유감이군. 그 애가 나 대신 네 엉덩이를 발로 차주었을 테니 말이야."

사내의 눈길이 세 여자들에게로 향했다.

그가 말했다. "당신들 중에 누가 그 여동생이지?"

묵묵부답.

"당신들 중에 누가 그 여동생과 얘기를 나누고 있었나?"

묵묵부답.

사내의 눈길이 다시 리처와 에반에게로 돌아왔다.

그가 말했다. "둘 중에 누가 그 여동생과 얘기를 나누고 있던 남자야?"

묵묵부답.

사내가 말했다. "조합이 무지하게 많군. 수학 시험 문제 같아. 짝이 맞는 양말 한 켤레를 찾기 위해서 얼마나 많은 양말이 필요할까? 하지만 이번 시험에서는 분명한 답이 최소한 한 개는 나와 있어. 꼴찌도 맞출 수 있는 정답이지. 다섯 모두를 죽인다. 그게 정답이야. 당신들 중에 우리가 찾는 세 사람이 반드시 있을 테니까. 그런데 문제가 있어. 목숨 세 개 값만 받았는데 시체를 다섯 개나 만들어야 하니 말이야. 잔돈은 가게를 나서기 전에 세어야 하는 법이지. 하지만 이미 가격이 결정되어서 다시 협상할 도리가 없어. 그게 뚱보의 원칙이거든."

침묵.

사내가 에반을 쳐다보며 말했다. "당신 직업이 뭐지?"

에반이 대답을 하려는 듯 입을 열다가 다시 닫았다. 또 한 번 열다가 다시 닫았다. 세 번째 우물거리고 나서야 그가 말했다. "난 의사입니다."

"무보수로 일을 하시나?"

"그런 것 같진 않군요."

"멍청한 질문이었군. 안 그런가? 무보수로 일하는 의사가 어딨겠나?"

"그런 의사들도 있습니다."

"하지만 당신은 아니야, 안 그래?"

"맞습니다, 난 그렇지 않은 것 같군요."

"내가 공짜로 일을 해야 한다고 생각하나?"

에반이 당혹스러운 듯, 한 차례 심호흡을 했다.

사내가 말했다. "의사 선생, 간단한 질문이잖아. 난 의학적 소견을 구하고 있는 게 아니야. 내가 공짜로 일을 해야 한다고 생각하나? 당신은 돈을 받고 일하는데?"

"내 생각이 당신에게 중요합니까?"

"우리 모두 편안해지기를 원해서 묻는 거야. 모두가 같은 생각이면 편하잖아. 사람은 자기가 하는 일에 대한 보수를 받아야 해. 난 당신도 그 사실을 인정하기를 원하는 거야."

"알겠습니다. 난 보수가 따라야 한다고 생각합니다."

"뭐에 대해서?"

"자기가 하는 일에 대해서."

"세 가지 일을 할 때보다 다섯 가지 일을 할 때 보수를 더 많이 받아야 한다고 생각하나?"

"그래야 할 것 같군요."

"하지만 이미 보수가 정해져 있는데 어떻게 더 받을 수 있지? 우린 딱 세 목숨만 거둬들이면 돼. 그런데 그 셋을 찾아내야 하니 귀찮게 됐어. 하지만 당신들에게는 희소식이야. 우린 돈을 받은 만큼만 일을 할 거야. 덤까지 얹어주는 건 싫거든. 그러니 당신들 가운데 두 사람은 살아남을 수 있어."

리처의 두뇌 뒷부분이 즉시 계산에 들어갔다. 침입자들이 무작위로 세 사람을 사살한다면 살아남을 확률은 40퍼센트. 하지만 무작위적인 총질일 수가 없다. 남자 하나와 여자 둘, 그것이 그들의 정보다. 따라서 에반이 살아남을 확률은 50대 50. 하지만 장의 확률은 40퍼센트에서 33퍼센트로 떨어지게 된다.

사내가 말했다. "물론 그 계획에는 결정적인 하자가 있어. 죽어야 할 두 사람이 살게 될 수도 있으니까. 그래선 안 될 일이지. 당신들도 각자의 직업정신이 있을 테니 내 얘기를 이해할 수 있을 거야. 그런데도 우린 두 사람만은 살려주려고 애쓰고 있어. 그렇다면 그 부분에 대해서도 보상이 따라줘야 하지 않을까? 보상받을 방법을 다각적으로 생각해 보자고. 나 좀 도와줘."

에반이 말했다. "이 집엔 돈이 없습니다."

"의사 선생, 난 내가 죽일 사람한테 그 경비를 대라고 요구하는 게 아니야. 그러면 나쁜 놈이지. 난 당신이 다각적으로 생각하기를 바라는 거야. 지금 상황에서 나와 내 친구들이 보상받을 수 있는 방법이 뭘까?"

에반은 아무 말도 하지 않았다.

"의사 양반, 창의적으로 머리를 굴려 봐, 긴장 풀고. 관념의 틀에서 벗어나서 폭 넓게 생각하란 말이야. 그 보상이 돈이 아니라면 뭘까?"

묵묵부답.

사내가 에밀리를 바라보며 말했다. "이름이 뭐야, 예쁜이?"

에반이 말했다. "안 돼!"

사내의 눈길이 장에게로 옮겨갔다.

사내가 말했다. "이 여자의 이름도 알고 싶군."

에밀리가 셔츠를 단단히 여미고서 무릎을 안은 자세로 상체를 등받이에 깊숙이 파묻었다. 에반이 딸 앞으로 상체를 반쯤 기울여 눕혔다. 사내가 매서운 눈초리로 그를 내려다보며 말했다. "기사도를 발휘하고 싶은가? 그럼 당신을 제일 먼저 죽여주지. 그러니 잠자코 있어. 살려줄게. 그뿐인가? 우리가 노는 모습도 구경시켜 줄 거야."

일정한 간격을 두고 반원형 구도를 이루고 있는 세 사내, 야구장으로 따지면 만루 상황이었다. 1루, 그러니까 맨 오른쪽 사내와 리처의 거리는 2미터 남짓, 3루에 선 사내와의 거리는 가장 멀어서 대략 5미터. 혼자만 지껄이고 있는 가운데 사내와의 거리는 대략 4미터. 리처와 가운데 사내, 그리고 현관문이 일직선을 이루고 있었다.

세 사내. 마리코파 카운티 검찰은 그자들을 뭐라고 칭할까? 침입자들. 그들을 인터뷰한 리포터는 아마 이렇게 보도할 것이다. '오늘 밤 교외의 주택 단지에서 발생한 가택 침입 사건은 참극으로 끝나고 말았습니다.'

경찰들은 그자들을 뭐라고 칭할까?

피의자들.

변호사들은?

의뢰인들.

정치인들은?

이 사회의 쓰레기들.

사회학자들은?

가해자인 동시에 현대 사회의 피해자들.

그렇다면 110특수부대 대원들은?

곧 뒈질 놈들.

가운데 사내가 말했다. "자, 이제 시작해 보자고."

에밀리가 등받이 속으로 더욱 깊숙이 파고 들어갔다. 두 팔로는 소파 위로 올린 두 정강이를 꼭 감싸 안고 있었다. 실제보다 반으로 줄어든 모습이었다. 장은 꼼짝도 하지 않았다. 활짝 편 두 손바닥으로 엉덩이 양옆의 소파를 누르고 다리는 앞으로 쭉 뻗은 자세였다. 만화영화에서 두 다리를 풍차처럼 돌려가며 달리던 로드러너가 급정거를 할 때처럼 레이스 달린 끈 운동화의 두 발꿈치가 몸통에서 멀리 떨어진 카펫 속에 예각을 그리며 박혀 있었다. 가운데 사내가 말했다. "여기에만 서 있으니 슬슬 좀이 쑤시기 시작하는군."

침에 젖어 번들거리는 입술.

흔들리는 눈동자.

안달.

무반응.

그때 리처가 숨을 길게 내쉬며 활짝 편 손바닥을 사내들을 향해 들어보였다. '쏘지 마시오.'

그가 반쯤 일어섰다. 천천히, 조용하게, 위협이 전혀 느껴지지 않게. 그가 구부정한 자세로 소파에 앉은 사람들을 향해 반쯤 몸을 돌렸다. 리처가 말했다. "자, 에밀리. 어서 끝내버립시다. 어차피 저자들은 당신을 욕보일 거요. 그러니 당신이 스스로 나서는 게 더 낫지 않겠소?"

그녀가 말했다. "뭐라고요?"

리처가 상체를 깊숙이 수그리더니 에밀리의 손목을 낚아채서는 그대로 잡아당겨 그녀를 일으켜 세웠다. 반쯤 몸을 눕혀서 딸을 보호하고 있던 에반이 리처를 제지하기 위해 벌떡 일어섰다. 장과 리디아도 자리를 박차고 일어났다. 충격, 경악. 리처가 그런 행동을 하다니 그들은 믿을 수가 없었다.

그리고 이해할 수도 없었다.

그 순간에는.

다섯 사람이 이내 한 덩어리가 된 채 밀고 당기고 뿌리치고 붙잡는 몸싸움이 벌어졌다.

세 사내는 지켜보고만 있었다. 판단 착오. 그들은 방아쇠를 당겨야 했다. 가만히 앉아 있던 다섯 사람이 일어나 움직이기 시작한 순간 집중소사를 개시해야 했다. 무차별 사격. 그 즉시 모두 사살해야 했다. 그것이 최선이었다. 하지만 그들은 그러지 않았다. 그럴 수 없었다. 어차피 다섯 명 모두 죽여 버릴 생각은 이미 굳히고 있었다. 하지만 그 전에 육신의 쾌락을 흠씬 누리고 싶었다. 그 쾌락을 제공해줄 두 제물이 다른 세 사람과 함께 엉켜 있었다. 그래서 쏠 수가 없었다. 제물들을 죽거나 상하게 만들기 싫었다. 아직은 그럴 수 없었다. 싱싱한 그대로 즐기고 싶었다. 생채기 없이,

정신도 말짱하게. 그래야 발버둥질 친다. 그래야 더욱 만족스럽다. 비키니, 티셔츠, 골반에 걸린 청바지, 그것들이 가리고 있는 부드러운 속살들. 그래서 쏘지 않았다. 욕정에 점령당한 머리로는 상황을 판단할 수 없었다.

리처의 예상대로.

그가 에반을 한쪽으로 밀쳤다. 장은 다른 쪽으로 밀쳤다. 에밀리는 자기 쪽으로 힘껏 끌어당겼다. 팔다리를 휘저으며 저항하는 그녀를 우악스럽게 돌려세운 뒤, 등을 떼밀며 낯선 얼굴들이 은색 액자 속에 담겨 있는 복도로 들어섰다.

리처가 사내들에게 말했다. "침실은 이쪽이야."

에반이 리처를 앞지르며 딸을 향해 손을 뻗었다. 거의 동시에 맥캔의 여동생이 리처를 거칠게 밀쳤다. 장은 그녀 뒤에 바짝 붙어 섰다. 장의 뒤를 1루 사내가 쫓아왔다. 갑작스러운 상황에 얼굴 가득 당황한 기미가 역력했다. 그자의 뒤로 2루 사내가 쫓아왔다. 3루 사내도 대열의 끝에 붙었다. 여덟 사람이 이룬 일렬종대. 서로 밀고 당기고 비틀거리는 아수라장. 좁고 침침한 복도.

리처가 무리에서 떨어져 나왔다. 그가 허리를 구부리고 바닥에 내려놓았던 파이돈을 집었다. 반질반질한 나무 바닥 위에서 미끄러뜨리지 않기 위해 두 손 모두 사용했다. 그의 오른손바닥이 손잡이를 단단히 감쌌다. 손가락이 방아쇠에 걸렸다. 그가 1.3킬로그램짜리 권총을 들어 올렸다. 그가 왼손으로 리디아 레이어의 머리를 누르면서 동시에 가볍게 다리를 걸어 그녀를 주저앉혔다. 파이돈의 총구가 장의 어깨 너머 1루 주자의 얼굴을 겨눴다. 리처가 방아쇠를 당겼다.

권총의 명중률에는 많은 변수가 있다. 가장 중요한 변수는 실탄의 속력과 총신의 길이다. 총신 내부의 나선형 홈이 만들어내는 실탄의 회전력과 같은 유체역학적 변수는 부차적이다. 실탄의 종류에 따라 효과적일 수도 있고 그렇지 않을 수도 있기 때문이다. 권총의 제작 방식 또한 중요하다. 정확도를 높이기 위해서는 전체를 하나의 주조 틀에서 찍어내는 것보다는 서로 어울리는 양질의 금속 소재들을 부분별로 제작해서 조립하는 방법이 선호되고 있다. 하지만 표적이 사람의 얼굴이고 거리가 2미터라면 어떤 변수도 그다지 중요하지 않다. 총이 제대로 작동하고 조준이 크게 벗어나지 않는 한 백발백중이다. 1루 사내의 경우도 예외가 아니었다.

총알은 사내의 얼굴을 관통했다. 2미터의 사거리, 매그넘의 가공할 위력. 당연했다. 사내의 뒤통수로부터 7미터 떨어진 거실 벽에 즉시 펀치볼만 한 분화구가 생겨났다. 그다음 순간, 실제로 눈 깜짝할 새에, 두뇌의 내용물들이 그 분화구를 채웠다. 벌겋고 희뿌연 반고체 상태의 덩어리들. 사내의 몸뚱이가 꼿꼿이 선 채 뒤로 넘어갔다. 마치 엘리베이터 수직 통로 속으로 떨어지는 것처럼.

리처의 허리가 어깨를 축으로 삼고 왼쪽으로 약간 돌아갔다. 리처가 그 자세로 가장 멀리 떨어진 3루 주자의 위치를 확인했다. 그의 두뇌 뒷부분이 그자가 다음번 표적이라는 지시를 내렸기 때문이다. 2루 주자에 비해 그자의 위치가 응사하기에 유리했다. 게다가 방금 전 거실에서 그자의 입술은 그다지 번들거리지 않았다. 눈동자도 심하게 흔들리지 않았다. 다른 두 놈에 비해 육체의 향연에 큰 기대가 없었다는 얘기다. 따라서 제물들이 상하건 말건 무차별 총격을 가해 올 확률이 높았다.

리처가 손가락을 풀었다. 파이돈이 스스로 회전 운동, 왕복운동, 지렛대 운동을 연속해서 수행했다. 리처가 다시 손가락을 당겼다. 느낌으로는 첫 번째와 상당한 간격을 둔 격발이었다. 하지만 실제로는 거의 연발 사격이었다. 탕, 다시 탕. 두 번째도 관통이었다. 침착하게 타고난 재능을 발휘한 명장의 솜씨. 게다가 거리는 가까웠고 표적은 큼지막했다. 총알은 사내의 윗입술을 뚫고 들어가 뒤통수 바로 아래를 뚫고 나갔다. 미닫이 유리문이 박살났다. 뒷마당 테이블 위에 쌓여 있던 선물꾸러미들이 폭발했다. 결혼식 전에 미리 축포를 터뜨린 듯, 흰색과 은색의 종잇조각들이 구름처럼 허공에 너울거렸다. 박살난 유리 파편들이 폭포처럼 부서져 내렸다. 3루 주자의 몸뚱이 역시 곧장 뒤로 넘어갔다. 중력의 법칙에 의해 쏟아지고 넘어가는 것들을 곁눈으로 보면서 리처가 오른쪽으로 급격히 상체를 틀었다. 2루 주자의 위치를 확인해야 했다.

이제부터가 진검승부였다. 리처에게 승산이 거의 없는 승부. 첫 번째는 아무것도 아니었다. 두 번째도 문제없었다. 하지만 세 번째는 까다로웠다. 탕탕, 연발음과 함께 동료들이 쓰러지자 놈은 흐뭇한 상상에서 번쩍 깨어났을 것이다. 순식간이었지만 자신이 취해야 할 행동을 깨달았을 것이다. '아, 내게도 총이 있지!' 그리고 총구를 들어 올릴 것이다. 물론 여느 때보다는 느린 동작일 것이다. 소음기가 장착된 총은 그의 근육들이 기억하는 것보다 두 배는 길고 무겁기 때문이다. 하지만 약간 느려진 것이 중대한 변수는 아니었다. 리처에 비해 동선이 훨씬 짧았기 때문이다. 그의 총구는 거의 자리를 잡아가고 있었다. 7센티 남짓만 더 올라오면 정조준이었다. 승부는 끝났다. 하지만 리처는 동작을 멈추지 않았다. 그가 느끼기에는 속이 터지도록 속도가 오르지 않았다. 오른쪽으로 돌아가는 손등에 엄청난 공기의 저항이 느껴졌다. 왼쪽 눈은 파이돈의 앞쪽 가슴쇠, 오른쪽 눈은 2루 주자의 소음기 총구에 각각 고정돼 있었다. 그 총구가 그의 눈과 완전한 수평에 이르기까지는 고작 2센티 정도.

파이돈은 완전한 사각을 확보하기까지 아직 30센티나 남아 있었다.

리처가 채찍을 뒤로 추릴 때처럼 오른손을 백핸드로 털었다. 일단은 반동을 이용해 가속도를 얻기 위해서였다. 하지만 또 다른 이유가 있었다. 3루 주자의 머리가 아니라 가장 넓은 어깨 부근을 노린 것이다. 그 상황에서 일발 필살을 노리는 정조준은 사치였다. 그럴 여유가 없었다. 파이돈은 연발 공이치기 방식으로 작동하는 무기다. 쉽게 풀자면 한 번 방아쇠를 당길 때마다 공이가 올라갔다가 다시 덮인다는 얘기다. 그래서 리처는 손등을 다시 솟구쳐 올리면서 거의 동시에 방아쇠를 당겼다. 회전 탄창이 돌아갔다. 공이가 올라갔다. 캠과 레버가 작동했다. 다음 순간 파이돈의 총구가 불을 뿜었다.

1만분의 1초의 시간차, 탄도의 편차, 가속도, 그리고 복잡하기 그지없는 4차원적 계산. 그 모든 게 자신에게 유리하게 작용해줄 것을 믿었다. 사실 믿음을 가졌다기보다는 요행을 바랐을 뿐이었다.

요행은 바람대로 이루어졌다.

사내는 응사하지 않았다. 그럴 수가 없었다. 그의 목 부위에서 큼지막한 살덩어리가 떨어져 나갔기 때문이다.

삼중살.

단독 플레이.

야구 역사에 전무후무한 대기록.

사내의 목 부위를 뚫고 나간 총탄은 여자 화장실의 벽을 뚫고 들어갔다가 맞은편 벽을 뚫고 나와 복도에 놓인 램프를 박살냈다. 사내의 몸뚱이가 바닥에 널브러졌다. 둔탁한 소음이 크게 울렸겠지만 리처의 귀에는 들리지 않았다. 일시적으로 귀를 먹게 만드는 것이 매그넘의 단점 가운데 하나이다. 실내에서는 당연히 더욱 시끄럽게 울린다. 다른 사람들은 거의 넋이 나간 채 얼어붙어 있었다. 맥캔의 여동생은 무릎을 꿇은 채 입을 크게 벌린 모습이었다. 그 입에서 찢어지는 비명소리가 터져 나오고 있었겠지만 리처의 귀에는 역시 들리지 않았다. 에밀리는 몸을 잔뜩 웅크린 채 복도 벽에 바짝 붙어 있었다. 실내에서 발사된 매그넘의 위력은 섬광 수류탄과 맞먹는다. 그게 세 번씩이나 폭발했으니 특히 리디아와 에밀리 모녀는 혼이 달아날 지경인 게 당연했다. 김 솟는 소리와 우레 소리가 약간 잦아지자 사람들도 움직이기 시작했다. 장이 에밀리에게 다가갔다. 에반은 아내를 일으켜 세웠다. 그가 앞장서서 거실로 나갔다. 다음 순간 복도를 향해 돌아서서 뒤따라오던 사람들을 침실 쪽으로 몰고 갔다. 고개를 세차게 내저으며 몇 번씩이나 똑같은 얘기를 반복했다. "거실로 나가면 안 돼." 에반은 의사였다. 더 끔찍한 상황도 겪었을 것이다. 그가 몸을 돌린 건 가족들에게 그 광경을 보여주고 싶지 않아서였다. 혹은 현장 보존에 생각이 미쳤을 수도 있었다. 어쩌면 TV를 너무 많이 봤는지도 모른다. 리처의 생각이 그랬다.

레이어 일가족이 침대 위에 나란히 앉았다. 몸집들이 한결 작아진 것 같았다. 하지만 눈은 더욱 커져 있었다. 세 사람 모두 헐떡이는 호흡을 애써 가다듬고 있었다. 장은 침실 안을 서성거렸다. 리처가 파이돈을 닦아서 에반 레이어의 침실용 스탠드 위에 내려놓았다.

레이어가 말했다. "경찰에 신고해야 합니다. 그게 시민의 의무니까요."
장이 말했다. "맞습니다, 선생님. 그래야 상황이 정리됩니다."
맥캔의 여동생이 말했다. "오빠는 죽었어요, 그렇죠?"

묵묵부답.

"놈들이 오빠를 죽이고 나선 나까지 죽이려고 온 거예요. 오빠가 알고 있는, 아니 알고 있었던 모든 걸 나 역시 알고 있다고 생각했을 테니까요. 누구라도 그렇게 생각할 거예요. 두 분도 그래서 날 찾아온 거고."

장이 말했다. "피터 씨의 신변에 관해서는 우리도 정확히 모르고 있습니다. 따라서 단정적으로 말씀드릴 수가 없군요. 경찰에서는 마이클에게 먼저 연락을 취할 거예요."

"그 아이 역시 죽었을 거예요."

"마이클과 관련해서 우리에겐 어떤 정보도 없습니다."

실내가 정적에 잠겼다.

어느 순간 에반이 말했다. "이제 우린 어떻게 해야 합니까?"

리처가 말했다. "뭘 말입니까?"

"우리 집에 죽어 넘어져 있는 사람들."

"경찰은 장미 향기를 맡으려고 출동하는 게 아닙니다. 금방 정당방위로 귀결 짓겠지요. 가택 침입, 소음기를 장착한 권총들, 성폭행 시도. 이 사건으로 인해서 감옥에 가게 되는 일은 없을 겁니다. 오히려 칭찬을 받을 겁니다. 하지만 난 누가 내 머리를 쓰다듬는 걸 좋아하지 않는 사람입니다. 난 내 이름이 언급되지 않기를 바랍니다. 난 여기 없었던 사람입니다. 칭찬과 보상은 당신 몫입니다. 일단 저 총을 주물럭거리리십시오. 다시 지문을 남기라는 얘깁니다. 어쩌면 1년 치 골프 회원권을 받게 될 수도 있습니다. 병원도 더욱 번창할 테고요. 용감무쌍한 의사 선생님을 만나러 온 환자들 덕분에 말이죠."

"진담이십니까?"

"사실 내 이름이 언급돼도 별 상관은 없습니다. 경찰은 나를 절대로 찾지 못할 테니까요. 하지만 장과 나는 해야 할 일이 많습니다. 우리에게 도움을 주고 싶으시면 30분쯤 기다렸다가 911에 신고하십시오. 어떤 시나리오든 좋습니다. 신고가 늦어진 건 충격 상태에 빠져 있었기 때문이라고 둘러대시고."

"30분이라." 에반이 말했다.

"충격 상태가 30분가량 지속될 수도 있다고 알고 있습니다만."

"알겠습니다."

"다만 한 가지 명심할 게 있습니다. 경찰에게는 두 놈만 총을 들고 있었다고 말하십시오."

"왜죠?"

"한 자루는 내가 가져갈 거니까요. 세 자루라고 얘기하면 경찰은 없어진 총을 물고 늘어질 겁니다."

"알겠습니다. 30분, 총 두 자루. 하지만 장담은 못하겠습니다. 경찰을 상대하는 일에는 워낙에 서툴러서 말입니다."

리처가 에밀리를 바라보며 말했다. "당신에겐 대단히 미안하오. 행복해야 할 일주일이 엉망이 되어버렸으니 상심이 크겠소."

에밀리가 말했다. "전 선생님께 너무나 감사해요."

"천만에 말씀."

리처가 장을 앞세우고 문을 향해 돌아섰다. 나가는 길에 장이 걸음을 멈추고 리디아를 꼭 껴안았다. 여동생은 침묵 속에서 확답을 요구하고 있었다. 장이 대답해 주었다. "상심이 크시겠어요."

두 사람이 복도로 나와서 침실 문을 닫았다. 액자들을 지나 거실로 들어갔다. 1루 주자를 확인했다. 기묘한 각도로 널브러진 시체. 그의 총은 머리에서 쏟아진 핏물 웅덩이 속에 잠겨 있었다. 소음기의 내벽은 모직물 충전재나 섬세하게 가공된 목재로 처리되어 있다. 어느 쪽이든 흡수력이 좋아서 일단 피에 젖게 되면 거의 쓸모가 없어진다. 그래서 두 사람은 1루 주자의 총을 건드리지 않았다. 장이 상체를 수그리고 2루 주자를 살폈다. 혼자 떠들어대던 사내. 그녀가 그자의 루거를 집어 들었다. 작전상 필요한 절도, 혹은 승자의 당연한 전리품.

다음 순간 그녀가 동작을 멈췄다.

그녀가 나직이 중얼거렸다. "리처, 아직 숨이 붙어 있어요."

42

리처는 바닥에 널브러진 사내 옆에 쪼그리고 앉았다. 장은 그의 옆에 무릎을 꿇고 붙어 앉았다. 사내는 하늘을 보고 누운 자세였다. 벌어진 두 다리, 묘한 각도로 틀어진 두 팔. 무의식 상태였다. 혹은 심각한 쇼크 상태, 아니면 혼수상태. 어쩌면 그 세 가지 모두. 사내의 목은 절반만 남아 있었다. 지저분한 옷가지와 땀 냄새가 쇠비린내 같은 피 냄새와 섞여 코를 찔렀다. 죽음의 냄새.

하지만 미약하게나마 숨은 붙어 있었다. 실낱같으나마 맥박도 감지할 수 있었다.

"이런 일이 있을 수 있나." 리처가 나직이 중얼거렸다. "특대 스테이크만 한 살점이 날아가 버렸는데 말이지."

"치명적인 부위가 아닌 거죠." 장도 나직한 목소리로 대꾸했다. "이 사람을 어떻게 해야 할까요?"

"모르겠소. 일단 구급차는 부를 수가 없소. 그러면 경찰이 따라오게 돼 있소. 특히 총격 사건으로 사상자가 발생했을 땐 더욱 그렇소. 경찰은 우리가 떠나고 나서 30분 이상이 경과한 뒤에 출동해야 하오. 하지만 이 사내의 상태가 너무 심각하군. 당장 외과 의사를 부르지 않으면 위험하겠는데."

"에반도 의사잖아요."

"무슨 과 의사인지 모르잖소. 자기로선 어쩌지 못하고 즉시 구급차를 부를 수도 있소. 그리고 나선 곧장 경찰에 신고할 거요. 30분 뒤에 신고하라는 얘기에 곤란해 하던 걸 당신도 봤잖소."

"그럼 그냥 내버려두고 떠나죠. 누가 알겠어요?"

"그건 에반에게 못할 짓이오. 이자는 30분 이상을 버틸 수도 있소. 중상을 입고 죽어가는 사람을 거실에 방치한 채 침실에 틀어박혀 있던 의사. 구급대와 경찰들의 입을 통해 소문이 퍼질 거요. 최소한 도의적인 책임을 추궁당하겠지."

리처가 사내의 목에 다시 손을 가져다 댔다. 집게처럼 벌어진 그의 손가락 두 개가 사내의 목 양쪽에 눌러 박혔다. 상처 부위의 위쪽, 턱 관절에서 가까운 귀 뒷부분. 손가락들은 그 자리에 그대로 머물러 있었다.

장이 말했다. "뭐하는 거죠?"

"뇌로 올라가는 동맥을 누르고 있는 중이오."

"안 돼요."

"무슨 소리. 한 번 죽이는 건 괜찮고 두 번 죽이는 건 안 된다는 거요?"

"이건 아니에요."

"당신에게 총을 겨누고 강간하려던 놈이오. 그런 쓰레기를 죽이는 건 정당한 행위잖소. 이놈이 갑자기 바뀌기라도 했소? 피 흘리며 죽어가는 순교자라도 된 건가? 그럼 우리가 즉시 병원으로 모셔가야겠지. 하지만 천만에. 이렇게 자빠져 있지만 이놈은 좀 전과 똑같은 쓰레기일 뿐이오."

"얼마 동안 그러고 있을 거죠?"

"잠깐이면 끝날 거요. 상태가 워낙 좋지 않으니까."

"이건 정말 아니에요."

"우린 이놈에게 호의를 베풀고 있는 거요. 다리가 부러진 말을 편하게 보내주는 것과 마찬가지니까. 세상에 그 어떤 외과 의사도 이놈을 살려낼 순 없소."

그녀의 휴대폰이 울렸다.

침실에서도 충분히 들을 수 있을 만큼 크고 분명한 소리.

그녀가 주머니를 더듬어 휴대폰을 꺼냈다. 그녀가 웅크리고 앉은 자세를 옆으로 틀고 전화를 받았다. 그녀가 잠시 상대방의 이야기에 귀를 기울였다. 그녀가 속삭이듯 몇 마디를 웅얼거린 뒤 전화를 끊었다.

리처가 말했다. "누구였소?"

"웨스트우드가 피닉스 공항에 내렸어요."

"잘됐군."

"곧 전화하겠다고 말했어요."

"잘했소."

"레이어 가족도 벨소리를 들었을 거예요. 우리가 아직 머물고 있다는 걸 알고 밖으로 나오면 어쩌죠?"

"이자들 휴대폰일 거라 생각하고 무시해버릴 거요."

"아직 숨이 끊어지지 않았나요?"

"거의 끝나가고 있소. 평화로운 죽음이오. 마치 잠에 빠져드는 것처럼."

그가 다시 상체를 일으켰다. 사내의 맥박을 확인했다. 잡히지 않았다.

그가 말했다. "갑시다."

그들의 차는 집에서 100미터 떨어진 길가에 세워져 있었다. 아까는 그곳이 가장 가까운 빈 자리였다. 이젠 그 차만 덩그러니 남아 빈 거리를 지키고 있었다. 장이 다시 운전대를 잡았다. 그녀가 유턴을 한 뒤 단지 입구를 향해 차를 몰았다. 주위는 적막에 잠겨 있었다. 열기 때문에 온 동네가 기절해버린 것 같았다. 햇볕에 덥혀진 공기가 금빛 섞인 연파랑색 액체처럼 일렁이고 있었다.

경비실의 바리케이드는 두 개 모두 수직으로 올라가 있었다. 앙상한 날개를 양옆으로 펼치고 있던 뚱뚱한 새가 이제는 오븐 안에 들어가 있는 모습이었다. 입구와 출구는 완전히 개방된 상태, 하지만 유리창 안에서 어른거리는 경비원의 모습은 보이지 않았다.

장이 차를 세웠다.

그녀가 말했다. "경비실 안을 확인해 보세요."

리처가 차에서 내렸다. 신발 밑창을 통해 아스팔트의 열기가 전해져 왔다. 계란프라이도 가능할 것 같았다. 파리 떼가 윙윙거리는 소리가 들렸다. 2미터 전방, 경비실에서. 미닫이 유리창은 열려 있었다. 늙은 경비원이 상체를 내밀고 인사를 건넸던 곳. '즐거운 오후 보내십시오.' 열린 창문을 통해 사정없이 들이닥치는 열기와 맞서기 위해 냉방 장치가 죽는 소리를 내고 있었다.

경비원은 바닥에 누워 있었다. 작은 스툴 옆에 온통 뒤틀린 자세로. 반소매 유니폼, 반점이 수두룩한 팔뚝, 그리고 크게 부릅뜬 두 눈. 가슴에 한 발, 머리에 또 한 발. 파리 떼가 두 개의 구멍에서 흘러나온 핏물 자국 위에 잔뜩 들러붙어 있었다. 무지갯빛 푸르뎅뎅한 몸뚱이들, 이미 까놓은 알들.

리처가 다시 차에 올라탔다.

그가 말했다. "그 늙은 경비원 말이오. 더 이상은 나이 들지 않게 됐소."

"살인을 방조했다는 죄책감이 어느 정도 가시는군요."

"편하게 보내줘선 안 될 놈이었소. 주방에서 무딘 칼을 가져다가 모가지를 썰어버렸어야 했는데."

단지를 빠져나온 장이 한동안 마음 가는 대로 좌회전 우회전을 반복하며 차를 몰았다. 사이렌 소리는 들려오지 않았다. 주택 단지를 향해 달려가는 앰뷸런스는 없었다. 경찰차도 없었다. 일반 차량들만이 언제나처럼 도로를 메우고 있을 뿐이었다. 뉘엿뉘엿 흐르는 강줄기처럼 차량의 흐름이 하염없이 이어지는 피닉스의 편도 3차선도로.

"어디로 갈까요?" 그녀가 말했다.

"커피 한잔 마실 수 있는 곳을 찾읍시다. 거기서 전화도 하고."

그들은 파라다이스 밸리의 작은 쇼핑몰 앞에 차를 세웠다. 가죽벨트 가게와 중국산 고급 접시 가게 사이에 프랜차이즈 커피숍이 자리 잡고 있었다. 장은 아이스커피, 리처는 따뜻한 커피. 두 사람이 가게 안쪽의 끈적끈적한 테이블에 마주 앉았다.

리처가 말했다. "웨스트우드에게 호텔을 예약하라고 하시오. 무리하진 말고 예산 한도 내에서 적당한 곳으로. 두 시간 뒤에 만나자는 얘기도 전하시오."

"두 시간? 왜죠?"

"피닉스에도 당신네 지사가 있소?"

"물론이죠. 피닉스에도 은퇴한 FBI들이 많이 살고 있으니까요."

"이 지역에 관한 정보가 필요하오."

"그 세 남자에 관해서 알아보려고요?"

"아니. 그들의 두목. 또한 해켓의 두목이기도 한 자. 암흑가 용역업체의 사장. 서비스 메뉴도 다양하고 고객들도 가지각색일 거요. 전화 목소리로 미루어 덩치가 큰 사내인 것 같소. 레이어의 집에서 혼자 떠들어대던 녀석도 그를 뚱보라고 불렀소. 당신도 들었잖소. 보수를 제대로 받지 못했지만 다시 협상할 수는 없다면서 그게 뚱보의 원칙이라고 말했소. 그자의 이름을 알아야겠소. 동유럽 출신의 피닉스 깡패 조직 보스. 이 지역의 동유럽 깡패들은 물론 다른 지역에서도 해킷 같은 프로 킬러들을 동원할 수 있는 암흑가의 실력자. 별명은 아마도 뚱보. 물론 그자의 면전에서 감히 그 별명을 입에 올리는 사람들은 없겠지만. 그자가 있을 만한 곳도 알 수 있으면 좋겠소. 이를테면 직접 운영하는 사업장 같은 곳."

"왜죠?"

"그를 찾아가려고."

"왜요?"

"에밀리를 위해서, 맥캔의 여동생을 위해서, 그 경비원을 위해서, 그리고 허리가 쑤시고 머리가 아픈 나를 위해서. 반복되도록 내버려 둬서는 안 되는 일들도 있소."

장이 고개를 끄덕였다. "부수적인 효과를 불러일으키는 일들도 있죠."

"맞소."

"마더스 레스트를 무방비 상태로 만드는 효과. 그자를 제거하고 나서 찾아가려는 거죠? 그럼 그자들 간의 서비스 계약이 백지화될 테니까."

"당신네 피닉스 직원이 그런 정보들을 제공해줄 수 있을 것 같소?"

"당연하죠. 여기가 시애틀이면 나도 그럴 거예요."

그녀가 휴대폰을 꺼내들었다. 첫 통화는 웨스트우드. 전화를 끊은 뒤 그녀가 저장된 번호들을 스크롤해서 피닉스 직원의 전화번호를 확인했다.

근처일 것이다. 메사, 혹은 글렌데일, 아니면 선시티. 역시 작은 방에 꾸며진 사무실일 것이다. 캐비닛과 선반, 그리고 책상. 그 책상 위에는 컴퓨터와 전화기, 그리고 팩스와 프린터.

'미국 전역에 우리 지부가 있어요.'

리처가 화장실로 갔다. 피가 묻어 있지 않나 거울에 여기저기 비춰보며 꼼꼼히 확인했다. 그가 손을 씻었다. 비누를 잔뜩 풀어서 팔뚝까지 깨끗하게 닦았다. 총을 쏘고 나면 흔적이 남는다. 늘 조심해야 한다. 대충 넘어가서는 안 되는 일들이 있다.

리처가 돌아오자 장이 말했다. "우크라이나 출신이고 이름은 메르첸코."

리처가 말했다. "체격은?"

"뚱뚱한 정도를 넘어서 어마어마하대요."

"사업장은?"

"공항 남쪽에서 회원제 클럽을 운영하고 있어요."

"보안은?"

"거기까지는 모르겠어요."

"우리가 그 클럽에 입장할 수는 있고?"

"안 될 걸요. 회원제라잖아요."

"일자리를 얻으러 온 사람처럼 꾸미면 될 거요. 난 입구를 지키는 기도."

"나는요?"

"어떤 클럽이냐에 따라 다르겠지."

"안 봐도 빤한지 않겠어요?"

"이거 눈요기 좀 하겠는걸." 리처가 말했다. "당장 둘러보러 갑시다. 대낮에 찾아가는 게 유리하니까."

두 사람의 예상과는 달리 우범지역은 아니었다. 오히려 도중에 지나쳤던 동네들보다 환경이 더 좋아 보였다. 메르첸코의 클럽은 양키스타디움만 한 규모였다. 직사각형으로 뻗은 건물이 한쪽 보도에서 다른 쪽 보도까지 블록 하나를 통째로 차지하고 있었다. 외벽은 핑크색으로 칠해져 있었다. 벽면에는 큼지막한 포일 풍선들이 다닥다닥 붙어 있었다. 하트 모양도 있었고 입술 모양도 있었지만 핑크색인 건 똑같았다. 엄청나게 긴 간판이 풍선들 사이로 띄엄띄엄 모습을 드러내고 있었다. 낮 시간에는 칙칙한 회색이지만 어둠이 내리면 핑크빛으로 불이 밝혀질 게 분명했다. 다른 색깔일 수가 없었다. 출입문도 핑크색, 그 위에 드리워진 플라스틱 차양도 핑크색이었다.

그리고 클럽 이름도 '핑크'였다.

장이 말했다. "건물을 따라 돌면서 살펴보면 위험할까요?"

"이른 시간이오." 리처가 말했다. "안전할 거요."

그녀가 왼쪽으로 핸들을 꺾고 건물의 옆벽을 따라 차를 몰았다. 직사각형이라고 하지만 옆벽 역시 엄청나게 길었다. 그리고 넓었다. 역시 핑크색 페인트. 하트와 입술 모양의 풍선들. 술 한 잔을 유혹하는 마케팅. 전면 벽과 달리 옆벽은 블록 전체를 차지하고 있진 않았다. 뒷벽과 만나는 모퉁이에서부터 블록 끝까지는 공터였다. 배달 차량과 쓰레기 수거 차량들을 위한 공간. 당연했다. 그만한 규모의 클럽이라면 매일 배달되는 주류와 식자재의 양이 엄청날 것이다. 비슷한 양의 재활용품들과 쓰레기들도 배출될 것이다. 공터에는 담장이 둘러쳐져 있었다. 3미터 간격으로 세운 철봉 사이를 철망으로 튼튼하게 메우고 칸칸이 가림막을 덧댄 담장이었다. 그 가림막들도 핑크색이었다. 담장 위에는 퍼런 면도날들이 무수히 솟아 있는 철조망이 원형 터널을 이루며 가설되어 있었다. 따라서 안을 들여다볼 수도 없고 타고 넘을 수도 없었다. 하지만 그 가운데 두 칸은 철봉에 경첩을 달아서 안쪽으로 열리게 만든 출입구였다. 트럭들이 드나들어야 할 테니 당연했다. 입구인지 출구인지 모르겠지만 두 개의 출입구 가운데 하나가 반쯤 열려 있었다.

"차를 세우시오." 리처가 말했다.

장이 브레이크를 밟은 뒤 시야를 확보하기 위해 천천히 후진했다. 차를 완전히 세우고 나서 그녀가 말했다. "저게 뭐죠?"

열린 문 안쪽에는 머리 높이의 쓰레기 컨테이너들이 일렬로 늘어서 있었다. 그 너머로 건물 뒷벽이 보였다. 벽에는 문이 하나 나 있었다. 주방으로 통하는 문. 그 문 앞에는 콘크리트 바닥에 인조잔디를 깔아서 공원처럼 조성해 놓은 공간이 있었다. 난쟁이 널판으로 담장이 테두리 쳐진 미니 공원 안에는 하얀색 철제 벤치가 큼지막한 파라솔이 드리운 그늘 아래 놓여 있었다. 요리사들과 웨이터들이 담배 한 대 피우며 휴식을 취하는 곳.

그 벤치에 뚱보가 앉아 있었다.

뚱보는 두툼한 시가를 피워가며 연신 주절거리고 있었다. 뚱보 앞에는 한 사내가 서 있었다. 민소매 티셔츠에 두건을 뒤집어 쓴 히스패닉 사내. 차렷 자세를 취하고 있는 그의 눈길이 뚱보 머리 위, 허공의 한 점에 모아져 있었다.

뚱보. 벤치에 앉은 사내를 묘사하기에는 턱없이 부족한 단어였다. 살집이 뒤룩뒤룩하거나 기골이 장대한 게 아니었다. 과체중이나 비만이라고 말할 수도 없었다. 그냥 산이었다. 그래서 장이 깜짝 놀랐던 것이다. 어림짐작으로도 180센티미터는 넘었다. 키가 아니라 등짝의 너비가. 두세 사람이 앉아도 넉넉할 벤치가 그렇게 작아 보일 수 없었다. 사내는 발목 근처까지 치렁거리는 회색 원피스 차림이었다. 그 두 무릎이 넓게 벌어져 있었다. 뱃살을 내려놓을 공간이 필요했기 때문이다. 엉덩이는 살짝 걸치고 상체는 등받이에 기댄 자세였다. 뱃살 때문에 보통 사람처럼 허리를 세우고 앉을 수가 없는 것이다. 사람의 윤곽이라고 할 수 없는 몸매였다. 그래서 장이 저게 뭐냐고 물었던 것이다. 머리부터 그 아래로 그냥 삼각뿔이었다. 젖가슴은 농구공만 했고 그 밖에도 킹사이즈 베개만 한 살집들이 여기저기 비어져 나와 있었다. 벤치 등받이 상단에 나란하게 걸치고 있는 두 팔도 그 윤곽이 사람의 것은 아니었다. 보조개처럼 움푹 들어간 팔꿈치 양쪽으로 지방덩어리들이 늘어져 있었다.

장의 동료가 일러준 것처럼 한마디로 어마어마한 덩치였다. 상대적으로 작아 보이는 핑크색 얼굴이 햇빛을 받고 번질거리고 있었다. 그 얼굴 깊숙이 자리 잡은 두 눈은 작고 가늘었다. 한편으로는 눈부신 햇살 때문이었고, 다른 한편으로는 얼굴이 탱탱하게 부풀어 있었기 때문이다. 누군가가 그의 귀에 자전거펌프 호스를 꽂고 펌프질을 열 번쯤 한 것 같았다. 윗부분만 남겨 놓고 빡빡 밀은 헤어스타일은 레이어의 집에 침입했던 세 사내와 똑같았다.

장이 말했다. "메르첸코의 형제나 사촌일지도 몰라요. 원래 뚱뚱한 집안일 수도 있으니까."

"내 눈에는 저자가 보스 같아 보이는데." 리처가 말했다. "서 있는 사내에게 말하는 투를 보시오. 잘근잘근 씹고 있잖소."

실제로 그랬다. 뚱보는 핏대를 올리지 않았다. 고함도 지르지 않았다. 평범한 대화체로 계속해서 지껄이고 있을 뿐이었다. 열변이나 호통보다 더욱 잔인하고 철저하게 조저대고 있는 것이다. 차렷 자세를 취하고 있는 사내는 죽을 맛이었을 것이다. 그건 확실했다. 허공의 한 점에 꽂혀 있는 그자의 눈길이 말해주고 있었다. 어서 빨리 그 시간이 지나가기를 간절히 바라는 마음.

장이 말했다. "같아 보이는 것 정도로는 안 돼요. 형제나 사촌이면서 이 클럽의 바지사장일 수도 있어요. 조직의 중간보스일 수도 있고요. 그런 사람들도 부하 조직원들을 저렇게 다룰 수 있는 거잖아요."

리처가 말했다. "당신네 직원이 메르첸코의 가족관계에 대해서도 언급했소?"

"그녀는 그 부분에 관해서는 아무 얘기도 없었어요. 내가 묻지도 않았고."

"다시 전화를 걸어서 물어보는 게 어떻소?"

그녀가 전화를 걸었다. 리처는 뚱보를 지켜보았다. 그자가 금세 일어설 것 같지는 않았다. 계속해서 지껄이고 있었으니까. 장이 질문을 던진 뒤 상대의 대답에 귀를 기울였다. 그녀가 전화를 끊었다. 그녀가 말했다. "메르첸코의 가족관계에 관해서는 아무 정보도 없대요."

"내 눈에는 저자가 보스 같아 보이는데." 리처가 다시 말했다. "하지만 경호원이 없는 게 이상하오. 저자가 진짜로 보스라면 선글라스를 끼고 이어폰을 꽂은 덩치가 최소한 한 명쯤은 저 출입구 근처에 서 있어야 하는데 말이오. 그리고 저자는 밖을 한눈에 내다볼 수 있는 위치에 앉아 있소. 우리는 이 차 안에 한동안 앉아 있는 중이고. 누구든 나와서 차를 빼라고 지시하는 게 당연하지 않겠소?"

"자신감이겠죠." 장이 말했다. "지나친 자신감. 우리가 이미 부하들 손에 죽었을 거라는 확신. 더 이상 걱정할 거리가 없다면 그럴 수도 있을 거예요. 먹이사슬 꼭대기에 우뚝 선 자신을 누구도 감히 어쩌지 못한다는 오만."

"저자가 보스라면."

"추정만 갖고 사람을 죽일 수는 없어요."

"확신만 있다면 이 차 안에서 저격할 수도 있을 텐데."

"정말요?"

"말하자면 그렇다는 거요. 권총으로는 불가능한 거리요. 확실히 처리하려면 훨씬 더 가까이 다가가야 하오."

"저 안으로 들어가야 한다는 얘긴가요?"

"그래야겠지."

"출입구 뒤쪽에 경호원들이 버티고 있을지도 몰라요."

"그럴 가능성도 있소. 하지만 암흑가의 보스들은 이미지를 중시하는 인간들이오. 위험하지 않은 상황에서도 사람으로 병풍을 두르는 법이지. 세를 과시하기 위해서."

"그렇다면 저자는 보스가 아닐 가능성이 높은 거네요."

"내 느낌엔 분명히 저자가 맞는 것 같은데. 뚱보인 데다가 떠들어대는 본새가 영락없이 원칙을 정하고 있는 사람이오. 뚱보와 원칙."

"느낌이 아니라 확신이 필요해요."

"무슨 수로? 다가가서 신분증을 요구할 수도 없잖소. 설사 그럴 수 있다

해도 신분증이 없겠군. 주머니 없는 원피스 차림이니까."

"카프탄이에요. 무무일 수도 있겠고."

"카프탄이 아랍 사내들이 입는 장옷인 건 알겠는데 무무는 또 뭐요?"

"하와이 전통 치마."

"어떻게 확인한다? 지금이 절호의 기회인데."

"그게 바로 문제예요. 절호의 기회가 이토록 쉽게 주어진 게 이상하지 않아요?"

"당신 얘기처럼 지나친 자신감 때문일 수도 있소. 단순히 일상의 한 부분일 수도 있고. 저자 혼자 나와서 시가 한 대 피우고 들어갈 수도 있잖소. 그 시간은 혼자서만 즐기는 게 저자의 원칙인지도 모르오. 저렇게 똘마니를 조져댈 때는 경호원들을 물리는 게 또 다른 원칙일 수도 있고. 경호원들은 경호원들대로 마음을 놓고 있을 거요. 이른 시간인 데다가 감히 보스를 어째 보려는 자가 없다는 걸 그들도 확신하고 있다면 말이오."

"저자가 얼마나 더 저 자리를 지키고 있을까요?"

"시가가 아주 두툼하오. 하지만 시가는 나눠 피는 게 보통이오."

"당신 말대로 지금이 절호의 기회이긴 한데."

"그 기회는 오래 머물지 않을 거요."

"하지만 확신이 필요해요."

리처는 아무 말이 없었다.

뚱보는 계속해서 지껄이고 있었다. 뭔가를 강조하는 듯 고개가 규칙적으로 까닥거렸다. 그때마다 목 뒤에 비어져 나온 비계덩어리가 덜렁거렸다. 하지만 다른 부분들은 전혀 움직임이 없었다. 보디랭귀지가 불가능한 몸뚱이.

리처가 말했다. "이제 요약을 해서 설명을 하고 있는 모양이오. 곧 결론에 도달할 거요. 시간이 없소. 결정을 내려야 하오."

장은 아무 말이 없었다.

잠시 후 그녀가 말했다. "잠깐만요."

그녀가 휴대폰을 들어 올렸다. 리처가 스크린을 바라보았다. 이내 사진이 떠올랐다. 스냅 사진이 아니었다. 변하고 있었기 때문이다. 그들 차 앞의 인도, 핑크색 담장, 안으로 반쯤 열린 출입구. 카메라 모드. 어긋난 각도였다. 불안하게 흔들렸다. 그 상태로 화면은 계속해서 변해갔다. 쓰레기 컨테이너, 미니 공원, 그리고 뚱보.

그녀가 스크린을 살짝 건드렸다. 찰칵. 이어서 그녀의 손가락들이 휴대폰 위를 분주히 오갔다. 문지르고, 살짝 끊어 치고, 문자를 입력하고 다시 살짝 끊어 치고. 핸드폰이 한숨을 쉬듯 김빠지는 소리를 뱉어냈다.

"우리 직원에게 저자의 사진을 전송했어요. 메르첸코가 맞는지 확인해 달라고."

리처가 말했다. "그녀가 서둘러줘야 할 텐데. 시간이 없소."

뚱보는 계속 지껄이고 있었다. 고개는 까딱까딱, 비계덩어리는 덜렁덜렁. 민소매 티셔츠에 두건을 뒤집어 쓴 사내는 여전히 차렷 자세로 듣고만 있었다. 등받이 상단에 얹혀 있던 뚱보의 손가락들이 꿈틀거리기 시작했다. 자리에서 일어나는 과정의 전조일 수 있었다. 길고 힘든 과정일 것이다. 하지만 그 과정이 시작되려 하고 있었다.

"절호의 기회가 떠나려 하고 있소."

뚱보가 시가를 바닥에 버렸다.

장의 휴대폰이 맑게 한 번 울렸다.

그녀가 스크린을 확인했다.

그녀가 말했다. "오, 제발. 이러지 마."

"무슨 일이오?"

"그녀가 좀 더 분명하게 찍은 사진을 보내래요."

"뭐하자는 거요? 대법원에 보낼 증거 자료도 아니고."

장이 다시 휴대폰을 들어 올렸다. 그녀가 집게 모양으로 오므린 손가락 두 개를 스크린에 가져다 대고 양쪽으로 간격을 벌리며 밀었다. 그녀가 최대한으로 키운 뚱보의 모습을 화면의 정중앙에 담았다. 다시 한 번 찰칵. 리처가 상체를 돌리고 뒷좌석 바닥에 놓아두었던 루거를 향해 손을 뻗었다. 만일의 경우를 대비해서. 장의 휴대폰이 다시 한 번 한숨 쉬듯 김빠지는 소리를 뱉어냈다. 리처는 루거를 끌듯이 들어서 앞좌석들 사이의 공간으로 빼낸 뒤 한쪽 무릎 위에 올려놓았다. 군더더기 없이 깔끔한 무기. 미국산 자동차들처럼 실용성을 강조한 모델이었다. 소음기는 따로 구입한 뒤 자가 조립했을 것이다. 탄창은 두 발이 비어 있었다. 늙은 경비원. 가슴에 한 발, 머리에 또 한 발. '즐거운 오후 보내십시오.'

리처는 기다렸다.

어느 순간 뚱보가 다리를 쭉 뻗더니 엉덩이를 앞으로 미끄러뜨리기 시작했다. 경험을 통해 터득한 일어서기 기술인 게 분명했다. 이제 곧 두 손을 양옆으로 내리고 벤치 엉덩판을 짚을 것이다. 뻗었던 다리는 다시 안으로 거둬들일 것이다. 그러고 나서 두 손으로는 벤치를 밀고 두 발바닥으로는 땅을 버텨서 일어설 것이다. 아니면 등짝의 반동을 이용해서 고꾸라질 듯 휘청이며 일어설 수도 있을 테고. 어느 쪽이든 쉽지는 않을 것이다. 시간도 꽤 걸릴 것이다. 하지만 뚱보가 일어서는 작업에 착수한 것만은 분명했다. 그 벤치에 앉아 여생을 보내고 싶진 않을 테니까.

리처가 말했다. "절호의 기회를 놓칠 것 같군."

하지만 그때 히스패닉 사내가 입을 열었다.

진심 어린 하소연, 심심한 사과와 참회, 개선에 대한 다짐. 사내의 태도는 공손했다. 그리고 얘기는 짧았다. 하지만 뚱보는 그 속에서 다시 꼬투리를 잡은 모양이었다. 그의 몸이 출렁거리며 다시 그 전 자세로 돌아왔다. 뚱보가 다시 지껄이기 시작했다.

장의 휴대폰이 다시 한 번 맑게 울렸다.

그녀가 스크린을 확인했다.

그녀가 말했다. "저자가 메르첸코예요. 100퍼센트 확실해요."

43

장이 도로를 따라 20미터쯤 차를 몰고 내려가다 유턴을 했다. 그녀가 다시 천천히 거슬러 올라오다가 도로변에 차를 세웠다. 안에서는 보이지 않는 지점이었다. 게이트까지는 7미터, 거기서 미니 공원까지는 13미터, 리처와 표적 간의 거리는 20미터였다. 그가 조수석 문을 열고 땅에 내려섰다. 그가 오른쪽으로 방향을 틀었다. 소음기를 장착한 권총을 옷 속에 숨기기는 어렵다. 그래서 그는 총을 든 팔을 옆으로 내려뜨린 채 걸어갔다. 허벅지 중간에서 종아리 중간까지. 길었다. 위협적이었다. 눈에 띄지 않을 수 없었다. 하지만 방음 효과를 생각하면 가치 있는 모험이었다. 한낮, 근무 시간이었다. 미국 여섯 번째 대도시의 중심이 지척이었다.

인도에서 여섯 걸음을 옮기자 출입구 앞이었다. 그가 공터로 들어섰다. 출입구 뒤에 경호원은 없었다. 정면에는 쓰레기 컨테이너들이 줄을 지어 늘어서 있었다. 그다음은 미니 공원, 그다음은 뚱보. 여전히 지껄이고 있었다. 낯선 이의 등장을 눈치 채지 못하고 있었다. 아직은. 히스패닉 사내는 여전히 서 있었다. 턱을 치켜들고 이제는 보스에게 눈을 맞춘 채, 여전히 귀를 기울이고 있었다. 리처는 계속 걸음을 옮겼다. 빠르게, 하지만 다급하진 않게. 총구는 여전히 바닥을 향하고 있었다. 콘크리트 바닥 위를 내딛는 부츠 굽 소리가 요란했다. 뚱보가 듣지 못할 수 없을 만큼 요란했다. 그렇다면 뚱보는 소리 나는 쪽을 돌아봐야 했다. 하지만 그러지 않았다. 뚱보는 여전히 지껄이고 있었다. 더 이상 단순한 웅얼거림이 아니었다. 뚱보들 특유의 공명, 전화기 너머로 들려왔던 목소리였다. 내용도 파악할 수 있었다. 비난, 꾸중, 업신여김, 모욕, 뒤룩뒤룩한 목덜미 위에 얹힌 머리가 연신 꺼떡거렸다.

어느 순간 뚱보가 리처를 보았다. 고개만 돌려서. 몸뚱이는 전혀 움직이지 않은 채. 뚱보의 입이 벌어졌다. 리처가 30센티 높이의 난쟁이 담장을 넘어섰다. 그가 총을 들어 올렸다. 인조잔디 위에서 벤치를 향해 한 걸음 다가갔다.

모닥불 가의 영웅담 속에서는 악당을 처단하기 직전, 주인공이 반드시 말을 건넨다. '너는 왜 죽어야 하는가.' 그게 정석이라면 리처는 뚱보에게 피해를 입은 사람들, 그러니까 에밀리 레이어, 피터와 리디아 맥캔 남매, 늙은 경비원, 그리고 그의 손자손녀들의 복수를 위해 죽이러 왔다는 대사를 읊어야 했다. 그다음 대목에선 악당에게 기회를 주는 법이다. 악당의 반응은 뉘우침이나 발악, 둘 중 하나가 보통이다. 그 반응에 대한 주인공의 마지막 멘트는 모든 영웅담의 백미로서 소년들의 밤잠을 설치게 만든다.

하지만 영웅담도 이야기일뿐, 현실은 아니다.

리처는 단 한 마디도 내뱉지 않았다. 그냥 뚱보의 머리에 대고 방아쇠를 당겼다. 두 번. 연발 사격. 푸식 푸식. 그의 눈길이 주방문에 꽂혔다.

열리지 않았다.

야외에서의 소음기는 역시 효과 만점이었다.

리처가 돌아섰다. 난쟁이 담장을 넘어섰다.

그의 등 뒤에서 히스패닉 사내가 말했다. "그라시아스 옴브레(Gracias hombre, 고맙소, 친구)!"

리처의 얼굴에 미소가 떠올랐다. 사내에겐 하늘에서 떨어진 만나(manna, 이스라엘 민족이 40일 동안 광야를 방랑하고 있을 때 여호와가 내려주었다고 하는 양식)였으리라. 마음속으로 잠시도 쉬지 않고 올렸던 기도가 이루어진 것이다. '오, 주님. 이 악마의 머리통에 총알을 박아 넣을 누군가를 보내주소서.' 기적. 이번 일요일엔 반드시 미사에 참례할 것이다.

리처가 콘크리트 마당을 가로질러 걸음을 옮겼다. 똑같은 동선, 똑같은 속도. 빠르게, 하지만 다급하지 않게. 그는 걸으면서 셔츠 자락으로 총을 닦았다. 그러고는 첫 번째 쓰레기 컨테이너 속에 총을 버렸다. 그가 출입구를 나서자 즉시 장이 차를 몰고 다가왔다. 리처가 차에 올라탔고, 차는 곧 떠났다.

웨스트우드의 예산은 넉넉한 모양이었다. 일류 호텔을 예약했으니까. 하지만 스코츠데일 근처였다. 멀었다. 게다가 오후의 러시아워, 결국 두 사람은 날이 어둑해질 무렵에야 도착할 수 있었다. 호텔 바에서 다시 만난 웨스트우드의 모습은 변함이 없었다. 헝클어진 머리와 수염, 지퍼투성이 얇은 재킷. 바닥에 내려놓은 큼지막한 가방도 그대로였다. 그는 마리화나에 관한 책을 읽고 있었다. 밀 다음에는 마리화나를 파고들 모양이었다.

자리에 앉고 난 뒤, 장이 그때까지 벌어진 일들을 조목조목 설명하기 시작했다. 리처는 일단 화장실을 찾았다. 사격의 흔적을 다시 한 번 씻어내기 위해서. 그가 자리로 돌아오자 웨스트우드가 물었다. "기자들에게도 윤리관이 있다고 믿습니까?"

"물론. 그 수준도 다양할 테고."

"나한테는 아예 없기를 바라시는 게 좋을 것 같습니다. 미스 장이 들려준 얘기를 차근히 분석해 보니, 당신은 오늘 하루에만 네 사람을 살해했더군요."

"그중에 한 놈은 두 번 죽였소." 리처가 말했다.

"농담이라면 재미없습니다."

"원한다면 언제든 떠나시오. 독점 취재권은 나와는 아무 관계가 없소. 전모가 드러난 뒤 이 이야기를 다른 기자가 보도하든 말든."

"기삿거리가 될 만한 이야기가 있긴 있습니까?"

"우리가 확실하게 알지 못하고 있는 건 오직 세 부분뿐이오."

"세 부분이라면?"

"처음, 중간, 그리고 마지막."

웨스트우드는 불편하게 느껴질 만큼 오랫동안 침묵을 지켰다. 어느 순간 그가 다시 입을 열었다. "메르첸코라는 이름을 예전에 들어본 적이 있습니다. 당시 나는 디프 웹에 관해 취재하고 있었지요. 메르첸코는 디프 웹의 서비스 사이트 운영자로 추정되는 인물입니다. 고객들에게 익명성을 보장하는 건 물론 어떤 문제든 즉각 해결하겠다는 약속까지 했다고 합니다. 일종의 멤버십 시스템이었을 겁니다. 우크라이나 조직들은 일찌감치 온라인 업계에 진출했습니다. 하지만 나는 그 부분을 기사화시킬 수 없었습니다. 법적인 문제 때문에."

"메르첸코의 고객이 몇이나 됐소?"

"열 명 남짓이라더군요. 극소수를 위한 명품 숍이라고 하면 적절할 것 같습니다."

"그자는 그런 식으로 사업을 할 위인이 아니었소. 소규모 사업은 그자의 취향이 아니란 얘기요. 그자의 스트립 클럽은 다저스타디움보다도 크더군. 온통 핑크색으로 칠하고서는 다시 핑크색 풍선으로 도배를 했소. 허세가 심한 자였다는 얘기요."

"아무튼 나는 열 명이라고 들었습니다."

"그렇다면 그 열 명 모두 백만장자들이었을 거요."

"그럴 수도 있겠네요." 웨스트우드가 말했다. "디프 웹의 규모는 표면 웹의 500배에 달할 수도 있습니다. 그 가운데 돈이 되는 사이트들은 거의 없는 것처럼 보입니다. 하지만 그건 단순한 추정일 뿐, 그렇게 엄청난 세계 속에서 벌어지는 일들을 누가 알겠습니까? 막대한 수익을 올리는 사이트들이 반드시 있을 겁니다."

장이 말했다. "정부에서 그 세계를 구석구석까지 훑어볼 수 있는 검색 엔진을 개발했나요?"

웨스트우드가 말했다. "아뇨."

"맥캔은 일단 그 부분을 확인하기 위해 전화했던 거예요."

"하지만 그는 잘못된 질문을 던졌습니다. 아니, 올바른 질문을 잘못된 방식으로 던졌다고 하는 게 맞겠네요. 불쑥 정부 얘기부터 꺼냈으니까요. 그래서 내가 그의 얘기를 귀담아 듣지 않았던 겁니다. 디프 웹 검색엔진 개발에는 정부나 관계기관이 개입할 여지가 없습니다. 절대로. 자, 생각해 보십시오. 검색엔진을 개발하는 사람이 누굽니까? 물론 소프트웨어 개발 자들입니다. 컴퓨터 프로그래머들 말입니다. 어려운 프로젝트에는 일류 프로그래머들이 필요합니다. 그리고 요즘 세상에서 일류 프로그래머들은 아이돌이나 마찬가지입니다. 에이전트에 매니저까지 거느리고 있는 게 보통이죠. 그들은 프로젝트당 엄청난 보수를 받습니다. 정부로선 감당할 수 없는 차원이지요. 물론 대안이 없는 건 아닙니다. 바로 신세대 프로그래머들입니다. 능력은 있지만 아직 최고의 반열에 오르지 못한 풋내기들, 아직 배고픈 시절에서 벗어나지 못하고 있는 아이돌이라고 할 수 있겠지요. 하지만 정부 기관에서는 그런 프로그래머들을 고용하지 않습니다. 대부분 어디로 튈지 모르는 괴짜들, 그들이 멋대로 프로젝트의 범위를 벗어나면 정말로 곤란한 상황이 벌어질 수도 있으니까요."

"올바른 질문을 올바르게 던지는 방법은 뭐였죠?"

"맥캔은 정부가 아니라 실리콘밸리에서 해답을 찾아야 했습니다."

"실리콘밸리의 누군가가 디프 웹 검색엔진을 개발했다는 얘긴가요?"

웨스트우드가 말했다. "아뇨."

"맥캔은 당신이 작성한 기사에서 그런 느낌을 받았을 거예요."

"난 그 기사 속에서 독자들에게 질문을 던졌을 뿐입니다. 업계의 선두 주자들, 이를테면 구글 같은 신기술 분야의 공룡들이 그 프로젝트에 착수할 동기가 있겠느냐는 질문. 내 생각엔 없습니다. 정부나 공익을 위해서는 도움이 되겠지요. 하지만 돈이 되질 않습니다. 그건 분명한 사실입니다. 만일 디프 웹의 사이트 운영자들이 그들 세계를 바깥세상에 알리는 검색엔진을 원한다면 그걸 개발한 사람은 전무후무한 대박을 치게 될 겁니다. 하지만 그런 일은 절대로 일어날 수 없습니다. 그들은 표면으로 부상하기를 원하지 않습니다. 검색엔진의 기능이 우수해질수록 그들은 더욱 깊숙이 잠수하게 됩니다. 군비 경쟁과 같은 양상을 띠게 되는 것이죠. 금전적인 이익은 전혀 없이 말입니다. 그러니 그 게임에 누가 뛰어들려 하겠습니까?"

"맥캔은 당신에게 열아홉 번이나 전화를 걸었어요. 당신을 통해서 문제를 해결할 수 있다고 믿었기 때문이에요."

"그 기사에서 누군가 다른 존재에 의해 디프 웹 검색엔진이 개발될 가능성을 제시한 건 사실입니다. 맥캔은 그 존재가 정부라고 판단했던 모양입니다. 하지만 아닙니다. 구글 같은 공룡들이 모두 처음부터 덩치가 컸던건 아닙니다. 애송이 둘이 차고나 기숙사에서부터 시작한 경우도 있습니다. 창업하자마자 억만장자의 성공가도를 달린 사람들도 물론 있습니다. 하지만 그렇지 못한 사람들도 있습니다. 그들 가운데에는 대박이 날 수도있는 프로젝트에 매달렸다가 포기한 경우도 있습니다. 나중에 누군가 다른 프로그래머가 그 문제점들을 해결하게 되는 경우도 가끔씩 일어나게되지요. 그 세계에서는 성격, 특히 인내심이 말을 하게 됩니다. 프로젝트나 문제 자체가 아니라 그걸 해결하느냐 못하느냐가 관건입니다. 그 과정에서 강박의 역학이 작용합니다. 언제 대박이 터질지 알 수 없으니까요."

"어느 인내심 강한 애송이가 어느 기숙사 골방에서 디프 웹 검색엔진을 개발했다는 얘기를 하고 있는 건가요?"

"정확히 그렇진 않습니다." 웨스트우드가 말했다. "애송이가 아닙니다. 기숙사 골방도 아니고요. 그리고 개발에 성공한 것도 아닙니다. 방금 전에 얘기했듯이 그들의 세계에서는 강박의 역학이 작용합니다. 그들 자신도 설명하지 못합니다. 하지만 문제 자체가 그들에게 도전해오는 겁니다. 그들은 그 도전을 받아들일 수밖에 없고요. 그들은 결코 물러서는 법이 없습니다. 하지만 열 번 중에 아홉 번은 돈이 되질 않습니다. 그래서 본업은 따로 있고 문제해결은 취미생활인 경우가 많습니다. 그들은 짬날 때마다 문제에 매달립니다. 하지만 시간적으로나 금전적으로 여유가 없기 때문에 문제를 완전히 해결할 수는 없습니다. 그래도 그들은 개의치 않습니다. 취미생활이니까요. 그게 취미의 본질 아니겠습니까?"

장이 물었다. "누구죠?"

"팔로알토에 살고 있는 벤처기업입니다. IT업계에서는 이미 유명세를 타고 있는 프로그래머이지요. 나이는 스물아홉 살. 소매점 카운터 시스템을 개발해서 한창 잘나가고 있는 중입니다. 대학시절, 누군가로부터 디스를 당한 모양입니다. 디프 웹 검색엔진을 개발할 실력은 못 된다는 지적을 받았답니다. 그게 전부입니다. 하지만 그건 황소 눈앞에서 빨간 천을 흔들어 댄 것과 마찬가지였습니다. 괴짜들의 도전 의식이 즉시 발동한 것이지요. 돈이 되지 않는다는 건 그도 알고 있었습니다. 취미생활. 자신의 지적인 오만함이 크게 작용했다는 걸 본인도 인정하더군요. 괴짜들은 원래 그렇지 않습니까? 자신이 다른 괴짜들보다 우월하다는 걸 과시하고 싶어 하는 법이지요."

"개발 작업은 어느 정도까지 진척됐나요?"

"그건 성립할 수 없는 질문입니다. 그 자신도 모르고 있으니까요. 기본 토대는 거의 완벽하게 깔아 놓았을 겁니다. 하지만 남은 부분이 얼마나 되는지 누가 알겠습니까?"

"당신이 그 기사에서는 왜 그 사실을 구체적으로 설명하지 않았는지 난 이해가 가질 않네요. 너무나 중요한 내용이잖아요. 안 그런가요? 디프 웹 검색엔진 개발이 진척되고 있다는 건 많은 사람들에게 큰 의미가 있는 일인데 말이에요. 피터 맥캔을 포함해서."

"팔로알토 친구가 허락했겠습니까? 그는 디프 웹 사이트 운영자들의 보복을 두려워하고 있었습니다. 그건 지금도 마찬가지고요. 노출되기를 절대로 원하지 않는 사이트들이 많으니까요. 내게 메르첸코에 관한 이야기를 해준 사람도 바로 그 친구였습니다. 취미로 시작한 프로젝트에 목숨까지 걸 수는 없잖습니까. 여럿의 공동작업도 아니고 달랑 그 친구 혼자뿐입니다. 겁을 집어 먹는 게 당연하지요. 그건 당신들도 인정할 테고요. 게다가 당시 나는 확신이 서지 않았습니다. 자칫하면 기사가 아니라 소설을 쓰게 될지도 모른다는 생각이 들었어요. 그 사람들은 자신들만의 세계에서 살아가고 있으니까요."

리처가 말했다. "우리가 그 친구를 만나야겠소."

"쉽지 않을 겁니다."

"현재 우리가 알고 있는 정보는 모두 건너들은 소문이나 추측에 불과하오. 하지만 마이클 맥캔이 디프 웹에 빠져 지냈다는 것, 그리고 그가 마더스 레스트에서 기차를 내렸다는 것만은 사실로 추정할 수 있을 것 같소. 그 두 가지 사실이 서로 연관돼 있는지를 확인해야 하오. 디프 웹과 관련된 일 때문에 그가 마더스 레스트에서 하차했는지 아닌지."

"마더스 레스트가 디프 웹을 통해서 사람들을 끌어 들이고 있다는 생각입니까?"

"우린 두 사람을 보았소. 기차에서 내린 뒤, 모텔에서 하룻밤을 묵고 나서 다음 날 아침 기사 딸린 흰 캐딜락을 타고 어디론가 떠난 남자와 여자."

장이 말했다. "마더스 레스트는 휴대폰조차 터지지 않는 곳이에요. 그러니 인터넷도 접속이 되지 않을 거예요. 따로 인터넷 파워하우스를 설치했다면 모를까."

웨스트우드가 한 박자 쉬고 나서 말했다. "좀 더 편한 곳으로 옮겨서 얘기를 나누는 게 좋겠습니다."

마더스 레스트에서 남쪽으로 32킬로미터 떨어진 지점, 다림질한 청바지와 드라이한 머리 매무새의 사내가 서성대고 있었다. 전화벨이 울리기를 기다리며. 그리고 전화기를 집어 들고 싶은 충동을 간신히 억누르며. 지난번엔 기다리지 못하고 먼저 전화를 걸었다. 그때 느꼈던 모욕감이 아직도 기억 속에 생생했다.

'우린 전문가들입니다. 우리가 잘하는 일은 우리에게 맡겨 두십시오, 아시겠습니까?'

전문가? 인정할 수 없었다. 아직은.

모욕감? 기다릴 수 없었다. 더 이상은.

그가 전화기를 집어 들었다.

그가 번호를 눌렀다.

응답이 없었다.

웨스트우드가 전화로 예약한 객실은 세 개였다. 한 사람 앞에 하나씩. 속사정을 몰랐으니 당연했다. 하지만 실수를 깨닫고 나서도 그는 당황하지 않았다. 불필요한 지출을 걱정하지도 않았다. 셋 중에 와이파이 신호가 가장 강하게 잡히는 객실을 차지하고 임시 사무실을 개설했을 뿐이다. 아무렇지도 않게. 그가 가방에서 제일 먼저 금속 외장 노트북을 꺼내어 책상 위에 올려놓았다. 그가 사무실을 꾸미는 동안 리처와 장은 침대에 앉아 있었다.

웨스트우드가 말했다. "두 분은 맨 처음 나와 통화할 때 마더스 레스트의 연관성을 언급했습니다. 난 일리가 있다고 생각했습니다. 머리가 돌아가는 과학부 편집장이라면 당장 그 마을에 관해 조사를 시작했을 겁니다. 그래서 나는 조사를 했습니다. 곡물집하장이자 도매시장이더군요. 위치는 일반 지도로도 확인할 수 있었습니다. 하지만 훌륭한 기자라면 한 가지 자료로는 만족을 못하는 법이지요. 그래서 나는 구글어스에 접속했습니다. 곡물집하장이면서 도매시장의 모습 그대로였습니다. 하지만 그 외에는 세상으로부터 완전히 고립되어 있는 곳이더군요. 달랑 교차로 하나뿐, 나머지 모두 여백이었습니다. 이런 곳도 다 있나 싶었지요. 그래서 구글어스에 좀 더 매달려보았습니다. 일단 가장 가까운 동네와 얼마나 떨어져 있는지 확인하기 위해 줌아웃을 했습니다. 단순히 재미삼아서. 그러다가 남쪽으로 32킬로미터 떨어진 지점에서 동네 하나를 발견했습니다. 마더스 레스트의 유일한 이웃이자 더욱 철저히 고립된 동네였습니다. 그래서 좀 더 자세히 살펴보려고 줌인을 했습니다."

그가 스크린이 침대를 향하도록 컴퓨터를 돌려놓았다.

그가 말했다. "바로 여깁니다."

물론 한낮에 촬영한 사진이었다. 하지만 테두리는 어두웠다. 위성사진은 실시간일 수가 없다. 업데이트된 사진들도 엄밀히 얘기하자면 과거의 모습만을 보여줄 뿐이다. 세상 모든 것은 변화의 대상이다. 그것은 곧 변화의 대상이되 실제로 변하지 않는 것도 있다는 얘기다. 스크린 속의 풍경은 오랫동안 변화를 겪지 않은 모습이었다. 리처의 판단이 그랬다. 실제로 마을은 아니었다. 광활한 밀밭에 둘러싸인 농장이었다. 주택 한 채와 부속 건물들. 수직 상공에서 촬영한 탓인지 입체감은 없었다. 다만 모든 구조물들의 윤곽이 각이 져 있는 것만은 분명히 확인할 수 있었다. 어느 정도 자급자족 시스템이 갖춰져 있는 농장이었다. 돼지우리, 닭장, 텃밭. 자가발전소일 것 같은 건물도 있었다. 주택은 견고해 보였다. 그 한쪽 끝에는 널찍한 주차장, 다른 쪽 끝에는 위성접시 네 개, 그것들 옆에는 우물로 추정되는 형상, 그 위를 지나가고 있는 전화선.

웨스트우드가 말했다. "난 한참 뒤에야 이 위성접시들을 주목하게 되었습니다. 어떤 용도일까요?"

리처가 말했다. "TV."

"두 개는 그렇겠죠. 하지만 나머지 두 개는 아닙니다."

"해외 유선 방송."

"그럴 수도 있겠지요. 하지만 위성 인터넷일 수도 있습니다. 만일 그렇다면 엄청난 용량입니다. 속도도 아주 빠르고 보안도 강화돼 있는 거죠. 자가발전소까지 마련돼 있습니다. 이 농장이 바로 인터넷 파워하우스일 가능성이 높습니다."

"위성접시들이 설치된 방식만으로도 판단이 가능한 거요?"

"구글 위성이 이 사진을 찍은 날짜와 시간을 알아야 합니다. 그림자들의 각도와 길이를 자세히 측정해서 계산하는 작업도 필요하고요."

"안에서 들여다보면 즉시 확인할 수 있소. 그자들의 웹사이트에 접속하기만 하면 문제가 해결된다는 얘기요. 그러기 위해서는 디프 웹 검색엔진이 필요하오. 그자들이 바로 여기서 포스팅을 하고 있다면 그 내용을 알아야 할 테니까."

"부탁은 한번 해볼 수 있겠습니다만."

"그 친구에게 메르첸코가 죽었다는 사실을 전하시오. 이 세상의 모든 소프트웨어 개발자들을 위해 당신이 직접 그자를 처치했다고 말하시오. 그러니 당신에게 큰 신세를 진 셈이라고 눙치시오."

웨스트우드는 아무 말도 하지 않았다.

리처가 다시 스크린으로 눈길을 돌리며 말했다. "정확한 위치는?"

웨스트우드가 말했다. "마더스 레스트에서 남쪽으로 32킬로미터 떨어진 곳입니다." 그가 노트북 뒤에 선 채 상체를 앞으로 기울이고서는 스크린을 손가락으로 문질러댔다. 농장이 점점 작아져갔다. 밀밭은 점점 넓어져갔다. 마더스 레스트가 북쪽에 나타날 때까지 웨스트우드의 손가락질은 멈추지 않을 게 분명했다. 하지만 그 전에 리처가 제지하고 나섰다. "잠깐, 저게 뭐지?" 스크린 하단의 한쪽 구석에 이전까진 없었던 직선 한 줄기가 그어져 있었다.

웨스트우드가 말했다. "철길입니다."

"자세히 보여줄 수 있겠소?"

웨스트우드가 노트북 뒤에서 돌아 나왔다. 그의 손가락들이 스크린을 정리했다. 이제 정확한 비율에 맞춰진 농장과 철길이 화면의 중심이 되었다. 서로 간의 거리는 대략 1.2킬로미터. 보통 사람이 충분히 시야를 확보할 수 있는 거리.

리처가 말했다. "저 농장을 본 적이 있소. 기차를 타고 가는 동안. 몇 시간 만에 눈에 띈 인적이었소. 그러고 나서 32킬로미터를 더 달리자 마더스 레스트였소. 자정이 약간 넘은 시간이었는데 저곳에선 조명을 밝혀 놓고 작업이 한창이었소. 농기구, 아마 트랙터였던 것 같소."

"그게 정상일까요?"

"모르겠소."

장이 말했다. "우린 그 캐딜락이 32킬로미터를 왕복했다고 추정했어요. 기억나요? 갈 때 32킬로미터, 올 때도 32킬로미터. 이제 어디를 다녀왔는지 알게 됐네요. 마더스 레스트에서 32킬로미터 떨어진 곳, 저 농장이 아니면 어디겠어요? 기차에서 내린 두 사람도 바로 저 농장으로 갔던 거예요. 가방을 든 남자와 여자. 하지만 그다음엔 또 어디로 갔을까요?"

두 남자는 아무 대답이 없었다.

웨스트우드가 말했다. "농부들도 디프 웹에 접속할까요?"

"농부들이라고 무시하지 마시오." 리처가 말했다. "아무튼 우리에겐 당장 검색엔진이 필요하오."

"돈을 받고 일하는 친굽니다."

"공짜로 일하는 걸 좋아하는 사람은 없소. 나도 최근에 배운 사실이오."

"그 친구는 이리로 오지 않을 겁니다. 우리가 샌프란시스코로 가야 해요."

"1967년도처럼 말이오?"

"뭐라고요?"

리처가 말했다. "아무것도 아니오."

10분 뒤, 와이파이 신호가 상대적으로 약한 객실에서 리처는 다시 장과 단둘이 되었다.

44

　다음 날 아침 두 사람은 일찍 잠에서 깼다. 열어 젖혀진 커튼. 할 일에 대한 강박. 정확히 24시간 전, 시카고에서의 아침과 똑같았다. 섹스에 대한 리처의 지론은 다시 한 번 수정을 거쳐야 했다. 회를 거듭할수록 업그레이드되는 장과의 섹스. 리처는 황홀감을 좀 더 누리기 위해 눈을 뜨고서도 한동안 가만히 누워 있었다. 기대를 넘어섰다. 아니, 이해의 범주를 뛰어넘었다. 장은 도시를 빠져나갈 방법을 궁리 중이었다. 그녀의 눈길은 TV 화면에 꽂혀 있었다. 피닉스 지역 방송의 뉴스쇼, 요리, 패션, 그리고 범죄. 리포터가 시내의 어느 스트립 클럽 뒤에서 발생한 총격 사건을 보도하는 중이었다. 현장에서 즉사한 피해자는 암흑조직 보스로 추정되는 인물. 리포터의 목소리는 긴박했지만 화면에는 건물 사진들, 특히 핑크색 담장의 출입구 사진들만 계속해서 떠오르고 있었다. 화면 하단을 흐르는 뉴스 자막은 온 세상의 우크라이나인들을 열 받게 만들기에 충분했다.

　모스크바, 피닉스에 오다

　이제 완전히 분리된 두 나라, 그리고 최소한 한 나라는 그 사실을 자랑스럽게 여기고 있지 않은가. 리처의 생각이 그랬다.

　이어서 또 다른 리포터가 또 다른 사건을 전했다. 규모가 훨씬 큰 사건이었다. 하단의 자막은 더 이상 '오늘 밤, 가택 침입이 참극으로 끝나다'가 아니었다. 오늘 밤은 이미 어제가 되었고, 참극은 영웅담으로 변했다. 모주택 단지에 거주하는 피닉스의 어느 가장이 자택에 침입한 괴한 셋을 호신용 권총으로 사살했다. 덕분에 그의 가족은 죽음보다 더 끔찍한 재앙을 모면할 수 있었다. 에반 레이어의 모습이 먼 거리에서 카메라에 잡혔다. 지난밤에 촬영된 영상이었다. 화면이 흔들렸다. 외쳐 묻는 취재진의 질문에 그가 손을 저어 대답을 거부했다. 용감한 가장, 존경받는 의사, 게다가 겸양의 미덕까지 겸비한 신사. 화면이 선명하지는 않았다. 하지만 경광등 불빛이 붉게 명멸하고 들것들이 연이어 들려나오는 배경 속에서 에반 레이어의 흐릿한 모습은 시청자들의 뇌리 속에 신비감마저 감도는 영웅으로 자리 잡을 것이다. 에밀리의 모습도 먼 거리에서 잡혔다. 비키니와 셔츠 대신 청바지와 스웨터 차림, 그녀 옆에 서 있는 리디아의 시선은 내내 땅에만 꽂혀 있었다.

이어서 세 번째 리포터에게 카메라 렌즈가 맞춰졌다. 그녀는 두 사건이 연관되어 있을 가능성을 언급했다. 경찰서에서 그렇게 들었다고 했다. 사살된 침입자 셋이 스트립 클럽에서 살해된 보스의 부하들인 것 같다고 했다. 네 번째 리포터는 지방 검찰청에서 취재한 정보를 보도했다. 에반 레이어의 행동은 정당방위로서 기소 대상이 아니라고 했다. 한편 스트립 클럽 살인에 사용된 총기가 근처 쓰레기통 속에서 발견됐다고 했다. 하지만 지문은 나오지 않았다고 했다. 따라서 현재 용의선상에 오른 피의자는 없으며 수사는 계속될 거라고 했다.

다음 순서는 요리. 닭고기를 이용한 열 가지 별식.

장이 말했다. "당신 괜찮아요?"

리처가 말했다. "구름을 타고 나는 기분이오. 다만 두통이 가시질 않는군."

"아무 감정도 일지 않나요?"

"뭐에 대해서?"

그녀가 TV를 가리키며 말했다. "저 모든 것."

"아직도 귀가 먹먹한 상태요."

"내가 무슨 말을 하는지 알잖아요."

"나를 건드리지 않으면 나도 건드리지 않소. 그들 탓이지 내 책임은 아니오."

"사람을 여럿 죽였어요. 죄책감이 들진 않나요?"

"당신은?"

"자정에 당신이 목격했다는 기계가 정확히 뭐였죠?"

"보긴 봤지만 거리가 멀어서 거의 한 점에 불과했소. 그나마 조명 바를 장착하지 않았다면 눈에 들어오지도 않았을 거요. 칠흑 같은 밤이었으니까. 지프 앞대가리의 금속 봉 같았소. 다만 지붕에 얹혀 있었소. 네 개의 직사각형 조명등이 아주 밝았소. 농장도 그 불빛 덕분에 확인할 수 있었던 거요. 그 기계는 바퀴 위로 차체를 높이 올린 픽업트럭일 수도 있소. 하지만 그보다는 트랙터였을 가능성이 높소. 열심히 작업 중이었소. 불빛에 비친 배기가스가 장난이 아니더군."

"굴착기였을 가능성도 있나요?"

"굴착기?"

"바로 그날 키버가 실종됐어요."

리처가 말했다. "굴착기였을 수도 있겠지."

"그래서 나도 죄책감이 들지 않아요. 키버가 아니라 나였을 수도 있잖아요. 마이클이 시애틀에서 실종됐다고 생각해봐요. 맥캔은 내게 연락을 취했을 것이고 난 나중에 키버에게 지원을 요청했을 거예요. 그리고 지금쯤 당신은 키버와 함께 나를 찾아다니고 있을 테고."

"그런 생각은 잊어버리시오."

"그럴 수도 있었다니까요."

"당신이었다면 좀 더 현명하게 대처했을 거요."

"키버는 똑똑한 사람이었어요."

"사람이'었'다?"

"이젠 나도 현실을 직시해야죠."

"똑똑하긴 했지만 충분히 똑똑하진 않았소. 그는 실수를 범했소. 당신이라면 범하지 않았을 실수."

"어떤 실수 말이죠?"

"나 역시 같은 실수를 저지를 뻔했소. 키버는 그자들을 과소평가했던 거요. 그들이 굴착기를 동원해서 키버를 그 농장에 파묻었다고 가정합시다. 그렇다면 그 시점에서는 메르첸코가 개입하지 않았다는 얘기가 되잖소. 그들은 자기들만의 힘으로 키버를 해치운 거요. 어떤 도움도 받지 않고. 우리 생각처럼 만만한 상대가 아닐 수도 있소."

"내 눈엔 그렇게 보이지 않던데."

"희망은 최선을 기대하며 품는 것이고 계획은 최악을 대비해서 세우는 거요."

그날 아침, 마더스 레스트 잡화점의 카운터 주위로 여덟 사내가 모였다. 지난번처럼 가게 주인은 이미 그 뒤에 서 있었다. 여전히 셔츠 두 장을 껴입은 차림, 여전히 떡이 진 머리와 텁수룩한 수염. 첫 번째로 등장한 사람은 이번에도 부품 가게 사내였다. 그 뒤를 이어 페덱스의 캐딜락 운전기사, 외눈박이 모텔 주인, 돼지치기, 식당 카운터 사내, 그리고 리처에게 배를 걷어차이고 총까지 뺏긴 모이나한이 차례차례 도착했다.

여덟 번째 사내는 5분 뒤에 도착했다. 다림질한 청바지, 드라이한 머리 매무새. 먼저 와 있던 일곱 명은 아무 말이 없었다. 다들 여덟 번째 사내가 입을 열기를 기다리고만 있었다.

그가 말했다. "안 좋은 소식이네. 우리가 사람을 잘못 믿었어. 그자의 메뉴 시스템이 기대했던 대로 작동하지 않았다는 얘기야. 그는 우리가 원하는 대로 일을 처리하지 못했어. 이제 남은 건 우리들뿐이네."

일곱 사내가 술렁거렸다. 불안해서가 아니었다. 화가 났기 때문이다. '일이 제대로 풀려나갈 때는 자기 공으로만 돌리더니 이젠 말끝마다 우리냐?'

돼지치기가 말했다. "오늘 아침 CNN 뉴스에 나온 사건 말입니까? 피닉스? 러시아 사내?"

"우크라이나 사내였어. 그리고 그 사람만이 아니었네. 그의 부하 셋도 당했어."

"첫 번째 남자는 어떻게 됐습니까? 이름이 해켓이라고 했던가요?"

"그는 시카고의 어느 병원에 입원 중이야. 침대 머리에는 경찰이 지키고 있고."

"그럼 그자들 누구도 제대로 일을 처리하지 못한 겁니까?"

"이미 말했잖나."

"외부의 힘을 빌리는 게 위험하다고 우리가 처음부터 말했잖습니까."

"우리가 잃은 건 단지 돈뿐이네. 변한 건 없어. 그 남녀는 여전히 활개를 치며 돌아다니고 있고. 하지만 그건 그 전에도 마찬가지였네. 그들은 떠났어. 그리고 다시 돌아오고 있는 중이지. 이제 다시 시작인 셈이야. 우리가 여기서 그들을 해치우면 그만이고."

"경찰들과 함께 돌아올 텐데요?"

"그런 일은 없을 거야. 해킷이 병원 신세를 지게 된 건 그자들 때문이니까. 그건 내가 확실히 알고 있는 사실이야. 피닉스 사건도 그자들 소행일 테고. 그렇다면 경찰에 신고하지 못할 사정이 있다는 얘기지. 이 나라 어느 경찰서든 그들을 발견하는 즉시 체포할 거야. 예방 차원에서. 모든 게 확실해질 때까지 가둬둘 거야. 그러니 그자들 단둘만 돌아올 게 분명해."

일곱 사내들이 다시 한 번, 좀 더 격하게 술렁거렸다.

캐딜락 운전기사가 물었다. "그들이 언제 돌아올까요?"

청바지에 드라이한 머리의 사내가 말했다. "내 생각엔 조만간. 하지만 우리에겐 계획이 있어. 그리고 우린 그 계획이 성공할 걸 알고 있어. 우린 그자들이 다가올 때부터 지켜보게 될 거야. 만반의 준비를 갖추고."

리처와 장은 1층 식당에서 웨스트우드와 합류했다. 아침을 먹는 동안 웨스트우드가 세 가지 소식을 전했다. 첫 번째, 팔로알토 사내와의 통화. 성공이었다. 약속 장소는 멘로파크. 하지만 그 사내는 약속 시간보다 늦을 거라고 했다. 원래 그런 사내라고 했다. 두 번째, 비행기 편. 스카이 하버에서부터 샌프란시스코 국제공항까지. 비즈니스 석 세 장. 그게 남아 있는 좌석 전부라고 했다. 세 번째, 호텔. 이번엔 방 두 개. 덕분에 경비를 줄일 수 있었다고 했다. 과학부에 편성되는 예산이 해마다 삭감된다고 했다. 리처는 웨스트우드에게서 초조하면서도 낙관적인 분위기를 감지할 수 있었다. 도박꾼처럼. 엄청 잃고는 있지만 이제 곧 다가올 판쓸이 기회.

세 사람은 시간에 맞춰 택시를 타고 공항으로 갔다. 비즈니스 티켓이
그들을 호사스러운 라운지로 안내했다. 거기서 리처는 또 아침을 먹었다.
공짜였기 때문이다. 탑승 순서도 가장 먼저였다. 이륙하기 전에 제공되는
음료도 받아마셨다. 뒤쪽의 좌석들보다 모든 게 좋았다. 비상구와 나란한
열의 좌석들보다도.

비행시간은 길지도 짧지도 않았다. 가까운 거리는 아니었다. 하지만 지
구 둘레를 따라 상당한 길이의 원호를 그리며 날아간 것도 아니었다. 뉴욕
에서 시카고까지의 거리보다 가까웠다. 샌프란시스코 공항에서 잡아 탄
택시는 한 번도 막히지 않고 달려주었다. 산타클라라 밸리의 외곽도로가
한산했기 때문이 아니었다. 늘 붐비는 도로였고 그날도 역시 붐비고 있었
다. 최소한 한 분야에서만큼은 세계의 중심인 지역. 운전자들 모두 그 사
실을 의식하고 있는 듯, 규정 속도와 안전운행 수칙을 착실히 따르고 있었
기 때문에 흐름이 원활했던 것이다. 약속 장소는 멘로파크 어느 대형서점
근처에 자리 잡은 바. 처음엔 그냥 지나쳤다가 두 번째 돌면서야 찾을 수
있었다. 아직 약속 시간 전이었다. 하지만 호텔에 갔다 올만한 시간적 여
유는 없었다. 그래서 요금을 지불한 뒤 택시에서 내렸다.

잠시 동안이나마 정신착란을 걱정하게 만드는 장소였다. 보이는 모든
게 빨간색이었다. 상호조차도 '레드'였다. 리처의 두뇌 뒷부분에서 희한
한 상상이 전개되었다. '웨스트우드는 경찰도 아니고 메르첸코 일당도 아
니다. 그런데 왜 셰익스피어, 혹은 셜록 홈스 류의 복잡한 심리적 접근 방
법을 활용해서 나를 고문하려는 거지? 그는 내가 메르첸코를 포함해서 네
사람을 사살한 사실을 못마땅해 했다. 내가 메르첸코를 사살한 곳은 '핑

크', 여기는 '레드', 뭐 하자는 건가?'

그 대목에서 두뇌 앞부분이 끼어들었다. '아니다. 약속 장소를 잡은 건 웨스트우드가 아니라 그 괴짜다.' 상상의 날개가 즉시 접혔다. 그 괴짜의 선택일 테니 우연일 뿐이었다. 그리고 비슷한 계열의 단색으로 채색됐다는 것 말고는 두 장소에는 공통점도 없었다. '레드'의 분위기는 파격을 넘어선 수준이었다. 인테리어가 조악하거나 허름해서가 아니었다. 20세기 중반의 군수품에나 어울릴 만한 칙칙한 페인트, 그 페인트로 칠해진 벽면마다 뜬금없는 물건들이 주렁주렁 걸려 있었다. 찌그러지고 흠집 난 붉은 군대 철모들, 『프라우다』(러시아의 모스크바에서 발행되는 일간신문)의 헤드라인이 끼워져 있는 액자들, 형판으로 찍어낸 뒤 세월의 효과를 내기 위해 마구 문질러 마모시킨 망치와 낫의 형상들, 문에 걸린 간판에는 'R' 자의 좌우가 바뀌어 있었다. 'RED'의 러시아식 표기. 리처의 심기가 약간 불편해졌다. 그러자 머리 뒷부분이 다시 투덜대기 시작했다. '메르첸코를 상기하라는 무언의 강요인가?'

앞부분이 다시 나섰다. '그건 아닐 것이다. 웨스트우드가 아무렴 러시아와 우크라이나를 구분하지 못할까.'

이번엔 뒷부분이 쉽사리 수긍하려 들지 않았다. '하지만 우크라이나풍으로 장식한 바는 찾아보기 힘들 것이다. 그래서 대신 러시아풍의 바를 선택한 것이다. 나를 심리적으로 고문하기 위해서.'

앞부분이 다시 한 번 설득에 나섰다. '아니다. 장소를 선택한 사람은 그 괴짜다.'

장이 말했다. "당신 괜찮은 거예요?"

리처가 말했다. "지나치게 생각에 잠겼던 것뿐이오. 내 버릇이오. 전혀 생각을 안 하고 사는 것만큼이나 나쁜 버릇."

"기다리는 동안 서점에서 시간을 보내는 게 어떨까요?"

리처는 인도에서 발을 헛디뎠다. 넘어지지는 않았다. 그냥 비틀거린 것뿐이었다. 사실 헛디뎠다기보다는 스텝이 약간 엉킨 정도였다. 하지만 노면이 거칠지도 않았고 장애물이 있었던 것도 아니었다. 그가 바를 돌아다보았다.

'그럴 수도 있다.'

'그렇지 않을 수도 있다.'

장이 말했다. "당신 정말 괜찮은 거예요?"

그가 말했다. "괜찮소."

웨스트우드는 전에도 그 서점에 와본 적이 있다고 말했다. 과학 전문 기자들의 소고를 엮은 산문집 출판기념 사인회 때문이었다고 했다. 그 책 덕분에 상도 받았다고 했다. 냉방 장치부터 손님들까지 모든 면에서 아주 이상적인 서점이었다. 웨스트우드가 리처와 장에게서 떨어져 나갔다. 장이 리처에게서 떨어져 나갔다. 리처는 잠시 테이블 위에 쌓인 책들을 바라보았다. 그는 정신적, 시간적 여유가 있을 때는 책을 읽는다. 그는 고전을 좋아한다. 대합실이나 버스 안, 혹은 한적한 모텔의 현관 서가에서 발견하게 되는 문고판들, 갈피가 말리고 색이 바랜 그 책들을 재미나게 읽은 뒤엔 누군가를 위해 어딘가에 내려놓는다. 그는 논픽션보다는 픽션을 좋아한다. 사실은 사실이 아닐 때가 종종 있기 때문이다. 대부분의 사람들처럼 그도 몇 가지는 사실이라고 확신하며 살아간다. 하지만 책 속에서 만나는 그 사실들은 더 이상 사실이 아니다. 그래서 그는 꾸며낸 이야기를 좋아한다. 사실이 아님을 알고서 펼쳐든 사람들이 현혹될 리 없으니까. 장르는 불문이다. 추리소설이든 뭐든 상관없다.

장이 리처와 합류했다. 웨스트우드도 합류했다. 세 사람이 함께 바로 돌아갔다. 먼저 왔으니 테이블을 선택할 권리는 그들에게 있었다. 창가의 4인용 테이블. 리처는 커피, 다른 두 사람은 음료수.

웨스트우드가 말했다. "그 친구가 내 부탁을 선뜻 들어주기는 했지만 두 분이 미리 알고 있어야 할 사실이 하나 있습니다. 디프 웹의 세계는 그다지 아름답지 않습니다. 내가 일일이 확인한 건 아닙니다만 대부분의 사이트들이 끔찍하고 혐오스러운 콘텐츠를 제공하고 있습니다. 따라서 디프 웹에 접속한 뒤로는 한동안 악몽에 시달릴 수도 있습니다. 그 점을 유의해야 합니다."

리처가 말했다. "여긴 자유국가요. 그리고 마이클은 내가 아니라 피터 맥캔의 아들이오. 그가 어떤 사이트에 빠져 있었는지는 내가 상관할 바가 아니란 얘기요."

벽에 걸린 시계가 정오를 가리켰다. 키릴 문자로 표기된 12. 시간들의 최정상. 'RED'에서 보드카가 절반 내린 가격으로 제공되기 시작하는 해피아워. 문을 열고 들어선 첫 번째 손님은 20대 여자였다. 그녀의 양 볼이 발갛게 달아올라 있었다. 뭔가 자신이 잘하는 일을 새롭게 시작한 분위기.

두 번째 손님은 바로 팔로알토 사내였다.

정각. 웨스트우드의 장담과는 달리 지각이 아니었다. 스물아홉의 소프트웨어 개발전문가. 검은색 복장, 작은 키, 백지장처럼 흰 피부, 그림자 유령처럼 마른 몸매, 그리고 부산스러운 몸동작, 가만히 있을 때조차 어디든 한 부분은 움직이고 있었다. 그가 웨스트우드를 발견하고 창가 테이블로 다가왔다. 그가 세 곳을 향해 한 차례씩 고개를 끄덕인 다음 자리에 앉았다. 그가 말했다. "여기 사람들은 파격을 즐깁니다. 소비에트 연방의 잔재가 널려 있는 공간에서 반값 봉사 해피아워를 즐기다니 정말로 파격 아니겠습니까? 기왕에 소비에트라는 말이 나왔으니 얘긴데 내 블로그에 흥미로운 뉴스가 하나 올라와 있더군요. 메르첸코라는 이름의 우크라이나 남성이 어제 피살됐다는 내용입니다. 지금 상황에서는 참 신나고 감사한 우연입니다. 하지만 그자의 자리는 곧 누군가에 의해 메워질 겁니다. 그쪽 시장에선 공백을 그대로 두는 법이 없지요. 따라서 나는 내 신상이 밝혀지는 걸 여전히 원치 않습니다."

웨스트우드가 말했다. "우리나 자네나 당장에 존재가 드러나진 않아. 나중에 이 사건이 대대적으로 보도될 때도 자네의 존재가 부각될 일은 없어. 충격적인 기삿거리가 엄청나게 터져 나와 있을 테니 말이야. 약속하겠네. 자네의 신원이 밝혀지는 일은 없을 거야. 우린 디프 웹을 검색만 하면 돼. 그것도 개인적인 용무로. 사람이 하나 실종됐는데 그의 행방을 알아내고 싶어."

"구체적으로 어디를 검색하고 싶다는 말씀인가요?"

"일단 채팅방들, 그다음엔 상용 웹사이트들."

"공익을 위해서니 뭐니 다들 그렇게 얘기하지만 난 내 자신이 공공자원처럼 이용당하는 게 싫습니다."

"자네가 공공자원이라면 난 정말 좋겠어. 보수를 지급할 필요가 없으니까."

"친분을 생각해서 일을 해달라는 말씀이신데 이거 거부감이 몇 배로 증폭되는군요."

리처가 말했다. "할 수는 있는 거요? 하려고만 하면?"

사내가 말했다. "난 초창기에 지하넷이라고 불릴 때부터, 그리고 보이지 않는 웹이라는 이름으로 바뀐 다음에도 디프 웹에 쭉 매달려 왔습니다. 그들의 보안은 더욱 강화됐지만 나 역시 실력이 늘었지요."

"문제의 실종자가 접속했던 사이트를 부수고 들어가는 게 쉽지 않을 수도 있소."

"부수고 들어가는 건 쉽습니다. 사이트를 찾는 게 어렵죠."

"우리를 위해 일해주고 당신이 얻는 게 뭐요? 돈 말고."

"이 세상에 돈 말고 다른 동기가 있을까요? 그런 사람이 있을까요? 당신은 어떻습니까?"

"사실대로 말하자면 난 지금 무보수로 뛰고 있는 중이오."

"왜죠?"

"어떤 녀석이 자기가 아주 똑똑하다고 생각하기 때문이오."

"하지만 당신이 더 똑똑하다? 그래서 그걸 증명하기 위해 이 일에 뛰어드신 겁니까?"

"난 증명할 필요가 없소. 그냥 보여주고 싶을 뿐이오, 가끔씩. 이건 순전히 존경심에서 비롯한 거요. 정말로 똑똑한 사람들을 향한 존경심. 까불어대는 자들은 정말 똑똑한 게 뭔지 그 기준을 알아야 하오."

"압니다. 나를 자극하기 위해 하신 말씀이라는 거. 자존심의 싸움. 소프트웨어 개발자로서 나와 그들의 경쟁. 시도는 훌륭했습니다. 처음 만났지만 나에 관해서 잘 알고 계시는군요. 하지만 나는 당신이 생각하는 차원을 넘어선 사람입니다. 그래서 행복합니다. 난 그들보다 우월합니다. 난 그 사실을 알고 있습니다. 이건 흔들리지 않는 확신입니다. 그 사실을 과시하고 싶은 마음도 없습니다. 어쩌다 한 번도 없습니다. 존경심이 우러나지도 않습니다. 당신의 감정을 무시해서가 아닙니다. 사실 예전의 나였다면 즉시 맞장구를 쳤을 겁니다."

"그럼 현재의 당신은 뭐에 맞장구를 칠까?"

"그 실종자에 관해 얘기해 주십시오. 흥미로운 인물입니까?"

"35세의 남성. 무쾌감증후군 환자. 그의 고모 얘기에 따르자면 행복저울의 눈금은 부동의 제로. 하지만 IQ는 정상. 때로는 지적인 능력을 요하는 업무도 수행 가능."

"혼자 살았습니까?"

리처가 고개를 끄덕였다. "보호시설에서."

"사라졌나요?"

"그렇소."

"실종 전에 갑자기 새로운 친구가 생겼고?"

"그렇소."

사내가 말했다. "32초."

"32초?"

"32초 이내에 디프 웹에서 그의 흔적을 찾아낼 수 있다는 얘깁니다. 이제 어디를 뒤져야 할지 감을 잡았으니까요."

"작업은 언제 개시하실 텐가?"

"그 사람의 고모에 관해 얘기해 주십시오."

"유부녀. 남편은 의사. 예쁜 외동딸의 어머니. 조카에 대한 애정과 이해심이 깊은 고모."

"난 그분의 행복저울이라는 발상이 마음에 듭니다."

"그녀와 얘기를 나눈 결과 내 눈금은 4점에서 9점이었소."

"나는 훨씬 높은 차원입니다. 10점이지요. 언제나."

"그건 마약에 의한 환각 차원인데?"

"뭐에 의한 환각 차원이라고요?"

"환각제가 아니고서는 인간이 항상 행복한 상태를 유지할 수 없다는 얘기였소. 신문에서 그렇게 읽었소."

"2년 전에 끊었습니다."

"그럼 뭘로 10점 상태를 유지하고 있소?"

"환각제 말고 전부 다. 특히 흥미진진한 일들. 물론 가끔씩은 2년 전이 그리울 때도 있긴 합니다."

"과욕이 화를 부른다는 속담이 있소."

"어쨌든 난 표면에 나서지 않을 겁니다. 무슨 얘긴지 아시죠?"

리처가 고개를 끄덕였다. "이 사건으로 인해 재판이 열리는 일은 절대 없을 거요."

"메르첸코를 손본 사람이 당신이었습니까?"

"사내들에겐 죽어가면서도 인정하지 말아야 할 일들이 있는 법이오. 아무튼 당신이 일하기에 좀 더 편한 환경이 만들어진 것 같아서 나도 기쁘게 생각하고 있소."

"딱 하룻밤만입니다." 사내가 말했다. "그리고 이 일로는 다시 찾아오지 마십시오. 내 생활을 방해받고 싶지 않으니까요."

"언제 시작할 수 있소?"

"원하신다면 지금."

"어디서?"

"내 집. 모두 함께 가시죠."

45

팔로알토 사내의 휴대폰에는 차량을 호출하는 기능도 있었다. 근처에서 대기하고 있던 기사들이 신호를 받는 즉시 달려오는 시스템. 네 사람이 차 한 대에 함께 타는 건 무리라고 판단했는지 사내가 휴대폰을 두 번 눌렀다. 몇 분 만에 타운카 두 대가 도착했다. 밀린 정담을 나누어야 할 사내와 웨스트우드, 그리고 리처와 장이 각각 짝을 이루고 한 대씩 나눠 탔다. 사내의 집은 1950년대에 지어진 건물이라고 했다. 전 주인에 의해 1970년대에 개축됐다고 했다. 1930년대에 지어진 건물처럼 보이도록. 3세대를 넘나든 파격. 사내는 그때까지 번 돈을 모두 털어서 그 집을 샀을 것이다. 리처의 생각이 그랬다.

깔끔한 실내, 은색과 검정색이 두드러지는 인테리어. 리처는 컴퓨터 기재들이 난삽하게 널려 있던 시카고, 맥캔의 집과 비슷한 풍경을 예상했었다. 하지만 아니었다. 사내의 작업실에는 작은 유리 탁자 하나와 컴퓨터 한 대뿐이었다. 몸체, 스크린, 키보드, 마우스, 어느 것 하나 짝이 맞지 않았다. 별도로 구입해서 조립한 컴퓨터. 들쥐 둥지처럼 똬리를 틀고 있는 전선 뭉치는 없었다. 달랑 다섯 가닥이 필요한 길이로, 필요한 자리에, 깔끔하게 늘어져 있었다.

사내가 말했다. "내가 직접 깔았습니다. 디프 웹을 검색하려면 수많은 기술적 난관들을 극복해야 합니다. 데이터베이스를 호환하지 못하는 문제도 해결해야 하고요. 전혀 낯선 나라를 여행하는 것과 비슷하다고 보시면 됩니다. 일단은 그 나라의 언어를 알아야 하지요. 물론 문화를 익히는 건 훨씬 더 중요하고요. 내가 어떤 브라우저 소프트웨어를 제작한 적이 있습니다. '토르'를 토대로 삼아서 개발했지요. 토르는 미국 해양실험연구소에서 개발한 소프트웨어입니다. 암흑세계에서도 그걸 사용하고 있지요. 결국 미국 정부가 전 세계의 범죄자들에게 인터넷 피난처를 마련해준 셈이니 아이러니 아니겠습니까? 토르는 'The Onion Router'의 이니셜입니다. 'Router'는 네트워크 데이터 전달 촉진장치예요. 하지만 그 단어에는 '파들어가는 기계'라는 의미도 있습니다. 양파를 파들어가는 기계. 정말 흥미롭지 않습니까? 양파는 까도 까도 껍질입니다. 디프 웹과 그 세계 속의 사이트들은 말하자면 양파의 핵심입니다. 그 핵심에 다가가기까지 껍질을 몇 개나 벗겨야 할지 아무도 모르는 거지요."

그가 유리 테이블 앞에 앉았다. 그리고 컴퓨터를 켰다. 우주를 촬영한 사진은 뜨지 않았다. 어떤 아이콘도 뜨지 않았다. 그저 검은 바탕에 녹색 글씨들이 줄줄이 떠올랐을 뿐이다. 항공사 접수 데스크, 혹은 렌터카 사무실 카운터의 컴퓨터처럼 순전한 업무용.

사내가 말했다. "실종자의 이름이 뭐죠?"

장이 말했다. "마이클 맥캔."

"사회보장번호는?"

"몰라요."

"집 주소는?"

"몰라요."

"순조롭진 않군요." 사내가 말했다. "본격적인 작업에 들어가기 위해서는 그의 인터넷 지문을 먼저 확인해야 합니다. 인터넷 지문이란 건 내가 개발한 알고리즘입니다. 그 이름도 내가 직접 붙였지요. 그걸 확인하기 위해서는 집 주소도 필요합니다. 인터넷 사용요금 고지서 같은 게 있으면 좋을 텐데, 그건 없으실 테고. 어디 보자, 그럼 다른 방법으로 접근해 볼까요? 실종자와 혈연적으로 가장 가까운 사람이 누군지는 아십니까?"

"피터 맥캔. 그의 부친이에요. 모친은 오래전에 사망했고요."

"피터 맥캔 씨의 집 주소는 아시나요?"

장이 주소를 말해주었다. 시카고, 링컨파크, 그저 그런 동네의 그저 그런 다세대주택, 32호. 사내가 명령어를 입력했다. 잠시 후 포털사이트 하나가 떠올랐다. 사회보장국 중앙컴퓨터. 정부 기관의 중추. 리처가 장의 얼굴을 흘깃 바라보았다. 그녀가 그에게 고개를 끄덕여 보였다.

'알아요, 정말 대단한 친구예요.'

사내가 피터 맥캔의 이름과 주소를 입력했다. 즉시, 그의 사회보장번호가 떴다. 이어서 마이클 맥캔의 사회보장번호도 떴다. 아버지와 아들이 서로를 유족 급여 수급자로 지정해 두었기 때문이다. 가장 가까운 핏줄. 마이클 맥캔의 주소도 떴다. 역시 시카고, 링컨파크였다.

사내가 사회보장국 컴퓨터에서 빠져나왔다. 그리고 모종의 데이터베이스로 들어갔다. 그가 마이클 맥캔의 이름과 주소를 입력했다. 글자와 숫자가 혼합된 코드들이 화면을 채웠다. 인터넷 지문. 마이클 맥캔이 인터넷 세계에 남긴 흔적.

사내가 또 다른 명령어를 입력했다. 타이틀 페이지가 떴다. 맨 처음 화면처럼 검정색 바탕에 녹색 글씨였다. 하지만 색인표가 있는 데다가 구조와 배열도 달랐다. 상업성을 염두에 두고 개발한 프로그램인 것 같았다.

하지만 완제품은 아니었다. 리처의 느낌이 그랬다. 리처는 그 분야에는 문외한이다. 내용을 보고 느낀 게 아니라, 그저 외양을 좀 더 꾸미면 완벽해질 것 같다는 느낌이었을 뿐이다. 유저들을 충분히 유혹할 만한 소프트웨어, 벨벳 위에 놓인 채 영롱한 빛을 발하는 에메랄드. 화면 위의 한 단어가 그의 눈길을 사로잡았다.

바티스카프

사내가 말했다. "무슨 뜻인지 아십니까?"

"잠수함의 일종이에요." 장이 말했다. "대양의 맨 밑바닥까지 잠수할 수 있는 심해잠수정."

"처음에 내가 붙인 이름은 네모였습니다. 『해저 2만리』의 주인공 이름을 따서. 노틸러스 호의 선장 말입니다. 난 그 선장이 마음에 들었습니다. 네모는 라틴어로 무명씨(nobody)를 뜻하니까요. 캐릭터와 잘 어울리는 이름 아닙니까? 하지만 물고기가 주인공인 만화영화가 나오고 난 다음엔 더 이상 의미가 없어졌지요. 그래서 이름을 이걸로 바꿔버렸습니다."

그가 또 다른 명령어를 입력했다. 검색 박스가 떴다.

그가 말했다. "자, 이제 시작해 볼까요? 32초, 기억하십시오."

그가 검색 박스 안에 마이클의 이름 대신 데이터베이스에서 복사한 여러 개의 글자와 숫자의 조합 코드들을 붙이기로 입력했다. 인터넷 지문. 그들 세계에서는 그게 실명보다도 확실한 모양이었다.

사내가 검색 개시 버튼을 눌렀다. 리처의 머릿속 시계가 작동하기 시작했다.

5초.

사내가 말했다. "언젠가는 속도가 훨씬 빨라질 겁니다. 일반 검색은 지금도 상당히 빨라요. 하지만 페이지 검색은 여전히 구식 워드프로세서의 '찾아 바꾸기' 기능에 의존해야 하기 때문에 속도가 느리죠."

12초.

사내가 말했다. "하지만 상대적으로 느리다는 얘기지 실제 속도는 상당히 빠릅니다. 문제는 디프 웹의 규모가 어마어마하다는 데 있습니다. 그리고 난 구글처럼 집단 시너지 효과를 바랄 수가 없습니다. 나와 같은 생각으로 소프트웨어를 개발하는 사람은 없습니다. 오히려 정반대죠. 나는 가라앉으려 하는데 그들은 뜨고 싶어 하니까요. 자, 이제 충분히 가라앉았습니다. 디프 웹의 세계 속으로 들어온 겁니다. 그들은 나를 볼 수가 없습니다. 하지만 나는 그들을 볼 수 있어요."

25초.

사내는 말이 없었다.

그 순간 검색이 멈췄다.

화면이 링크 리스트로 바뀌었다.

"그 사람을 찾았습니다." 사내가 말했다. "26초. 약속한 32초보다 훨씬 빨랐네요."

"대단하군." 리처가 말했다.

"일종의 도박이었습니다. 감에 의존한 도박. 디프 웹 세계의 특정구역으로 범위를 좁혔지요."

"특정구역이라면?"

"토끼를 찾으려면 먼저 어디 숨어 있는지 감을 잡아야 합니다. 토끼 굴을 모조리 파헤칠 필요는 없는 거죠. 토끼 굴이 아니라 토끼가 관건이니까요. 웨스트우드 씨에게 우리 세계에 관해서 대충이라도 설명을 들으셨을 거라고 생각됩니다만. 나에 관해서도."

리처가 말했다. "기억하고 있소. 프로젝트나 문제 자체가 아니라 해결하느냐 못 하느냐가 관건이라는 얘기."

"디프 웹을 검색해서 사이트들을 찾아내는 건 아주 신나는 작업입니다. 하지만 그 사이트들 자체를 살펴보는 건 유쾌하지 못한 경험입니다. 별별 사이트가 다 모여 있습니다만 궁극적으로는 세 가지 그룹으로 나눌 수 있습니다. 첫 번째는 범죄 사이트들입니다. 디프 웹 세계의 3분의 1을 차지할 만큼 엄청난 규모의 범죄시장이지요. 신용카드 정보부터 살인까지 범죄에 관한 모든 상품이 진열돼 있습니다. 그중에는 청부업자들의 경매 사이트도 있습니다. 싼 값에 죽여주겠다고 서로 경쟁을 하는 곳이지요. 아내가 죽기를 바라는 사람들이 그 방법을 직접 포스팅 할 수 있는 사이트도 있습니다. 그런가 하면 살해 방법 메뉴가 갖춰져 있는 중간거래 사이트도 있고요."

장이 물었다. "마이클 맥캔은 어느 그룹에서 찾아낸 거죠?"

사내가 말했다. "두 번째 그룹은 끔찍함의 극을 달리는 포르노 사이트들입니다. 나조차도 속이 뒤집힐 정도예요. 아실지 모르겠습니다만 나도 그다지 정상적인 사람은 아닌데 말입니다."

"마이클이 디프 웹의 포르노 사이트들을 들락거린 건가요?"

"아뇨. 난 그를 세 번째 그룹에서 찾아냈습니다."

"세 번째 그룹은 뭐죠?"

"난 쉽게 추측할 수 있었습니다. 무쾌감증후군. 제로에서 움직이지 않고 있는 행복저울 눈금. 디프 웹의 세 번째 그룹은 자살 사이트들입니다."

팔로알토 사내가 말했다. "난 그 사이트들의 게시판들을 가끔씩 훑어

보곤 합니다. 자살에 대한 인류학적 고찰이라고 생각해주시면 고맙겠습니다. 난 관음증 환자가 아닙니다. 남의 안타까운 사정을 동물원 구경하듯 즐겨선 안 된다고 생각하는 사람이지요. 난 마이클 맥캔 씨가 자살 후보 1순위 군에 속한다고 판단했습니다. 우울한 천성입니다. 그리고 어렸을 때 모친을 여의었습니다. 그 두 가지 조건이 맞물리게 되면 부정적인 시너지 효과가 엄청납니다. 스스로 삶을 끝내고 싶었을 겁니다. 매일같이. 그런 사람들의 결심은 상상을 불허할 만큼 단호합니다. 단순히 일시적인 조울증상이 아닙니다. 그들은 자신의 삶을 진정으로 혐오합니다. 그래서 멈추게 만들고 싶은 겁니다. 그들은 버스에 타기를 원합니다. 잠깐 설명 드리자면 버스를 탄다는 건 자살의 결행을 의미하는 그들 세계의 표현입니다. 세상 밖으로 떠나는 버스. 하지만 쉬운 일이 아니죠. 게시판에는 도움을 구하는 글들도 꽤 올라옵니다. 마이클 맥캔 씨에게 없던 친구가 갑자기 생기지 않았냐고 물었던 건 바로 그래서였습니다. 그들끼리는 친구 대신 자살동반자라는 표현을 사용합니다. 함께 자살을 결행하는 거죠. 이를테면 손을 맞잡고 뛰어내린다거나 하는. 그들은 자살 사이트 게시판을 통해 인연을 맺게 됩니다. 동기나 방법, 혹은 시기에 관해 서로의 코드가 맞는지를 확인하기 위해 많은 대화가 오가곤 합니다. 마이클 씨의 동반자도 실종됐나요?"

장이 말했다. "우린 몰라요. 남성인지 여성인지조차 모르고 있어요. 오클라호마 툴사 근처에 거주하는 사람이라는 추정만 하고 있을 뿐이에요."

웨스트우드가 말했다. "다른 게시판들의 주제는?"

"방법. 어떻게 죽을 것이냐에 관해 쉬지 않고 대화가 오갑니다. 그에 관해서는 세세하게 정리된 자료들이 넘쳐납니다. 그들은 마치 성서를 대하는 분위기로 토론을 합니다. 가장 확실한 방법은 엽총으로 머리를 쏘는 겁니다. 즉사. 99퍼센트의 성공률. 권총부리를 입에 무는 건 97퍼센트, 엽총으로 가슴을 쏘는 건 96퍼센트, 권총으로 가슴을 쏘는 건 89퍼센트. 목을 매는 것도 89퍼센트 어림입니다. 분신은 76퍼센트, 자택방화는 73퍼센트. 정말로 자살을 결심한 사람이라면 성공률이 그 이하로 떨어지는 방법들은 절대 선택하지 않습니다. 물론 성공률이 그 이상 되는 방법들은 아직 많이 남아 있습니다. 달리는 열차 앞에 몸을 던지는 건 96퍼센트, 건물 옥상에서 뛰어내리는 건 93퍼센트, 교각을 차로 들이받는 건 78퍼센트 남짓입니다. 하지만 그 경우엔 반드시 안전벨트를 매야 합니다. 차창 밖으로 튕겨져 나갈 수도 있으니까요. 안전벨트를 착용하지 않은 경우의 성공률은 그래서 70퍼센트 정도입니다. 차 앞대가리가 찌부러져서 엔진과 계기판이 맞닿을 때, 그 사이에 반드시 끼어 있어야만 성공률이 높겠죠. 마지막으로 옛날부터 엽총 다음으로 선호되어온 방법, 청산가리입니다. 실제 성공률은 엽총보다 높습니다. 시간도 짧습니다. 단 2분이면 끝나죠. 하지만 엄청난 고통이 따르는 2분입니다. 바로 거기에 문제가 있습니다. 성공률이 높은 방법들은 모두 고통스럽다는 겁니다. 그 고통을 감당할 자신이 없어서 자살을 결행하지 못하는 사람들이 많습니다. 여성들만이 아니라 남성들 중에서도 그런 사람들이 적지 않습니다. 고통만이 아니라 여건상의 문제도 대두됩니다. 예를 들어 도시에서 사는 평범한 사람들의 경우 엽총을 쉽게 구할 수가 없습니다. 그런가 하면 중병에 걸려 침대 신세만 지고 있는 경우에는 철길까지 나갈 기력이 없습니다."

"그런 경우 그들은 어떻게 하죠?"

"계속해서 대화를 나눕니다. 성배를 찾는 거죠. 고통 없이 신속하고 편안하게 죽을 순 없을까. 물론 가장 좋은 건 잠이 들었다가 다시는 깨어나지 않는 방법이죠. 과거, 그들의 부모 세대에는 가능했습니다. 수면제 한 통과 스카치 한 잔. 혹은 밀폐된 뷰익 승용차와 배기가스. 그렇게 잠이 들면 다시는 일어나지 않게 되는 거죠. 하지만 지금은 그런 방법들을 사용할 수 없습니다. 요즘 출시되는 뷰익에는 공해 방지 장치가 있어서 일산화탄소 배출이 안 되거든요. 설사 배출된다고 해도 치명적인 양은 아닙니다. 두통과 발진 정도만 유발할 뿐이죠. 한편 스카치는 예나 지금이나 똑같습니다. 하지만 수면제는 아닙니다. 요즘 수면제는 안전합니다. 한꺼번에 한 통을 다 털어 넣어도 하루하고 한나절만 푹 자고 나면 깨어나게 되죠. 미국에서는 모든 분야에서 인명 보호 대책이 갈수록 강화되고 있습니다. 자살을 원하는 사람들에게는 안 좋은 소식이죠. 그래서 그들은 디프 웹을 찾아 들어가는 겁니다. 다른 이유라면 그들 대부분이 결코 거들떠보지도 않을 세계입니다. 하지만 고통 없이, 그리고 신속하게 죽을 방법을 찾기 위해서는 어쩔 수 없는 거죠. 일반 사회에서는 책임이 따르게 됩니다. 법적으로 큰 문제가 생길 수도 있습니다. 예를 들어보죠. 좀 전에 말씀드렸다시피 일산화탄소에 관한 한 뷰익은 더 이상 소용이 없어졌습니다. 그 대안으로 요즘 인기를 끄는 게 일회용 숯 화로입니다. 어느 슈퍼마켓에서든 쉽게 구할 수 있죠. 포일 프라이팬과 숯, 그리고 석쇠까지 함께 포장된 상태로 출시됩니다. 그걸 예닐곱 개 정도 구입해서 침실 선반에 늘어놓는 겁니다. 그다음엔 불을 붙이죠. 일산화탄소가 물 흐르듯 마구 뿜어져 나옵니다. 공기보다 무겁기 때문에 일단 바닥으로 내려앉았다가 그 수위가 점점 높아져 침대에 이르게 됩니다. 그 침대에 누워만 있으면 편안하고 신속하게 죽을 수 있습니다. 잠이 들었다가 다시는 깨어나지 않는 것처럼. 마침내 성배를 찾은 것이지요. 하지만 본인은 그대로 끝나도 상황은 그렇지 않을 수 있습니다. 화로에서 침실 벽으로 불이 옮겨 붙어 집 전체를 집어삼키게 되는 경우가 심심찮게 일어납니다. 현주건조물 방화죄, 죽은 사람은 어쩔 수 없지만 그 방법을 권한 사람이 있다면 호된 책임을 면할 수 없게 되는 겁니다."

장이 말했다. "법규를 위반하는 경우가 또 있나요?"

"어떤 방법을 택하느냐에 따라 다르겠죠. 자동차 배기가스를 이용하는 방법은 일산화탄소 말고도 다른 문제들이 있습니다. 일단 차고는 스산합니다. 자동차 안은 불편하고요. 일산화탄소로 인해 사망할 경우, 시신의 상태가 양호하다는 장점이 있는 건 사실입니다. 피부가 선홍빛으로 물들어서 건강해 보입니다. 장의사들이 수습하기에 아주 편하겠죠. 하지만 많은 사람들이 집에서 생을 마감하길 원합니다. 차고가 아니라 집 안에서. 그들의 성배는 침대 위에 놓여 있는 거죠. 일산화탄소는 확실하다, 하지만 차고는 싫다, 그리고 숯 화로는 위험하다. 그래서 새롭게 등장한 게 종류가 다른 가스입니다. 여기서 한 가지 흥미로운 의학 상식을 짚고 넘어가 볼까요? 내가 질문 하나 드리겠습니다. 강제적으로 숨을 오랫동안 참아야 하는 상황에 처한다면 다시 숨을 쉬고 싶은 마음이 절실할 게 당연합니다. 그 이유가 뭘까요?"

"산소가 소진되어서가 아닐까요?"

"그래서 내가 흥미롭다고 말한 겁니다. 산소가 소진되어서가 아닙니다. 일산화탄소 때문이죠. 얼핏 들으면 그게 그거인 것 같지만 조금만 생각해 보면 전혀 다른 얘깁니다. 어떤 가스를 들이마시든 그게 일산화탄소만 아니라면 인간의 두뇌는 불만을 제기하지 않습니다. 두 개의 허파 속에 산소는 없이 질소만 가득 차 있다면 당연히 사망하게 됩니다. 하지만 허파들은 두뇌를 향해 이렇게 얘기합니다. '어이, 우린 괜찮아. 일산화탄소가 없으니까. 그 고약한 녀석이 스며들어오기 전까지는 우린 다시 펌프질 할 필요가 없다고.' 실제로 허파들은 다시는 펌프질을 하지 않습니다. 왜? 호흡을 하지 않으니까요. 왜? 호흡을 할 필요가 없으니까요. 왜? 일산화탄소가 허파 속으로 스며들어오지 않았으니까요. 그런 식입니다. 그래서 일산화탄소의 대용으로 질소가 이용되기 시작한 겁니다. 하지만 편리한 방법은 아닙니다. 용접 전문점에서 질소통을 가져와야 하니까요. 그게 좀 무겁습니까? 그래서 등장한 게 헬륨입니다. 풍선 가게에서 구하는 게 보통이죠. 하지만 마스크 착용에 튜브들까지 번거롭습니다. 역시 편리한 방법은 아닌 거죠. 결국 자살을 마음먹은 사람들 대부분은 가스를 포기하고 약통과 스카치로 돌아가게 됩니다. 자살 세계의 고전이자 전통이죠. 하지만 그 전통은 더 이상 옛날 같은 위력을 발휘하지 못합니다. 자살에 사용되는 알약들은 대부분의 경우, 넴뷰탈 아니면 세코날입니다. 현재 그 두 가지 약물은 철저히 규제되고 있습니다. 합법적인 방법으로는 구할 수가 없습니다. 물론 불법적인 경로로는 입수가 가능하지요. 그 경로가 실제로 존재합니다. 성배. 하지만 가짜 성배입니다. 대부분이 사기인 거죠. 중국에서 밀수된 넴뷰탈 분말. 물이나 과일 주스에 희석해서 복용. 치사량을 구입하는 비용은 800 내지 900달러. 적지 않은 자살 희망자들이 그 정보를 입수하고 송금을 합니다. 그러고 나서 집에서 기다립니다. 버거운 삶의 무게에다가 초조함까지 보태졌으니 처절한 시간이겠지요. 하지만 아무리 기다려도 중국의 넴뷰탈 분말은 오지 않습니다. 왜? 처음부터 없었으니까. 온라인에 사진으로 올라온 넴뷰탈 분말은 실제로는 광택용 운모 가루입니다. 처방이 표기된 반투명 약통 속에는 전혀 다른 게 들어 있을 테고요. 결국 가장 밑바닥에 가라앉은 사람들을 다시 더 깊은 수렁 속으로 밀어 넣는 사기극인 거죠. 자살을 원하는 사람들의 마지막 희망까지 농락하며 지들 잇속만 채우는 겁니다."

리처가 말했다. "하지만 당신은 대부분이 사기라고 말했소. 그건 곧 사기가 아닌 경우도 있다는 얘기 아니오?"

"세코날의 경우에는 100퍼센트 사기입니다. 하지만 넴뷰탈은 100퍼센트까지는 아닙니다. 아직 희망이 남아 있는 거죠. 그래서 자살 희망자들 사이에서는 넴뷰탈이 성배로 인식되고 있는 겁니다. 단 한 가지 경우뿐이지만 미국에서도 넴뷰탈을 합법적으로 처방받을 수 있습니다. 대형동물 안락사. 공급원들은 돈이 절실한 수의사들을 매수해서 그걸 손에 넣습니다. 얼마든지 훔쳐낼 수도 있고요. 어렵지 않은 일입니다. 인간의 치사량은 작은 약병 두 개면 충분하니까요. 배송하기도 쉽습니다. 페덱스로도 얼마든지 가능합니다. 그리고 단돈 900달러. 자살을 원하는 사람들이 몰려들 수밖에 없죠."

'사람들이 주거하는 주택들도 있었다. 상가나 사무실로 개조된 주택들도 있었다. 종묘상, 비료 도매상, 그리고 대형가축 전문병원.'

리처가 말했다. "마이클 맥캔이 글을 올린 사이트를 보여주시오. 우린 그 내용들을 알고 싶소."

46

각자 의자를 들고 유리 테이블 주위로 모였다. 모두의 눈길이 스크린에 고정되었다. 마이클 맥캔이 글을 올린 자살 사이트 게시판은 두 군데였다. 모두 아이디는 마이크. 문체는 평범했다. 하지만 힘들여 쓴 것만은 분명했다. 삶의 무게에 겨워 몸도 마음도 완전히 지친 상태에서. 철자는 틀린 데가 없었다. 문법도 정확했다. 게시판에 올라오는 글로서는 이례적이었다. 하지만 리처가 생각하기에는 당연했다. 편안하고 신속하게 죽음에 이르는 방법을 찾을 수 있다는 얘기를 듣고 그 사이트를 방문했을 것이다. 그래서 대중 연설을 할 때 정장을 차려입는 것처럼 격식을 지켜 글을 작성했을 것이다.

첫 번째 게시판은 일종의 만남의 광장이었다. 마이클은 동지를 찾고 있었다. 단순히 도움을 얻기 위해서만이 아니었다. 오히려 도움을 주기 위해 글을 올린 경우가 더 많았다. 수개월에 걸쳐 그가 짤막짤막하게 대화를 나눈 사람은 둘. 하지만 마침내 그가 마음을 정한 사람은 세 번째 상대였다. 아이디는 엑시트, 이후 두 사람은 자주 긴 대화를 나눴다.

두 번째는 자살 방법에 대해 의견을 나누는 게시판이었다. 마이클은 이따금씩 글을 올렸다. 분노, 혹은 성급함 같은 부정적인 감정이 전혀 느껴지지 않는 글들이었다. 그는 버스를 탈 수 있는 자신의 권리를 차분하고 조리 있게 옹호하고 있었다. 넴뷰탈 복용법을 구체적으로 소개한 글도 있었다. 상품으로 가공된 상태에서 넴뷰탈은 쓴맛을 낸다는 얘기를 들었다고 했다. 그래서 주스에 타서 마시거나 복용 후 스카치 한 잔을 들이키는 게 좋다고 했다. 스카치는 어쨌든 넴뷰탈의 효능을 배가시킨다고 덧붙였다. 구토 방지제를 미리 먹어두는 게 좋다고도 했다. 배 멀미약 정도가 적당하다고 했다. 털어 넣은 넴뷰탈 가운데 상당량을 게워 내면 사망에 이를 수 없으니 낭패가 아니냐고 반문했다. 스무 시간쯤 자고 일어난 뒤 다시 똑같은 행위를 시도하려면 얼마나 힘들겠냐며 공감을 구했다.

넴뷰탈 공급 경로의 신빙성에 관한 글도 있었다. 몇 차례 사기 행각에 넘어간 자신의 사례부터 소개했다. 그 시장은 정글이라고 했다. 그럴듯한 웹사이트만 꾸미면 얼마든지 사기를 칠 수 있다고 했다. 누구도 사기꾼의 진정한 실체를 모른다고 했다. 태국의 제조책이라는 신분을 내세워도 그 진위를 파악할 수 있는 방법이 없다고 했다.

그 글에는 댓글들이 몇 개 달려 있었다. MR이 진품 넴뷰탈을 약속대로 배송해주었다는 게 첫 번째 댓글 내용이었다. 두 번째 댓글은 MR이 진실한 공급책이라는 칭찬이었다. 마이클이 곧장 질문을 올렸다.

MR?

첫 글을 올린 사람이 답변을 달았다.

마더스 레스트

그 하루 뒤, 첫 번째 게시판, 만남의 광장에 마이클의 글이 올라와 있었다. 엑시트에게 보내는 메시지. 자신이 마더스 레스트 웹사이트를 살펴보았다고 했다. 엑시트에게도 들어가 보기를 권했다. 특히, 5단계를 포함해서 둘이서 토론할 만한 거리들이 많기 때문이라고 했다.

리처가 말했다. "5단계?"

팔로알토 사내가 말했다. "양파를 생각해 보세요. 껍질이 여러 겹이지 않습니까. 까도 까도 껍질입니다. 디프 웹의 사이트들이 바로 그렇습니다. 접속 페이지는 대개 2단계입니다. 상품이 처음 소개되는 페이지는 일반적으로 4단계이고요. 따라서 5단계는 구체적이고 특별한 상품을 소개하는 페이지일 겁니다."

마이클의 글에는 엑시트의 댓글이 달려 있었다. 5단계가 흥미롭다고 했다. 그게 끝이었다. 더 이상의 대화는 없었다. 그 직후, 마이클이 오클라호마로 이주한 게 확실했다. 툴사 근처, 엑시트가 사는 곳으로. 그의 자살동반자. 함께 준비하기 위해서. 이후의 대화는 얼굴을 맞대고 이어졌을 것이다.

리처가 말했다. "마더스 레스트 웹사이트를 보여주겠소?"

사내가 말했다. "일단 찾아내야 합니다."

"조금 전에도 당신은 성공했소. 그것도 약속했던 시간보다 6초나 빠르게."

"어디를 뒤져야 할지 감을 잡았으니 가능했던 것뿐입니다. 이번엔 초가 아니라 분 단위의 시간이 필요합니다. 그것도 운이 좋을 경우에."

"그럼 몇 분으로 하겠소?"

"20분." 사내가 말했다.

그가 명령어들을 입력했다. 검색어와 키워드들도 한참을 쳐댔다. 마침내 그가 검색 개시 버튼을 눌렀다. 리처의 머릿속 시계가 작동을 시작했다. 네 사람이 유리 테이블 앞을 떠나서 각자 편하게 자리를 잡았다.

웨스트우드가 말했다. "사망자 200명은 곧 넴뷰탈 고객 200명을 의미할 수도 있습니다. 나는 취재기자로서 이 문제에 어떤 식으로 접근해야 할지 모르겠네요. 이게 사회적 파장을 일으킬 수 있는 차원의 문제일까요?

워싱턴과 오리건 주에서는 합법이니 말입니다."

"이건 몇 개 주에서 법으로 허용하는 안락사와는 경우가 다릅니다." 팔로알토 사내가 말했다. "합법적 안락사에는 전문의 두 사람의 동의가 필요합니다. 당사자는 불치병에 걸린 노인이어야 하고요. 그래서 디프 웹의 자살 사이트들이 붐비고 있는 겁니다. 마이클과 엑시트를 포함해서 안락사 자격 미달인 사람들 때문에."

"그렇다면 법을 떠나 도덕적으로 접근해 보세. 아주 간단한 문제 아닌가? 타인의 자주적 선택을 존중하느냐, 아니면 타인의 이성적 판단능력을 심판하느냐. 과연 어느 쪽이 옳을까?"

"이성적 능력 자체를 심판하는 건 옳지 않아요." 장이 말했다. "그건 적극적인 사생활 침해예요. 하지만 행위는 심판의 대상이라고 생각해요. 여기선 시간이 하나의 기준이 될 수도 있어요. 순간적인 충동과 장기간에 걸쳐 다져진 결심은 큰 차이가 있지 않겠어요? 첫 번째 시련에 부딪히자마자 목숨을 끊는 사람도 있어요. 그런가 하면 시련의 무게를 견디다, 견디다 못해서 마지막 선택을 하는 사람도 있고요. 그런 점에서 보자면 행위가 이성적 판단능력의 검증 수단이라는 전제가 성립할 수도 있겠네요. 아무튼 각 경우의 특수성을 감안하지 않고 일반화시켜서는 안 돼요. 그 결정을 존중해야 하는 경우도 있다는 거죠."

웨스트우드가 말했다. "그렇다면 자살 사이트의 존재는 환영할 만한 일이겠군요. 상업 사이트이긴 하지만 결국은 사회에 봉사하고 있는 셈이니까요. 시련으로 점철된 삶을 견디다, 견디다 못해서 포기하려는 결정이 존중받아야 한다면 말이지요."

리처가 말했다. "하지만 마더스 레스트가 얻는 건 뭘까? 900달러짜리 넴뷰탈 용액을 200개 팔아봐야 20만 달러도 되지 않소. 영업을 개시하고 최근까지의 사업 실적이 그게 전부요. 거기서 또 원가와 경비를 제해야 하오. 그건 사업이 아니라 취미활동에 불과하오. 그렇게 얻게 된 푼돈으로는 메르첸코 같은 전문 청부업자를 절대로 고용할 수 없소. 마더스 레스트에서는 뭔가 다른 일이 벌어지고 있소. 그렇지 않고서는 앞뒤가 맞질 않소. 왜냐면,"

그가 말을 멈췄다.

장이 말했다. "왜냐면?"

"우리 생각엔 그 남자가 거기서 살해됐기 때문이오."

"그 사내라면?"

"이 사건 초기에 굴착기로 땅에 묻힌 사내."

"키버?"

"맞소, 키버. 고작 취미활동 때문에 키버를 죽였을까? 그 이상의 뭔가가 반드시 있는 거요."

"5단계에서 특별한 상품이 등장할 가능성이 커요. 아주 비싼 상품."

리처가 스크린을 한 차례 흘긋거렸다. 검색 중.

7분 경과.

그가 말했다. "그 특별한 상품이 뭘지 생각하고 있는 중이오. 메르첸코를 고용하고도 남을 만큼 비싼 상품."

팔로알토 사내가 말했다. "난 이 사람들 모두가 측은합니다."

리처가 말했다. "그건 나도 마찬가지요. 화롯불 때문에 집 전체를 태워버려서는 안 될 일이오. 하지만 남겨진 사람들에게 그런 피해를 끼치지만 않는다면 그들의 결정을 존중해야 한다는 게 내 생각이오. 어차피 그들이 원해서 태어난 것도 아니잖소. 이건 마음에 들지 않는 스웨터를 반품하는 것과 비슷한 경우라고 할 수 있소."

장이 말했다. "개인의 이성적 선택은 그 자체로 존중받아야겠지요. 하지만 자살이 너무 쉬운 선택이 되어서는 안 돼요. 결국 그 기준을 정하는 건 남겨진 사람들의 몫이에요. 자, 다른 의견 있으신가요?"

웨스트우드가 말했다. "내가 우려했던 일이 현실이 되어버렸습니다. 이건 윤리적 문제에 관한 토론입니다. 그렇다면 난 여기까지 올 필요도 없었습니다. 이런 주제라면 사무실에 앉아서도 얼마든지 기사를 만들어낼 수 있다는 얘깁니다. 시급한 문제도 아니니 천천히 준비해뒀다가 다른 기삿거리가 없을 때 한 귀퉁이에 올리면 그만일 겁니다. 결국 출장 경비를 지출할 필요도 없었던 거죠. 이번 일 때문에 욕을 바가지로 먹게 생겼습니다."

12분 경과.

다들 음료수를 마시며 기다렸다. 누가 갖다준 건 아니었다. 그들이 직접 주방으로 나갔다. 구식 주방이었다. 리처의 머릿속에 어린 시절의 주방들이 떠올랐다. 세계 각지의 해병대기지 장교 관사들. 아마 열두 곳 이상을 떠돌았을 것이다. 주방 창문 밖의 기후와 풍경은 서로 달랐지만 찬장들은 똑같았다. 입주 첫날 아침부터 그것들을 소독제로 문질러 닦느라 부산스러운 풍경을 연출하던 어머니들도 있었다. 하지만 리처의 모친은 프랑스 여인네였다. 그녀는 인간의 후천적 면역력을 믿어 의심치 않았다. 그 믿음은 깨진 적이 없었다. 단 한 차례를 제외하고. 그때도 아들 둘 다가 아니라 리처의 형만 병에 걸렸을 뿐이었다. 집에서가 아니라 식당에서 옮은 게 거의 확실했다. 처음으로 여자친구가 생겼을 때였으니까.

장이 말했다. "당신 괜찮아요?"

리처가 말했다. "난 괜찮소."

18분 경과.

네 사람이 다시 작업실로 들어갔다.

19분 경과.

팔로알토 사내가 말했다. "내기는 걸지 않았습니다, 맞죠?"

리처가 말했다. "첫 번째 작업에 들어가기 전엔 무슨 내기를 걸었더라?"

"그런 적 없습니다."

20분 경과.

리처가 말했다. "너무 오래 머물러서 폐를 끼치긴 싫소만."

사내가 말했다. "기다려 보십시오. 내 프로그램은 우리를 반드시 그리로 데려다 줄 겁니다. 그자들과 나는 차원이 다릅니다."

"가장 오래 끌었던 게 몇 시간이었소?"

"열아홉 시간."

"그래서 찾아낸 건?"

"암살 전문 사이트에 올라 있는 대통령의 일정."

"미국 대통령?"

"네. 그리고 내가 검색을 시작했을 때는 이미 모든 게 일정대로 진행 중이었습니다."

"당국에 신고는 했소?"

"그게, 좀 그랬습니다. 난 어떤 식으로든 내 자신이 외부에 드러나는 게 싫습니다. 게다가 더 이상 캐낼 수 있는 정보도 없었습니다. 미러 사이트와 위장 사이트가 얼마나 많은지 서버들이 금성이나 화성에 베이스캠프를 치고 있는 것 같았습니다. 안보기관에서는 그 사실을 믿으려 하지 않았을 겁니다. 오히려 자기네 전문가들에게 내 프로그램만 철저하게 파헤치라고 주문했을 거예요. 그리고 1년 내내 나를 귀찮게 했을 테고. 수시로 자문을 하면서 말이죠. 그래서 아뇨, 신고하지 않았습니다."

"대통령 암살 시도는 없었고?"

"고맙게도."

27분 경과.

여전히 검색 중.

다음 순간 검색이 멈췄다.

화면이 링크 리스트로 바뀌었다.

47

링크 리스트에는 마더스 레스트 웹사이트에 직통으로 연결되는 URL도 하나 있었다. 네 개의 하위 페이지와 한 개의 외부 게시판도 함께였다. 게시판에는 단 한 개의 추천글이 올라와 있었다. 팔로알토 사내는 그 게시판을 먼저 확인하려고 했다. 이례적인 경우였기 때문이다. 그가 자판을 조작해서 그 게시판만 따로 띄웠다. 작성자는 블러드, 게시글의 전문은 '마더스 레스트에 좋은 상품이 많다고 들었습니다'였다.

하지만 거기까지. 어느 웹사이트의 게시판인지 팔로알토 사내로서도 추적할 수 없었다. 상황 정보가 분명치 않았기 때문이다. 다만 자살 사이트 게시판이 아닌 것만은 확실했다. 다른 커뮤니티의 게시판, 느낌상으로 동호회 웹사이트일 것 같았다.

다른 데이터는 없었다.

그걸로 끝이었다.

팔로알토 사내가 말했다. "곧장 MR 사이트로 들어가야겠어요. 괜히 시간만 허비했네요."

그는 트랙볼을 사용하지 않았다. 그런 소프트웨어가 아니었다. 매번 명령어를 직접 입력해야만 했다. 사내는 그 방식을 좋아하는 것 같았다. 구세대의 베테랑. 빨랐다. 자판 위아래를 날아다니는 희고 앙상한 손가락들의 윤곽이 흐릿할 정도로 빨랐다.

화면이 컬러로 바뀌었다. 제대로 운영되고 있는 웹사이트.

사진 한 장이 떠올라 있었다.

바다 같은 밀밭 한가운데를 관통해서 직선으로 곧장 뻗어나간 도로, 지평선의 금빛 아지랑이 속으로 사라진 끝부분은 바늘구멍처럼 폭이 좁았다. 옛 시절의 역마차길. 마더스 레스트에서 서쪽으로 뻗어나간 도로.

은유적 효과를 노린 사진이었다. 그 페이지 상단에 적힌 글.

우리와 함께 여행을 떠나요.

하단에 적힌 글.

마더스 레스트에서 마침내 휴식을.

첫 번째 하위 링크는 일종의 사이트 소개 공간이었다. 스스로 삶을 마감하려는 사람들을 위한 사이트, 최고의 상품들과 서비스로 따뜻하게 마지막 길을 배웅하겠다는 다짐, 정직과 신뢰를 바탕으로 고객들의 비밀을 엄수하겠다는 약속.

두 번째 링크는 로그인 페이지였다. 회원제. 아이디와 패스워드. 깨고 들어가기가 만만치 않을 것 같았다. 하지만 그럴 필요조차 없었다. 세 번째 링크가 그 과정을 완전히 뛰어 넘어 곧장 4단계로 연결되었기 때문이다.

4단계, 상품이 처음으로 소개되는 페이지.

화면에 뜬 상품은 모두 세 가지였다. 첫째, 무균처리 되지 않은 경구용 넴뷰탈 용액, 50밀리리터 한 병에 200달러. 둘째, 넴뷰탈 주사액, 100밀리리터 한 병에 387달러. 셋째, 무균처리된 경구용 넴뷰탈 용액, 100밀리리터 한 병에 450달러. 세세한 설명도 첨부되어 있었다. 확실한 치사량은 주사액의 경우 30밀리리터, 경구용의 경우 200밀리리터. 깊은 수면으로 유도되는 시간은 1분 미만, 사망에 이르는 시간은 20분 미만.

리처가 판단하기에 주사액은 인기가 없을 것 같았다. 그 10분의 1 가격에 치사량의 헤로인 주사액을 구입할 수 있으니까. 무균처리된 경구용이 베스트셀러일 것 같았다. 확실하고 편안하게 떠날 수 있는 비용, 900달러. 물론 무균처리 되지 않은 경구용이 비용 면에서 더 효율적이긴 했다. 800달러. 위염에 걸릴 위험은 있지만 죽은 다음인데 아무렴 어떻겠는가. 하지만 무균처리라는 단어는 깔끔하다는 느낌을 주고 자살 희망자들은 깔끔하게 떠나고 싶은 법이다.

배송비 30달러를 포함한 전액을 배송 전에 웨스턴유니언이나 머니그램을 통해 완납하는 조건, 수표나 우편환은 일절 사절. 배송상황 추적번호가 고지되고 상품은 겉보기엔 지극히 평범한 포장 상태로 배달된다. 냉동은 금지, 건조하고 서늘한 곳에 밀봉 보관.

화면 하단에는 버튼이 하나 있었다.

주문을 원하시면 클릭하세요

장이 말했다. "리처가 옳아요. 이 페이지의 상품들만으로는 메르첸코의 비용을 충당할 수 없어요."

웨스트우드가 말했다. "5단계를 확인해야 합니다."

이번엔 시간이 좀 걸렸다. 다이얼업(dial-up, 전화선과 모뎀을 통한 인터넷 접속)으로 통화를 시도하는 것과 같았다. 하지만 화면 뒤에서 수많은 일들이 빛의 속도로 전개되고 있다는 걸 리처는 알고 있었다. 사내의 코드와 사이트의 방어벽들, 한 명의 전사 대 한 무리의 적들. 매 초당 수백만 번 시행되는 양동 작전과 정면 돌파 작전. 양파 껍질들을 벗기며 파고 들어가는 과정.

마침내 원하던 페이지가 떴다.

마이클 맥캔의 친구 엑시트는 흥미롭다는 댓글을 올렸다. 리처 역시 같은 생각이었다. 그 사이트를 찾은 사람들의 목적을 감안할 때 그렇다는 얘기다. 5단계의 상품은 프리미엄 서비스, 말하자면 자살 종합선물세트였다. 이용 방법이 자세하게 올라와 있었다.

해당 서비스를 주문한다. 시카고, 혹은 오클라호마시티에서 기차 편으로 마더스 레스트에 도착한다. 기차역에는 주최 측 인사가 마중을 나간다. 당일 밤은 마더스 레스트 고급 모텔에서 묵는다. 익일 아침, 고급 승용차를 타고 현장으로 이동한다. 특급호텔 스위트룸 수준의 별관 숙소에서 편안히 휴식을 취하며 마음을 가다듬는다. 선택의 시간이 되면 도우미가 등장한다. 넴뷰탈 용액을 서빙하고 도우미가 퇴장한다. 쓴 용액을 삼키기가 거북한 고객들을 위해서 다른 서비스도 마련돼 있다. 도우미가 권하는 수면제를 복용한 뒤 침대에 눕는다. 도우미가 버튼을 누른다. 숙소 밖 멀리에서 1970년대식 쉐보레 V-8 엔진이 작동하기 시작한다. 소음은 전혀 없다. 거리도 멀다. 하지만 파이프를 통해 배기가스가 숙소로 뿜어져 들어온다.

비용은 별도 문의.

상당히 비쌀 것이다. 리처의 머릿속에 기차에서 내렸던 사내가 떠올랐다. 양복, 와이셔츠, 가죽가방. 여자도 떠올랐다. 몬테카를로의 가든파티에 어울릴 만한 흰 드레스.

부자들. 인간으로서의 존엄성을 유지한 채 떠나고 싶은 사람들. 사람도 달랐고 날짜도 달랐다. 하지만 몸짓은 똑같았다. 203호의 먼지 앉은 창가. 활짝 펼친 두 팔, 커튼을 움켜 쥔 두 손. 신기한 듯, 경이로운 듯, 새 아침을 바라보는 눈빛.

생의 마지막 아침.

장이 말했다. "마이클과 그의 친구도 이 방법을 선택했을까요?"

웨스트우드가 말했다. "바로 이겁니다. 이제 충분한 이야기를 확보했습니다. 난 독자들에게 이것이 과연 우리 미래의 한 단면일지 질문을 던질 겁니다. 앞으로 100년 뒤에는 얼마든지 현실이 될 수 있습니다. 질서가 파괴된 사회, 인구 과잉, 수자원 고갈. 자살 도우미 회사들이 블록마다 들어설지도 모릅니다. 지금의 스타벅스처럼 말이지요. 하지만 일단은 현장을 내 눈으로 확인해야겠습니다. 지금까지 지출했던 경비가 아까워서라도."

"그럽시다." 리처가 말했다. "좀 더 확인하고 나서."

"확인할 게 뭐 있습니까? 모든 게 밝혀지지 않았습니까? 가축 안락사용 넴뷰탈이 택배 서비스를 통해 구매자에게 공급된다, 그리고 여유 있는 고객들은 기차 편으로 현장에 도착한다. 그 두 가지 행위들은 그 자체로는 불법이 아닙니다. 나는 디프 웹 사이트들이 우리에게 닥쳐올 미래를 예언하고 있는지를 다시 독자들에게 물을 겁니다. 내가 생각하는 대답은 '예스'입니다. 결국 인간의 욕구에 관한 문제입니다. 그 이하도 이상도 아닙니다. 걸러지지도 않고 규제되지도 않는 원초적 욕구. 자연스럽다고까지 말할 수 있는 현상. 아무래도 독점 취재권은 철학 데스크에 넘겨야 할 것 같습니다. 인간의 욕구와 긴밀한 연관을 가진 사건이니까요. 우린 자살 도우미 사업의 실태를 여기서 확인했습니다. 앞으로 100년 뒤에는 지극히 평범한 사업으로 자리 잡을 겁니다."

"하지만 키버는 그냥 넘기지 않았소. 그는 어깨를 한 번 으쓱거린 뒤, 비트겐슈타인의 자살한 형들을 생각하면서 이번 사건에서 손을 뗄 수도 있었소. 하지만 그러지 않았소. 뭔가 단단히 잘못된 부분을 찾아냈기 때문이오."

"뭔가가 잘못되어 있다는 생각인가요?"

"확실한 건 아니오. 하지만 키버는 확신을 갖고 있었소."

"잘못됐다면 그게 어느 부분이죠?"

"마이클과 그의 친구가 프리미엄 서비스 비용을 어떻게 충당할 수 있었겠소? 그 비용을 위해서 평생 돈을 모았을 리는 없을 테니 말이오. 그렇다면 그들은 어디로 간 걸까?"

팔로알토 사내가 말했다. "이제 내가 할 수 있는 일은 끝난 거죠?"

장이 말했다. "그래요. 정말 고마워요."

리처가 말했다. "당신은 대단한 사람이오. 당신은 그들 세계로 파고들어갔소. 당신이 그 세계와 주민들을 살펴보는 동안 그들은 당신의 존재를 전혀 눈치 채지 못했소."

웨스트우드가 말했다. "청구서는 우편으로 보내게."

사내가 말했다. "차를 준비시키겠습니다." 그가 전화기를 눌렀다.

다들 일어섰다. 리처가 문을 향해 한 걸음을 옮겼다. 다시 또 한 걸음. 그 순간 왼쪽 바닥이 솟구쳐 올라왔다. 리처의 머릿속에 한 단어가 떠올랐다. 지진. 45도 각도로 일어선 바닥이 리처를 덮쳤다. 엄청난 힘이었다. 속수무책으로 밀려난 리처는 문틀에 가슴과 목을 찧은 뒤 바닥에 나동그라졌다. 그 상태로 그가 주위를 잽싸게 둘러보았다. 장은 어디 있는가. 다음엔 무슨 일이 벌어질 것인가.

지진이 아니었다.

다른 세 사람이 그의 주위에 쪼그리고 앉았다.

그가 말했다. "난 괜찮소."

장이 말했다. "당신 혼자 넘어졌어요."

"마루에 판자 하나가 부실했던 모양이오."

"마룻바닥엔 아무 이상이 없어요."

"뒤틀린 부분이 있을 거요."

"머리가 아픈가요?"

"그렇소."

"응급실로 가요."

"쓸 데 없는 짓이오."

"당신은 잠시나마 키버의 이름을 기억해내지 못했어요. 그래서 굴착기로 땅에 묻힌 사내라고 말할 수밖에 없었죠. 그건 실어증의 대표적인 증상이에요. 어떤 단어를 잊어버렸을 때 에둘러 설명하는 현상. 느낌이 좋지 않아요. 서점 근처에서도 비틀거렸잖아요. 게다가 집중력도 많이 떨어져 있어요. 그뿐이 아니에요. 아까 'RED'에서는 계속해서 혼자 중얼거렸어요. 망상에 빠졌던 게 분명했다고요."

"내가?"

"당신, 지금 정상이 아니에요."

"내가 언제는 정상이었나?"

"어서 응급실로 가야 해요."

"쓸 데 없는 소리. 그럴 필요 없소."

"나를 생각해서라도 그래 줘요, 리처."

"시간 낭비일 뿐이오. 곧장 호텔로 갑시다."

"나도 당신 생각이 옳다고 믿어요. 하지만 나를 봐서라도 응급실로 가요."

"난 내 발로 응급실에 찾아가 본 적이 없는 사람이오."

"모든 일엔 처음이 있는 법이에요. 나를 위해 당신이 처음으로 하게 되는 일이 많아졌으면 좋겠어요."

리처는 아무 말도 하지 않았다.

"나를 위해서, 리처."

팔로알토 사내가 말했다. "응급실로 가시죠."

리처가 웨스트우드를 바라보며 말했다. "나 좀 구해주시겠소?"

웨스트우드가 말했다. "응급실."

팔로알토 사내가 말했다. "그곳에 가면 컴퓨터 프로그래머라고 말하세요. 즉시 의사가 달려올 겁니다. 그쪽 회사들이 기부를 엄청 하거든요."

그들은 사내의 얘기에 따랐다. 리처의 신분이 잠시 바뀌었다. 이 세상엔 그가 평생 가질 수도 없고, 갖고 싶지도 않은 직업들이 있다. 재봉사, 편집 기자, 합창단 테너, 그리고 컴퓨터 프로그래머. 하지만 덕분에 90초 만에 의사를 만날 수 있었고 다시 90초 만에 두뇌 단층 촬영을 위해 CT실로 향할 수 있었다. 쓸 데 없는 짓, 필요 없는 일, 시간 낭비라며 그는 투덜거렸고 장은 그때마다 그를 달랬다. 엑스레이를 찍을 때처럼 징징대는 전자음이 멎자 촬영은 끝났고 이제 진료실에서 담당의가 판독을 마칠 때를 기다리는 일만 남았다. 쓸 데 없는 짓, 필요 없는 일, 시간 낭비. 리처는 다시 투덜거렸고 장은 다시 그를 달랬다. 마침내 차트를 손에 든 사내가 문을 열고 들어왔다. 사내가 리처의 두 눈을 차례로 살펴보았다. 장과 웨스트우드는 여전히 리처의 곁을 지키고 있었다.

리처가 말했다. "CT는 컴퓨터 단층촬영의 약자요."

차트를 든 사내가 말했다. "그렇습니다."

"나는 오늘이 무슨 요일인지 알고 있소. 그리고 현직 미국 대통령의 이름도 기억하고 있소. 오늘 아침에 뭘 먹었는지도 알고 있소. 두 번의 아침 식사 모두. 이 정도면 내게 아무 이상이 없다는 증거로 충분하지 않소?"

"두부가 손상됐습니다."

"그런 일은 있을 수 없소."

"환자분에겐 머리가 있습니다. 머리는 신체의 일부로서 얼마든지 손상될 수 있습니다. 두뇌 타박상입니다. 라틴어로는 콘투시오 세레브리라고 합니다. 사실 손상 부위는 두 군데입니다. 직접적으로 손상된 부위와 반사적으로 손상된 부위. 그건 분명합니다. 직접 손상은 두부 우측에 가해진 둔중한 충격에 의해 입게 됐고요."

리처가 말했다. "좀 쉽게 얘기해줄 수 없겠소?"

사내가 말했다. "만일 그 충격을 팔을 들어서 막았다면 그 부위가 심하게 멍들었을 겁니다. 지금 당신의 두뇌 상태가 바로 그렇습니다. 두부 표면엔 멍이 들지 않았습니다. 살집이 충분하지 않으니까요. 멍은 안쪽에 들었습니다. 두뇌에 말이죠. 오른쪽만이 아니라 왼쪽 부위도 손상됐습니다. 충격을 받은 두뇌가 두개골 양쪽 내벽을 왔다 갔다 하며 부딪혔기 때문입니다. 시험관 속의 금붕어를 떠올리면 쉽게 이해가 갈 겁니다. 그걸 우리는 직접 손상과 반사 손상이라고 부릅니다."

리처가 말했다. "자각 증상은?"

"손상 정도와 개인에 따라 다양하게 나타납니다. 다만 두통, 착란, 졸림, 현기증, 의식상실, 메스꺼움, 구토, 발작, 그 밖에 행동, 기억, 시각, 언어, 청각, 논리적 사고 및 감정 조절 능력의 저하 등의 증상이 일반적입니다."

"많기도 하군."

"인간의 두뇌입니다."

"내 두뇌의 경우엔 어떻소? 내가 어떤 증상을 겪게 될 것 같소?"

"글쎄요."

"당신 손에 모든 자료를 쥐고 있잖소. 사진까지 포함해서."

"정확한 판독은 불가능합니다."

"그건 여기서 끝이라는 얘기로군. 당신은 추정만 하고 있을 뿐이오. 난 전에도 머리를 맞은 적이 있소. 한 번이 더 추가된 것뿐이오. 별일 아닌 거지."

"두뇌 손상입니다."

"그럼 당신의 소견은?"

"스캔 결과만 갖고 말하자면 입원해서 하룻밤은 경과를 지켜봐야 할 것 같습니다."

"그런 일은 절대 없을 거요."

"그래야 합니다."

"만일 내가 그자의 주먹을 팔로 막았다면 당신은 이틀이면 괜찮아질 거라고 말했을 거요. 그 정도 시간이면 멍이 가라앉을 거라면서 나를 돌려보냈겠지. 머리에 입은 타박상도 마찬가지 아니오? 어제 다쳤으니까 내일이면 나을 거요. 결국 CT촬영은 불필요한 짓이었소."

"두뇌는 팔과 다릅니다."

"맞는 얘기요. 팔은 두꺼운 두개골의 보호를 받지 못하니까."

의사가 말했다. "당신은 성인입니다. 그리고 여긴 정신과 병동이 아닙니다. 따라서 나는 당신의 의지에 반해서 당신을 입원시킬 수 없습니다. 원무과에서 수속을 끝내고 돌아가십시오."

그가 문을 향해 돌아섰다. 기다리고 있는 다음 환자를 위해서. 그 환자도 컴퓨터 프로그래머일까, 그렇다면 진짜일까 아닐까. 그의 등 뒤에서 문이 닫혔다.

리처가 말했다. "멍이 든 것뿐이라잖소. 곧 나아질 거요."

장이 말했다. "진찰을 받아줘서 고마워요. 이제 호텔을 찾으러 가죠."

"곧장 그랬어야 했소."

"리처, 당신 넘어졌다고요."

세 사람이 택시 승차장까지 걸어갔다. 가는 내내 리처는 발밑을 조심했다.

48

지도에 나타나는 샌프란시스코를, 태평양을 막아내기 위해 남쪽에서
북쪽으로 치켜세운 엄지손가락으로 표현하는 사람들이 있다. 하지만 리처
가 보기에는 치켜세운 가운데 손가락에 가깝다. 그 도시가 태평양에 무슨
억하심정이 있는지는 모르겠지만. 엄지든 중지든, 웨스트우드가 예약한
호텔은 그 손톱 끝에 자리 잡고 있었다. 호텔 앞은 바로 바다였다. 어두웠
다. 그러니 전망이랄 게 없이 그저 텅 비어 있었다. 다만 왼쪽 전방에 온통
불 밝혀진 금문교, 그리고 좀 더 멀리 오른쪽으로 일대의 관광명소인 소살
리토와 티뷰론이 별처럼 반짝이고 있었다.

객실에 짐을 풀고 난 뒤 세 사람이 식당에서 다시 만났다. 희고 정갈한
린넨의 공간. 모두의 마음에 들었다. 셋이 모여 앉은 테이블은 그들뿐이었
다. 다른 팀들은 모두 둘 아니면 넷이었다. 밀회와 거래. 그 분위기 속에서
웨스트우드가 휴대폰을 꺼내 들고 인터넷에 접속했다. 그가 말했다. "한
해 동안 자살하는 미국인이 4만 명입니다. 13분에 한 명이 스스로 목숨을
끊는 거죠. 남의 손에 죽는 사람보다 자기 손에 죽는 사람이 더 많다니, 예
전에는 누구도 예상치 못했던 현상입니다."

장이 말했다. "9일마다 다섯 명이 마더스 레스트의 프리미엄 서비스를
받는다면 1년에 200명이에요. 키버의 메모와 일치하는 숫자. 우리가 목격
한 사람만 벌써 둘이에요."

리처가 말했다. "당신이라면 얼마까지 비용을 지불할 것 같소?"

"그럴 일이 없기만 바라야죠."

"자기 집 침대에서 혼자 일을 처리하는 비용은 900달러. 그렇다면 종합 서비스 가격은 얼마일까? 다섯 배? 5000달러 남짓?"

"그쯤이면 적당할 것도 같네요. 도우미 비용을 감안해야 할 테니까. 집에서 혼자 손톱 손질을 하는 것과 스파에서 토털 케어를 받는 차이쯤이라고 할까요?"

"그렇다면 1년에 100만 달러, 적지 않은 액수요."

"그런데요?"

"그자들의 제거 대상 리스트에 오른 사람이 이번 주에만 몇 명이었는지 생각해 보시오. 키버, 맥캔, 당신, 나, 그리고 레이어 일가족까지 모두 일곱 명이요. 그자들은 우리가 쉽게 제거될 거라고 믿고 있었소. 업계 최고의 우크라이나 청부업자를 고용했으니까. 하지만 1년에 고작 100만 달러를 벌어들이는 사업을 하면서 그 경비를 충당할 수 있을까?"

"1달러 때문에 목숨을 잃는 사람도 있어요."

"그건 길거리에서 벌어지는 우발적 범죄일 경우잖소. 교사에 의한 살인은 절대 그럴 수 없소. 이건 1, 2백만 달러 수준의 사업이 아니오. 하지만 난 그 방법을 모르겠소. 자살 희망자들이 만 달러 이상을 지불할 리는 없소. 안 그렇소? 그 돈이면 고물 쉐보레와 간이 창고를 사고도 남소. 그러고 나서 창고 벽에 드릴로 구멍 하나만 뚫으면 끝나는 일이오."

"자살하는 사람들이 모두 이성적으로 온전한 건 아니잖아요. 그리고 이건 고물 쉐보레를 사느냐 마느냐의 문제가 아니에요. 종합서비스 상품이라는 데 주목해야 해요."

"그러니까 그 종합서비스 상품을 얼마에 구입하면 적당하겠소?"

"글쎄요. 어림잡기가 힘드네요. 다만 이렇게 한번 생각해 보자고요. 당신이 부자다, 그리고 그만 살고 싶다, 마지막 순간만큼은 호사를 누리고 싶다, 그래서 전문가들이 제공하는 종합서비스 상품을 선택한다, 극진한 보살핌 속에서 편안하고 확실하게 죽음으로 인도된다. 그 정도면 최소한 차량을 구입하는 비용 정도는 쾌척하지 않을까요? 부자니까 벤츠나 BMW 수준이겠죠. 5만 달러쯤? 어쩌면 8만 달러나 그 이상일 수도 있겠고요. 내 생각엔 전혀 아깝지 않을 것 같아요. 어차피 저승으로 타고 갈 수도 없는 거니까."

웨스트우드가 말했다. "언제 그곳을 찾아가는 게 좋겠습니까?"

리처가 말했다. "완벽한 계획을 세운 뒤에 가야 하오. 전략적으로 아주 위험한 작전이오. 탁 트인 바다 한가운데 떠 있는 작은 섬에 접근하는 것과 마찬가지니까. 마더스 레스트는 당구대처럼 평평한 지역에 자리 잡고 있소. 곡물운반 엘리베이터가 카운티에서 가장 높은 구조물이오. 수리와 점검을 위해 사다리며 보행자 통로가 여러 개씩 설치되어 있을 거요. 그자들은 그 위에 보초를 세울 거요. 우리가 도착하기 10분 전에 이미 경보가 울리겠지. 기차역엔 떼거지로 몰려 있을 거요. 우리가 기차를 이용할 경우를 대비해서."

"어두운 한밤중에 잠입하는 방법은 어떻습니까?"

"160킬로미터 떨어진 헤드라이트 불빛도 그들 눈에 띌 거요."

"켜지 않으면?"

"도로가 보이지 않아서 운전을 할 수가 없소. 시골길이잖소. 그냥 칠흑 같은 어둠뿐이오."

"직선으로 뻗은 길이잖습니까?"

"길은 그렇다 쳐도 현재 우리에겐 무기가 없소."

웨스트우드가 입을 다물었다.

저녁식사를 끝낸 뒤 웨스트우드는 자기 객실로 올라갔다. 리처와 장은
밖으로 나갔다. 두 사람은 선창을 따라 잠시 산책을 했다. 밤공기가 싸늘
했다. 그 시간대 피닉스 기온의 절반 정도였다. 장은 달랑 티셔츠 한 장으
로 상체를 가리고 있었다. 그녀가 그의 품에 거의 안긴 듯한 자세로 걸음
을 옮겼다. 두 사람의 걸음걸이가 세 발 짐승처럼 어눌했다.

리처가 말했다. "또 넘어질까 봐 날 이렇게 꼭 붙들고 있는 거요?"

그녀가 말했다. "지금은 좀 어때요?"

"여전히 머리가 지끈거리는군."

"당신 상태가 나아지기 전까지는 마더스 레스트로 돌아가고 싶지 않아
요."

"난 괜찮으니 걱정 말아요."

"사실 키버만 아니었다면 다시는 돌아가고 싶지 않아요. 내가 뭐라고
다른 사람들의 선택을 심판할 수 있겠어요? 그것도 절실한 필요에 따른
선택인데 말이에요. 웨스트우드가 옳을 수도 있어요. 앞으로 100년 뒤에
는 모두 다 그 길을 선택할지도 몰라요."

리처는 아무 말이 없었다.

그녀가 말했다. "뭐죠, 이 침묵은?"

"나라면 돈을 좀 모아서 엽총을 살 거라고 말하려 했소. 하지만 그건 내
시체를 발견한 사람들에게 못할 짓인 것 같소. 끔찍한 상태일 테니까. 권

총도 마찬가지요. 목을 매거나 고층빌딩에서 뛰어내리는 것도 그렇고. 달리는 기차에 뛰어든다면 기관사는 또 무슨 죄겠소. 모텔 방에서 음독을 하면 청소부는 평생을 그 충격에 시달릴 거요. 그래서 사람들이 종합서비스상품을 찾는 것 같소. 남겨두고 떠나는 사람들을 조금이라도 편하게 해주려고. 좀 더 비싼 비용을 치를 만한 명분은 그것만으로도 충분하오. 하지만 난 여전히 모르겠소. 그 정도 수입으로는 메르첸코 같은 전문가를 고용할 수 없으니 말이오."

"내가 지금 모르겠는 건 그곳으로 돌아갈 방법이에요. 마더스 레스트를 16킬로미터의 철조망이 둘러싸고 있는 것 같은 느낌이에요. 수직이 아니라 수평으로 깔려 있는 철조망."

"우린 오클라호마시티에서 출발해야 하오."

"기차를 타고 가게요?"

"거기서 우리에게 필요한 것들을 구할 수 있을 것 같소. 그 계획은 차차 세워봅시다. 웨스트우드에게 항공편을 예약하라고 이르시오."

다음 날 아침, 리처는 아주 일찍 잠에서 깨어났다. 장은 여전히 곤히 자고 있었다. 그가 조심스럽게 침대에서 빠져나와 욕실로 들어갔다. 이제 섹스에 대한 그의 지론은 기억 속에서 지워졌다. 영원히. 절대적으로 오류라는 사실이 이미 입증되었다. 반복적으로. 상한선이 없었다. 상승만을 거듭할 뿐, 하강의 기미도, 하강할 이유도 없었다.

오류의 검증. 기분 좋은 일이다.

그가 거울 앞에 서서 상체를 비틀고 돌려가며 구석구석을 확인했다. 넘어지면서 몇 군데에 새롭게 멍이 들었다. 해킷에게 맞은 옆구리의 멍은 선명한 노란색으로 변해 있었다. 뷔페 접시만큼 컸다. 하지만 오줌에 피는 섞여 있지 않았다. 통증도 점차 사라져가고 있었다. 결림도 사뭇 완화되었다. 양쪽 정수리는 약간 물렁물렁해졌다. 하지만 붓기는 거의 없었다. 응급실 의사의 얘기대로 살집이 없기 때문이다. 두통은 어느 정도 가셨다. 졸리지 않았다. 어지럽지 않았다. 두 눈을 감고 한 발로 버티고 서도 중심을 잃지 않았다. 의식은 또렷했다. 메스껍지 않았다. 토하지도 않았다. 발작은 없었다. 욕조와 변기 사이를 눈을 감고 왕복해도 직선을 유지할 수 있었다. 손가락 끝으로 코끝을 짚을 수 있었다. 한 손으로는 직선운동으로 머리를 두드리고, 동시에 다른 손으로는 회전운동으로 배를 문지를 수 있었다. 그의 일상적인 행동은 원래 어눌하고 굼뜬 편이다. 하지만 그 한계를 넘어선 부자연스러움은 느낄 수 없었다. 그는 발레 무용수가 아니다. 날래다, 깔끔하다, 유연하다 등등의 수식어는 그에게는 전혀 해당되지 않는다.

그의 등 뒤에서 욕실 문이 열렸다. 장이 안으로 들어섰다. 그가 거울을 통해 그녀와 눈을 맞췄다. 편안해 보였다. 졸음이 채 가시지 않은 듯, 그녀가 한 차례 하품을 하고 나서 말했다. "굿모닝."

그가 말했다. "당신도 굿모닝."

"뭐하고 있었던 거예요?"

"자각 증상들을 점검하던 중이었소. 의사가 읊어낸 것들 모두."

"지금까지의 결과는?"

"기억력, 시각, 언어능력, 청각, 감정조절능력과 사고능력, 모두 이상 없소."

"감정조절능력은 나도 밤마다 인정하고 있어요. 당신 참 대단해요. 남자인 데다가 군 생활까지 오래했는데 말이에요. 하지만 다른 항목들은 시험을 거쳐야 해요. 우리가 오클라호마에서부터 다시 시작하는 거 맞죠?
그럼 오클라호마 출신의 유명인사 세 사람만 대 봐요."

"일단 미키 맨틀, 그리고 조니 벤치와 짐 도프. 우디 거스리와 랠프 엘리슨까지 꼽으면 보너스라도 있을라나?"

"기억력 테스트 통과." 그녀가 욕조 앞으로 다가간 뒤 손가락 두 개를
들어보였다. "몇 개?"

"두 개."

"시각 테스트 통과."

"그게 테스트라는 거요?"

"알았어요. 거기 그대로 서서 이 욕조의 제조사가 어딘지 맞춰 봐요."

그의 두 눈이 가늘어졌다. 욕조 상단에 뚫린 넘침 방지 배수구 옆에 작
고 흐린 글자들이 박혀 있었다.

"아메리칸 스탠더드." 그가 말했다. 장이 들어오기 전, 이미 욕조 앞에
서 훑어보았던 상호였다.

"시각 테스트 통과." 그녀가 다시 말했다.

그녀가 뭔가를 아주 작은 목소리로 중얼거렸다.

"비행기를 타고 하늘을 날 때마다," 그가 말했다. "난 그 생각으로 온몸
이 달아오르곤 해요."

"청각 테스트 통과. 귀에는 아무 문제가 없는 게 확실해요. 게티즈버그
연설문 중에서 가장 긴 단어가 뭐죠?"

"이건 무슨 증상에 관한 테스트요?"

"사고능력."

그가 생각했다. "정답은 하나가 아니라 세 개요. 모두 철자가 열한 개인

단어들. proposition, battlefield, consecrated."

"이번엔 그 연설의 첫 문장을 암송해 봐요. 무대 위에 선 배우처럼 멋지게 해야 해요."

"그 당시 링컨은 천연두에 걸려 있었소. 당신도 알고 있소?"

"그건 내가 원하는 대답이 아니에요."

"나도 알고 있소. 기억력 테스트에서 보너스 점수를 받아볼까 해서 말했던 거요."

"기억력 테스트는 이미 통과했어요. 기억 안 나요? 이건 언어능력 테스트예요. 자, 첫 번째 문장은?"

"게티즈버그라는 지명은 게티 오일 창업주 집안과 밀접한 관계가 있소."

"그것도 대답이 아니에요."

"일반상식이오."

"일반상식은 자각 증상 항목에 없어요."

"기억력과는 연관이 있잖소."

"기억력 테스트는 아까 통과했다니까요."

그가 말했다. 무대 위의 배우처럼 우렁찬 목소리로.

"지금으로부터 87년 전, 우리 조상들은 자유가 실현됨과 동시에 모든 인간은 천부적으로 평등하다는 원리가 충실하게 지켜지는 새로운 나라를 이 대륙에서 탄생시켰습니다."

욕실 안이라 더욱 그럴 듯하게 울렸다. 대리석 벽면의 공명과 메아리 효과.

그가 더욱 우렁찬 목소리로 연설을 이어갔다. "우리는 지금 대대적으로 내전 상태에 휩싸인 채 우리 조상들이 자유가 실현되기를 바라면서, 그토록 소중한 원리가 충실히 지켜지길 원했던 국가가 얼마나 오랫동안 존립할 수 있을지 우려되는 시련을 겪고 있습니다."

그녀가 말했다. "두통은 사라졌나요?"

그가 말했다. "어느 정도는."

"그건 아직 남아 있다는 얘기잖아요."

"사라지고 있다는 얘기도 되잖소. 내 경험상 두뇌 타박상은 원래 별게 아니오."

"의사는 별거라고 생각하던데요."

"의사들은 갈수록 소심해지고 있소. 늘 신중에 신중을 기하거든. 환자와 질병을 대범하게 다루는 의사들은 더 이상 찾아보기 힘든 현실이오. 하긴 직업상 그럴 수밖에 없다는 건 나도 이해하고 있소. 아무튼 난 하룻밤을 무사히 넘겼소. 경과를 지켜볼 필요가 없었다는 얘기지."

장이 말했다. "난 그 의사가 신중을 기해준 게 너무 고마워요."

리처는 대꾸하지 않았다.

그때 객실 전화가 울렸다. 웨스트우드였다. 신문사 관계 직원들로부터 유나이티드 항공에 예약했다는 통보를 받았다고 했다. 그날의 유일한 직항 편이라고 했다. 하지만 서두를 필요는 없다고 했다. 늦은 오전에 출발한다고 했다.

그래서 두 사람은 룸서비스로 커피를 주문했다. 배달은 즉시. 이어서 아침식사도 주문했다. 배달은 한 시간 뒤.

샌프란시스코의 아주 이른 아침이면 마더스 레스트에서는 이미 일상이 시작되고도 두 시간이 경과할 즈음이다. 도시와 시골의 생활방식 차이 때문이 아니다. 단순히 시간대의 차이. 마더스 레스트의 시간이 훨씬 더 빠르기 때문이다. 잡화점은 이미 문을 열었다. 식당 안에는 늦장꾼들 몇몇이 서둘러 아침을 먹고 있었다. 모텔 청소부는 객실 청소에 열심이었다. 외눈박이 사장은 화장실에 있었다. 캐딜락 운전기사는 무지 바빴다. 특히 웨스턴유니언과 머니그램 그리고 페덱스 업무 때문에 눈코 뜰 새가 없었다.

하지만 관개시설 부품 가게는 닫혀 있었다. 식당 카운터도 비어 있었다. 그 두 사내는 3번 엘리베이터 꼭대기의 철제 통로 위에 앉아 있었다. 그 일대에서 가장 높은 콘크리트 구조물. 두 사내 모두 쌍안경을 하나씩 들고 있었다. 손쉬운 보초 임무였다. 마을로 들어오는 도로는 단 두 줄기, 동쪽에서 서쪽으로 뻗은 역마차길이 두 사내의 발아래에서 철길과 만나 교차로를 이루고 있었다. 북쪽과 남쪽에서 들어오는 도로는 없었다. 따라서 두 사내는 대부분의 시간을 역마차길만 지켜보며 보냈다. 서로 마주 보고 앉아 한 명은 서쪽, 다른 한 명은 동쪽. 그 얼굴들이 대략 5분 간격으로 철길을 향했다가 이내 원위치로 돌아가곤 했다. 철길을 따라 걸어오는 사람, 혹은 서부영화에 종종 등장하는 수동 철길 수레의 접근을 경계하기 위해서였다. 하지만 실제로 그럴 가능성은 거의 없었다. 따라서 5분마다의 고갯짓은 임무라기보다는 목을 푸는 운동에 가까웠다.

하지만 기차가 들어올 때만은 예외였다. 그들의 위치에서는 역으로 들어오는 기차 지붕이 거의 수직으로 내려다보였다. 따라서 기차의 전후좌우가 거의 막힘없이 시야에 들어왔다. 옛날 첩보영화 속의 한 장면에서처럼 누군가가 플랫폼 반대쪽 문을 열고 뛰어내린다고 해도 그들의 눈을 결코 피할 수 없었다. 그렇다고 기차만 지켜보고 있어서는 안 될 일이었다.

도로에도 여전히 신경을 써야 했다. 따라서 하루 두 번씩은 두 사내의 고갯짓이 거의 도리질 수준으로 분주해지곤 했다.

그 두 번을 제외하고 두 사내의 망원경들은 거의 언제나 동쪽과 서쪽의 지평선 부근을 향하고 있었다. 멀리에서 먼지가 일어난다면 경계경보, 그 먼지 속에 금속 물체의 표면에서 피어나는 아지랑이가 어른거린다면 공습경보.

시계는 대략 25킬로미터.

'우리에겐 계획이 있어.'

'우린 그 계획이 성공할 것을 알고 있어.'

리처 일행이 체크아웃을 했다. 도어맨이 택시를 잡아주었다. 셋 모두 뒷좌석에 올라탔다. 그들 가운데 두 사람은 호텔을 떠나는 게 약간은 섭섭했다. 하지만 나머지 한 사람은 전혀 미련이 없었다. 웨스트우드. 그는 불안해 보였다. 그가 말했다. "정말 이상한 호텔입니다. 샌프란시스코 말고 이 세상 어디에도 저런 숙박업소는 없을 거예요. 내가 샤워를 하는 내내 게티즈버그 연설이 배기구를 통해 흘러나오더군요. 남자의 육성이었습니다. 아주 우렁찼고요. 대체 무슨 생각으로 그런 서비스를 제공하는지 난 도저히 이해가 가질 않습니다."

49

비행기 여행은 상당히 만족스러웠다. 『LA 타임스』에서 잡아준 호텔은 세 개의 첨탑이 솟아 있는 건물이었다. 지어진 지 100년이 되었다니 원래는 상태가 엉망이어야 했다. 하지만 10년 전에 실시한 대대적 보수 공사 덕분에 여전히 호텔로서의 기능은 유지하고 있었다. 모든 면에서 그들에게 알맞은 곳이었다. 특히 리처가 원하는 서비스는 모두 제공되고 있었다. 그가 장에게 말했다. "안내 데스크로 가서 수다 좀 떨어보겠소? 당신은 도보여행이 취미라고 말하시오. 하지만 안전이 걱정되니 이 일대에서 가지 말아야 할 지역이 있으면 일러 달라고 부탁하시오."

10분 뒤 그녀가 관광지도 한 장을 들고 돌아왔다. 그 지도 위엔 파란색 볼펜으로 사각 테두리가 쳐진 곳이 몇 군데 있었다. 우범지대. 그 가운데 한 곳에는 사각 테두리에 더해서 X자까지 그어져 있었다. 지도 뒷면에 볼펜 자국이 도드라질 만큼 힘주어 그은 X자.

장이 말했다. "이곳은 한낮에도 절대 들어가지 말라더군요."

"바로 내가 찾아갈 곳이오." 리처가 말했다.

"나도 같이 갈래요."

"그렇게 나올 줄 알고 있었소."

두 사람은 점심이라기엔 늦고 저녁이라기엔 이른 식사를 마쳤다. 맛도 내용도 별게 없었지만 장식이며 식기는 요란한 정찬. 하지만 커피 맛은 훌

룡했다. 한 시간 남짓 지나자 가로등에 불이 들어왔다. 헤드라이트들도 환해졌다. 바의 소음이 오후의 잔잔함에서 저녁의 흥겨움으로 변했다.

리처가 말했다. "갑시다."

X자로 표기된 구역은 상당히 멀리 떨어져 있었다. 리처와 장은 부지런히 걸음을 옮겼다. 안전지대와 우범지대가 경계선으로 구분돼 있는 도시는 없다. 하지만 풍경의 변화로 그 경계를 얼마든지 감지할 수 있다. 어느 지점에서부턴가 일터에서 집으로 돌아가는 행인들의 모습이 뜸해지더니 대신 현관 앞이나 길가에 모여서 빈둥거리는 무리들이 눈에 띄기 시작했다. 점포들의 모습도 변했다. 밤이 오기 전에 서둘러 문을 닫은 곳도 있었다. 이미 여러 해 전에 폐업한 듯, 창이며 문에 못질한 판자들이 누렇고 퍼렇게 변색된 곳도 있었다. 물론 아직 문을 연 곳도 있었다. 먹을거리, 음료수, 가치담배(갑에 넣지 않고 낱개로 파는 담배).

장이 말했다. "당신, 괜찮은 거예요?"

"아무렴." 리처가 말했다.

그의 목적지는 똘마니들이 떼로 모여 있는 곳, 일시적으로나마 이중 주차가 가능한 곳. 두 사람은 계속해서 걸음을 옮겼다. 양쪽 도로변에는 차들이 늘어서 있었다. 요란하게 장식한 일제 쿠페들, 몸체가 낮은 차량들, 크고 널찍한 구형 뷰익, 플리머스, 폰티악 세단들. 개중에는 엄청난 크기의 바퀴와 크롬 파이프, 그리고 차체 밑바닥에 푸른 조명까지 장착한 개조 차량들도 있었다. 차체의 높이가 고작 허리 어림에 불과한 차량도 한 대 있었다. 후드에 뚫어 놓은 구멍을 통해 솟아올라온 엔진이 마치 축소판 오일 굴착기 같았다. 거대한 4기통 기화기와 큼지막한 크롬 공기 여과기의 높이가 차체 지붕과 비슷했다.

리처가 멈춰 서서 그 차를 살펴보았다.

그가 말했다. "그 위성사진들을 다시 한 번 봐야겠소."

장이 말했다. "왜요?"

"뭔가 잘못됐소."

"뭐가요?"

"잘 모르겠소. 그냥 그런 생각이 드는군. 기억력에 이상이 있는 건 아니
오. 정말이오. 난 괜찮소."

"확신할 수 있어요?"

"뭐든 물어보시오."

"테디 루즈벨트 정부의 부통령은?"

"찰스 페어뱅크스."

"그 사람은 영화배우 아니었나요?"

"그건 더글러스 페어뱅크스고."

그들이 다시 걸음을 옮겼다. 허름한 목조 가옥들이 다닥다닥 붙어 있는
동네였다. 철망 담장 뒤에 자리 잡은 앞마당들은 하나같이 관리 상태가 부
실했다. 잡초만 무성한 채 텅 비어 있는 곳도 있었고, 쓰레기 더미가 쌓여
있는 곳도 있었다. 사슬에 묶인 개들이 지키는 곳도 있었고 밝은 색의 두
발자전거와 세발자전거, 그리고 아이들 장난감이 아무렇게나 늘어서 있는
곳도 있었다.

마침내 리처의 본능이 멈추라는 지시를 내렸다. 교차로 한쪽 모퉁이를
대각선으로 파고 들어간 골목, 3차선도로만큼 폭이 넓었다. 하지만 양쪽
길가에 줄을 지어 주차된 차량들 때문에 차 한 대가 겨우 지나갈 만한 통

로로 변한 상태였다.

리처가 말했다. "바로 여기요."

현관 앞마다 사람들이 삼삼오오 모여 있었다. 리처가 찾고 있던 무리들은 골목 안 깊숙이에서 찾을 수 있었다. 열두어 살쯤 먹은 소년들이 떼를 지어 서성거리며 혹시나 차가 다가오는지 열심히 좌우를 살피고 있었다.

리처가 말했다. "자, 이제 연극을 할 시간이오. 골목을 잘못 들어온 것을 깨닫고 황급히 빠져나가는 외지인 역할."

.두 사람이 즉시 몸을 돌리고 황급히 모퉁이까지 걸어 나왔다. 거기선 곧장 오른쪽으로 꺾어져 차도를 따라 내려갔다. 소년들 무리와 수평선으로 이어지는 지점에 이르렀다고 판단되자 두 사람이 걸음을 멈췄다. 그들의 오른편에도 허름한 목조 가옥들이 늘어서 있었다. 소년들까지의 거리는 대략 120미터. 대로변의 집 한 채, 대각선 골목의 집 한 채, 두 개의 뒷마당, 그리고 골목집의 앞마당과 인도.

계산을 끝낸 리처가 말했다. "저자들이 우리를 위해 뭘 준비해 놓고 있는지 확인하러 갑시다."

50

그들은 출입문과 창문에 널판들이 못질된 집 하나를 골랐다. 출입구의 쇠사슬은 끊어져 있었다. 그들은 마치 자기 집인 양 자연스럽게 그리고 잽싸게 출입구를 통과했다. 이어서 건물 측벽을 타고 뒷마당으로 들어가 담장 앞까지 다가갔다. 담장 건너편은 이웃집 뒷마당의 일부였다. 현관 앞에 소년들이 몰려 있던 집은 아니었다. 리처가 담장을 이루고 있는 철사 틀 하나를 떼어냈다. 두 사람이 새로 생긴 구멍을 통해 이웃집 뒷마당으로 건너갔다. 석양을 비껴 받은 그들의 얼굴이 희끄무레하게 빛났지만 그 모습을 지켜보는 사람은 아무도 없었다.

새로운 뒷마당을 가로지르던 두 사람의 발길이 멈췄다. 왼쪽에 보이는 이웃집, 바로 그곳이었다. 일대의 모든 암거래가 이루어지는 현장. 이번엔 쇠사슬 여러 줄을 가로로 이어 놓은 담장이었다. 절그렁 소리만 제외하고는 아무 문제가 없었다. 장은 민첩했다. 리처보다 훨씬 날랬다. 럭비나 풋볼이라면 모를까 체조는 리처의 적성이 아니었다.

제대로 관리되지 않은, 아니 전혀 관리가 되지 않은 공간이었다. 뒷마당이라기보다는 허벅지 높이까지 자란 잡초밭이었다. 건물 뒷벽에 난 창들 가운데 하나에만 불이 밝혀져 있었다.

리처가 말했다. "때가 되면 오른손을 주머니 속에 찔러 넣고 움직이시오. 당신이 총을 소지하고 있는 것처럼 보이도록."

"그게 먹힐까요?"

"때로는."

그녀가 말했다. "마약상들일까요?"

그가 고개를 끄덕였다. "드라이브스루 패스트푸드점과 비슷한 시스템이오. 아이들이 고객들에게 돈을 받는다, 집 안으로 달려 들어와서 물건을 받는다, 다시 달려 나가 고객에게 건네준다. 법적 미성년자들이기 때문에 예전에는 체포가 불가능했소. 하지만 요즘은 그렇지 않을 거요. 특히 오클라호마에서는 법령이 바뀐 걸로 알고 있소. 그래서 성인 범죄자와 똑같이 취급되고 있을 거요."

불이 밝혀진 창은 오른편에 있었다. 거실인 것 같았다. 그 옆에는 또 다른 창, 다시 그 옆에는 문이 하나 있었다. 두 개 다 어두웠다. 주방. 두 사람이 축소판 대초원을 고양이 걸음으로 가로질러 문 앞으로 다가갔다. 리처가 손잡이를 돌려보았다. 잠겨 있었다. 그가 옆으로 걸음을 옮겨서 불 꺼진 창가로 다가가 창문 안을 들여다보았다. 어둑한 공간 가득 쓰레기와 더러운 접시들이 널려 있었다. 피자 상자, 레드불과 맥주 캔들.

리처가 옆으로 다시 한 걸음을 옮긴 뒤 벽에 바짝 붙어 섰다. 그가 각을 잡고 불 켜진 창문 안을 곁눈으로 살폈다. 두 사내가 마주 보는 소파에 떨어져 앉아 각자 휴대폰에 열중하고 있었다. 게임. 혹은 문자. 두 쌍의 엄지 손가락들이 분주히 움직이고 있었다. 소파들 사이의 키 낮은 탁자 위에는 검정색 나일론 더플백 두 개가 놓여 있었다. 새것이었지만 싸구려였다. 카메라와 망원경을 각각 10달러와 20달러에 판매하는 가게에서라면 5달러에 살 수 있는 물건. 한 가방 위에는 큼지막한 고무 밴드 상자가 놓여 있었다. 다른 가방 위에는 우지 기관단총(이스라엘의 Uziel Gal이 개발한 기관단

총)이 놓여 있었다.

리처가 주방 문 앞으로 돌아가서 장과 합류했다.

그가 작은 목소리로 말했다. "돌멩이가 필요하오."

"창문을 깨려고요?"

그가 고개를 끄덕였다.

"저건 어떨까요?"

리처가 장의 손끝이 가리키는 곳을 바라보았다. 대략 1미터 너비의 콘크리트 파티오. 그 위에 네 모퉁이를 둥글게 처리한 사각형 물체가 놓여 있었다. 약간 솟아오른 한가운데에는 구멍이 하나 뚫려 있었다. 플라스틱, 비닐 혹은 합성수지. 뭐가 됐든 돌멩이는 아니었다. 하지만 아주 단단해보였다. 파라솔 받침대.

리처가 다시 작은 목소리로 말했다. "저걸 던질 수 있겠소?"

장이 말했다. "물론이죠."

그가 미소를 지었다. 약한 척과는 거리가 먼 여자.

"내가 저 문을 발길로 지르고 나서 1초 뒤."

그녀가 파라솔 받침대를 들어올렸다.

그가 자세를 가다듬으며 말했다. "준비됐소?"

그녀가 고개를 끄덕였다.

한 걸음, 두 걸음, 세 걸음. 그의 뒤꿈치가 잠금장치 부분에 꽂혔다. 문짝이 박살났다. 안쪽으로 뛰어 들어가는 그의 귀에 창문이 박살나는 소리, 그리고 파라솔 받침대가 거실 바닥에 떨어지는 소리가 연속적으로 들려왔다. 그가 주방을 가로질러 거실로 진입했다. 왼쪽 사내는 여전히 휴대폰을 쥐고 있었다. 오른쪽 사내는 우지를 향해 손을 뻗었다. 하지만 그 손은 허공을 할퀴었을 뿐이었다. 왜? 팔의 직선운동이 갑자기 제지됐으니까. 왜? 어깨가 움츠러들었으니까. 왜? 반사작용이니까. 왜? 등 뒤에서 갑자기 천둥소리가 울렸으니까. 그리고 머리와 목 위로 유리조각들이 떨어져 내렸으니까. 육중한 물체가 날아든 것도 보았으니까.

그가 본 것은 파라솔 받침대만이 아니었다. 사내는 리처의 오른발이 날아오는 것도 똑똑히 보았다. 그 발에 옆얼굴을 가격당한 사내가 미끄러운 바닥으로 떨어진 낡은 우비처럼 널브러진 뒤 스르르 퍼져버렸다. 그 순간 게임은 끝이었다. 리처가 우지를 낚아챈 뒤 레버를 연발에 맞추고 안전장치를 풀었다. 그가 총구를 왼쪽 사내의 심장에 겨눴다. 더 이상 반전이 있을 수 없었다.

리처가 말했다. "움직이지 마."

사내는 움직이지 않았다.

복도에서는 아무 소리도 들려오지 않았다. 여름이었다. 후덥지근한 저녁이었다. 다들 거리로 나갔을 것이다.

사내가 말했다. "뭐하자는 거지?"

리처가 말했다. "네 녀석들의 총과 돈을 가져가겠다는 거지."

사내가 고무 밴드 상자가 얹힌 더플백을 한 차례 흘깃거렸다. 무의식적인 반사작용. 뒤에 서 있던 장이 앞으로 나섰다. 한 손을 호주머니에 찔러 넣고 있었다.

리처가 말했다. "이자들의 몸을 수색하시오."

그녀가 그의 말에 따랐다. 잽싸게, 하지만 철저하게. 콴티코에서의 혹독했던 훈련의 성과. 그 전리품은 자동차 키 하나, 그리고 권총 두 자루였다. 차량은 아우디, 권총은 글록 17과 베레타 92, 둘 다 9밀리. 우지 역시 9밀리였다. 다른 건 몰라도 실탄 보급 시스템만큼은 확실하게 체계가 잡힌 조직이었다.

리처가 말했다. "가방들 속을 살펴보시오."

그녀가 그의 말에 따랐다. 우지가 얹혀 있던 가방 속에는 수천 개의 작고 투명한 비닐봉지들이 들어 있었다. 칙칙한 갈색 가루, 헤로인. 자르고, 자르고, 잘라서 뒷골목에서의 거래에 적당한 용량으로 포장된 상품들.

고무 밴드 상자가 얹힌 가방 속에는 돈이 가득 들어 있었다.

상당한 액수였다. 5달러, 10달러, 20달러짜리 지폐들이 더러는 낱장으로, 더러는 돌돌 말리거나 포개진 묶음으로 수북이 쌓여 있었다. 기름때가 묻은 것도 있었고 심하게 구겨지거나 찢어진 것들도 있었다. 하지만 돈은 돈이었다. 그제야 리처는 상자 가득한 고무 밴드의 용도를 알아챌 수 있었다. 한 달에 고무 밴드 값으로만 5천 달러를 쓴다는 어느 카르텔의 회계사 얘기를 책에서 읽었던 기억도 났다. 현금을 묶을 고무 밴드 가격으로만 5천 달러.

리처가 말했다. "아우디는 어디 있나?"

사내가 말했다. "문 앞에 있어. 그걸 타고 도망갈 수 있을 것 같아?"

"자네하고 함께 나갈 거야. 가방을 나를 짐꾼이 필요하니까."

"웃기지마."

"열 받지 말게. 이길 때도 있고 질 때도 있는 거야. 우린 경찰이 아니야. 그러니 사업은 계속할 수 있다고. 이 정도 돈은 2주 정도면 다시 벌어들일 수 있잖아. 자, 일어나시지."

한 손에 가방 하나씩을 든 사내를 앞세우고 리처가 복도를 걸어 나갔다. 한 손으로는 사내의 목깃을 잡고 다른 손으로는 우지의 총부리를 사내의 등짝에 찔러 박은 자세였다. 장은 오른손과 왼손에 각각 글록과 베레타를 쥐고 뒤따라왔다. 복도는 길고 지저분했다. 걸음을 옮길수록 거리의 소음이 점점 크게 들려왔다. 음담패설, 폭소, 발 끄는 소리, 자동차 소리. 다만 닫혀 있는 현관문 때문에 먹먹하게 울릴 뿐이었다.

"10초만 참아." 리처가 말했다. "오래 살고 싶으면 똑똑하게 굴어."

리처가 사내를 복도 벽에 밀어 붙이고 장에게 길을 터주었다. 그녀가 자세를 낮추고 그들 옆을 지나 현관문을 열었다. 리처가 사내를 문밖으로 떼밀었다. 일순 얘기와 웃음이 동시에 멈췄다. 앞마당과 인도, 그리고 배수로까지 자리를 잡고 있는 사람들 무리는 모두 열한 명이었다. 두 살쯤 먹은 사내아기 하나, 10대 후반의 처녀 셋, 서른쯤 되어 보이는 성인 남성 둘, 열두 살 남짓의 비쩍 마른 사내아이 다섯. 그 아이들이 고객의 차와 집 사이를 뛰어다니는 똘마니들이었다. 차 한 대가 천천히 굴러왔다. 장식이 요란했다. 멈추는가 싶더니 곧장 속도를 올리고 떠났다. 리처가 사내의 등짝을 다시 떼밀었다. 일당들이 한판 붙을 기세로 그들을 향해 다가왔다. 하지만 사내가 말했다. "물러서."

장이 키를 눌렀다. 검정색 세단 한 대에서 불빛이 깜빡였다. 타운카보다는 작은 차량이었다. 하지만 소형차는 아니었다. 장이 뒷문을 열었다. 리처의 지시에 따라 사내가 가방들을 뒷좌석에 내려놓았다. 리처가 사내를 돌려 세우고 현관을 향해 밀었다. 우지의 총부리는 여전히 수평을 유지하고 있었다. 장이 운전석에 올라탔다. 리처가 엉덩이부터 들이밀고 조수석에 올라탔다. 장이 액셀을 힘껏 밟았다. 리처가 뒷좌석에서 헤로인 가방을 집어서는 앞좌석 창문 밖으로 털어댔다. 갈색의 작은 마약 봉지들이 차의 후류에 휘말려 마치 죽은 메뚜기 떼처럼 사방으로 날아 흩어졌다. 패거리들이 도로로 뛰어 들었다. 더러는 마약 봉지들을 따라다니며 허공을 할퀴어대고, 더러는 차의 꽁무니를 죽어라 쫓아오고, 가방들을 들고 나왔던 사내는 그들 사이를 누비며 고함을 질러대고, 말 그대로 진풍경이 벌어졌다. 하지만 리처는 그 광경을 오랫동안 감상하지는 못했다. 장이 대각선으로 뻗은 골목 끝에서 잽싸게 왼쪽으로 핸들을 꺾었기 때문이다.

51

그들은 아우디를 호텔에서 네 블록 떨어진 어느 뒷길에 버렸다. 키는 꽂아두고 문은 잠그지 않았다. 총기들만 돈 가방에 집어넣고 곧장 웨스트우드의 객실로 돌아왔다. 그들이 웨스트우드를 관객으로 모시고 마치 모자와 토끼로 쇼를 시작하려는 마술사처럼 처음엔 가방을 조금씩 열어보였다. 베레타, 글록, 그리고 우지. 총기들이 하나씩 모습을 드러낼 때마다 웨스트우드는 VIP관객답게 오버까지 해가며 반응을 해주었다. 마침내 가방이 완전히 열리고 돈 다발이 침대 위로 쏟아졌다.

웨스트우드가 말했다. "이번 취재를 철학 데스크에 맡겨야겠다는 얘기는 취소하겠습니다."

그가 장과 함께 돈을 세는 동안 리처는 총기들을 점검했다. 세 자루 모두 탄창이 꽉 차 있었다. 약실에도 한 발씩 장전돼 있었다. 9밀리 실탄 67발. 우지는 언제라도 불을 뿜을 태세가 갖춰져 있었다. 그게 우지의 대표적 장점이다. 군더더기 없이 깔끔한 총. 오직 실전만을 위해 제작된 살상무기. 그 점을 들어 칼라슈니코프 소총과 비슷한 점수를 주는 전문가들도 있다. 하지만 권총 두 자루는 상태가 별로였다. 권총은 복잡하고 정밀한 제작과정을 요하는 무기다. 베레타는 특히 더 그렇다. 아름답다. 견고하다. 그렇다 해도 기본적인 관리는 필요하다. 리처의 경험에 따르자면 마약상들은 총기 관리에 게으르다. 그들의 돈은 이 세상의 다른 모든 돈과 똑같다. 하지만 그들의 총기는 다르다. 그것들은 오발이 잦다. 그건 틀림없는 사실이다. 불충분한 관리, 혹은 전무한 관리. 노획한 글록과 베레타 모두 기름칠이 되지 않은 탓에 꺼끌꺼끌한 느낌이었다. 그래도 권총은 워낙에 견고한 무기이다. 따라서 두 자루 모두 제대로 작동할 것이 거의 확실했다. 하지만 거의만으로는 충분치 않다. 권총을 집어 드는 이유가 무엇인가? 따라서 반드시, 100퍼센트, 작동해야 한다. 절대적으로 믿을 수 없는 무기가 과연 무기인가? 그건 순환논증이다. 혹은 선문답이다.

"리처, 이것 좀 봐요." 장이 말했다.

리처는 장이 가리키는 것을 보았다. 겉모습은 늘 사람을 현혹시키는 법이다. 그건 틀림없는 사실이다. 낱장으로 번들거리는 5달러짜리 지폐들, 고무 밴드로 단단히 묶인 10달러짜리 지폐들, 뭉치로 돌돌 말린 20달러짜리 지폐들. 그것들만으로도 눈이 휘둥그레지기에 충분했다. 하지만 그게 전부가 아니었다. 일부에 불과했다. 빙산의 일각이었다. 본체 위에 덧씌워진 얇은 껍질에 지나지 않았다. 그 잔돈들 아래엔 100달러짜리 지폐들이 은행 직원이 찍힌 밴드에 단단히 묶인 채 수북이 쌓여 있었다. 지폐들 모두 빳빳한 신권이었다. 다발들이 모두 두꺼웠다. 백 장짜리 다발들.

100달러짜리 백 장이면 1만 달러.

다발 하나에 1만 달러.

수많은 다발들.

리처가 말했다. "얼마나 되오?"

장이 말했다. "23만 달러가 넘어요."

그는 한동안 아무 말이 없었다.

그가 다시 입을 열었다. "그 위성사진들을 다시 보여주겠소?"

웨스트우드의 컴퓨터는 작동 상태였다. 그리고 기존에 검색됐던 사진들이었다. 웨스트우드는 와이파이가 느리다며 투덜댔지만 사진은 단 몇 초 만에 떠올랐다.

리처가 화면을 살펴보았다.

밀의 바다 한가운데 자리 잡은 농장. 담장, 다져진 땅, 돼지, 닭, 그리고 텃밭. 주택 한 채와 여섯 개의 부속건물들. 주차된 차량들과 위성접시들. 자가발전소 창고. 건물들 사이로 늘어진 전선들. 전봇대들을 이어가며 행진하는 전화선 한 줄기. 우물 지붕과 그 그림자. 건축가의 설계도보다 확실한 자료였다. 청사진이 아니라 실제 사진이니까.

리처가 남들이 하던 행동을 따라했다. 손가락 두 개를 터치패드에 대고 놀려서 사진을 움직이고 손가락 사이의 간격을 벌려서 사진을 확대했다. 시작점은 주차장이었다. 리처가 가상의 차 한 대를 출발시켰다. 농장 마당을 가로질렀다. 농장 어귀의 비포장도로에 올라탔다. 철길을 향해 동쪽으로 직진했다. 밀밭 모퉁이에서 북쪽으로 방향을 꺾었다. 16킬로미터 이상을 달린 다음에야 한 필지가 끝나고 북쪽 모퉁이가 나타났다. 거기서 서쪽으로 방향을 틀었다. 잠시 후, 다시 북쪽으로 앞머리를 돌렸다. 계속해서 북진했다. 어느 지점부터 좁아져 가던 도로가 마침내 끝이 났다. 그 끝은 광장의 어귀였다. 엘리베이터로 이어지는 마더스 레스트의 광장. 오직 한 가지 목적으로 닦아 놓은 사설도로였다. 총 길이 32킬로미터. 다른 어느 곳에도 이르지 않는 도로. 오직 마더스 레스트와 농장만을 이어주는 그들만의 도로.

그가 다시 역순으로 차를 몰아 농장으로 돌아왔다. 총 길이 32킬로미터. 그가 주차장에 차를 세웠다. 이어서 손가락 사이를 벌려갔다. 마침내 농장 전경이 화면을 가득 채웠다. 스크린 양옆, 그리고 위아래. 돼지우리가 철길에 가장 가까웠다. 우리 한쪽에 큼지막한 축사가 하나 있었다. 나무로 지어진 것 같았다. 펜스로 에워싸인 나머지 공간은 축사의 여섯 배쯤 되는 넓이였다. 돼지들의 놀이터. 바닥은 육중한 족발들에 의해 마구 휘저어지고 패어 있었다. 점액질의 진흙탕. 그 공간에는 축사보다 약간 큰 창고도 하나 있었다. 두 구조물 어디에도 전기선은 보이지 않았다. 자가발전기 창고는 쉽게 짚어낼 수 있었다. 외벽에는 주유구가 뚫려 있었고 지붕에는 배기구가 솟아 있었다. 상당한 규모로 미루어 디젤을 사용하고 있을 게 분명했다. 안쪽에서부터 뽑아낸 엄지손가락 굵기의 전선들이 아래로 굴곡을 이룬 포물선을 여러 개 그려가며 가옥을 포함한 네 개의 구조물들과 발전소를 이어주고 있었다.

리처가 말했다. "보다시피 가장 큰 구조물은 차량들과 위성접시들이 둘러싼 농장 가옥이오. 그렇다면 자살 종합서비스 현장은 어딜까?"

장과 웨스트우드가 리처의 양옆에 한 명씩 바짝 붙었다.

웨스트우드가 말했다. "두 번째로 큰 구조물일 겁니다. 침실, 거실, 욕실 등을 모두 갖추고 있어야 하니까요."

"전기도 들어와야 하오. 냉난방, 그리고 은은한 조명, 어쩌면 잔잔한 음악까지. 아무튼 집이 제공할 수 있는 모든 안락함을 갖춰야겠지." 리처가 얘기를 하면서 화면 한 군데를 짚었다. "여길까?"

"거의 확실합니다."

"그렇다면 쉐보레 V-8 엔진은 어디 있을 것 같소?"

"나머지 구조물들 가운데 하나에 있겠지요. 거리를 떼어 놓은 겁니다. 소음 때문에. 물론 내부엔 방음 처리도 되어 있겠지만."

리처가 고개를 끄덕였다. "예전에 웨스트 텍사스에 한번 들렀던 적이 있었소. 거기서 자동차 엔진을 사용해서 양수기 펌프를 돌리는 걸 보았소. 물론 휘발유가 물보다 쌌던 시절의 일이오. 내 생각엔 폐기된 차량에서 들어낸 엔진이었소. 콘크리트 받침대 위에 고정시켜 놓고 사용하더군. 받침대는 농기구들과의 충돌을 방지하기 위해서 밝은 노랑으로 페인트칠을 해놓았소. 그런데 소음이 장난이 아니었소. 따라서 이자들은 그 받침대 주위에 벽을 두르고 지붕도 씌웠을 거요. 내벽과 천장은 방음 처리를 했을 테고."

"전기도 끌어왔을 겁니다." 웨스트우드가 말했다. "필요할 때 방전되면 큰일이니까 배터리를 충전시킬 전력이 있어야 합니다."

"그렇다면 어느 구조물일 것 같소?"

웨스트우드가 두 구조물을 차례로 짚었다. "이거 아니면 이거."

"배기관은 어디 있소?"

묵묵부답. 하지만 침묵은 오래가지 않았다.

웨스트우드가 말했다. "사진상으로는 드러나지 않겠죠."

"전선들은 드러나 있소. 전화선도 드러나 있소. 보다시피 굵기는 비슷하오. 2.5센티미터, 혹은 거기에 살짝 못 미치는 굵기. 자동차 머플러의 지름은 최소한 5센티미터요. 7.5센티미터짜리도 있소. 열기 때문에 반드시 금속 재질이어야 하오. 그렇다면 용접을 해서 길게 이은 배기관이 화면에 나타나 있어야만 하오. 하지만 구조물과 구조물을 이어주는 배기관은 어디에도 없잖소."

"파묻었을 가능성도 있습니다."

"땅속의 습기 때문에 몇 주만 지나면 온통 녹이 슬게 되오. 결국 배기가

스가 다 새어 나가게 되는 거지. 이자들이 한 달에 몇 번씩 머플러 전문점을 들락거릴 리는 없소. 배기관을 감추고 싶었다면 두 개의 구조물 사이에 화단을 조성했을 거요. 지면으로부터 무릎 높이에 설치한 배기관이 꽃과 풀에 가려 쉽게 눈에 띄지 않을 테니까. 거기다 장미 넝쿨까지 심어 놓으면 완벽하겠지. 하지만 화단은 없소. 따라서 배기관도 없소. 결국 이자들의 웹사이트는 철저한 사기인 거요."

웨스트우드가 스크린을 향해 상체를 깊숙이 수그렸다. 그의 손가락 놀림에 따라 사진이 계속해서 확대되었다. 화질이 조악해졌다. 화면이 번졌다. 화상이 화소 단위로 쪼개졌다. 그렇게 최대한으로 키운 화면을 움직여 가며 그가 천천히, 그리고 조심스럽게 일곱 개 구조물의 벽면들을 차례로 확인했다.

배기관은 없었다. 구조물들을 서로 연결하고 있는 건 오직 전선 뿐이었다.

리처가 말했다. "작전을 위해 확보된 예산이 23만 달러. 이거 다시 한 번 펜타곤을 위해 일하게 된 기분이로군. 새로운 계획을 얼마든지 세울 수 있게 됐소."

새로운 계획은 천천히, 주의 깊게, 그리고 세밀하게 수립되었다. 남아 있던 저녁 시간 전부와 밤 시간 일부까지 계획을 위해 헌납됐다. 계획의 중심부는 다섯 단계로 이루어져 있었다. 각 단계 모두 시간이 정확히 맞아떨어져야 했다. 각 단계 모두 쉽지 않았다. 각 단계 모두 중요했다. 옛날 같으면 며칠이 걸렸을 작업이었다. 하지만 컴퓨터와 신기술 덕분에 대폭 시간을 단축할 수 있었다. 웨스트우드와 장에게는 각자의 노트북이 있었다. 리처에게는 장의 휴대폰이 있었다. 의논할 일이 생기면 객실 전화를 이용했다. 결국 옛날보다 열 배는 빨리 작업을 마칠 수 있었다.

5단계 외에도 준비할 게 있었다. 장비 구입. 쇼핑 목록의 맨 위에는 합법적인 오클라호마 운전면허증이 올라 있었다. 그게 없으면 목록의 다른 품목들을 구입할 수 없기 때문이었다. 면허증을 뒷골목에서 구할 필요까지는 없었다. 빌리거나 보수를 지급하는 선에서 충분히 가능한 일이었다. 그건 호텔 안내원이 흔쾌히 나서주었다. 해결사이자 만물박사를 자처하는 사내였다. 물론 돈에 이끌린 행동이었다. 모두 빳빳한 신권들이었다. 양심의 가책은 개입할 여지가 없었다. 범죄를 저지르는 게 아니었다. 그는 미헌법 제2차 수정조항에 의해 보호받는 미국 시민이었다.

호텔 안내원이 합류할 시점에는 다른 모든 부분은 이미 단단히 매듭지어진 상태였다. 예행연습도 거쳤다. 수정도 가했다. 보완도 했다. 철저히 점검한 뒤 미심쩍은 부분은 아예 처음부터 다시 시작하기도 했다. 적들의 입장에서 모든 조건들을 검토하는 과정도 거쳤다. 환경적 변수들까지도 고려했다. 비가 내릴 경우, 토네이도가 불어 닥칠 경우. 이제 남은 건 리처가 그에게 쇼핑할 품목을 일러주는 것뿐이었다.

중요한 품목은 세 가지였다. 그게 전부였다. 쇼핑 리스트를 작성할 때의 장과 웨스트우드는 사탕가게에 들어간 아이와도 같았다. 처음엔 이것저것 주문이 많았다. 하지만 결국엔 리처의 쇼핑 지론에 따라야 했다. '필요하면 뭐든 사되 필요하지 않으면 어떤 것도 사지 말자.' 세 가지 모두 헤클러앤드코흐 제품이었다. 첫째, P7 피스톨. 해켓이 시카고 현지 지원팀으로부터 공급 받았던 9밀리 소형 권총. 조작법이 아주 단순한 무기. 조준, 발사, 끝. 웨스트우드를 위한 품목. 부츠 속에 숨길 수 있도록 발목 총 지갑도 함께 구입.

두 번째와 세 번째는 둘 다 MP5K 반자동권총. 리처와 장을 위한 품목. 일반 권총보다 좀 더 길고 무거운 무기. 하지만 리볼버 가운데에는 총신이 더 긴 모델도 있다. 앞부분에도 두툼한 손잡이 장착. 초현대식 디자인. 세계 각국의 기동타격대와 대테러 특수팀들이 애용하는 무기. 반자동은 물론 단발과 완전자동 사격도 가능. 완전자동 사격 시 분당 900발, 즉 초당 15발까지 발사.

실탄도 당연히 구입했다. 9밀리 파라블럼, 세 자루 무기에 모두 교차 사용 가능. 구입량은 P7 탄창 네 개와 MP5 탄창 스물네 개. 그 이상은 운반하기가 어려웠다.

그리고 구입한 물품들을 담기 위한 작은 가방 하나.

리처가 총기 세 자루를 모두 분해했다가 다시 조립했다. 반복해서 빈 사격도 해보았다. 가끔씩은 새끼손가락으로 방아쇠를 당겼다. 그에게는 기계의 느낌에 가장 민감한 손가락이었기 때문이다.

세 자루 모두 제대로 작동했다.

"모두 합격이에요?" 장이 말했다.

"일단은 그런 것 같군." 그가 말했다.

"당신 괜찮은 거예요?"

"기분은 좋소." 그가 말했다.

"계획이 마음에 들어요?"

"멋진 계획이오." 그가 말했다.

"하지만?"

"헌병 시절, 우리 대원들 사이에서 자주 입에 올리던 얘기가 있소. '아가리에 한 방 맞기 전까지 누구나 계획은 있다.'"

웨스트우드가 팔목에 찬 시계를 확인했다. 기본판 안에 작은 판들이 여러 개 박혀 있는 철제 시계였다. 오후 5시.

그가 말했다. "일곱 시간 남았습니다. 뭘 좀 먹어야 하지 않을까요? 식당은 이미 열었을 겁니다."

"당신은 내려가시오." 리처가 말했다. "우린 룸서비스를 이용하겠소. 시간이 되면 당신 객실로 찾아가리다."

52

콘크리트 탑 꼭대기의 철제 통로에서 맞이하는 새벽은 넓고 멀고 더디기 그지없었다. 동쪽 지평선은 여전히 어두웠다. 다만 크게 치켜뜬 눈으로 그 어림을 자세히 바라본다면 회색 기운을 약간이나마 감지할 수 있을 정도였다. 하지만 회색이라고 해도 가장 어두운 회색인 것만은 분명했다. 길고 더딘 몇 분이 흐르는 동안 그 색조가 조금씩 옅어져 갔다. 회색 공간의 너비도 양옆으로, 그리고 위쪽으로 점점 넓어져 갔다. 아주 먼 성층권에서부터 뻗어 내려온 거대한 손가락들이 꿈지럭거리며 어둠의 장막을 들어 올리는 것 같았다.

세상의 테두리들이 서서히 모습을 드러내기 시작했다. 회색 바탕 위에 나타난 회색의 윤곽선들, 하지만 역시 크게 치켜뜬 눈이 아니면 감지할 수 없을 만큼 너무도 흐리고 불분명했다. 새벽에 대한 기대와 희망이 작용해서 일으킨 착시현상이라고 해도 좋을 수준이었다.

잠시 후, 이번에는 옅은 금빛 빛줄기들이 온통 회색뿐인 배경 속으로 헤집고 들어왔다. 이어서 점차 그 영역을 넓혀갔다. 천천히, 아주 천천히 먼 하늘이 조금씩 밝아지기 시작했다.

빛의 영역은 점점 더 넓어져갔다. 하지만 세상을 비추기에는 아직도 부족했다. 사방 어디에도 흐릿한 그림자 하나 드리워지지 않았다. 그러던 어느 순간 이번엔 전혀 성질이 다른 빛줄기들이 지평선 너머에서 뻗어 오르며 그 일대를 환히 밝혔다. 그리고 마침내 해가 떴다. 거침없이 떠오른 첫 순간에는 황혼 무렵처럼 성이 난 듯 그저 붉기만 하던 태양이 이내 눈부시게 노란 빛줄기들의 원천으로 모습을 바꿨다. 그 빛줄기들에 의해 세상은 그림자를 되찾았다. 처음에는 수평선 어림에 가는 선으로 드리워졌던 그림자는 금세 수 킬로미터까지 폭을 넓혔다. 하늘의 일부를 물들였던 옅은 금빛 색조가 연파랑으로 바뀌면서 전체로 퍼져나갔다. 무한히 깊고 무한히 높고 무한히 넓은 하늘이 다시 열렸다. 이슬은 밤사이에 대기의 먼지들을 말끔히 청소해 놓는다. 이슬이 마르기 전까지 대기는 투명한 상태를 유지한다. 그 대기가 감싸고 있는 세상의 모든 풍경은 맑고 선명하다.

캐딜락 운전기사는 통로 위에 서 있었다. 리처에게 머리를 얻어맞고 총까지 뺏긴 모이나한과 함께였다. 그는 아직 완전히 낫지 않은 상태였다. 하지만 임무는 임무였다. 그는 광대뼈에 부목을 대는 대신 옛날에 유행했던 가죽 풋볼 모자를 쓰고 있었다. 캐딜락 운전기사는 새로운 태양의 힘없는 빛살을 뒷목에 맞으며 서쪽을 바라보고 있었다. 모이나한은 햇빛에 부신 눈을 가늘게 뜬 채 동쪽 도로를 지켜보고 있었다. 밤새 그 길 위에 모습을 나타낸 자동차는 없었다. 헤드라이트 불빛은 한 점도 없었다. 텅 빈 도로와 밀의 바다, 그게 전부였다. 그 상태에서 이제 새로운 하루가 시작되고 있었다.

서쪽도 마찬가지였다. 도로, 밀의 바다, 그리고 먼 지평선. 오가는 차량 전무, 헤드라이트 불빛 전무, 정신 차릴 일 전무. 일찍 기상한 사람들이 아침을 먹으려고 발아래 광장으로 모여들고 있었다. 개미들 같았다. 하나둘씩 늘어가는 트럭들은 장난감 같았다. 문짝들이 닫히고 차에서 내린 사내들이 서로에게 아침 인사를 건넸다. 모두 익숙한 소음이었다. 하지만 수직으로 떨어진 거리 때문에 먹먹하게 들려왔다.

　20분이 지나자 태양이 지평선 위로 완전히 모습을 드러냈다. 새로운 태양은 즉시 남동쪽 궤도에 올라 아침 여행의 채비를 갖췄다. 이제 새벽은 아침에게 자리를 내주었다. 하늘은 시시각각으로 밝아졌다. 온통 푸르른 빛이 갈수록 짙어졌다. 구름 한 점 없었다. 새로운 아침의 따사로움이 대기 속에 번져갔다. 비로소 깨어난 밀대들이 기지개를 켜는 듯, 서걱거리며 무리지어 일렁거렸다. 3번 엘리베이터에서 지평선까지의 거리는 24킬로미터였다. 건물의 고도와 대지의 평평함, 그리고 기하학적 변수를 모두 감안한 계산이었다. 따라서 엘리베이터의 위치는 48킬로미터 지름의 원형 공간 정중앙이었다. 높고 푸른 하늘을 이고 있는 그 꼭대기에서는 그 공간 안에 존재하는 모든 것이 눈에 들어왔다. 남북으로 뻗은 철길에 의해 정확히 반으로 갈라지고 동서로 뻗은 도로에 의해 다시 정확히 4분의 1로 갈라진 공간. 엘리베이터 건물 통로 위에서는 철길과 도로 모두 밀의 바다 위에 자를 대고 그은 연필자국처럼 보였다. 그 두 개의 자국이 바로 두 사내의 발아래, 건널목에서 만나고 있었다. 원형의 중심. 세계의 중심.

　캐딜락 운전기사는 망원경을 받치기 위해 무릎을 세우고 앉아 있었다. 그의 눈길은 서쪽 멀리 떨어진 도로 위에 꽂혀 있었다. 뭐든 나타나자마자 알아차리기 위해서였다. 모이나한은 오른손으로는 햇빛 차양을 만들고 왼손으로는 눈에 댄 망원경을 쥐고 있었다. 그 왼손이 가늘게 떨리고 있었다. 쉽지 않은 일이었다. 머리에 쓴 헬멧 때문이었다. 게다가 망원경의 초점을 앞에서 뒤로, 그리고 가까운 곳에서 먼 곳으로 계속해서 옮겨야 했다. 어떤 움직임도 놓치고 싶지 않아서였다.

　그들의 워키토키가 치지직 소리를 연거푸 뱉어냈다. 모이나한이 망원경을 내려놓고 워키토키를 집어 들었다. 그가 말했다. "말씀하십시오."

다림질한 청바지에 드라이한 머리의 사내가 말했다. "아침기차가 도착할 때까지 그 위에 머물러 있어야 하네. 교대조가 늦을 것 같군."

모이나한이 캐딜락 운전기사를 바라보았다. 운전기사가 어깨를 한 차례 으쓱해 보였다. 세 번째 아침. 일상이 되어버린 임무. 더 이상 긴장과 두려움은 없었다.

모이나한이 말했다. "알겠습니다."

모이나한이 워키토키를 내려놓았다. 그가 시계에 한 번 눈길을 주고 나서 말했다. "20분." 그가 왼손으로 망원경을 집어 들었다. 오른손으로는 손바닥을 위로 뒤집어서 차양을 만들었다. 그가 말했다. "이쪽에 뭔가 나타났어."

캐딜락 운전기사가 텅 빈 서쪽을 마지막으로 한 번 더 살펴보고 나서 몸을 돌렸다. 그의 오른손도 뒤집어지며 차양이 되었다. 한 손으로 쥔 망원경들이 두 개 다 조금씩 흔들렸다. 동쪽 지평선은 환했다. 하지만 태양의 고도는 아직 낮아서 먼 대지 위에는 아지랑이가 가득 피어오르고 있었다. 그 아지랑이 속에 작고 네모난 형체가 점처럼 찍혀 있는 것을 확인할 수 있었다. 하지만 제자리에서 양옆으로 흔들리기만 할 뿐 앞으로 다가오는 기미는 없었다. 착시현상. 사각의 형체는 트럭이었다. 실제로는 시속 70킬로미터 남짓의 속도로 달려오는 트럭. 몸체 대부분이 흰 페인트로 칠해진 트럭. 곧장 그들을 향해 달려오고 있는 트럭.

캐딜락 운전기사가 말했다. "똑똑히 지켜보고 있어야 해. 꽁무니에 다른 차량이 바짝 붙어 있을지도 모르니까." 그가 다시 돌아앉아서 무릎을 치켜세웠다. 그의 망원경은 더 이상 떨리지 않았다. 그가 말했다. "이런. 이쪽에도 뭔가가 나타났어."

모이나한이 말했다. "뭔데?"

거리가 너무 멀어서 정확히 구분할 수는 없었다. 하지만 승용차인 것 같았다. 빨간색. 아침 햇살을 비껴 받은 앞 유리창이 반짝거렸다. 24킬로미터 남짓 떨어진 거리. 동쪽의 차량과 마찬가지였다. 제자리에서 양옆으로 흔들거리기만 할 뿐 속도감은 느껴지지 않았다. 다가오는 기미는 없었다. 착시.

모이나한이 말했다. "그쪽 차는 어때?"

"계속 달려오고 있어."

"꽁무니에 붙은 차는 없어?"

"잘 모르겠어. 아직은. 어쩌면 여러 대가 쫓아오고 있을지도 몰라."

"이쪽도 마찬가지야."

그들은 지켜보았다. 일직선으로 뻗은 도로 멀리에서 앞머리를 그들에게 향하고 있는 차량 두 대. 망원경 렌즈를 통해서는 실제보다 더 크고 납작하게 보였다. 아지랑이, 급격한 좌우 흔들림, 달려오는 기미 감지 불가, 자욱한 먼지.

모이나한이 워키토키를 집어 들었다. 그가 스위치를 올렸다. 상대방의 응답을 확인한 뒤 그가 말했다. "서쪽과 동쪽에서 차량이 한 대씩 나타났습니다. 현재 중간 속도로 달려오고 있습니다. 기차와 비슷한 시간에 도착할 것 같습니다."

다림질한 청바지에 드라이한 머리 매무새의 사내가 말했다. "알겠네. 아주 간단하군. 기차와 차 두 대로 우리를 혼란스럽게 만들 작정이야."

캐딜락 운전기사가 몸을 돌리고 동쪽을 확인했다. 모이나한이 교신 중이었으니까. 트럭은 여전히 그 자리에 머물고 있는 것 같았다. 사각형, 급격한 좌우 흔들림, 달려오는 기미 감지 불가. 흰색이 두드러지는 페인트. 그리고 보라색과 오렌지색.

눈에 익은 배합이었다.

그가 말했다. "잠깐."

모이나한이 말했다. "잠깐만 기다리십시오, 사장님."

캐딜락 운전기사가 말했다. "페덱스 트럭이야. 내 가게로 배달을 오는."

모이나한이 말했다. "동쪽은 이상이 없습니다, 사장님. 페덱스 트럭입니다. 서쪽은 아직 모르겠고요."

다림질한 청바지에 드라이한 머리 매무새의 사내가 말했다. "그쪽을 계속 지켜보도록."

"그러겠습니다."

모이나한이 워키토키를 내려놓았다. 그가 페덱스 트럭을 흘깃 한 번 바라보았다. 이어서 눈길을 서쪽으로 돌렸다. 두 쌍의 눈이 한 쌍보다 나을 테니까. 차는 여전히 다가오고 있었다. 거리는 아직 멀었다. 반짝이는 차체, 확실하진 않지만 빨간색 계통의 페인트. 전방에는 달아오르기 시작한 아스팔트의 아지랑이, 후방에는 먼지 병풍. 아직은 정체를 파악할 수 없었다.

캐딜락 운전기사가 고개를 돌리고 철길을 살폈다. 북쪽에는 아무 변화가 없었다. 걸어오는 사람은 없었다. 다가오는 선로 수레도 없었다. 하지만 남쪽은 달랐다. 지평선 어림이 은색으로 반짝거리고 있었다. 아침기차. 24킬로미터 거리. 오클라호마시티에서부터 거슬러 올라오는 기차. 딱 그 부분만 대기가 조금씩 흔들리고 있었다.

캐딜락 운전기사의 눈길이 동쪽으로 돌아갔다. 페덱스 트럭은 여전히 달려오고 있었다. 하지만 그의 눈에는 여전히 제자리에서 요동치고 있는 것처럼 보일 뿐이었다.

그가 말했다. "빌어먹을. 오늘 아침엔 배달 받기 틀렸어. 이 위에 꼼짝 없이 붙어 있어야 하니 말이야."

모이나한이 말했다. "안됐네만 내일까지 기다려야지 어쩌겠나." 이어서 서쪽을 향해 턱짓을 했다. "뭔 차가 저렇게 느려터진 거지?"

"차가 느린 게 아니야. 저 새끼들은 타이밍을 맞추려는 거야. 기차가 도착하는 시간에 지들도 도착하겠다는 작전이지."

"기차는 얼마나 가까이 왔지?"

"차가 더 가까워."

"하지만 기차가 더 빠르잖아."

캐딜락 운전기사는 대답하지 않았다. 중학교 수학시험 문제 수준. '19킬로미터 떨어진 거리에서 시속 77킬로미터로 달려오는 차와 24킬로미터 떨어진 거리에서 시속 96킬로미터로 달려오는 기차가 있다. 둘 중 어느 쪽이 먼저 도착할까?'

동시에 도착한다. 시간을 맞추는 작전이었다. 너무나 뻔했다.

차는 계속해서 달려오고 있었다. 기차도 계속해서 달려오고 있었다. 둘다 속도를 그대로 유지한다면 충돌은 필연이었다. 광장에서는 사람들이 개미떼처럼 열을 지어 일터로 향하고 있었다. 어느 순간 그들 눈에 너무나 익숙한 두 사내가 식당 밖으로 나왔다. 그들이 각자의 트럭에 올라탔다. 당연하면서도 적절한 작전. 서쪽 도로에서 달려오는 차를 검문하는 임무. 임시 검문소는 마을 밖 1.5킬로미터 남짓 되는 지점에 설치될 것이다. 문젯거리는 집 밖에서 처리해야 깔끔한 법이다. 하지만 빨간 승용차는 미끼에 불과할지도 모른다. 침입자들은 기차를 탔을 수도 있다. 화물칸 문짝들이 활짝 열리고 보안관들이 말등에 올라탄 채로 뛰어내리는 옛날 서부영화의 한 장면이 현대 버전으로 연출될 가능성도 있었다. 하지만 문제없었다. 네 사람이 플랫폼에서 대기하고 있을 테니까. 만약을 대비해서 마지막 한 사람은 반대쪽에 배치될 것이다.

'우리에겐 계획이 있어.'

'우린 그 계획이 성공할 것도 알고 있어.'

이제 기차의 형체가 크고 뚜렷해졌다. 한쪽은 햇빛을 비껴 받고 반짝거렸다. 반대쪽은 그늘져 있었다. 페덱스 트럭이나 빨간 승용차와 마찬가지로 기차 역시 제자리에서만 좌우로 요동치는 것처럼 보였다. 객차들 주위로 아지랑이가 어지럽게 피어났다. 반짝이는 후류를 실제로 보는 것 같은 착시현상이 유발됐다.

빨간 승용차는 계속해서 달려오고 있었다. 임시 검문소는 설치됐다. 마을 밖 1.5킬로미터 남짓 되는 지점, 트럭 두 대가 차선 하나씩을 차지하고 기다리고 있었다. 나란히, 늠름하게. 마치 대저택 입구를 지키는 두 마리 사자석상처럼.

다음 순간 두 사내의 귀에 전혀 예상하지 못했던 소음이 들려왔다.

투다다다다.

헬리콥터 날개 돌아가는 소리.

53

모이나한과 캐딜락 운전기사는 미친 사람처럼 허리를 비틀고 몸을 돌려가며 정신없이 스텝을 밟았다. 그런가 하면 벌떼의 공격을 받은 사람처럼 머리를 젖힌 채 헬리콥터의 위치를 찾아 고개를 휘둘러댔다. 마침내 위치가 확인됐다. 두 곳.

헬리콥터는 두 대였다.

한 대는 북동쪽, 다른 한 대는 북서쪽에서부터 기수를 낮추고 날아오고 있었다. '투다다다다다, 투다다다다다.' 검정색 계통의 페인트, 매끄러운 몸체, 반투명한 유리창. 북동쪽과 북서쪽의 밀밭 일부가 크게 물결치고 있었다. 헬리콥터 바로 아래에서부터 V자를 크게 그리는 물결이었다. 그 꼭 짓점은 바로 두 사내가 서 있는 지점이었다. 3번 엘리베이터의 꼭대기.

차는 여전히 다가오고 있었다. 기차도 여전히 다가오고 있었다.

그들의 워키토키가 치지직 소리를 연속해서 뱉어냈다. 청바지에 드라이 머리 사내가 말했다. "정신 똑바로 차리고 지켜봐. 기차든 차든, 헬리콥터든, 누가 어디서 내리는지 확인해."

무전이 끊겼다. 두 사내는 밑에서 서성거리는 보스의 모습을 확인할 수 있었다. 거의 수직선상이었기에 작고 납작한 모습이었다.

투다다다다다.

차는 여전히 다가오고 있었다. 기차도 여전히 다가오고 있었다. 둘 모두 점점 거리를 좁혀오고 있었다. 망원경은 필요 없었다. 더 이상은 아니었다. 엇박으로 장단을 맞추는 두 개의 프로펠러 소리가 점점 더 커졌다. 엔진의 소음이 고막을 울렸다.

모두 아주 가까이 다가오고 있었다.

1분 이내에 다 함께 도착할 수도 있을 것 같았다.

그때 여러 가지 상황이 연달아 발생했다. 모이나한과 캐딜락 운전기사는 그 어느 것도 놓치지 않기 위해 맴을 돌며 지켜보았다. 첫째, 오른쪽 헬리콥터가 동쪽으로 잠시 멀어지더니 마을 뒤쪽에서부터 다시 진입해서는 정남으로 기수를 틀고 전속력으로 날아갔다.

농장을 향해.

둘째, 서쪽에서 달려오던 차가 그들의 검문소 앞에 이르러 멈춰 섰다. 빨간색 세단이었다. 중저가 차량이었지만 아주 깨끗했다. 렌터카였다. 식당에서 출동한 두 사내가 상체를 수그리고 창문을 통해 운전자와 얘기를 나누었다.

셋째, 왼쪽 헬리콥터가 서쪽으로 물러나서는 뭔가를 기다리는 듯, 정지비행 모드에 돌입했다. 잠시 후, 다시 광장 위로 진입했다. 고도가 낮았다. 아주 낮았다. 3번 엘리베이터보다 낮았다. 두 사내가 내려다볼 만큼 낮았다. 상승기류 때문에 그들의 옷이 찢어질 듯 펄럭거렸다. 자칫하면 뒤로 떠밀려 떨어질 판이었다. 하강기류 때문에 광장 주변은 마치 폭풍이 불어닥친 것처럼 먼지가 날고 자갈이 튀었다.

넷째, 페덱스 트럭이 건널목을 넘어섰다. 기관차 앞머리와는 고작 30미터 차이였다. 트럭 기사는 속도조차 올리지 않았다. 늘 해오던 일, 습관이 된 안전 불감증.

다섯째, 먼 남쪽에서 오른쪽 헬리콥터가 남쪽 지평선 너머로 모습을 감췄다. 농장. 두 사내의 판단이 그랬다. 그쪽엔 농장 말고는 아무것도 없으니까.

여섯째, 기차가 바로 그들 발아래를 지나갔다. 요란하고 길었다. 뜨겁고 야만적이었다. 김빠지는 소리, 덜커덩거리는 소리, 윙윙거리는 소리, 갈아붙이는 소리. 하지만 기차가 그 노선을 달린 이래 처음으로 그 모든 소리들은 헬리콥터 날개와 엔진의 소음에 묻혀버렸다.

식당에서 출동한 사내들은 여전히 차 유리창을 통해 대화를 나누고 있었다.

기차 문들이 열렸다.

투다다다다.

아무도 내리지 않았다.

반대편 역시 어떤 움직임도 없었다.

투다다다다.

기차 문들이 닫혔다.

기차가 다시 출발했다. 느릿느릿, 한 칸씩, 한 칸씩.

식당에서 출동한 사내들은 여전히 대화 중이었다.

마지막 객차가 정거장을 벗어났다. 그 뒷모습이 점점 작아졌다. 철로의 진동이 점점 약해져갔다.

엔진의 소음이 한층 더 요란해지더니 헬리콥터가 떠올랐다.

페덱스 트럭이 다시 건널목을 건넜다. 떠나온 곳으로 돌아가는 길이었다. 보통 속도, 도착 시간은 아무려나.

헬리콥터가 동체를 비스듬히 누이고 높이 그리고 멀리 날아가기 시작했다. 하강기류가 두 사내를 비스듬히 덮쳐왔다. 둘 다 통로 맞은편 난간으로 밀려났다. 자욱한 먼지와 굉음 때문에 눈도 뜨기 힘들었고 정신도 차릴 수 없었다. 먼 남쪽 지평선 위로 다시 오른쪽 헬리콥터가 떠올랐다. 이어서 동체를 옆으로 비스듬히 누이고 높이 그리고 더 멀리 날아가기 시작했다. 그 아래의 밀밭에 새로운 V자가 생겼다. 그 꼭짓점은 헬리콥터가 날아가고 있는 먼 허공 아래에 찍혀 있었다.

주위가 갑자기 조용해졌다. 밀대들이 사각대는 소리 말고는 아무것도 들리지 않았다.

그들의 워키토키가 치지직 소리를 연속적으로 토해냈다.

모이나한이 응답했다. "헬리콥터에서는 아무도 내리지 않았습니다. 아예 착륙조차 하지 않았습니다. 기차에서도 내린 사람은 없었습니다. 반대쪽에도 아무 움직임이 없었고요."

식당에서 출동한 검문조가 길을 막고 있던 트럭들을 뺐다. 빨간 세단이 그 사이로 빠져나와 마을을 향해 다가갔다.

모이나한이 말했다. "저 차는 뭐죠?"

다림질한 청바지에 드라이한 머리의 사내가 말했다. "남자 혼자 타고 있어. 우릴 찾아왔다더군. 가져온 돈이 꽤 많아. 그래서 자세히 확인해 보기로 했네."

그들은 혼자 찾아온 사내를 식당으로 안내했다. 헬리콥터에 관한 회의는 그 전에 끝냈다. 한 사람을 제외하고 전원이 모인 회의였다. 그 한 사람은 리처에게 배를 얻어맞고 총까지 뺏겼던 모이나한이었다. 회의는 길지 않았다. 참석자들은 두 가지 의견으로 갈라졌다. 첫째, 정찰 비행. 카메라와 열 탐지기, 그리고 투시 레이더 관측 장비를 이용한 사전 탐사. 둘째, 실제 수색을 위한 출동. 대상은 그들이 오래전에 예견했던 대로 키버. 카메라, 열 탐지기, 투시 레이더 등 첨단 장비를 총동원했겠지만 헛수고였을 것이다. 돼지들이 이미 처리했으니까.

회의는 짧았다.

의견은 통일되지 않았다.

첫 번째 의견이 맞다면 헬리콥터는 돌아올 것이다.

두 번째 의견이 맞다면 헬리콥터는 돌아오지 않을 것이다.

투표는 없었다.

그들이 식당으로 데려온 사내는 건강해 보였다. 『내셔널 지오그래픽』 현장기자라면 딱일 듯했다. 헝클어진 반백의 머리, 헝클어진 반백의 수염. 나이는 마흔다섯쯤? 지퍼가 수두룩하게 달린 기묘한 복장. 산악등반용 로프처럼 생긴 신발 끈.

사내는 토렌스라고 이름을 밝혔다.

신분증은 진즉에 버렸다고 했다. 딱히 보험사와의 문제 때문만은 아니라고 했다. 약관상의 몇몇 조항에 신경이 쓰이긴 하지만 그 이상은 아니라고 했다. 자신의 신원이 드러나지 않는 게 가장 중요하다고 했다. 전혀 흔적을 남기지 않고 떠나는 것, 그게 자신의 목적이라고 했다. 신원 추적의 실마리가 될 수 있는 모든 서류들은 1200킬로미터 전에 모두 폐기했다고 했다. 네바다 어느 호텔의 화장실 세면대 위에서 불태워버렸다고 했다. 모두 재로 변했다고 했다. 눈에 띌 위험을 줄이기 위해서 밤중에만 차를 몰았다고 했다. 남아 있는 사람들이 자신의 종적을 찾지 못하길 바란다고 했다. 그들이 아주 불편해지기를 바란다고도 했다. 실종이 사망으로 판정되기까지 7년 동안.

다림질한 청바지에 드라이한 머리의 사내가 말했다. "토렌스 씨, 신중을 기해야 하는 일입니다. 지금부터 우리가 몇 가지 실례되는 질문을 하더라도 양해해 주십시오."

이어서 그가 리처에게 머리를 얻어맞은 모이나한을 바라보았다. 그가 말했다. "당신의 잘난 형제는 어디 있지?"

모이나한이 말했다. "모르겠는데요."

"그도 이 자리에 있어야 해."

가장 늦게 온 사람이 심부름을 하는 것이 그들의 원칙이었다. 물론 여덟 번째 사내는 그 원칙에서 제외였지만. 아무튼 그 회의에 가장 늦게 도착한 사람은 모이나한이었다. 엘리베이터에서 내려오는 데 시간이 너무 많이 걸렸기 때문이다. 몸이 자꾸 후들거려서 어쩔 수가 없었다. 두뇌 타박상.

그가 말했다. "알겠습니다. 제가 찾아올게요."

그가 밖으로 나갔다.

다림질한 청바지에 드라이한 머리 매무새의 사내의 눈길이 다시 웨스트우드에게로 향했다. 그가 말했다. "자, 첫 번째 질문입니다. 혹시 도청장치를 매달고 오셨습니까?"

웨스트우드가 말했다. "아뇨."

"그렇다면 셔츠 단추를 풀어주시겠습니까?"

웨스트우드가 지시에 따랐다. 떡 벌어진 가슴, 튼실한 살집, 반백의 굽슬굽슬한 털. 마이크는 없었다.

다림질한 청바지에 드라이한 머리 매무새의 사내가 말했다. "이제 두 번째 질문. 어떤 경로를 통해서 우리를 알게 됐습니까?"

"온라인 게시판을 통해서 알게 됐습니다." 웨스트우드가 말했다. "친구의 소개로. 그 친구의 이름은 엑시트입니다."

"우리도 알고 있던 여잡니다."

'여자.'

'알고 있던.'

웨스트우드가 말했다. "그녀는 마이클과 함께 마더스 레스트를 찾아갈 거라고 했습니다. 마이클도 내가 아는 사람입니다. 게시판 아이디는 마이크."

"그녀는 실제로 찾아왔습니다. 마이크와 함께."

"난 그들에게 만족스러운 조건이라면 내게도 만족스러울 거라고 판단했습니다."

"이제 세 번째 질문을 드리지요. 렌터카는 어쩔 생각이십니까? 눈에 잘 띄는 빨간색이던데요."

"저 차를 처리해주시면 따로 사례를 하겠습니다. 위치토나 아마릴로처럼 여기서 멀리 떨어진 곳에 갖다 버리면 어떨까요. 돌아서자마자 누군가가 훔쳐갈 겁니다."

"말씀하신대로 처리하겠습니다. 사실 어디가 됐든, 저 차가 버젓이 돌아다니게 되면 선생님의 행방을 쫓는 사람들은 더욱 혼란스러워질 겁니다. 강도 살인사건이라고 판단할 수도 있겠죠."

"나도 그렇게 생각했습니다."

"선생님도 아시다시피 우리는 편안하고 신속하게 죽음에 이르는 방법들을 제공하고 있습니다. 선택은 고객들의 몫입니다. 여기서 선택은 단지

선택일 뿐, 그 이상도 그 이하도 아니라는 점을 다시 한 번 말씀드리고 싶
군요. 우리는 고객들의 선택을 판단하지 않습니다. 간섭하지도 않고요. 왜
그런 선택을 하게 됐는지 이유를 따져 묻지도 않습니다. 우린 카운슬러들
이 아닙니다. 마음을 바꿔 먹도록 회유하지 않는다는 얘기죠. 그게 우리의
원칙입니다. 하지만 선생님은 다른 고객들과는 전혀 다른 방법으로 우리
를 찾아오셨습니다. 따라서 원칙에 위배되는 줄 알면서도 선생님께는 자
살을 결심하신 이유를 묻지 않을 수가 없군요."

웨스트우드가 말했다. "사는 게 지겨워졌습니다. 난 태어나고 싶어서
태어난 게 아닙니다. 솔직히 말하자면 어렸을 때부터 지금까지 사는 게 즐
거웠던 적이 한 번도 없습니다."

"그래도 결정적인 이유가 있으실 텐데요?"

"빚을 졌습니다. 갚을 수 없을 정도로 많이. 이제 곧 내게 무슨 일이 닥
칠지 두렵기만 합니다."

"도박?"

"그 정도 차원이 아닙니다."

"그럼 나랏돈?"

"내가 잠깐 정신이 나갔었어요."

다림질한 청바지에 드라이한 머리의 사내가 동료들을 쭉 훑어보았다.
모이나한 형제를 빼고는 모두 모여 있었다. 선뜻 찬성하고 나서는 사람은
없었다. 혼잣말을 웅얼거리거나 미간을 잔뜩 찌푸린 모습들이 제법 진지
해보였다. 하지만 끝내는 모두 다 고개를 끄덕여보였다.

다림질한 청바지에 드라이한 머리의 사내가 말했다. "우리가 도와드릴
수 있을 것 같군요, 토렌스 씨. 하지만 가져오신 돈은 모두 경비로 접수해

야겠습니다."

웨스트우드가 말했다. "난 가솔린 엔진을 선택하겠습니다. 오래전부터 그 방법을 마음에 두고 있었거든요."

"많이들 선택하시는 방법입니다."

"유연 휘발유입니까?"

"요즘은 무연입니다. 휘발유가 연소할 때는 반드시 일산화탄소가 배출됩니다. 무연이든 유연이든 똑같습니다. 유독가스 배출을 감소시키는 건 촉매입니다. 우린 촉매의 작용을 억제하기 위해 특수 실린더 헤드를 사용하지요. 냄새가 훨씬 더 좋습니다. 벤젠 때문에 아주 향긋하거든요. 그 향기에 취한 상태로 편안하게 떠나실 수 있습니다."

"넴뷰탈을 선택하는 사람들도 많습니까?"

"대부분 약과 가스를 모두 원하십니다. 만전을 기하려는 거죠. 통계상 그게 가장 확실한 방법이라는 걸 알고들 찾아 오시니까요."

"나도 그래야 할까요?"

"굳이 그럴 필요는 없습니다. 가솔린 엔진만으로도 성공률이 100퍼센트입니다. 내 말 믿어도 좋습니다."

그가 출입문을 바라보며 말했다. "모이나한 형제는 어디 가서 안 오는 거야?"

부품 가게 사내가 말했다. "제가 나가서 찾아보겠습니다."

사내가 나갔다.

다림질한 청바지에 드라이한 머리의 사내가 다시 웨스트우드에게 눈길을 돌리고 말했다. "토렌스 씨, 이상한 얘기로 받아들이실 수도 있겠습니다만 우리와 함께 아침식사 어떠실까요?"

웨스트우드가 잠시 생각해보고 나서 그러겠다고 말했다. 그때까지 팀의 일원으로서 자리에 앉아 있던 카운터 사내가 즉시 본연의 직업의식을 발휘했다. 그가 잽싸게 주방으로 들어가 새로 끓인 커피를 가져왔다. 캐딜락 운전기사가 자리에서 일어섰다. 가게에 가서 페덱스 트럭이 놓고 간 물건들을 확인해야 한다고 했다. 그가 곧 돌아오겠다는 말을 남기고 식당을 나갔다. 잡화점 주인과 돼지치기, 그리고 외눈박이 사내는 그대로 앉아 있었다. 웨이트리스가 다가와서 남은 사람들의 주문을 받았다. 각자의 컵에 커피가 따라지고 음식 접시들이 나오기 시작했다. 어느 순간 잡화점 주인이 자리에서 일어섰다. 가게에서 가져올 게 있다고 했다. 다른 팀원들은 그게 위장약이라는 걸 눈치 챘다. 잡화점 주인도 곧 다녀오겠다는 말을 남기고 식당을 나갔다.

하지만 그는 곧 돌아오지 않았다.

캐딜락 운전기사도 곧 돌아오지 않았다. 모이나한 형제도, 그들을 찾으러 나간 부품 가게 사내도 곧 돌아오지 않았다.

다림질한 청바지에 드라이한 머리 매무새의 사내가 출입문을 뚫어지게 지켜보았다. 그가 중얼거렸다. "대체 무슨 일이지? 사람들이 나갔다 하면 돌아오지 않으니 말이야."

그가 자리에서 일어나 창가로 다가갔다. 밖에는 아무것도 없었다. 전혀 없었다. 그냥 정적에 잠긴 풍경뿐이었다. 지나가는 차도, 지나가는 사람도 없었다. 아예 움직이는 게 없었다. 뜨거운 태양, 텅 빈 거리.

그가 말했다. "일이 터졌군. 다들 뒷문으로 나가세, 빨리. 토렌스 씨, 미안합니다. 이따가 모시러 오겠습니다."

그가 주방문 밖으로 달려 나갔다. 돼지치기와 카운터 사내, 그리고 외눈박이 모텔 주인도 그의 뒤를 쫓아갔다. 식당 건물 뒷골목에 카운터 사내의 픽업트럭이 주차돼 있었다. 네 사내가 서둘러 올라탄 뒤 곧장 출발했다. 건물을 돌아 나온 픽업트럭이 광장을 지나 좁은 황톳길 어귀로 진입했다. 그들의 전용도로, 남쪽으로 32킬로미터.

웨스트우드는 적막한 식당 안에 혼자 남겨졌다. 어느 순간 출입문이 열리더니 장이 안으로 들어왔다. 리처도 그녀 뒤를 따라 들어왔다.

54

헬리콥터를 세내는 데 돈이 가장 많이 들었다. 캔자스시티의 항공 택시 업체 소속의 헬리콥터 두 대. 창공의 타운카, 에어 리무진. 내려앉게 할 계획도 없었고 그럴 수도 없었다. 에어 리무진은 지상의 리무진처럼 아무 데서나 내리고 탈 수 있는 게 아니라고 했다. 각 지역마다 이착륙 지점이 미리 정해져 있다고 했다. 밧줄을 타고 누군가를 내려 보낼 계획도 없었고 그럴 수도 없었다. 보험 약관상 불가능한 모험이라고 했다. 하지만 빈 채로 왔다가 빈 채로 돌아가는 비행은 환영이라고 했다. 공중 촬영 요구도 흔쾌히 수락했다. 버튼 몇 개만 누르면 구글의 GPS 시스템이 자동으로 녹화되니 어려울 게 없다고 했다. 몇 번이고 당부한 타이밍 역시 조종실에 컴퓨터가 있으니 걱정 말라고 했다.

두 번째로 돈이 많이 들어간 곳은 웨스트우드의 주머니 속이었다. 그자들이 군침을 흘릴 만한 액수였다. 그는 타이밍을 맞출 자신이 있다고 했다. 헬리콥터에 컴퓨터가 있다면 그에게는 렌트한 빨간색 포드의 속도계와 손목시계가 있었다. 대학원이 아니라 고등학교 수준의 산수였다. '24킬로미터를 자동차로 15분에 주파하기 위해서는 시속 얼마의 속도로 달려야 하는가?' 물론 기차 시간에 맞춰야 했다. 그래서 그는 달리는 내내 날씨와 교통 정보 채널에 다이얼을 고정시켜 두었다. 실시간 철길 상황도 수시로 중계됐기 때문이다. 결국 그는 완벽하게 임무를 수행했다.

리처와 장은 페덱스 트럭을 타고 잠입했다. 오클라호마시티 페덱스 영업소로 전화를 걸어서 마더스 레스트로 배달 가는 트럭 시간을 미리 알아냈다. 출발시간 5분 전에 두 사람이 영업소 앞에 도착했다. 기사는 골목에서 담배를 피우고 있었다. 마더스 레스트는 자기 담당이라고 했다. 빳빳한 100달러짜리 묶음을 슬쩍 보여주기만 했는데도 그의 마음은 이미 두 사람에게 넘어왔다. 리처가 한술 더 떠서 그의 마음을 단단히 붙잡아 두는 멘트를 날렸다. '수고의 대가로 정당하다고 생각하는 만큼 몇 장이든 빼가시오. 우리를 짐칸에 태워만 주시오.'

기차 도착 시간에 정확히 맞추는 건 문제도 아니라고 했다. 눈을 감고 차를 몰아도 가능한 일이라고 했다. 늘 다니는 길이니까. 원한다면 앞에 타도 좋다고 했다. 어느 정도 가까워진 지점에서 화물칸으로 옮겨 타면 되지 않겠냐고 했다. 두 사람은 그의 호의를 기꺼이 받아들였다.

두 사람이 화물칸에서 내려선 곳은 캐딜락 운전기사의 가게 뒷골목이었다. 하늘엔 헬리콥터 두 대, 철로엔 기차, 도로엔 빨간 승용차. 세 방면에서의 교란작전 덕분에 마더스 레스트 일당들은 리처와 장의 잠입을 눈치채기는커녕 페덱스 트럭조차 눈여겨볼 겨를이 없었다. 가게 안에는 아무도 없었다. 당장엔 잘된 일이었다. 하지만 길게 보면 꼭 그렇지만도 않았다. 어차피 그 주인은 처리 대상이었으니까.

첫 번째 대상은 리처에게 배를 걷어차인 모이나한이었다. 그는 도로를 따라 걸어오고 있었다. 식당이나 캐딜락 운전기사의 가게가 목적지인 모양이었다. 아니면 모텔일 수도 있겠고. 아무튼 두 사람에겐 손쉬운 사냥감이었다. 그들의 눈에 띄고 나서 얼마 지나지 않아 사내는 폐업한 데다가 이제는 잠금장치까지 부서진 회계사 사무실 바닥에 내동댕이쳐졌다. 오클라호마시티 철물점에서 구입한 케이블 다섯 가닥과 걸레에 손발이 묶이고 재갈이 물린 채.

두 번째 대상은 그의 친형제인지 사촌인지, 그리고 형인지 동생인지 알수도 없고 알 필요도 없는 또 다른 모이나한이었다. 그는 우스꽝스러운 헬멧을 뒤집어 쓴 채 뭔가를 찾아 두리번거리고 있었다. 역시 손쉬운 사냥감. 케이블 다섯 가닥, 걸레 하나, 그리고 회계사무실 바닥. 형제인지 사촌인지의 바로 옆자리. 세 번째는 부품 가게 사내였다. 모이나한 형제를 찾아 나선 길. 이번에도 악수는 없었다. 미식축구를 들먹이며 사기 칠 기회도 없었다. 케이블 다섯 가닥, 걸레 하나, 회계사무실 바닥.

거리는 텅 비어 있었다. 지나가는 차도, 지나가는 사람도 없었다. 지독히도 더운 날씨였다. 움직이는 건 오직 사냥꾼 둘과 하나씩 걸려드는 사냥감뿐이었다.

네 번째는 캐딜락 운전기사였다. 그는 곧장 두 사람이 매복하고 있는 가게로 들어왔다. 그곳이 아직도 자신의 영역이라고 단단히 믿었던 모양이었다. 케이블, 걸레, 사무실 바닥. 다섯 번째는 잡화점 주인이었다. 이번엔 두 사람이 직접 사냥에 나섰다. 사내를 생포한 곳은 잡화점 뒷문 앞이었다. 그는 제산제, 펩토비스몰이 담긴 작은 약병을 들고 가게를 나오는 참이었다. 케이블, 걸레, 사무실 바닥.

그자가 마지막이었다. 더 이상 사냥감은 없었다.

뜨겁게 달궈진 아스팔트에 데기라도 한 양, 픽업트럭이 귀 따가운 마찰음을 남기고 남쪽을 향해 달려갔다.

웨스트우드 혼자만 남겨 놓고.

그가 말했다. "휘발유 엔진을 사용하기로 합의를 봤습니다."

리처가 고개를 끄덕였다. "그자들은 마지막에 이를 때까지 사기극을 이어갈 거요. 그 마지막 순간에 드러날 진실이 뭔지는 모르겠지만."

"내 생각엔 농장으로 몰려간 것 같습니다."

"거기가 아니면 어디겠소?"

"준비는 된 겁니까?"

"우리가 여기서 할 수 있는 일은 모두 다 끝냈소."

"내가 그리로 안내하겠습니다."

"그렇게 나올 줄 알았소."

"농장에 도착하고 나면 나를 곧장 돌려보낼 생각이죠? 안 그렇습니까?"

장이 말했다. "우리가 당신을 따돌리는 일은 없을 거예요. 당신이 그러길 원한다면 모를까."

"내가 왜요?"

리처가 말했다. "난 차라리 당신을 그리로 먼저 보내고 싶은 마음이오. 당신은 성인이오. 난 당신에게 무슨 일이 일어나든 상관없소. 원한다면 우리와 끝까지 함께합시다. 하지만 우리 곁에 바짝 붙어 다녀야 하오. 그것도 내 왼쪽에."

"왜죠?"

"난 오른손잡이요. 그 손을 마음대로 쓰고 싶은 것뿐이오."

"잘 알겠습니다. 이제 출발하죠."

정상적인 거래 절차를 밟았다면 그건 시험주행이라고 불러야 옳을 것이다. 필요하긴 하지만 새롭거나 익숙하지 않은 기계장비를 구매자가 잠깐 동안 몰아보는 행위. 하지만 리처는 구매를 원하는 사람이 아니었다. 그는 뭐든 구매하는 경우가 드물고 그나마 소비재에 국한되어 있다. 물론 농기구를 구매한 적은 한 번도 없었다. 대리점 영업사원은 시험주행을 권했지만 리처는 그럴 생각이 없었다. 생각이 있다고 해도 불가능했다. 굴착기 운전법을 모르기 때문이다. 그래도 문제는 없었다. 웨스트우드가 있으니까. 기자들은 직접 팔을 걷어붙여야 할 때가 있다. 발굴 현장에서는 땅 파는 일을 거들기도 한다. 그 일에는 삽보다 기계가 더 효율적이다. 웨스트우드도 그렇게 운전법을 익혔다고 했다.

굴착기는 뉴홀랜드 제품이었다. 그걸 구한 곳은 역마차길 북쪽 블록에 자리 잡은 농기구 대리점이었다. 웨스트우드가 굴착기를 몰고 광장을 가로질렀다. 모텔 앞도 지났다. 시험주행이 아니었다. 무료로 빌렸다고 하는 편이 옳을 것이다. 아니, 돌려줄 때 비용을 치를 생각이었으니 무료는 아니었다. 하지만 그걸 꿀꺽할 생각은 없었으니 빌린 건 확실했다. 굴착기 후미에는 끝부분에 집게가 달린 기계팔과 폭 좁은 기계 삽이 장착돼 있었다. 앞머리에는 불도저의 강철 밀판처럼 길이와 폭은 상당하지만 깊이는 얕은 버킷을 달고 있었다. 그 밖에도 어떤 부품이든 간단하게 조립해서 다양한 작업을 수행할 수 있었다. 새것이었다. 밝은 페인트가 칠해진 몸체가 아주 깨끗했다. 새 기계에서만 풍기는 냄새도 강했다. 지붕 아래 공간은 세 사람이 앉기에 충분했다. 하지만 좌석은 하나뿐이었다. 그건 웨스트우드의 차지였다. 그럴 수밖에 없었다. 리처와 장으로서는 도저히 구분이 가지 않는 레버와 페달들이 수두룩했으니까. 장은 그의 왼쪽에 붙어 섰다. 리처는 그의 오른쪽에 바짝 붙어 섰다. 엔진의 소음은 엄청났다. 사람 대신 구덩이와 흙더미를 오가면서 고된 작업을 수행하게끔 만들어진 기계였다. 하지만 도로주행에 필요한 기어들도 장착돼 있었다. 모텔 앞을 지날 때 이미 그 기어들이 작동 상태였다. 시속 48킬로미터. 하지만 픽업 뒤를 쫓아서 좁은 황톳길로 들어서지는 않았다.

그들은 곧장 밀밭으로 들어갔다.

웨스트우드가 레버들을 조작해서 하단이 표면에서부터 60센티가 되는 높이에 버킷을 고정시켰다. 마치 강털 주격턱처럼 내밀어진 하단이 뭉툭한 낫이 되어 전방의 밀대들을 쓰러뜨렸다. 일직선으로 매립된 화약이 차례로 폭발하듯 금빛 흙먼지와 밀의 잔해들이 자욱이 날아올랐다. 이랑 위에 서 있는 밀대들은 동족의 복수라도 하려는 듯 앞 유리를 사정없이 후려 갈겨댔다. 지구 전체를 놓고 볼 때 그 일대는 평원이었다. 하지만 당장 그 위를 달리고 있는 세 사람에게는 협곡도 그런 협곡이 없었다. 뭐든 타고 넘어갈 때마다 굴착기 전체가 마치 풍랑을 만난 돛단배처럼 요동을 쳤다. 웨스트우드의 몸뚱이가 앉은 자세 그대로 펄떡펄떡 널을 뛰었다. 리처와 장은 떨어지지 않기 위해 동체의 골조에 필사적으로 매달려야 했다. 브레이크가 고장 난 채 선로를 이탈한 객차의 승객들처럼.

강철 주격턱은 계속해서 밀대들을 치고 나갔다.

흙먼지와 파편들이 자욱이 일어났다.

시속은 48킬로미터.

거리는 32킬로미터.

40분.

그래도 그자들이 사유지처럼 이용하는 황톳길보다는 나았다. 특히 장장 16킬로미터에 걸친 직선 구간에서는 매복을 만나게 될 것이 분명했다. 일반 승용차로는 굴착기처럼 밀밭을 헤치고 전진할 수 없으니 결국 그 황톳길을 타는 수밖에 없다. 그래서 굴착기를 빌렸던 것이다. 게다가 앞머리에는 트윈 침대 매트리스만 한 강철 버킷이 장착돼 있다. 바윗덩어리들과 싸우는 게 원래 임무인 물건. 어떤 총알도 뚫을 수 없는 방탄막. 완전히 올려 세우지 않아서 그 상단 너머로 필요한 만큼의 시야는 확보되어 있었다. 물론 보이는 건 밀뿐이었지만.

아직까지는 순조로웠다. 계획대로 착착 진행되고 있었다. 사소하지만 예기치 못했던 문제 하나가 불거진 것만 제외하면. 굴착기가 계속해서 요동을 쳤기 때문이다. 리처의 두통이 다시 심해졌다.

목적지에 거의 다다른 지점에서도 농장은 시야에 들어오지 않았다. 빽빽한 밀대들 때문이었다. 그래서 태양을 나침반 삼아야 했다. 정확히 방향을 잡을 순 없었지만 오차는 그다지 크지 않았다. 4킬로미터 앞까지 접근했을 때에야 비로소 농장이 모습을 나타냈다. 가옥 한 채와 여섯 개의 부속 건물. 담장과 다져진 흙마당. 전봇대들을 타고 길게 이어진 전화선. 수직으로 솟은 자가발전소의 디젤 배기통.

그리고 돼지들이 풍겨대는 악취.

화학무기가 따로 없었다.

목표까지 200미터 남겨둔 지점에서 웨스트우드가 핸들을 한껏 돌리고 한 차례 원을 그린 뒤 다시 앞머리를 농장을 향하게 한 다음 굴착기를 멈춰 세웠다. 엔진이 반수면 상태에 들어갔다. 분분히 날리던 밀 파편들도 모두 바닥에 내려앉았다.

조용했다.

굴착기만이 밀의 바다에 홀로 떠 있었다.

리처는 자신이 물웅덩이 근처에서 먹잇감을 기다리고 있는 포식자처럼 느껴졌다.

그 순간 물웅덩이에서 총알이 빗발치듯 날아왔다.

세 자루. 똑같은 소총. 대형견이 외마디로 짖어댄 듯한 발사음. 허공을 가르는 총알의 마찰음. 총은 M16, 총알은 나토탄. 확실했다. 모두 형편없이 빗나간 것도 확실했다. 그럴 만했다. 일종의 위협사격이었다. 하지만 조준사격이었어도 결과는 마찬가지였을 것이다. 200미터의 사거리. 그자들은 조준경 없이 육안으로 표적을 확인하고 방아쇠를 당겼다. 눈으로 보기엔 완전한 평지다. 하지만 실제로 완전한 평지는 이 세상에 단 한 뙈기도 존재하지 않는다. 지구는 둥그니까. 그 굴곡을 염두에 두지 않는 사격은 빗나갈 수밖에 없다.

웨스트우드가 말했다.

"후퇴할까요?"

"아뇨." 리처가 말했다. 그가 잠깐 계산을 하고 나서 말을 이었다. "50미터 전진하시오. 지금 당장. 깔려버릴 듯한 압박감을 느끼게 만들어야 하오. 저자들은 탄창을 갈아 끼고 있는 중이오."

"50미터 전진하라고요?"

"지금 당장."

웨스트우드가 엔진을 깨우고 전진했다.

소강 상태. 너무나 느렸다. 셋 중에 군대에 갔다 온 자가 한 명도 없는 게 분명했다. 그때 무차별 사격이 다시 개시됐다. 이번에도 모두 빗나갔다.

한 발을 제외하고는. 버킷 한가운데였다. 접촉 순간 미세한 진동이 느껴졌다.

리처가 말했다. "감동적이군."

장이 말했다. "뭐가요?"

"마침내 저자들이 헛간 문짝보다 약간 작을 뿐인 표적을 맞혔으니까. 덕분에 이 버킷이 정말로 튼튼한 방탄막이라는 게 확인됐소. 이제 다음 단계로 넘어갑시다."

웨스트우드가 말했다. "지금 당장이요?"

"어떤 경우에든 지금이 최선인 법이오."

장이 말했다. "조심해요, 리처."

"당신도 조심하시오, 장."

두 사람이 각자 자기 쪽 문을 열고 땅에 내려섰다. 한 명은 왼쪽, 또 한 명은 오른쪽.

55

웨스트우드는 밀에 관해 많은 걸 알고 있었다. 최근에 심층 취재를 했으니까. 그에 따르면 재래종 밀은 1.2미터까지 자란다. 하지만 병충해에 더 강하고 씨앗도 더 많이 영그는 개량종은 고작 60센티미터가 한계이다. 그렇다면 리처 주위의 밀들은 재래종이었다. 모두 1.2미터는 충분히 될 것 같았다. 그렇다고 리처에게 엄폐물이 필요한 건 아니었다. 헛간 문짝보다 약간 작은 크기의 표적도 맞히지 못하는 자들이었다. 엄폐물은 필요 없었다. 하지만 기습은 어느 작전에서든 먹히는 법이다. 그래서 그는 포복으로 전진했다. 몸을 가리는 대신 어느 정도 시야가 제한되는 건 감수해야 했다. 농장까지의 거리는 200미터, 제한된 시야, 포복. 쉽지는 않았다. 밤새 맺혔던 이슬이 채 다 마르지 않은 상태였다. 그의 양 무릎과 두 팔꿈치는 금세 진흙투성이가 되었다. 새 옷이 필요했다. 그건 확실했다. 사실 진흙이 아니라도 그래야 했다. 돼지 냄새가 지독했다. 일대의 공기에 악취가 가득 배어 있었다. 냄새가 옷에 스며들 수밖에 없었다. 내일 당장 새 옷을 사 입어야겠군. 그가 생각했다. 냄새가 아니라도 그래야 한다. 장이 곁에 있으니까.

리처가 다시 생각했다. 오늘 내로 모든 게 매듭지어질 것이다.

내일이면 장은 내 곁에 없을 것이다.

그가 100미터를 포복으로 전진한 뒤, 농장을 향해 완전히 방향을 틀었다. 최대한 가까이 접근해야 했다. 리처는 MP5K의 성능을 전적으로 신뢰한다. 크기는 일반 권총보다 약간 큰 정도이지만 성능은 거의 장총급이다. 단발로 놓고 사격할 경우, 30미터 떨어진 표적을 명중시킬 수도 있다. 물론 거리가 가까울수록 명중률은 높다.

5분 뒤, 그가 현재 위치를 확인하기 위해 위험을 무릅쓰고 머리를 들었다. 그때까지는 시계 반대방향으로 짧은 원호를 그리며 돌았다. 시계 판으로 치자면 10시 지점에서 출발해서 8시 지점 조금 아래까지 기어온 것이다. 따라서 농장에 상당히 가까워졌다. 그자들도 자기들의 형편없는 사격 솜씨를 잘 알고 있을 것이다. 그들은 가장 먼저 제거해야 할 위협적인 표적으로부터 최대한 가까운 거리에 매복해 있을 것이다. 그 표적은 굴착기일 것이다. 그리고 매복 장소는 담장과 가장 가까운 건물일 것이다. 실제로 그랬다. 담장과 가장 가까운 차 한 대짜리 차고만 한 건물. 그 뒤에 사내 셋이 숨어 있었다. 리처에게 정확히 측면을 드러내고 있는 위치였다. 감에만 의존했던 리처의 접근 작전은 성공이었다. 웨스트포인트 교수들이 자랑스러워할 만한 대성공.

식당 카운터 사내, 모텔의 외눈박이 사내, 그리고 객실 앞에서 리처와 말싸움을 벌였던 돼지치기. 큼지막한 손, 떡 벌어진 어깨, 꼬질꼬질한 복장.

셋 모두 M16을 들고 있었다.

리처는 기다렸다. 머리가 지끈거렸다. 양쪽 관자놀이 모두.

장 역시 포복으로 접근했다. 하지만 리처와 방향은 달랐다. 그리고 훨씬 빨리 목표 지점에 도착했다. 그녀의 임무는 적들의 측면에 자리를 잡는 게 아니었기 때문이다. 제2선을 구축한 뒤 굴착기가 움직이는 동시에 지원사격을 가하는 것이 그녀의 임무였다. 그녀의 사격에 겁을 집어 먹은 적들은 건물 안으로 숨어 들어갈 것이다. 그때 리처가 그들의 등짝을 쏠 것이다.

그게 리처의 작전이었다. 그녀는 회의적이었다. 하지만 지금껏 리처의 작전은 제대로 맞아떨어졌다. 그는 일당 가운데 넷을 사로잡을 거라고 했었다. 그리고 다섯을 생포했다. 잔당들이 농장으로 접근하는 굴착기를 향해 마구 총을 쏘아대겠지만 모두 빗나갈 거라고도 했었다. 그 예상도 현실로 나타났다. 그걸 알면서도 그녀는 매복조를 그 건물 안에서 해치우는 작전이 과연 제대로 들어맞을지 리처에게 물었었다. 그는 그렇지 않을 거라고 대답했다. 절대 들어맞지 않을 거라고 했다. 매복조는 건물이 아니라 집으로 도망갈 거라고 했다. 작전상 철수. 그 집 어딘가에 방어 진지가 구축돼 있을 거라고 했다. 아주 견고한 공간. 벙커처럼.

그래서 그녀가 물었다. 그렇다면 이 작전은 쓸모가 없지 않은가?

운이 따르면 들어맞을 수도 있다는 대답이 돌아왔다.

장은 계속해서 기어갔다. 거리를 조금이라도 더 좁히고 싶었다. 그녀도 물론 계산을 할 줄 알았다. 30발들이 탄창은 단 2초면 텅 비게 된다. 그녀는 그 1초, 1초가 결실을 맺기를 바랐다. 그녀는 운이 따라주기를 바랐다. 그녀와 리처가 각각 한 명씩 쓰러뜨린다면 나중에 처리해야 할 적들의 숫자가 둘씩이나 줄어든다. 그녀는 그러길 바랐다. '운이 따른다'는 말을 예전에는 단 한 번도 입에 올리지 않았다. 리처를 만나기 전까지는.

장은 계속해서 기어갔다. 거리가 점점 좁혀졌다. 돼지 냄새는 지독했다. 그녀의 머릿속에는 위성사진이 펼쳐져 있었다. 그녀의 위치는 11시 지점. 돼지우리는 3시. 악취가 코를 찔렀다. 그 순간 장은 두 가지 사실을 깨달았다. 첫째, 이 농장은 우아한 죽음을 원하는 사람들을 위해 마련된 자살 리조트가 아니다. 절대 아니다. 아예 가까이 다가오지도 못할 사람들도 있을 것이다. 구역질이 나서 견딜 수 없을 것이다. 둘째, 키버는 이곳에 암매장 돼 있다. 그건 분명하다. 돼지우리. 그자들이 들판에 구덩이를 팔 수는 없다. 웨스트우드가 운전했던 것보다 더 느린 속도의 굴착기라고 해도 공중의 감시망을 피할 수 없다. 그자들은 키버의 지갑을 압수했고 그 안에서 FBI 명함을 확인했다. 물론 시효가 지난 명함이다. 그녀의 명함처럼. 하지만 그자들은 그 사실을 모르고 있다.

장은 키버에게 가까워지고 있음을 느꼈다.

그녀가 고개를 들었다. 담장이 보였다. 그 바로 안쪽에 차 한 대짜리 차고만 한 건물이 보였다. 오른쪽 멀리 웨스트우드의 굴착기가 보였다. 바퀴를 밀밭에 묻은 채 제자리에서 엔진음을 낮게 울리고 있었다. 그자들의 입장에서는 담장 안쪽의 작은 건물이 굴착기를 저지할 수 있는 유일한 방어 진지였다. 최소한 한 명은 매복해 있을 것이다. 이제 곧 그자가 사격을 가해 올 것이다. 바로 그녀의 눈앞에서.

그녀가 탄창 두 개를 꺼내서 땅바닥에 내려놓았다. 준비 완료.

운이 따라주기를 바랐다.

그녀가 조절레버를 자동에 놓았다.

그녀가 앞뒤 가늠자의 초점을 맞췄다.

그리고 기다렸다.

웨스트우드가 반수면 상태에 빠져 있던 엔진을 깨웠다. 이어서 레버 몇 개는 뒤로 잡아당기고 또 다른 몇 개는 앞으로 밀었다. 버킷이 수직으로 올라오기 시작했다. 잠시 후, 앞 유리창은 버킷의 뒷면으로 가득 채워졌다. 시계 제로. 시야를 포기한 대신 안전을 선택한 것이다. 하지만 문제는 없었다. 그의 임무는 오직 직진하는 것뿐이었으니까. 리처는 천천히 전진하라고 말했었다. 무조건 직진. 필요하다면 펜스까지 뚫고 직진. 걱정하지 말고, 절대 멈추지 말고, 일이 벌어질 때까지 무조건 직진.

천천히, 똑바로, 무조건.

언론계의 미래. 그의 전문 분야에서도 인터넷은 이미 모든 걸 바꿔 놓았다. 이제 뉴스 보도는 개인적인 사업으로 변모했다. 리포터는 이야기의 일부가 되어야 한다. 현장에서 발로 뛰면서 이야기를 전해야 한다. 리포터는 이야기 자체가 되어야 한다.

접속 수가 천문학적으로 증가하는 블로그, 유형무형의 포상, 전국을 누비는 강연회, 출판사들의 러브콜.

그가 클러치 레버를 살짝 잡아 당겼다. 그리고 기어를 넣었다.

굴착기가 앞으로 굴러가기 시작했다.

리처의 귀에 굴착기 움직이는 소리가 들렸다. 어지러웠다. 두 무릎과 양 팔꿈치로 버티고 있는데도 균형을 잡기가 힘들었다. 그가 머리를 들었다. 담장 두 개. 건물 두 개. 사내들은 여섯 명. 앞에 있는 물체들이 두 개로 보였다. 그가 손바닥 안쪽으로 이마를 한 차례 때렸다. 다시 또 한 차례.

조금 나아졌다.

왼쪽 멀리에서 굴착기가 직진으로 다가오고 있었다. 찌부러지며 굴러오는 거대한 바퀴들. 세 사내가 건물 뒷벽에 등을 바짝 기대고 섰다. '옆에 총' 상태의 M16 세 자루. 다음 순간 식당 카운터 사내가 뒷벽 모퉁이를 돌아서 살금살금 옆벽을 따라 전진했다. 앞쪽 모퉁이에 도달한 사내가 조심스럽게 전방을 살폈다. 그가 M16을 들어올렸다.

리처가 조준을 했다. 30센티 길이의 헤클러앤드코흐에는 양쪽 끝에 손잡이가 하나씩 달려 있다. 가늠좌도 두 개다. 명중률이 높은 무기이다.

카운터 사내가 굴착기를 향해 총구를 겨눴다. 그리고 기다렸다. 외눈박이 사내가 뒷벽을 돌아 나와 카운터 사내의 반대쪽 모퉁이에 자리를 잡았다.

굴착기는 계속해서 다가왔다. 타이어 구르는 소리가 요란했다. 버킷 아랫부분에 의해 쓰러졌던 밀대들이 이내 다시 튕겨 일어섰다.

두통이 다시 리처를 습격했다. 양쪽 관자놀이 모두 지끈거렸다. 두 군데의 두뇌 타박상, 직접 충격과 반사 충격. 두개골 내벽과의 왕복 충돌.

다음 순간 장의 총구가 불을 뿜었다.

완전자동. 분당 900발의 믿기 어려운 속도. 2초에 탄창 하나. 한 박자로 울리는 발사음. 미친 듯이 작동하는 재봉틀과 옷 대신 봉합되는 허공. 한 줄로 피어나는 흙먼지와 파편이 되어 날아가는 건물 외벽의 나무 조각들.

외눈박이 사내가 몸을 웅크린 채 황급히 뒷벽으로 돌아왔다. 카운터 사내는 새로운 위협의 발원지를 확인하기 위해 목을 더 길게 뺐다. 리처의 총구가 그자의 움직임을 좇았다. 뒤 가늠쇠, 앞 가늠쇠, 표적.

리처가 방아쇠를 당겼다. 단발. 표적까지의 거리 23미터. 9밀리 파라블럼의 무게는 약 8그램, 철갑 외피, 총구를 떠날 때의 속도는 시속 1360킬로미터 이상, 표적에 이르는 시간은 15분의 1초 이하. 따라서 발사와 거의 동시.

총알은 사내의 등에 명중했다. 목뼈 하단. 급소. 척추 관통. 운이 따랐다. 리처가 원래 겨냥한 곳은 등짝 한가운데였다. 가장 넓은 부위. 그 자체로 명중률을 높여주는 표적. 빗나갈 위험이 가장 적은 조준. 말 그대로 한가운데. 양옆은 넓고 아래위는 상대적으로 훨씬 길다. 다리와 머리까지. 한가운데를 못 맞혀도 어딘가엔 맞는다. 천천히 앞으로 무너지던 사내의 몸뚱이가 건물 모퉁이에 부딪힌 뒤 반원을 그려내며 바닥에 널브러졌다.

돼지치기가 나무 테라스 바닥에 납작 엎드렸다. 그의 모습이 리처의 시야에서 사라졌다. 빽빽한 밀대들. 제법 머리를 쓰는 자였다. 하지만 외눈박이 사내는 아니었다. 그는 오히려 한 발짝 걸어 나왔다. 그가 총을 들어 올렸다. 그리고 방아쇠를 당겼다. 허공을 가르며 날아온 총알은 리처의 오른쪽으로 9미터 떨어진 밀밭을 뚫고 들어갔다.

장의 총구가 다시 불을 뿜었다.

두 번째 탄창. 대단한 여자였다. 강인한 의지와 결단력. 한 박자로 끝나는 발사음, 피어오르는 먼지, 분분히 날리는 판자 파편들.

이어진 정적.

외눈박이 사내가 다시 모퉁이로 후퇴한 뒤 총소리가 들려온 방향을 향해 상체를 내밀고 총을 겨눴다.

외눈박이 사내까지 쏘아죽여야 할지, 리처의 마음 한편에서 살짝 회의가 일었다. '늙고 불쌍한 장애인'을 죽이는 건 정당하지 못한 일이다. 하지만 그 순간만은 예외였다. 그 '늙고 불쌍한 장애인'이 장을 향해 총구를 겨눴으니까. 리처가 조준을 했다. 약 30미터 거리. 그가 앞 가늠자에만 초점을 모았다. 쇠 반지가 만들어 낸 바늘구멍. 오직 그 구멍에만 집중했다. 뒤 가늠쇠는 윤곽이 번진 형태로 감지될 뿐이었다. 표적 역시 번진 형태였다. 그래야 조준이 정확해진다. 그는 그렇게 훈련받았다. 앞 가늠자에만 집중해야 한다. 결국엔 모든 게 합치된다. 번진 형체의 뒤 가늠쇠, 뚜렷한 바늘구멍, 번진 형체의 표적. 실제로 그랬다. 그 세 가지가 합치했다. 정연한 일직선을 그리며.

그가 방아쇠를 당겼다.

똑같은 총알, 똑같은 조건. 하지만 23미터가 아니라 30미터였다. 총알의 공중 체류시간 12퍼센트 증가, 탄도 상승각도 12퍼센트 증가. 총알은 외눈박이 사내의 두개골 하단에 명중했다. 해부학상으로는 연수라고 불리는 부위. 소위 도마뱀 뇌. 인간의 두뇌 부위들 가운데 처음으로 부풀어 올라 지능을 잉태한 요람. 백만 년 전에 생성된 2.5센티미터 너비의 좁은 공간. 철갑외피를 두른 총알이 관통하는 데 소요된 시간은 1000분의 1초. 그에 따라 발생한 유체 정역학적 압력 때문에 사내의 머리통은 즉시 박살이 났다. 총성의 음파가 담장에 닿기도 전에 그의 목숨은 이미 끊어졌다. 그의 몸뚱이는 마치 세게 닫히는 문짝처럼 급하게, 그리고 수직으로 넘어갔다.

굴착기는 계속해서 담장을 향해 다가왔다.

돼지치기가 벌떡 일어나서 달렸다.

리처도 벌떡 일어섰다. 이어서 조절레버를 자동으로 놓고 방아쇠를 당겼다. 자꾸 치솟는 총신과 그걸 다시 수평으로 끌어내리는 리처의 손동작이 순간적으로 반복되었다. 수직 담장에 페인트칠을 하는 것처럼.

탄창에 남아 있던 스물여덟 발이 순식간에 모두 발사됐다. 하지만 그의 재봉질은 허공만을 봉합했을 뿐이었다. 하나같이 조준이 낮았다. 두 다리가 제대로 버텨주지 못했기 때문이다. 균형을 잡기가 힘들었다. 어지러웠다. 그가 머리를 좌우로 흔들었다. 증상이 사라졌다.

장의 총구가 다시 불을 뿜었다. 세 번째 탄창. 완전자동. 하지만 조준이 너무 높았다. 건물 지붕의 판자들이 파편이 되어 날렸다. 사내는 전속력으로 달음질쳐서 시야로부터 사라졌다.

굴착기는 담장을 향해 계속해서 다가왔다.

리처가 달리기 시작했다. 자꾸만 하체에 엉켜오는 밀대들을 헤집고 뛰어넘어 굴착기를 향해 달렸다. 옆거울로 리처를 확인한 웨스트우드가 굴착기를 세웠다. 장은 반대쪽에서 달려왔다. 하지만 굴착기 앞에서 멈춰 서지 않았다. 대신 굴착기를 빙 돌아서 리처에게로 달려왔다. 그녀가 리처를 꼭 끌어안았다.

그녀가 말했다. "당신 괜찮아요?"

그가 말했다. "그런 것 같소."

"당신이 둘을 쓰러뜨렸어요."

"아직 두 놈이 더 남았소. 픽업트럭에 넷이 타고 왔으니까."

"그들을 어떻게 처리해야 하죠?"

"그건 찾아낸 다음에 생각할 일이오."

"아까 당신이 집 안 어딘가에 벙커 같은 게 있을 거라고 했잖아요."

그들이 굴착기에 올라탔다. 아까처럼 웨스트우드의 양옆에 한 명씩 붙어선 자세. 전방 시계는 여전히 제로. 웨스트우드가 말했다. "그들이 어디다 벙커를 만들었을까요?"

"그들이 새로 만든 게 아니오." 리처가 말했다. "처음부터 마련돼 있던 공간이오. 미국의 농장 가옥이라면 모두 갖고 있는 공간. 외부에서 가해지는 엄청난 압력을 견뎌낼 수 있는 안전지대."

장이 말했다. "토네이도 대피소."

"그렇소. 지하에 마련된 대피소. 그런 곳엔 비상구도 설치돼 있소. 집이 무너져서 계단 출입문이 막혀버릴 경우를 대비해서 모든 지하실엔 어떤 형태로든 비상 탈출구가 갖춰져 있어야 하오. 저자들도 반드시 비상 탈출구를 뚫어 놓았을 거요. 위기상황을 늘 의식하며 살아온 자들이니까. 저집 지하실에는 다른 건물로 통하는 지하 터널이 있을 거요. 그쪽 출구에는 해치를 설치했을 거요. 눈에 안 띄게 단단히 위장해 놓았을 건 물론이고. 그 해치를 찾아내는 게 우선이오. 그다음엔 트럭을 몰고 가서 그 위를 봉쇄하는 거지."

웨스트우드가 다시 엔진을 깨웠다. 그가 레버들을 조작했다. 당겼던 것들은 밀고 밀었던 것들은 당겼다. 전방 버킷이 뒤로 기울어지더니 하강하기 시작했다. 하지만 바닥까지 내려가기 전에 멈춰 섰다. 이제 버킷 상단 위로 좁게나마 시야가 확보되었다. 더 이상 완벽한 방패는 아니었다. 하지만 적절한 타협이었다.

웨스트우드가 기다렸다.

리처가 말했다. "자, 갑시다."

한 차례 몸체를 흔들고 난 굴착기가 이내 적당히 속력을 올리며 전진했다. 부실한 바퀴들이 신음을 냈다. 150미터, 100미터. 담장이 점점 가까워졌다. 어느 순간 굴착기가 담장을 부수고 농장 내로 진입했다. 끊어진 철사줄들이 양옆으로 튕기며 움츠러들었다. 히코리나무 파편들이 사방으로 튀었다. 하지만 굴착기는 속도를 늦추지 않고 전진했다. 첫 번째 건물을 왼쪽으로 돌아 지나쳤다. 외눈박이 사내의 시체도 지나쳤다. 흙을 다져 조성한 마당에 이르러서야 속도가 줄어들기 시작하더니 마침내 멈춰 섰다. 더 이상 사파리 물웅덩이에서 먹이를 기다리는 포식자가 아니었다. 원형경기장의 검투사였다.

그들을 향해 날아오는 총알은 없었다.

어떤 반응도 없었다.

현장의 모습은 구글의 위성사진과 똑같았다. 다만 시야의 각도만 다를 뿐이었다. 굴착기 정면에 가옥이 자리 잡고 있었다. 그 오른쪽에 바짝 붙은 건물이 자살 서비스 현장이었다. 세 사람의 판단이 그랬다. 왼쪽엔 자가발전소 창고와 승용차 한 대짜리 차고만 한 건물이 거리를 두고 늘어서 있었다. 돼지 축사와 창고는 가옥 뒤쪽, 그러니까 동쪽으로 멀찍이 떨어져 있었다. 전화선 전신주들이 늘어선 진출입로가 그 앞을 지나고 있었다.

배기관은 보이지 않았다.

어떤 움직임도 없었다.

웨스트우드가 부츠 속에서 총을 뽑아 들었다.

리처가 말했다. "지금부터는 철저한 자원 임무요."

"알고 있습니다."

"밀착 대형을 유지하면서 저 집으로 들어갑시다."

세 사람이 굴착기에서 내려섰다.

그들을 향해 날아오는 총알은 없었다.

어떤 반응도 없었다.

어떤 움직임도 없었다. 오직 돼지우리에서 풍겨나는 악취뿐이었다.

그들은 흙마당을 가로질러 집을 향해 다가갔다. 일렬횡대. 장이 왼쪽, 웨스트우드가 가운데, 리처가 오른쪽. 그의 머리가 다시 아파왔다. 누군가가 송곳으로 귀를 쑤셔대는 것 같았다.

56

장과 웨스트우드가 집 안을 수색하는 동안 리처는 문 앞에서 보초를 섰다. 잠시도 한눈을 팔 수 없는 임무였다. 비상탈출구의 위치를 알 수 없었기 때문이다. 어느 지점에서든 그자들이 기습해올 수 있었다. 하지만 그런 일은 일어나지 않았다. 2분이 흘렀다. 장이 다시 밖으로 나왔다. 그녀가 말했다. "지하실 입구는 찾아냈어요. 웨스트우드가 그 옆을 지키고 있어요. 동물원 같은 집이에요."

그녀와 보초 임무를 교대하고 리처가 집 안으로 들어갔다. 웨스트우드는 침실의 회랑 안쪽에 서 있었다. 그가 지키고 있는 곳은 한때는 침구용 장롱이었을 것 같은 공간이었다. 그 안쪽엔 큼지막한 해치가 벽과 바닥 사이에 비스듬히 설치돼 있었다. 대략 45도 각도였다. 그 안쪽에 층계가 설치돼 있을 것이다. 지하실로 통하는 층계. 해치는 굳게 닫혀 있었다. 토네이도 대피소 문짝들이 모두 그렇듯이 젖혀 여는 방식일 것이다. 밀어 여는 방식은 강풍에 문짝이 밀릴 수도 있기 때문이다.

리처가 거리를 계산해 보았다. 회랑의 너비, 그리고 장롱 공간의 깊이, 그리고 해치 스타일 문짝의 반지름. 그가 거실을 찾아 침실 밖으로 나갔다. 거실을 확인한 뒤에야 비로소 동물원 같다는 장의 말을 이해할 수 있었다. 시카고 피터 맥캔의 집을 열 배로 확장해 놓은 것 같은 공간이었다. 최소한 스무 대 이상의 스크린, 수십 개의 키보드와 본체들, 곳곳에 설치

535

된 키 높은 선반들, 그 선반들마다 가득한 각종 전자 부품들, 여기저기 무더기로 쌓여 있는 하드 드라이브들, 벽면마다 수두룩한 콘센트들과 거기서부터 이어져 나온 다중 플러그소켓들, 케이블 연결장치 등이 어떤 것들은 불빛을 깜빡거리고, 어떤 것들은 웡웡대는 전자음을 나지막이 토해내고 있었다. 하지만 그 모두를 합친 것보다 더 많은 자리를 차지하고 있는 물건은 전선이었다. 묶여 있는 것들, 엉켜 있는 것들, 똬리를 틀고 있는 것들. 모두 풀어내면 몇 킬로미터는 족히 늘어질 것 같은 엄청난 양이었다.

하지만 리처는 전선은 물론 그 밖에 어느 다른 물건에도 관심이 없었다. 최소한 그 시점에서는.

거실 한쪽 구석에 진짜 거실답게 사용하는 공간이 마련돼 있었다. 그곳에는 그의 관심을 끄는 물건이 있었다. 세 사람이 넉넉히 앉을 수 있을 정도의 제법 큰 소파. 곡선의 미를 공들여 살린 팔걸이. 바로 그가 찾던 물건이었다. 그가 소파를 반은 들고 반은 끌어가면서 웨스트우드에게로 돌아왔다. 침실 회랑에 이르자 그가 소파를 똑바로 세운 뒤 지그재그로 걸음마를 시켜가며 지하실 입구까지 운반했다. 이어서 거리와 각도를 어림하면서 소파를 옆으로 눕혔다. 쓰러지던 소파가 해치와 그 맞은편 벽 사이에 꽉 낀 상태에서 더 이상 움직이지 않았다. 양쪽 팔걸이가 각각 해치와 벽을 누르고 있는 구도였다.

그렇게 구멍 하나가 봉쇄됐다.

잠시 후 세 사람은 현관문 앞에 다시 모여 섰다. 이제 두 번째 구멍을 찾아야 했다. 첫 번째 구멍의 경우와는 달리 의견이 분분했다. 손가락들이 번갈아가며 곳곳을 가리켰다. 건물들의 구조와 구도에 입각한 체계적 추정도 필요했다. 대부분의 주택들처럼 직사각형 가옥이었다. 따라서 지하

대피소도 건물과 나란히 뻗은 직사각형일 것이다. 그건 건축 공학의 기본이다. 그리고 비상탈출구는 정식 출입구의 반대쪽에 뚫려 있을 것이다. 그건 인간 본성의 기본이다. 그렇다면 두 개의 구멍을 잇는 터널은 건물의 중추와 평행선을 이루고 있을 것이다. 외벽과 직각을 이루며 건물을 빠져나간 뒤에는 자가발전소 창고, 혹은 그 옆에 자리 잡은 승용차 한 대짜리 차고만 한 건물을 향해 앞마당 땅속으로 뻗어 있을 것이다.

그렇다면 둘 중 어느 건물일 것인가? 상식적으로 판단할 때 자가발전소 건물일 가능성이 높았다. 확실한 목적을 가지고 지어진 건물이었다. 콘크리트로 다져진 바닥이었다. 터널 출구를 뚫어 놓은 뒤 바닥을 마무리했을 것이다. 게다가 관리점검을 위해 수시로 드나들어야 하는 곳이었다. 그러니 청결할 것이다. 효율적이고 안전할 것이다. 발끝에 걸리는 쓰레기 더미 따위는 없을 것이다. 비상탈출구 조성부터 실제 위기 상황에서의 탈출에 이르기까지 최적의 조건이었다. 상식적으로 판단했을 때는.

하지만 세 사람이 선택한 건 그 옆의 작은 건물이었다. 허를 찌르는 역발상. 그자들은 단지 토네이도를 대비해서 탈출구를 뚫어 놓은 것이 아니다. 상식은 누구나 알고 있으니 상식이다. 실제 위기 상황에서 누구나 쉽게 짐작할 수 있는 탈출구가 무슨 소용이 있겠는가.

그 건물에는 옛날에 지어진 차고들이 흔히 그렇듯 두 짝짜리 출입문이 나 있었다. 자물쇠는 잔뜩 녹이 슨 채 풀어져 있었다. 리처가 생각하기에 타당한 조치였다. 사실은 아예 자물쇠가 없어야 했다. 열쇠라는 건 언제든 분실될 수 있는 물건이다. 기껏 탈출구로 기어 올라와서는 창고에 갇혀버리는 경우도 얼마든지 생길 수 있는 것이다.

그들이 두 개의 문짝을 활짝 열어젖혔다. 높게 쌓인 채 서로 뒤엉켜 있는 쓰레기 더미 하나가 가장 먼저 눈에 들어왔다. 대부분이 금속 파편들이었다. 오래된 페인트 통들도 간간이 섞여 있었다. 바닥에는 페인트로 얼룩진 천이 부분적으로 깔려 있었다. 특별한 목적이 있는 건물이 아니었다. 관리점검을 위해 사람들이 수시로 드나드는 곳이 아니었다. 청결하지 않았다. 효율적이지도 안전하지도 않았다. 비상탈출구가 있을 만한 조건이 아니었다. 상식적으로는.

하지만.

쓰레기 더미가 수상했다. 논리와 중력의 법칙으로는 설명이 안 되는 부분이 있었다. 아무렇게나 던져 놓은 게 아니었다. 인위적으로 조성된 게 분명했다. 바닥도 수상했다. 금속 파편들로 온통 지저분한 바닥에 한 사람이 지나다닐 만한 통로가 나 있었기 때문이다. 역시 인위적으로 조성된 게 분명했다. 출입문까지 이어진 통로. 부분적으로 바닥을 덮고 있는 천의 한가운데가 약간 솟아 있었다. 그곳이 통로의 시작이었다.

리처가 천을 옆으로 걷어냈다. 집 안에서 발견했던 것과 똑같은 스타일의 해치가 나타났다. 하지만 비스듬히 설치된 게 아니었다. 해치는 콘크리트 바닥에 수평으로 덮여 있었다.

"제법이군." 리처가 말했다.

장이 건물 밖으로 나갔다. 리처와 웨스트우드는 바닥의 금속 파편들을 열심히 치워댔다. 얼마 후, 장이 픽업트럭을 몰고 돌아왔다. 식당 뒤에서 네 사내를 태우고 황급히 떠나갔던 픽업이었다. 예상했던 대로, 그리고 기대했던 대로 열쇠는 꽂혀 있었다. 그녀가 조금씩 빼고 박기를 몇 차례 반복한 끝에 왼쪽 앞바퀴를 해치의 정중앙에 정확히 올려놓는 작업에 성공했다.

두 번째 구멍 봉쇄.

장이 픽업에서 내려섰다. 그녀의 눈길이 금속 파편들을 훑었다. 그녀가 말했다. "이게 다 뭐죠?"

좋은 질문이었다.

모두 연철들이었다. 흔히 볼 수 있는 철근들, 직각으로 꺾인 파이프들, 8절지 크기의 강판을 재료로 일련의 공정을 통해 제작된 다양한 형태의 철제품들. 종류는 가지각색이었지만 잔뜩 녹이 슬어 있는 건 똑같았다. 그리고 대부분 곳곳에 검은 얼룩이 져 있었다. 페인트나 오물 자국인 것 같았다. 철근들 전부와 직각 파이프 대부분에는 용접 자국이 나 있었다. 철제 담장을 설치할 때 필요한 볼트 구멍 같았다. 쓰레기 더미에 뒤섞여 있는 철근의 길이는 90센티부터 180센티까지 다양했다. 직각 파이프의 가로세로 길이도 가장 짧은 게 90센티, 가장 긴 게 180센티였다.

철제 담장의 부품들일 수가 없었다.

그들은 통나무와 철조망만으로 이어진 담장을 굴착기로 뚫고 들어왔다. 그 농장에는 철제 담장이 없다. 그때까지 리처가 확인한 바로는 카운티 어디에도 철제 담장은 없었다. 어쩌면 주 정부에서 철제 담장을 금지하고 있을지도 모른다. 상식적으로 따져도 그렇다. 철제 담장의 파이프들은 길이가 같아야 한다. 90센티부터 180센티까지 길이가 들쭉날쭉한 파이프들을 빙 둘러 조성한 담장이 어디 있겠는가. 게다가 볼트 구멍들도 일정하지 않았다. 수직으로 뚫린 것도 있었고 수평으로 뚫린 것도 있었다.

그리고 경첩이 달린 파편들도 있었다.

담장이 아니다.

장이 말했다. "하느님 맙소사, 철제 우리예요!"

8절지 크기의 강판, 일련의 공정, 잔뜩 슬어 있는 녹, 검은 얼룩.

다양한 형태.

둘레 길이 7.5센티 남짓의 경첩 달린 철고리들. 납땜질한 U자 형태의 눈 모양.

족쇄.

둘레 길이 15센티 남짓의 경첩 달린 철고리들. 납땜질한 철못.

노예용 목 굴레.

그 밖에 조악한 철가면까지 있었다. 집게와 못들은 물론이었고.

"검은 얼룩." 장이 말했다. "내 생각엔 피 같아요."

세 사람이 건물 밖으로 나왔다. 따뜻한 햇볕. 하지만 몸에는 한기가 돌았다. 그들 모두 몸을 돌리고 가옥을 바라보았다. 이어서 그 옆에 자리 잡은 자살 서비스 현장으로 눈길을 옮겼다.

리처가 말했다. "지금부터는 각자의 선택에 맡기겠소."

그가 걷기 시작했다. 장이 그를 따라 걷기 시작했다. 웨스트우드는 잠시 머뭇거린 뒤 잰걸음으로 두 사람을 쫓아갔다.

자살집행소는 가옥의 절반쯤 되는 규모의 건물이었다. 무릎 높이의 콘크리트 기단은 곳곳이 오렌지색으로 얼룩져 있었다. 비오는 날마다 흙바닥에서 튕겨 오르는 진흙자국이었다. 널판 지붕을 이고 있는 외벽 자재 역시 타르를 두껍게 바른 판자였다. 견고함을 강조한 전통적 사각구조였다. 리처의 손가락 굵기만 한 전선들이 처마 밑에 늘어져 있었다.

창문은 없었다.

출입문은 잠겨 있었다.

리처가 말했다. "준비됐소?"

"꼭 그런 것 같지는 않아요." 장이 말했다. 기어들어가는 목소리였다. 리처의 머릿속에 그녀가 처음으로 몸을 기대왔던 순간이 떠올랐다. 캐딜락 운전기사의 가게. 지역 전화번호부. 두 사람은 M으로 시작하는 인명들을 뒤지고 있던 중이었다. 주위에 가득 쌓인 소포 꾸러미들. 그중에서 리처의 기억 속에 선명히 남아 있는 두 개. 모두 해외에서 건너온 것들. 하나는 독일제 의료기, 살균된 스테인리스 강철 제품. 다른 하나는 일제 비디오 장비, 고화질 카메라.

'마더스 레스트에 좋은 상품들이 많다고 들었습니다.' 작성자 블러드의 게시글을 읽고 나서 팔로알토 사내는 사뭇 당황스러워했다. 그 게시판을 확인할 수가 없다고 했다. 느낌상으로는 자살 사이트와 성격이 판이한 곳. 모종의 동호인 전용 사이트. 디프 웹에서도 아주 깊숙한 곳에 숨겨져 있는 공간.

리처가 도움닫기 할 공간을 확보하기 위해 뒤로 몇 걸음 물러섰다. 잠시 후 그의 발꿈치에 가격당한 잠금장치가 산산이 부서졌다. 안쪽으로 열렸던 문짝이 벽에 부딪혀 튕겨 나왔다. 다시 닫히려는 문짝을 리처가 활짝 편 손바닥으로 저지하고 안으로 들어갔다. 현관. 악취. 돼지 냄새보다 지독했다. 전방에 작은 주방이 보였다. 하지만 식기나 취사도구는 없이 달랑 머그와 물병들뿐이었다. 대신 못 쓰는 전선과 케이블, 그리고 플러그소켓들이 서로 엉킨 채 주방 곳곳에 무더기를 이루고 있었다. 따라서 취사장이라기보다는 모종의 작업 공간이었다. 리처가 현관에서 왼쪽으로 꺾어져 들어갔다. 작은 로비였다. 로비 오른쪽 벽과 끝 벽에 각각 문이 하나씩 나 있었다. 그가 오른쪽 문을 열었다. 화장실이었다. 깨끗하지도, 그렇다고 더럽지도 않았다. 공동으로 사용하는 곳. 한쪽 벽에는 후크 네 개짜리 코트걸이가 부착돼 있었다. 네 개 모두 임자가 있었다. 하지만 코트가 아니었다.

고무앞치마.

모두 고동색과 검정색 얼룩이 가득했다.

리처가 로비 끝 벽에 난 문의 손잡이를 돌려보았다.

잠겨 있지 않았다.

다시 두통이 엄습했다.

리처가 말했다. "준비됐소?"

"꼭 그런 것 같지는 않아요." 장이 다시 그렇게 말했다.

기어들어가는 목소리.

그가 문을 열었다. 암흑천지. 악취. 한기. 상당히 넓은 공간임을 짐작케 해주는 공명. 딱딱한 바닥. 발끝에 걸리는 장애물들. 그가 벽을 더듬었다.

더듬던 손끝에 스위치가 걸렸다.

스위치를 켰다.

그는 흰 드레스 차림의 여인을 보았다.

몬테카를로의 가든파티로 향했던 게 아니었다. 다섯 번째 혼인신고를 위해 시청으로 향했던 게 아니었다. 아늑한 분위기 속에서 평온한 죽음을 보장하는 자살 리조트로 향했던 게 아니었다. 마지막까지 존엄성을 유지한 채 넴뷰탈을 마신 게 아니었다. 최후의 순간까지 우아함을 유지한 채 구형 V8엔진이 뿜어내는 배기가스를 흡입한 것도 아니었다.

그 어느 것도 아니었다.

그녀의 양 손목은 흰 타일 벽에 쇠사슬로 묶여 있었다.

그녀의 주위는 온통 핏자국이었다.

하중에 의해 축 처져 있는 육신.

그 육신에 깃들어 있던 영혼은 이미 떠나간 지 오래였다.

리처는 병리학에 관해서는 문외한이다. 하지만 그녀의 사인이 야구 방망이에 의한 구타라는 사실은 어렵지 않게 알아챌 수 있었다. 바닥에 핏덩이가 잔뜩 엉겨 붙어 있는 야구 방망이 하나가 내던져져 있었다. 검은색으로 변해가고 있는 핏덩이. 금속 파편들의 얼룩처럼.

여자의 피부는 파랬다. 시반이 아니라 숨이 붙어 있을 때 두들겨 맞으면서 생긴 멍이었다. 온몸의 뼈는 모두 부러진 상태였다. 두개골은 기형으로 변해 있었다. 머리칼은 온통 떡이 져 있었다. 백설처럼 희던 드레스는 피와 토사물에 의해 누더기보다 더 지저분했다.

그녀의 정면에는 비디오 장비들이 늘어서 있었다. 견고한 삼각대 위에 얹힌 텔레비전 카메라 세 대. 받침대 위에 얹힌 조명과 반투명한 산광막(광선을 확산하고 부드럽게 하기 위해 조명기구 앞에 부착하는 반투명한 물질)들, 뱀 떼처럼 바닥에 깔린 전선들. 흰 타일 벽은 무대였다. 뒷벽 전체, 그리고 옆벽들을 3등분 했을 때 뒷벽과 만나는 마지막 3분의 1이 흰 타일로 발라져 있었다. 뒷벽과 잇닿은 바닥의 3분의 1도 역시 흰 타일이었다. 따라서 조도를 증폭시키는 효과가 상당할 것이다. 아주 세밀한 부분까지 속속들이 드러날 것이다.

흰 타일이 벌겋게 물들어 있기는 했어도.

그 무대 위 허공에는 마이크도 매달려 있었다.

두 개.

스테레오.

카메라 삼각대 하나에 종이 한 장이 클립으로 고정돼 있었다. 이메일을 복사한 것이었다.

'잘난 체하는 계집년이 야구 방망이로 두들겨 맞아 죽는 걸 보고 싶군요. CEO 스타일의 계집이어야 합니다. 최대한 시간을 끌어주세요. 두 다리부터 시작하는 게 좋겠군요. 두들겨 맞는 동안 그 계집이 '죄송해요, 로저, 죄송해요, 로저'라고 계속해서 빌게 만드세요. 내 주문대로만 해주면 10만 달러를 내죠. 기꺼이.'

자살과는 관계없는 사이트. 모종의 동호회 사이트.

그 동호회 사이트의 간판 역시 위장한 사이트와 마찬가지로 마더스 레스트였다. 가옥으로 돌아온 뒤 웨스트우드와 장이 컴퓨터들을 작동시켰다. 저장되어 있는 건 오직 비디오들뿐이었다. 유료 방송. 관람료는 엄청나게 비쌌다. 가장 싼 게 웬만한 자동차 한 대 값이었다. '굶겨 죽이기'라는 제목의 비디오가 가장 비쌌다. 시간이 오래 걸리기 때문일 것이다. 두 번째는 '임산부 대검으로 찔러 죽이기'. 그리고 '복부 쏴서 죽이기'도 가격이 만만치 않았다. 최고 인기작 코너도 있었다. 최근에 시청한 작품들 목록도 있었다. 희생자들, 아니 주인공들의 신상과 살해 방법들을 항목별로 묶어 놓은 서비스도 있었다. 남성, 여성, 부부, 연인, 젊은이, 늙은이, 흑인, 백인…… 베어 죽이기, 찔러 죽이기, 때려 죽이기, 전동기구로 죽이기, 끔찍한 것들을 체내에 삽입해서 죽이기, 외과병상에 올려놓고 메스로 죽이기, 감전시켜 죽이기, 익사시키기, 총으로 죽이기……

특별주문도 받고 있었다. 5단계. 사이트 회원들은 언제든 자신이 원하는 내용을 텍스트로 주문할 수 있다. 어떤 내용이든 관계없다. 처음부터 끝까지 모든 과정을 각본으로 구성해서 보내는 것도 환영이다. 고객의 만족을 위해 어느 한 부분도 소홀히 하지 않겠다는 다짐까지 첨부돼 있었다. 주문 내용에 부합하는 주인공이 나타나는 순간, 거래가 시작되는 방식이었다. 얼굴을 비롯한 주인공의 모든 조건과 가격이 합의되기 전까지는 선불조차 받지 않았다.

장이 말했다. "이것 좀 보세요." 기어들어가는 목소리. 그녀의 두 눈은 화면 속 카탈로그의 맨 아래에 고정돼 있었다.

리처가 보았다. 마더스 레스트 비디오 목록의 마지막 작품.

'화끈한 최신작. 바로보기'. 그 제목은 '말라깽이, 갈비뼈부터 모두 부러뜨려가며 죽이기'.

기차에서 내린 사내. 양복 차림에 고급 가죽가방.

측은할 만큼 비쩍 마른 몸매.

리처의 머리가 다시 아파왔다.

장이 목록을 역으로 훑기 시작했다. 최신작에서부터 시작해서 최근작들을 거슬러 올라가던 그녀의 손길이 갑자기 멈췄다.

'슬퍼해야 할 이유가 있는 슬픈 연인.'

그녀가 말했다. "마이클 맥캔과 엑시트예요, 그렇죠?"

리처는 아무 말도 하지 않았다.

웨스트우드가 말했다. "이것 좀 보십시오." 다른 화면 위에 떠 있는 최상위 리스트였다. 그의 손가락이 열을 지은 숫자들을 가리키고 있었다. 그가 말했다. "내키진 않지만 이것들을 영화라고 불러야겠습니다. 실제로 영화니까요. 스너프 영화. 어떤 것들은 상영시간이 아주 깁니다. 가장 짧은 게 두 시간이에요. 가장 오래된 건 5년 전, 가장 최근에 찍은 건 바로 어제 올라왔습니다."

그의 손가락이 화면을 따라 내려가다가 바닥에 조금 못 미친 지점에서 멈췄다. 그가 말했다. "맥캔이 내게 처음으로 전화했던 시점까지 이자들이 몇 편이나 제작했는지 맞춰보세요."

리처가 말했다. "200편."

"그리고 현재까지는 209편입니다."

리처는 아무 말도 하지 않았다.

웨스트우드가 말했다. "'천 번 베어 죽이기' 한번 보시겠습니까?"

"싫소."

"만일 내가 진짜로 이자들의 수중에 떨어졌다면 나를 주인공으로 삼은 영화 제목은 뭐가 됐을까요?"

"함부로 펜대를 굴리는 신문기자, 펜으로 죽을 때까지 찌르기."

"사기극은 언제까지 계속됐을까요? 희생자들은 언제 진상을 깨달았을까요? 저 방에 발을 들여놓은 다음이었을까요?"

장이 말했다. "캐딜락 운전기사가 뒷좌석 문을 열고난 뒤 돼지 냄새가 지독하게 풍겨왔을 때 모든 걸 깨달았을 거예요. 그 순간에 총이 겨눠졌을 테고요."

"그거야 물어보면 될 일이오." 리처가 말했다. "그 새끼들이 어디 있는지 우린 알고 있으니까."

그들이 안쪽으로 걸음을 옮겼다. 침실 회랑. 한때는 침구용 장롱이었던 공간, 해치와 맞은편 벽 사이에 꽉 끼어 있는 소파.

리처가 말했다. "트럭을 빼는 게 더 쉽겠군."

장이 말했다. "당신 괜찮아요?"

그가 고개를 끄덕였다. "이 상황에서 내 두통이 문제겠소?"

현관을 통해 다져진 흙마당으로 나온 세 사람이 가상의 지하 터널 위를 따라 두 짝짜리 출입문 건물로 걸어갔다. 장이 운전석에 올라타서 픽업을 앞으로 뺐다. 엔진을 켜둔 채 그녀가 다시 내려섰다. 그녀가 해치를 보며 말했다. "어떤 식으로 처리하고 싶은 건가요?"

리처가 말했다. "저자들이 바로 지금, 바로 이 해치 아래에 웅크리고 있진 않을 거요. 하지만 계획은 최악을 대비해서 세우는 거지. 웨스트우드가 해치를 열고 잽싸게 뒤로 빠지면 우리 둘이 구멍을 향해 총을 겨누는 거요. 알겠소?"

그녀가 고개를 끄덕였다. 웨스트우드가 고개를 끄덕였다. 리처가 그의 헤클러앤드코흐를 뽑아들고 해치 오른쪽에 서서 자세를 잡았다. 새 탄창. 완전자동. 장이 해치 왼쪽에 서서 똑같은 자세를 취했다.

웨스트우드가 상체를 숙이고 손잡이를 잡았다.

그가 해치를 열어젖히고 잽싸게 뒤로 빠졌다.

구멍이 없었다.

57

부품으로 파는 해치를 구입해서 조립한 뒤 콘크리트 바닥에 엎어 놓고 틀 주위에 시멘트를 부어 고정시킨 것이었다. 구멍은 없었다. 층계도 없었다. 뚫으려 했던 자국이 아예 없었다. 해치 오른쪽도, 해치 왼쪽도, 해치 뚜껑 아래도 자갈이 작은 돌기로 솟은 콘크리트 바닥일 뿐이었다.

감긴 눈이 얼굴의 다른 부위들과 피부로 연결되는 것처럼.

가짜.

속임수.

함정.

리처가 말했다. "내 잘못이오. 내 생각이 짧았소."

웨스트우드가 말했다. "엎질러진 물입니다. 진짜 탈출구를 찾는 일이 급합니다."

"아뇨." 장이 말했다. "그자들이 탈출구를 이미 사용했는지 확인하는 게 더 급해요."

그녀가 제기한 의문은 즉시 답을 얻었다. 초음속 비행물체에 의한 대기의 진동, 세찬 후류가 일으키는 김빠지는 소리, 그리고 판자벽을 뚫고 들어와 세 사람의 머리 위 1미터 높이의 허공을 가르고 날아간 나토 실탄의 본체. 그 뒤를 이어 라이플 총성이 그들의 고막을 때렸다. 소리의 파장은 발사된 총알보다 느리다. 하지만 이번엔 그 차이가 극히 미미했다. 즉, 가까운 지점에서 발사된 것이다. 리처의 판단으로는 30미터 남짓일 것 같았다. 라이플의 유효 사거리를 감안할 때 제로 사거리나 마찬가지였다. 상대가 아무리 형편없는 저격수일지라도 방심할 수 없었다. 세 사람은 잽싸게 안쪽 깊숙한 곳으로 몸을 피했다. 다시 또 한 발이 날아들었다. 나무 벽에 햇빛 구멍이 뚫렸다. 그리고 또 한 발. 2.5미터 떨어진 곳에 햇빛 구멍이 또하나 뚫렸다. 벽에 가려 보이지 않는 표적을 향한 무차별 사격이었다. 하지만 느낌이 달랐다. 제1선에 매복해 있던 사내들과는 차원이 달랐다. 창고 문짝 정도는 얼마든지 맞힐 수 있는 자들이었다. 리처가 금속 파편 무더기들을 지나 안쪽 구석으로 다가갔다. 상대적으로 안전한 지점이었다. 물론 엄폐물은 전혀 없었다. 하지만 무차별 사격에도 총구가 향하는 지점마다 확률이 있다. 나무 벽들은 방패 구실을 전혀 할 수 없지만 숫자는 거짓말을 하지 않는다.

그가 뒷벽을 발로 내질렀다. 바닥과 잇닿아 있던 판자 일부가 떨어져 나가면서 높이 60센티에 폭 120센티짜리 구멍이 생겨났다. 그가 주먹질을 가하자 폭은 150센티로 늘어났다. 웨스트우드가 먼저 기어나갔다. 그다음은 장. 또 한 발이 뚫고 들어왔다. 마지막은 리처. 밖으로 빠져나온 세 사람은 건물을 주시하면서 뒤로 물러섰다. 뒤쪽은 온통 밀밭이었다. 오른쪽 후방, 사선으로 20미터 남짓 떨어진 지점에 그자들이 첫 번째 방어진지로 삼았던 건물이 있었다. 이제는 시체들이 지키고 있는 곳. 다시 그 시체들을 굴착기가 지키고 있었다. 오른쪽 전방에는 스튜디오와 가옥, 왼쪽 전방에는 자가발전소 건물.

그 건물들과 리처 일행 사이에는 흙마당이 자리 잡고 있었다. 가장 짧은 거리가 20미터. 스무 걸음. 지금 상황에서는 아주 먼 거리였다. 하지만 불가능한 건 아니었다. 적들에게 달려 있었다. 그들이 어떻게 조준을 하고 있을까? 그들이 사격술 훈련을 제대로 받았을까? 만일 그렇다면 앞 가늠좌에만 집중하고 있을 것이다. 주변의 풍경과 움직임은 시야에 들어오지 않을 수도 있다. 조준을 하고 있는 동안에는. 따라서 한 사람이 흙마당을 가로질러도 그들의 눈에 띄지 않을 가능성은 있다. 고릴라 탈을 쓰고 흙마당을 가로질러도 충분히 그럴 수 있다. 그들이 어떻게 조준하고 있느냐가 관건이었다. 한 사람이라면 그들의 시야에 잡히지 않을 수도 있었다.

하지만 세 사람이라면 그럴 수 없었다.

리처가 속삭였다. "여기에 가만히들 계시오. 움직이지 마시오. 곧 돌아오겠소."

장이 말했다. "어딜 갔다 돌아온다는 거죠?"

"저 건물로 다시 들어갈 거요."

"그건 미친 짓이에요."

"꼭 그렇진 않소. 놈들의 사격 솜씨를 보시오. 간단한 산수요. 확률이 나오잖소. 벽이 없어도 나는 안전할 거요."

"그래도 그건 무모한 모험이에요."

"벽이 넓잖소. 그러니 내가 총에 맞을 확률이 얼마나 되겠소? 저기까지 가는 동안에 심장마비에 걸릴 확률이 더 높을 거요."

"나도 같이 갈래요."

"그럽시다. 하지만 웨스트우드, 당신은 여기 남아 있어야 하오. 종군기자로서 전황을 취재하기에는 이 자리가 더 유리하니까."

웨스트우드가 말했다. "내가 지금 종군기자가 된 겁니까?"

"아니. 듣기 좋으라고 한 얘기였소. 당신 머릿속에는 독점 취재권에 대한 생각만 가득하잖소."

"꼭 그런 것만은 아닙니다."

"어쨌든 여기 남아 있어야 하오."

리처와 장이 건물 뒷벽으로 다가간 뒤 기어나왔던 구멍을 통해 다시 기어들어갔다. 햇빛을 머금은 총알구멍들이 널찍한 별자리를 형성하고 있었다. 대부분 조준이 높았다. 리처보다 키가 컸던 그의 형이었다면 위험했을지도 모른다. 하지만 리처는 아니었다. 장은 더욱 아니었다. 또 한 발이 뚫고 들어왔다. 역시 높았다. 그리고 그들 왼쪽으로 한참 빗나갔다.

리처가 말했다. "정말로 무차별 사격이라면 모든 지점의 확률은 똑같소. 한 번 맞았던 자리든 아니든."

그가 총알구멍 하나에 눈을 들이댔다. 햇빛에 부신 눈이 가늘어졌다.

그가 말했다. 판자에 뺨을 밀착시킨 탓에 어눌한 말투였다. "총구의 화염을 통해서 놈들의 위치를 확인해야 하오. 그다음엔 놈들이 뛰어 달아나게 만들어야 하고."

또 한 발이 뚫고 들어왔다. 햇빛 구멍이 또 하나 생겨났다. 이번엔 리처의 머리 높이였다. 하지만 오른쪽으로 3미터 떨어진 지점이었다.

"한 놈은 확인했소." 리처가 말했다.

바람에 흙먼지가 날렸다. 리처가 눈을 깜빡였다. 눈꺼풀이 나무판자에 쏠렸다.

두 사람은 기다렸다.

또 한 발. 왼쪽 높이 뚫린 햇빛 구멍.

리처가 벽에서 물러섰다. 그가 말했다. "이제 두 놈의 위치를 모두 확인했소. 둘이 함께 있소. 스튜디오 뒷벽의 왼쪽 모서리. 여기서부터 37미터 쯤 되는 것 같소. 한 놈씩 모서리 밖으로 나왔다 들어가며 번갈아 쏘고 있소. 해병대 영화 좀 본 놈들이오. 한 놈은 돼지치기, 또 한 놈은 처음 본 얼굴이오. 머리 매무새가 꼭 기상 캐스터 같더군."

"여기서 저자들을 쓰러뜨릴 수 있을까요?"

"탄창 하나면 놈들을 1분 동안 벽 뒤에 붙잡아 둘 수 있소. 그 시간이면 마당을 가로질러서 스튜디오 앞벽 모서리까지 뛰어갈 수 있고."

"그다음에는요? 뒤쪽 모서리까지 살금살금 다가가자는 얘긴가요? 직사각형 건물이에요. 옆벽의 길이가 장난이 아니라고요."

"해병대라면 집 안으로 들어갈 거요. 그러고 나선 뒷벽을 부수고 나갈 테고. 대전차 무기 같은 걸 사용해서 말이지."

"그런 무기가 없는 우리는요?"

"기회를 노려야 하오. 일단 탄창부터 갈아 끼우고."

장이 말했다. "좋은 작전이 아니에요."

"좋은 작전이 있지만 당신이 싫어할 거요."

"날 생각해서 얘기해주지 않는 건가요?"

"그렇소."

"난 괜찮으니 말해 봐요. 좋은 작전이 뭐죠?"

그의 머리가 아파왔다.

리처가 말했다. "악마와의 거래 같은 거요. 얻는 것이 있으면 잃는 게 있는 거래. 그 작전대로 하면 한 놈은 반드시 잡을 수 있소. 하지만 한 놈 뿐이오. 나머지 한 놈은 놓치게 될 거요. 게다가 한 놈을 잡는 과정은 당신에겐 유쾌하지 못한 경험이 될 거요."

리처가 먼저 사격을 가했다. 달리기는 장이 더 빠르니까. 그가 열린 문 사이로 나가 서서 스튜디오 뒷벽 왼쪽 모서리, 바닥에서 3분의 2쯤 되는 지점을 조준하고 방아쇠를 당겼다. 2초 동안 판자 파편들이 허공을 분분히 날았다. 하지만 빗나간 총알들이 더 많았다. 그래도 적들을 뒷벽에 묶어두기에는 충분했다. 다음엔 장의 차례였다. 30발들이 탄창, 2초. 리처가 스튜디오를 향해 달렸다. 목표 지점은 앞벽 왼쪽 모서리. 도착한 즉시 탄창을 갈아 끼고 뒤쪽 모서리를 향해 사격을 가했다. 장이 달려와서 그의 등 뒤에 붙어 섰다. 그녀가 가쁘게 숨을 몰아쉬었다.

"준비됐소?" 그가 말했다.

그녀는 대답하지 않았다.

두 사람이 바로 옆에 나 있는 스튜디오 출입문 안으로 미끄러져 들어갔다. 현관. 악취. 머그와 물병들뿐인 주방.

그들은 기다렸다.

잠시 후 적들이 움직이는 소리가 들렸다. 한 놈이 모서리를 돌아 나오는 소리. 해병대 영화에서처럼.

그들은 기다렸다.

총성이 울렸다. 이제는 비어 있는 건물, 리처와 장에게서 멀리 떨어져 있는 건물을 향한 사격. 명중인지 아닌지는 알 수 없었다. 어쨌거나 리처는 스튜디오 출입문 밖으로 상체를 빼고 총을 쥔 팔을 꺾어 뻗어서 뒤쪽 모서리를 향해 열다섯 발을 발사했다. 조준은 없었다. 기대도 없었다. 하지만 메시지는 충분히 전달됐을 것이다.

'우리가 이 건물 안에 들어와 있다.'

'바로 너희들의 사업기지 안에 있다.'

리처와 장이 스튜디오 안으로 걸어 들어갔다. 화장실, 그 벽에 걸린 고무앞치마들, 그리고 거실 끝 벽에 나 있는 문. 그 안쪽에는 여전히 불이 켜져 있었다. 흰 드레스의 여인은 여전히 그 자리에 묶여 있었다. 자세에는 전혀 변화가 없었다. 두 사람은 그녀로부터 고개를 돌리고 서 있었다. 감독의 지시를 경청하던 카메라맨들도 바로 그런 자세를 취했을 것이다.

그들은 기다렸다.

사냥꾼들은 이제 사냥감이 되었다. 먹이였던 두 사람이 그들을 함정으로 유인하고 있었다. 그들이 거부할 수 없는 함정이었다. 스튜디오 안으로 들어오는 게 절대로 위험하고 절대로 멍청한 짓이라는 걸 그들도 알고 있다. 하지만 그들은 들어올 수밖에 없다. 그곳이 그들의 영역이니까. 또한 그들의 미래이니까. 사기, 절도, 살인, 반역, 그 어떤 범죄든 지금까지 리처가 마주했던 범인들은 마지막 순간에 이르러서도 빠져나갈 방법이 있다는 믿음을 버리지 않았다. 그런 자들은 앞날을 도모할 밑천에 대한 미련도 버리지 않는 법이다. 최대한으로 챙기고 싶은 것이다. 맨손으로 새 출발을 하고 싶지는 않으니까. 그자들도 마찬가지일 것이다. 일단 그동안 찍어놓았던 영화들을 챙기고 싶을 것이다. 장비들도 챙기고 싶을 것이다. 비디오 카메라만 해도 상당한 고가품이 아니던가.

따라서 한 놈은 스튜디오 안으로 들어올 것이다. 하지만 단 한 놈뿐. 깜짝쇼의 기회는 단 한 차례뿐이었다.

그들은 기다렸다.

인간의 천성.

그 한 놈은 돼지치기였다. 큼지막한 손, 떡 벌어진 어깨, 꼬질꼬질한 옷차림. 그자가 거실 끝 벽에 바짝 붙어 서서 문 안쪽을 힐끗 들여다보았다.

단 한 차례, 그것도 순간적인 눈 놀림이었다. 안쪽에 있는 두 사람에게는 어깨 한쪽, 아니면 코가 살짝 모습을 보였다가 사라진 느낌뿐이었다. 돼지 치기가 다시 문 안쪽을 살폈다. 역시 벽에 몸을 바짝 붙인 채 순간적으로. 하지만 이번엔 2.5센티 남짓 얼굴이 내밀어졌다.

리처가 그자의 이마를 쏘았다. 손가락과 방아쇠의 있는 듯 없는 듯 지극히 부드러운 접촉. 3.5미터 거리의 허공을 재봉질하며 날아간 총알들. 게임 오버. 마지막 사내도 당연히 총성을 들었다. 그래서 달리기 시작했다. 이제 혼자였다. 원시적인 공포가 그를 덮쳤다. 도망가는 게 부끄러울 건 없었다. 보고 비웃을 아군이 더 이상 없었으니까.

군인들은 승기를 잡은 추격전을 대단히 사랑한다. 게다가 그 방은 오래 머물 수 있는 곳이 절대 아니었다. 그래서 리처는 밖으로 달려 나갔다. 장도 그의 뒤에 바짝 붙어서 달렸다.

58

두 사람은 돼지치기의 널브러진 몸뚱이를 뛰어 넘은 뒤 스튜디오 문을 박차고 나왔다. 거기서는 왼쪽으로 절반쯤 방향을 꺾고 달리기 시작했다. 가옥의 뒷벽을 돌아서 진입로까지 달리는 코스. 마지막 사내의 목표 지점. 그곳일 수밖에 없었다. 인간의 천성. 탈출. 유일한 탈출로. 그곳 말고는 온통 밀의 바다였다.

20미터 전방에 사내의 모습이 나타났다. 한손에는 M16, 다른 손으로는 허공을 가르면서 수시로 뒤를 돌아보며 달리는 모습. 다부진 몸매, 붉은 얼굴, 굵게 물결치는 머리칼. 입고 있는 청바지는 풀을 먹인 듯 빳빳했다. 진입로 어귀에 이른 사내가 흘깃 뒤를 돌아보았다. 두 사람은 상체를 수그린 채 가옥으로 접근했다. 풍경 속에는 사내 혼자였다. 사내의 뒤쪽으로 돼지우리가 보였다. 그 너머는 미주리까지 이어지는 밀의 바다였다. 진입로는 사내의 오른쪽이었다. 마더스 레스트까지 32킬로미터.

사내가 멈춰 섰다.

장이 말했다. "여기서 저자를 맞힐 수 있어요?"

리처는 대답하지 않았다.

그녀가 말했다. "당신 괜찮아요?"

그가 말했다. "90퍼센트."

자가 진단. 사실이었다. 특별한 자각 증상은 없었다. 뼈가 부러진 게 아니었다. 피가 흐르는 상처도 없었다. 하지만 모든 기능이 100퍼센트는 아니었다. '두뇌는 팔과 똑같지 않습니다.'

장이 말했다. "저자를 어떻게 처리해야 할까요?"

리처가 머릿속의 기억창고를 뒤졌다. 승용차 한 대짜리 차고만 한 건물을 향해 발사됐던 실탄들. 모두 몇 발이었던가? 정확히 기억나지 않았다.

기억 기능도 100퍼센트는 아니었다.

그가 한 걸음 크게 떼어 흙마당으로 나섰다.

구겨진 청바지에 헝클어진 머리 매무새의 사내가 총을 들어 올렸다.

M16. 20미터 사거리. 아주 위험했다. 실력 있는 소총수라면 20미터 떨어진 표적을 얼마든지 명중시킬 수 있다. M16 총신의 40배가 채 안 되는 거리. 하지만 그 사내는 실력 있는 소총수가 아니었다. 이미 입증된 사실이었다. 그 작은 건물에서. 게다가 방금 전까지 달음질을 쳤다. 숨을 거칠게 몰아쉬고 있었다. 가슴이 눈에 띄게 물결치고 있었다. 심장이 쿵쾅거리고 있었다.

리처는 가만히 서 있었다.

사내가 방아쇠를 당겼다.

빗나갔다. 위로 30센티, 옆으로 30센티. 총알이 허공을 가르는 소리가 리처의 귀에 울렸다. 이어서 뒤쪽 멀리 떨어진 건물에 총알이 박히는 소리도 들려왔다. 부서진 담장 근처의 작은 건물, 이제는 시체들만이 지키고 있는 곳.

그가 다시 벽 뒤로 돌아왔다.

그가 말했다. "놈은 곧 총알이 떨어질 거요."

장이 말했다. "그럼 재장전 하겠죠."

"하지만 시간이 걸리겠지."

"그게 당신 작전인가요?"

"만일을 대비해서 당신도 함께했으면 좋겠소."

"뭘요?"

"머리 하나보다는 두 개가 낫잖소. 특히 지금 상태의 내 머리는 더욱 그렇소."

"당신, 괜찮은 거예요?"

"완전히 괜찮은 건 아니오. 하지만 지금 상태로도 저자를 충분히 해치울 수 있소."

"내가 할게요."

"그럴 수는 없소."

"내가 여자라서 못 미더운 건가요?"

리처의 얼굴에 미소가 번졌다. 예전에 알았던 여자들이 머릿속에 떠올랐다.

"개인적인 이유 때문이오." 그가 말했다. "일종의 습관이라고 할까."

"그럼 어떻게 저자를 처리할 생각이죠?"

"내가 놈의 사격을 유도하겠소. 장담하건대 놈은 한 발도 맞추지 못할 거요. 놈의 탄창에서 빈 소리가 나는 순간 내가 놈을 쓸어버릴 거요. 그동안에 당신은 놈과의 거리를 좁히시오. 내 총알들이 빗나가도 당신은 명중시킬 수 있도록."

장이 말했다. "아뇨. 우리 둘이 함께 놈의 표적이 되어야 해요. 끝까지 함께하는 거죠."

"그건 효율적이지 않소."

"상관없어요. 무조건 함께하는 거예요."

그들이 흙마당으로 걸어 나갔다. 사내는 여전히 제자리에 서 있었다. 황막한 풍경 속에 오직 그 혼자뿐이었다. 청바지, 머리 매무새, M16 라이플. 장이 한쪽 눈을 감고 총을 겨눴다. 리처는 가만히 서 있었다. 두 팔을 활짝 벌린 자세였다. 그의 손가락 끝에 방아쇠울이 걸린 자동권총의 총구가 바닥을 향하고 있었다.

'어디 한번 제대로 쏘아보시지.'

사내가 그의 유혹에 응답했다. 그가 총을 들어 올렸다. 잠시 그 자세에서 머물렀다가 조준을 했다. 그리고 방아쇠를 당겼다.

맞히지 못했다.

표적 두 개 모두.

장이 응사했다. 단발. 탄피가 허공으로 튕겨져 날아갔다. 그녀도 맞히지 못했다. 하지만 사내는 물러섰다. 비틀거리며 뒤로 다섯 걸음, 그리고 열 걸음.

장이 다시 쐈다. 또 하나의 탄피가 반짝이며 허공을 날았다. 이번에도 빗나갔다. 밀대들이 일렁이고 있었다. 무겁게, 천천히, 그리고 조용히.

사내가 라이플을 다시 들어 올렸다.

하지만 쏘지 않았다.

장이 말했다. "실탄이 떨어진 걸까요?"

리처의 머리가 아파왔다.

그가 말했다. "몇 발을 쐈는지 세다가 잊었을 거요. 나도 마찬가지고." 그의 얼굴에 다시 미소가 번졌다. "우리에게 행운이 따르는 것 같소."

리처가 총을 들어올렸다. 두 손에 적당히 힘을 주어 손잡이 하나씩을 쥐었다. 앞 가늠좌는 분명하게, 뒷가늠좌는 흐릿하게. 그가 눈을 깜빡였다. 앞 가늠좌에 초점을 맞췄다. 하지만 분명하게 눈에 들어오지 않았다. 게다가 양팔에 미세한 경련이 일었다. 경련은 이내 몸 전체로 퍼져나갔다.

'행동, 기억, 시력, 청력, 감정 및 사고 조절 장애.'

그가 총을 내렸다.

그가 말했다. "좀 더 가까이 가야겠소."

두 사람이 사내가 물러난 만큼 거리를 좁혔다. 천천히, 그리고 편안하게. 심장박동은 느리게 호흡은 평소처럼 유지하며. 사내가 다시 열 걸음을 물러섰다. 청바지와 머리칼이 뒤로 물러났다. 돼지우리 앞으로.

리처와 장이 다시 그만큼 다가갔다.

악취가 코를 찔렀다.

하지만 스튜디오에서만큼은 아니었다.

사내가 또 열 걸음 물러섰다.

그의 등이 돼지우리 담장에 닿았다.

리처와 장이 멈춰 섰다.

사내가 라이플을 들어 올렸다.

그리고 다시 내렸다. 그는 혼자서 돼지우리 담장을 등지고 서 있었다. 광활한 밀밭이 배경이었다. 그 모습이 너무나 작고 초라해보였다. 너무나 하잘 것 없어 보였다.

그의 등 너머로 보이는 축사에서 돼지들이 기어나왔다. 오물 범벅인 몸뚱이들이 아주 크고 매끄러웠다. 모두 폭스바겐만큼 컸다.

리처가 앞으로 걸어 나갔다. 장이 그와 평행을 유지하며 걸음을 옮겼다.

사내가 총을 버리고 두 손을 들었다.

리처가 계속해서 그를 향해 걸어갔다. 장이 그와 평행을 유지하며 걸음을 옮겼다.

15미터. 12미터. 9미터.

7미터.

사내는 여전히 허공을 향해 두 팔을 치켜든 자세였다.

모닥불 가에서 읊어지는 장문의 영웅담에서는 귀결부에 반드시 짤막한 대화가 등장한다. 악당에게 죽어야 하는 이유를 들려준 뒤 죽어야 하기 때문이다.

리처는 아무 말도 하지 않았다.

영웅담은 영웅담일 뿐, 실제 세상에서는 꼭 그렇게 매듭지어지라는 법은 없다.

하지만 사내가 먼저 말을 건넸다.

그가 말했다. "그들의 목숨은 더 이상 그들의 것이 아니었어. 당신들도 분명히 그 사실을 알고 있잖아. 삶을 이미 포기한 사람들이었어. 그들은 이미 확고하게 결심을 굳힌 상태에서 나를 찾아왔어. 이미 죽어 있는 상태로. 그 시체들을 처리하는 건 내 재량이었어. 어쨌든 그들은 자신들이 원하던 바를 이루었고."

리처가 말했다. "아니. 그들이 원하는 대로 이루어진 게 아니야. 그 결말은 성배가 아니었어."

"고작해야 한두 시간이었어. 죽기 전까지 고통을 느꼈던 시간 말이야. 아니, 실질적으로는 그 고통도 죽은 다음에 겪었다고 봐야 해. 그들은 이미 죽어 있던 상태였으니까."

"네놈이 굶겨 죽인 남자는 얼마 동안 고통스러워했지? 아니, 남자가 아니라 여자였나?"

사내는 대답하지 않았다.

리처가 말했다. "한 가지 실질적인 질문을 하겠다."

사내가 눈길을 들어 그를 쳐다보았다.

"시신들은 어디 있나?"

사내는 아무 말도 하지 않았다. 하지만 시선이 뒤쪽을 향해 돌아갔다. 조건반사. 무의식적인 눈길.

그 눈길이 순간적으로 돼지들에게 꽂혔다가 되돌아왔다.

리처가 말했다. "그렇다면 키버를 매장한 이유는 뭐지?"

사내가 말했다. "그날엔 돼지들이 이미 배가 불러 있던 상태였어."

리처는 아무 말도 하지 않았다.

사내가 말했다. "일본에서부터 날아온 특별주문이었어. 키버의 모든 조건이 그 각본의 주인공에 딱 들어맞았지. 난 고객들을 만족시키려고 최선을 다했던 것뿐이야. 그런 주문을 했던 고객들의 죄를 왜 내게 묻는 거지?"

리처는 아무 말도 하지 않았다.

사내의 두 손이 2.5센티 내려왔다. 어깨와 목, 그리고 머리를 자유롭게 움직이고 싶었던 모양이었다. 바디랭귀지, 제스처. 설명, 회유, 거래, 제안. 리처가 다뤘던 범인들은 모두 똑같았다. 마지막 순간까지 그들은 빠져나갈 수 있다는 믿음을 버리지 않았다.

장이 총을 들어 올렸다. 리처는 지켜보고만 있었다. 풀어 헤쳐진 검은 머리. 반짝이는 검은 두 눈이 하나는 감기고 하나는 앞 가늠자를 노려보고 있었다. 둥그런 쇠고리에 뚫린 바늘구멍.

그녀가 말했다. "이건 키버를 위해서다."

악당은 죽어야 할 이유를 들어야 한다.

그녀가 말했다. "나일 수도 있었어."

그녀가 방아쇠를 건드리듯 당겼다. 7미터. 제로 사거리나 마찬가지였다. 철갑을 두른 총알은 사내의 목을 뚫고 들어가서 목덜미를 뚫고 나갔다. 그리고 먼 밀밭 속 어딘가에 떨어졌을 것이다. 누구도 찾아내지 못할 곳. 쟁기질에 의해 땅 밑에 파묻힌 뒤, 영원히 잊힐 것이다. 그러고 나선 원소 상태의 납과 구리로 돌아갈 것이다. 그래서 이 혹성의 일부가 될 것이다. 시작할 때 그랬던 것처럼.

사내의 목에서 말기 폐병환자의 기침 같은 소리가 한 차례 아주 크게 터져 나왔다. 총구멍에서는 피가 거품을 일으키며 뿜어져 나왔다. 1초 동안은 돼지우리 담장에 등을 기댄 자세 그대로 서 있었다. 하지만 다음 순간 갑자기 모든 게 무너져 내렸다. 사내의 몸뚱이는 이미 흥건히 고인 피 웅덩이 위로 액체처럼 흘러내렸다. 두 팔, 두 다리, 청바지, 머리칼.

리처가 말했다. "원래는 어디를 겨눴소?"

장이 말했다. "복부 한가운데."

리처의 얼굴에 미소가 번졌다.

"조준대로 명중했다면 더 볼만했을 텐데." 그가 말했다.

그가 7미터를 걸어 나갔다. 한손으로는 사내의 옷깃을 더듬어 쥐고 다른 손으로는 허리띠 뒷부분을 움켜쥔 뒤, 시체를 번쩍 들어서는 돼지우리 담장 너머로 던져버렸다.

돼지들이 달려왔다.

59

그들은 픽업트럭을 타고 마을로 돌아가고 싶지 않았다. 그자들이 앉았던 자리에 앉기 싫었기 때문이다. 그래서 다시 굴착기에 올라탔다. 이번에도 운전석은 웨스트우드 차지였다. 리처와 장은 웨스트우드의 머리 위에서 얼굴을 마주 바라보는 자세로 운전석 양옆에 붙어 섰다. 이번엔 좁은 황톳길이었다. 시간은 좀 더 걸렸지만 편안했다. 그들은 대리점 주차장에 굴착기를 세웠다. 예의 영업사원이 밖으로 나왔다. 그가 점검을 시작했다. 으깨진 밀즙이 몇 군데에 얼룩으로 남아 있었다. 양옆에는 긁힌 자국도 몇 군데 나 있었다. 진흙도 곳곳에 엉겨붙어 있었다. 그리고 앞머리의 버킷에는 보조개가 하나 파였다. 탄흔. 더 이상 새 기계가 아니었다. 그건 확실했다. 리처가 영업사원에게 5천 달러를 건넸다. 쉽게 번 돈은 쉽게 나가는 법이다.

세 사람은 광장을 가로질러 남쪽으로 걸어 내려갔다. 햇볕은 따뜻했다. 사내아이 하나가 건물 벽에 대고 공을 던진 뒤 튕겨 나온 공을 막대기로 치는 놀이를 반복하고 있었다. 전에도 봤던 아이였다. 세 사람이 함께 모텔 사무실로 들어갔다. 웨스트우드가 객실 여러 개를 예약했다. 자신과 사진기자들, 그리고 잡일을 담당해줄 직원들과 인턴들이 한동안 묵어야 할 객실들. 전혀 새로운 얼굴이 데스크를 지키고 있었다. 대입을 앞두고 있을 것 같은 10대 후반의 소녀였다. 몸놀림이 민첩하고 일처리도 제법이었다.

인상도 밝고 성격도 쾌활했다.

리처가 그녀에게 물었다. "이 마을이 마더스 레스트라고 불리게 된 연유를 알고 있니?"

그녀가 말했다. "말씀드리기가 곤란한데요."

"왜지?"

"농부들이 싫어하니까요. 그 유래를 영원히 묻어버리기 위해 다들 얼마나 애써왔는지 모르실 거예요."

"너한테서 들었다는 얘기는 절대 하지 않으마."

"이 땅의 원주인이었던 아라파호 인디언들이 붙인 이름이에요. 하지만 세월이 흐르면서 철자도, 의미도 바뀌었어요. 원래는 한 단어인데 발음은 두 단어처럼 들리기도 하고요. 정확한 뜻은 '나쁜 것들이 자라나는 땅'이에요."

웨스트우드가 작별인사와 함께 렌터카의 키를 장에게 건넸다. 리처는 그녀와 함께 식당까지 걸어갔다. 그 주차장에 빨간 승용차가 서 있었다.

장이 말했다. "당신은 시카고로 향하던 길이었어요."

리처가 말했다. "맞소."

"당신은 날씨가 추워지기 전에 그곳에 가고 싶어 했어요."

"시카고라면 당연히 그래야지."

"이제 당신은 7시 기차를 타면 돼요. 점심은 이 식당에서 먹고, 남은 시간은 의자에 앉아 햇볕 아래에서 잠을 자며 보내면 되겠죠. 첫날, 내가 보았던 것처럼 말이에요."

"날 봤다고?"

"지나가는 길이었어요."

"그것 보시오. 난 군에 몸을 담았던 사람이오. 그래서 어디서든 잠을 청할 수 있소."

"난 이 차를 몰고 오클라호마시티로 내려갈 거예요. 차는 공항 렌터카 사무실에 돌려주면 되겠죠. 웨스트우드의 부하직원들이 또 다른 차를 렌트할 테니 그를 걱정할 필요는 없을 거고요. 난 거기서 비행기를 타고 집으로 돌아갈 생각이에요."

그는 아무 말도 하지 않았다.

장이 말했다. "당신, 괜찮아요?"

리처가 말했다. "시카고에는 바로 얼마 전에 함께 다녀왔잖소. 그러니 어디 다른 곳을 찾아봐야겠소."

그녀가 미소를 지었다. "밀워키로 가세요. 블록이 달랑 서른여섯 개뿐인 곳."

그가 잠시 머뭇거렸다.

그녀가 말했다. "당신, 괜찮은 거예요?"

"나와 함께 가겠소?"

"밀워키로요?"

"딱 이틀만. 휴가를 간다고 생각하면 어떻겠소? 우린 휴가를 가질 자격이 있잖소. 이번 기회에 보통 사람들이 하는 대로 한번 해봅시다."

그녀는 오랫동안 침묵을 지켰다. 5초가 6초로 바뀌면서 그 침묵이 불편하게 느껴지려는 순간, 그녀가 다시 입을 열었다. "그 대답은 이곳에서 하고 싶지 않네요. 마더스 레스트에서는 아니에요. 어서 차에 타요."

리처가 차에 올라탔다. 장도 올라탔다. 그녀가 엔진을 작동시켰다. 기어를 넣고 핸들을 돌렸다. 차가 식당 앞을 떠났다. 잡화점도 지났다. 옛날 역마차길에 오른 다음, 왼쪽으로 방향을 꺾고 서쪽을 향해 달려 나갔다. 밀의 바다를 뚫고 그들 앞에 곧게 그리고 끝이 없을 것처럼 뻗어 있는 도로, 아주 먼 지평선에 피어오른 금빛 아지랑이 속으로 바늘구멍처럼 좁아지며 사라질 때까지.

www.leechild.com

www.jackreacher.com

하드보일드 액션스릴러의 진수, 리 차일드의 잭 리처 컬렉션

퍼스널 Personal   리 차일드 지음 | 정경호 옮김

파리에서 벌어진 프랑스 대통령 저격 사건, 다행히 총알은 빗나갔지만 수사를 진행하는 과정에서
실수가 아니라 일부러 빗맞혔다는 사실이 드러난다. 대통령 저격 사건은 연습에 불과했고,
범인의 진짜 목표는 얼마 후 개최될 G8 정상회담에 참가하는 세계 각국의 정상들이라는 것.
사건을 파헤치던 리처는 이 모든 사건에 국제 범죄조직들이 연루되어 있음을 알게 되는데……

네버 고 백 Never Go Back   리 차일드 지음 | 정경호 옮김

폭행치사 혐의에 친부 확인 소송까지, 잭 리처 인생 최대의 위기가 찾아왔다!
110특수부대장인 터너를 만나기 위해 사우스다코타에서 버지니아로 향한 잭 리처.
하지만 현재 그녀는 뇌물 수수 혐의로 영창에 갇힌 상태다. 그리고 리처 자신 또한 두 가지
죄목으로 피의자가 되었다는 믿을 수 없는 소식을 듣게 된다.
톰 크루즈 주연의 영화 『잭 리처: 네버 고 백』으로 11월 개봉 예정

원티드맨 A Wanted Man   리 차일드 지음 | 정경호 옮김

오래전 폐쇄된 펌프장에서 벌어진 의문의 살인 사건. 이를 해결하기 위해 CIA와 국무성에서도
특수요원을 파견한다. 대체 살해당한 사람은 누구인가?
설상가상으로 목격자마저 자취를 감춰버리고 사건은 점차 미궁으로 빠져든다.

어페어 The Affair   리 차일드 지음 | 정경호 옮김

길가에 버려진 세 구의 시체. 그들은 모두 여자였고 비슷한 또래였으며 숨이 막힐 정도로
아름다웠다. 그리고 셋 다, 예리한 칼로 목이 베어진 채 처참히 살해당했다. 민간인으로 위장하여
수사를 해나가던 리처는 살인 사건을 무마하려는 거대 권력과 마주하게 된다.

악의 사슬 Worth Dying For 리 차일드 지음 | 정경호 옮김

25년간 미제로 남은 한 소녀의 실종 사건과 맞닥뜨리게 된 리처는 마을 전체를 장악한
던컨 일가에게서 악의 기운을 감지하고 사건을 파헤쳐나간다.
단단히 꼬여버린 악의 사슬은 어디서부터 시작된 것인가.
밝히려는 자와 막으려는 자, 이들의 피 튀기는 혈투가 지금 시작된다.

61시간 61Hours 리 차일드 지음 | 박슬라 옮김

갑작스런 버스 사고로 낯선 마을에 머물게 된 잭 리처. 평화로워 보이는 마을에서는 마약 밀매가
성행하고 경찰들은 그저 속수무책이다. 우연히 마약 거래 현장을 목격한 한 노부인이 증언에 대한
굳은 의지를 보이며 증인으로 나서지만 적들은 시시각각 그녀의 목숨을 노린다.
노부인은 무사히 재판관 앞에 설 수 있을 것인가.

사라진 내일 Gone Tomorrow 리 차일드 지음 | 박슬라 옮김

군 출신 유명 정치인의 수많은 훈장 속에 숨겨진 테러 집단과의 경악할 만한 비밀.
수수께끼에 싸인 우크라이나 출신의 미녀와 잭 리처의 만남.
이 모든 것들의 종착지에는 과연 어떠한 내일이 기다리고 있는가.

1030 Bad Luck And Trouble 리 차일드 지음 | 정경호 옮김

잭 리처의 진두지휘 아래 각종 임무를 수행했던 최정예 특수부대원 8명.
그 일원이었던 동료가 고도 900미터 상공에서 산 채로 내던져진다.
사건의 전모를 밝히기 위해 리처는 예전 부대원들을 모으고 죽은 동료의 복수를 거행한다.

하드웨이 The Hard Way 리 차일드 지음 | 전미영 옮김

아내와 딸이 납치되었다며 리처에게 사건 해결을 부탁한 의뢰인. 노련한 수사관 리처는
5년 전에도 레인을 둘러싸고 이와 매우 흡사한 사건이 있었음을 알게 된다.
그것은 다름 아닌 레인의 전부인 앤의 납치·살인 사건. 이 둘 사이에 모종의 관계가 있음을
본능적으로 직감한 리처는 전직 FBI 요원이자 사립탐정인 로런 폴링과 함께
비밀스러운 내막을 밝혀내기 위한 작업에 착수한다.

메이크 미

초판 1쇄 인쇄 2016년 8월 24일
초판 1쇄 발행 2016년 8월 29일

지은이 | 리 차일드
옮긴이 | 정경호
펴낸이 | 정상우
주간 | 정상준
편집 | 이민정 김민채 황유정
디자인 | 박수연 김해연
관리 | 김정숙

펴낸곳 | 오픈하우스
출판등록 | 2007년 11월 29일 (제13-237호)
주소 | 서울시 마포구 동교로13길 34(04003)
전화 | 02-333-3705   팩스 | 02-333-3745
openhousebooks.com
facebook.com/vertigo.kr

ISBN 979-11-86009-65-9 04840
      979-11-86009-19-2 (세트)

VERTIGO 는 (주)오픈하우스의 장르문학 시리즈입니다.

이 도서의 국립중앙도서관 출판예정도서목록(CIP)은 서지정보유통지원시스템 홈페이지(http://seoji.nl.go.kr)
와 국가자료공동목록시스템(http://www.nl.go.kr/kolisnet)에서 이용하실 수 있습니다.
(CIP제어번호: CIP2016018243)